KB049498

착하게 살려고 했습니다만

키아르네 장편소설

fiore t

착하게 살려고 했습니다만 5 (완결)

초판 1쇄 인쇄 2022년 9월 13일
초판 1쇄 발행 2022년 10월 4일

지은이 키아르네
발행인 오광백
편집 편집부
표지·내지디자인 Mull
내지편집 오정인
제작 조하늬

펴낸 곳 (주)삼양출판사 · 피오렛
주소 서울시 강북구 도봉로 173
대표 전화 02-980-2112 / **팩스** 02-983-0660
편집부 전화 02-987-9393 / **팩스** 02-980-2115
블로그 blog.naver.com/dan_gul
출판등록 1999년 3월 11일 제9-00046호

ISBN 979-11-283-7190-5 (04810) / 979-11-283-7185-1 (세트)

+ (주)삼양출판사 · 피오렛의 서면 허락 없이는 어떠한 형태나 수단으로도 이 책의 내용을 이용하지 못합니다.
+ 지은이와 협의하에 인지는 생략합니다. 잘못된 책은 구입한 곳에서 바꾸어 드립니다.
+ 이 도서의 국립중앙도서관 출판시도서목록(CIP)은 서지정보유통지원시스템홈페이지(http://seoji.nl.go.kr)와 국가자료종합목록 구축시스템(http://kolis-net.nl.go.kr)에서 이용하실 수 있습니다.

fiore ret 은 (주)삼양출판사의 로맨스 판타지 문학 브랜드입니다.

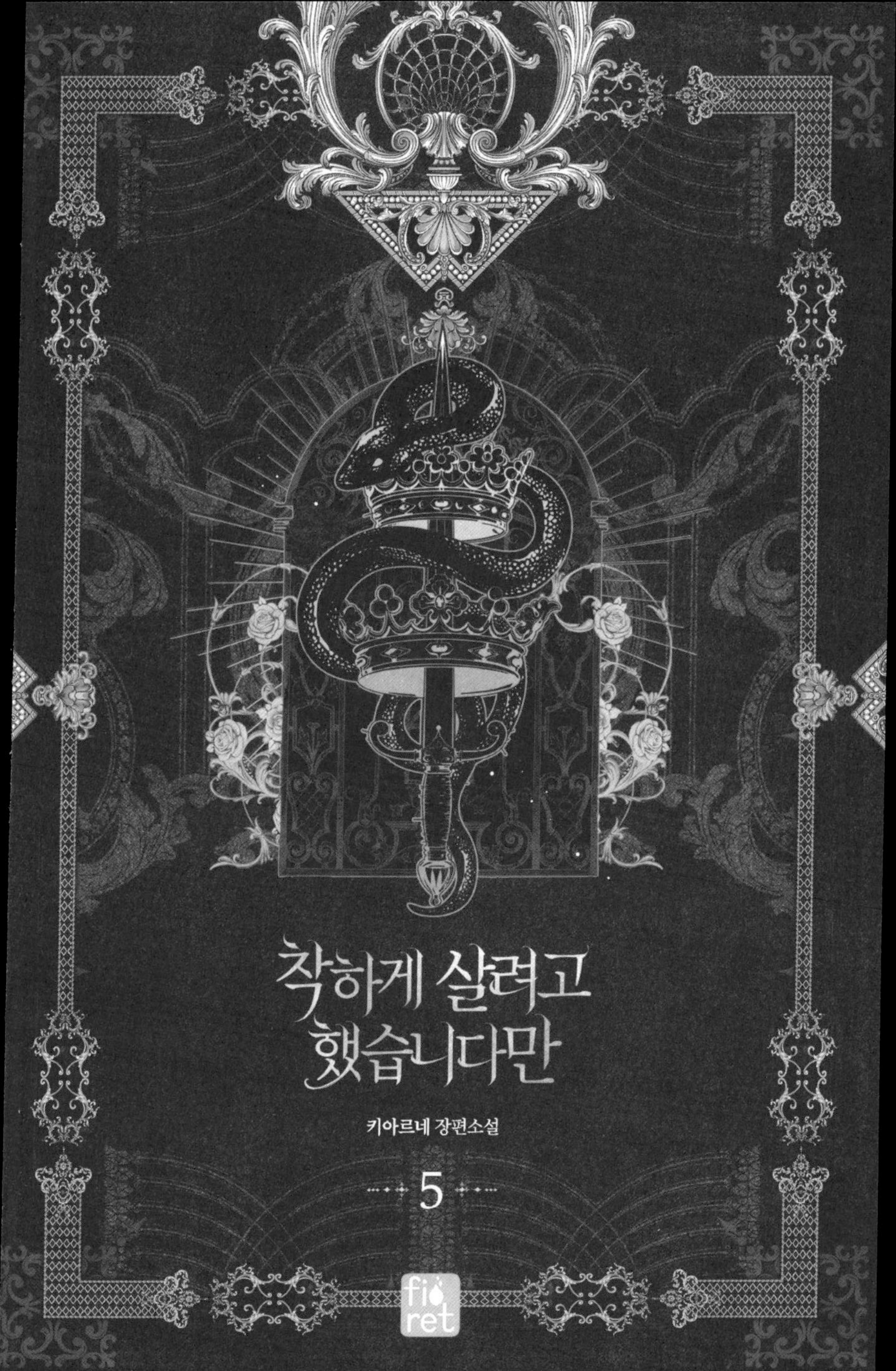
착하게 살려고
했습니다만
키아르네 장편소설
5
fio
ret

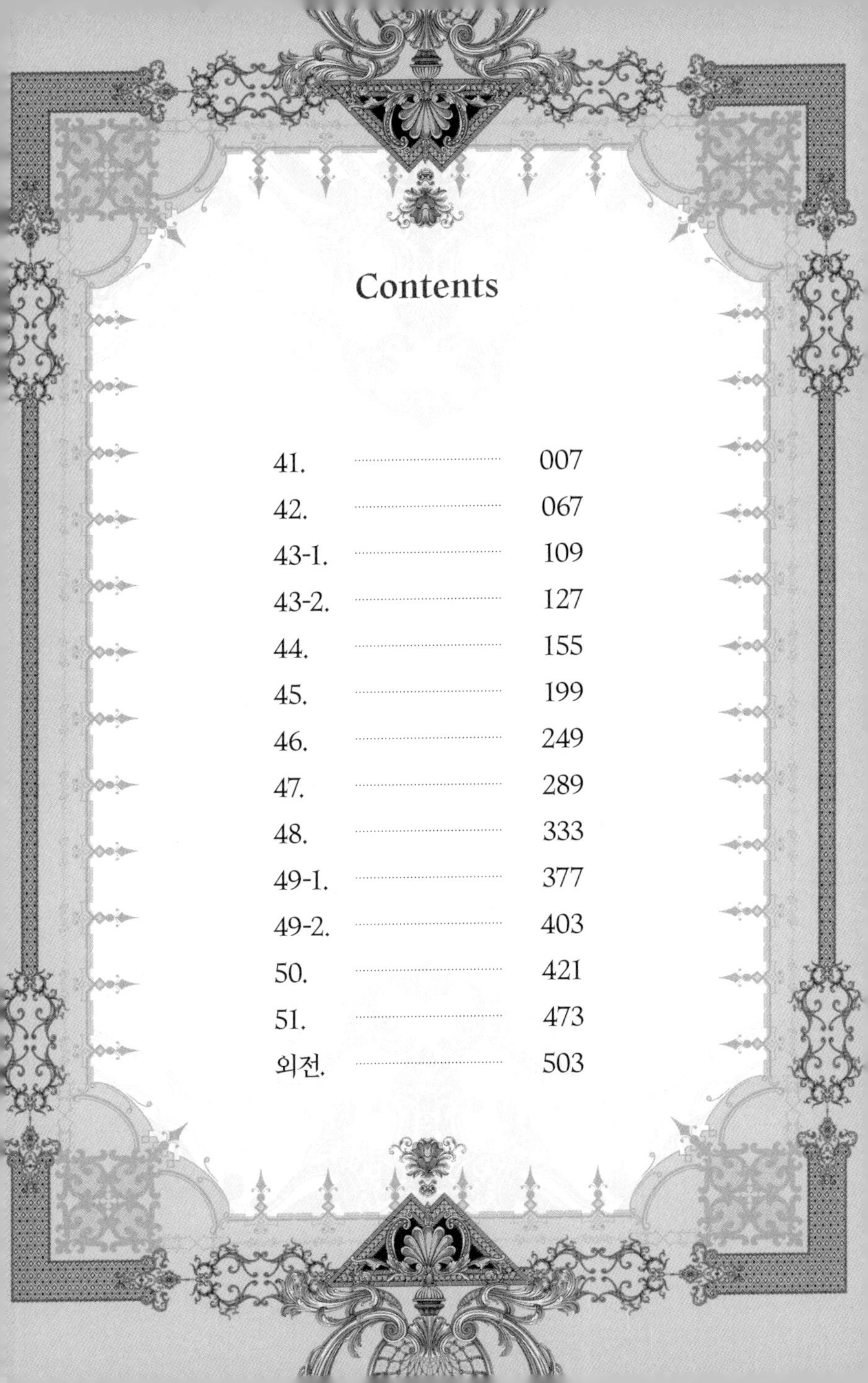

Contents

41

“뭐야, 누가 죽었어?”

오랜만에 옷을 갈아입기 위해 집에 들어온 마틴은 심상치 않은 저택의 분위기에 집사를 붙잡고 물었다. 진짜 누가 죽었어도 그는 상관없었다.

오히려 션이 죽었다면 박수를 칠 일이었다.

하지만 안타깝게도 누가 사망한 건 아니었다. 집사는 무례하다 못해 천박한 마틴의 질문에도 눈썹 하나 까딱하지 않고 대답했다.

“아무 일도 없습니다, 도련님.”

“그런데 분위기가 왜 이래?”

어딘지 모르게 저택 안이 어둡고 어수선했다. 눈치 하나만은 기가 막힌 마틴 웨스트는 집안에 심상치 않은 일이 일어났다는 것을 바로 알아차렸다.

설마 형이 다치기라도 했나? 기분 좋은 상상에 그는 다시 물었다.

"형은?"

"웨스트햄튼에 계십니다. 곧 돌아오실 겁니다."

그럼 누가 다친 것도 아니라는 말이다. 곧이라고? 마틴은 곧이 대체 언제냐고 인상을 쓰며 이 층을 향해 몸을 돌렸다.

형이 돌아오기 전에 얼른 옷을 갈아입고 나가야 한다. 하지만 그는 곧 또 다른 의문에 발걸음을 멈춰 집사에게 물었다.

"웨스트햄튼이라고? 전엔 갔다 온 거 아니었어?"

션은 늘 사교 시즌이 끝나면 아네트를 데리고 웨스트햄튼으로 간다. 하지만 올해는 좀 달랐다. 여러 가지 일이 있어서 수도에 남아 있었다.

집사는 자신의 가족에게 기본적인 관심도 없는 마틴의 질문에 이번에는 무표정하게 대답했다.

"아닙니다. 공작님께서 전에 다녀오신 곳은 헬름이었습니다."

"헬름?"

헬름이 어디지? 잠시 미간에 주름을 만들고 고민하던 마틴은 고개를 저어 생각을 털어 내고 다시 계단으로 향했다. 헬름이 어디든 그와는 관계없다.

"거기서 죽어 버리면 또 모르지만."

그랬으면 좋겠다. 마틴은 기분 좋은 상상을 하며 히죽 웃었다. 션이 죽어 버렸으면 좋겠다. 재수 없는 자식. 운 좋게 공작의 배에서 태어났다고 잘난 척이나 하는 기분 나쁜 자식이다.

그렇다고 션을 죽일 시도를 할 정도의 배짱은 없다. 마틴은 션이 마차 사고나 병으로 죽어 버리는 상상을 하며 복도를 걸었다. 그때, 안쪽 방의 문이 벌컥 열리더니 아네트가 튀어나왔다.

"오라버니!"

"아, 뭐야."

갑자기 누가 튀어나와서 깜짝 놀랐다. 마틴은 복도에 서서 자신의 길을 막는 아네트를 보고 인상을 썼다.

"잠깐 이야기 좀 해."

"무슨 이야기? 나 바빠."

귀찮다. 마틴은 아네트를 무시하고 지나치려 했다. 하지만 아네트는 절실했다. 그녀는 마틴의 손을 잡으며 물었다.

"부모님 이야기야."

쓸모없는 인간들은 왜? 마틴의 목구멍까지 그런 말이 기어올라왔지만 그는 말없이 아네트를 돌아보는 데 성공했다. 그리고 귀찮다는 듯 말했다.

"형한테 물어봐."

"션 오라버니는 안 돼."

아네트의 대답에 인상을 썼던 마틴은 곧 씩 웃었다. 션에게는 물어볼 수 없지만 마틴에게 물어볼 수 있는 부모님 이야기라면 하나밖에 없다.

어머니겠지.

그는 이미 어머니에 대해 궁금해하는 아네트에게 대답해 준 적이 있다. 그녀가 좀 더 어릴 때였다.

"너 때문에 돌아가신 어머니 말이지?"

마틴의 질문에 아네트의 얼굴이 일그러졌다. 딱 한 번. 아네트는 딱 한 번 마틴에게 어머니에 대해 물어봤다가 다시는 묻지 않았다.

귀찮아서 적당히 대답했던 게 마틴에게는 꽤 편리하게 작용됐었다. 그는 그때 자신이 뭐라고 했는지 떠올리고 가슴 앞으로 팔짱을 꼈다.

"어머니 말이야."

아네트는 마틴의 말을 애써 못 들은 척하며 입을 열었다. 가슴이 따끔따끔했다. 그녀의, 아니, 그녀와 마틴의 어머니가 죽은 건 아네트 때문이다.

아네트를 낳다가 사망했다. 마틴은 아네트 때문에 자신이 어머니를 잃었다고 비난했고 지금보다 훨씬 어렸을 때도 아네트는 아무런 말도 할 수가 없었다.

"혹시, 혹시 말이야……."

그럴 리가 없다. 아네트는 머릿속에 빙글빙글 도는 생각을 어떻게 입 밖으로 내야 할지 몰라 말을 끌었다. 그녀도 마틴에게만은 묻고 싶지 않았다.

하지만 대체 누구에게 묻는단 말인가? 하인들? 션 오라버니?

마틴은 선택지 중에서 차악이었다.

"뭔데? 네가 죽인 내 어머니를 보상할 게 아니라면 내 앞에서 사라져 줬으면 좋겠는데."

다시 마틴의 입에서 아네트의 가슴을 찌르는 말이 흘러나왔다. 그는 늘 그랬다. 유혹하는 여자들에게는 꿀보다도 달콤하게 말하는 저 입술로 하나뿐인 동생에게는 세상에서 가장 잔혹하게 굴었다.

그러면서 동시에 그녀가 자신에게 보상해야 하니 션보다 자신의 말을 더 들어야 한다고 요구하곤 했다. 그래서 아네트는 마틴의 요청을 거절할 수가 없었다.

"오라버니의 아버지 말이야, 친아버지."

아네트의 목구멍에서 빙글빙글 돌던 질문이 그녀의 입술을 통해 흘러나왔다. 자신의 친아버지라는 말에 마틴의 표정이 변했다.

대외적으로 마틴은 그의 어머니가 처음 결혼한 남자에게서 낳은 자식으로 되어 있다. 마틴의 아버지는 사망했고 과부가 된 그의 어머니가 션의 아버지와 재혼하면서 웨스트라는 성을 가지게 된 것이다.

하지만 마틴은 그녀의 어머니가 션의 아버지와 결혼할 때 션보다 고작 두 살 어렸다. 즉, 어른의 사정을 대충 눈치챌 정도로 자랐다는 말이다.

"혹시……."

아네트는 입을 열었다가 머뭇거리기를 반복했다. 차마 물어볼 수가 없었다. 그녀의 어머니가 정부였냐고. 웨스트 공작이 사망하기 전부터 아버지와 만나고 있었냐고.

다행히 아네트가 그 질문을 입에 올리기 전에 마틴은 그녀가 무슨 질문을 하려는지 깨달았다. 멍청한 것. 평생 온실 속의 화초처럼 자라서 평생 모르고 살 줄 알았는데 어쩐 일로 눈치를 챈 모양이다.

그는 피식 웃고 삐딱하게 섰다. 멍청한 계집. 그가 션보다 더 싫어하는 사람이 있다면 그건 아네트일 것이다. 그녀는 운 좋게 더 늦게 태어나서 사생아라는 꼬리표를 달지 않을 수 있었다. 게다가 꼴값 떠는 부모라는 작자도 안 보고 자랄 수 있었지.

뿐만이랴. 문제아라고 낙인찍힌 자신 덕분에 아네트는 사소한 사건을 쳐도 늘 션이 눈감아 주곤 했다. 그게 마틴의 기분을 상하게 했다.

똑같이 사교계에서 실수를 해도 션은 마틴만 불러서 혼을 냈다. 마틴의 억울함에는 아네트가 그녀보다 몇 살이나 어리다는 점은 전혀 참작되지 않았다.

"우리 어머니가 정부였냐고? 그래. 부인 있는 남자에게 창녀처럼 굴어서 날 낳았지. 그리고 뻔뻔하게 날 무기로 삼아서 이 집안에 들어왔고."

자기 어머니를 향한 적대적이며 버릇없는 평가에 아네트의 얼굴이 하얗게 질렸다. 마틴은 그런 동생을 보고 고소한 기분을 맛봤다.

재수 없는 것. 자기는 웨스트 공작가의 적자라고 생각해서 으스대고 다녔겠지? 그가 사생아라고 수군거림을 듣는 동안 아네트는 아무 고난이나 시련 없이 편하게 살았을 것이다.

마틴은 그게 못마땅했다. 가끔 그와 어울리는 녀석들이 아네트가 얼마나 예쁜지 칭찬하면 눈앞에서 일부러 역겹다는 표정을 지어 주곤 했다.

"왜? 네가 사생아인 걸 몰랐어?"

마틴은 그렇게 말하고 일부러 길게 혀를 찼다. 충격으로 아네트의 얼굴이 새하얗게 굳는 걸 보자 기분이 좋아졌다. 그는 아네트에게 몸을 숙이며 말했다.

"사생아 주제에 왕자와 결혼이라도 할 수 있을 줄 알았나 보지? 너 같은 건 네 어미와 똑같이……."

그 순간, 퍽! 소리와 함께 마틴의 몸이 복도 저편으로 날아갔다. 하얗게 굳어 있던 아네트는 갑자기 날아간 작은 오라버니의 모습에 저도 모르게 비명을 질렀다.

"헉!"

"톰슨."

그와 동시에 낮으면서 위압적인 목소리가 집사를 불렀다. 집사, 톰슨은 굳은 표정으로 아네트의 뒤에 서 있었다. 그가 대답 없이 고개를 숙이자 션이 마틴을 쳐다보며 말했다.

"아네트를 방으로 데려가."

션의 말이 끝나자마자 톰슨이 아네트에게 조심스럽게 말했다.

"아가씨, 가시죠."

그 사이 션은 복도 저편으로 날아간 마틴에게 다가가고 있었다. 그는 마틴 앞에 멈춰 서서 낮은 목소리로 말했다.

"내가 예의 바르게 굴라고 했지."

"내가 뭘?"

아직도 마틴은 정신을 못 차리고 있었다. 그는 아직도 세상을 모르는 동생에게 세상을 알려 준 것뿐이다.

하지만 션에게는 아니었다. 그는 일어나려는 마틴의 손을 구두로 밟으며 말했다.

"사생아는 너겠지. 네 추접스러운 열등감을 동생에게 푸는 게 부끄럽지도 않나?"

"내가 사생아면, 재도 사생아지!"

마틴의 고함에 아네트가 흠칫하고 몸을 움츠렸다. 그 모습에 집사가 그녀의 어깨를 감싸며 말했다.

"들어가시죠, 아가씨."

아네트는 마틴이 무례하게 굴 때마다 션이 그를 혼낸다는 것을 알았다. 하지만 눈앞에서 혼나는 걸 보는 건 처음이었다.

그래도 공작가의 일원이고 반뿐이지만 션의 동생이다. 그는 항상 조용하게, 아무도 없는 곳에서 마틴을 혼냈고 어지간하면 말로만 혼을 냈다.

아네트는 마틴을 혼내는 션의 모습이 잔혹하기까지 한 것에 겁을 먹으며 집사의 말대로 몸을 돌렸다. 비틀거리며 자신의 방으로 돌아가는 동안 마틴이 내뱉는 신음 소리가 들려왔다.

"셔, 션 오라버니는 언제……."

방으로 들어오자 아네트는 여전히 하얗게 질린 얼굴로 집사에게 물었다. 분명 볼일이 있어서 웨스트햄튼에 갔다고 했는데 이렇게 빨리 돌아올 줄은 몰랐다.

집사는 아네트가 무엇을 묻는지 정확하게 알아듣고 대답했다.

"제가 빨리 와 주십사 부탁드렸습니다."

사교계에 아네트의 출생에 대한 불명예스러운 소문이 돌자, 톰슨은 제일 먼저 션에게 연락을 취했다. 전령이나 편지는 너무 느렸기 때문에 그는 마법을 이용했고 바로 션과 연락을 주고받을 수 있었다.

이야기를 들은 션 역시 바로 출발했다. 그는 마법을 이용해 웨스트햄튼에서 수도 근처로 이동했고 그 뒤로는 말을 달려 아슬아슬한 순간에 저택에 도착한 것이다.

"나, 나 때문에?"

자신 때문에 션이 일을 제쳐 두고 달려왔다는 말에 아네트의 눈에 눈물이 고이기 시작했다. 션 오라버니는 그녀에게 관심이 없는 줄 알았다.

어머니가 다른, 나이 차 나는 여동생. 적당히 나이를 먹으면 적당한 가문으로 시집보내 치워 버릴 거라 생각했다. 그래서 그렇게 무심하게 구는 건 줄 알았다.

"당연하죠, 아가씨."

집사의 대답에 아네트는 그대로 주저앉아서 울기 시작했다. 그녀의 어머니가 정부였다는 소문을 들었을 때 제일 먼저 생각난 건 역시 그녀를 생각하는 사람은 아무도 없다는 거였다.

못되게 구는 마틴과 무심한 션. 그녀의 편은 아무도 없었다. 하지만 션은 그녀를 생각하고 있었다. 그녀를 위해 급하게 웨스트햄튼에서 마법을 이용해 달려와 주었고 마틴을 혼내 주었다.

그것만으로 아네트는 안도가 됐다.

* * *

조금만 더 있으면 점심시간이다. 에버딘은 지루함을 참고 앉아 있었다. 이번 업무는 특별히 더 지루하다고 생각하면 안 되는 업무였다.

영지민들의 고충을 듣는 시간이기 때문이다.

아침 식사를 마치고 오전 회의를 마친 뒤, 에버딘은 서류를 처리하는 시간과 점심시간 사이에 면담 시간을 갖기 시작했다.

영주에게 할 말이 있는 사람들과 만나 이야기를 나누는 거다. 전부터 이런 시간을 가지면 좋겠다고 생각했지만 정기적인 일정으로 만든 지는 얼마 안 됐다.

"그, 그래서 말입니다……."

에버딘의 앞에 서 있는 요한이 새빨간 얼굴로 횡설수설하고 있었다. 무슨 말을 하는 건지 모르겠는데. 에버딘은 그를 빤히 쳐다보다가 불쑥 물었다.

"소꿉친구와 결혼하고 싶다는 건가?"

"아니, 아닙니다! 그 녀석은 남자라고요!"

하지만 요한의 이야기는 에버딘이 오해할 만했다. 새빨간 얼굴로 찾아온 그는 자신이 헬름에서 나고 자랐으며 부모님도 헬름에서 태어나고 자란 토박이에 소꿉친구였다고 설명했다. 그에게는 두 명의 동생이 있는데 둘 다 얼마 전에 결혼을 했다는 이야기까지 장황하게 이야기 한 것이다.

중간에 레슬리가 그 이야기가 꼭 필요한 이야기냐고 끼어들지 않았다면 요한의 말은 더욱 길어졌을 것이다.

결국 그의 이야기는 근방에 자신과 소꿉친구만 결혼하지 않았다는 이야기로 이어지더니 자신이 소꿉친구와 얼마나 친한지로 끝이 났다.

누구라도 그 이야기를 들으면 에버딘과 같은 질문을 던질 것이다. 그래서, 소꿉친구랑 결혼하고 싶다고?

하지만 요한의 소꿉친구는 남자였고 에버딘의 질문에 저렇게 펄쩍 뛰는 것이다. 어쩌라는 건지 모르겠네. 에버딘은 짜증 내지 않으려 애쓰며 물었다.

"그럼 내가 뭘 해 주길 바라는 건데?"

"그게, 그게……."

다시 요한의 얼굴이 붉게 달아올랐다. 그는 우물거리며 말을 이었다.

"결혼하고 싶습니다."

"나랑?"

우리 오늘 처음 만난 거 아니었어? 놀란 에버딘의 질문에 요한이 다시 펄쩍 뛰었다.

"아이고! 아닙니다! 그런 게 아니라요! 결혼할 여자가 필요하단 말입니다!"

그러니까 쉽게 말하면 에버딘이 자신과 결혼할 여자를 찾아 줬으면 한다는 말이다. 아니, 이게 무슨 멍멍이 소리야.

에버딘은 어이가 없어서 요한을 빤히 쳐다보다가 레슬리를 쳐다봤다. 그리고 다시 요한에게 시선을 돌리며 물었다.

"주변에 여자가 없어?"

"있, 있는데요……."

"그 여자들과 잘 해 볼 생각은 없고?"

"저한테 관심이 없어서……."

"넌 있고?"

당연히 있다. 하지만 여자들이 그에게 관심이 없는 걸 어쩌란 말인가. 요한은 답답한 마음에 가슴을 치며 말했다.

"저한테 관심도 없는 걸 어쩝니까?"

이해를 못 하겠네. 에버딘은 여전히 어이가 없다는 표정으로 요한을 쳐다보고 있었다. 그녀는 상체를 내밀며 말했다.

"내가 마법사야? 없는 관심을 만들어 주게?"

이건 마법사가 아니라 요정이 와도 불가능하다. 없는 관심을 어떻게 만들어 주란 말인가. 하지만 요한은 관심이 필요한 게 아니었다. 그는 우물쭈물하며 진짜 원하던 바를 이야기했다.

"저랑 결혼하라고 명령하시면……."

"뭐라는 거야."

결국 참다못한 한마디가 에버딘의 입에서 흘러나왔다. 그녀는 인상을 쓰며 요한을 쳐다보다가 의자 등받이에 몸을 기대며 다시 입을 열었다.

"차라리 너보고 평생 혼자 살라고 명령하는 게 더 빠를 것 같은데?"

"네? 그런 게 어딨습니까?"

"그럼 너랑 결혼하라는 명령을 받은 불쌍한 여자는 그런 게 어딨는데?"

요한이 결혼하고 싶은 만큼 다른 사람들은 요한과 결혼하고 싶지 않을 수도 있다. 그렇다면 차라리 요한에게 평생 결혼하지 말라고 명령하는 게 전체 행복을 위해 더 나은 명령일 수도 있는 거다.

에버딘은 말도 안 된다고 억울해하는 요한을 쳐다보다가 천천히 입을 열었다.

"생각해 봐. 어차피 여자들은 너한테 관심이 없다며? 내가 결혼하지 말라고 명령하면 좋은 핑계가 생기는 거잖아? 여자들이 관심이 없어서 못 하는 게 아니라 나 때문에 못 하는 거라니까?"

그 순간, 옆에 서 있던 레슬리는 저도 모르게 풋 하고 웃음을 터트렸다. 확실히 맞는 말이다. 여자들이 자기에게 관심이 없다고 영주에게 징징거리러 온 사람이다. 평생 결혼하지 말라고 명령하는 게 영지 전체의 행복을 위해 나을지 모른다.

하지만 영지민들의 결혼 역시 영주의 업무인 것도 사실이라 그녀는 언제 웃었냐는 듯 표정을 관리했다. 그 사이에 에버딘은 요한을 어떻게 처리해야 할지 고민하고 있었다.

"이렇게 하자."

에버딘은 자세를 고치며 입을 열었다. 그녀가 영지 내의 모든 여자들을 불러서 요한과 결혼할 생각이 있냐고 물어볼 수는 있다. 하지만 왕자의 결혼도 아니고 고작 영지민 하나를 위해 영지민의 반이 영주에게 불려 올 이유가 없다.

"뭐, 뭐든 하겠습니다."

에버딘은 그럼 가서 여자들에게 잘 보일 노력을 하라고 하려다가 말았다. 대신 다른 조건을 걸었다.

"가서 하루에 한 번 누군가를 도와주고 고맙다는 인사를 받아와."

"네?"

결혼하는 거랑 누군가를 돕는 게 무슨 상관인지 모르겠다. 요한은 에버딘의 지시에 이해가 안 된다는 표정을 지었다가 다시 물었다.

"아, 아무나 말입니까?"

아무나 도와주면 된다. 그렇게 말하려던 에버딘은 생각을 바꿔 대답했다.

"관심 있는 여자는 빼고. 감사를 강요하면 안 돼. 자발적인 고맙다는 인사를 받아야 해."

관심 있는 여자는 빼라니? 요한은 이해할 수가 없어서 다시 물었다.

"그러니까, 제가 관심 있는 여자는 돕지 말라는, 그런 말씀입니까?"

"그렇지."

한 단계 거쳐야 하긴 하지만 에버딘의 지시를 잘 이해했다. 고개를 끄덕이는 영주 앞에서 요한은 뭐라고 해야 할지 몰라 머뭇거리고 있었다.

그게 무슨 뜻인지 모르겠다. 여자에게 잘 보이려는 것도 아니면, 남을 돕는 게 왜 그의 결혼에 도움이 되는 걸까. 하지만 그가 다시 묻기 전에 누군가 일 층 서재의 문을 두드렸다.

"영주님."

그레이스였다. 에버딘이 들어오라고 하자 그녀가 서둘러 들어와서 나직하게 말했다.

"공작님께서 오셨습니다."

헬름에 올 만한 공작은 하나밖에 없다. 웨스트 공작. 에버딘은 선이 왔다는 소식에 놀라 벌떡 일어났다가 요한을 떠올리고 그를 쳐다봤다.

일단 면담부터 끝마쳐야 한다. 그녀는 재빨리 요한에게 말했다.

"하루에 한 번씩 사람들 도와주고 일주일 뒤에 다시 와. 어떻게 도와줬는지 들어 보고 결정하지."

진짜로 사람들을 도와주면 결혼할 수 있도록 도와줄지 결정한다는 말에 요한은 뭐라 반박하려 했다. 영주님이니까 내 결혼도 책임져 줘야죠! 뭐, 그런 소리였다. 하지만 그가 입을 열자마자 레슬리가 그에게 다가가서 단호하게 말했다.

"나가는 길을 안내하지. 따라오게."

결국 요한은 그레이스와 함께 서재를 떠나는 에버딘의 뒷모습을 볼 수밖에 없었다. 레슬리는 그를 다른 문으로 통해 내보냈고, 에버딘은 그레이스와 함께 정문으로 향하며 물었다.

"용병들은?"

"지금 막 마크를 보냈습니다."

용병들에게 웨스트 공작이 갑자기 헬름에 왔다는 것을 알리기 위해 마크를 보냈다는 말이다. 예정대로라면 션은 아직 웨스트햄튼에 있어야 한다.

바로 이틀 전에도 그는 에버딘에게 편지를 보냈었다. 웨스트햄튼의 일이 정리되어 며칠 안에 헬름으로 갈 수 있을 것 같다는 편지였다.

그런 편지를 써 놓고 오늘 갑자기 왔다는 건 뭔가 일이 일어났다는 말이다. 무슨 일인가 하고 놀라서 나오는 에버딘의 눈에 저택 앞에 멈춰 선 커다란 마차가 보였다.

웨스트 공작가의 마차였다. 크고 튼튼해 보이는 마차에서 션이 나왔다. 그는 잘 빗어 넘긴 머리카락과 새까만 코트를 입고 있었다.

"에버딘."

나직한 목소리가 에버딘의 귀에 파고들었다. 그녀는 그대로 문을 연 채 멈춰 섰다. 진짜로 션이었다.

션은 마차에서 내리자마자 에버딘을 알아보고 그녀에게 다가갔다. 수도에서 헤어질 때보다 좀 더 여유로운 태도였지만 얼굴은 약간 창백해 보인다. 그는 저도 모르게 에버딘의 허리를 끌어안으며 물었다.

"아팠어?"

"뭐?"

마지막으로 봤을 때보다 약간 더 말랐다. 그는 장갑을 벗고 에버딘의 뺨에 손바닥을 가져다 댔다. 그리고 그녀의 뒤에 서 있는 레슬리를 돌아보며 물었다.

"의사는?"

의사가 에버딘을 봤냐는 질문에 레슬리는 뭐라고 대답해야 할지 몰라 당황했다. 다행히 그녀가 대답하기 전에 에버딘이 션의 손을 찰싹 때리며 말했다.

"안 아팠어. 무슨 일이야, 갑자기."

최근에 좀 바빠서 약간 마른 것뿐이다. 에버딘의 질문에도 아랑곳하지 않고 그녀의 안색을 살핀 션은 그제야 마차를 떠올리고 말했다.

"일이 좀 있어서 아네트를 데려왔어."

"아네트를?"

선 외의 손님이 왔다는 말에 레슬리가 재빨리 저택 안쪽으로 사라졌다. 손님방을 준비해야 한다.

에버딘은 갑자기 아네트를 데려왔다는 말에 저도 모르게 움찔했다. 수도에서 아네트와 가볍게 부딪쳤기 때문이다. 하지만 그 사실을 모르는 선은 그녀가 갑자기 손님을 데려와서 당황했다고 생각하고 사과했다.

"미안해. 도저히 수도에 둘 수가 없어서. 하지만 나나 그 녀석이나 한동안은 수도 근처에 남아 있어야 하거든."

결혼 문제가 해결될 때까지는 둘 다 수도에 있어야 한다. 웨스트햄튼에서는 수도로 오가기가 힘들기 때문이다. 하지만 수도에 아네트에 대한 소문이 퍼진 이상 선은 그녀가 수도에서 지내기는 어려울 거라고 판단했다.

헬름이라면 좀 나을 것이다. 아직 소문이 퍼지지 않았을 테고 아네트의 얼굴을 아는 사람도 적으니까.

그는 에버딘만 허락한다면 아네트를 헬름에 두고 싶었다. 아네트를 위해서.

그래서 일부러 새벽에 출발했다. 낮에 출발했다가 웨스트 공작가의 마차를 본 사람들이 호기심 어린 표정으로 또 다른 헛소문을 만들어 내는 건 사양이었다.

"도저히 수도에 둘 수가 없었다니, 무슨 소리야?"

그렇게 물은 에버딘은 아직도 그녀와 선이 저택 밖에 있다는 것을 깨달았다. 아차. 손님을 밖에 내버려 두는 건 예의가 아니다. 그게 추운 겨울이라면 더더욱.

그녀는 션의 대답을 듣기 전에 집 안으로 몸을 돌리며 말했다.

"일단 들어와."

이미 아네트의 방을 준비한 레슬리가 세 사람을 응접실로 안내하기 위해 에버딘에게로 다가오고 있었다. 션은 아쉽다는 듯 에버딘의 허리에서 손을 떼고 몸을 돌렸다.

마차는 여전히 거기 있었다. 그리고 아네트도.

"아네트."

션의 부름에 마차 문이 마지못해 열렸다. 새벽부터 출발하느라 아네트는 평소보다 검소한 차림새였다. 머리를 묶어 올리지도 않았고 눈에 띄는 보석도 하나도 없었다.

하지만 그럼에도 하얀 털코트를 입은 그녀의 모습은 요정처럼 예뻤다. 밤새 울어서 퉁퉁 부은 눈을 제외하면.

아네트는 지난 밤 내내 울었고 헬름으로 오는 마차 안에서는 션의 얼굴을 쳐다보지 못했다. 션이 마틴의 말은 거짓말이라고 했지만 그래도 여전히 그를 볼 면목이 없었다.

아네트가 태어난 건 그녀의 어머니가 아버지와 정식으로 결혼한 뒤가 맞다. 그러니 지금 사교계에 떠도는, 아네트가 사생아라는 소문은 거짓말이다.

하지만 마틴은 아니었다. 그는 션의 어머니가 살아 있을 때 태어났고 불륜의 증거였다. 그러니, 사생아라는 말은 마틴에게 적합할 것이다.

그렇기 때문에 아네트는 도저히 션의 얼굴을 볼 면목이 없었다. 그녀는 살면서 부모님과 자신을 냉정하게 대하는 션을 약간은 원망하며 살아왔다. 하지만 이제 그가 그랬던 이유를 알았다.

"웨스트 양."

에버딘은 마차에서 나와 자신을 향해 마지못해 걸어오는 아네트에게 인사를 건넸다. 전에 만났을 때 안 좋게 헤어지긴 했지만 그녀는 어른이다. 게다가 아네트의 상태가 그다지 좋아 보이지 않았다.

"배고프겠네."

에버딘은 그렇게 말하고 션을 쳐다봤다. 그녀의 말대로 션은 매우 배가 고팠다. 창피해서 어떻게 돌아다니냐고 우는 아네트를 위해 새벽부터 출발하느라 아침을 집사가 싸 준 샌드위치 하나로 때웠기 때문이다.

당연히 아무것도 안 먹은 아네트도 배가 고팠지만 그녀는 아무것도 목으로 넘어가지 않을 것 같아서 아무 말도 하지 않았다.

"방으로 갖다 주라고 할까?"

아무 말도 하지 않은 아네트에게 에버딘이 물었다. 무슨 일인지 모르겠지만 아네트에게 문제가 생긴 모양이다. 아직은 사람들과 함께 식사를 하는 게 부담스러울 수 있다.

에버딘의 정확한 포착에 아네트는 깜짝 놀라서 고개를 들었다. 기분이 이상했다. 그녀는 에버딘에게 못되게 굴었는데 에버딘은 아무 일도 없다는 듯 굴고 있었다.

아니, 오히려 더 잘해 주고 있었다.

아네트는 그렇게 할 수 없을 것이다. 어찌할 바를 몰라서 아네트는 다시 고개를 숙였다.

여기로 오고 싶지 않았다. 에버딘에게 도움을 받거나 동정을 받고 싶지 않았다. 하지만 수도에 남아 있는 건 더더욱 싫었다. 마틴과 함께 한집에 있는 건 차라리 죽는 게 나았다.

그래서 할 수 없이 왔다. 에버딘이 자신을 얼마나 비웃을까 생각하며.

하지만 에버딘은 그녀를 비웃지도 동정하지도 않았다. 아직 무슨 소문이 났는지 몰라서 그래. 그렇게 생각하자 아네트의 기분이 조금 나아졌다. 그녀는 고개를 저으며 말했다.

"새, 생각 없어."

생각은 없어도 입맛은 있겠지. 에버딘은 아네트의 생각 없다는 말을 무시하고 레슬리에게 아네트의 음식은 방으로 올려 보내 달라고 부탁했다.

그리고 아네트가 레슬리와 함께 이 층으로 올라가자 션을 데리고 식당으로 향하며 물었다.

"무슨 일인데?"

보통 일이 아닐 것이다. 새벽부터 저런 애를 데리고 달려왔을 테니까. 설마 왕자가 아네트와 결혼하겠다고 우기기라도 한 건 아니겠지.

에버딘의 머릿속에 그녀가 생각할 수 있는 최악의 가정이 떠올랐다. 왕자와 결혼하기 싫어서 저렇게 눈이 붓도록 운 건가? 그녀가 아네트의 부은 눈을 떠올리며 생각했을 때, 션이 무거운 한숨을 내쉬며 말했다.

"수도에 헛소문이 퍼져서."

"어떤 거?"

아네트가 저렇게 울었으니 아네트에 대한 헛소문인 건 확실하다. 애초에 션은 자신을 둘러싼 헛소문에는 무신경한 사람이니 헛소문을 피해 헬름으로 도망칠 리도 없다.

마틴에 대한 헛소문은 이미 더 할 수 없을 만큼 엉망이고.

에버딘의 합리적인 추측에 션은 저도 모르게 피식 웃었다. 두 사람은 식당 안으로 들어가 이야기할 수 있도록 가까이 앉았다.

"어차피 너도 알게 되겠지."

션은 그렇게 말하고 한숨을 내쉬었다. 에버딘의 친구 중에 크리스틴이라는 의상 디자이너가 있다는 것을 안다. 그리고 그 크리스틴이 사교계에서 꽤 인기가 있다는 것도.

그는 잠시 망설이다가 입을 열었다.

"아네트가 사생아라는 소문이야."

에버딘은 아무 말도 하지 않았다. 그저 눈을 크게 떴다가 원래대로 돌아왔을 뿐이다. 그녀는 션을 물끄러미 쳐다보다가 몸을 젖히며 물었다.

"네 아버지의 자식이 아니라는 말이야?"

"아니, 그 반대."

그 반대라는 게 무슨 소린지 모르겠다. 미간을 찡그리는 에버딘에게 션이 간단하게 설명했다. 아네트의 어머니가 아버지의 정부였고, 결혼 전에 아네트를 낳았다는 소문이 퍼진다는 것이다.

"아네트는 이제 고작 열여섯 살이잖아?"

조금 있으면 열일곱 살이 된다. 그녀가 태어난 지 십육 년밖에 안 됐다는 말이다. 그건, 아네트가 태어났을 때 그녀의 부모가 어떤 관계였는지 기억하는 사람이 많다는 뜻이기도 했다.

말도 안 되는 헛소문이라는 완곡한 표현에 션은 다시 피식 웃었다.

그녀의 말대로 아네트에 대한 헛소문은 누구나 혀를 찰 헛소문이다. 문제는 사람들의 생각이 아네트에서 멈추는 게 아니라 마틴으로 올라간다는 점이다.

"하지만 마틴은 아니지."

션은 씁쓸하게 웃으며 말했다. 이 이야기의 문제점은 두 가지다. 이번 일로 아네트와 왕자의 결혼이 조금 골치 아프게 될 수도 있다는 것과 마틴에 대한 이야기가 사교계에 퍼진다는 것.

션의 이야기를 듣던 에버딘은 문득 궁금증이 생겨서 물었다.

"아네트와 왕자의 결혼이 골치 아프게 되면 좋은 거 아냐?"

션은 아네트를 왕자와 결혼시키고 싶지 않아서 고민하고 있었다. 이번 일로 아네트가 왕자와 결혼할 수 없다면 오히려 좋은 일이 아닐까. 물론 아네트에게는 조금 상처겠지만 말이다.

에버딘의 지적에 션은 거칠게 머리를 쓸어 넘겼다. 단순하게 생각하면 그렇다.

그가 웨스트햄튼으로 갔던 건 웨스트 공작가가 가지고 있던 재산을 정리하기 위해서였다. 왕자는 션이 레베카 공주와 결혼하거나 왕자비로 아네트를 달라고 했다.

하지만 션은 레베카 공주와 결혼하고 싶지도, 아네트를 왕자비로 보내고 싶지도 않았다. 그렇다면 그에 상응하는 뭔가를 대신 내놔야 한다는 말이다. 왕족과의 혼담을 거절하는 거다. 고작 개인 극장을 지어 주는 걸로 통할 리가 없다.

“잘 모르겠어.”

션이 그렇게 말했을 때 하인이 식사를 나르기 시작했다. 뭉쳐서 튀긴 볶은 밥과 토마토소스를 끼얹은 미트볼. 으깬 감자와 밥을 넣은 닭고기 수프였다.

에버딘은 제일 먼저 닭고기 수프를 떠먹으며 물었다.

“아네트는 알아?”

왕자가 자신과의 결혼을 요구한 것을 아는지를 묻는 거다. 션은 에버딘을 따라 수프를 마시다가 인상을 쓰며 고개를 저었다. 아직 말하지 않았다. 하지만 곧 알게 되겠지.

가장 좋은 건 소문을 들은 왕자가 아네트와의 혼담을 없던 일로 하겠다고 하는 거다. 하지만 과연 그럴까. 어차피 헛소문이다. 무시하고 강행한 뒤 웨스트가에 억지로 빚을 만들어 주는 방법도 있다.

그런 헛소문에도 불구하고 아네트를 부인으로 삼아 줬으니 고마워하라는 식으로.

“누가 그런 소문을 퍼트린 걸까?”

이어진 에버딘의 질문에 션은 오는 동안 생각했던 것을 입에 담았다.

“크리스토퍼 왕자가 퍼트렸을 수도 있지.”

“자기랑 결혼할 여자에 대한 헛소문을 퍼트린다고?”

“아네트에게 있지도 않은 흠을 만들어서 내게 빚을 만들려는 걸 수도 있고.”

왕비의 집안이 힘을 갖는 건 어느 나라나 마찬가지다. 왕자가 왕이 되고 아네트가 후손을 낳으면 웨스트 공작가는 외척이 된다.

그걸 초장부터 잡으려 한 걸 수도 있겠지. 션의 설명에 에버딘은 인상을 쓰며 물었다.

“그 왕자가 그 정도로 머리가 돌아간다고?”

말도 안 된다는 소리에 션은 저도 모르게 웃음을 터트렸다. 그녀의 말도 맞았다. 션은 지금까지 살면서 크리스토퍼가 머리를 쓰는 걸 본 적이 없었다.

크리스토퍼는 내키는 대로 살았고 그로 인해 발생하는 모든 문제는 그를 사랑하는 사람들이 처리하도록 했다. 가장 많은 뒤처리를 한 건 단연 레베카 공주였고.

“다른 사람은 없어?”

헛소문을 퍼트릴 만한 또 다른 사람은 없냐는 말에 션은 음 하고 입을 다물었다. 솔직히 말하면 너무 많다. 그는 살면서 많은 적을 만들었고 마틴은 그가 만든 것보다 더 많은 적을 만들었을 것이다.

그중에서 누군가는 웨스트 공작가가 왕족과 혼인 관계를 맺는 것을 막고 싶어 할 수도 있겠지.

“어휴.”

너무 많다는 션이 표정에 에버딘은 한숨을 내쉬었다. 이래서 사람은 착하게 살아야 한다. 그게 아주 어려운 일이라 그렇지.

“난 나한테 덤비는 놈들만 손봐 줬을 뿐이야.”

션이 억울하다는 듯 말했지만 에버딘은 믿지 않았다. 그녀는 퉈

긴 주먹밥을 수저로 잘라 먹으며 물었다.

“이왕 이렇게 된 거, 왕자한테 결혼 못 하겠다고 하면 되는 거 아냐?”

“그랬다가 그 소문을 우리가 일부러 냈다고 오해할 수도 있지.”

왕족과의 결혼을 거부하려고 그런 짓을 했다고 생각할 수도 있다. 그리고 그건 별로 좋은 짓이 아니다.

그래서 골치 아픈 일이라고 한 거다. 설령 그 소문을 왕자가 낸 거라 해도, 션이 소문 때문에 결혼할 수 없다고 나서면 왜 왕족과의 혼담을 피하려 하는지 의심할 것이다.

잘못하면 반 왕족파로 보일 수 있다. 크리스토퍼 왕자는 그리 깊게 생각하지 않겠지만 그를 사랑하는 다른 귀족들은 어떻게 나올지 모른다.

괜히 골치 아픈 일을 만들 필요가 없다. 특히나 마틴이라는 쓸모없는 종양이 있는 지금은 더더욱.

“그럼 어떻게 해?”

“일단은 지켜봐야지.”

션은 튀긴 주먹밥을 포크로 잘라 먹으며 느긋하게 말했다. 일이 좀 복잡해진 거지 어려워진 건 아니다. 그의 올해 초 계획은 마틴을 어느 가난한 귀족가에 넘겨 버리고 손 떼는 거였다. 하지만 그 계획 중에 에버딘을 만났다.

그렇게 생각하면 그 계획은 어떤 면으로는 아주 성공한 것이다. 원하는 결과가 아니라서 그렇지.

션은 그렇게 생각하고 씩 웃었다. 그의 곁에서 에버딘이 미트볼을 포크로 잘라 먹고 있었다. 션은 저도 모르게 에버딘을 물끄러미 쳐다봤다.

"왜?"

시선을 느낀 에버딘은 고개를 들었다가 자신을 쳐다보는 션을 보고 물었다. 그는 꼭 할 말이 있는 것 같은 표정으로 그녀를 쳐다보고 있었다.

"아니, 아무것도."

그냥 보고 있는 것만으로 좋다. 션은 에버딘이 마음 편하게 식사를 할 수 있도록 고개를 저으며 자세를 바로 했다. 식사가 끝날쯤에 하인이 들어와서 물었다.

"디저트로 케이크가 있는데 드시겠습니까?"

"응접실에서 먹을래."

에버딘은 그렇게 말하고 자리에서 일어났다. 그리고 문득 생각났다는 듯 하인에게 다가가 물었다.

"아네트는 어때? 뭐 먹었어?"

손님에게 음식을 가져다줬냐는 질문에 하인은 고개를 끄덕였다. 하지만 확인하진 않았다. 그는 재빨리 나직하게 대답했다.

"그레이스가 날랐습니다. 드셨는지는 확인하지 않았고요."

"내가 할게."

션은 아침부터 아네트가 아무것도 안 먹었다고 했다. 가져다준 걸 먹었는지 확인 한번 해야겠다. 에버딘은 주방으로 가서 케이크 한 조각과 차를 가지고 나왔다. 그러자 션이 인상을 쓰며 말했다.

"내버려 둬."

"그럴 거면 내 집에 데려오지 말았어야지."

어쨌든 손님이다. 아네트가 션의 동생이 아니었더라도 에버딘은 들여다봤을 것이다. 오히려 션의 동생이 아니었다면 션을 버리고 먼저 들여다봤겠지.

에버딘의 지적에 션은 거칠게 머리를 쓸어 넘겼다. 그녀의 말이 맞다. 아네트를 데리고 헬름으로 온 순간부터 에버딘은 연관될 수밖에 없다.

하지만 그럼에도 헬름으로 데리고 온 것은 수도에 있다간 아네트에게 큰일이라도 날 것 같다고 걱정하는 집사 때문이었다. 그는 성에서 어떻게 나올지 기다리는 동안만 아네트를 헬름에 둘 생각이었고 그건 그리 오래 걸리지 않을 거라고 생각했다.

그의 집안일이다. 그녀가 신경 쓰게 하고 싶지 않았다. 션은 에버딘의 손에서 쟁반을 빼앗듯이 가져가며 말했다.

"너 신경 쓰라고 데려온 거 아냐."

아네트는 그냥 저렇게 뒀다가 그가 다시 데리고 가면 된다. 하지만 에버딘은 그게 안 됐다. 그녀는 션이 빼앗아 간 쟁반을 되찾으려 애쓰며 말했다.

"아네트가 어른이면 나도 신경 안 썼어."

아무리 얄미워도 애는 애다. 열여섯밖에 안 먹은. 어른이 들여다봐야 하는 거다.

션은 에버딘의 고리타분한 책임감에 인상을 썼다. 그래도 남의 애다. 그는 에버딘의 손에 닿지 않도록 쟁반을 더욱 높이 들어 올리며 말했다.

"그렇게 남의 일까지 하나하나 다 살피다가 너만 힘들어."

에버딘의 얼굴이 일그러졌다. 지금 나한테 키 크다고 자랑하나? 그녀는 자신의 손에 닿지 않는 쟁반의 높이를 보고 션의 정강이를 걷어차려다가 말았다.

마음 같아서는 걷어차고 싶지만 그랬다가 쟁반 위에 있는 찻주전자를 엎을까 봐 걱정이 됐다. 찻물을 뒤집어쓰는 건 사양이다.

그녀는 그대로 션을 내버려 두고 계단을 오르기 시작했다. 그제야 쟁반이 없어도 에버딘이 아네트를 보러 갈 수 있다는 사실을 깨달은 션이 그녀를 따라왔지만 그때는 이미 에버딘이 아네트의 방문에 노크를 한 뒤였다.

"나야, 에버딘. 들어간다?"

침대 위에서 웅크리고 있던 아네트는 에버딘의 목소리에 놀라 벌떡 일어났다. 들어온다고? 그녀는 노크를 하자마자 들어온다고 하는 에버딘의 말에 주변을 살폈다.

오자마자 이곳 하녀의 도움으로 옷을 갈아입고 침대에 누웠다. 그러니 누군가를 맞이하려면 가운이 필요했다.

다행히 그레이스는 아네트의 짐 가방에서 가운을 찾아 침대 발치에 놓아두었다. 아네트가 부랴부랴 가운을 찾아 입자마자 에버딘이 문을 열고 안으로 들어왔다.

"나, 나 아직 들어오라고 안 했는데."

예상 못 한 방문에 아네트의 말이 뾰족하게 흘러나왔다. 하지만 그녀는 곧 에버딘의 뒤에서 쟁반을 가지고 들어오는 션을 보고 깜짝 놀라며 뒤로 물러났다.

오라버니가 같이 올 줄은 몰랐다.

에버딘은 션을 보자마자 뒤로 물러나는 아네트를 보고 션을 돌아보았다. 그럴 줄 알았다. 지금 아네트가 가장 만나고 싶지 않은 사람은 션일 것이다.

그녀의 어머니와 아버지의 부정을 소문으로 알게 됐으니 당장 션의 얼굴을 볼 면목이 없겠지. 그래서 그녀가 가 보려고 했던 건데.

에버딘은 션에게 가만히 있으라고 손짓하고 아네트에게 다가갔다. 그리고 침대에 풀썩 앉으며 물었다.

"밥은 먹었어?"

아까부터 그것만 묻네. 아네트는 자신의 얼굴을 보자마자 에버딘이 물었던 것도 배고프겠다는 걱정이었다는 것을 떠올렸다. 그녀는 에버딘의 앞에 서서 부루퉁하게 말했다.

"생각 없어."

야속하게도 그녀의 몸은 아니었나 보다. 아네트가 그렇게 말하는 것과 동시에 그녀의 배에서 꼬르륵하고 작은 소리가 흘러나왔다.

동시에 아네트의 얼굴이 새빨갛게 달아올랐다. 하지만 에버딘은 신경 쓰지 않고 어깨를 으쓱하며 말했다.

"먹어. 안 먹으면 너만 손해야."

"끝났는데 그게 다 무슨 소용이야?"

아네트의 대꾸에 에버딘은 물론 션도 그게 무슨 소리냐는 표정을 지었다. 아네트는 에버딘의 표정을 보고 시무룩하게 말했다.

"몰라도 돼."

그녀가 헬름으로 온 건, 션이 데려와서이기도 하지만 헬름에는 아직 소문이 퍼지지 않았기 때문이다. 그래서 덜 부끄러울 수 있었다.

물론 지난번에 자신이 에버딘에게 한 짓을 생각하면 이쪽도 부끄럽기는 마찬가지지만.

아네트는 지난번에 자신이 에버딘에게 한 짓을 떠올리고 얼굴을 붉혔다. 기분이 이상했다.

그때는 그럴 수밖에 없었다.

션은 아무에게도 관심이 없는 사람이다. 그건 그의 동생인 아네트가 확실하게 말할 수 있다. 그는 동생인 아네트에게도 약간 냉담하다 싶을 정도로 무뚝뚝하게 행동했으니까.

그래서 질투가 났다. 피를 나눈 동생에게도 무뚝뚝한 사람이 에버딘에게는 잘해 주는 게.

그게 차라리 레베카 공주라면 납득할 수 있을 것 같았다. 그녀는 어쨌든 공주니까. 아네트보다 나은 게 있는 사람이니까.

하지만 아네트가 보기에 에버딘은 그녀보다 나은 게 하나도 없었다. 예쁘지도, 그렇다고 집안이 좋은 것도 아니었다. 부유한 건 더더욱 아니었고.

에버딘과 션이 들었다면 어이없어할 만한 이야기였다. 동시에 두 사람은 아네트가 아직 어려서 그렇다고 이해했을 것이다.

하지만 아네트는 아니었다. 그녀는 그 나이대라면 다 그렇듯 자신이 다 컸다고 생각했고 지각 있는 어른이라고 생각했다. 그래서 자신의 그런 생각이, 그리고 행동이 부끄러워서 견딜 수가 없었다.

션보다 부족하다고 생각했던 에버딘은 적어도 수치스러운 출생의 비밀 같은 건 없었다. 아네트는 얼굴을 새빨갛게 물들인 채 에버딘을 쳐다보다가 문 앞에 선 채 쟁반을 들고 있는 션에게 말했다.

"어, 어셔 남작님과 둘이서만 이야기하고 싶어."

어셔 남작님? 션은 아네트가 에버딘을 부르는 호칭을 바꾼 것을 깨닫고 한쪽 눈썹을 들어 올렸다. 무슨 이야기를 하려고? 그의 시선이 에버딘을 향했다. 자신이 나가도 되는지 그녀에게 허락을 구하는 명백한 태도에 아네트는 속으로 신음을 내뱉었다.

"내가 그래서 따라오지 말랬잖아."

에버딘은 내가 말했잖아, 라는 말로 션을 내보내고 아네트를 쳐다봤다. 무슨 이야기를 하려고 션까지 내보낸 걸까.

궁금해하는 그녀 앞에서 아네트는 션이 나가기 전에 내려놓고 간 쟁반으로 시선을 돌렸다.

시폰 케이크와 차가 담겨 있다. 이걸 오라버니가 들고 왔단 말인지. 어이가 없어서 약간 짜증이 날 정도다. 션 웨스트 공작을 짐꾼으로 쓸 수 있는 건 아마 에버딘 어셔뿐 일 거다.

"오라버니와 결혼할 거야?"

"허."

션을 내보내고 하는 말이 고작 그거라니 실망이다. 에버딘의 입에서 어이없다는 한숨이 흘러나왔다. 그녀는 침대에서 일어나서 물었다.

"내가 션과 결혼하고 말고가 중요해?"

"당연하지!"

어셔 남작과 아네트의 오빠가 결혼하면 에버딘은 아네트의 새언니가 되는 거다. 당연히 중요하다.

어쩐지 필사적인 아네트의 표정에 에버딘은 가슴 앞으로 팔짱을 끼고 말했다.

"그건 나와 션의 문제야. 너와는 상관없어."

"하지만 결혼하면 우리 집안사람이 되는 거잖아."

무슨 소릴 하는 거람. 에버딘은 아네트의 말에 그렇다고 하려다 멈췄다. 그녀도 어셔 남작이다. 션과 결혼한다고 해서 자신의 작위와 영지를 포기할 생각은 추호도 없다.

그렇기 때문에 그와의 결혼을 망설이고 있는 거고.

"아니지, 반대지. 나와 결혼하면 션이 어셔 집안으로 오는 거지."

에버딘의 말에 아네트는 말도 안 된다는 표정을 지었다. 션 웨스트 공작. 웨스트 공작가의 유일무이한 공작이다. 에버딘과 결혼했다고 작위와 영지를 버리고 어셔 남작가로 갈 이유가 없다.

"오라버니가 제정신이 아니라면 그렇겠지."

"그건 나도 할 말 아냐?"

내가 왜 내 작위와 영지를 포기해야 해? 에버딘의 질문에 아네트는 잠시 말을 잃었다. 그건 생각도 안 해 봤다. 당연히 션 오라버니와 결혼하는 사람은 웨스트 공작가의 사람이 되는 거라고 생각했다.

그렇다면 레베카 공주도 마찬가지인 거 아닐까? 공주의 자리를 놓고 웨스트 공작부인이 되어야 한다. 설마 레베카 공주님도 싫어하는 거 아냐?

꽤 그럴듯한 생각이 아네트의 머릿속을 스쳐 지나갔다. 그녀는 핼쑥해진 얼굴로 다시 물었다.

"그럼, 오라버니와 결혼 안 하려고? 그, 그, 허바드 백작처럼?"

알고 있었네. 에버딘은 팔짱 낀 팔을 풀며 그렇게 생각했다. 션은 아네트가 마틴과 캐서린의 관계를 모른다는 것처럼 말했지만 아네트도 알고 있었던 거다.

어쩌면 당연한 일인지도 모른다. 사교계에 소문이 파다했고 자기 집안과 자기 오빠의 일이다. 아네트는 바보가 아니니 대충 예상했겠지.

그렇다면 에버딘도 아네트를 어른으로 대우해 줘야 할지도 모른다. 이미 반쯤은 그러고 있지만.

"이쪽으로 와."

에버딘은 그렇게 말하고 난로 쪽에 놓은 소파로 자리를 옮겼다. 그리고 션이 놓고 간 쟁반에서 찻주전자를 들어 찻잔에 차를 따랐다.

"안 먹어."

아네트는 에버딘이 자신에게 찻잔을 내밀자 가슴 앞으로 팔짱을 끼며 말했다. 어린애처럼 굴고 있다. 에버딘은 그렇게 말하려다가 고쳐 말했다.

"남의 집에 손님으로 가서도 그렇게 구니?"

무례하다는 완곡한 지적에 다시 아네트의 얼굴이 달아올랐다. 당연히 다른 곳에서는 그러지 않는다. 아니, 오히려 아네트가 이 정도로 버릇없게 구는 건 에버딘이 유일했다.

아네트는 새빨개진 얼굴로 에버딘의 맞은편에 앉아 그녀가 내민 찻잔을 받아 들었다. 그리고 예의상 한 모금 마셨다.

"결혼에 관해서는 의논 중이야. 난 션만큼이나 내 영지가 좋거든."

에버딘은 한결 얌전해진 아네트의 앞에 모른 척 케이크가 담긴 접시를 내려놓으며 입을 열었다. 그녀와 션이 결혼한다면 두 사람은 아마 연말 부부 같은 게 되어야 할 거다. 션은 웨스트햄튼을 다스려야 하고 에버딘은 헬름을 다스려야 하니까.

두 사람은 사교 시즌에만 만나서 함께 지내는 거다. 어쩌면 한두 달 정도는 에버딘이 션과 함께 웨스트햄튼으로 갈 수도 있겠지.

담담한 에버딘의 설명에 아네트는 눈을 동그랗게 떴다. 생각도 안 해 봤다. 작위를 가진 남녀가 결혼한다는 것에 대해.

하지만 한쪽이 작위가 없어도 지금 에버딘이 말하는 것처럼 사는 경우는 흔했다. 영지를 가진 자는 영지를 다스려야 하니, 배우자는 일 년에 반 정도는 수도에서 머물거나 친구네 집에 가기도 한다.

에버딘의 아버지인 헥터가 그러했고 아네트와 션의 아버지도 그러했다.

"그래서. 답이 됐어?"

션과 결혼할 거냐는 질문에 답이 됐냐는 물음에 아네트는 찻잔을 든 채 천천히 고개를 끄덕였다. 그녀가 생각해도 복잡한 문제였다. 동시에 에버딘과 션 오라버니가 그렇게까지 진지하게 생각하고 있다는 것을 알 수 있는 기회기도 했다.

"그럼, 그럼 말이야……."

찻잔을 내려놓은 아네트가 무겁게 입을 열었다. 어차피 그녀의 출생에 대한 소문을 듣는다면 그녀의 입으로 듣는 게 더 덜 자존심이 상할 것 같았다.

아네트는 입술을 한번 깨물었다가 다시 입을 열었다.

"나랑 마틴 오라버니를 싫어하지?"

그런 질문을 할 줄은 몰랐다. 에버딘은 전혀 예상하지 못한 아네트의 질문에 당황해서 그대로 굳어 있었다. 그러자 그녀의 반응을 긍정이라고 생각한 아네트가 두 손에 얼굴을 묻었다.

그녀도 안다. 마틴이 사교계에서 소문이 그리 좋지 않다는 것을. 그와 어울리는 남자들은 다들 브레이디 부인이 쳐다보지도 말라고 할 정도의 수준들이었다.

여자들은 마틴을 놀이 상대로만 본다.

그래서 그녀는 자신이 마틴보다는 낫다고 생각했다. 무뚝뚝한 큰 오빠와 소문 안 좋은 작은 오빠. 거기서 자신이 그래도 제일 낫다고 생각했다.

하지만 아니었던 거다. 사실은 그녀도 마틴과 똑같았던 거다. 아니, 더 나빴다. 그녀의 어머니 때문에 션과 션의 친어머니는 괴로웠을 것이다.

"바보 같아."

아네트의 입에서 흐느낌이 흘러나왔다. 완벽하다고 생각한 그녀의 세상이 완전히 박살이 나 버렸다. 레베카 공주님 다음으로, 어쩌면 공주님만큼이나 완벽하다고 생각한 그녀에게 되돌릴 수 없는 거대한 흠집이 있었다.

"아니, 싫어하는 건 아냐."

에버딘은 좌절하는 아네트 앞에서 간단하게 말했다. 진짜로 그녀는 마틴과 아네트를 싫어하지는 않았다. 물론 좋아하냐고 묻는다면 그건 아니다.

그녀는 고개를 드는 아네트를 쳐다보며 덧붙였다.

"아, 물론 좀 짜증 나긴 해. 그런데 둘이 어디 가서 뒤로 넘어져도 코가 깨지길 바랄 정도로 싫은 건 아냐."

누군가를 그렇게 싫어하는 것도 열정이 필요하다. 그리고 에버딘은 자신의 열정의 대부분을 헬름에 쏟고 있었다. 남은 열정은 션을 향하겠지.

아네트는 뒤로 넘어져도 코가 깨지길 바랄 정도라는 말에 눈을 동그랗게 뜨고 에버딘을 쳐다보다가 저도 모르게 웃음을 터트렸다. 그런 말은 처음 들었다.

"뒤로 넘어졌는데 어떻게 코가 깨져?"

에버딘은 아네트의 표정이 밝아지자 씩 웃었다. 그러게나 말이다. 그녀의 할머니가 자주 하던 말이다. 재수가 없으면 뒤로 넘어져도 코가 깨진다고.

"그러니까, 그 정도로 싫어하는 건 아냐."

그 정도로 불운하길 바라는 건 아니라는 말에 아네트의 표정이 진지해졌다. 그녀는 에버딘을 물끄러미 쳐다보다가 한숨을 내쉬었다.

어쩐지 아주 조금은 션 오라버니가 왜 에버딘을 좋아하는지 알 것 같기도 했다.

"어머니가, 그러니까 션 오라버니랑 나랑 어머니가 다른 건 알지?"

약간 가라앉은 상태로 아네트가 입을 열었다. 이건 모를 수가 없다. 전 웨스트 공작은 션의 어머니고 그렇기 때문에 션이 죽는다 해도 웨스트 공작가는 마틴과 아네트에게 가지 않기 때문이다.

어떻게 보면 그래서 웨스트 공작가에서 션은 무소불위의 권력자이기도 했다. 그가 죽으면 마틴과 아네트의 생활도 끝이 난다. 웨스트 공작가는 나라로 반환될 것이고 마틴과 아네트는 이름 뒤에 붙는 경이라는 호칭 외에는 아무것도 남지 않게 되니까.

"나는 마틴 오라버니가 어머니의 첫 번째 남편과 사이에서 태어난 줄 알았어."

아네트는 그렇게 알았다. 그게 대외적으로 알린 이야기기도 했고.

다행히도 마틴은 그의 어머니를 닮았고 모든 사람들이 아네트 앞에서는 쉬쉬했기 때문에 그녀는 더더욱 알 수가 없었다.

하지만 그럼에도 아네트는 자신의 순진함에 얼굴이 붉어졌다. 사람들이 얼마나 그녀를 바보로 알았을까. 멍청하다고 뒤에서 손가락질했겠지. 그런 생각이 아네트를 밤새 잠들지 못하게 했다.

"그런데 아니었어. 마틴 오라버니랑 나는 아버지가 같았던 거야."

그게 배신감이 들어서 아네트는 주먹을 꽉 쥐었다. 어떻게 이럴 수가 있어? 그럴 거면 그녀를 낳지 말았어야지. 그 모든 게 다 거짓말이었던 거다.

에버딘은 아네트에게 뭐라고 해야 할지 몰라서 가만히 앉아 있었다. 그녀야 남의 일이니까 마틴이 그러거나 말거나 그녀만 결혼 후에 태어난 자식이면 되는 거 아니냐고 생각할 수 있다.

하지만 모든 것이 완벽하다고 생각한 세상에서 살았던 아네트에는 아닌 거겠지.

"너랑 마틴은 달라."

에버딘은 가까스로 입을 열어서 아네트를 위로했다. 적어도 아네트는 션의 배다른 동생으로 알려져 있다. 마틴은 웨스트가에 입양된 사람이고. 그리고 그녀는 진심으로 마틴과 아네트가 모든 면에서 다르다고 생각했다.

"하지만 나랑 션 오라버니도 다르지."

아네트의 대답에 에버딘은 입을 다물었다. 뭐, 그것도 그렇게 따지면 맞는 말이긴 하다. 아네트는 자신의 부모가 이해할 수가 없어서, 그리고 화가 나서 다시 두 손에 얼굴을 묻었다.

어머니 몰래 밖에서 낳아 온 자식과 여자를 집 안에 들여 줬더니 뻔뻔하게 또 자식을 낳은 거다. 아버지라는 작자가. 그리고 아네트는 그 아버지라는 작자와 뻔뻔한 정부의 자식이고.

"죽고 싶어."

아네트의 신음 같은 중얼거림에 에버딘은 으음 하고 신음을 내뱉었다. 이런 건 말 몇 마디로 위로해 줄 수 있는 게 아니다. 에버딘은 물끄러미 아네트를 쳐다보다가 한숨을 내쉬었다.

얄밉다고 생각한 애가 괴로워하는 걸 보는 것도 그렇게 즐거운 일은 아니다. 그녀는 잠시 생각하다가 물었다.

"션하고 이야기해 보면 어때?"

"무슨 이야기를 하라는 거야?"

"지금 네 생각 말이야. 션한테 면목이 없는 거잖아."

지금 아네트의 마음은 복잡할 것이다. 그런 소문이 퍼진 것에 대한 수치스러움과 그 소문의 일부분은 사실이라는 것에 대한 충격.

사람들 보는 것도 창피하고 그들이 뭐라고 수군거릴지 생각하면 죽고 싶을 거다.

동시에 션에게 미안하기도 할 테고.

하지만 션을 아는 에버딘은 그는 정작 별 신경을 쓰지 않을 거라고 생각했다. 물론 아네트의 부모에 대한 분노는 있겠지만 그 분노가 아네트를 향하지는 않을 거라고 확신했다.

그는 자기 사람에게는 놀라울 정도로 관대한 사람이다. 아네트가 자기 동생인 이상 이야기하면 풀리지 않을까.

"뭐, 뭐라고 말해?"

말도 안 된다는 아네트의 질문에 에버딘은 별거 아니라는 듯 어깨를 으쓱하며 말했다.

"그냥 지금 네 기분을 말해. 미안한 거잖아? 사과도 하고. 션은 생각보다 이야기를 잘 들어 줘."

"오라버니가?"

아네트가 다시 믿을 수 없다는 표정을 짓자 에버딘은 킥킥대고 웃기 시작했다. 확실히 션의 얼굴만 보면 남의 이야기를 잘 들어 줄 것처럼 보이진 않는다.

누군가 잡다한 자기 신변 이야기를 하면 손가락을 튕겨 사람을 불러 이야기하는 사람을 쫓아낼 것처럼 생겼다. 하지만 그는 에버딘의 이야기를 잘 들어 주었다. 서재에서 같이 일을 하면서 일 관련한 질문이나 고민도 잘 들어 주었고 산책을 하며 헬름이나 그녀의 미래에 대한 이야기도 잘 들어 주었다.

"이야기해 봐. 어쩌면 둘이 생각하는 게 비슷할 수 있어."

"나랑 션 오라버니가?"

점점 더 일그러지는 아네트의 표정을 보고 에버딘은 깔깔대고 웃었다. 그녀는 포크를 들어 아네트의 손에 쥐여 주며 말했다.

"션도 처음에 이 케이크를 봤을 땐 안 먹으려고 했거든."

에버딘의 말에 아네트가 케이크 한 조각이 담긴 접시를 내려다봤다. 이상한 모양이었다. 가운데가 뚫린 케이크를 자른 거라 기둥이 휘어진 것처럼 보인다.

하지만 아네트는 이 케이크를 먹어 본 적이 있었다. 수도에서 최근에 인기를 끌고 있는 케이크다. 그 인기는 물론 도리스의 빵집에서 시작됐다.

"왜? 맛있는데? 가볍고."

"딱 그 이유로 안 좋아해."

너무 가벼워서 배가 안 찬다는 이유로 그는 그리 즐기지 않았다. 그렇다고 안 먹는다는 건 아니고.

에버딘의 말에 아네트는 그녀를 따라 웃기 시작했다. 너무 가벼워서 안 좋아한다니 재미있다. 동시에 자신보다 에버딘이 그녀의 오라버니에 대해 더 잘 안다는 사실이 놀랍게 느껴졌다.

하지만 그게 전처럼 화가 나지는 않았다. 아네트는 시폰 케이크를 먹다 말고 포크를 내려놓았다. 그리고 에버딘을 똑바로 쳐다보며 말했다.

"미안해. 전에 내가 못되게 군 거. 사과할게."

그때 에버딘이 그녀에게 말했다. 그녀가 사용한 무기는 언젠가 다시 돌아온다고 했던가.

그때는 무슨 헛소리냐고 생각했다. 하지만 이젠 알겠다. 그녀가 에버딘에게 못되게 군 그대로 아네트에게도 돌아왔다. 물론 에버딘이 복수한 것도 아니고, 아네트에 대한 악의적인 소문을 낸 사람도 에버딘의 복수를 한 게 아니겠지만.

"나랑 약속 하나만 하자."

에버딘은 진지한 표정으로 사과하는 아네트에게 손을 내밀며 말했다. 그녀는 괜찮았다. 아니, 괜찮지 않지만 사교계에 깊이 들어가지도 않았고 헬름에 머물고 있으니 아마 괜찮을 거다.

그런 소문에 타격을 받는 건 에버딘처럼 헬름이라는 자기 소유의 영지가 있는 사람이 아니라 아네트처럼 사교계의 인지도를 기반으로 뭔가를 해야 하는 사람이다.

"앞으로 악의적인 소문은 내지 않는 거야. 남의 이야기를 할 거라면 좋은 이야기만 해."

에버딘의 말에 아네트가 멈칫했다. 남의 흉을 보는 것만큼 재미있는 건 없다. 하지만 그게 어떤 결과를 가져왔는지 지금은 안다.

게다가 이젠 같이 남의 흉을 볼만한 친구가 더 이상 남아 있지 않을지도 모른다는 생각이 아네트의 머릿속에 떠올랐다. 그런 소문이 퍼졌는데 과연 누가 그녀와 차를 마시고 그녀를 집에 초대한단 말인가.

이상하게도 그 순간 아네트의 머릿속에 로지와 셀마가 떠올랐다. 다른 사람들이 수군거리고 그녀에게 이상하게 집적거렸을 때 그 두 명과 몇몇 사람만이 그녀를 도와줬었다.

"나보고 착한 척하라는 거야?"

아네트의 질문에 에버딘은 피식 웃었다. 그런 걸 물어볼 줄은 몰랐는데. 그녀는 아네트의 손을 억지로 끌어와 살짝 잡으며 말했다.

"아니, 영리하게 굴라는 거야."

"남의 소문을 내지 않는 게 뭐가 영리한 건데?"

"적을 만들지 않는 거니까."

사람들은 착하게 사는 걸 손해 본다고 생각하는 경향이 있다. 하지만 적을 만들지 않는다는 건 대단한 거다. 누구나 싫어하는 사람이 넘어지면 한 번쯤은 걷어차고 싶기 마련이니까.

적어도 착하게 살면 넘어졌을 때 걷어찰 사람이 줄어든다.

에버딘의 설명에 아네트는 천천히 고개를 끄덕였다. 그녀에 대한 헛소문이 퍼졌을 때 여실히 느꼈다. 모두 기회를 잡은 것처럼 굴었다.

그런 사람들이 사라지진 않을 거다. 하지만 적어도 로지와 셀마 같은 사람들이 좀 더 늘어나긴 하겠지. 그 두 사람은 그녀를 도와줬을 뿐 아니라 어셔 남작에 대한 욕을 하고 다닌 것을 경고하기도 했다.

지금까지 그녀의 잘못을 꼬집어 준 건 그녀의 오라버니인 션과 브레이디 부인뿐이었다. 웨스트 공작가의 아름다운 영애 아네트 웨스트. 그런 그녀에게 면전에 대고 잘못을 저질렀다고 말할 수 있는 사람 많지 않다.

그제야 아네트는 자신이 운이 좋았다는 것을 깨달았다.

그녀에게는 곧바로 도와준 로지와 셀마가 있었다. 그리고 꼴좋다고 비웃지 않은 에버딘이 있었다. 그녀를 걱정해서 헬름으로 데리고 와 준 오라버니가 있었고.

"고마워."

아네트는 로지와 셀마에게 감사의 편지를 보내야겠다고 생각하며 에버딘에게 인사를 건넸다. 그러기 쉽지 않았을 텐데 그녀는 아네트를 받아들여 주었고 이야기를 들어 주었다.

나보다 더 나은 사람이네. 아네트는 에버딘을 새삼스러운 눈으로 보기 시작했다. 션 오라버니가 왜 그녀를 좋아하는지 이제 조금 알 것 같았다.

"어때?"

에버딘이 아네트의 방에서 나왔을 때 션은 문 앞에 서서 그녀를 기다리고 있었다. 약간 긴장한 태도에 에버딘은 피식 웃으며 물었다.

"여기서 계속 기다렸어?"

"아냐, 잠깐……."

그는 거듭 계단을 내려갔다가 올라왔다. 불편하고 걱정이 돼서 앉아 있기가 힘들었다.

"아네트랑 이야기해 봐."

에버딘의 제안에 션은 한숨을 내쉬며 그녀에게 다가갔다. 아네트는 그의 일이다. 에버딘이 신경 쓰게 하고 싶지 않았다.

"미안해."

"뭐가?"

"신경 쓰게 해서."

뭘? 잠시 어리둥절해 하던 에버딘은 아네트의 일을 두고 션이 사과를 한다는 것을 깨달았다. 그의 말도 틀린 건 아니다. 아네트는 웨스트 공작가의 사람이고 그녀의 문제를 해결해 줘야 하는 건 가주이자 오빠인 션의 일이다. 그걸 에버딘이 하게 했으니 션이 사과하는 것도 당연했다.

하지만 정작 션이 그렇게 사과하자 에버딘은 저도 모르게 허리에 손을 얹었다. 그렇게 따지면 집안일에 끼어들었으니 그녀도 사과를 해야 한다. 물론, 끼어들 수밖에 없도록 아네트를 데려온 션의 잘못이긴 했지만.

"아무튼 아네트랑 이야기해 봐."

에버딘은 괜찮다고 해야 할지, 자신이 사과해야 한다고 말해야 할지 고민하다가 결국 주제를 바꿨다. 션은 정말 아네트와 이야기해 봐야 한다. 그녀는 진지한 얼굴로 고개를 끄덕이는 션을 보고 다시 물었다.

"아네트랑 가장 친한 친구가 누군지 알아?"

"글로리아 헨리."

션의 입에서 금세 답이 튀어나왔다. 헨리 백작가의 막내딸이다.

알고 있네? 에버딘은 그가 아네트의 친구 이름을 안다는 사실에 가볍게 놀랐다. 모르는 줄 알았다. 자기 자식 친구 이름도 못 대는 아버지처럼.

하지만 아네트는 션의 동생이다. 동시에 그가 책임져야 할 사람이기도 했다. 당연히 아네트와 누구와 친하게 지내고 어디서 뭘 하는지 정도는 파악해 두고 있다.

그리고 그건 마틴도 마찬가지다.

"글로리아 헨리를 여기로 초대하면 어떨까?"

어쩌면 친한 친구가 곁에 있으면 좀 나을지도 모른다. 에버딘의 제안에 션은 미간을 찡그린 채 고개를 저었다.

"만약 그녀가 초대를 거절한다면 아네트는 더 상처받겠지."

"하지만 친구라며? 초대를 거절할까?"

"그건 모르는 일이지."

상대방이 어떤 사람인지, 아네트와 글로리아가 어떤 관계인지에 따라 다르다. 사교계의 친구란 적당히 집안과 수준에 맞춰서 만나고 교제를 한다.

그러니 아네트에 대한 안 좋은 소문이 퍼졌다는 이유로 아네트를 멀리할 가능성이 있다.

"말도 안 돼!"

에버딘은 션의 설명에 인상을 쓰며 소리쳤다. 그건 진짜로 말도 안 된다. 하지만 그 순간 그녀의 머릿속에 크리스틴이 떠올랐다.

그녀가 귀족이라는 것을 알자 크리스틴의 태도도 변했었다. 귀족이라는 이유로 에버딘을 어려워했었다.

그 반대의 경우도 있을 수 있다. 에버딘의 표정이 어두워지자 션은 한숨을 내쉬며 말했다.

"일단 아네트에게 물어볼게."

여기서 더 에버딘을 신경 쓰게 할 수는 없다. 션은 적당히 그렇게 말하고 아네트나 헨리 백작가에는 묻지 않을 생각이었다.

"그 녀석이 좀 쉬고 난 다음에."

헬름에 도착하자마자 친구를 부르고 싶냐고 물을 순 없다. 션의 말에 에버딘은 천천히 고개를 끄덕였다.

“남작님.”

그때, 레슬리가 에버딘을 부르러 왔다. 곧 점심 식사 시간이 끝나기 때문일 것이다. 에버딘은 일하러 가라는 건 줄 알고 걸음을 옮기며 말했다.

“알았어요. 서재로 차 한 잔만 가져다줘요.”

“그게 아니라, 면담 요청이 있어서요.”

“면담 요청이요?”

영지민과의 면담은 점심 식사 전으로 정해져 있다. 내일 오라고 하면 안 되냐고 에버딘이 묻기 전에 레슬리가 션을 한 번 쳐다보고 말했다.

“그게, 웨스트햄튼의 대장장이들이에요. 대장간 일로 남작님과 이야기를 하고 싶다고 하는데요.”

웨스트햄튼의 대장장이라고? 에버딘의 시선이 션을 향했다. 전에 헬름과 웨스트햄튼의 대장장이가 협업해서 제품을 만들기로 션과 계약을 했다.

그리고 웨스트햄튼의 대장장이들이 헬름으로 와서 살기 시작한 지 며칠밖에 되지 않았다. 에버딘은 션과 함께 레슬리가 안내하는 대로 응접실로 향했다.

“고, 공작님!”

응접실에 앉아 약간 긴장한 채로 어셔 남작을 기다리던 웨스트햄튼의 대장장이들은 어셔 남작과 함께 나타난 웨스트 공작의 모습에 깜짝 놀라 자리에서 일어났다. 그들의 영주님이 왜 여기에 계신 걸까?

당연히 그들은 션이 여기 있는 줄 모르고 에버딘에게 상담을 하러 찾아왔다. 그 모습에 션과 에버딘 모두 흥미롭다는 표정을 지었다.

영지민이 영주의 얼굴을 안다는 건 영주가 영지민들과 자주 만난다는 뜻이다. 이제 막 헬름의 사람들과 면담을 시작한 에버딘도 처음에는 그녀의 얼굴을 아는 사람이 없었다.

아마 지금도 영지민의 반 이상이 에버딘의 얼굴을 알지 못할 것이다.

하지만 이 대장장이들은 션을 보자마자 바로 그를 알아봤다. 그게 꼭 붉은 눈 때문만은 아니겠지.

에버딘은 션과 함께 대장장이들의 맞은편에 앉으며 그에게 속삭였다.

"네 얼굴을 아네?"

"웨스트햄튼의 가장 실력 있는 자들만 이쪽으로 보냈지."

약간은 자랑스러움이 담긴 말투였다. 에버딘은 새삼 대장장이들을 돌아보았다. 헬름에 도착했을 때 한번 환영해 주고 그 뒤로는 만난 적이 없다. 길버트와 멜라니를 통해 생활 전반적인 것을 알아봐 주었고 메간을 통해 해야 할 일을 전달해 줬기 때문이다.

다행히 대장장이들은 아픈데 없이 건강해 보였다. 그들은 션을 보고 반가움과 두려움에 어쩔 줄 몰라 하고 있었다.

이들은 모두 실력으로 웨스트 공작에게 치하를 받은 적이 있는 자들이었다. 에버딘은 션을 두려워하는 동시에 존경하는 게 보이는 대장장이들의 모습에 션이 이야기할 수 있도록 잠시 입을 다물어 주었다.

"잘 지내고 있나."

션의 질문에 대장장이들이 저마다 잘 지내고 있다고 대답했다. 그는 자신의 영지민들을 둘러보고 고개를 끄덕였다. 이런 식의 영지 간 교류에 차출되는 인원은 보통 너무 실력이 좋지도 나쁘지도 않은 중간 정도의 사람을 뽑는다.

하지만 헬름에서 에버딘의 일을 도와야 하는 기술자라, 션은 지원자 중에서 가장 실력 있는 자만 골라서 헬름으로 보냈었다.

"필요한 건 없고요?"

이어진 에버딘의 질문에 대장장이들이 반사적으로 고개를 저었다가 깜짝 놀라서 멈췄다. 필요한 게 있어서 찾아왔다. 그들은 션의 눈치를 살피며 에버딘에게 말했다.

"저, 그게…… 지금 저희와 일하는 대장장이 말입니다. 메간 허슬 씨요."

메간이라는 이름이 그들의 입에서 흘러나오자 에버딘의 미간에 주름이 생겼다. 메간한테 무슨 일이라도 생긴 건 아니겠지?

메간의 아버지인 데이브는 감옥에 갇혔다. 하지만 아직 그의 소유인 대장간에 대한 처분은 내리지 않은 상태였다. 메간이 웨스트햄튼의 대장장이들과 함께 일을 해야 하기 때문이기도 했고 허슬 대장간이 헬름에서 그나마 제대로 운영되는 대장간이기 때문이기도 했다.

하지만 웨스트햄튼에서 대장장이들이 오면서 문을 닫은 대장간을 재개장해서 쓸 만하게 바꾼 덕에 지금은 헬름 안에 있는 대장간이 두 개로 늘어난 상태다.

그럼에도 에버딘이 허슬 대장간은 손대지 않고 둔 건 메간 때문이었다. 그녀가 자신의 대장간에 애착을 가지고 있다는 것을 아는 이상 최대한 그녀에게 피해가 덜 가게 해 주고 싶었다.

"담당자를 메간 허슬 씨에서 래리 허슬 씨로 바꾸셨습니까?"

잠시 허슬 대장간의 처우에 대해 생각하는 에버딘에게 웨스트햄튼에서 온 조지아나가 조심스럽게 물었다. 담당자를 바꿨냐는 질문에 깜짝 놀란 에버딘이 고개를 번쩍 들며 물었다.

"누구요?"

"래리 허슬이라고 하던데요."

"메간 허슬 씨 남동생이던가……."

"오빠라고 안 했어?"

"그 모지리가?"

거기까지 말한 대장장이들이 아차 하고 입을 다물었다. 만약 래리가 어서 남작이 바꾼 새 담당자라면 영주 앞에서 담당자를 모지리라고 욕한 게 된다.

하지만 에버딘은 담당자를 메간에서 래리로 바꾼 기억이 없었다. 물론 엄밀히 말하면 그녀는 담당자를 메간으로 지정한 건 아니었다.

허슬 대장간은 허슬 집안의 것이고 허슬 집안에서 가장 실력 있는 대장장이가 메간이기 때문에 자연스럽게 그녀가 허슬 대장간의 우두머리가 된 것뿐이다.

우두머리라고는 해도 혼자뿐인 팀의 팀장이나 마찬가지지만.

"그럼 메간은요?"

에버딘의 질문에 대장장이들의 시선이 부딪쳤다. 아무래도 갑자기 자기가 담당하게 됐다며 나온 래리라는 놈이 거짓말을 한 모양이다.

하지만 그런 것치고는 메간은 아무 말도 하지 않았다. 그저 대장간에 나와서 묵묵히 일을 할 뿐이다.

대장장이들은 에버딘이 모르는 상황이라는 것을 깨닫고 지금까지 있었던 일을 이야기하기 시작했다. 며칠 전부터 갑자기 래리가 나와서 자기가 우두머리라고 으스대기 시작한 것. 다 만들어 놓은 호미나 감자 칼을 다시 만들라고 억지를 부린 것. 자신이 더 좋게 개조했다며 디자인을 그려와 놓고 정작 자신은 그대로 만들지도 못한 것.

이런 실력 없는 놈 밑에서 일할 수는 없다. 게다가 래리 때문에 오히려 일만 많아지고 진척 또한 늦어지고 있었다.

"맙소사."

에버딘은 어이가 없어서 이마를 감싸 쥐었다. 그녀의 잘못이다. 허슬 대장간을 빼앗고 메간을 고용하는 방법으로 갔어야 했다.

"남작님."

그때, 레슬리가 다시 나타났다. 그녀는 노크를 하고 문을 열더니 혼란스러운 표정으로 에버딘을 쳐다봤다. 그러더니 그녀에게 다가와 작은 목소리로 말했다.

"메간 허슬 씨가 왔어요."

메간까지 올 줄은 몰랐는데. 에버딘은 자리에서 일어나며 말했다.

"메간을 만나서 이야기해 볼게요. 레슬리, 이분들께 다과를 좀 더 가져다주세요."

이미 대장장이들에게 차를 내놓기는 했지만 좀 더 가져다주라는 말에 레슬리가 고개를 끄덕이고 하녀를 불러 지시했다. 션이 아네트와 이야기하겠다며 떠나자 에버딘은 한숨을 내쉬고 레슬리의 안내를 받아 메간이 기다리고 있는 작은 응접실로 향했다.

"나, 남작님……."

메간은 응접실에 앉아 있지 못하고 서 있었다. 이러지도 저러지도 못하고 서성거리던 그녀는 문이 열리고 에버딘이 들어오자 매달리다시피 그녀에게 다가와 인사를 건넸다.

"메간, 어떻게 지냈어요?"

바빠서 한동안 메간을 들여다보지 못했다. 그런 미안한 마음이 담긴 인사에 메간의 마음에 조금 안도가 차올랐다. 그녀의 아버지가 한 일 때문에 어서 남작이 그녀를 냉대할 줄 알았다.

"더, 덕분에 정말 잘 지냈습니다."

그렇게 말하는 메간의 얼굴이 수척해져 있어서 에버딘은 메간의 마음고생이 말이 아니었을 거라고 예상했다. 메간에게 자리를 권한 그녀는 차를 가져온 하녀가 테이블에 내려놓고 나갈 때까지 기다렸다가 입을 열었다.

"래리에게 일을 맡겼다면서요."

메간은 놀란 표정을 감추지 못했다. 그걸 영주님이 알 줄은 몰랐다. 하지만 덕분에 설명이 조금 쉬워질 것 같다는 생각이 들었다. 그녀는 찻잔을 잡지 못하고 바짝 긴장해서 고개를 끄덕였다.

"네. 오빠도 대장장이니까요. 허슬 대장간은 오빠의 것이기도 하고요."

아버지가 감옥에 갔으니 허슬 대장간은 이제 래리의 것이다. 그런 설명에 에버딘의 얼굴이 어두워졌다. 하지만 그녀는 내색하지 않고 재빨리 찻잔을 들어 얼굴을 가렸다.

그 대장간을 압수하지 않은 건 메간 때문이다. 하지만 메간의 가족들은 그렇게 생각하지 않은 거겠지.

"그럼 메간은 어떻게 하고요?"

에버딘의 질문에 메간의 얼굴이 어두워졌다. 그래서 왔다. 그녀는 머뭇거리며 입을 열었다.

"대장간은 이제 오빠가 잘 운영하고 있어요. 원래 오빠의 것이니 제가 빠져 줘야 하기도 하고요."

"누가 그러던가요?"

정곡을 찌르는 질문에 메간의 말문이 막혔다. 그녀의 어머니가 그랬다. 메간이 있어서 래리가 진가를 발휘하지 못하는 거라고. 그러니 그녀가 빠져 주면 어떻겠냐고.

이런 대우도 처음 받아 봐야 화가 나는 법이다. 메간은 살면서 계속 그런 대우를 받아 왔고 기운이 쭉 빠졌지만 화가 나지는 않았다. 그저 그럴 줄 알았다는 생각만 들 뿐이었다.

그렇다면 떠나 주지. 오늘 아침에 그런 생각이 들어서 영주를 찾아왔다. 어디 한번 그녀가 떠나고도 잘 되나 보자라는 마음도 있었다.

"수도로 갈까 해요. 전에도 일했었으니까요."

그래서 에버딘을 찾아왔다. 영지민이 영주를 떠나 다른 곳에서 일을 하거나 살려면 도망치는 게 아닌 한 영주의 허가가 있어야 한다.

아마 허락해 줄 것이다. 메간은 그렇게 생각했다. 웨스트햄튼에서 실력 있는 대장장이들이 왔으니 더 이상 그녀는 필요 없을 것이다.

"흠, 일할 곳은 있고요?"

에버딘이 그렇게 묻자 메간은 어딘지 모르게 서운함이 밀려왔다. 서운해하면 안 되지. 메간은 재빨리 그 서운함을 털어 냈다.

영주님은 아주 잘해 줬다. 그녀의 아버지가 그런 짓을 했는데도 아버지만 벌을 주고 그녀의 가족들은 손대지 않았다. 심지어 메간에게 웨스트햄튼에서 온 대장장이들에게 일을 가르쳐 주라는 임무까지 맡겨 주었다.

어쩌 영주님은 메간에게 은인이었다.

"전에 일한 곳에 다시 가 보려고 해요."

수도는 사람이 많으니 일할 곳도 많을 것이다. 메간의 설명에 에버딘은 소파 등받이에 몸을 기댔다.

메간이 떠나려 하는 건 그녀의 의지가 아닐 것이다. 분명히 가족들의 입김이 있겠지. 에버딘은 잠시 메간을 쳐다보다가 물었다.

"허슬 대장간은 래리의 것이란 말이죠?"

"오빠가 첫째니까요. 오빠가 물려받아야죠."

당연하고 보편적인 이야기였다. 일부 특수한 재능 있는 자가 나오지 않는다면 사람들은 보통 나이를 먹을수록 더 실력 있고 힘을 가지기 마련이다.

평화를 위해 사람들은 장자에게 모든 것을 물려줬고 대신 장자에게 동생들을 돌볼 의무를 주었다.

하지만 지금 래리와 메간처럼 평균만도 못한 능력을 가진 첫째와 재능 있는 둘째가 태어나면 문제가 달라진다.

에버딘은 메간을 보면서 레베카 공주를 떠올렸다. 레베카 공주와 메간은 비슷한 구석이 있었다. 그녀는 레베카 공주에게 들었던 기분을 메간과의 대화에서도 느끼고 있었다.

“그러면 헬름에 당신의 대장간을 차리는 것도 괜찮지 않나요?”

이어진 에버딘의 질문에 메간의 안색이 어두워졌다. 그녀가 헬름을 떠나는 건 그녀의 의지라기보다는 어머니의 의지다. 그녀가 헬름에 남아 있으면 사람들이 래리를 무시하고 메간에게 갈 거라고 생각했기 때문이다.

하지만 메간은 어머니를 보호하기 위해 에버딘에게 다른 핑계를 내놓았다.

“대장간이 없으니까요. 헬름은 이미 충분한 대장장이가 있고요.”

“그건 어떤 기준인가요?”

에버딘의 지적에 메간의 말이 멈췄다. 에버딘은 하녀가 두고 간 찻잔을 들어 올리며 다시 입을 열었다.

“나는 실력 있는 사람들이 필요해요. 헬름에 사는 사람들을 행복하게 만들기 위해서 많은 지식이 필요하고요. 당신은 래리가 내게 도움이 될 기술과 지식이 있다고 생각해요?"

"그건……."

차마 메간도 그렇다고 대답할 수는 없었다. 그녀는 어제저녁에도 실수하던 래리를 떠올리고 한숨을 내쉬었다. 솔직히 말하면 약간의 복수심도 있었다.

어디 그녀가 떠난 뒤에 래리가 잘하나 두고 보라지. 그런 생각.

에버딘은 메간이 대답하지 못하는 것을 보고 그녀의 생각을 알아차렸다. 헬름을 떠나는 건 그녀의 결정이 아니었을 것이다.

"허가할 수 없어요."

에버딘은 그렇게 말하고 차를 한 모금 마셨다. 적당히 좋게 식어 있어서 마시기 좋았다. 메간은 에버딘의 대답에 놀란 표정으로 그녀를 쳐다봤다.

당황스러우면서 동시에 안도가 됐다. 영주가 허가하지 않는다면 영지를 떠날 수 없다. 동시에 그녀가 헬름을 떠나지 않아도 되는 좋은 핑계가 될 수 있었다.

"메간은 내게 아주 필요한 재원이에요. 헬름의 몇 안 되는 재원을 수도로 빼앗기는 건 큰 손해고요."

생각하지 못한 대답이 에버딘의 입에서 흘러나왔다. 필요한 재원이고 빼앗기는 게 손해라는 평가에 메간의 얼굴이 일그러지기 시작했다.

누군가 그녀를 그렇게 크게 평가해 준 건 처음이다. 과한 평가라는 생각에 메간은 부담스러우면서 동시에 행복해졌다.

"그렇지 않아도 저택에도 대장장이가 필요하던 차였어요. 수리가 필요한 것도 꽤 있고 내가 원하는 도구를 그때그때 만들어 줄 사람도 필요했거든요."

이어진 에버딘의 말에 메간은 그녀가 무슨 말을 하는지 알 것 같아서 멍하니 영주를 쳐다봤다. 에버딘은 찻잔을 내려놓으며 말했다.

"내가 고용할게요. 내 저택에서 일해 줘요."

"하지만……."

그래도 되나? 혼란스러워하는 메간에게 에버딘이 다시 물었다.

"꼭 수도로 가고 싶은 거예요? 저택에서 일하는 건 싫어요?"

"그건, 그건 아니지만……."

그래도 되는지 모르겠다. 왜 떠나지 않았냐고 힐난할 어머니와 그녀를 원망할 래리의 얼굴이 메간의 머릿속에 떠올랐다.

그사이, 에버딘은 저택에 대장장이가 일한 곳이 있는지, 메간이 머물 방이 있는지 생각하고 있었다. 주방을 수리하면서 약간 증축해서 방이 있긴 하다.

"뭐가 필요해요? 방은 있을 거예요. 여기서 사는 게 불편하면 시내에 집을 하나 구해 줄 수 있고요."

웨스트햄튼의 대장장이들에게 해 준 것처럼 안 쓰는 집을 구해 주면 된다. 하지만 에버딘은 곧바로 떠오른 생각에 그 발언을 취소했다.

"아, 안 되겠다. 일단 저택에서 지내요. 봄이 오면 저택 외부에 건물을 새로 지을 생각이니까 원하면 그쪽으로 옮기고요."

일단은 메간을 그녀의 가족들과 분리해 놔야 할 필요가 있었다. 에버딘의 말에 메간이 놀라서 물었다.

"건물을 새로 지으신다고요?"

"사람들을 좀 더 고용할 생각이거든요."

좀 있으면 아이들을 가르칠 교사도 온다. 그 교사의 방을 저택 밖에 새로 마련해 줄 생각이었다. 그리고 영지를 다스리는데 도움받을 사람들도.

의사나 학자들도 필요하다. 어쩌면 철학자도 필요할 수 있겠지.

에버딘의 이야기를 들은 메간은 놀라서 입을 딱 벌렸다. 영주님이 거기까지 생각하고 있는 줄은 몰랐다. 그녀의 반응에 에버딘이 부끄럽다는 듯 웃으며 말했다.

"아직은 계획 단계지만요. 좀 더 여유가 되면 붉은 산 쪽에 온천 건물도 지으려고 해요."

"오, 온천이 뭔가요?"

"따듯한 물이요. 사람들이 가서 목욕하고 쉴 수 있도록 하려고요."

그렇지 않아도 영주가 붉은 산에서 나오는 물의 이용권을 가져왔다는 소문은 들었다. 다들 천지에 널린 게 물인데 붉은 산의 물이 왜 필요하냐고 의문을 품었었다.

따듯한 물이 나온다니. 메간은 생각도 못 한 이야기에 멍하니 에버딘을 쳐다봤다. 그녀가 모르는 어떤 지식이나 생각, 세계가 그녀의 영주님 안에 있는 모양이었다.

"대장장이 일을 하는 데 뭐가 필요해요?"

다시 에버딘이 물었다. 멍하니 그녀를 쳐다보던 메간은 깜짝 놀라서 대답했다.

"어, 가, 가마요."

불을 지펴서 금속을 녹일 가마가 필요하다. 하지만 대장간에 대해 전혀 모르는 에버딘은 가마라는 말에 전혀 다른 것을 떠올리며 물었다.

"가마요? 도자기 굽는 거요?"

"도자기요?"

도자기랑 가마랑 무슨 상관이지? 어리둥절해 하는 메간 앞에서 에버딘의 시선이 찻잔을 향했다. 이건 여기서 만든 게 아닌 건가?

"일단 가마를 어떻게 만들지는 생각해 볼게요. 메간은 여기서 일하는 거로 해요."

자신을 위해 대장간을 새로 만들어 주겠다는 에버딘의 말에 메간의 얼굴이 달아올랐다. 어셔 남작은 이미 그녀와 그녀의 가족을 위해 많은 일을 해 주었다. 아버지의 잘못에도 더 이상 그녀의 가족을 조사하지 않고 넘어간 것만 해도 그렇다.

그런데 메간은 어머니와 오빠 때문에 수도로 떠나려고 했다. 죄책감에 그녀는 어찌할 바를 몰라하며 말했다.

"아니에요. 배려해 주신 건 정말 감사드려요. 그냥 헬름에 남아 있을게요. 저 때문에 그러실 필요는 없어요."

"배려가 아니에요."

에버딘은 메간의 거절에 약간 냉정하게 말했다. 그녀는 메간이 필요했다. 빈말이 아니라 그녀 같은 능력 있고 성실한 사람은 어디서나 환영받을 인재다.

그런 인재를 멍청한 가족들 때문에 빼앗길 수는 없다. 에버딘은 자리에서 일어나며 말했다.

"난 정말 메간이 필요하거든요. 허슬가는 메간 때문에 그냥 두고 있었을 뿐이에요."

메간은 어서 남작이 무슨 소리를 하는지 이해하지 못해 멍한 표정을 지었다. 그냥 두고 있었다는 게 무슨 소리지?

그녀의 의문은 얼마 지나지 않아 해소되었다. 이튿날, 허슬 대장간을 방문한 에버딘이 헬름의 대장장이들을 모두 모아 두고 새로운 운영 방침을 발표했기 때문이다.

"우리 제품을 다른 데서도 따라 만들기 시작해서 우린 품질 관리에 좀 더 신경 쓰기로 했어요."

이건 사실이다. 헬름에서 나온 몇몇 도구들이 인기를 끌면서 수도의 대장간에서도 따라 만들어서 팔기 시작했다. 그래서 에버딘은 어떻게 해야 거기서 살아남을 수 있을지 고민하고 있었다.

"게다가 신제품 연구도 지속해야 할 필요가 있고요."

대부분 에버딘의 머릿속에서 나오지만 이쪽 문화에 맞춰서 좀 더 편리하게 수정하는 것도 중요하다. 에버딘은 불안 표정으로 서 있는 래리와 아무래도 상관없다는 표정의 웨스트햄튼 대장장이들을 둘러보며 말을 이었다.

"그래서 메간 허슬 씨를 내 조언자로 고용하기로 했어요. 그녀가 품질 관리와 신제품 연구를 주관할 거고요."

품질 관리와 신제품 연구를 메간 혼자 한다는 말이 아니다. 그녀가 주관해서 사람들의 의견을 통합하고 에버딘에게 보고한다는 뜻이다.

에버딘은 그렇게 설명하고 래리를 쳐다보며 말했다.

"그리고 앞으로 실력이 떨어지는 사람은 품질 관리 차원에서 제작에서 제외하려고 해요."

그렇지 않아도 래리가 만든 제품은 불량품이 많아서 폐기하거나 재활용하는 경우가 많던 차다. 대장장이들의 시선이 절로 래리를 향하자 그의 얼굴이 새빨갛게 달아올랐다.

그는 변명처럼 말했다.

"그러면 제작하는 제품 수가 줄어들 텐데요?"

별걱정을 다한다. 에버딘은 래리를 비웃지 않기 위해 무표정한 얼굴로 대꾸했다.

"어차피 기준보다 떨어지는 제품은 팔지 못하는데 머릿수만 채워서 무슨 소용이 있지?"

그녀의 말이 맞았다. 결국 그날 저녁, 래리와 허슬 대장간은 어셔 영주의 사업에서 제외되었다.

42

"에버딘."

멍하니 서류를 보고 있는데 션이 나를 불렀다. 오늘따라 집중이 좀 안 되네. 나는 같은 문장만 반복적으로 읽고 있던 것을 깨닫고 눈을 비비며 그를 쳐다봤다. 그러자 션이 자리에서 일어나며 말했다.

"좀 걷는 게 좋겠어."

서재에서 보내는 시간이 점점 늘어나고 있다. 날이 추워진 탓도 있지만 해야 할 일이 늘어났기 때문이기도 했다.

붉은 산의 온천을 살피러 갈 계획도 세워야 하고 사냥꾼과 금액 협상도 해야 한다. 벌목 제한도 조정해야 한다. 영지민들이 얼어 죽지 않으려면 땔감이 필요하고, 땔감은 나무를 베어야 하니까.

겨울이 오면서 사람들의 생산 환경은 약간 변화가 생겼다. 논밭이 얼어붙으면서 수공예품 제작이 늘어난 것이다. 그걸 팔 활로도 필요하다. 그래도 헬름의 가장 큰 장점은 반나절 거리에 수도가 있다는 거겠지.

"조금만 더 보고."

나는 션의 제안을 거절하며 고개를 숙였다. 그러자 그가 내게 다가와 내 어깨를 잡으며 말했다.

"안 읽히잖아. 좀 걷자."

어떻게 안 건지 모르겠네. 나는 한숨을 내쉬고 자리에서 일어났다. 나랑 비슷한 두께의 서류를 가지고 시작했는데 그는 벌써 다 보고 편지를 쓰고 있었다.

가끔 보면 이 남자는 나보다 시간이 세 배쯤 더 많은 것처럼 느껴진다. 나는 션의 도움을 받아 코트를 입으며 투덜거렸다.

"어떻게 나보다 더 빨리 일을 할 수가 있어?"

아침에도 션은 나보다 더 빨리 일어난다. 늘 식당에 내려가면 언제나처럼 완벽한 차림새를 하고 식탁 앞에 앉아 있는 그를 볼 수 있다.

그리고 밤은 나보다 늦게 잔다. 그것도 확실히 알 수 있다.

"내가 더 체력이 좋으니까."

션은 아무렇지 않다는 듯 그렇게 말하더니 자신의 팔을 내 어깨에 둘렀다. 얄밉다, 진짜. 나는 두께가 내 팔의 두 배쯤 되는 그의 팔을 한 번 쳐다보고 약간 짜증을 냈다.

키도 크고 팔도 긴데 두껍기까지 하다. 누군가에게 한 대 맞으면

난 날아가겠지만 션은 버티겠지. 그래도 좋은 점이 있다. 멀리서 화살을 쏘면 나보다 그가 더 잘 맞을 거다. 더 큰 과녁이니까.

그렇게 생각하자 약간 기분이 좋아졌다. 나는 션의 옆구리에 붙어서 천천히 걷기 시작했다. 눈이 오려는지 날이 꽤 추웠는데도 그의 옆에 붙어 있자 따듯하게 느껴졌다.

그러고 보니 이 몸을 유지하기 위해 연료도 엄청나게 들어간다. 어떻게 보면 내 쪽이 더 가성비가 좋을 수도 있다.

"별생각을 다 하네."

나는 점점 이상한 쪽으로 굴러가는 생각을 떨쳐내기 위해 머리를 절레절레 흔들었다. 어느새 우리는 뒷마당을 지나 나무가 울창한 곳까지 들어와 있었다.

아, 맞다. 고염. 나는 어느새 푹 익은 고염 열매를 떠올리고 션에게 물었다.

"커다란 항아리는 어디서 구할 수 있을까?"

따다가 항아리에 담아 둔다는 걸 잊었다. 내 질문에 션이 한쪽 눈썹을 들어 올리며 물었다.

"커다란 항아리? 항아리가 뭔데?"

항아리가 뭐냐니. 나는 잠시 고민하다가 말했다.

"커다란 도자기 같은 거."

"얼마나 커야 하는데?"

"글쎄. 이 정도?"

내 배꼽까지 오는 거면 너무 큰가? 그렇게 생각하며 손을 배꼽 아래에 가져다 대는데 션이 고개를 끄덕이더니 별거 아니라는 듯 말했다.

"다음번 배로 가져오라고 하지."

"다음번 배?"

무슨 소리야? 내가 어리둥절해 하자 그가 당연하다는 듯 말했다.

"사 와야지."

"어디서? 이 근방에선 못 사?"

"도자기는 못 사지."

뭐? 왜?

문득 다시 내 머릿속에 찻잔이 떠올랐다. 내가 쓰는 식기는 대부분 도자기 식기긴 하다. 하지만 수도에 살 때는 나무 식기만 썼다. 가끔 금속 식기를 본 거 같기도 하고.

혹시 도자기가 비싼가? 내 의문에 답하듯 션이 말했다.

"도자기는 전부 수입이야."

"수입이라니, 어디서?"

"다른 대륙에서. 보통은 라피타라는 곳에서 사 오지."

이해가 안 된다. 나는 차를 마실 때마다 내오던 찻잔과 찻주전자를 떠올리고 물었다.

"도자기를 만들 생각은 안 해 봤어?"

"내가?"

아, 그렇지. 션은 그런 생각을 할 필요가 없다. 돈으로 해결하면 되지. 나는 다시 한 번 그를 얄밉다고 생각했다. 그리고 방향을 바꿔 걸으며 말했다.

"찻잔은 다 도자기잖아. 그걸 다 다른 나라에서 사 올 줄은 몰랐어.”

적어도 어느 정도는 국내 생산이 있을 줄 알았다. 하지만 생각해 보면 내가 살던 곳에도 전량 외국 수입품인 게 있긴 했다. 대부분 기후 때문에 작황이 어려운 거였지만.

“그러게.”

션 역시 내 지적에 새삼스럽다는 표정으로 생각하기 시작했다. 도자기를 어떻게 만들더라? 기본적으로는 점토로 그릇 모양을 빚어서 높은 불에 굽는다. 점토는 흙에서 나오고.

“만들 수 있지 않을까?”

“도자기를?”

션의 목소리에 놀라움이 담겨 있었다. 저쪽에서 만들 수 있으면 이쪽에서도 만들 수 있는 거 아냐? 이게 기후나 땅에 영향을 받는 작물도 아니고.

나는 어깨를 으쓱하며 말했다.

“가마에 굽는 거잖아? 그렇지 않아도 가마를 새로 만들까 고민 중이었거든.”

대장간용이 아니라 도자기용으로 아주 크게 만들면 어떨까. 내 설명에 션이 한쪽 눈썹을 들어 올리더니 조심스럽게 물었다.

“내 의견은 상관없는 거지?”

“반대야?”

“네 영지인데 내가 반대하고 말게 뭐가 있겠어. 다만…….”

다만? 나는 걸음을 멈추고 션을 쳐다봤다. 그는 나를 내려다보더니 한숨을 내쉬며 말했다.

"네 일이 늘어나니까 그렇지."

그건 어쩔 수가 없다. 나는 말없이 콧잔등을 찡그렸다. 그게 내 일이다. 내 의무였고. 그걸 누구보다 잘 아는 게 션일 것이다.

그는 나를 한참 내려다보더니 한숨을 내쉬었다. 그리고 나를 좀 더 끌어당기며 말했다.

"수익은 반반으로 나눌 거야."

"난 아직 동업하자고 안 했는데?"

내 지적에 다시 션의 한쪽 눈썹이 올라갔다. 나는 그의 허리를 끌어안으며 말했다.

"좋아, 반반."

내가 살던 곳은 역사적으로 도자기가 아주 인기가 있었다. 국보로도 있었지. 그 문화를 탐내서 전쟁 중에 장인을 납치했다고 했다. 아름답고 실용적인 것은 탐을 내기 마련이다. 그러니 지금도 이 대륙의 어디선가 나처럼 도자기를 만들려고 노력하고 있을지도 모른다.

내가 첫 번째 도전자라면 그것만으로 메리트가 있다. 하지만 이미 다른 누군가가 완성 단계라면? 수도에서 팔기 좀 힘들 거다.

나는 한숨을 내쉬고 션과 함께 저택을 향해 걷기 시작했다. 긍정적으로 생각하자. 만약 내가 후발 주자라면 그걸로 술을 담아 놓지 뭐.

"남작님."

막 션과 저택 안으로 들어서는데 문을 열어 준 레슬리가 잘됐다는 듯 입을 열었다.

"교사들이 왔어요."

생각보다 늦게 왔다. 나는 고개를 끄덕이고 코트를 벗어 다가온 그레이스에게 건넸다. 그리고 손을 닦은 뒤 서재로 향했다.

"재클린 막심입니다."

레슬리가 제일 먼저 안내한 사람은 가장 경력이 길었던 막심이었다. 막심이라는 사람이 여자였구나. 그녀는 마흔 살쯤 되어 보이는 약간 깐깐해 보이는 교사였다. 하나로 묶어서 뒤로 말아 올린 머리카락이라든지, 장식이 하나도 없는 상의가 그랬다.

나는 여기서 가르칠 아이들이 내가 데리고 있는 고아들이며 더 나아가서 마을의 모든 아이들을 가르치게 될 수도 있다는 것을 설명했다. 그리고 그녀가 적은 경력에 대해 몇 가지 질문을 던진 뒤 잠시 기다려 달라는 말로 서재 밖으로 내보냈다.

"버트 크립슨입니다."

앞에 면담한 막심보다 더 나이가 들어 보이는 남자였다. 나는 막심에게 했던 것처럼 똑같이 그가 만약 고용이 된다면 여기서 가르칠 아이들이 저택의 아이들뿐 아니라 마을의 아이들까지 넓어질 수 있다는 것을 설명했다.

그러자 크립슨의 얼굴이 일그러졌다.

"마을의 아이들이라고요?"

"다 합치면 스무 명 안팎일 거예요."

혼자 가르치기엔 수가 많나? 하지만 레슬리에게 듣기론 보통 마흔 명까지도 교사 한 명이 가르친다고 했는데. 게다가 막심은 별다른 반응을 보이지 않았었다.

어리둥절한 걸 숨기고 표정 관리는 하는데 크립슨이 조심스럽게 물었다.

"남작님께서는 후계자가 없으신 겁니까?"

응? 나는 그가 왜 그런 질문을 하는지 몰라서 표정 관리하는 것도 잊고 크립슨을 쳐다봤다. 내 후계자가 왜 거기서 나와?

문득, 이 남자가 혹시 내 자식을 가르치는 줄 알고 온 건가 하는 생각이 들었다. 그런 거라면 공고도 제대로 안 보고 왔다는 말이다.

"난 미혼이에요."

"결혼 계획은……."

"크립슨 씨."

거기까지만 하렴. 나는 그런 의도를 가진 미소를 지어 보였다. 그러자 크립슨의 얼굴이 확 하고 달아올랐다.

"베스 맥코이입니다."

마지막 후보자는 가장 경력이 적고 가장 젊은 여자였다. 나는 막심보다는 수잔이나 도리스와 비슷한 옷을 입고 있는 맥코이를 잠시 쳐다봤다.

긴장한 티가 역력했다. 그러고 보니 추천서는 가장 많았지. 나는 앞의 두 사람에게와 똑같이 그녀가 고용된다면 저택의 고아들뿐 아니라 마을의 아이들까지 같이 가르치게 될 수 있다는 것을 설명했다.

"스무 명 정도일 거예요."

앞으로 점점 늘어날 수도 있지만 당장은 그렇다. 내 설명에 맥코이는 긴장한 표정으로 고개를 끄덕였다.

"추천서가 아주 많네요."

경력에 비해 추천서가 많았다. 내가 신기하다는 듯 말하자 맥코이가 긴장한 채로 설명했다.

"아렌 학원에서 아이들을 가르쳤는데 반년 만에 학원이 경영 악화로 문을 닫았거든요. 그 뒤에 에스미 수도원에서 고아들을 가르쳤는데……."

이번에는 수도원이 합병되면서 고아들과 수도사들을 다른 쪽으로 옮겼다고 한다. 덕분에 삼 개월 만에 맥코이는 다시 무직 신세가 되었다.

그 뒤로는 어느 부자 밑에서 가정교사를 했는데 그 부자가 아이들을 데리고 외국으로 떠나게 됐다고 한다.

"세, 세상에……."

이렇게 운이 없을 수도 있구나. 나는 긴장과 부끄러움으로 얼굴이 새빨갛게 달아오른 맥코이를 보고 저도 모르게 신음을 내뱉었다.

마음 같아서는 그녀를 고용하고 싶다. 하지만 나는 경력이 많은 막심과 맥코이 중에서 고민하기 시작했다. 내가 좀 더 숙련된 영주였다면 고민할 것도 없이 맥코이를 선택했겠지만 나는 신임 영주다.

나도 경력이 없는데 똑같이 경력이 없는 사람을 고용해도 되는 걸까. 나는 맥코이가 피치 못할 사정으로 그만둬야 했던 학원에서 그녀를 위해 써 준 추천서를 쳐다보며 고민에 빠졌다.

"괜찮습니다."

그때, 맥코이가 불쑥 말했다. 응? 뭐가? 나는 그녀의 갑작스러운 말에 고개를 들었다가 맥코이가 더는 긴장하지 않고 있는 것을 깨달았다.

"아까 응접실에서 다른 분들을 봤어요. 분명 저보다 훨씬 경력도 많고 훌륭한 분들이겠죠."

경력이 많은 건 사실이지만 훌륭한지는 모르겠는데. 나는 크립슨을 떠올리며 반사적으로 그렇게 생각했다. 그가 가르치고 싶은 건 고아가 아니라 귀족의 자식인 걸로 보인다.

그게 나쁘다는 건 아니지만 여기서 아이들을 가르치다가 내가 자식을 낳으면 내 자식들도 가르치겠다는 욕심은 좀 걱정이 된다. 지금 내가 돌보는 아이들이 그의 승진을 위한 디딤돌이 되는 것만은 사양이거든.

"제 사정을 들으신 분들은 다들 절 고용하지 못해서 미안하다고 하시더라고요. 하지만 저라도 그랬을 거예요. 더 실력 있고 경력 있는 분들을 고용했겠죠."

허. 나는 맥코이의 말을 들으며 멍하니 서 있었다. 어쩐지 내가 아는 누구를 닮은 것 같은데?

"그래도 기회를 주셔서 감사해요, 남작님. 이런 멋진 동네까지 올 수 있어서 좋았고요. 한 가지만 부탁드리고 싶은데……."

뭘까. 나는 입을 다물고 맥코이의 말을 듣다가 정신을 번쩍 차렸다. 그 대신이라는 말 뒤에 내게 어떤 부탁을 하려는 모양이다.

어떤 부탁일지 조금 걱정이 되기 시작했다. 지금까지는 맥코이가 마음에 들거든.

"과한 부탁이라면 거절하셔도 괜찮아요."

"일단 들어 보죠."

나는 자세를 바로 하며 말했다. 그러자 맥코이가 입술을 오물거리다가 조심스럽게 말했다.

"돌아가는 차편도 구해 주신다고 들었는데요. 그 차편을 이삼일만 미룰 수 있을까요?"

확실히 그런 말을 했다. 모든 후보들에게 왕복 차편은 물론 머무는 동안 방과 식사도 제공한다고 했었다. 그렇다면 대체 왜 맥코이는 이삼일만 미루고 싶은 걸까.

"이유가 뭔지 물어도 될까요?"

"지금까지 수도에서만 살았거든요. 그래서 저기, 이런, 마을은 처음이라……."

처음이라? 내가 아무 말도 하지 않자 맥코이는 얼굴을 붉히며 말했다.

"그동안 구경하고 싶어요. 남작님만 괜찮으시다면요."

생각보다 깜찍한 이유라 웃음이 흘러나왔다. 헬름을 구경하고 싶단 말이지? 내가 킬킬거리고 웃자 맥코이가 두 손을 들어 올리며 말했다.

"제 숙소는 걱정하지 않으셔도 돼요. 시내에 나가서 여관을 잡을 테니까……."

"그럴 순 없죠."

나는 웃음을 참으며 입을 열었다.

"머무는 동안 내 집에 있어요. 헬름의 여관도 나쁘진 않지만 선생님은 내 손님이니까요."

게다가 그 여관엔 용병들이 머물고 있다. 카렌이 헬름에 본부를 만들고 싶다고 했는데 아직 결정을 안 내렸기 때문이다.

지금이야 나와 션의 관계가 있으니 서쪽 하늘 용병단이 헬름에 위해가 될 일은 없겠지만 몇십 년 뒤까지 그럴지는 모르는 거잖아. 사이 안 좋은 용병단이 이런 작은 마을에 몇십 명씩 주둔하는 건 위험하다.

나는 서쪽 하늘 용병단의 헬름 본부에 대해서 레슬리와 이야기를 나눠 봐야겠다고 생각하며 맥코이에게 물었다.

"하지만 헬름은 시골이고 작은 마을이라 그다지 재미는 없을 거예요. 여기에 주둔하는 용병대도 있어서 위험할 수도 있고요."

용병대라는 말에 맥코이가 약간 겁을 먹는 게 보였다. 용병대라는 말을 들으면 대부분 그런 반응을 보인다. 내게 서쪽 하늘 용병들이 얌전하게 구는 건 내가 남작이고 션과 친하기 때문이겠지.

나는 항상 아이들이게 주의를 주곤 했다. 용병들에게 행동을 조심하라고. 그건 용병이 아닌 다른 사람들에게도 마찬가지로 조심해야 할 일이긴 했다.

"겨우 이삼일 정도니까 괜찮지 않을까요?"

맥코이는 정말로 자신이 고용될 가능성이 없다고 생각했는지 그렇게 물었다. 괜찮을 거다. 나와 션의 관계가 좋은 동안은.

나는 씩 웃으며 말했다.

"앞으로 몇 년은 있을 생각이 없고요?"

그러자 맥코이의 얼굴이 어리둥절한 표정이 떠올랐다. 그녀는 잠시 내가 무슨 소릴 하는지 모르겠다는 표정을 지었다가 곧 깜짝 놀라더니 말했다.

"저, 저를요? 그러니까, 저를 고용하신다는 건가요?"

"전 맥코이 선생님이 마음에 들거든요."

확하고 맥코이의 분위기가 달라졌다. 행복한 듯한 느낌에 나는 저도 모르게 미소를 지었다. 하지만 그녀는 곧 두 손을 마주 잡더니 조심스럽게 말했다.

"혹시 저에 대한 동정 때문이라면 괜찮아요, 남작님. 다른 곳에 편지를 보내 놨거든요."

"헬름에서 아이들을 가르치기 싫어요?"

"그건 아니지만요."

맥코이는 고개를 절레절레 흔들더니 나를 향해 몸을 내밀었다. 그리고 작은 목소리로 속삭이기 시작했다.

"다른 두 분이 저보다 더 경력도 많고 이 자리가 절실하시거든요."

"선생님은 이 자리가 절실하지 않고요?"

내 질문에 맥코이가 화들짝 놀라더니 고개를 절레절레 흔들었다.

"저도 여기서 일하고 싶어요."

그럼 됐잖아. 나는 뭐가 문제냐는 표정으로 의자 등받이에 몸을 기댔다. 그러자 맥코이가 망설이며 말했다.

"하지만 다른 분들이 저보다 더……."

"맥코이 선생님."

나는 좀 안타까워서 그녀의 말을 잘랐다. 이 세상에 절실하지 않은 사람이 누가 있겠어? 나도 절실하다. 이 교사 셋 중 어느 쪽이 아이들을 가르치는 데 적합할지 몰라서.

교육 수준은 장기적으로 마을에 영향을 준다. 지금 맥코이가 가르친 아이들이 많은 교육을 습득하고 똑똑해진다면 영지의 발전에 도움이 되겠지.

하지만 맥코이가 제대로 된 교육을 하지 못해 아이들의 교육수준이 낮다면 언제까지나 헬름은 지금 이 수준을 벗어날 수가 없다.

"나는 내 영지를 위해 도박을 하고 있는 거예요. 누가 더 절실한지 계산할 정도로 여유가 있지 않아요. 당신은 같이 경쟁하는 더 경력 있는 사람들을 걱정할 정도로 여유가 있나요?"

오히려 크립슨이나 막심은 다른 곳에 가도 고용이 될 거다. 그들은 경력이 있고 더 오랜 인맥이 있다.

하지만 맥코이도 그럴까.

내 질문에 맥코이의 얼굴이 새빨갛게 달아올랐다. 그녀는 한 대 맞은 표정을 짓더니 고개를 숙였다. 그리고 쥐어짜는 듯한 목소리로 말했다.

"그, 그러네요."

"아이들을 가르칠 때는 조심해 주세요."

양보와 배려는 좋지만 필요 이상의 양보는 그냥 멍청한 거다. 문득 엘리스가 생각났다.

아까부터 맥코이가 누군가와 닮았다고 생각했는데 그게 엘리스였던 모양이다. 나는 그녀가 진지한 표정으로 고개를 끄덕이는 것을 보고 자리에서 일어나 레슬리를 불렀다.

“다른 두 분께는 탈락이라고 말을 전해 주세요. 맥코이 선생님을 방으로 안내해 주시고요.”

“그게…….”

그런데 어째 레슬리의 표정이 이상했다. 곤란해 보이는 듯한 그녀의 얼굴에 나는 어서 말하라는 의미로 입을 다물었다. 그러자 레슬리가 복도로 나오라는 듯 눈짓했다.

둘이서만 이야기하고 싶은 모양이지? 나는 맥코이에게 잠시 기다려 달라고 말하고 복도로 나왔다. 그러자 레슬리가 목소리를 낮춰 이야기하기 시작했다.

“막심 씨는 돌아가겠다고 하셔서 마차를 내드렸어요.”

“왜요?”

“그게…….”

대체 왜? 크립슨과 똑같이 마을의 아이들이 아니라 영주의 아이를 가르치고 싶었나. 별의별 생각이 머릿속에 떠오르는 데 망설이던 레슬리가 입을 열었다.

“남작님의 의상을 보고요.”

내 의상이 왜? 나는 레슬리의 시선을 따라 고개를 숙였다가 내가 바지를 입고 있는 것을 깨달았다. 아차.

머릿속에 깐깐해 보이던 막심의 얼굴이 떠올랐다. 그녀의 눈에는 내가 해괴망측한 옷을 입고 있는 걸로 보였겠지.

“이런.”

나는 인상을 쓰며 고개를 들었다. 이건 전적으로 내 실수다. 내가 바지를 입는 게 부끄러운 일은 아니지만 막심 같은 타입에게는 불편하게 느껴질 수도 있겠지.

"차라리 잘됐어요."

나는 어깨를 으쓱하며 그렇게 말했다. 헬름에서 아이들을 가르친다면 나와 계속 만나게 될 거다. 설령 오늘 내가 드레스를 입었더라도 언젠가는 바지를 입은 나를 보게 되겠지.

그때 돼서 못하겠다고 가는 것보다 지금 알게 되는 게 서로를 위해 더 나을 수도 있다. 나는 레슬리에게 다시 한 번 크립슨을 보내 달라고 부탁하고 이 층으로 올라갔다.

어떻게 됐는지 션에게 이야기해 줄 생각이었다. 그에게 말할 의무는 없지만 그가 골라다 준 사람들이다. 그중에서 맥코이를 선택했다는 걸 알려 주는 게 예의라는 생각이 들었다.

"어셔 남작은 바지 입었던데?"

서재 앞에 도착해서 문을 열려는데 안에서 아네트의 목소리가 흘러나왔다. 응? 나는 손잡이를 잡으려다 말고 멈칫했다. 그러자 션의 목소리가 이어졌다.

"그런데?"

뭐야, 설마 둘이 싸우나? 그럴 거라면 지들 방에서 싸워 줬음 좋겠는데. 나는 어째야 할지 몰라 그대로 서 있었다. 아네트의 목소리는 약간 심술이 난 것 같았고 션의 목소리는 평소와 똑같았다.

"오라버닌 내가 옷 입는 건 간섭하면서 왜 어셔 남작한텐 안 그래?"

아무래도 내가 바지를 입는 걸 마음에 안 들어 하는 사람이 떠난 막심 말고도 또 있었나 보다. 너넨 남매지만 난 남이잖아. 나는 그렇게 생각하며 물러나려 했다.

웨스트 남매의 개인적인 대화를 듣는 게 좀 불편하게 느껴졌다. 하지만 거의 곧바로 션의 목소리가 흘러나왔다.

"누가 무슨 옷을 입는지는 나와 상관없지. 자기가 원하는 걸 자기 마음대로 입을 권리가 있어."

"그럼 나는 왜 그런 권리가 없는데?"

약간의 텀이 생겼다. 지금 션이 어떤 표정을 지었는지 눈에 보이는 거 같아서 나는 저도 모르게 피식 웃었다. 분명히 못마땅하다는 표정으로 한숨을 내쉬었을 거다.

내 생각대로 그 뒤에 션의 목소리가 들려왔다.

"넌 아직 미성년이고 내 책임하에 있으니까. 그리고 네가 입으려 한 건 에버딘 같은 바지가 아니라……."

그다음은 들리지 않았다. 바지가 아니라 뭔데? 나는 반사적으로 문 쪽으로 다가가다가 멈칫했다. 나 지금 뭘 하고 있는 거람? 분명 남의 개인적인 대화는 듣지 말자고 생각했었는데.

나는 살그머니 뒤로 물러났다. 그리고 일부러 소리를 내서 걸은 다음 서재의 문손잡이를 잡고 요란하게 벌컥 열어젖혔다.

"어, 뭐야."

다행히 아네트와 션은 다투는 분위기가 아니었다. 나는 나란히 앉아 있는 두 사람을 보고 모르는 척 물었다.

"뭐해?"

그냥 대화를 하고 있었던 모양이다. 내 질문에 션이 아네트를 쳐다보더니 별거 아니라는 듯 말했다.

"편지 쓰고 있어."

션뿐만 아니라 아네트의 앞에서 편지지가 놓여 있었다. 생각해 보니 션과 아네트의 나이 차가 다툴 정도는 아니지.

"그럼 나도 바지 입을래. 그건 괜찮아?"

그때, 아네트가 불쑥 물었다. 나는 반사적으로 션을 쳐다봤고 그는 나를 한번 힐끔 쳐다보더니 다시 편지지로 시선을 떨어트리며 말했다.

"마음대로 해."

이번에는 아네트가 날 쳐다봤다. 내 바지를 만든 사람을 불러 달라는 말인가 보다. 나는 어깨를 으쓱하고 말했다.

"크리스틴에게 연락할게."

아마 와 줄 수 있을 거다. 겨울이라 시간 여유가 좀 생겼다고 들었거든. 그러자 아네트가 신이 나서 벌떡 일어나더니 필요한 옷이 또 있는지 보겠다며 나가 버렸다.

"아네트와 이야기 좀 해 봤어?"

나는 아네트가 떠난 자리에 앉으며 션에게 물었다. 그래서 이러는 건가? 미안한 마음에 해 달라는 건 다 해 주는 거지.

하지만 아니었나 보다. 션은 편지 맺음말을 적어 넣더니 고개를 들었다. 그리고 별거 아니라는 듯 말했다.

"그래. 내가 마틴을 너무 믿었다는 것도 알았지."

션이 마틴을? 거의 안 믿은 거 아니었어? 나는 어리둥절해서 물었다.

"왜? 아네트를 괴롭히기라도 했대?"

그러자 션의 얼굴에 복잡한 표정이 떠올랐다. 그는 자신의 선택이 틀렸다는 것을 알았을 때의 표정을 하고 있었다. 동시에 누군가에게 배신당한 것 같은 표정이기도 했다.

그 정도로 심각한 일인 건가? 좀 놀라워서 뭐라고 말을 해야 할지 모르겠다. 다행히 내가 뭐라 말하기 전에 션이 입을 열었다.

"나는 마틴이 아네트에게는 비열하게 굴지 않을 줄 알았거든."

"아네트에게?"

어떻게? 별생각 없이 묻다 보니 이런 걸 내가 물어도 되나 하는 생각이 들었다. 나는 퍼뜩 떠오른 생각에 손을 들어 올리며 말했다.

"아냐, 말하기 싫으면 안 해도 돼."

"너한테 하기 싫은 이야기는 없지."

션은 그렇게 말하고 내 손을 잡더니 손등에 입을 맞췄다. 어, 오, 와.

이건 좀 기분이 이상했다. 나는 그가 내 손등에 입술을 댔다가 뗄 때까지 숨고 못 쉬고 가만히 앉아 있었다. 그리고 그가 손을 잡아당길 때 일어나서 그의 무릎 위에 올라앉았다.

"하지만 그리 좋은 이야기는 아니니까 간단하게 말하지."

그렇게 말한 션은 씁쓸하게 웃더니 아네트를 위해서라도 그래야겠다고 덧붙였다. 그러더니 가볍게 한숨을 내쉬었다.

"불편하면 안 해도 되는데."

남의 가정사에 너무 깊이 끼는 것도 불편하다. 션의 이야기라면 몰라도 마틴과 아네트의 이야기라면 그렇다. 내 위로에 션은 아까부터 잡고 있던 내 손을 만지작거리기 시작했다.

저기요, 댁이 내 손을 만지작거리면 내 손이 장난감 같거든요? 나는 커다란 션의 손과 대비해서 아주 작은 내 손을 보며 인상을 썼다. 그때 션이 입을 열었다.

"라우라는 마틴에게 죄책감을 느꼈던 것 같아."

"라우라가 누군데?"

나는 어리둥절해서 물었다. 내가 모르는 사람의 이름이 나왔으니 당연하다.

션은 자신이 말하지 않았냐는 표정을 짓더니 내뱉듯이 말했다.

"마틴과 아네트를 낳은 여자."

보통 새어머니를 이름으로 부르나? 하지만 션은 아예 마틴과 아네트를 낳은 여자라고 딱 선을 그었다. 그러자 어쩌면 션에게 라우라는 새어머니가 아닐 수도 있다는 생각이 들었다.

귀족은 부모가 자식을 키우지 않는다. 아이가 태어나자마자 유모를 고용한다고 들었다. 그러니 라우라는 션에게 아버지의 부인일 뿐 어머니는 아닐 수도 있겠지.

나는 가만히 션의 가슴에 몸을 기대고 그의 이야기를 들었다. 그의 얼굴을 보고 싶었지만 나를 잡아당겨 자기 무릎에 앉힌 게 표정을 보이고 싶지 않아서일 거라는 생각이 들었다.

"집안에 마틴의 편을 만들어 주고 싶었던 거지."

"그래서 아네트가 태어났다고?"

그건 좀 슬프다. 나는 션이 음 하고 나직하게 대답하는 것을 들으며 고개를 숙였다. 다행히 션이 이어서 말했다.

"마틴의 주장은 그래."

마틴의 주장은 그렇다는 건 무슨 소리야? 나는 고개를 들어 션의 얼굴을 보려 했다. 그는 한숨을 내쉬더니 말을 이었다.

"아네트에게 그렇게 말했다는군."

"자길 위해 태어난 거라고?"

다시 션이 음 하고 나직하게 대답했다. 가지가지 한다, 진짜. 나는 화가 나서 주먹을 쥐려다가 내 손이 여전히 션의 손안에 있는 것을 깨달았다.

"그래서? 뭐라고 했어?"

아네트에게 그런 거 아니라고 말했지? 나는 션의 멱살을 잡을 기세로 그를 돌아보며 소리쳤다. 그렇게 말했다고 말해, 어서!

다행히 션은 비슷하게 대답했던 모양이다. 그는 내가 넘어질까 봐 걱정됐는지 내 허리를 잡으며 말했다.

"그 멍청한 놈 말을 믿냐고 했지."

"너한테나 멍청한 놈이지 아네트한테는 아니잖아."

아네트에게 마틴은 나이 차 나는 오빠고 둘뿐인 가족 중 하나다. 이렇게 생각하니 또 열 받네.

자기보다 몇 살이나 어린, 세상에 둘뿐인 가족 중 하나인 동생에게 그렇게 못되게 굴었어야 했어? 마틴 웨스트, 넌 진짜 인간 말종이야.

"그래서 말인데."

화가 나서 주먹을 꽉 쥐는데 션이 입을 열었다. 그는 내 허리를 쓰다듬으며 말을 이었다.

"아네트는 한동안 여기 두고 싶어. 웨스트햄튼은 너무 멀고, 혼자 두는 건 걱정스럽거든."

"수도에는 마틴이 있고."

메간과 마찬가지다. 그녀를 힘들게 했던 가족들을 그녀와 분리했던 것처럼 아네트도 마틴과 분리해 놔야 한다. 나는 인상을 쓴 채 션을 쳐다봤다.

그도 심정이 복잡할 거다. 션에게도 마틴은 세상에 둘뿐인 가족이고 동생이다. 물론 밉기야 하겠지만.

나는 쥐고 있던 주먹을 풀고 그의 어깨에 얹으며 물었다.

"어쩌게?"

"아네트를?"

"아니, 마틴 말이야."

내 질문에 션은 갑자기 입을 다물더니 나를 빤히 쳐다보기 시작했다. 왜 그렇게 쳐다보는 거지? 어리둥절해 하는데 그의 얼굴이 다가왔다.

"뭐, 뭐 하는 거야?"

션의 얼굴에 들켰다는 표정이 떠올랐다. 너 뭐 하니? 그는 어리둥절해하는 내게 덤덤하게 말했다.

"내가 알아서 할게. 에버딘 너는 신경 쓰지 마."

덕분에 나는 그가 방금 무슨 짓을 하려 한 건지 깨달았다.

"설마 키스로 주의를 돌리려고 한 거야?"

"넌 너무 많은 걸 신경 쓰고 있어. 거기에 내 사정까지 보태고 싶지 않아."

아니, 전혀 아니다. 잠깐, 맞나? 나는 션의 말에 동의해야 할지 부정해야 할지 잠시 망설였다.

나는 헬름의 영주고 이 저택의 주인이다. 당연히 헬름 사람들과 이 저택에 사는 사람들을 신경 써야 한다. 그중에서 션과 아네트는 후자에 속하고.

"다시 말하지만, 그럴 거라면 아네트를 데려오지 말았어야지."

내 대꾸에 션의 얼굴에 후회하는 표정이 떠올랐다. 그가 무슨 생각을 하는지 알 것 같아서 나는 재빨리 션의 뺨을 감싸며 말했다.

"그렇다고 아네트를 수도로 보낼 생각은 하지도 마. 걔가 마틴 곁에 있는 건 나도 싫으니까."

그것만은 안 된다. 설령 싫어하는 사람일지라도 괴롭힘당한다는 걸 알면 찜찜해질 거다. 그런데 난 아네트를 싫어하지도 않고 걘 나보다 몇 살이나 어리잖아. 마틴이 얼마나 비열한 놈인지도 알고 있고.

션이 나직하게 한숨을 내쉬었다.

"널 도와주려고 했는데 내가 오히려 짐을 얹어주고 있군."

그래서 전부터 그렇게 신경 쓰지 말라고 했던 모양이다. 나는 어이가 없어서 웃음을 터트렸다.

"너도 내 일에 신경을 쓰잖아."

"난 그래도 되니까."

"그런 게 어딨어."

있나 보다. 션은 어깨를 으쓱하더니 말했다.

"내 영지는 안정돼 있고 내가 수도에 있어도 별 무리 없이 돌아가도록 체계가 만들어져 있어."

그건 부인할 수 없다. 나는 얄밉다는 생각에 콧잔등을 찡그렸다. 그러자 그가 나를 위로하듯 말했다.

"당장은 내가 너보다 여유가 있다는 말이지."

"그럼 앞으로 헬름이 안정되면 신경 쓰지 말라는 말도 안 하겠네?"

다음 순간 션의 입이 닫혔다. 어어? 나는 어이가 없어서 그를 노려봤다. 그러자 그는 신음을 내뱉으며 머리를 젓히더니 잠시 소파 등받이에 머리를 기대고 앉아 있었다.

"그건 노력해 볼게."

약간의 시간이 지난 뒤, 그가 마지못해 말했다. 허허. 그 정도로 힘든 일은 아닐 것 같은데. 나는 그를 물끄러미 쳐다보다가 한숨을 내쉬고 주제를 바꿨다. 이 이야기는 나중에 다시 해야겠다.

"내일 아네트를 데리고 마을에 내려갈까 해."

"아네트를? 왜?"

"심심할 거 아냐. 마을 소개도 해 주고. 내일 사람들한테 술 빚는 걸 가르쳐 줄 생각이거든."

곧바로 션의 미간에 주름이 생겼다. 그는 믿을 수 없다는 어조로 물었다.

"방금 전에 네가 너무 많은 신경을 쓰고 있다고 말했던 것 같은데?"

그의 표정이 웃겨서 나는 웃음을 터트렸다. 약간 허망하면서 짜증 난다는 표정이었다. 나는 션의 입술에 입을 맞추고 물었다.

"같이 갈래?"

오빠가 같이 있으면 아네트도 좀 더 마음이 편하지 않을까. 아니면 반대이려나.

션은 끙 하고 신음을 내뱉더니 말했다.

"내일 카렌과 약속이 있어. 끝나고 갈게."

"좋아. 하지만 늦으면 그냥 와 버릴 거야."

못마땅하다는 신음이 다시 그의 목 안쪽에서 흘러나왔지만 션은 이번에는 아무 말도 하지 않았다. 대신 내 입술을 집어삼켰다.

아닌 것 같은데 의외로 독점욕이 있다. 아니면 지배욕이거나. 나는 그가 내 몸을 꽉 끌어안는 것을 느끼고 그렇게 생각했다.

그런데 또 그런 것 치고는 내가 하려는 일에는 군소리 없이 따라와 준다. 세상에서 가장 속을 알 수 없는 남자라니까.

나는 입술을 떼고 션을 바라보며 씩 웃었다. 그의 붉은 색 눈동자가 타오르는 것처럼 보였다.

놀랍게도 점점 그게 마음에 들고 있다.

션 역시 나를 보며 씩 웃고 있었다. 그는 뭐가 마음에 드는지 내 얼굴을 꼼꼼히 살펴보고 있었다.

"왜 그래?"

내 질문에 그의 얼굴에 내려앉은 미소가 짙어졌다.

"그냥."

뭐 때문에 그렇게 웃는 건지 궁금하다. 나처럼 볼 때마다 잘생겨서 기분이 좋은 건 아닐 거 아냐.

그렇게 생각한 순간 션이 덧붙였다.

"예뻐서."

*　　*　　*

"저건 뭐야?"

식당 앞에 도착하자 아네트가 식당 앞에 모여 있는 아이들을 보고 물었다. 뭐가? 나는 고소한 냄새에 고개를 돌렸다가 아이들이 화로에 뭔가를 구워 먹고 있는 것을 보고 씩 웃었다.

"떡."

"떡이라고?"

아네트는 그럴 리 없다는 표정을 짓고 있었다. 얘가 떡을 먹었던가? 먹었었다.

생각해 보니 어제 차를 마실 때 구운 떡을 조청과 함께 먹었었다. 그때 애랑 션도 있었지.

나는 마부가 마차 문을 여는 걸 기다리며 설명했다.

"저것도 떡이야. 쌀로 만든 거거든."

아이들이 화로에 구워 먹고 있는 건 가래떡이다. 길게 밀어서 나뭇가지에 꽂아 구워 먹는다. 갓 찐 떡은 그냥 먹어도 맛있지만 지금 저 애들이 먹고 있는 건 아마 전에 게임을 할 때 만들어 둔 걸 거다.

반은 말리고 반은 차가운 곳에 뒀다가 최대한 빨리 구워 먹으라고 일러 줬었다. 아마 식당 직원들이 아이들에게 심부름을 시키고 대신 말리지 않은 떡을 몇 개 내준 거겠지.

아니면 재들이 식당의 지하창고에서 떡을 훔쳤거나.

나는 부디 전자이길 바라며 마차에서 내렸다. 후자라면 아이들이 훔칠 수 있을 정도로 식당의 지하창고 보안이 허술하다는 뜻이다. 고작해야 자물쇠 하나 정도겠지만 그것조차 없는 것과 있는 건 확실히 다르다.

"어, 영주님!"

내 얼굴을 본 아이들이 떡을 먹다 말고 내게 달려왔다. 오냐. 나는 약간 할머니가 된 기분으로 아이들에게 인사를 건넸다.

지난번 경기 이후로 내게 인사를 건네는 마을 사람이 부쩍 늘었다. 특히 아이들은 나를 보면 신이 나서 아는 체를 하기 시작했는데 그게 그렇게 기분이 나쁘지 않았다.

"떡 먹니?"

"네. 콩 껍질 까고 받았어요."

다행히 아이들이 떡을 얻게 된 경위는 전자였던 모양이다. 나는 아이들에게 마차를 손가락질하며 말했다.

"짐 꺼내는 걸 도와주면 음료 하나씩 사 줄게."

"우와!"

떡을 먹던 아이들이 우르르 몰려들었다. 그 모습을 본 아네트가 인상을 쓰며 물었다.

"저 애들이 뭐라도 훔치면 어쩌려고?"

그 생각은 안 해 봤는데. 나는 마차를 돌아보고 어깨를 으쓱했다. 저기 있는 건 누룩뿐이다.

"안 훔칠 거라고 믿지만, 훔쳐도 할 수 없지."

남의 물건을 훔치고 훔치지 않고는 도덕심에 걸린 문제다. 할머니가 말했다. 도덕심은 지능과 연관이 있다고. 남의 것을 훔치면 안 된다는 것, 잡히면 벌을 받는다는 것, 도둑질당한 사람이 상심할 것이라는 것을 떠올리지 못하기 때문이다.

내가 저택의 아이들뿐 아니라 마을의 모든 아이들까지 가르치고 싶은 이유기도 했다.

나는 못마땅한 표정의 아네트에게 대충 덧붙였다.

"정 불안하면 네가 보고 있든가."

내 말에 아네트가 믿을 수 없다는 표정을 지었다. 하지만 그럴 시간이 없다. 나는 준비가 다 됐는지 확인하기 위해 안으로 들어갔다.

막걸리는 재료가 그렇게 많이 필요하지 않다. 누룩과 쌀, 깨끗한 물과 입구가 좁은 통이면 된다. 할머니는 항아리를 사용했지만 여기선 그게 없어서 맥주를 담는 나무통을 준비시켰다.

상관없지 않을까? 어차피 맥주도 나무통에 넣어서 숙성시킨다던데.

"영주님, 어서 오세요."

식당 안에서 기다리고 있던 사람들이 나를 보자 벌떡 일어나며 인사를 건넸다. 수도에서 팔기로 한 막걸리는 훨씬 인기가 있었다. 덕분에 저택에 있는 하녀들만의 도움으로는 수요를 맞추기가 힘들었다.

그래서 마을 사람들의 도움을 받기로 했다. 막걸리 빚는 법을 가르쳐 주는 것도 괜찮을 것 같기도 했고.

어차피 쌀로 빚는 술이다. 밀과 홉, 과일로 술을 빚는 걸 알아냈던 것처럼 내가 알려 주지 않아도 언젠가 누군가는 알아내겠지. 나는 좀 가볍게 생각하기로 했다.

대신 약간의 브레이크는 걸어 두는 게 좋겠지.

"쌀로 만든 술이 수도에서 반응이 꽤 괜찮다고 해요. 지금도 주문이 들어오고 있고요. 어쩌면 이걸로 헬름의 경제가 더 좋아질 수 있겠죠."

나는 사람들과 함께 주방으로 들어가며 이야기를 시작했다. 혹시나 싶어 돌아보니 아네트는 심드렁한 표정으로 식당 여기저기를 살피고 있었다.

"신경 쓸 일이 많긴 하지만 방법 자체는 간단해요. 그러니 쌀로 술을 만드는 건 헬름 안에서만 알았으면 좋겠어요. 내가 무슨 말 하는지 알죠?"

아직까지 쌀농사를 짓는 곳은 헬름밖에 없다. 하지만 어디나 뭔가가 돈이 된다고 하면 따라 하는 사람이 생기기 마련이다.

막걸리가 잘 팔리는 것을 보고 누군가 막걸리를 만들어 보겠다고 따라 할 수도 있으니 최대한 우리끼리만 알았으면 좋겠다는 거다. 물론 어디나 눈치 빠르고 감 좋은 사람이 따라 하는 건 막을 수 없지만.

막걸리 만드는 법을 배우러 온 사람들은 심각한 표정으로 고개를 끄덕였다. 나는 사람들 앞에서 직원이 미리 준비해 둔 쌀을 씻는 것부터 시작했다.

"아주 약하게 씻어야 돼요. 그냥 밥을 할 때와는 달라요."

살살 씻어야 한다. 아주 살살.

그러면서 하얀 쌀뜨물이 그만 나올 때까지 계속 물을 갈아 주기도 해야 한다. 할머니를 따라 막걸리를 만들 때면 이걸 왜 예전 왕들이 금지했는지 알 것 같았다.

일손도 일손이지만 물도 엄청나게 소비한다. 물론 할머니는 이 쌀뜨물을 버리지 않고 요리할 때 쓰거나 세수를 하셨지만.

"이 물은 버리지 말고 음식을 할 때 쓰면 좋아요. 세수를 해도 좋고요."

간단한 팁이었는데 다들 같은 걱정을 하고 있었는지 다행이라며 고개를 끄덕였다. 나는 약간 뿌듯한 기분으로 쌀뜨물을 커다란 냄비에 부어놓고 새 물을 받아서 다시 살살 씻었다.

"아주 살살…… 이렇게요. 힘을 주면 쌀 표면이 벗겨지거든요."

"그럼 안 되나요?"

"술이 아니라 식초가 되겠죠."

와인과 비슷하다. 내 대답에 사람들이 다시 고개를 끄덕였다. 나는 씻은 쌀을 냄비에 안치고 고두밥을 짓기 시작했다. 그리고 사람들에게 한번 해 보라고 하고 뒤로 물러났다.

"떡 만드는 것도 알려 줬어?"

식당을 다 구경했는지 주방으로 따라 들어온 아네트가 내게 물었다. 나는 사람들이 쌀을 살살 씻는 것을 확인하고 대답했다.

"응."

"왜?"

"왜라니, 뭐가?"

아네트의 얼굴이 더욱 이상해졌다. 그녀는 이해가 안 된다는 표정으로 목소리를 낮춰 물었다.

"사람들한테 알려 주면 사람들이 네가 파는 걸 안 살 거 아냐? 왜 그런 쓸데없는 짓을 해?"

쓸데없는 짓이라고? 나는 쌀뜨물이 투명하게 나올 때까지 씻으라고 말한 뒤 아네트를 데리고 주방 밖으로 나갔다. 그리고 그녀의 앞에서 허리에 손을 얹은 채 뭐라고 말해야 할지 고민했다.

확실히 그녀의 말에 맞다. 쌀로 떡을 만들거나 술을 빚는 건 내가 알려 줬다. 그러니 그걸로 돈을 벌 수는 있겠지.

하지만 나는 영주고 헬름을 책임져야 한다. 어쩌면 그건 아네트가 가진 적 없는 책임감일지도 모른다는 생각이 들었다.

"빈대 잡겠다고 초가삼간 태울 순 없잖아."

"뭐?"

아, 이 속담을 이해 못 하겠구나. 나는 무슨 소릴 하는 거냐는 아네트의 얼굴을 보고 다시 입을 열었다.

"헬름 사람들은 안타깝게도 그렇게 부유하지 않거든. 이 사람들이 먹고살 수 있게 하는 게 더 급해."

놀랍게도 아네트의 얼굴에 비웃는 표정이 떠올랐다. 내 이야기 중에 비웃을 만한 부분이 있었던가? 어리둥절해 하는데 그녀가 말했다.

"착한 영주 노릇이라도 하려고?"

그러고 보니 전에도 아네트는 비슷한 이야기를 했었지. 남의 험담을 하고 다니지 말라고 했더니 착한 척하라는 거냐고 물었던 기억이 났다.

"착한 게 아니지. 아니, 착한 거지만 영리하게 구는 거지."

나는 그렇게 말하고 한숨을 내쉬었다. 나도 그녀처럼 생각했던 때가 있었다. 내 이득을 제일 먼저 챙겨야 한다고 생각했다.

물론 그 생각은 아직도 변하지 않았다. 달라진 게 있다면 내 이득을 챙기면서 남에게 피해를 줄 필요는 없다는 거다.

"돈 버는 걸 포기하고 사람들한테 방법을 뿌리는 게?"

아네트의 지적에 피식 웃음이 흘러나왔다. 나는 손가락을 들어 올리며 말했다.

"일단 난 돈 버는 건 절대 포기 안 해."

그건 포기할 수 있는 게 아니다. 난 부자가 되고 싶거든. 션 같은 부자가 되고 싶다. 내가 다니는 모든 길을 평탄하게 다듬을 수 있을 정도의 부자였으면 좋겠다.

마차와 흙바닥이란 아주 아주 끔찍한 조합이다.

"두 번째로 돈은 사람들이 많은 곳에서 버는 거야. 헬름에서 술을 팔아 봤자 얼마나 팔겠어?"

헬름의 모든 사람이 막걸리를 하루에 한 병씩 마신다고 해도 수도에서 드물게 팔리는 걸 따라잡을 수 없다. 나는 세 번째 손가락을 펼치며 말했다.

"그리고 수도에서 팔려면 나 혼자 만든 술로는 감당이 안 돼."

아주 당연한 계산법이다. 사겠다는 사람은 백 명인데 내가 만들 수 있는 막걸리는 열 병밖에 안 된다. 그러면 만들 수 있는 사람을 길러 내야지.

아네트는 내가 하는 말이 맞지만 인정하고 싶지는 않다는 표정이었다. 네가 인정하고 말고는 나와 상관이 없단다. 나는 기다리고 있던 아이들에게 식혜를 하나씩 떠 주고 다시 주방으로 돌아갔다.

"다 된 밥을 식혀서 누룩과 섞을 거예요."

물을 적게 잡아 한 밥이 완성되자 나는 저택에서 가져온 누룩을 꺼내며 말했다. 이렇게 해서 통에 담아 서늘한 곳에 보관해야 한다. 한두 번쯤은 뒤섞어 주기도 하면서.

사람들이 많은 덕분에 꽤 많은 양의 술이 완성됐다. 이렇게 늘어서 있는 걸 보니 뿌듯하군. 술통이 사람 수만큼 늘어서 있었다.

"이렇게 만들면 일주일쯤 뒤에 먹을 수 있어요."

내가 그렇게 말하자마자 소니아가 사람들 앞에 막걸리를 한 잔씩 놓아주었다. 술을 만들었으니 마셔 보기도 해야지.

사람들의 분위기가 더 좋아졌다. 이다음엔 두부를 만들어야 한다. 이건 팔려고 하는 건 아니고, 사람들의 단백질 섭취를 위해서다.

"이 정도면 될까요?"

곧이어 소니아가 물에 불린 콩을 가져왔다. 술과 달리 두부는 만드는 법만 알려 줄 거라 양이 좀 적어도 된다. 나는 사람들 앞에서 불린 콩을 물을 부어가며 가는 것을 시연했다.

그리고 사람들에게 해 보라고 불린 콩을 넘겨준 뒤 아네트를 불렀다.

"아네트, 이리 와 봐."

아이들과 함께 앉아서 식혜를 마시고 있던 아네트가 내 부름에 깜짝 놀라더니 주변을 두리번거렸다. 여기에 아네트가 너 말고 또 누가 있겠니?

그러더니 내키지 않는다는 표정으로 내게 다가왔다.

"짜 줘."

"뭘?"

"콩 물만 걸러 내야 하거든."

면포를 짜 달라는 말에 아네트의 표정이 경악으로 물들었다. 그러더니 어떻게 자기에게 이런 일을 시킬 수 있냐는 표정으로 나를 쳐다보기 시작했다.

"그런 표정 할 거 없어. 션이 있었으면 션한테 시켰을 거야."

최대한 많은 콩물을 짜야 때문에 힘센 사람이 하는 게 더 좋다. 그렇게 생각하니 좀 아쉽네. 션도 데려올걸.

놀랍게도 그렇게 생각한 순간 내 눈앞에 션이 나타났다. 어? 내가 깜짝 놀라는 것과 동시에 아네트가 면포를 비틀어 짜기 시작했다.

"아가씨, 힘내!"

지켜보던 사람들이 아네트를 응원했지만 아네트의 귀에는 들리지 않는 모양이었다. 나는 션의 뒤로 카렌이 서 있는 것을 보고 그가 카렌과 만나고 왔다는 것을 깨달았다.

맞다. 오늘 카렌과 약속이 있다고 했지. 끝나고 온다더니 일이 끝났나 보다. 무슨 이야기를 했는지 궁금하지만 그건 나중에 묻는 게 좋겠지.

내가 어서 오라고 고개를 끄덕이자 카렌이 빙그레 웃더니 주방으로 들어왔다. 그리고 아네트에게 물었다.

"아가씨, 도와줄까요?"

얼굴을 새빨갛게 물들이며 면포를 쥐어짜던 아네트가 안되어 보였던지 카렌이 물었다. 고개를 든 아네트의 눈에 카렌보다 션이 먼저 들어온 모양이다.

그녀의 얼굴이 환해지더니 나를 노려보기 시작했다.

그 표정이 아무리 봐도 어떻게 나한테 이런 일을 시킬 수 있어? 오빠한테 다 이를 거야! 라는 표정이라 웃음이 흘러나왔다.

"할 만해?"

곧 션이 아네트에게 물었다. 그녀는 입술을 삐쭉 내밀더니 투덜거렸다.

"어셔 남작이 시켰어."

"봤어. 사람들도 응원해 주던데."

재미있다는 듯한 션의 말에 아네트의 얼굴이 달아올랐다. 그녀는 사람들이 응원해 주더라는 말에 놀라서 사람들을 돌아보더니 다시 힘을 내서 면포를 짜기 시작했다.

칭찬은 고래도 춤추게 한다더니 아네트도 열심히 하게 하나 보다. 나는 그사이 도와주겠다는 카렌의 제안을 거절하지 않기로 했다.

"이걸 해 줘."

아네트가 짜는 거로는 한 사람분도 안 나온다. 내가 갈아 둔 콩을 면포에 싸서 건네주자 카렌이 씩 웃더니 손을 씻고 왔다. 그리고 있는 힘껏 짜기 시작했다.

저러다 면포가 터지는 건 아니겠지. 나는 아네트에 비해 거의 쏟아지듯 흘러나오는 콩물을 보며 걱정스러운 표정을 지었다. 그럴 리 없다. 물에 젖은 천이 얼마나 질긴데.

"물 흘리면 안 돼. 그게 중요한 거야."

물론 콩비지도 이것저것 만들 수 있지만 두부를 만들 때는 콩물이 중요하다. 내 말에 카렌이 나를 한 번 쳐다보더니 고개를 끄덕였다.

그러자 션이 아네트에게 물었다.

"내가 할까?"

어찌나 열심히 했던지 손이 빨갛게 되도록 힘을 준 아네트가 고개를 저었다. 자신이 시작했으니 자신이 끝을 보겠다는 태도에 션의 얼굴에 만족스러운 미소가 걸렸다.

일하겠다고 나서면 거절하지 않는 게 도리지. 나는 사람들이 간 콩을 면포에 담으며 션에게 말했다.

"당신은 이걸 해 줘."

이렇게 세 명이 짜도 이걸로 얼마 안 나온다. 두부 두 모정도? 조청과 비슷하다. 한 솥 가득 끓여도 나오는 건 얼마 안 된다.

다행히 아네트와 달리 카렌과 션은 힘이 아주 세서 면포에서 콩물이 폭포수처럼 흘러나왔다. 우와, 아주 좋은데?

사람들도 션과 카렌을 눈을 크게 뜨고 쳐다보고 있었다. 그때 카렌이 불쑥 물었다.

"그런데 이거 잘하면 뭘 받을 수 있습니까?"

뭘 받냐고? 그러게. 나는 카렌의 말에 멈칫한 아네트를 쳐다봤다. 그녀 역시 카렌의 질문에 동의한다는 표정으로 고개를 끄덕이고 있었다.

"내 사랑?"

"필요 없거든?"

아네트가 벌컥 소리치자 사람들이 웃음을 터트렸다. 싫으면 할 수 없고. 나는 킬킬대며 말했다.

"저녁 먹여 줄게."

그 순간 퍽 하고 뭔가가 터지는 소리가 났다. 엄마야! 깜짝 놀라서 쳐다보니 션이 멈칫한 채로 자기 손을 내려다보고 있었다.

설마.

말도 안 되는 생각이 머릿속에 떠올랐다. 나는 방금 전 소리로 조용해진 주방 안에서 대표로 션에게 다가가서 조심스럽게 물었다.

"다쳤어?"

"아니."

그랬겠지. 나는 멈춰 있는 션의 손으로 시선을 떨어트렸다. 그러자 아네트와 카렌도 무슨 일인가 하고 이쪽으로 고개를 내밀었다.

물어보기도 무섭다. 차마 못 물어보고 있는데 션이 손을 들어 콩비지가 담긴 면포를 보여 주며 말했다.

"하나 새로 사 줄게."

크흑. 이건 진짜 말도 안 된다. 나는 어이가 없어서 터진 면포를 멍하니 쳐다봤다. 젖은 천은 엄청 질겨진다고 들었는데 아니었나 보다.

"세상에."

소니아가 터진 면포에서 비지가 떨어지지 않도록 조심스럽게 받아 접시에 담았다. 그러자 구경하던 사람들이 신음을 내뱉으며 구경하기 시작했다.

"카렌도 할 수 있어?"

그때 아네트가 카렌에게 물었다. 어이없다는 듯 웃던 카렌은 정색을 하더니 말했다.

"아뇨. 저런 건 공작님 아니면 베르트나 가능할 겁니다."

이 세계에 저런 짓이 가능한 사람이 하나 더 있단 말이지. 나는 베르트와 친하게 지내야겠다고 다짐하며 약간 화난 것 같은 션을 싱크대로 이끌었다.

이 얼굴은 화난 게 아니라 당황한 거다. 약간 민망한 것도 같고. 나는 그에게 손을 닦으라고 물을 틀어 주며 말했다.

"앞으로 날 만질 땐 내가 두부라고 생각하고 만졌으면 좋겠어."

션의 한쪽 눈썹이 올라갔다. 진심이다. 그런데 션은 다르게 생각했나 보다. 그는 젖은 손으로 내 손을 잡더니 나직하게 물었다.

"만져도 된다는 거지."

긍정적이다, 진짜. 나는 어이가 없어서 션의 얼굴을 올려다보다가 비누를 쥐고 그의 손에 마구 문질렀다. 그리고 아차 싶어서 고개를 돌려보니 다행히 사람들은 옆구리 터진 면포를 구경하느라 우리에겐 관심이 없었다.

아네트와 카렌만 빼고.

아네트는 짜증 난다는 표정을 짓고 있었다. 카렌은 빙글빙글 웃고 있었고. 나는 재빨리 션의 손에서 내 손을 빼냈다. 내 손가락 사이에 그의 손가락이 얽혀 있어서 좀 간지럽긴 했다.

"두부는 이걸로 만드는 거예요."

모른 척 냄비에 걸러진 콩물을 넣고 불 위에 올리자 사람들의 시선이 모였다. 두부는 생각보다 쉽다. 간수 대신 식초와 소금을 넣으면 된다.

우유로 치즈를 만들 때를 생각하면 된다. 콩물을 끓이다가 소금을 탄 식초를 넣으면 잠시 뒤 몽글몽글하게 뭉친다. 그걸 면포에 걸러서 위에 무거운 것을 올리고 식히면 된다.

나는 메간에게 부탁해서 만든 두부 틀에 걸러 누른 뒤 사람들에게 남은 비지로 만들 수 있는 걸 설명했다.

찌개를 끓여도 되고 밀가루를 좀 섞어서 비지 전을 만들어도 된다. 고기를 좀 넣으면 훨씬 맛있다.

"아, 그 콩 수프가 이렇게 만드는 거였군요?"

시범 삼아 소니아와 비지찌개와 비지전을 만드는 데 사람들이 물었다. 식당에서 비지찌개를 판 적이 있나 보다. 하긴, 두부조림도 팔았으니까 비지찌개는 당연히 팔았겠지.

"그런데, 이렇게 알려 주셔도 되는 겁니까?"

그때 카렌이 내게 속삭이며 물었다. 아네트랑 똑같은 소리를 하네. 나는 그녀를 쳐다보고 씩 웃으며 역으로 물었다.

"어디 가서 이거 팔 거야?"

"아니, 전 안 하죠."

"어디 가서 이 요리법 알려 주고 다닐 거야?"

카렌의 미간에 주름이 생겼다. 그녀는 나를 신기하다는 듯 쳐다보더니 한숨을 내쉬며 말했다.

"아니요. 안 할 겁니다."

"그럼 됐어."

그 사이 소금으로 간한 비지찌개와 비지전이 완성됐다. 고춧가루가 있었으면 좋았을 텐데 아쉽지만 어쩔 수 없다.

그래도 비지찌개와 비지전에 다진 돼지고기를 약간 넣을 수 있었다. 나는 사람들에게 먹어 보라고 조금씩 나눠 주고 곧바로 두부를 확인했다.

"이건 이대로 먹는 것도 괜찮긴 해요."

갓 만든 따끈따끈한 두부는 김치에 싸 먹으면 그만이다. 하지만 김치가 없으니까 대신 간장이라도 찍어 먹으라고 줘야지.

나는 아까운 시늉을 최대한 내며 얼마 안 남은 간장을 작은 종지에 따라 내놨다. 조만간 사람들 시켜서 메주를 띄워야겠다.

그리고 두부의 반은 그대로 잘라 간장 옆에 놓고 남은 반은 프라이팬에 굽기 시작했다.

"이렇게 구워 먹어도 되고 아니면 수프에 넣어도 괜찮아요."

비지찌개에 넣어도 좋고 뭇국에 넣어도 괜찮다. 따듯하고 보들보들한 두부를 먹어 본 사람들이 고개를 끄덕이는 게 보였다. 사람들은 곧이어 표면을 구워 단단해진 두부를 입에 넣고 눈을 크게 떴다.

"이쪽이 더 맛있네요."

"씹는 맛도 있고요."

튀겨도 괜찮고 말려도 괜찮다. 이걸로 영지에 콩 소비가 좀 늘어나면 좋겠는데. 나는 내년부터 콩을 재배하기로 한 것을 떠올리고 두부를 맛있게 먹는 사람들을 걱정스럽게 쳐다봤다.

할머니는 고기보다 두부 요리를 더 많이 해 주셨다. 고기보다 소화가 더 편하고 훨씬 싸기 때문이다. 항상 콩은 밭의 소고기라고 하면서 두부조림을 해 주셨지.

국물이 자작한 두부조림이 참 싫었었다. 난 두부 표면을 구워서 조린 게 더 좋았거든. 그런데 할머니는 내가 그렇게 해 놓으면 별로라고 하셨었지.

언제쯤이면 잃은 사람이 덜 그리워질까. 나는 한숨을 내쉬었다. 그러자 션이 내 어깨를 감싸 안았다.

"피곤하지?"

그는 내가 한숨을 내쉰 게 피곤해서라고 생각하는 모양이었다. 조금 정신없긴 하네. 나는 그릇을 정리하는 소니아와 직원들에게 고맙다고 인사하고 주방을 나왔다.

"저녁은 뭘 해 주실 겁니까?"

아네트와 함께 내 뒤를 따라 나오며 카렌이 물었다. 그러게 뭘 해 줘야 하나? 별생각 없이 한 말이었는데.

"콩은 한동안 안 먹을 거야."

그때 아네트가 선언하듯 말했다. 그러렴. 솔직히 말하면 오늘 하루 종일 막걸리를 만들고 두부와 비지를 만들었더니 나도 콩 요리는 피하고 싶다. 술도 마찬가지고.

아, 술은 원래 안 좋아했지.

"뭐 먹고 싶어?"

나는 사람들이 부디 두부를 잘 이용하길 바라며 물었다. 막걸리는 팔기 위해 가르쳐 준 거라면 두부는 식생활 개선을 위해 알려 줬다.

고기를 먹는 게 어려운 사람들이 단백질 공급을 할 수 있도록 하기 위해서.

"케이크 먹고 싶어."

"그건 디저트로 먹어야지."

시폰 케이크를 먹고 싶다는 말에 나는 그렇게 대꾸하고 션을 돌아보며 물었다.

"뭐 먹고 싶어? 면포를 찢어 놨으니 배고프겠지?"

그러자 카렌이 웃음을 터트렸다. 그게 사람의 힘으로 터질 수 있는 건지 몰랐다, 정말. 정작 션은 아무렇지 않은 표정이었다. 그게 마치 누구에게나 일어날 수 있는 실수라는 태도였다.

43-1

“남작님, 편지가 왔습니다.”

해를 넘긴 지 며칠 지나지 않아 성에서 편지가 왔다. 마을 사람들에게 두부와 막걸리 만드는 법을 알려 주고 몇 주가 지난 뒤기도 했다. 수도에서 막걸리 수요가 끊이지 않은 덕분에 올겨울은 막걸리로 얻는 수익이 꽤 쏠쏠했다.

그리고 메주도 쒔지. 레슬리와 션의 제안을 받아들여 나는 마을에서 손이 비는 사람들을 모아 공방을 만들었다. 그리고 몇 가지 수제품을 만들어 내기 시작했다.

영지 내에서 소비되는 거로는 메주가 있다. 거기서 간장과 된장을 얻을 수 있다. 간장은 소스로 사용하고 된장은 고기를 익힐 때 잡내는 잡는 용으로 사용한다.

그리고 막걸리와 조청. 두 가지는 수출품이다. 조청뿐 아니라 토피처럼 엿을 만들어 같이 팔았더니 이것도 판매가 꽤 괜찮았다. 막걸리도 꾸준하게 수요가 있고.

덕분에 몇 주 만에 헬름은 꽤 여유로워졌다. 올겨울에 얼어 죽는 사람은 한 명도 없을 거라는 보고가 내 마음을 아주 흡족하게 만들어 주었다.

"공작님께도요."

레슬리는 가져온 편지를 각각 나와 션에게 건네며 말했다. 그건 꽤 쉬웠을 거다. 우리는 한 소파에 나란히 앉아 있었으니까.

나는 담요를 덮은 채 소파 팔걸이에 등을 기대고 션의 무릎에 다리를 올려놓고 있었다. 그는 약간 비스듬하게 앉아 내 다리 위에 책을 올려놓고 읽고 있었다.

"신년 파티겠군."

션은 그렇게 말하며 내 편지를 가져가더니 페이퍼나이프로 봉투를 뜯어 건네주었다. 그가 자기 편지를 뜯는 사이, 나는 내 편지를 꺼내 읽었다.

과연, 그의 말대로 신년 파티 초대장이 맞았다.

이런 것도 하는구나. 그러고 보니 작년 가을쯤에 사교 시즌의 종료를 알리는 파티를 열었었는데 난 연락을 못 받아서 못 갔다. 션은 그냥 안 갔다고 했고.

그래도 되는 거냐고 물었는데 시작 파티면 모를까 종료 파티는 그리 중요하지 않다고 션이 대답했었다.

"이건 꼭 가야 하나?"

나는 여전히 그의 무릎 위에 다리를 올려놓은 채 물었다. 그는 성의 없다는 말이 딱 맞는 태도로 편지를 훑어보더니 편지를 내 다리 위에 올려놓으며 말했다.

"글쎄."

가야 한다는 거야 안 가도 된다는 거야? 나는 어떻게 해야 할지 몰라서 레슬리를 쳐다봤다. 그녀 역시 잘 모르겠다는 표정을 짓고 있었다.

"난 가는 게 좋겠지. 넌……."

거기까지 말한 선이 나를 물끄러미 쳐다봤다. 선이 가는 게 좋다면 나도 가는 게 좋지 않을까. 그는 공작이고 나는 남작이잖아. 게다가 웨스트햄튼의 영주도 왔는데 수도 바로 옆에 붙어 있는 헬름의 영주가 안 간다는 건 좀 그렇지 않나.

그렇게 생각한 순간, 레베카 공주가 떠올랐다. 그녀와 만날 수 있다. 나는 재빨리 레슬리를 쳐다보며 말했다.

"참석 준비해 줘요."

"메이 씨에게 연락할까요?"

레슬리가 물었다. 신년 파티라면 새 드레스를 만들어야 할 거다. 내 드레스는 여름용과 겨울용밖에 없거든. 지난번에 아네트의 바지를 만들기 위해 연락한 크리스틴이 봄용 드레스를 만들 때 꼭 불러달라고 말했던 게 생각났다.

"그래요."

나는 고개를 끄덕이고 편지를 레슬리에게 건네주었다. 날짜를 확인해야 하니 레슬리도 봐야 한다. 그녀는 편지를 받아 들더니 조심스럽게 접으며 말했다.

"그리고 편지가 또 있는데요."

성에서 온 것 말고 또 있나 보다. 나는 레슬리에게 두 번째 편지를 받고 인상을 썼다. 어반 백작이었다. 어반 백작?

낯익은 이름인데 누군지 기억이 안 난다. 내가 모르겠다는 표정으로 봉투 겉면을 뚫어져라 쳐다보고 있자 레슬리가 재빨리 알려주었다.

"프랭크 어반 경의 아버지입니다."

"프랭크 어반?"

그건 또 누구였지? 그렇게 생각하며 션을 쳐다보는 데 그의 표정이 심상치가 않았다. 나는 그가 못마땅해하는 것을 본 다음에야 프랭크가 누군지 기억해낼 수 있었다.

"아, 그 덜떨어진 놈?"

나한테 구혼하겠다고 왔다가 쫓겨난 멍청이. 이제야 생각이 난다. 나는 인상을 쓰며 편지 봉투를 뜯었다. 대체 어반 백작이 왜 갑자기 편지를 보냈는지 궁금증이 솟아올랐다.

내용이 궁금했던 건 나뿐만이 아니었다. 편지를 읽고 고개를 들자 션과 레슬리도 나를 쳐다보고 있었다. 나는 눈동자를 한번 굴린 뒤 덤덤하게 말했다.

"자기 조카를 고용해 달라네."

이런 편지는 전에도 받았다. 내가 일손이 필요하다는 걸 어떻게 알았는지 몇몇 귀족들이 이런 편지를 보냈었다. 전부 나를 알거나 나를 아는 사람을 통해 보낸 편지였다.

나는 잠시 고민하다가 한숨을 내쉬며 머리를 소파 팔걸이에 기댔다. 아악, 모르겠다. 그러자 션이 물었다.

"받아들일 생각이야?"

"으음."

사람이 필요한 것도 사실이고 이 나라는 이런 식으로 사람을 고용한다는 것도 안다. 하지만 잘 모르겠다. 이렇게 고용해도 되는 건지.

헬름의 경제 사정은 이제 좀 괜찮아진 수준이다. 여기서 귀족의 친척이 관리자로 온다면 득이 많을까, 실이 많을까.

첫 요청 편지를 받은 뒤부터 지금까지 계속 고민 중에 있다. 과연 어느 쪽이 나올지.

득은 명쾌하다. 귀족의 친척이니 교육 수준이 영지민들보다 훨씬 높을 거다. 귀족 사회에 대한 지식을 나보다 더 많이 가지고 있을 테니 사교계에서 내게 도움이 될 수도 있겠지.

그리고 자기 친척을 취직시켜 줬을 테니 부탁한 귀족이 내게 호의적일 테고.

그에 비해 실은 하나같이 추상적이었다. 헬름의 실정을 모르는 다른 영지의 지배계층이 관리자로 오는 거다. 자칫 잘못하면 책상물림 관리자가 될 수도 있다.

게다가 혈연으로 관리직에 앉았으니 그만큼 힘이 실린다. 레슬리나 조안과 부딪치려 할 수도 있다는 말이다. 아니면 메간이나 길버트와 부딪치거나.

재수 없으면 고용된 사람이 헬름의 정보를 친척에게 넘길 수도 있다. 이건 그럴 가능성이 적지만.

"이 사람들을 고용하는 게 내 영지에 좋은 일일지 모르겠어."

나는 내 밑에서 일하는 관리자들도 나만큼 헬름을 사랑했으면 좋겠다. 헬름에 사는 사람들을 아꼈으면 좋겠다.

어쩌면 소개받아 온 사람이 헬름을 사랑하게 될 수도 있겠지. 나는 아이들을 가르치고 있는 베스를 떠올렸다. 그녀는 헬름에 사는 것을 아주 만족해 하는 것처럼 보였다. 때때로 나보다 더 늦게까지 일을 하는 걸 봤거든.

며칠 전에는 거처를 마을로 옮기고 싶다고 부탁해 오기도 했다. 저택에서 사는 게 부담스러웠던 모양이지만 안 된다고 단호하게 잘랐다.

외지에서 온 젊은 여자가 혼자 마을에서 사는 건 내가 걱정돼서 안 되겠거든.

"어째 확 늙은 느낌이야."

나는 펜을 놓고 한숨을 내쉬며 말했다. 션의 말이 맞다. 신경 써야 할 일이 많으니 생각해야 하는 일도 많다. 책임져야 할 것들이 많으니 모든 일에 조심스러워졌다.

문득 레베카 공주가 생각났다. 그녀도 이런 느낌이었지. 나이는 나와 비슷했는데 말하는 거나 행동이 나이 든 사람 같았다.

"신중해진 거지."

션이 위로했지만 그다지 위로가 되지 않는다. 나는 한숨을 내쉰 뒤 그에게 물었다.

"웨스트햄튼에서 관리자를 뽑을 때 어떻게 했어?"

선은 잠시 생각하다가 툭 내뱉었다.

"튼튼한 놈을 뽑지."

"뭐라고?"

관리자를 뽑는데 튼튼한 거랑 무슨 상관이야? 어이없어하며 자세를 바로 하자니 슬그머니 레슬리가 자리를 떠나는 게 보였다.

답장은 나중에 쓸 테니 가도 된다고 말하는 걸 잊었네. 나는 그녀가 말없이 있다가 떠나 주는 것에 고마워하며 선을 쳐다봤다.

"우린 용병이 많아서. 마음에 안 들면 거칠게 나오는 놈도 있거든."

"그래도 돼?"

거칠게 나온다니, 싸움이라도 건다는 거야? 어이없다는 표정을 짓자 선이 씩 웃었다. 약간 악당 같은 미소에 나는 말을 잃고 그를 멍하니 쳐다봤다.

선이 악당으로 나오면 연극이 있다면 악당 편을 들것 같다. 제작자가 제정신이라면 악당이 주인공이겠지.

"안 되지. 바로 구금이지만 그런 걸 생각하지 못하는 놈도 있거든."

그런 놈 안다. 나는 씩 웃으며 물었다.

"존처럼?"

"존처럼."

웨스트햄튼은 용병이 많으니 확실히 그렇겠다. 나는 키득거리며 물었다.

"진짜로 튼튼한 것만 보는 거 아니지?"

다행히 다른 것도 보는 모양이다. 션은 어깨를 으쓱하더니 재미있다는 듯 입을 열었다.

"기본적인 수준은 돼야지. 그다음이 튼튼한 거고."

그렇군. 무슨 소린지 알겠다. 관리자라면 서류 작성도 해야 하고 편지로 써야 한다. 기록도 해야 할 테고. 당연히 글을 쓸 줄 알아야 하고 자신이 담당하는 분야에 어느 정도의 지식이 있어야겠지.

나는 잠시 생각하다가 물었다.

"이렇게 취직시켜 달라고 편지를 보내는 사람이 기본적인 수준이 되는 걸 어떻게 알 수 있어?"

잠시 션이 알 수 없는 표정으로 나를 쳐다봤다. 그는 곧이어 덤덤하게 말했다.

"웨스트햄튼까지 오려는 사람은 많지 않아."

아.

그 순간 내 머릿속에 욕이 떠올랐다. 젠장.

내게 이렇게 많은 편지가 오는 건 헬름이 수도 근처기 때문이다. 귀족 밑에서 일하고 싶어 하는 귀족의 친척들은 대부분 작위가 없고 수도에서 살 확률이 높다.

그러니 수도에서 가까운 헬름은 꽤 매력적인 직장인 것이다.

반대로 수도에서 너무 먼 웨스트햄튼은 아무도 오려 하지 않을 테고.

기분이 안 좋았다. 나는 죄책감에 션을 향해 몸을 내밀며 말했다.

"미안."

"네가 사과할 일이 아니지. 그리고 내게 저런 요청을 할 사람도 그리 많지 않고."

"왜?"

션은 이번에는 좀 당황한 표정이었다. 그는 내 질문에 멈칫하더니 별거 아니라는 듯 말했다.

"날 두려워하지 않는 사람은 많지 않거든."

그러니 션의 밑에서 일하고 싶어 하지 않을 거라는 말이다. 그건 정말 멍청한 소리다. 션은 좋은 사람이고 자기 사람을 아낀다.

하지만 동시에 웨스트햄튼이 외부인에게 그리 우호적인 환경은 아닐 거라는 생각이 들었다. 서쪽 하늘 용병대의 본거지고 국경에 접해 있다. 외부인이 겁 없이 들어가는 건 좀 무서울 것 같다.

하지만 션이 좋은 사람이라는 건 진심이었다. 나는 벌떡 일어나 무릎으로 션에게 다가갔다. 그리고 그의 뺨을 감쌌다.

"넌 좋은 사람이야."

션의 한쪽 눈썹이 올라갔다. 그는 내 말을 전혀 믿지 않는 표정이었다.

"그래?"

네가 그렇게 말하면 내가 뭐가 되니. 어휴. 나는 한숨을 내쉬고 그대로 입술을 박았다.

자연스럽게 션이 나를 끌어 아는 게 느껴졌다. 나는 그의 아랫입술을 가볍게 물었다가 놓은 뒤 그를 똑바로 쳐다보며 물었다.

"어때?"

내 말이 믿어지냐는 의미였는데 그에게는 전혀 다른 의미로 들렸나 보다. 션의 눈동자가 빛나는 것처럼 느껴졌다. 그리고 다음 순간 나는 소파에 등을 대고 누워 있었다.

*　　*　　*

"시험을 본다고?"

며칠 뒤, 수도의 성에 있는 집무실에서 레베카 공주가 허바드 백작과 이야기를 나누고 있었다.

원래 왕의 집무실이지만 상관없다. 왕은 자리에서 일어나지 못한 지 오래됐고 대리청정해야 할 왕자는 국정에 별 관심이 없었으니까.

크리스토퍼는 예전부터 자신의 할 일을 레베카에게 넘겨 왔다. 덕분에 집무실에 주로 앉아 있는 건 레베카였고 귀족들도 집무실에서 레베카와 이야기를 하는 것에 익숙했다.

"그런다고 하네요."

"허."

재미있는 사람이라고 생각은 했지만 그 정도일 줄은 몰랐다. 레베카는 몇 달 전에 만난 어셔 남작을 떠올렸다. 새빨간 머리카락과 그 머리카락 색 때문에 더 창백해 보이는 하얀 피부.

어쩌면 고집스러운 그 성격 때문에 더 안색이 창백해 보이는지도 모르겠다.

"헬름은 수도와 가까우니까요."

재빨리 캐서린이 덧붙였다. 그만큼 온 귀족이 자기 친척을 밀어 넣고 싶어 하는 자리라는 뜻이다. 그동안 그러지 않았던 건 헬름이 몰락한 영지였기 때문이다.

하지만 신임 영주인 에버딘 어셔가 다스리기 시작하면서 헬름은 꽤 활기를 띄고 있었다. 딱히 특산물이랄 게 없었던 헬름에 특산물도 생겼다. 최근에는 상인들이 부러 헬름 쪽을 들러서 수도를 오가기 시작했다.

상인들이 오고 간다는 건 아주 좋은 일이다. 큰 도시로 성장하기 위해 가장 필요한 요건이기도 했다. 원래대로라면 헬름은 이미 사망한 전 어셔 남작대에 상인들의 출입이 원활했어야 했다.

하지만 몰락한 영지란 제대로 된 식사나 숙소가 준비되어 있지 않기 마련이고 치안도 불안했기 때문에 상인들은 일부러 멈추지 않고 빠르게 지나가곤 했다.

"최근 그쪽이 많은 관심이 몰렸지."

레베카는 그렇게 말하며 재미있다는 듯 웃었다.

그녀를 찾아오는 사람들도 한마디씩 헬름에 대한 이야기를 하곤 했다. 어떤 사람은 헬름의 술을 이야기하기도 했고 어떤 사람은 헬름의 새 영주에 대해 이야기하기도 했다.

그중 최근에 가장 인기 있었던 주제는 헬름의 영주가 붉은 산의 물을 얻어 냈다는 거였다. 몇몇 사람들은 어셔 남작이 실패했다고 생각했고 어떤 사람은 그녀가 안됐다고 생각했다.

그리고 대다수의 사람은 어셔 남작이 바보라고 생각했다.

"붉은 산까지 포함해서요."

캐서린은 안됐다는 듯 덧붙였다. 붉은 산을 두고 어셔 남작이 길랜드와 다퉜다는 이야기는 들었다. 결국 붉은 산이 길랜드의 영주에게 돌아갔다는 것까지.

"윈하우저 남작이 붉은 산 탐험대를 결성하기 시작했다더군요."

그래야 봄부터 용의 둥지를 찾을 수 있다. 캐서린의 말에 레베카는 고개를 끄덕였다. 그녀도 비슷한 이야기를 들었다.

다들 붉은 산에 과연 용의 둥지가 있을지, 있다면 둥지에 보석이 얼마나 남아 있을지를 주시하고 있다. 그 와중에 오직 어셔 남작만이 붉은 산에서 흘러내려 오는 물에 집중했다는 게 재미있게 느껴졌다.

"어셔 남작이 많이 아쉽겠어요. 보석을 원했을 텐데요."

"글쎄."

캐서린의 말에 레베카는 그렇게만 말하고 웃었다. 지금쯤 어셔 남작은 뜨거운 물을 어떻게 영지민들이 이용하게 할지 고민 중일 거다.

어쩌면 이미 이용 중일지도 모르고. 그녀는 어셔 남작에게 편지를 보내 봐야겠다고 생각했다. 그때 캐서린이 물었다.

"재미있는 이야기라도 알고 계시나 보군요."

재미있다마다. 레베카는 자신이 알고 있는 것을 캐서린에게 알려 줄지 말지 고민하며 그녀를 쳐다봤다. 캐서린은 공주에게 충직한 신하이자 좋은 친구였다. 때로는 좋은 멘토기도 했고.

하지만 레베카 공주가 어셔 남작과 나눈 그 감정을 캐서린도 이해할지 알 수 없었다. 캐서린은 잠시 망설이다가 입을 열었다.

"붉은 산에서 뜨거운 물이 나온다더군."

그래? 잠깐 놀란 캐서린은 금세 그게 당연하다는 것을 떠올렸다. 용이 살았다고 전해지는 산은 가끔 뜨거운 물이 나오곤 했다.

용 학자들은 그게 용이 있었던 증거라고 말했고 그중에서 일부 용 학자는 용의 종류에 따라 다르다고 주장했다.

잠깐. 거기까지 생각한 캐서린의 얼굴에 다시 놀라는 표정이 떠올랐다. 그렇다면 붉은 산에 진짜로 용이 살았었다는 말인데?

"붉은 산에 정말 보석이 있다는 말씀이신가요?"

캐서린의 질문에 레베카는 역시 그녀가 뜨거운 물에는 집중하지 못했다는 것을 알았다. 그건 어쩔 수 없다. 귀족들에게 뜨거운 물은 그렇게 귀한 게 아니니까.

하인을 시켜 끓이면 된다. 언제든지 원할 때마다 뜨거운 물을 얻을 수 있을 텐데 붉은 산에서 흘러나오는 뜨거운 물이 무슨 가치가 있겠는가.

그렇기 때문에 어셔 남작의 이야기는 놀라웠다. 레베카는 고개를 저은 뒤 다시 말했다.

"아니, 어셔 남작은 그건 자신의 영지민들에게 제공할 계획이더군."

"붉은 산에서 나오는 뜨거운 물을요?"

길어 오면 어차피 식을 텐데? 그렇게 생각하는 캐서린에게 레베카가 덧붙였다.

"붉은 산 근처에 목욕 시설을 만들어 영지민들이 이용할 수 있게 한다더군."

뭐하러? 그렇게 말하려고 입을 연 캐서린은 그대로 멈췄다. 생각해 본 적도 없다. 영지민들이 어떻게 씻는지.

동시에 캐서린은 목욕을 좋아했다. 피곤한 하루를 보낸 뒤 자신의 방으로 돌아가서 따듯한 물에 몸을 담그는 게 그녀의 몇 안 되는 즐거움이었다.

하지만 그런 즐거움을 영지민들도 누리게 해 주고 싶다는 생각은 한 번도 해 본 적이 없었다.

"어셔 남작은……."

캐서린은 입을 열며 그녀의 제안을 거절하던 에버딘을 떠올렸다. 영지민들에게 신뢰를 줄 수 있어야 한다고 했던가.

그때는 순진하다고 생각했다. 처음 영지를 다스리게 된 신임 영주라면 누구나 갖는 마음가짐이기도 했다.

하지만 영지민들이 목욕할 수 있게 해주고 싶다는 이유로 왕에게 산을 요구하는 영주는 없다. 그건 순진하거나 융통성이 없는 것과 전혀 달랐다.

캐서린은 에버딘에게 대해 뭐라고 말해야 할지 몰라 망설이다가 말했다.

"좋은 영주죠."

"자네도 그래. 작년 여름에 폭우 피해가 전혀 없었던 유일한 영지지 않나."

공주의 자연스러운 치하에 캐서린은 말없이 씩 웃었다. 이런 점이 그녀가 크리스토퍼 왕자보다 레베카 공주를 높게 치는 부분이다.

공주는 아랫사람의 공을 치하할 줄 알았다. 자신보다 나은 부분을 인정했고 잘못을 고칠 기회를 주었다.

쉬워 보이지만 대단히 어려운 일이다. 크리스토퍼 왕자는 저 중 하나도 하지 못한다는 점에서 더더욱.

"나는 어셔 남작이 마음에 들어. 자기 영지민들을 생각하는 영주란 언제 봐도 내 마음을 흡족하게 한다네."

레베카는 그렇게 말하며 캐서린을 쳐다봤다. 같은 이유로 그녀는 허바드 백작도 좋아했다. 허바드 백작은 자신의 영지에서 과한 세금을 걷지 않았고 자연재해를 어떤 영주보다 더 열심히 대비했다.

덕분에 캐서린의 영지는 날이 갈수록 영지민이 늘어나고 풍족해지고 있었다.

말이 과한 세금을 걷지 않고 자연재해를 대비한다지만 그건 쉬운 일이 아니다. 레베카가 본 영주들 중에 이 두 가지를 전부 충족하는 영주는 그리 많지 않았다. 거기서 걷은 세금으로 매년 영지의 공공기물을 보수하는 영주까지 치면 그 수는 한 손가락에 꼽을 것이다.

"그래서 자네와 어셔 남작이 친해지는 건 어렵더라도 의견 교류를 했으면 좋겠어. 서로 배우는 게 있지 않겠나. 물론 지금은 자네가 일방적으로 가르쳐 주겠지만."

캐서린은 어셔 남작과 친하게 지냈으면 한다는 공주의 말에 미소를 지었다. 그 미소는 공주의 말이 그녀를 좀 더 높이 치는 걸로 끝나자 더욱 짙어졌다.

그러면서 문득 그녀는 공주가 왕이 되어도 과연 그렇게 생각할지 생각했다.

말도 안 되는 생각이다. 이미 왕위는 크리스토퍼 왕자의 것이 확실했다. 왕은 일어나지 못한 지 오래고 크리스토퍼 왕자는 아무런 하자가 없는 첫째니까.

게다가 그 무능력함에도 대단히 인기가 있었다. 허바드 백작조차도 공주가 왕이 되면 어떨까 하면서도 불가능하다고 생각하고 있지 않은가.

하지만 그럼에도 캐서린은 저도 모르게 자신의 생각을 에둘러 묻고 있었다.

"저와 어셔 남작이 친해지는 걸 왕자 전하께서도 기꺼워하실까요?"

잠시 집무실 안에 침묵이 내려앉았다. 레베카는 캐서린의 질문이 불쾌해서가 아니라 과연 그럴지 생각하느라 입을 다물었다.

과연 오라버니가 어셔 남작과 허바드 백작의 친분을 반길까? 어셔 남작의 영지는 수도에서 가장 가깝고 허바드 백작의 영지는 나라에서 가장 큰 무역항이 있다.

레베카는 크리스토퍼는 반기고 안 반기고를 떠나서 아무 생각이 없을 거라고 생각했다. 그렇다면 그녀는 어떨까.

만약 그녀가 왕이 될 사람이라면, 그래도 캐서린에게 에버딘과 친하게 지내라고 진심으로 말할 수 있을까. 지금 캐서린에게 에버딘과 친하게 지내라고 하는 게 그녀가 왕이 될 사람이 아니라서 할 수 있는 말인 걸까.

그건 아니다.

레베카는 금세 자신의 생각을 부인했다. 그녀는 왕족으로, 왕자를 대신해서 정무를 처리하며 고독하게 살았다. 가장 높은 자리란 자신의 위치를 공감할 사람이 없다는 뜻이다.

그걸로 오라버니를 가여워한 적도 있었다.

아버지가 쓰러지시고 오라버니를 대신해서 정무를 처리하며 가장 좋았던 건 이렇게 허바드 백작과 같은 친구를 사귈 수 있었던 점이다.

"허바드 백작, 나는 자네가 좋아. 자네와 허물없이 이야기할 수 있어서 내 삶이 좀 더 풍요로워졌다네."

레베카의 솔직한 말에 캐서린의 눈이 커졌다. 그녀 역시 레베카 공주와 이런 이야기를 할 수 있다는 것에 감사하고 있었다.

그녀와 어셔 남작이 친해지는 걸 왕자도 기뻐하겠냐는 질문을 할 수 있는 것만 봐도 두 사람이 그 정도 무례가 허락된 관계라는 뜻이다.

하지만 레베카 공주도 그녀와 같은 생각을 하고 있을 줄은 몰랐다. 캐서린은 재빨리 대답했다.

"저 역시 그렇습니다, 전하."

"의견을 교환할 친밀한 지인이 있다는 건 좋은 일 아니겠나."

게다가 어셔 남작은 웨스트 공작과 매우 친밀한 관계라고 들었다. 만약 운 좋게 두 사람이 결혼한다면 허바드 백작과 어셔 남작이 친분을 유지하는 게 허바드 백작의 자식을 위한 일이 되겠지.

캐서린은 레베카의 말에 저도 모르게 입을 딱 벌렸다가 재빨리 표정을 수습했다. 레베카 공주가 그렇게까지 그녀를 생각해 주는

지 몰랐다.

그녀의 머릿속에 지금쯤 아부하는 귀족들과 난잡한 파티를 벌이고 있을 크리스토퍼 왕자가 떠올랐다. 너무 비교된다.

이렇게까지 인품에 차이가 나는데 크리스토퍼 왕자가 왕이 되어야 한다니, 캐서린은 허탈하기까지 했다.

43-2

"돌아봐."

크리스틴은 거울 앞에 선 에버딘에게 그렇게 말하고 일어났다. 방금 전까지 그녀가 입은 드레스의 밑단을 확인하고 있었다.

그녀는 아이들보다 성인의 옷을 만드는 게 더 편했다. 적어도 가봉하는 동안 키가 자라지는 않으니까.

물론 성인은 성인 나름대로 문제가 있다. 크리스틴은 하녀가 허리 쪽에 시침핀을 다시 꽂는 것을 보고 이맛살을 찌푸렸다.

눈대중으로 봐도 일주일 전보다 말랐다. 그래도 그녀가 오기 전에 약간 쪘다고 하더니 그게 그대로 다시 빠진 모양이다.

"여기서 더 마르면 안 돼."

크리스틴은 하녀가 꽂은 시침핀을 확인하며 걱정스럽게 말했다.

늘 창백해 보이는 친구의 얼굴은 겨울이 되자 추워 보일 지경이다. 에버딘의 얼굴이 추워 보이지 않는 건 오직 웨스트 공작과 함께 있을 때뿐이었다.

"지금 사람 뽑는 일 때문에 신경 써서 그런가 봐. 끝나면 다시 찌겠지."

에버딘은 별거 아니라는 듯 말했지만 그녀가 살이 빠질 정도로 신경 쓴다는 건 그만큼 어려운 일이라는 뜻이다. 크리스틴은 하녀가 꽂아 놓은 시침핀이 에버딘에게 찔리지 않도록 위치를 조정하며 물었다.

"떨어진 사람들이 막 항의하고 그래?"

"항의하진 않는데 다들 소개서와 추천서를 가지고 온 거니까 신경 써야지."

무려 백작의 추천서를 가져온 사람도 있었다. 그 말은 그 사람을 탈락시킬 땐 합당한 이유가 있어야 한다는 말이다. 다행히 백작의 추천서를 가져온 사람은 간단한 산수조차 하지 못했고 덕분에 돌려보내기가 쉬웠다.

에버딘은 얼마 전에 헬름에 자리를 요청한 사람들에게 모두 편지를 보냈다. 일할 사람이 필요하긴 하지만 누굴 뽑아야 할지 모르겠으니 자리를 원하는 사람에게 간단한 문제를 내서 맞추면 뽑겠다는 내용이었다.

자연스럽게 그 편지는 사교계에서 이야깃거리가 되었다. 물론 그럼에도 지원자는 두 손으로 꼽기 어려울 정도로 몰렸다.

오늘도 가봉을 끝낸 뒤 추천서를 가져온 사람과 이야기를 해야 한다. 그리고 내일은 크리스틴과 함께 수도로 올라갈 계획이었다.

강행군이다. 크리스틴은 걱정스러운 표정으로 에버딘을 쳐다봤다. 오늘까지 일을 하고 내일 아침 일찍 수도로 출발한다니 쉴 틈이 없다.

하지만 그럴 수밖에 없다. 곧 있으면 성에서 열릴 신년 파티에 참석하겠다고 했기 때문이다. 일반 귀족의 초대도 한번 참석하겠다고 한 이상, 어쩔 수 없는 사정이 없다면 무조건 참석해야 하는데 성에서 열리는 파티는 더하다.

"남작님."

그때 레슬리가 에버딘을 부르러 왔다. 오늘 그녀에게 할당된 의상 확인 시간은 끝이다. 그녀는 도구를 챙겨 아네트의 방으로 갈 준비를 하며 한숨을 내쉬었다.

곁에서 본 영주의 하루는 크리스틴의 예상보다 훨씬 바빴다. 시간마다 만나야 할 사람과 해야 할 것들이 정해져 있는데 시간 안에 다 해내야 한다. 그래도 관리자를 뽑으면 그가 에버딘의 일을 좀 덜어 갈 것이다.

크리스틴은 그것만은 다행이라고 생각하며 그녀를 기다리고 있던 아네트의 방으로 들어갔다.

"가장 중요한 건 사람을 관리하는 거죠. 저는 최소한의 인원으로 일을 처리할 수 있습니다."

에버딘은 남자의 거들먹거리는 말에 저도 모르게 팔을 세워 턱을 괬다. 그리고 너무 냉소적이지 않으려 애쓰며 물었다.

"그러니까 사람을 적게 쓰겠다는 건가?"

귀족 사회에서는 저택에서 부리는 하인의 수가 얼마나 되는지도 자랑거리다. 최소한의 하인으로 집안을 꾸린다는 건 집안 경제가 좋지 않거나 주인이 구두쇠라는 말밖에 되지 않기 때문이다.

"아, 아니, 그게 아니라……."

시험을 통과해 어서 남작과 면담까지 할 수 있게 되어 기고만장했던 제리는 에버딘의 지적에 당황해서 입을 열었다.

시험은 그다지 어렵지 않았지만 추천서를 가져온 사람의 반수가 거기서 탈락했다. 간단한 산수와 문법, 역사에 대한 시험이었지만 몇몇 사람들에게는 어려웠던 거다.

그걸 통과했다는 것만으로 자신감이 하늘 끝까지 치솟아 있던 제리는 재빨리 머리를 굴려 자신의 말을 변호했다.

"오래 일할 사람만 뽑는 겁니다. 제가 사람 보는 눈이 아주 좋거든요."

그래? 에버딘은 옆에 말없이 서 있는 레슬리를 한번 돌아봤다. 제리의 발언에 동의하냐는 뜻이었는데 레슬리는 아무 말도 하지 않았다.

"어떻게 오래 일할 사람만 뽑지?"

에버딘의 질문에 제리의 얼굴이 밝아졌다. 아까 전의 실수를 만회했다. 그는 다시 자신감 넘치는 태도로 입을 열었다.

"저는 보면 압니다. 이 사람이 오래 일할 생각을 가졌는지 오래 일하지 않을 생각을 가졌는지요."

"오래 일할 생각을 가지고 있어도 중간에 피치 못할 사정으로 그만둬야 할 사람이 있을 텐데?"

"그렇죠. 그래서 본인의 의지가 아무리 강력해도 중간에 그만둘 가능성이 높은 사람은 고용하지 않는 게 가장 중요합니다."

"의지가 강력한데 중간에 그만둘 가능성이 높은 사람은 어떤 사람이지?"

이건 정말로 궁금하다. 에버딘은 저도 모르게 몸을 내밀며 물었다. 그녀가 흥미를 나타내자 제리는 완전히 자신감을 되찾아 거들먹거리며 말했다.

"몸이 약하거나 집안에 문제가 있는 사람들이죠. 아, 아이를 낳지 않은 여자도 마찬가집니다. 임신을 하면 일을 할 수 없으니까요."

그 순간, 서재 안에 정적이 내려앉았다. 에버딘은 다시 고개를 돌려 레슬리가 어떤 표정을 짓고 있는지 확인했다.

그녀는 여전히 무표정한 얼굴로 서 있었다. 하지만 손에 든 제리의 추천서와 편지를 들춰 보고 있었다.

"그럼 고용할 사람이 없는데?"

에버딘은 다시 제리를 쳐다보며 말했다. 제리의 말대로라면 신체 건강한 남자만 고용해야 한다는 말이 된다. 그녀의 질문에 제리가 무슨 소린가 하고 눈을 깜빡였다.

"전쟁이 터지면 거기서 제외된 사람이 제일 먼저 징집될 거 아냐? 그러니 신체 건강한 남자들도 고용할 수 없지."

"전쟁은 안 날 수도 있잖습니까."

제리의 대답에 에버딘이 미소를 지었다. 그녀는 그가 그렇게 말하기를 기대했다.

"그래? 자네는 지금 국왕 폐하께서 훈련시키는 병사와 기사들이 아무 쓸모없다고 말하는 건가?"

에버딘의 지적에 제리의 얼굴이 하얗게 질렸다.

나라의 병사들은 혹시라도 터질지 모를 전쟁을 대비해서 키우는 거다. 전쟁이 절대로 날 리가 없다면 뭐 하러 예산과 인력을 허비한단 말인가.

"미안하지만, 제리……."

거기까지 말한 에버딘은 잠시 말을 끌었다. 제리의 성이 생각이 안 났기 때문이다. 그러자 레슬리가 감정 없는 목소리로 재빨리 말했다.

"험블입니다."

"제리 험블. 자네처럼 국왕 폐하께 반대되는 의견을 가진 자를 고용할 수는 없네."

"아니, 저는 그게 아니라……."

"레슬리."

에버딘이 레슬리를 불렀다. 하지만 이미 그녀는 설렁줄을 당겨 하인들을 부른 뒤였다. 재빨리 달려온 하인들이 제리를 끌고 나가자 에버딘이 혀를 차며 물었다.

"저 멍청이는 어느 멍청이가 추천한 거예요?"

그렇지 않아도 레슬리도 제일 먼저 그걸 확인했다. 그녀는 추천서를 에버딘의 앞에 내려놓으며 차가운 목소리로 말했다.

"러스 백작입니다. 백작의 조카고요."

그리 친하지도 않은 작자다. 수도 근처에 자리가 있다니 자기 친척을 밀어 넣고 싶었던 모양이라 에버딘은 혀를 찼다.

"아무리 그래도 수준이 되는 놈을 보내야지."

"시험은 통과했으니까요."

약간의 짜증을 삭인 뒤 레슬리는 최대한 중립적으로 말했다. 그녀도 제리를 멍청이라고 생각했지만 다른 귀족의 밑에 저런 자들이 관리자로 앉아 있다는 것을 알고 있었다.

에버딘이 낸 시험 문제를 통과했다는 것만으로 제리는 꽤 수준 높은 사람이었다.

하지만 에버딘에게는 당연히 아니었다. 그녀는 인상을 쓰며 제리의 추천장을 쳐다보다가 물었다.

"저렇게 생각하는 사람이 많아요?"

레슬리는 저렇게 생각하는 게 뭔가 하고 어리둥절해 하다가 곧 깨달았다. 몸이 안 좋거나 집안에 문제가 있는 자는 고용해서는 안 된다는 제리의 발언에 대해 묻는 거다.

그녀의 미간에 주름이 생겼다. 그렇다. 괜히 메간의 어머니인 드니스 허슬이 에버딘에게 매달렸던 게 아니다.

허슬가처럼 한 집에 범죄자가 나오면 그 범죄자의 가족은 그 영지에서 살 수가 없다. 메간과 그녀의 어머니와 오빠가 무사할 수 있었던 건 에버딘이 메간을, 특히 실력을 아꼈기 때문이다.

"아무래도요."

레슬리의 대답에 에버딘의 안색이 어두워졌다. 그런 식으로 약자를 배제하는 사회는 그리 좋은 사회가 아니다. 사람은 누구나 늙고 다치고 약해진다. 에버딘은 잠시 생각하다가 한숨을 내쉬며 다음 사람을 들여보내라고 말했다.

당장 어떻게 할 수 있는 일이 아니었다.

*　*　*

다음날, 에버딘은 크리스틴과 함께 수도로 향했다. 수도로 가기 싫다고 우기는 아네트도 함께였다. 하지만 헬름 저택에는 에버딘도 션도 없다. 하녀들이 있다지만 아네트만 혼자 둘 수는 없었다.

"마틴은 쫓아낼 테니 걱정 마."

"마틴 오라버니 때문이 아니야."

션의 위로에 아네트는 부루퉁하게 대답했지만 수도에 가기 싫은 이유 중에는 확실히 마틴도 포함돼 있었다. 그녀를 괴롭히다가 션에게 혼났으니 다음번에 아네트를 보면 복수를 하려 할 게 분명했다.

아무리 션이 마틴을 쫓아낸다 해도 마틴이 마음먹으면 저택에 숨어들어올 수 있다. 그렇기 때문에 아네트는 아예 수도에 가고 싶지가 않았다.

친구의 집에 갈 수도 없고 웨스트 저택에 있을 수도 없다. 얌전하게 헬름에 있을 테니 두고 가 달라고 그렇게 부탁을 했는데 션은 요지부동이었다.

"그럼 내 집에 있어."

결국 아네트와 션의 대화를 듣던 에버딘이 끼어들었다. 대화를 들어 보니 아네트는 마틴 때문에 웨스트 저택에 있기 싫어하고 션은 아네트가 걱정돼서 혼자 두기가 불안한 모양이다.

그럼 그녀와 함께 있으면 된다. 웨스트 저택만큼은 아니지만 어서 저택도 귀족의 저택답게 방이 많다. 담백한 에버딘의 제안에 아네트의 표정이 밝아졌다.

하지만 션은 아니었다.

"아니, 그럴 필요는 없어. 아네트는 나와 함께 있으면 돼."

그럴 필요가 있다. 아네트는 다시 션을 노려보기 시작했다. 이건 진짜 말도 안 된다. 그녀는 수도에 올라가는 것 자체가 싫었단 말이다.

헬름으로 데려올 때도 억지로 데려오더니 수도로 데려갈 때도 억지로 데려간다. 아네트는 션 오라버니에게 그녀의 의견은 아무 상관없는 모양이라고 생각하며 말했다.

"오라버니가 나랑 하루 종일 같이 있어 줄 것도 아니잖아."

그건 그렇다. 션은 수도에 올라가서 많은 사람을 만나야 한다. 그 자리마다 아네트를 데리고 다닐 수는 없었다.

그렇다고 수도에 가서까지 아네트를 에버딘에게 맡길 수는 없다. 못마땅한 표정으로 아네트를 쳐다보던 션은 에버딘을 쳐다보며 말했다.

"그럴 필요 없어. 아네트가 지낼 집을 따로 수배할 테니까……."

"그거야말로 그럴 필요 없는 일이지. 어른이 둘이나 있는데 애가 혼자 따로 지낼 집을 구하겠다고?"

애라는 말에 아네트의 눈썹이 모아졌다. 누굴 보고 애라는 거야? 그녀는 그렇게 생각했지만 션이 에버딘에게 밀리는 것 같아서 가만히 있었다.

그러자 션이 에버딘을 노려보기 시작했다. 아네트라면 그 시점에서 잘못했다고 했을 것이다. 하지만 에버딘은 꿈쩍도 하지 않았다. 그녀는 션이 자신을 노려보거나 말거나 신경 쓰지 않는 것처럼 아네트에게 고개를 돌려 말했다.

"나랑 같이 내 집에서 내려. 짐은 하인 시켜서 가져오라고 할게."

그래도 되나? 아네트의 시선이 다시 션을 향했다. 그녀의 오라버니가 말도 안 된다는 듯 콧방귀를 뀌며 무시하라고 말할 줄 알았다.

하지만 놀랍게도 션은 아무 말도 하지 않았다. 그는 못마땅하다는 듯 한숨을 내쉬더니 가슴 앞으로 팔짱을 끼고 등받이에 몸을 기댔다. 그리고는 창밖을 쳐다보기 시작했다.

세상에. 아네트는 놀라운 사실을 깨닫고 입을 딱 벌렸다. 어셔 남작이 세상에서 가장 무서운 그녀의 오라버니, 웨스트 공작을 이기고 있다.

"주인님 지시입니다."

웨스트 공작의 저택에서 마틴은 톰슨의 단호한 태도에 말을 잃었다. 지시라고? 그의 앞에는 톰슨이 하인들을 시켜 꾸린 짐 가방이 놓여 있었다. 전부 마틴의 짐이다. 어찌나 옷이 많은지 쌓인 짐 가방 때문에 마틴의 눈앞이 가려질 정도였다.

"나보고 나가라고?"

어이없다는 마틴의 표정에도 톰슨은 표정 변화가 없었다. 솔직히 말하면 그는 그의 주인이 지금까지 마틴을 참아 준 게 더 놀라웠다.

수도의 웨스트 저택에는 마틴이 진 빚을 갚으라는 빚쟁이용 대기실이 따로 있을 정도다. 뿐만 아니라 여성에게 적절하지 못한 언행을 하는 바람에 해당 집안에서 항의를 하는 일도 매달 일어났다.

"외곽에 있는 벽돌 하우스에서 지내시라고 하십니다."

벽돌 하우스라는 말에 마틴의 표정이 더더욱 일그러졌다. 션이 수도에서 소유하고 있는 주거용 건물 중 가장 작은 집이다.

"날 내쫓는 거야? 그것도 하필이면 벽돌 하우스로?"

하다못해 시내 중심부에 있는 저택도 아니고 예술가와 전문직들이 몰려 사는 타운하우스 거리도 아니고 시 외곽의 벽돌 하우스라니. 이건 정말 말도 안 된다.

마틴은 아무 말 없이 자신을 쳐다보는 톰슨의 모습에 벌컥 화가 나서 소리쳤다.

"형 어딨어? 나한테 감히……."

"말씀 조심하시죠, 도련님."

톰슨은 마틴이 건방진 소리를 하기 전에 재빨리 제지했다. 웨스트가의 사람 중 어느 누구도 션에게 감히라고 말할 수 없다. 그게 마틴이라면 더더욱.

집사의 제지에 마틴의 얼굴이 새빨갛게 달아올랐다. 그는 톰슨을 노려보다가 고개를 돌려 이 층으로 향하는 계단을 쳐다봤다.

마음 같아서야 이 늙은이를 한 대 때리고 싶지만 전에 톰슨에게 덤볐다가 창피를 당한 적이 있다. 물론 톰슨은 그 사실도 션에게 보고했다.

"설마 이거 아네트, 그년 때문이야?"

자기 동생을 향한 호칭이 깜짝 놀랄 만큼 천박하다. 톰슨은 마틴의 말이 맞다고 생각했지만 아무 말도 하지 않았다. 그러자 그를 노려보던 마틴이 주변을 두리번거리며 물었다.

"그년은 어딨어?"

"말조심하시죠, 도련님."

다시 톰슨의 경고가 따라왔다. 아무리 마틴이 아네트의 오빠라고 해도 그런 천박한 단어는 귀족으로서, 그리고 이 집안에서 사용할 수 없다.

게다가 같은 부모에게서 태어났다 해도 사생아인 마틴과 달리 아네트는 정식 결혼 후에 태어났다. 서열로만 치면 마틴이 아네트보다 밑이라는 말이다.

집사의 두 번째 경고에 마틴의 얼굴이 일그러졌다. 이 노친네가. 그는 역시 다들 잘 때 톰슨의 얼굴을 베개로 눌러 죽여 버렸어야 했다고 후회했다.

아니면 지금이라도 그래 버릴까. 분노 때문에 이성이 마비된 마틴은 자신이 톰슨의 상대가 되지 못한다는 것을 잊고 그렇게 생각했다.

하지만 그때, 대기하고 있던 용병들이 톰슨의 곁으로 다가왔다. 마틴의 몸이 절로 움츠려졌다.

"도련님을 벽돌 하우스로 모셔다드리고 오게."

톰슨의 지시에 용병들이 짐을 하나씩 들어 올렸다. 그리고 마틴이 막을 새도 없이 대기하고 있던 마차에 짐을 차곡차곡 싣기 시작했다.

어찌나 짐이 많았던지 마틴의 옷만 마차 세 대가 필요했다. 덕분에 마틴은 짐 때문에 자리가 부족한 마차 안에 구겨져 앉아 이를 갈며 앉아 있었다.

톰슨을 향했던 분노가 이제는 션으로 돌아섰다. 웨스트 공작가의 재정 능력으로 마차가 부족할 리가 없다. 이건 일부러 그를 고생시키려는 속셈인 게 분명했다.

"두고 보자."

마틴은 어떻게 해야 션의 뒤통수를 때릴 수 있을지 필사적으로 생각하기 시작했다. 힘으로는 상대가 되지 않는다. 돈이나 지위로도 마찬가지다.

다행히 그의 머릿속에 곧 좋은 생각이 떠올랐다. 물론 딱히 기발한 생각은 아니었다.

"남작님, 손님께서 오셨습니다."

에버딘에게 예상하지 못한 손님이 온 것은 그녀가 수도의 어셔 저택에 도착하고 이틀이 지난 다음의 일이었다. 그렇다고 이틀 만에 손님이 처음 왔다는 말은 아니다. 에버딘이 수도에 도착하자마자 어떻게 알았는지 많은 사람들이 그녀에게 편지를 보냈고 다음 날부터는 방문 허락을 받은 사람들이 찾아왔기 때문이다.

예상하지 못한 손님이라는 건 초대는커녕 초대 허락을 구한 적도 없는 손님이었기 때문이다. 손님이 누구냐는 질문에 수도 저택의 집사가 받은 명함을 건네며 무표정하게 말했다.

"마틴 웨스트 경입니다."

마틴이 왔다고? 서재에 앉아 편지를 확인하던 에버딘의 표정이 변했다. 걔가 여길 왜 와? 설마 또 아네트 괴롭히려고 왔나?

반사적으로 자리에서 벌떡 일어난 그녀는 아네트를 확인하려다가 집사에게 물었다.

"아네트, 아니, 웨스트 양은?"

"엘리스와 공연을 보러 나가셨습니다."

"아, 맞다."

그랬다. 절대로 저택 밖으로 나가지 않겠다는 아네트를 오늘 아침에 션이 설득했었다. 게다가 그녀의 가정교사인 브레이디 부인도 같이 와서 아네트를 설득했다.

덕분에 아네트의 마음이 조금 흔들릴 때쯤 쐐기를 박은 게 바로 에버딘이었다. 그녀는 같이 온 엘리스가 극장 구경을 하지 못했으니 데려가 달라고 부탁한 것이다.

의외로 극장 구경을 못 한 사람이 있다는 말에 놀란 아네트는 순순히 엘리스를 데리고 극장으로 떠났다.

"좀 기다리게 해."

이 저택에 아네트와 엘리스가 없다는 사실에 안심한 에버딘은 다시 책상 앞에 앉으며 집사에게 말했다. 이 집에 마틴이 괴롭힐 만한 어린 여자애가 없다면 그녀도 일부러 그를 빨리 상대해야 할 필요가 없다.

오히려 푸대접을 해서 제 발로 걸어 나가도록 하는 게 나을지도 모른다.

하지만 에버딘을 만나겠다는 마틴의 의지는 꽤 단단했고 그녀는 한 시간쯤 편지를 확인한 다음에도 그가 기다리고 있다는 소식에 자리에서 일어났다.

"미안해요, 웨스트 경. 일이 많아서."

서재에서 일하던 복장 그대로 옷도 갈아입지 않고 내려온 에버딘의 모습에 마틴의 인상이 일그러졌다. 뭐 이런 게 다 있어?

손님이 찾아오면 지각 있는 귀족이라면 옷을 갈아입고 내려오기 마련이다. 아주 바쁘거나 집안에 큰 문제가 있는 게 아니라면 말이다.

웨스트 공작가라는 이름 덕분에 마틴은 이 정도로 푸대접을 받아 본 적이 없었다. 어디를 찾아가도 그는 삼십 분 이상 기다려 본 적이 없고 누구와 만나도 그의 환심을 사기 위해 노력했다.

게다가 잘생긴 얼굴 덕에 원래도 손님으로 가서 푸대접을 받아 본 적이 없었기 때문에 마틴은 그게 웨스트 공작가의 후광 덕이라는 것을 몰랐다.

"괜찮습니다. 그대를 기다리는 것도 제게는 기쁨이죠."

번지르르한 말을 건네며 마틴은 자리에서 일어나 에버딘의 손을 잡았다. 그리고 그녀의 손등에 입을 맞추려는 순간 에버딘이 자신의 손을 빼며 물었다.

"그런데 무슨 일인가요? 연락도 없이."

대부분의 사람은 그가 손등에 입을 맞추는 걸 거부하지 않았다. 하지만 에버딘은 마틴을 싫어했고 그와 닿는 것조차 피하고 싶었다.

덕분에 마틴은 잠시 멈칫했지만 곧 다시 얼굴에 미소를 띠며 말했다.

“한 번쯤 만나서 이야기를 해 보고 싶었거든요. 남작님의 아버지와 제 형님께서 혼담을 진행하셨으니 말입니다.”

에버딘과 마틴의 혼담이 오갔던 건 일 년 전쯤의 일이다. 게다가 에버딘은 마틴을 만난 적이 있었다. 웨스트 저택에서 식사를 했을 때다.

그때 마틴이 얼마나 버릇이 없는지 똑똑히 봤다. 하지만 마틴은 그때 에버딘을 봤다는 것을 까맣게 잊고 있었다.

“이제 와서?”

마틴의 말도 안 되는 소리에 에버딘은 저도 모르게 되물었다. 한 달 전도 아니고 일 년 전이다. 게다가 그녀는 마틴의 형인 션과 교제를 하고 있다.

상식적으로 이럴 때 지나간 혼담을 내세우며 다가오는 건 절대 예의 바른 행동이라고 할 수 없다. 에버딘의 지적에 마틴의 할 말이 궁색해졌다.

별걸 다 가지고 따지네. 그는 차를 가져온 하녀에게 고맙다고 인사하는 에버딘을 보고 속으로 생각했다. 못생긴 게.

에버딘은 그의 기준으로 절대 미인이라고 할 수 없는 타입이다. 너무 작고 얼굴도 너무 창백했다. 그나마 볼만한 건 남작이라는 작위지만 헬름은 가난한 걸로 유명하다.

지금은 헬름이 좀 나아졌다는 평가를 받기 시작했지만 마틴은 그게 다 그의 형인 션 덕분일 거라고 생각했다. 그렇지 않고서야 저

보잘것없는 계집이 어떻게 영지를 살릴 수 있단 말인가.

"서로를 알아가는 데 시간은 그리 중요하지 않죠."

다시 마틴의 입에서 번드르르한 말이 흘러나왔다. 에버딘은 그가 왜 여자들에게 인기가 있는지 이해했다. 웨스트가의 사람이 아니면 마틴이 집에서 얼마나 개차반으로 구는지 알기가 어렵다. 그러니 저 얼굴과 저 번드르르한 말에 인기가 좋을 수밖에.

하지만 에버딘은 마틴이 션의 골칫거리인 걸 알았고 아네트가 그를 무서워한다는 것도 알았다. 사실, 그녀가 두 번째로 싫어하는 부류기도 했다. 물론 첫 번째로 싫어하는 부류가 아닌 이유는 적어도 얼굴만은 볼만하기 때문이다.

"내가 웨스트 경과 알아가야 할 필요가 있을까요?"

에버딘은 찻잔을 들어 올리며 조용하게 물었다. 다른 사람이라면 이렇게 말할 수 없었을 것이다. 그들은 웨스트가의 내부 사정을 모르기 때문이다. 마틴은 웨스트 공작의 동생이고 웨스트라는 성을 쓴다.

웨스트라는 성이 있는 한, 마틴에게 꺼지라고 말할 수 있는 사람은 없다.

그렇기 때문에 마틴은 에버딘의 질문을 바로 이해하지 못했다. 그녀의 태도가 온화했기 때문이기도 했다. 마틴은 자신이 제대로 들었는지 잠시 에버딘을 쳐다보다가 물었다.

"뭐라고요?"

"내가 웨스트 경과 굳이 친해질 필요가 있냐고요. 우리가 혼담이 오갔다고는 하지만 일 년 전쯤 일이고 내가 그때도 당신과의 결혼을 거부했다는 걸 알고 있을 텐데요?"

에버딘은 작년에도 마틴과의 결혼을 거부했다. 그래서 자살 시도를 했다는 소문이 한때 사교계에 널리 퍼졌었다.

그 사실을 떠올린 마틴의 얼굴이 일그러졌다. 그러고 보니 그랬지. 그때 생겼던 자존심의 상처가 되살아났다.

하지만 지금은 이 못생긴 여자의 비위를 맞춰야 한다. 마틴은 태어나서 처음으로 신경질을 부리며 자리에서 일어나지 않았다. 그는 표정 관리를 하지 못해 굳은 표정으로 몸을 내밀며 말했다.

"그건 절 아직 몰라서 그런 거라고 생각합니다."

마틴에 대해 잘 몰랐기 때문에 그와의 결혼을 거부했다는 말에 에버딘은 저도 모르게 웃음을 터트렸다. 그녀는 마틴과 결혼하지 말아야 할 이유를 모두 알고 있다. 그에 대해서 아는 건 그걸로 충분하다.

그녀는 웃으며 마틴에게 물었다.

"그럼, 사생아가 있다는 건 거짓말인가요?"

"거짓말입니다."

마틴은 재빨리 대답했다. 거짓말이 아니다. 캐서린이 낳은 아이는 마틴의 아이라는 증거가 없으니까. 하지만 에버딘에게는 가소로운 거짓말이었고 덕분에 그녀는 마틴과 한방에 있는 것조차 역겨워지기 시작했다.

"웨스트 공작의 말은 다르던데요?"

에버딘의 이어진 질문에 마틴의 얼굴이 다시 일그러졌다. 하여간 그 재수 없는 션이 문제였다. 션 때문에 그의 잘 나가던 인생이 이런 못생긴 여자한테 아양을 부리는 신세로 전락했다.

마틴은 굳은 얼굴로 말했다.

"웨스트 공작은 절 질투하죠. 그는 저처럼 여성분들게 인기가 있지 않거든요. 하지만 잘생기게 태어난 게 제 잘못은 아니지 않습니까?"

마틴의 대답에 에버딘은 저도 모르게 눈을 동그랗게 떴다. 그녀는 마틴이 자신이 잘생겼다는 것을 안다는 것보다 자신이 션보다 잘생겼다고 생각하는 게 더 놀라웠다.

그러고 보면 션은 자신이 잘생겼다는 것도 모르고 있었지. 에버딘의 머릿속에 잘생겼다는 그녀의 감탄에 무슨 이상한 소리를 하냐던 션의 표정이 떠올랐다.

그녀는 마틴에게 너보다 션이 더 잘생겼다고 말하려다가 마음을 바꿨다.

"외모란 시간이 흐르면 시들기 마련이죠. 웨스트 경의 꽃다운 외모도 한철일 테고요."

"하지만 자식의 외모에도 영향을 끼치겠죠."

자신과 결혼하면 잘생긴 아이를 낳을 수 있다는 징그러운 말에 에버딘의 미간에 주름이 생겼다. 그녀는 인성도 널 닮으면 어쩌냐고 말하려다가 아슬아슬하게 입을 다물었다.

참아야 한다. 아무리 상대방이 싫다고 해도 그 정도까지 무례해선 안 된다. 하지만 그렇게 생각해도 싫은 건 싫은 거다.

에버딘은 참지 못하고 완곡하게 말했다.

"전 웨스트 공작도 잘생겼다고 생각하거든요."

느닷없는 션의 외모에 대해 이야기가 나오자 마틴은 당황해서 할 말을 잃었다. 하지만 그는 곧 에버딘이 진심으로 션이 잘생겼다고 생각한다는 것을 깨닫고 당황해서 물었다.

"웨스트 공작이면, 형?"

어찌나 놀랐는지 그동안 열심히 꾸몄던 점잔도 잊을 정도였다. 에버딘은 말도 안 된다는 마틴의 태도에 천연덕스럽게 대답했다.

"내가 웨스트 공작과 가까운 사이라는 걸 모를 리는 없을 텐데요?"

안다. 그러니까 에버딘을 유혹하려고 찾아온 거 아닌가. 마틴은 자신이 션보다 잘생겼다고 믿어 의심치 않았고 재수 없고 무게만 잡는 션보다 자신의 매력이 더 크다고 생각했다.

그런 마틴의 모습에 에버딘은 어이가 없어서 속으로 혀를 찼다. 이렇게까지 주제 파악이 안 되는 것도 능력이다. 설령 마틴이 션보다 잘생겼다고 해도 마틴은 작위도, 재산도 없다.

작위와 작위에 딸린 재산은 첫째에게 가기 때문에 보통 둘째부터는 부모가 재산을 챙겨 준다. 하지만 마틴의 부모는 둘 다 재산이랄 게 없었고 받은 거라곤 마틴의 아버지가 사망하면서 나눠 준 유산이 다다.

그걸 마틴이 잘 가지고 있다면 다행이지만 과연 그럴까. 에버딘은 합당한 의심을 하며 차를 홀짝였다.

션이 마틴을 에버딘과 결혼시키려 한 것도 그런 이유였다. 그에게 웨스트라는 성이 있지만 작위도 재산도 없다. 적어도 작위를 가진 여자와 결혼시키면 마틴은 작위를 가진 자의 배우자가 된다.

어쨌든 션으로서는 가주로서, 형으로서 의무를 다하려 했던 것이다. 그 기회는 에버딘이 거부했고 마틴이 걷어차는 바람에 사라졌지만.

"웨스트 공작보다 내가 더 남작을 즐겁게 해 드릴 수 있죠."

마틴은 자존심을 누르며 그렇게 말했다. 그러자 차를 홀짝이던 에버딘이 눈을 빛내며 찻잔을 내려놓았다.

"어떻게?"

그녀를 즐겁게 해 주겠다고? 뭘 어떻게 할 건데? 에버딘의 질문에 마틴은 그녀가 관심을 보였다고 생각하고 자리에서 일어나 그녀의 옆에 앉았다. 그리고 에버딘의 손을 잡으며 말했다.

"원하신다면 지금 당장이라도 증명할 수 있는데요."

그게 무슨 소린지 모르겠다. 에버딘은 이해할 수가 없어서 멍한 표정으로 마틴을 쳐다보다가 그가 자신의 손을 허벅지에 얹는 것을 깨달았다.

그러니까 에버딘의 허벅지가 아니라 마틴의 허벅지에.

"아."

무슨 소린지 알겠다. 에버딘은 이걸 웃어야 할지 화를 내야 할지 몰라서 마틴의 손에서 자신의 손을 잡아 뺐다. 그리고 자리에서 벌떡 일어나며 말했다.

"창부처럼 굴 거면 나가 줄래요?"

"뭐?"

마틴의 얼굴이 새빨갛게 달아올랐다. 뭐가 어쩌고 어째? 처음 들어 보는 거부에 그는 할 말을 잃었다. 그 사이, 에버딘은 설렁줄을 당겨 하인을 부르고 있었다.

"나, 나보고 뭐라고?"

"난 기준이 그렇게 낮지가 않거든요. 가진 게 그거밖에 없어서 그걸로 어떻게든 하려는 건 이해하지만."

남자에 관해서 에버딘은 눈이 높았다. 그녀는 잘생기기만 한 마틴을 쳐다보며 혀를 찼다. 그리고 달려온 집사에게 말했다.

"웨스트 경이 가신다는군."

명백한 축객령에 마틴이 화를 내려는 순간 집사가 입을 열었다.

"이쪽입니다."

"이쪽이긴 뭐가 이쪽이야!"

마틴의 분노는 에버딘이 아니라 집사를 향했다. 그는 보란 듯이 집사를 때리기 위해 손을 들었다. 하지만 집사도 그렇게 호락호락하지 않았다.

집사가 재빨리 피하는 것과 동시에 마틴의 손이 허공을 갈랐다. 에버딘은 마틴의 거친 행동보다 집사가 그걸 피했다는 사실에 놀라 입을 딱 벌렸다.

"이러시면 곤란합니다."

집사가 단호하게 말했다. 하지만 자기 공격이 빗나갔다는 사실에 마틴은 더더욱 열이 받아 있었다. 그는 집사를 향해 발길질을 하며 소리쳤다.

"감히 하인 주제에 내 손을 피해?"

제정신인가? 에버딘은 집사를 걷어차려고 발길질하는 마틴의 모습에 굳어 있다가 손에 집히는 대로 아무거나 집어 들었다. 그리고 마틴을 향해 집어 던지려 했다.

"안 됩니다!"

그 순간, 집사가 소리쳤다. 에버딘이 집어 든 찻잔은 아주 비싼 거다. 웨스트 경이 왔다고 해서 일부러 비싼 찻잔을 내왔단 말이다.

하지만 이미 늦었다. 찻잔은 에버딘의 손을 벗어나 궤적을 그리며 마틴을 향해 날아갔고 마틴이 피하는 바람에 벽에 부딪혔다.

쨍그랑! 소리와 함께 찻잔이 부서지자 마틴의 움직임도 멈췄다. 하지만 에버딘은 아니었다.

"감히 내 찻잔을 피해?"

에버딘은 마틴이 한 말을 그대로 돌려주며 이번에는 컵받침을 집어 들었다. 이미 찻잔을 깨 버렸으니 한 세트인 컵받침은 쓸데도 없다. 자포자기한 집사가 달려들어 마틴이 마시던 찻잔과 컵받침을 사수하는 것과 동시에 에버딘이 마틴을 향해 컵받침을 집어 던졌다.

"미쳤어?"

이번에도 "쨍그랑!" 하고 요란스러운 소리를 내며 컵받침이 깨지자 마틴이 소리쳤다. 미쳤냐고? 절대 아니다. 에버딘은 또 던질 게 있나 테이블을 둘러봤다. 그러자 집사가 부랴부랴 테이블 위로 몸을 숙였다.

"너, 너 내가 누군지 알아?"

요란한 소리에 하인들이 달려오는 소리가 들렸다. 마틴은 응접실 문 쪽으로 걸음을 옮기며 소리쳤다. 알지, 당연히! 에버딘은 테이블 위의 찻잔을 사수하려는 집사에게서 찻잔을 빼앗으려 하며 소리쳤다.

"왜? 형한테 이르게? 일러라, 일러, 일……."

"아이고, 안 됩니다."

에버딘의 놀림은 그녀에게서 찻잔을 사수하려는 집사의 만류로 중단됐다. 집사는 차라리 자기 몸을 던지라고 말하고 싶었다.

그사이, 마틴은 도망치고 있었다. 저 정도로 미친년은 처음 봤다. 저렇게 제정신이 아닌 여자니까 션과 만나고 있는 걸 거다.

그렇게 생각하며 저택 밖으로 도망친 마틴은 에버딘이 쫓아 나올까 싶어 대기하고 있던 마차에 재빨리 올라탔다.

"어디로 갈까요?"

어디로 가지? 마부의 질문에 마틴은 잠시 멈칫했다. 웨스트 저택으로는 못 돌아간다. 그렇다고 벽돌 하우스로 돌아가고 싶지는 않았다.

그는 어떻게 해야 션의 뒤통수를 칠 수 있을지 다시 생각하기 시작했다. 그때, 그의 눈에 웨스트 공작의 마차가 어서 저택 앞에 멈춰 섰다.

"뭐야?"

션이 왔나? 마틴은 반사적으로 몸을 웅크리며 그렇게 생각했다. 하지만 마차에서 내린 건 션이 아니었다. 제일 먼저 금발의 어린 하녀가 내리더니 이어서 낯익은 얼굴이 내렸다.

브레이디 부인이다. 아네트의 가정교사. 어찌나 땍땍거리던지 마틴은 저 여자가 길을 걷다가 어딘가에 굴러떨어져서 목이 부러져 죽어 버리길 바랐다. 하지만 브레이디 부인은 멀쩡해 보였고 그녀의 뒤로 아네트가 천천히 마차에서 내리는 게 보였다.

"여기 있었군."

어디 갔나 했더니 여기 있었던 모양이다. 저 미친 여자의 집에.

좋은 걸 알았다. 마틴은 씩 웃고 다음 장소를 떠올렸다. 또 있다. 션의 뒤통수를 치는 데 이용할 수 있는 사람이.

그는 마부를 향해 소리쳤다.

"허바드 저택으로 가."

한편, 극장에서 공연을 보고 돌아온 엘리스는 매우 흥분한 상태였다. 그녀는 극장 안에 처음 들어가 봤다. 우드 부부의 집에 살 때 그 근방에서 꽃을 팔거나 구걸을 한 적은 있다.

그때는 문지기가 무서워서 문 쪽으로는 다가가지도 못했다. 그랬는데 일 년 만에 극장 안에 들어갈 줄이야. 게다가 아네트는 일층 일반석이 아니라 웨스트 공작가의 지정석을 이용했다.

그 말은, 상당히 부유한 귀족 가문만이 가지고 있는 박스석에 들어갔다는 말이다.

원래라면 하녀는 안 데려간다. 하지만 에버딘과 아네트 덕분에 엘리스는 최근 일 년간 꿈같은 경험을 할 수 있었다.

극장뿐만이 아니다. 몇 달 전 검술 시합도 그렇다. 엘리스는 극장이 얼마나 멋졌는지, 웨스트 가의 박스석이 얼마나 안락했는지 말하기 위해 에버딘을 찾았다.

"남작님, 남작님!"

엘리스와 아네트가 도착한 소리에 에버딘은 한숨을 내쉬며 엉망이 된 응접실을 돌아보았다. 그녀가 집어 던진 찻잔 등을 하인들이 부랴부랴 치우고 있었다. 에버딘은 안타까운 표정으로 깨진 찻잔을 집어 드는 집사에게 말했다.

"웨스트 경이 우리 집에 온 건 웨스트 양에게는 비밀로 해 줘."

아네트가 알면 겁을 먹을 거다. 에버딘의 지시에 집사는 울적한 표정으로 고개를 끄덕였다.

이 비싼 찻잔을 눈썹 하나 까딱하지 않고 집어 던지다니.

그는 조용하고 얌전해 보인다고 생각한 새 주인의 심기를 절대로 거스르지 말아야겠다고 생각하며 자리에서 일어났다.

"엘리스, 아네트."

엘리스와 아네트가 응접실 안으로 들어오자 에버딘은 언제 마틴에게 미친 사람처럼 펄펄 뛰었냐는 듯 표정을 누그러트리며 두 사람을 맞이했다.

"극장은 어땠어? 재미있었어?"

에버딘의 질문에 엘리스가 신이 나서 이야기했다. 극장은 너무 멋있었다. 심지어 아네트가 중간에 간식까지 사 줬다는 말에 에버딘의 시선이 아네트를 향했다.

"그랬어?"

금세 아네트가 별거 아니라는 표정을 지었다. 그녀는 어깨를 으쓱하며 말했다.

"출출해서 내걸 먹는 김에 사 준 거뿐이야."

"그래도 고마워."

미소를 지으며 감사를 표하는 에버딘의 모습에 아네트의 얼굴에도 머쓱한 표정이 떠올랐다. 돌아온 세 사람을 위해 차를 가져온 집사는 그의 주인이 웨스트 양에게 미소를 짓는 것을 보고 잠깐 놀란 표정을 지었지만 곧 표정을 관리했다.

그러고 보니 그의 새 주인은 어린 하녀를 구하기 위해 무너지는 저택에 뛰어 들어간 적도 있다고 했다. 그때는 헛소문일 거라 생각했는데 어서 남작은 방금 그를 걷어차려는 손님에게 찻잔을 집어 던질 정도로 화를 냈다.

자기 집에서 일하는 사람을 아끼는 사람은 많다. 하지만 손님을 공격할 정도로 아끼는 사람은 그리 많지 않다. 집사 맥은 어쩌면 그 헛소문이 사실일지도 모른다는 생각이 들었다.

44

성에서 열린 신년 파티는 에버딘의 생각보다 훨씬 화려했다. 크리스털로 만든 샹들리에가 천장 곳곳에 달려 있었고 별도로 벽에 달린 벽등 덕분에 홀은 마치 한낮처럼 밝았다.

뿐만 아니라 바로 어제 눈이 내렸음에도 홀 안은 약간 서늘한 정도였다. 어떻게 이럴 수 있지? 에버딘은 홀 안에 화로나 벽난로가 하나도 없는 것을 확인하고 어리둥절한 표정을 지었다.

그녀의 저택은 방마다 난로에 불을 지펴 놔야 한다. 특히 에버딘의 침실은 더 했는데 가장 큰 방이라 그녀가 잠들기 두 시간 전부터 불을 지펴 놔야 잘 때쯤에야 방에 온기가 감돌 정도였다.

“어서 남작.”

에버딘이 음료수대로 다가가자 그 근처에서 대화를 나누던 노부인들이 그녀를 알아보고 인사를 건넸다. 그들은 에버딘이 혼자 있는 것을 보고 자연스럽게 물었다.

"혼자 왔어요?"

어셔 남작이 웨스트 공작과 친밀한 관계라는 것은 수도 사교계에 알음알음 퍼진 상태였다. 다들 에버딘이 이번 신년 파티에 션과 함께 올지 주시하고 있었는데 그녀가 혼자 있으니 하는 질문이다.

에버딘은 노부인이 무엇을 묻는지 알고 넉살 좋게 말했다.

"그러게요. 오는 길에 괜찮은 남자 있으면 잡아 오려고 했는데 이미 다 잡혀갔는지 없더라고요."

그녀의 대답에 노부인들이 멈칫하더니 다음 순간 웃음을 터트렸다. 너무 말도 안 되는 대답이라 완고한 사람마저 그 순간 웃을 수밖에 없었다.

에버딘은 노부인들이 웃음을 멈추는 것을 기다렸다가 물었다.

"어르신들께선 혼자 오셨나요?"

에버딘의 질문에 노부인들이 웃음을 멈추며 고개를 끄덕였다. 몇몇은 배우자가 죽어서 혼자 왔고 몇몇은 배우자가 영지로 돌아갔기 때문에 혼자 왔다.

"저런, 이럴 줄 알았으면 오는 길에 좀 더 열심히 찾아볼 걸 그랬네요."

노부인들을 위해 더 찾아볼 걸 그랬다는 말에 다시 웃음이 터져나왔다. 그러면서 다들 어셔 남작이 원래 이랬던가 하고 속으로 놀라고 있었다.

예전 어셔 남작은 존재하는 줄도 몰랐던 조용한 아가씨였다. 하지만 지금 어셔 남작은 다들 어려워하는 노부인들 앞에서 넉살 좋게 우스갯소리를 하고 있다. 물론 그건 그녀가 할머니 밑에서 자라 할머니들을 어려워하지 않은 덕분이었다.

에버딘은 노부인들과 수도에서 들리는 여러 가지 소문이나 옛날 이야기를 어울리다가 주제가 그녀의 결혼으로 들어설 때쯤 다른 사람과 인사해야겠다며 돌아섰다. 재미있었다. 그녀는 노부인들과 대화하는 걸 좋아했다. 물론 왜 아직 결혼 안 했냐는 질문이 동반되지만.

"즐거운 시간을 보내고 있나 보군."

그때, 소리 없이 다가온 션이 불쑥 물었다.

"엄마야!"

깜짝 놀란 에버딘의 팔을 재빨리 잡은 션이 솔직하게 사과했다.

"미안."

일부러 그녀를 놀라게 하려고 한 건 아니다. 그저 홀이 너무 시끄러운 데다가 션은 그 키와 체구에도 소리 없이 걷는 버릇이 있기 때문이다. 에버딘은 돌아서서 그의 얼굴을 확인하고 인상을 쓰며 물었다.

"내가 소리 없이 뒤로 다가와도 괜찮겠어?"

그러자 션의 한쪽 눈썹이 올라갔다. 그는 상관없다. 하지만 에버딘의 안전을 위해 그러지 않았으면 좋겠다.

"위험하니까 그러지 마."

"너도 마찬가지야."

에버딘은 그렇게 말하며 들고 있던 잔을 션의 얼굴 앞에 들이댔다. 놀라서 이걸 쏟을 수도 있다는 행동에 션은 두 손을 들어 올리며 반 발짝 물러났다.

"미안. 조심할게."

션이 순순히 사과하자 두 사람을 지켜보던 사람들이 수군거리기 시작했다. 웨스트 공작이 저렇게 우호적으로 행동하는 건 처음 봤다.

"소문이 사실이었군요."

"어셔 남작과 결혼하려고 레베카 공주님도 거절했다던데요."

처음 들었을 땐 말도 안 된다고 생각했던 소문이다. 고작 헬름의 영주 하나 때문에 공주를 거절하다니.

하지만 언제나 꼿꼿하고 오만하게 상대방을 깔아보는 웨스트 공작의 모습만 보다가 어셔 남작에게 어쩔 줄 몰라 하는 걸 보니 소문은 점점 신빙성 있게 다가오기 시작했다.

"웨스트 공작도 사람이긴 하군요."

"그러게요. 사랑 때문에 왕족을 거절하다니 대단하네요."

왕족과의 결혼을 거절할 수 있는 사람은 그리 많지 않다. 몇몇 사람들은 에버딘을 대하는 션의 태도를 긍정적으로 받아들였다. 하지만 또 한편으로는 부정적으로 보는 사람도 있었다.

"어셔 남작 때문에 공주님을 거절했다고? 미쳤군."

"오만한 줄은 알았지만 이 정도일 줄이야."

객관적으로 어셔 남작은 레베카 공주보다 나은 결혼 상대가 아니었다. 재력은 물론이고 가문도 왕족을 이길 수 있는 사람은 없다.

그러니 어셔 남작 때문에 레베카 공주와의 혼담을 거절했다는 게 이해가 되지 않는 사람도 있을 것이다.

정작 션은 사람들의 말에 별 관심이 없었다. 그는 어릴 때부터 무수히 많은 소문에 둘러싸여 살았다. 그의 시선을 똑바로 보는 자는 저주를 받는다거나 돌이 된다는 소문도 있었고 그의 부모를 둘러싼 소문도 있었다.

물론 아버지에 대한 소문은 대부분이 사실이었지만.

"국왕 폐하도 볼 수 있어?"

션이 팔꿈치를 내밀자 에버딘은 거기에 손을 얹으며 물었다. 국왕을 볼 수 있냐는 질문에 션은 저도 모르게 멈칫했다.

아마 국왕은 나오지 못할 것이다. 그가 자리에서 일어나지 못한 지는 몇 년째다. 의식은 있다고 들었다. 션은 잠시 생각하다가 완곡하게 말했다.

"이런 곳에 나오기엔 체력이 떨어져서 어려울 거야."

그럼 국왕의 얼굴도 볼 수가 없다는 말이네. 에버딘은 그렇게 생각했다가 재빨리 자신의 생각을 취소했다. 국왕의 얼굴은 마음만 먹으면 얼마든지 볼 수 있다.

이 성에도 곳곳에 국왕의 초상화가 걸려있다. 물론 젊었을 때의 초상화긴 하지만.

"그럼 왕자와 공주는 참석하겠지?"

"왕자는 모르겠지만 레베카 공주라면 확실히."

션이 그렇게 말하자마자 시종이 레베카 공주의 등장을 알렸다. 동시에 사람들의 움직임이 멈췄다. 에버딘은 션을 따라 멈췄다가 사람들이 공주가 지나갈 수 있도록 길을 터주는 것을 보고 가볍게 감탄했다.

일사불란하다. 방금 전까지 여기저기를 마구 걸어 다니며 이야기를 나누던 사람들이 언제 그랬냐는 듯 입을 딱 다물고 레베카 공주가 지나가는 것을 지켜보고 있었다.

"시린 백작."

그때, 레베카 공주가 지나가다가 멈춰서서 눈에 띈 노부인에게 인사를 건넸다. 그녀는 노백작이 허리를 숙이지 않게 하기 위해 그녀의 손을 잡고 말했다.

"와 줘서 고맙네."

"아닙니다, 전하. 초대해 주셨는데 당연히 와야죠."

"매년 이렇게 와 주니 얼마나 고마운지 몰라. 오라버니도 고마워할걸세."

매년 신년 파티에 참석했다는 것을 레베카 공주가 알아주자 노백작의 얼굴이 밝아졌다. 에버딘은 신기한 마음에 션에게 속삭였다.

"정말 저분이 작년에도 참석했어?"

"레베카 공주는 기억력이 좋은 편이거든."

참석했다는 말이다. 그 이후에도 레베카 공주는 나이 든 귀족에게는 빠지지 않고 인사를 건넸다. 그리고 틈틈이 처음 보는 사람에게도 이름을 물었다.

"대단하네."

에버딘은 순수하게 감탄을 내뱉었다. 이 많은 사람의 얼굴과 이름을 모두 기억한다는 건 쉬운 일이 아니다. 하지만 레베카 공주는 얼굴과 이름을 모두 기억하는 건 물론 배우자나 자식의 안부도 묻고 있었다.

그리고 곧이어 에버딘과 션의 차례가 돌아왔다.

"웨스트 공작."

레베카 공주는 약간 딱딱하다 싶은 태도로 션에게 인사를 건네더니 곧 에버딘에게 고개를 돌렸다. 그리고 활짝 웃으며 말했다.

"와 줘서 고맙네, 어셔 남작."

레베카 공주가 웨스트 공작과 어셔 남작에게 어떻게 대할지를 지켜보던 사람들은 다시 수군거리기 시작했다. 소문만으로 레베카 공주와 어셔 남작은 남자 하나를 사이에 둔 라이벌이었다.

하지만 실제로는 전혀 달랐다. 레베카 공주는 웨스트 공작에게 시큰둥했고 오히려 어셔 남작에게 친밀감을 보였다.

"소문을 의식하신 건 아닐까요?"

"그렇다고 하기엔 꽤 오래 대화를 하시는데요."

레베카 공주는 에버딘이 준 조청과 엿이 아주 맛있었다고 칭찬하고 있었다. 빈말이 아니라 진짜로 맛있었다. 레베카 공주의 곁에서 일하는 귀족들의 반응도 좋았다.

하지만 조청과 엿보다 더 인기가 있었던 건 술이었다. 달짝지근한 맛이 평이 좋았다.

"헬름 특산품입니다. 다음에 사람을 시켜 보내드리겠습니다."

"오, 아닐세."

에버딘의 말에 레베카 공주는 그녀의 손등을 다독이며 빙그레 웃었다. 챙겨 주는 건 고맙지만 괜찮다. 그녀는 헬름이 이제 막 살아나기 시작했다는 것을 알았다. 그런 영지의 영주에게 뭔가를 진상하라고 하는 건 옳지 못하다.

"마음에 드는 건 대가를 지불해야지. 조만간 사람을 보내 상품을 주문하도록 하지."

헬름에서 나온 특산품을 구매하겠다는 레베카 공주의 말에 다시 사람들이 술렁이기 시작했다. 어디가 가장 높은 사람이 사용하는 건 사람들의 이목을 끌기 마련이다. 사람들이 어서 남작의 헬름에서 나는 특산품이 뭔지 이야기를 나누는 사이, 레베카 공주는 다시 다음 사람에게로 걸음을 옮겨 대화를 나누기 시작했다.

그 뒤로 레베카 공주는 꽤 오랜 시간 참석자들과 인사를 나눴다. 그리고 그동안에도 크리스토퍼 왕자는 모습을 나타내지 않았다.

심지어 레베카 공주가 미리 준비된 자신의 자리에 앉아서 파티를 즐기라고 했을 때까지도.

"이번에도 불참하시는 건 아니겠지?"

"설마. 신년 파티인데."

성에서 여는 모든 행사에는 왕자가 얼굴을 내밀어야 한다. 그렇기 때문에 귀족들이 바쁜 일을 제쳐 놓고 참석하는 것 아닌가.

하지만 이미 크리스토퍼 왕자는 예전에도 불참하거나 지각한 전적이 너무 많았다. 사람들의 불만이 성의 지붕만큼 치솟았을 때에야 시종이 크리스토퍼 왕자의 등장을 알렸다.

"으, 다리 아파."

에버딘은 이번에도 선과 함께 물러나며 작게 투덜거렸다. 얼마나 오래 기다렸는지 모른다. 레베카 공주마저도 크리스토퍼 왕자의 등장에 안도하는 표정을 보이고 있었다.

아무리 사람들이 불만을 품는다고 해도 크리스토퍼 왕자가 등장하는 순간 사람들의 불만은 모두 사라진다. 레베카 공주는 어릴 때부터 그래 왔듯이 표정을 관리하며 자세를 바르게 했다.

홀 안에 들어선 크리스토퍼 왕자는 지루하다는 표정으로 기다리고 있던 사람들 사이로 빠르게 걸어 의자로 향했다. 누군가와 인사를 해야겠다는 생각조차도 없었다. 그는 귀찮다는 표정으로 레베카 공주의 옆자리에 털썩 앉더니 악단을 쳐다보며 말했다.

“뭐해? 연주해.”

곡을 연주하라는 말에 당황한 악단이 느리고 조용한 곡을 시작했다. 그러자 크리스토퍼가 짜증을 내며 말했다.

“누가 죽었어? 밝은 거 해, 밝은 거.”

그때, 레베카는 놀라운 광경을 발견했다. 사람들이 당황스러운 표정으로 수군거리기 시작한 것이다.

처음 있는 일이었다. 사람들은 이럴 때면 크리스토퍼 왕자가 당연한 요구를 한다는 표정을 지었다. 어떤 사람은 크리스토퍼 왕자를 대신해서 악단을 꾸중하기도 했다. 물론 악단 역시 크리스토퍼 왕자의 의중을 알아차리지 못해서 죽을죄를 지었다는 표정을 지었다.

하지만 오늘, 이 순간은 달랐다. 다들 크리스토퍼 왕자의 난폭한 언행에 당황하고 있었다.

그리고 그 사실을 깨달은 건 레베카 공주만이 아니었다. 눈치가 빠른 몇몇 사람들은 태어나서 처음으로 크리스토퍼 왕자가 짜증나고 무례한 자라고 생각했다는 것을 깨달았다.

예전에는 왕자의 무례한 행동은 그냥 왕이 될 사람으로서 가지고 있는 당연한 태도라고 생각했었다. 하지만 지금 이 자리에서는 달랐다.

많은 사람들이 왕자의 행동에 화가 났고 그가 무례하다고 느꼈다. 그건 아주 생소한 느낌이었다.

"왜 그래?"

에버딘은 션이 자신을 가볍게 잡아당기는 것을 느끼고 그를 쳐다봤다. 그런데 션의 얼굴이 눈에 띄게 굳어 있었다. 그녀는 그가 이렇게 굳은 표정을 짓는 것을 처음 봤다.

"아니."

션은 사람들의 감정이 전과 다르다는 것을 느끼고 있었다. 늘 왕자가 나타나면 사람들의 감정은 부드럽게 변했다. 하지만 지금은 달랐다. 천장까지 치솟았던 짜증은 그대로 멈춰 버렸고 몇몇 사람들에게서는 훨씬 강렬한 감정이 느껴지고 있었다.

그는 에버딘의 팔꿈치를 잡고 그만이 느낄 수 있던 소란스러움이 차단되는 것을 확인했다.

"내 곁에서 벗어나지 마."

혹시 모를 상황에 대비해서 션은 재빨리 그녀에게 속삭였다. 그리고 고개를 들었을 때 맞은편에 서 있던 제랄딘과 시선이 부딪쳤다.

제랄딘은 션의 표정이 굳는 것을 보고 있었다. 그리고 금세 사라지긴 했지만 레베카 공주가 당황하는 것도.

"늦으셨군."

제랄딘의 근처에 서 있던 어느 귀족이 못마땅하다는 어조로 중얼거렸다. 덕분에 제랄딘은 뭔가가 달라졌다는 것을 깨달았다.

그뿐만이 아니었다. 악단이 밝은 곡을 연주하기 시작하자 크리스토퍼 왕자는 팔을 휘두르며 소리쳤다.

"춤춰, 춤!"

예전이라면 눈 깜짝할 사이에 춤을 출 사람들만 가운데로 나오고 남은 사람들은 가운데를 둥글게 비우기 위해 물러났을 것이다. 하지만 다들 크리스토퍼의 무례한 행동에 당황해서 머뭇거리고 있었다.

"뭐 하는 거야? 레베카!"

사람들이 자신의 의지와 달리 움직이지 않자 크리스토퍼가 레베카를 쳐다보며 소리쳤다. 사람들이 춤추지 않는 걸 그녀보고 어쩌라는 건지 모르겠다. 하지만 레베카는 능숙하게 수습했다.

"시작하지. 하멜 남작."

얼마 전에 결혼한 하멜 남작 부부는 레베카 공주의 부름에 재빨리 홀 가운데로 나왔다. 그러자 그것이 신호라도 되는 것처럼 사람들이 벽 쪽으로 물러나기 시작했다.

이어서 하멜 남작 부부가 춤을 추기 시작하자 정신을 차린 다른 사람들도 하나둘 홀 가운데로 나왔다.

"그만 가지."

그때, 션이 불쑥 말했다. 벌써? 에버딘은 그의 팔뚝에 손을 얹어 놓고 있다가 놀라서 그를 쳐다봤다.

하지만 션은 당연하다는 표정으로 말했다.

"온 지 한 시간이 넘었어. 가도 돼."

그만큼 크리스토퍼 왕자가 늦었다는 말이기도 하다. 에버딘은 춤을 추는 사람들을 힐끔 쳐다보고 과연 벌써 떠나도 되는지 고민하기 시작했다.

그 시선에 션도 춤을 추는 사람들을 쳐다봤다. 그는 춤추는 걸 그리 좋아하지 않았다. 사람들 앞에서 친하지도 않은 여자와 짝을 지어 춤을 추는 것도, 춤이 끝나면 사람들이 박수를 치는 것도 그리 달갑지 않았다.

하지만 에버딘과 춤을 추는 건 예외다. 그는 그녀와 춤을 추는 건 아주 좋았다. 사람들 앞에서 당당하게 에버딘을 끌어안을 수 있었고 그녀도 곡이 끝나기 전까지는 도망치지 않으니까.

하지만 지금은 안 된다. 그는 좋지 않은 표정으로 삼삼오오 모여 이야기하는 사람들을 둘러봤다. 저들이 저러는 건 에버딘 때문일 가능성이 컸다.

그렇다면 그 사실을 왕자나 공주가 알아차리기 전에 성을 빠져나가야 한다. 에버딘을 위해서.

"다리 아프다며."

션은 가도 될지 고민하는 에버딘을 재촉하기 위해 다시 말했다. 그러자 에버딘이 한숨을 내쉬며 물었다.

"너무 이르지 않을까?"

"공주와 인사도 했고 왕자가 온 것도 봤지. 온 지 한 시간이 지났고. 이제 가도 돼."

그렇다면 가고 싶다. 에버딘은 고개를 끄덕이고 션을 따라 몸을 돌렸다. 구두를 신고 한 시간 넘게 서 있어서 발이 너무 아팠다. 차라리 걸으면 좀 나으련만, 너무 오래 한 자리에 서 있으니 더 그렇다.

"어셔 남작?"

막 입구를 나가려는 순간, 입구 근처에 있던 사람이 에버딘을 알아보고 말을 걸었다. 반사적으로 고개를 돌린 션은 상대방을 알아보고 인상을 썼지만 에버딘은 아니었다.

그녀는 반가운 마음에 션에게서 손을 떼고 인사를 건넸다.

"오랜만이에요."

"캐서린이라고 불러요."

"저도요. 에버딘이라고 불러 주세요."

여기엔 참여할 수 없다. 션은 못 참겠다는 듯 뒤로 물러났다가 재빨리 몸을 숙여 에버딘에게 속삭였다.

"마차에서 기다리지."

두 사람은 따로 왔다. 당연히 마차도 두 대라는 말이다. 에버딘이 누구 마차에서 기다릴 거냐고 물어보려 했지만 션은 그 말만 남기고 떠나 버린 뒤였다.

"미안해요. 나 때문에 파트너가 가 버렸네요."

캐서린의 사과에 에버딘은 고개를 저었다. 캐서린이 싫어서 먼저 나간 건 션의 문제지 캐서린과 그녀의 문제가 아니다.

에버딘은 별거 아니라는 듯 말했다.

"괜찮아요. 따로 와서."

그녀의 마차가 따로 있다는 말에 캐서린은 잠깐 놀랐다가 웃었다. 그녀는 웨스트 공작이 파트너를 두고 돌아가 버릴 정도로 몰염치하고 수준 낮은 남자라고는 생각하지 않았기 때문이다.

"어떻게 지냈어요?"

이어진 캐서린의 질문에 에버딘은 잘 지냈다고 대답하려다 멈칫했다. 그러고 보니 얼마 전에 마틴이 들이닥쳤다. 그리고 이상한 짓을 했지.

마치 그녀를 유혹하려는 것 같았다. 아니, 같은 게 아니라 했다.

대체 왜 그런 짓을 한 걸까. 갑자기 마틴이 미쳐서 그녀를 유혹하려 했을 리 없다. 아니, 맞나? 에버딘은 마틴의 행동을 떠올리며 어쩌면 그럴지도 모른다고 생각했다.

게다가 아네트도 괴롭혔다고 하지 않았던가. 그다음 타깃이 그녀였으니 어쩌면 마틴은 자신이 아는 여자들을 차례로 찾아가서 이상한 짓을 하려는 건지도 모른다.

"별일 아닐 수도 있지만요."

그렇다면 캐서린에게도 경고를 해 주는 게 좋지 않을까. 게다가 그녀에게는 아직 어린 딸이 있다. 에버딘은 얼마 전에 마틴이 찾아와서 이상한 짓을 했다고 완곡하게 설명했다.

그리고 진지한 표정으로 덧붙였다.

"무슨 생각인지는 모르겠지만 혹시라도 캐서린을 찾아갈지도 모르니까요. 조심하세요."

안타깝게도 마틴은 이미 허바드 저택을 방문하고 있었다. 캐서린은 에버딘의 경고에 미소를 지었다.

에버딘 나름대로 그녀를 도와주려 한다는 게 기분이 좋았다. 누군가의 사심 없는 호의란 받는 사람을 행복하게 만들어 주는 법이다.

“실은 이미 방문했어요.”

“마틴이요?”

“하지만 약속 없이 와서 돌려보냈죠.”

웨스트 공작만큼은 아니지만 허바드 백작도 찾아오는 사람이 꽤 있다. 아무 약속도 없이 찾아온 옛 연인을 만날 시간 따위는 없는 것이다.

캐서린의 대답에 에버딘은 저도 모르게 웃음을 터트렸다. 약속 없이 오면 돌려보내도 되는구나. 그녀는 그 사실을 알았지만 그대로 마틴을 만났을 거라고 생각했다.

그가 갑자기 자신을 찾아온 이유가 궁금했기 때문이다.

“그럼 앞으로도 안 만나실 거예요?”

에버딘은 마틴이 캐서린을 찾아간 이유가 궁금해서 물었다. 아네트를 괴롭히더니 그 뒤엔 에버딘을 찾아와서 그녀를 유혹하려 했다.

그러더니 이번에는 캐서린을 만나려 하고 있단다.

대체 목적이 뭘까. 궁금해하는 에버딘에게 캐서린이 빙그레 웃으며 말했다.

“그러게요. 대체 이유가 뭔지 저도 슬슬 궁금해지네요.”

그녀가 만나지 않으려 한 건 이런 옛 연인들의 방문은 다 비슷한 이유였기 때문이다. 다들 예전에 그녀와 연인이었던 것을 이용해서 구걸을 하곤 했다.

마틴은 웨스트 공작가의 사람이지만 모르는 일이다. 그의 도박 빚과 사치에 화가 난 웨스트 공작이 더 이상은 도박 빚을 갚아 주지 않겠다고 했을 수도 있다.

캐서린은 꽤 가능성 있다고 생각하며 덧붙였다.

"다음에 오면 만나 봐야겠어요."

"저 때문이면 그러지 않으셔도 돼요."

고작 자신의 궁금증 때문에 만나기 싫은 사람을 만나게 할 수는 없다. 에버딘의 만류에 캐서린은 다시 빙그레 웃으며 말했다.

"괜찮아요. 저도 그가 어쩐 일로 끈질기게 찾아오는지 궁금해하던 차였거든요."

거절당하면 적어도 한 달은 찾아오지 않는 남자다. 웨스트 공작가라는 자존심 때문이다. 그런 마틴 웨스트가 어제 거절당하고도 오늘 또 방문하는 기이한 행동을 하고 있었다.

슬슬 캐서린도 마틴이 대체 원하는 게 뭔지 궁금해졌다. 도박 빚 때문에 구걸하러 온 거라면 그걸 보는 것도 재미있을 것 같다. 그녀는 이제 그만 가야겠다는 에버딘에게 인사를 건네고 홀 안쪽으로 걸음을 옮겼다.

"미안."

건물을 나간 에버딘은 기다리고 있던 웨스트가의 마차에 올라타며 션에게 사과를 건넸다. 그는 꽤 한참 동안 시트 등받이에 등을 기댄 채 눈을 감고 있다가 에버딘이 문을 열자마자 눈을 번쩍 떴다.

그리고 그녀가 안전하게 자리에 앉는 것을 확인한 다음에야 마차의 출발을 명했다.

"무슨 이야기했어?"

마차가 출발하자 션의 입에서 질문이 흘러나왔다. 캐서린과 무슨 이야기를 했는지 궁금했다. 에버딘은 솔직하게 말하려다가 그러면 마틴이 그녀를 유혹하려 했다는 걸 말해야 한다는 사실에 입을 다물었다.

말해도 될까. 말하는 것 자체는 어렵지 않다. 하지만 마틴이 그녀를 유혹하려 했다는 걸 션이 알게 되면 다음 날 마틴은 이 세상에 없을지도 모른다는 생각이 들었다.

"음, 그냥. 어떻게 지내는지 이야기했어. 왜? 내가 캐서린과 친하게 지내는 게 싫어?"

에버딘이 허바드 백작을 캐서린이라고 부르자 션의 얼굴이 일그러졌다. 싫다. 그는 한숨을 내쉬고 조용히 말했다.

"싫어. 하지만 네 인간관계고 네 사회생활이지. 내가 왈가왈부해서는 안 되는 문제고."

그렇게 말할 줄은 몰랐다. 에버딘은 션의 사려 깊은 대답에 잠깐 놀랐다가 미소를 지었다. 정말 복잡한 남자다. 때때로 에버딘이 자기 것인 것처럼 굴면서 이럴 때는 그녀의 의지를 존중했다.

그녀는 션이 자신이 입은 바지를 보고 싫은 표정을 지었던 것을 떠올렸다. 그리고 아네트가 그걸로 투덜거렸던 것도.

"그럼 아네트가 못 입게 한 옷은 뭐였어?"

그녀의 의지는 존중했으면서 아네트는 못 입게 한 옷이 대체 뭐였을까. 에버딘의 질문에 션은 그게 무슨 소리냐는 표정을 지었다가 곧 눈을 가늘게 떴다. 그가 아네트와 대화하는 걸 엿들었냐는 표정에 에버딘은 재빨리 손을 들어 올리며 말했다.

"들어가려다가 우연히 들은 거야."

일부러 엿들은 게 아니다. 그런 변명에 션은 피식 웃었다. 그다지 중요한 이야기는 아니었다. 그는 다시 등받이에 몸을 기대며 입을 열었다.

"한 겹짜리 드레스를 입겠다고 해서 죽을 때까지 외출 금지당하고 싶으면 입어도 된다고 했지."

"한 겹짜리 드레스가 뭐가 문제였는데?"

여름에는 더워서 드레스를 한 겹으로 만들어 입는다. 물론 아네트는 여름이 아니었으니 문제였다.

션은 씩 웃으며 말했다.

"작년 겨울이었거든."

"추울 텐데?"

"그게 유행이라더군. 추워서 얼굴이 파랗게 질리는 게."

말도 안 된다. 에버딘은 어이가 없어서 입을 딱 벌렸다가 아네트가 열여섯 살이라는 것을 떠올렸다. 작년 겨울이라면 열다섯 살이었겠지.

그 나이대가 할 만한 일이다. 웃음을 터트리는 에버딘을 보고 션도 따라서 미소를 지었다.

그 일로 아네트가 션을 원망하긴 했다. 하지만 그는 다시 돌아간다고 해도 못 입게 막을 생각이었다.

“한번 입어 보라고 하지? 입자마자 자기도 추워서 후회했을 텐데.”

한참을 웃던 에버딘이 숨을 헐떡이며 말했다. 홑겹 여름 드레스를 겨울에 입겠다니, 분명 입고 방 밖으로 나가는 순간 후회할 거다.

하지만 션은 아네트가 후회하는 것과 그녀가 그 겨울 내내 여름 드레스를 입는 건 별개의 일이라고 생각했다. 게다가 아네트라면 추워서 덜덜 떨면서도 입었을 거다. 또래 사이에서 유행하는 거였으니까.

“그럴 순 없지.”

그는 어깨를 으쓱하며 담담하게 말을 이었다.

“난 아네트의 보호자고, 그 녀석이 무사히 성인이 되도록 돌볼 의무가 있거든.”

성인이 되기 전에 죽어 버리거나 폐렴으로 앓아누우면 곤란하다. 그런 션의 대답에 잠시 그를 물끄러미 쳐다보던 에버딘은 곧 미소를 지었다.

말은 그렇게 해도 션은 아네트를 걱정하고 있다. 그녀와 마틴 사이의 일을 알자마자 아네트를 데리고 헬름으로 와 버린 것만 해도 그렇다.

문제는 그게 아네트에게 닿느냐의 문제지만.

*　*　*

이튿날, 서쪽 하늘 용병대의 수도 지점에 션 웨스트 공작이 방문했다. 그는 오래된 건물이라 좀 낮은 문을 조심스럽게 통과한 뒤 기다리고 있던 카렌에게 말했다.

"저런 작은 문을 다니는 데 다들 불만이 없나 보군."

당연히 불만이 많다. 물론 그중에서도 션이 워낙 크다 보니 더 불편하게 느끼는 거겠지만.

카렌은 빙글빙글 웃으며 말했다.

"그래서 거점을 헬름으로 옮기고 싶은데 헬름 영주님이 영 허락을 안 해 주시네요."

그건 당연하다. 작은 영지에 대륙 최고의 용병대가 거점을 만들겠다는데 반길 사람이 누가 있나. 수도조차도 용병대가 거점을 마련하는데 조건을 걸었다.

동시에 서른 명 이상의 용병이 머무르지 말 것. 그 이상이 머물려면 담당자에게 허락을 받아야 한다. 그리고 그 허락은 이튿날이면 무효가 되기 때문에 매일 갱신해야 한다.

"어셔 남작의 조건은 아직 안 왔나?"

션의 질문에 카렌은 말없이 고개를 끄덕였다. 생각해 보겠다고 한 에버딘은 아직 조건을 말하지 않고 있었다. 어쩌면 아예 거절일 수도 있고.

하지만 카렌과 션 둘 다 에버딘이 서쪽 하늘 용병대의 거점을 거부하지는 않을 거라고 생각했다. 용병대란 양날의 검이다. 영지의 치안을 어지럽힐 가능성도 있지만 반대로 영지의 전투력에 도움이 될 가능성도 있다.

에버딘이라면 후자 쪽에 집중하겠지. 션은 그렇게 생각하며 카렌의 안내를 따라 좁디좁은 용병대 대장의 사무실로 들어갔다.

"베르트가 여길 싫어하는 이유를 알겠군."

션은 폐소공포증이 생길 것 같은 작은 사무실을 둘러보며 중얼거렸다. 너무 좁다. 특히나 션과 베르트 정도의 체구를 가진 사람에게는 더더욱.

그의 중얼거림을 들은 카렌은 베르트의 책상 앞에 자연스럽게 앉으며 말했다.

"그 녀석은 안 싫어해도 안 앉아 있을 놈이에요."

그건 그렇다. 션은 피식 웃으며 베르트가 서쪽 하늘 용병대의 대장인 이유를 떠올렸다. 아주 단순하다. 실력이 두 번째였고 남들에게 호감을 받을 만한 외모를 가졌으니까.

이를테면 얼굴마담 같은 거다.

"차라도 드릴까요? 업무 중에는 술을 마시지 않거든요."

"헛소리."

술은 줄 수 없다는 카렌의 말을 비웃은 션은 아무것도 필요 없다고 말했다. 여기서 내놓는 술이나 차의 수준이란 뻔하다. 게다가 션은 카렌과 친목을 다지려고 온 게 아니었다.

"음, 그럼 본론으로 들어가겠습니다."

서류를 꺼낸 카렌이 그렇게 말하더니 서류를 한 장 넘겼다. 원래는 그녀가 직접 웨스트 저택이나 어서 저택에 찾아가서 보고할 생각이었다.

하지만 션은 혹시라도 에버딘의 귀에 들어갈 만한 상황을 만들고 싶지 않았다. 그는 의자에서 괴로운 소리가 나는 것을 무시하며 등받이에 몸을 기댔다.

"일단 웨스트 양에 대한 헛소문 건입니다. 의심하신 대로 홀트 자작가에서 처음 시작한 소문인 것 같습니다."

카렌의 말에 션은 아무 말도 하지 않았다. 처음부터 홀트 자작가를 의심했다. 아네트가 왕자와 결혼한다면 가장 큰 피해를 받는 게 바로 왕자의 애인인 마르시아 홀트니까.

"하지만 좀 더 적극적으로 퍼트린 건 홀트 자작가가 아니고 로렌가더군요. 로렌 백작가의 방계고, 홀트 자작 부인과 꽤 친하게 지내는 모양입니다."

결국 홀트 자작가에서 퍼트린 거나 다름이 없다. 마르시아나 홀트 자작가에서 나서는 건 보기 좋지 않으니 자작 부인의 친구가 나선 거겠지.

우정이 깊어서 일 수도 있고 마르시아가 왕자와 결혼할 경우 작위를 주겠다고 약속해서일 수도 있다.

이번에도 션은 아무 말도 하지 않았다. 카렌은 그의 표정 변화 없는 얼굴을 힐끔 보고 속으로 한숨을 내쉬었다.

웨스트 공작은 대하기가 어려운 사람이다. 그가 웨스트햄튼의 영주라는 이유 때문은 아니다. 어떤 말이나 상황에서도 무표정하게 있기 때문이다.

다른 의뢰인이라면 지금쯤이면 자리에서 벌떡 일어나서 그럴 줄 알았다고 말한 뒤 가만두지 않겠다며 분통을 터트렸을 것이다. 하지만 션은 아무런 반응도 보이지 않고 있었다.

"음, 권해드리는 건 홀트 자작가에 약간 강압적인 항의를 하는 거지만, 공작님께서는 이미 알고 계시는 방법이겠죠."

맞다. 션은 말없이 고개를 끄덕였다. 강압적인 항의란 용병들을 데리고 가서 자작과 대화를 하는 거다. 물론 그 과정에서 어떤 폭력도 일어나선 안 된다.

"그럼 어떻게 할까요?"

카렌의 질문에 션은 그녀가 들고 있는 서류로 시선을 던졌다. 홀트 자작가를 어떻게 할지는 다음 의뢰 결과를 듣고 생각해도 늦지 않다.

"다른 의뢰는 어떻게 됐지?"

"아, 우유 술이요."

수도에 얼마 전에 가짜 우유 술이 발견됐다는 소식을 듣고 서쪽 하늘 용병대에 조사해 달라는 의뢰를 했다. 보통 이런 의뢰는 정보 길드에 맡기지만 오히려 정보 길드에 맡겼다가 역으로 정보가 흘러나갈 수도 있기 때문에 카렌에게 적당히 알아보라고 지시했다.

"사실, 간단한 사건인 줄 알았는데요."

카렌은 그렇게 말하며 볼을 긁적이더니 서류의 다음 장을 넘겼다. 뭔가가 인기를 얻으면 자연스럽게 그걸 베낀 게 등장하기 마련이다.

돈 때문에 그런 짓을 하는 거다. 우유 술은 인기를 끌고 있었고 수요에 비해 공급이 터무니없이 적었기 때문에 가짜 술이 파고들기 아주 좋았다.

문제는 그 가짜 술이 식중독을 일으켰다는 데 있었다.

우유 술이라는 이름 때문인지 가짜 술을 만들어 판 사람은 우유에 술을 섞어 팔았고 우유가 상하면서 문제가 불거졌다. 당연히 헬름의 어서 남작이 만든 술이라고 팔았기 때문에 그게 션의 귀에도 들어갔다.

"아무래도 이 녀석들, 뒤에 귀족이 있는 모양입니다."

"귀족?"

카렌의 보고에 그제야 션이 반응했다. 그의 머릿속에 한 가지 가설이 떠올랐다. 가짜 술을 만드는 놈들은 대부분 범죄자다. 그리고 그런 범죄자와 엮이는 귀족이라면 도박과 관련이 되어 있다.

"도박장인가?"

션의 질문에 카렌은 으음 하고 망설이다가 말했다.

"아닌 것 같습니다."

"아닌 것 같다고?"

아니면 아니지, 아닌 것 같다는 뭐란 말인가. 평소 무표정한 션의 얼굴에 감정이 올라왔지만, 카렌은 여전히 말을 아끼고 있었다.

"저도 사실은 도박 쪽인 줄 알았거든요. 사기꾼 몇도 엮여 있고요. 그런데 의외의 인물이 튀어나오더군요."

누군데? 션이 눈빛만으로 묻자 카렌은 잠시 입을 다물었다. 이게 우연일까? 그녀도 보고를 받고 믿을 수 없어 했다.

"로버트 기빈이라는 놈이 있습니다. 이쪽에서 유명한 사기꾼인 모양이더군요. 사람을 써서 가짜 술을 파는 놈이죠."

그것뿐만이 아니다. 로버트는 부자나 귀족들을 찾아가 그들의 사업을 더 키울 수 있다고 설득해 무리한 투자를 하게 한 뒤 돈을 들고 사라지는 거로 유명했다.

로버트의 곁에는 그의 일을 돕는 자들이 꽤 많았는데 대부분은 돈을 받고 그의 일을 도왔지만 때때로 똑같이 속는 자도 있었다.

"그런데 뒤를 밟다 보니 홀트 자작과 꽤 자주 만나더군요."

"그도 속고 있을 가능성은 없고?"

션의 질문에 카렌은 고개를 저었다. 로버트가 만나는 사람 중에 그가 속이는 피해자도 여럿 있었다. 하지만 홀트 자작은 아니었다.

로버트와 꽤 자주 비밀리에 만났으면서 그가 사업을 키우려고 한다거나 사업 아이템이 있다는 소문은 전혀 없었다.

"가짜 술과 관련이 없을 수도 있습니다. 하지만 두 사건 모두 홀트 자작이 엮여 있는 게 아무래도……."

"의심스럽군."

션은 카렌의 말을 받으며 가슴 앞으로 팔짱을 꼈다. 하필이면 그의 주변을 공격하는 두 가지 사건이 모두 홀트 자작에 엮여 있다니.

이건 꽤 합리적인 의심이다. 션은 잠시 생각하다가 물었다.

"기빈은 어떻게 했지?"

"언제든지 낚아채 올 수 있습니다."

"기빈의 밑에 있는 놈들도?"

대부분 그렇다. 카렌은 고개를 끄덕이다 말고 재빨리 말했다.

"아, 재미있는 이야긴데 기빈 밑에 있는 녀석 중 그에게 속는 사람도 있더군요."

"그런데?"

사기꾼 주변엔 언제나 피해자가 있기 마련이다. 션이 그게 무슨 상관이냐는 표정을 짓자 카렌이 빙그레 웃으며 말했다.

"기빈의 일을 도우면서 자신이 하는 일이 범죄라는 걸 모르는 녀석도 있다는 말이죠."

션의 입술이 비틀렸다. 그건 꽤 괜찮은 정보였다. 자신이 모르고 범죄에 가담했다는 것을 알게 되면 사람들은 보통 겁에 질린다. 그리고 두 가지 중 한 가지 행동을 하기 마련이다.

더욱더 적극적으로 가담하거나 그 일에서 빠져나오려 하거나.

후자는 드물지만 그래도 있긴 하다. 션은 품에서 작은 주머니를 하나 꺼내 카렌의 앞에 던지며 말했다.

"이건 정보비."

그리고 다시 품에서 두 번째 주머니를 꺼내더니 그것 역시 먼저 던진 주머니 옆에 던지며 말을 이었다.

"이건 그자를 설득하는 보수로 하지."

웨스트 공작은 꽤 후한 의뢰인이다. 카렌은 주머니가 책상에 떨어지는 소리만으로 얼마가 들었는지 가늠하고 씩 웃었다.

그리고 자리에서 일어나는 션을 따라 일어나며 물었다.

"언제 시작할까요?"

* * *

로나 코넬은 바짝 긴장한 채 용병단의 본부에 앉아 있었다. 정확히 말하면 서쪽 하늘 용병단의 수도 본부에 있는 상담실 중 가장 작은 상담실에 혼자 앉아 있었다.

무슨 의뢰를 하려는 걸까. 집으로 돌아가던 로나에게 접근한 남자는 자신이 서쪽 하늘 용병단이고 의뢰할 게 있다고 말했다.

용병단도 자신의 목적지에 배달해야 할 물건이 있으면 부수입용으로 배달하기도 한다. 하지만 당장 떠나야 하는 데 전혀 반대 방향으로 뭔가를 보내야 하면 로나와 같은 운송업자들에게 의뢰를 하기도 한다.

그렇기 때문에 로나는 자신에게 의뢰를 할 것이 있다던 남자의 말을 전혀 의심하지 않고 있었다. 어디일까. 위치나 무게, 가격이 맞았으면 좋겠다. 그녀는 그렇게 생각하며 잠시만 기다려 달라고 말하고 나간 남자를 기다리고 있었다.

"로나 코넬?"

그리 오래 기다리지 않아 상담실 문이 열리고 키가 훤칠한 여자가 들어왔다. 이 여자는 누구지? 로나는 자신을 두고 간 남자가 아니라 웬 여자가 들어온 것을 보고 물었다.

"누구시죠?"

"카렌 고든이에요. 서쪽 하늘 용병단의 부대장이죠."

카렌은 간단하게 자신을 소개하며 손을 내밀었다. 능숙하게 악수를 청하는 모습에 로나는 잠시 멍했다가 재빨리 카렌의 손을 잡았다.

부대장이라고? 서쪽 하늘 용병대의 부대장이 여자인 줄은 몰랐다. 아주 잘생긴 남자 아니었나? 그녀가 그렇게 생각하는 동안 자리에 앉은 카렌이 입을 열었다.

"갑자기 본부로 안내해서 미안해요. 조용하게 물어볼 게 있어서요."

"저한테 의뢰할 게 있다고 들었는데요?"

아니었어? 당황하는 로나를 본 카렌은 긍정도 부정도 하지 않고 씩 웃었다. 의뢰를 한다는 건 거짓말이다. 하지만 이야기가 어떻게 진행되느냐에 따라 의뢰를 할 수도 있겠지.

그녀는 들어오기 전에 확인한 로나 코넬에 대한 정보를 떠올렸다. 고향에서 수도로 올라왔고 몇 년의 경력을 가진 운송업자다.

돈을 밝히는 경향이 있지만 그건 그녀가 돌보는 자매 때문인 것 같다고 적혀 있었다. 몰리 코넬. 로나의 언니인 그녀는 앞을 볼 수 없는 사람이다.

그러니 로나는 몰리의 생활비까지 두 배로 벌어야 했다.

"그 전에 물어볼 게 있거든요."

카렌은 그렇게 말하고 잠시 뜸을 들였다. 그녀의 목적은 한 가지였다. 로버트 기빈이 로나를 이용해 가짜 우유 술을 유통하고 있다는 증거를 받아 내면 된다.

"기빈 밑에서 일하고 있다던데요."

기빈의 이름이 나오자 로나의 표정이 달라졌다. 그 멍청이! 그녀는 고개를 번쩍 들고 소리쳤다.

"아뇨! 그 녀석의 의뢰를 받은 적은 있지만 밑에서 일하는 건 아닙니다."

의뢰를 받는 것과 밑에서 일하는 건 엄연히 다르다. 게다가 그런 멍청이 밑에서 일한다는 오해를 받는 것만은 딱 질색이다.

생각보다 격한 로나의 반응에 카렌은 잠시 멈칫했다. 하지만 곧 그녀의 생각을 이해하고 고개를 끄덕였다.

그녀도 의뢰인의 의뢰를 받아들인 거지 의뢰인의 밑에서 일하는 건 아니다. 카렌은 말을 고쳐 다시 물었다.

“기빈의 의뢰로 몇 가지 물건을 운송한 적이 있다고 들었는데요.”

그건 맞다. 기빈은 멍청한 놈이고 그녀의 돈을 떼어먹으려 한 적도 있지만 로나는 가끔 기빈의 의뢰를 받아들이곤 했다. 돈을 떼어먹으려 하는 건 선금을 받으면 되고 가끔 갑작스럽게 요청하는 기빈의 의뢰는 꽤 쏠쏠했기 때문이다.

하지만 누군가 이런 질문을 한다는 건 그녀가 기빈의 의뢰로 운반한 물건 중 하나에 문제가 있었다는 뜻이다. 다년간의 경험 끝에 로나는 눈치가 있었고 어떻게 대답해야 할지 잘 알았다.

“네. 기빈의 의뢰도 가끔 받고 있어요. 알다시피 제 일은 운송이니까요.”

어디까지나 그녀는 운송만 했다는 뜻이다. 카렌은 로나의 방어적인 대답에도 그럴 줄 알았다는 듯 아무 표정 변화가 없었다. 그녀는 테이블 위에 두 손을 올려놓으며 물었다.

“우유 술에 대해 들어 본 적은?”

들어 봤다. 로나는 긴장한 표정으로 고개를 끄덕이려다가 어라? 하는 표정을 지었다.

세간에 팔리는 우유 술은 두 가지다. 헬름이라는 영지에서 나오는 우유 술과 어느 천재 주조사가 만들었다는 우유 술.

로나가 로버트의 의뢰를 받아 운송한 건 후자였다. 그 술에 뭔가 문제라도 있나? 잠시 긴장이 서렸던 그녀의 얼굴이 곧 무표정해졌다.

그녀는 운송만 했다. 술을 만들고 파는 데는 아무 영향도 없었다. 그러니 대답만 하면 된다.

"네, 들어 본 적 있어요."

로나의 대답에 카렌은 빙그레 미소를 지으며 물었다.

"기빈의 요청대로 배달한 적도 있죠?"

"네."

굳이 거짓말할 필요가 없는 질문이라 로나는 솔직하게 대답했다. 문제는 지금부터다. 카렌은 흠 하고 신음을 내뱉은 뒤 이상하다는 듯 물었다.

"그럼 그 우유 술이 헬름의 우유 술이라고 팔리는 것도 알고 있겠네요?"

그건 몰랐다. 아니, 알았나? 로나의 얼굴에 당황한 표정이 내려앉았다. 언뜻 듣기는 했다. 그녀에 배달한 술집에서 헬름에서 만든 우유 술과 매우 흡사하다고 손님들에게 소개하는 것을.

거짓말이라고 생각했지만 굳이 끼어들지 않은 건 뭔가를 파는데 약간의 과장은 언제나 들어 있기 때문이다. 게다가 로나는 배송만 하면 된다. 몰리가 매일 아침, 그렇게 신신당부하지 않았던가.

"모……."

몰랐다. 로나는 그렇게 말하려 했다. 하지만 상대는 카렌 고든이었고 그녀는 이름만 용병대의 부대장인 게 아니다. 한참 혈기 넘치고 멍청한 신입들을 휘어잡아야 한다. 그리고 노련하고 멍청한 용병들 역시 휘어잡아야 했고.

그녀는 로나의 표정만으로 그녀가 알고 있었다는 것을 알았다. 그리고 일부러 테이블을 손으로 탕! 하고 치며 말했다.

"아는군요."

탕! 하고 테이블을 때리는 소리에 로나는 깜짝 놀라서 고개를 번쩍 들었다. 그녀는 카렌이 화가 난 줄 알고 재빨리 카렌의 얼굴을 살폈다.

하지만 카렌은 화가 난 게 아니었다. 그저 멍청한 용병들에게 하듯이 흐름을 자른 것뿐이다.

카렌은 당황하는 로나를 보고 다시 빙그레 웃었다. 그리고 몸을 앞으로 내밀며 친절하게 말했다.

"코넬 씨를 비난하려고 부른 건 아니에요. 하지만 코넬 씨가 연루된 범죄에 우리도 관심이 있거든요."

범죄라고? 이제 로나의 머릿속은 빙글빙글 돌기 시작했다. 하지만 그녀도 꽤 경력 있는 운송인이다. 로나는 재빨리 정신을 차리고 말했다.

"전 그저 배달만 했을 뿐인데요."

멍청하진 않군. 카렌은 로나의 반박에 피식 웃었다. 멍청한 놈들은 여기서 그대로 말려든다. 하지만 로나는 가장 중요한 포인트를 알고 있었다.

물론 그렇다고 그냥 넘어갈 카렌도 아니다. 그랬다면 지금 서쪽 하늘 용병대의 부대장은 그녀가 아니라 다른 사람이었겠지.

카렌은 어깨를 으쓱하며 말했다.

"그 변명이 판사 앞에서도 통할 것 같다면 가도 좋아요."

덕분에 다시 로나의 표정이 굳었다. 그녀에게 친절하고 좋은 분위기로 이야기하고 있지만 이 여자는 서쪽 하늘 용병대의 부대장이다. 호락호락할 리가 없다.

로나는 잠시 카렌을 쳐다보다가 물었다.

"뭘 원하시는데요?"

그러자 다시 카렌의 얼굴에 미소가 떠올랐다. 역시 눈치가 빠르다. 그녀는 잠시 로나를 쳐다보며 빙그레 웃었다. 카렌은 이런 사람이 좋았다. 고집이 있긴 하지만 눈치가 빠르고 자기 일을 잘하는 사람.

바네사도 그런 이유로 카렌이 아주 좋아하는 신입 중 하나다. 그 고집이 조금 더 세긴 하지만 그건 그녀가 잘 다듬어 주면 될 것이다.

"헬름의 우유 술은 현재 수도에서 가장 인기 있는 술이죠. 수도뿐 아니라 각지의 높으신 분들이 서로 마셔 보려고 하고 있고요."

그건 사실이다. 로나는 카렌의 말에 조용히 고개를 끄덕였다. 카렌은 그런 그녀의 모습을 보고 계속해서 말을 이었다.

"그 과정에서 가짜 우유 술이 판매될 거라는 건 바보라도 예상할 수 있죠. 그리고 당연하지만 진짜 제품의 주인은 그걸 바라지 않을 거고요."

"맞아요."

로나는 저도 모르게 카렌의 말에 동의하며 고개를 끄덕였다. 그녀가 진짜 우유 술의 주인이래도 화가 날 것이다. 하지만 그렇다고 그녀가 뭘 어쩔 수 있는 건 아니다.

그녀는 아까도 말했지만 그냥 돈을 받고 배달을 했을 뿐이니까.

"게다가 가짜 우유 술 때문에 사람들이 아프다면 더욱더 문제가 되겠죠."

그건 몰랐다. 로나는 깜짝 놀라서 눈을 크게 떴다. 가짜 술 때문에 사람들이 아프다고? 어째서?

다음 순간, 그녀는 자신의 머릿속에 로버트가 떠오른 게 그다지 놀랍지 않았다. 로나는 인상을 쓰며 물었다.

"설마 나보고 로버트를 배신하라는 건 아니겠죠?"

"신뢰할 수 있는 친우인가 보죠?"

그건 절대 아니다. 로나의 머릿속에 그녀의 돈을 떼어먹으려는 로버트를 몇 대 때렸던 일이 떠올랐다.

그 뒤로도 몰리는 꾸준히 로버트를 믿지 말라고 말했다. 그리고 로버트의 의뢰를 받는 것도 싫어했고.

젠장, 몰리가 또 한소리 하겠군. 로나는 그렇게 생각하면서도 카렌의 의도대로 움직일 생각은 없었다. 그녀는 장사꾼이다. 무상으로 움직일 수는 없다.

"그렇다 해도 아무 이유 없이 의뢰인을 배신할 수는 없죠."

반대로 말하면 이유가 있다면 배신할 수 있다는 말이다. 카렌은 씩 웃으며 자세를 고쳤다. 그리고 잠시 로나를 쳐다보다가 물었다.

"만약 우유 술이 상한 걸로 문제가 된다면, 과연 기빈이 코넬 씨의 탓을 하지 않을까요?"

아주 당연한 일이다. 모든 음식은 신선도라는 게 있고 그 신선도는 보관과 기간이 정해져 있다. 만약 웨스트 공작이 기빈을 불량 식품을 판매한 것으로 고발한다면 기빈은 분명 운송 중에 문제가 일어났다고 주장할 것이다.

간단한 카렌의 지적에 로나의 얼굴이 굳었다. 로버트라면 분명 그럴 거다. 그는 몇 번이나 로나를 속이려 했으니까.

"좀, 생각해 볼게요."

결국 로나는 그렇게 말하고 자리에서 일어났다. 마음 같아서는 그녀가 뭘 하면 되냐고 묻고 싶지만 반대로 그렇게 아무 대가도 없이 용병대 부대장이 시키는 대로 하고 싶지도 않았다.

"생각 있으면 이쪽으로 와요."

카렌은 그렇게 말하고 로나를 순순히 보내 주었다. 그리고 대기하고 있던 부하를 불러 지시했다.

"미행해."

서쪽 하늘 용병대의 본부를 떠난 로나가 향한 곳은 그녀의 집이었다. 단독 저택은 아니지만 화장실과 부엌이 딸린 쾌적한 집이다.

그녀는 허둥지둥 집으로 돌아가 문을 열었다. 그리고 안으로 들어가며 소리쳤다.

"몰리! 몰리! 큰일 났어!"

늘 그렇듯 창가에 앉아 있던 몰리는 갑자기 들이닥친 로나의 목소리가 심상치 않은 것을 느끼고 자리에서 일어났다. 그리고 소리가 나는 쪽으로 몸을 돌리며 물었다.

"왜 그래? 또 위험한 일 한 거 아니지?"

로나와 몰리는 주변에 자매라고 말해 뒀지만 전혀 닮지 않았다. 아니, 좀 닮았나? 로나는 자신을 향해 정확하게 돌아서는 몰리를 보고 생각했다.

자매가 아닌 두 사람을 주변에 자매라고 말해 둔 건 귀찮은 호기심이나 질문을 피하기 위해서였다. 왜 두 소녀가 마을을 떠나 수도로 왔으며 어쩌다 지금까지 같이 살면서 운송일을 하고 있는지 설명하려면 아주 많은 시간이 필요할 테니까.

게다가 그 이야기가 어떻게 왜곡 확산될 것인지는 굳이 경험해 보지 않아도 알 수 있다.

"이번엔 진짜 내가 먼저 시작한 거 아니야."

로나는 그렇게 말하며 몰리의 손을 잡았다. 그리고 그대로 몰리의 의자 맞은편에 놓인 의자에 앉아서 말을 이었다.

"진짜로! 어쩌면, 어쩌면 아주 조금은 내 잘못인지도 몰라. 하지만 엄밀히 말하면 내 잘못이 아냐!"

알았다, 알았어. 몰리는 한숨을 내쉬고 방금 전까지 앉아 있던 의자에 앉았다. 그리고 손을 뻗어 열어 놨던 창문을 닫았다.

덕분에 방 안이 좀 어두워졌지만 몰리와는 별 상관이 없는 일이다. 그리고 로나도 그런 것에는 익숙했다.

몰리는 로나의 손을 잡은 채 나직하게 말했다.

"침착하게 말해 봐. 차근차근."

어떤 상황이 와도 크게 당황하지 않는 것. 그건 몰리의 수많은 장점 중 하나였다. 그리고 그녀가 그럴 때마다 로나는 널뛰듯 불안하던 기분이 금세 가라앉곤 했다.

로나는 크게 심호흡을 하고 집에 오는 길에 용병을 만나 서쪽 하늘 용병대의 본부에 갔던 것을, 그리고 거기서 부대장이라는 사람을 만나 들은 이야기를 하기 시작했다.

"잠깐, 부대장 이름이 뭐라고?"

"뭐였지? 여자였어! 난 되게 잘생긴 남자인 줄 알았는데 여자더라."

"그건 대장. 이름이 아마 베르트 만일 거야."

이것 역시 몰리의 장점이었다. 그녀는 기억력이 아주 뛰어나서 로나가 놓친 것을 곧바로 일깨워 주곤 했다. 대장이었구나. 로나는 고개를 끄덕이고 다시 입을 열었다.

"카렌, 뭐였지?"

"카렌 고든?"

"맞아!"

대체 이런 걸 어떻게 아는 걸까. 로나는 어릴 때부터 항상 집에 있는 몰리가 그녀보다 늘 더 많이 아는 것을 신기하게 생각했다.

하지만 정작 몰리는 서쪽 하늘 용병대의 부대장 이름이 카렌 고든이라는 것을 알려 준 사람이 로나라는 사실을 떠올리며 빙그레 웃었다.

사람들은 의외로 많은 사실을 잊어버린다. 그리고 자신이 그 사실을 알았다는 것도 잊어버리곤 했다. 몰리는 그 점이 신기했다.

"그런데, 고든이라는 사람이 나한테 기빈과 일하고 있냐고 묻더니 기빈이 파는 우유 술이 문제가 있다는 거야."

다시 로나의 이야기가 이어지자 몰리의 표정이 어두워졌다. 그녀는 로나가 로버트 기빈과 일을 하는 걸 그리 좋아하지 않았다.

그는 문제아다. 여기저기 사기를 치고 안 좋은 일에 손을 댄다. 그리고 기빈과 엮인 사람도 비슷한 사람이거나 기빈의 피해자가 되곤 했다.

몰리는 로나가 기빈의 피해자가 되는 걸 바라지 않았다. 물론 기빈과 비슷한 사람이 되는 것 역시 마찬가지다.

"잠깐, 잠깐. 들어 봐."

로나는 몰리의 표정이 안 좋아지자 재빨리 변명을 하기 시작했다. 그녀도 좋아서 로버트와 일을 한 게 아니다. 처음 시작은 로버트가 우유 술을 배송하려는 곳과 그녀의 목적지가 겹쳤기 때문이다.

게다가 로나의 짐마차는 추가의 짐을 실을 여유 자리가 남아 있었다.

"너도 그랬잖아. 어차피 목적지가 같다면 동시에 받아서 돈을 두 번 받는 게 훨씬 낫다고."

그렇지 않냐는 로나의 말에 몰리는 하는 수 없이 고개를 끄덕였다. 사실, 그게 로나와 몰리가 운송업에서 수익을 얻는 방식이기도 했다.

어차피 목적지가 비슷하다면 짐마차를 꽉 채우는 게 훨씬 이득이다. 몰리는 배달 의뢰를 맡기고 싶어 하는 사람들의 목적지를 취합해서 목적지가 비슷한 곳까지 묶는 것을 아주 잘했다.

그렇다 해도 로버트의 의뢰는 위험부담이 너무 크다. 하지만 몰리는 로나의 기분을 상하게 하고 싶지 않았고 그녀가 고개를 끄덕이는 것을 본 로나가 다시 말을 이었다.

"그런데 로버트 그 자식이 우유 술을 헬름에서 나온 우유 술이라고 하고 팔고 있었대. 그래서 화가 났나 봐."

그래서 몇 번이나 말하지 않았던가. 로버트와 일하지 말라고. 몰리는 그렇게 생각하다 로나의 마지막 말을 듣고 불쑥 물었다.

"화가 났다니, 누가?"

지금 로나의 이야기를 들으면 꼭 카렌 고든이라는 용병대의 부대장이 화가 났다는 것 같다. 하지만 우유 술과 고든이 무슨 상관이란 말인가.

몰리의 질문에 로나는 잠시 생각하다가 말했다.

"꼭 헬름에서 나오는 우유 술에 피해가 가서 화가 난 느낌이던데. 서쪽 하늘 용병대가 웨스트 공작 거였지?"

"아니, 웨스트 공작의 영지에서 시작된 용병대야. 표면상으로는 공작과 별개의 집단이지."

게다가 우유 술은 헬름에서 나온 거고 웨스트 공작은 웨스트햄튼의 영주다. 둘은 아무 상관이 없다. 그때 몰리의 머릿속에 최근에 들은 소문이 하나 떠올랐다.

웨스트 공작을 두고 레베카 공주와 어느 여자가 삼각관계를 이루고 있다는 소문이었다. 심지어 공주의 라이벌이 공주에 비해 모든 면에서 떨어진다는 악의적인 소문도 덧붙여져 있었다.

어디나 소문은 진실을 기반으로 한다. 하지만 그 진실을 왜곡하고 부풀려서 본래의 모습을 볼 수 없게 하는 게 소문이다.

어쩌면 이 소문의 진짜 피해자는 레베카 공주가 아니라 그 상대 여자일지도 모른다는 생각이 몰리의 머릿속에 떠올랐다. 웨스트 공작이 적극적으로 구애 행각을 벌이는데 거부할 수 있는 사람은 그리 많지 않을 것이다.

그녀는 잠시 생각하다가 로나에게 물었다.

"그래서, 고든이 원하는 건 뭐였어?"

뭔가 원하는 게 있으니 로나와 만난 거겠지. 몰리의 예상대로 로나는 심각한 표정으로 말했다.

"내가 로버트를 배신하길 바라는 거 같아."

"배신이라니, 어떤 배신?"

마음 같아서는 당장이라도 그딴 자식을 버리라고 말하고 싶지만 어느 업계나 신뢰가 가장 중요하다. 의뢰인을 배신했다는 소문이 돌면 로나와 몰리는 바로 다른 일을 찾아야 할 것이다.

로나는 몰리의 질문에 잘 모르겠다는 표정으로 말했다.

"모르겠어. 그런데 로버트가 범죄에 연루됐대. 그리고……."

이 이야기까지 몰리에게 해도 될지 모르겠다. 몰리에게 못할 이야기라서가 아니라 그녀가 걱정할까 봐.

그런 로나의 기색을 읽은 몰리가 재빨리 그녀를 설득했다.

"뭔데? 심각해?"

심각하다면 당장 좀 더 자세히 알아봐야 한다. 몰리가 그렇게 생각하는 순간 로나가 작은 목소리로 말했다.

"용병대에선 로버트를 판사에게 끌고 갈 생각인가 봐."

그러자 몰리의 얼굴이 굳었다. 판사에게 끌고 간다고? 범죄가 확실하다는 말일까? 아니면 그냥 협박일 수도 있다.

어느 쪽이든 그리 좋지 않다. 고작 운송업자인 로나를 협박해서 일을 돕게 해야 한다는 뜻이니까. 뭔가 더 큰 일이 있는 게 분명했다.

몰리는 곧바로 어떻게 행동해야 할지 고민하기 시작했다. 서쪽 하늘 용병대가 우유 술 때문에 로버트와 로나를 고소할 리가 없다.

있다면 진짜 우유 술을 만들어 파는 헬름의 영주 어셔 남작이겠지. 그리고 어셔 남작은 지금 웨스트 공작과 매우 친밀한 사이이고.

그녀는 자리에서 일어나 나갈 채비를 하며 말했다.

"여기 있어."

"혼자 나가게? 어디 가는데? 괜찮겠어?"

"어셔 남작을 만나러. 마차를 불러 달라고 하면 돼."

그다음은 마부에게 맡기면 된다. 하지만 로나는 여전히 걱정이 돼서 어쩔 줄 몰랐다. 그 기색을 읽은 몰리는 그녀에게 다시 말했다.

"용병대에서 널 미행하고 있을 수도 있어. 그러니까 내가 혼자 가는 게 좋아."

대체 무슨 상황인지 용병대가 따라붙기 전에 어셔 남작과 만나 봐야 한다. 어쩌면 어셔 남작도 모르는 일일 수도 있고.

용병대가 미행하고 있을 수도 있다는 말에 얼굴이 해쓱해졌던 로나는 곧이어 몰리를 따라 일어나며 물었다.

"어셔 남작이 집에 없으면 어쩌게?"

영지를 가진 귀족이 수도에 올라왔다는 건 이런저런 일정 때문이기 마련이다. 약속이 있어서 집에 없을지도 모른다는 말이다.

몰리 역시 귀족을 만나기 어렵다는 걸 잘 알았다. 어쩌면 집에 있어도 그녀를 만나 주지 않을 수도 있다. 귀족은 자기들만의 약속을 정하는 방법이 있다고 들었다.

하지만 몰리와 로나는 그 방법을 모르고 어셔 남작을 중간에 소개해 줄 사람도 모른다. 그러니 가서 부딪치는 수밖에 없다.

"남작님."

한 시간 뒤, 서재에서 서류를 보고 있던 에버딘에게 수도의 집사 맥이 말을 걸었다. 그는 약간 어두운 표정으로 설명했다.

"혹시 몰리 코넬이라는 사람을 아십니까?"

"몰리 코넬?"

모른다. 에버딘은 모른다고 고개를 저으려다가 물었다.

"왜?"

"약속도 없이 찾아왔는데 안 계시다고 해도 남작님을 꼭 만나 봐야 한다고 고집을 부려서요."

모든 사람이 다 에버딘을 꼭 만나야 한다고 주장한다. 에버딘은 눈을 깜빡이며 다시 물었다.

"날 왜 만나야 한다고 하는데?"

"우유 술 때문이랍니다."

우유 술이라고? 그렇지 않아도 가짜 우유 술이 나타났다는 소식은 들었다. 에버딘은 보고 있던 서류로 시선을 돌려 어디까지 읽었는지 확인했다.

서쪽 하늘 용병대에서 보낸 요청서다. 헬름에 본부를 짓고 싶다는 내용이었는데 어디까지 허가해야 할지 몰라서 전문가에게 조언을 부탁했었다.

"어디 있지?"

만나겠다는 말이다. 맥은 잠시 당황하다가 곧바로 그녀를 작은 응접실로 안내했다.

"몰리 코넬 씨?"

에버딘은 집사가 열어 주는 문 안으로 들어가다가 자신을 향해 일어서는 여자를 발견했다. 평범한 여자였다. 나이가 아직 젊어 보이는데도 손에 지팡이를 든 것만 빼면.

다리가 안 좋은가? 잠시 그렇게 생각했던 에버딘은 몰리의 시력이 좋지 않다는 것을 깨달았다. 그녀는 일부러 소리를 내어 안으로 들어가며 말을 걸었다.

"날 만나고 싶다고 했다던데."

몰리는 에버딘의 목소리가 그녀의 생각보다 훨씬 낮다는 사실에 저도 모르게 미소를 지었다. 걷는 소리로 보아 체구는 그리 크지 않아 보인다. 게다가 그녀를 보자마자 일부러 소리를 내서 걷기 시작했다.

재미있는 사람이다. 말투나 걷는 걸로 사람의 성격을 어느 정도 알 수 있다. 몰리가 파악한 바로는 어서 남작은 괜찮은 사람이었다.

그녀는 흐릿하게 보이는 에버딘을 따라 몸을 돌리며 입을 열었다.

"만나 주셔서 감사해요, 어셔 남작님. 우유 술에 대해 말씀드리고 또 여쭤보고 싶은 게 있어서 찾아왔어요."

45

"주인님께서 곧 나오신답니다."

집사의 안내에 응접실을 서성이던 마틴의 표정이 풀렸다. 드디어 캐서린이 삐진 게 좀 풀린 모양이다. 그는 안도한 표정으로 자리에 앉아 다리를 쭉 뻗었다.

그동안 몇 번이나 이 집을 찾았다. 그때마다 캐서린은 갖가지 이유를 대서 그와 만나는 것을 거부했지만 그의 매력을 거절할 수 있는 여자는 그리 많지 않다.

"뭐, 가끔 멍청한 여자도 있긴 하지."

머릿속에 어서 남작이 떠오르자 마틴은 재빨리 머리를 저어 그녀의 생각을 떨쳐 내며 그렇게 중얼거렸다. 새빨간 머리카락에 창백한 얼굴. 절대 그의 취향이 아니다. 그는 좀 더 크고 능숙한 여자가 좋았다. 그런 작고 빽빽한 여자가 아니라.

역시 괴물들은 통하는 모양이지. 그는 션이 그런 여자에게 집착한다는 사실에 씩 웃었다. 이상한 사람들끼리 잘도 어울린다.

그에게는 캐서린이 있다. 부유한 허바드 백작. 얼마 전까지만 해도 그와 캐서린은 연인이었다. 그녀가 아이가 생겼다는 말도 안 되는 소식을 전하기 전까지.

다행히도 캐서린은 영리한 여자였고 마틴에게 바라는 게 아무것도 없다고 말했다. 심지어 아이에 대한 어떤 책임도 지지 않아도 된다고 말했다.

그의 멍청한 형, 션이 끼어들지만 않았다면 여전히 마틴은 캐서린과 즐거운 시간을 보내고 있었을 것이다. 아이를 낳고도 아이에 대한 책임은 바라지 않는 여자라니, 세상 모든 남자들이 바라던 이상형이 아닌가.

"어서 와, 마틴."

긴장이 풀린 마틴이 하인이 갖다 두고 간 찻잔을 들어 차를 음미하고 있을 때쯤 캐서린이 등장했다. 그녀는 늘 그렇듯 고급 천으로 만든 우아한 드레스를 입고 있었다.

이게 캐서린의 매력이다. 얼굴은 좀 별로지만 돈 있고 몸매도 여전하다. 마틴은 찻잔을 내려놓으며 말했다.

"오랜만이야, 캐서린. 여전히 아름답군. 애 낳은 여자로는 안 보여."

마틴의 칭찬에 캐서린은 저도 모르게 피식 웃었다. 그리고 그와 똑같이 칭찬을 던졌다.

"당신도. 집안에서 쫓겨난 남자로는 안 보이는군."

뭐지? 마틴은 캐서린의 칭찬에 잠시 멈칫했다. 칭찬인 거 같은데 기분이 이상하게 나빴다. 하지만 캐서린은 여전히 미소를 머금은 채 마틴의 맞은편에 앉았다.

마틴은 기분 나쁜 티를 내며 물었다.

"내가 집안에서 쫓겨났다고 누가 그래?"

"웨스트 저택에서 나갔다고 소문이 돌던데."

젠장. 마틴은 그 소문을 벌써 캐서린이 들었다는 사실에 짜증이 났지만 애써 별거 아닌 척 말했다.

"슬슬 독립할 때가 돼서. 형은 더 큰 집을 준다고 했지만 거긴 이미 임대 중이라 내가 빈 곳 아무 곳이나 들어가겠다고 했어."

"그래?"

캐서린은 담담하게 대꾸했지만 마틴은 그게 오히려 조바심이 들었다. 그녀는 늘 그랬다. 마틴이 어떤 소리를 해도 크게 동요하지 않았다. 항상 그의 머리 꼭대기에 있는 것처럼 느껴졌다.

그런 캐서린의 행동은 마틴의 열등감을 자극했다. 그는 깨닫지 못했지만 그녀의 그런 행동은 그를 대하는 션의 행동과 비슷했다.

"진짜야. 내가 마음만 먹으면 언제든지 형이 그 사람들을 내쫓고 내게 준다고 했다니까?"

그렇게 형을 증오하면서도 마틴은 필요할 때면 션의 힘을 자기 것인 양 쓰곤 했다. 그게 캐서린의 눈에 얼마나 어리석어 보이는지 모른다.

하지만 캐서린은 굳이 말하지 않았다. 그녀는 그의 가정교사가 아니다. 가르쳐 줘서 그가 자신의 행동을 교정하고 더 나은 사람이 되도록 도와줄 의무나 애정은 한 조각도 가지고 있지 않았다.

"걱정 마. 내가 누구야? 마틴 웨스트야. 내 형이 션 웨스트 공작이라고."

"웨스트 공작이 네게 화가 났다던데?"

하지만 이어진 캐서린의 질문에 마틴의 얼굴이 일그러졌다. 그는 다시 별거 아니라는 듯 말했다.

"아, 형이 나한테 화난 게 어디 한두 번이야? 걱정 마."

딱히 걱정한 건 아니다. 캐서린은 여전히 그녀가 자신과 연인 관계라고 착각하는 마틴이 한심해서 다시 웃었다. 하지만 그 웃음이 마틴에게는 긍정적인 신호로 보였다.

"아니면 당신이 형한테 말 좀 잘해 주던가."

마틴의 깜찍한 도전에 다시 캐서린이 웃음을 터트렸다. 나이를 먹고도 아직도 사회생활이나 인간관계에 대해 이 정도까지 어수룩할 수 있을까.

세상을 자기 편한 대로 보는 건 좋지만 마틴의 이런 철없음은 어떻게 보면 좀 모자라 보이기도 했다. 캐서린은 웃음을 멈추고 자세를 바로 하며 말했다.

"내가 왜?"

캐서린의 대답에 마틴은 그럴 줄 알았다는 듯 다시 한숨을 내쉬었다. 그녀는 늘 그랬다. 그가 형에 대한 비난을 쏟아 내면 좀 들어주다가 귀찮다는 듯 자리를 뜨곤 했다. 그리고 네 가족 일은 네가 알아서 하라고 말했다.

마틴이 그럼에도 캐서린에게 붙어 있었던 건, 그녀가 부유할 뿐 아니라 잔소리가 적었기 때문이다. 션이나 다른 여자들과 달리 캐서린은 마틴이 문제를 일으켜도 별말을 하지 않았다.

하지만 그건 캐서린이 마틴을 책임질 생각이 없었기 때문이다. 그에게 기대하는 게 없으니 잔소리도 나올 이유가 없다.

"얼마 전에 도미닉 로안을 쫓아냈다면서?"

다시 마틴이 이야기를 시작했다. 도미닉을 쫓아내서 자기가 끼어들 틈이 있다고 생각한 걸까. 캐서린은 무슨 생각인지 눈에 훤히 보이는 마틴의 행동이 깜찍해서 피식 웃었다. 그리고 등받이에 몸을 기대며 말했다.

"음. 결혼하고 싶어 하길래. 뭐, 남자들은 다들 나이를 먹으면 결혼하고 싶어 하니까 어쩔 수 없지. 더 나이 먹기 전에 좋은 사람 잡아야 할 것 같아서 보내 줬어."

소문은 그렇게 온건하게 나지 않았다. 마틴은 술자리에서 도미닉이 어셔 남작에게 장가가고 싶어서 들이대다가 쫓겨나고 허바드 백작에게도 쫓겨났다는 소식을 듣고 배를 잡고 웃었던 것을 떠올렸다.

어찌나 재미있는 안줏거리였던지, 도미닉이 두 여자에게 쫓겨난 이야기는 지금도 종종 이야기가 나오곤 한다.

뿐만 아니라 헬름에 쫓아갔던 다른 두 구혼자도 그리 좋지는 않았다. 어반 백작의 막내인 프랭크는 어셔 남작의 침실에 침입했다가 쫓겨났다는 소문이 돌자 어반 백작이 부랴부랴 남편과 사별한 귀족과 결혼시켰다.

불행인 건 그 귀족에게 이미 후계자가 있다는 점이고 그나마 다행인 건 귀족이 남편을 일찍 잃어 아직 사십 대라는 점일 것이다.

그리고 알란 상회의 유진은 상회의 일을 처음부터 다시 가르쳐야 한다는 이유로 그의 아버지가 외국으로 쫓아내 버렸다.

에버딘에게 더 이상 구혼하는 사람이 없는 이유기도 했다. 그녀와 선은 몰랐지만 일부 사람들에게 어셔 남작은 잘못 구혼하면 나락에 떨어지는 사람으로 악명이 높았다.

"그러게. 왜들 그렇게 결혼에 목매나 몰라? 우리처럼 즐기면서 살면 충분한데. 안 그래?"

기세를 회복한 마틴이 웃으며 말해 왔다. 과연 그럴까. 캐서린은 이번에도 아무 말 없이 미소를 지었다.

결혼하지 않고 즐기면서 산다는 건 생각보다 많은 용기와 희생이 필요하다. 마틴 같은 자들은 무조건 결혼을 해야 한다. 그렇지 않으면 그가 늙었을 때 그를 돌봐줄 가족도, 돈도 없을 테니까.

아이러니하게도 마틴이 미래를 걱정하지 않고 여유 있게 살 수 있는 건 오직 선 웨스트 때문이었다. 이런 점이 캐서린이 결혼 없이 후계자를 얻기 위한 조건에 딱 맞았다.

미래를 볼 줄 모르는 아둔함.

"왜 왔어?"

슬슬 일어나야 한다. 캐서린은 마틴이 왜 자신을 만나러 왔는지 이미 눈치를 챘으면서 일부러 물었다. 거절하려면 상대방이 목적을 확실히 밝혀야 거절할 수 있다. 마틴 같은 자들은 정확하게 말하기 전에 거절하면 자기는 그런 걸 부탁할 생각이 없었다고 길길이 날

뛰곤 한다.

그녀의 생각대로 마틴은 캐서린이 직설적으로 묻자 잠시 멈칫하더니 우물거리며 말했다.

"아니, 도미닉과 헤어졌다길래. 당신 외로울 것 같아서."

핑계도 좋다. 캐서린은 마틴의 수작에 다시 피식 웃었다. 참 슬픈 일이다. 그래도 교제할 때는 마틴의 이런 얄팍한 짓이 귀엽게 느껴졌었다. 하지만 더 나이를 먹고도 여전히 얄팍한 것을 보자 한심스러우면서 동시에 다행이라는 생각이 들었다.

더 늙어도 여전히 마틴은 이런 인간이겠지. 더 늙기 전에 마틴을 끊어 내길 잘했다는 생각이 들었다.

"괜찮아. 크레이그도 있고."

도미닉의 방을 차지한 크레이그는 한참 신이 나 있었다. 지금도 클럽에 가 있다. 오늘 저녁은 꼭 같이 먹자고 약속하고 나갔지.

캐서린은 꽃을 사 올 크레이그를 생각하며 빙그레 웃었다. 그녀는 자신의 애인들이 그런 귀여운 짓을 할 때가 좋았다. 의외로 마틴이 그런 걸 가장 잘했었다.

"크레이그?"

생각하지 못한 이름이 나오자 마틴의 얼굴이 일그러졌다. 크레이그라면 그가 캐서린과 교제 중일 때 그녀의 주변을 얼쩡거리던 애송이다. 그런 놈을 곁에 두고 있다고?

마틴은 곧 여유를 되찾고 웃으며 말했다.

"그런 애송이로 만족할 수 있겠어?"

"애송이지. 젊고."

캐서린은 그렇게 말하며 마틴을 힐끔 쳐다봤다. 크레이그가 마틴보다 몇 살이나 어리다. 그 사실을 깨달은 마틴이 울컥해서 말했다.

"크레이그보다는 내가 낫지. 아무리 그래도."

확실히 외모로는 그렇다. 하지만 크레이그에게는 크레이그만의 장점이 있다. 캐서린은 여유롭게 대답했다.

"하지만 젊잖아. 고분고분하고."

마틴과 달리 캐서린이 하지 말라는 건 안 한다. 게다가 아직까지는 한눈을 팔지도 않았다. 뭐, 도미닉이 그렇게 쫓겨나는 걸 봤으니 적어도 일이 년은 한눈팔 생각도 못 하겠지만.

캐서린의 대답에 마틴은 인상을 쓰다가 재빨리 표정을 관리했다. 그에게는 아직 좋은 무기가 하나 남아 있다. 마틴은 캐서린을 향해 몸을 내밀며 말했다.

"왜 이래, 캐서린. 우리 사이엔 아이도 있잖아."

"아이?"

그러자 그동안 부드럽던 캐서린의 분위기가 순식간에 확 바뀌었다. 그녀는 마치 당장이라도 그의 목을 베어 버릴 것처럼 차가운 표정으로 물었다.

"우리 사이에 무슨 아이가 있지?"

"무, 무슨 소리야? 당신, 내 아이를 낳았잖아."

"너야말로 무슨 소릴 하는 거야, 마틴 웨스트. 우리 사이에 무슨 아이가 있다는 거야?"

이게 무슨 일이지? 마틴은 어리둥절해서 그대로 얼어붙었다. 두 사람 사이엔 아이가 있다. 그 아이 때문에 그의 형이 얼마나 화를 냈던가. 다행히 그가 책임지지 않아도 될 아이지만 그의 아이였다.

마틴은 다시 입을 열었다.

"여자애 있잖아. 내 딸 말이야."

"말조심해, 마틴 웨스트. 누가 네 딸이야?"

그웬돌린은 캐서린의 딸이다. 오직 캐서린만의 딸이다.

그녀의 말에 마틴은 혼란스러운 표정으로 자리에서 일어났다.

그는 캐서린이 대체 무슨 소릴 하는지 모르겠다는 듯 말했다.

"내, 내 딸이지? 내 딸이라고 당신이 말했잖아."

"그리고 너는 아버지로서 모든 의무와 권리를 포기했지."

"하지만 그래도 내 딸이지."

"무슨 소릴 하는 거야, 웨스트."

바보 같은 마틴의 행동에 캐서린은 저도 모르게 웃음을 터트렸다. 멍청하다고 생각은 했지만 이 정도로 멍청할 줄이야. 그는 그녀의 생각대로 자신이 뭘 포기했는지도 모르는 바보였던 거다.

캐서린이 배를 잡고 웃자 마틴의 얼굴이 달아올랐다. 그는 화가 나서 캐서린을 향해 몸을 내밀며 소리쳤다.

"웃지 마!"

"네가 우스운 소릴 하지 말았어야지. 누가 들어도 웃긴 말을 해 놓고 웃지 말라니, 광대가 되기로 한 거야?"

차가운 캐서린의 비난에 마틴은 어안이 벙벙했다. 그는 아이에 대한 모든 권리를 포기할 때도 션에게 맡겨 놓고 코빼기도 비추지 않았다. 그러니 캐서린이 얼마나 잔인해질 수 있는지 전혀 몰랐다.

"마, 말조심해. 난 당신 애의 아빠야."

"애 이름이 뭔데?"

캐서린의 질문에 마틴의 얼굴이 굳었다. 애 이름? 애한테 이름도 있나? 그가 아는 거라곤 여자애라는 것뿐이다. 그리고 나이.

아니, 나이는 아나? 마틴은 재빨리 아이의 나이를 떠올렸다. 그가 아이가 생겼다는 캐서린의 말에 재빨리 도망친 게 삼 년 전이다. 그러니 세 살쯤 되지 않았을까.

당연하게도 마틴은 캐서린이 언제 출산했는지조차 몰랐다. 그러니 임신 기간까지 아이의 나이에 넣고 있었다.

"이름, 이름은……."

한참을 망설이던 마틴은 캐서린의 개인 응접실에 걸린 초상화를 떠올렸다. 개인 응접실에 걸어 놨으니 분명 어머니를 존경하는 걸 거다.

마틴의 얼굴에 드디어 미소가 걸렸다. 그는 자신만만하게 외쳤다.

"아마릴라!"

다음 순간, 캐서린은 폭소를 터트렸다. 그녀는 마틴이 자신의 어머니 이름을 안다는 것 자체가 놀라웠다. 동시에 아이 이름을 어머니 이름으로 지을 거라고 생각했다는 게 우스워서 견딜 수가 없었다.

그 정도로 마틴은 캐서린에 대해 아무것도 몰랐던 거다.

"왜, 왜 웃어?"

조롱당하고 있다는 것을 깨달은 마틴이 소리쳤지만 캐서린의 웃음은 멈추지 않았다. 그녀는 집사가 하인과 함께 달려와 무슨 일인지 확인한 다음에야 웃음을 거두고 눈물을 닦았다.

그리고 자리에서 일어나며 말했다.

"틀렸어. 안됐네, 웨스트. 그게 네 두 번째 기회였는데."

거짓말이다. 캐서린은 설령 마틴이 그웬돌린의 이름을 알았다 해도 기회를 줄 생각 따윈 없었다. 하지만 캐서린의 말에 마틴의 얼굴이 새빨갛게 달아올랐다.

"기회? 네가 뭔데 나한테 기회를 준다, 만다야?"

그는 마틴 웨스트다. 웨스트 공작가의 사람이라는 말이다. 어느 누구도 그에게 감히 기회를 줄 수 있는 사람은 없다.

그 부분이 마틴이 얼마나 안하무인으로 살아왔는지 알 수 있는 부분이었다. 캐서린은 집사에게 웨스트 경이 나가니 안내하라고 말하기 위해 몸을 돌렸다. 하지만 마틴에게는 캐서린이 마지막 기회였다.

"어딜 가!"

마틴은 캐서린의 팔을 낚아채며 소리쳤다. 집사가 깜짝 놀라는 것과 동시에 캐서린은 팔뚝의 고통에 인상을 쓰며 마틴을 쳐다봤다.

그리고 한심하다는 표정으로 말했다.

"이렇게까지 추락할 줄은 몰랐는데."

화가 난다고 상대방의 몸에 손을 대는 건 야만적인 미개인이나 하는 짓이다. 그런 캐서린의 지적에 마틴의 얼굴이 새빨갛게 달아올랐다.

그가 평소에 가장 무시하고 비웃는 작자들이나 하는 짓이다. 여자만큼 다루기 쉬운 생물은 없다. 그게 마틴의 신조였다. 그는 여자에게 끌려다니는 남자를 비웃었고 방금 그처럼 거칠게 대하면 야만인이라고 소리 높여 비난하곤 했다.

그런데 방금 그가 가장 조롱하던 작자들이 하는 짓을 그가 한 것이다. 그것도 캐서린 허바드 백작에게.

"너 때문이야."

당연하게도 마틴의 분노는 바로 캐서린을 향했다. 그녀가 못되게 굴었기 때문이다. 션처럼, 아네트처럼 그가 불쌍한 피해자라는 것을 인정하지 않고 이기적으로 굴었다. 그게 마틴의 분노를 더욱 부채질했다.

그는 어디까지나 불쌍한 피해자여야 했다. 운 좋게 부모님의 결혼 후 태어난 아네트와 달리 생각 없는 부모의 불륜으로 운 나쁘게 태어나 사생아가 되어 버린 비운의 사나이.

운 좋게 공작의 후계자로 태어나 공작이 된 션과 달리 아무 작위도 가질 수 없어 부평초처럼 떠다녀야 하는 가여운 남자.

모든 사람들이 그를 안타깝게 여겨야 했다. 그러면서 동시에 동정해선 안 된다. 그의 불운은 오직 잘못된 부모에게서 태어났다는 것밖에 없으니까.

마틴은 자신이 잘생겼다는 것을 알았다. 사교계에서 가장 잘생긴 남자였고 여자들에게 가장 인기가 있었다. 게다가 어쨌든 유서 깊고 부유한 웨스트 공작가의 둘째가 아니던가.

에버딘과 캐서린이 알았다면 앞뒤가 전혀 맞지 않다고 혀를 찼을 테지만 마틴은 진심으로 그렇게 생각했다. 그는 어느새 션의 뒤통수를 치기 위해 캐서린을 유혹하려던 계획도 잊고 그녀에게 협박하기 시작했다.

"네가 아무리 그래도 그 앤 내 딸이야. 딸이 아버지를 거부할 수 있을 것 같아?"

또 이러네. 정작 캐서린은 침착했다. 그녀는 흥분한 마틴을 보고 냉정하게 생각했다.

그녀가 마틴을 고른 이유 중 하나다. 시야가 좁고 생각이 장기적이지 못한 것. 그는 션에게 보란 듯이 허바드 백작의 남편이 되기 위해 캐서린을 유혹하러 왔다는 것도 잊고 그녀를 협박하고 있었다.

캐서린이라면 이러지 않았을 것이다. 그녀는 원하는 게 있다면 그걸 갖기 위해 분노나 수치심 정도는 감수할 의지가 있었다. 하지만 마틴은 아니었다.

그는 인내심이라는 게 없었고 자만심만 가득했다. 그렇기 때문에 뭔가를 얻기 위해 노력한 적이 단 한 번도 없었다. 동시에 자신이 아무리 해도 가질 수 없는 것을 가진 사람을 보면 증오를 불태웠다. 가장 대표적으로 션과 아네트가 그 목표였다.

"마틴 웨스트."

캐서린은 다가오려는 집사와 하인들에게 손을 들어 보이고 마틴에게 말했다. 그녀가 마틴을 선택한 건 그를 다루는 법을 잘 알았기 때문이다.

마틴은 전형적으로 강약약강인 인간이었고 지금 캐서린에게 덤비는 건 그녀에게 그웬돌린이라는 약점이 있다고 생각했기 때문이다.

"네 말이 맞아. 피를 나눈 가족을 거부하기란 쉽지 않지. 그래. 사실 나도 고민을 좀 했어."

그녀가 이해하지 못하고 한심해하면서도 어머니의 초상화를 응접실에 걸어 둔 이유 역시 그러했다. 캐서린은 자신의 협박이 통하는 줄 알고 얼굴이 밝아진 마틴을 보고 빙그레 웃었다.

"널 죽여 버릴까 하고 말이야."

곧바로 마틴의 얼굴이 굳어 버렸다. 못할 것 같아? 캐서린은 그런 표정으로 고개를 기울였다. 그녀는 할 수 있다. 사고로 위장해 마틴을 죽여 버리는 건 어쩌면 굉장히 쉬운 일일 것이다.

그는 항상 술에 취해 도박과 사치에 빠져 있었으며 그의 뒤에는 이를 가는 빚쟁이들로 한 부대를 이루고 있다. 빚 독촉을 받다가, 혹은 술에 취해 집에 돌아가다가 사고로 죽는 도박중독자들은 많다.

"아, 물론 넌 네 형이 가만히 있지 않을 거라고 말하겠지."

얼굴이 굳은 마틴이 뭔가를 말하려는 듯 입을 열자 캐서린은 손가락을 들어 올리며 덧붙였다. 그렇게 션을 증오하는 주제에 마틴은 션 없으면 아무것도 아니다. 그는 숨 쉬는 것조차 션이라는 존재가 없으면 허락되지 않았을 것이다.

캐서린은 웨스트 공작을 떠올리고 약간 진정한 마틴을 보고 다시 웃었다. 자기 뒤에 웨스트 공작이 있으니 안전할 거라 생각하는 게 놀랍다.

"하지만 말이야……. 정말 누군가 널 죽여 버리면 과연 웨스트 공작이 화를 낼까?"

"뭐?"

"난 그가 널 죽여 버린 사람에게 고마워할 거라고 생각해. 집안의 수치를 없애 준 거잖아."

다시 마틴의 잘생긴 얼굴이 하얗게 질렸다. 그 덕분에 그는 마치 석고상처럼 보인다.

캐서린은 술과 도박으로 늘어지기 시작한 마틴의 뺨을 보고 한숨을 내쉬었다. 다행이다. 그가 조금이라도 젊을 때 즐길 수 있어서.

"그럼에도 불구하고 내가 널 가만히 두는 건 내 딸 때문이 아냐. 네 걱정과 달리 그 애는 아버지를 대신할 존재는 많거든."

아버지란 자식을 사랑하고 보호해 주고 가르쳐 주는 어른 남자를 말한다. 그리고 그웬돌린 주변엔 그런 남자가 두세 명 정도 있다.

게다가, 마틴은 저 세 가지 조건 중 어느 한 가지도 맞지 않는다. 그러니 마틴이 그웬돌린의 아버지가 되겠다고 해도 자격 박탈이다.

캐서린은 손을 뻗어 석고상 같은 마틴의 뺨을 부드럽게 감쌌다. 그리고 두 사람이 교제할 때와 같은 표정으로 그를 쳐다보며 말했다.

"내가 널 그냥 내버려 두는 건, 네 얼굴이 마음에 들기 때문이야."

"그건……."

그렇지? 마틴은 방금까지 자신이 캐서린을 협박하고 있었다는 것도 잊고 히쭉 웃었다. 이런 단순한 점이 귀여웠다. 캐서린은 빙그레 웃으며 말을 이었다.

"하지만 어떤 미모도 시간의 흐름 앞에서는 시들어 버리지. 네 얼굴도 마찬가지고."

즉, 나이를 먹어서 마틴의 얼굴이 캐서린의 취향이 아니게 됐다는 말이다. 그녀의 말에 마틴이 황당하다는 표정을 지었다.

나이를 먹었어도 그는 여전히 사교계 최고의 미남이다. 마틴은 어이가 없어서 말했다.

"농담하는 거지?"

안타깝게도 캐서린은 농담이 아니었다. 그녀는 마틴의 뺨에서 손을 떼며 말했다.

"농담인지 아닌지는 곧 알겠지."

마틴의 얼굴이 다시 하얗게 굳었다. 그는 저도 모르게 자신의 뺨을 감쌌다. 확실히 주름이 늘었다. 나이를 들면 자연히 나타나는 현상이지만 밤을 새우며 도박을 하고 술을 마시면 그 현상이 더 빨라지기 마련이다.

그 사이, 캐서린은 마틴에게서 몸을 돌려 응접실을 벗어나고 있었다. 그녀는 집사를 지나치며 말했다.

"치워."

"웨스트 공작가에 항의서를 보낼까요?"

웨스트 경이 무례하게 굴었으니 허바드 백작가는 얼마든지 항의서를 보낼 수 있다. 그걸 받은 웨스트 공작이 사과할지는 모르지만.

캐서린은 잠시 생각하다가 어깨를 으쓱했다. 그녀가 굳이 항의서를 보내지 않아도 웨스트 공작은 자신의 동생이 무슨 짓을 했는지 곧 알게 될 것이다.

"알아서 처리하게 둬."

웨스트 공작이 손을 쓰지 않으면 마틴은 정말 숨을 쉬기 어려울 것이다. 캐서린은 과연 웨스트 공작이 자신의 동생을 어떻게 처리할지 궁금해하며 자신의 방으로 올라갔다.

* * *

"오랜만이에요."

오늘 손님은 제랄딘 브룩이다. 나는 제랄딘이 약속 시간보다 좀 일찍 도착했다는 소식에 서둘러 응접실로 들어가며 말했다.

"신년 파티에서 봤잖아요?"

소파에 느긋하게 앉아 있던 제랄딘은 내 인사가 재미있다는 표정으로 그렇게 말했다. 성에서 열린 신년 파티에서 인사를 하긴 했다. 멀리 떨어져서 눈짓만 교환한 걸 인사라고 할 수 있다면 말이지.

"하지만 목소리를 들은 건 오랜만이잖아요."

마지막으로 대화를 했던 건 내가 붉은 산을 달라고 왕에게 요청했을 때다. 길랜드의 영주 제프 윈하우저와 나를 소개해 줬었지.

나는 지금쯤 붉은 산을 뒤질 계획을 세우고 있을 윈하우저를 생각하며 씩 웃었다. 그 사람이 나한테 재수 없게 군 걸 생각하면 용의 둥지가 아예 없었으면 좋겠다.

하지만 윈하우저 때문에 고생한 사람들을 생각하면 용의 둥지 정도는 있는 게 좋겠지. 거기에 용이 싸놓고 간 똥 화석만 가득했으면 좋겠다.

션에게 들었다. 용의 분변은 연구용으로 쓸 만하다고. 그럼 적어도 그걸 연구용으로 팔 수는 있을 테고, 용의 둥지를 찾은 사람들에게 소소한 수익이 될 거다.

"어떻게 지냈어요?"

제랄딘은 자세를 고치며 물었다. 나는 그녀의 새하얀 바지 정장을 보고 가볍게 감탄했다. 제랄딘의 옷은 션과 카렌의 옷을 섞은 느낌이 든다.

고급스러운 천으로 잘 재단한 우아함과 그녀의 부드러운 곡선을 잘 표현한 디자인이었다. 나는 제랄딘의 의상 디자이너가 얼마나 뿌듯할지 생각하며 그녀의 맞은편에 앉았다.

"좀 바빴는데, 지금은 괜찮아요. 그래도 곧 헬름으로 돌아가 봐야겠지만요."

"아네트가 여기 있다면서요?"

어떻게 알았을까. 내가 고개를 끄덕이자 제랄딘이 별거 아니라는 듯 말했다.

"아네트가 편지를 썼거든요. 초대하고 싶은데 그래도 되는지 모르겠다고요."

남의 집에 머물고 있으니 자기 손님을 초대해도 되는지 모르겠다는 말인가 보다. 나는 아네트가 그런 예의를 안다는 사실에 살짝 놀랐다.

하지만 아네트는 웨스트 공작가의 사람이다. 좀 건방지지만 그건 그녀가 웨스트 공작가의 사람이기 때문에 허락된 건방짐일 것이다.

게다가 무례하게 구는 것도 내게만 그러는 것 같고.

"그럼요. 아네트의 손님이면 내 손님이죠. 언제든지 와서 아네트와 시간을 보내 주세요."

아네트가 수도에 와서 한 거라곤 엘리스를 데리고 공연에 다녀온 것뿐이다. 그녀는 그 뒤로도 밖에 나가지 않고 내내 집 안에만 있었다.

제랄딘은 내 허락에 알겠다는 듯 고개를 끄덕였다. 그거 때문에 찾아왔나? 아네트는 손님 방에 있다. 내가 아네트를 불러 주냐고 물어보려 했을 때 제랄딘이 다시 입을 열었다.

"신년 파티에서 재미있었죠."

재미있었나? 잘 모르겠다. 내 기억은 오래 서 있어서 발이 아팠던 기억밖에 없다. 그리고 크리스토퍼 왕자가 분위기를 망칠뻔한 걸 레베카 공주가 수습했었지.

그걸 재미있었다고 말한다면 아마 재미있었던 거겠지. 나는 고개를 끄덕이며 대답했다.

"네. 아주 화려하고 멋있었어요."

"왕자님은 그런 데는 돈을 아끼지 않으니까요. 안에 화로나 난로가 없었는데도 따듯했잖아요? 그거 다 마법이에요."

아하. 어쩐지 그때 꽤 훈훈해서 이상하다고 생각했었다. 내 침실보다 몇 배나 큰 공간인데 난로나 화로 하나 없이 따듯했거든. 설마 온돌이라도 깔았나 싶었는데 역시 온돌은 아니었던 모양이다.

나는 뭐라고 말해야 할지 몰라 그저 고개를 끄덕였다. 나는 이곳의 마법에 대해서는 잘 모른다. 그리고 그건 다른 사람들도 마찬가지였다.

몇 번 마법이 어떤 원리로 움직이는지, 마법사가 되려면 어떻게 해야 하는지 주변에 물어봤는데 제대로 아는 사람이 하나도 없었다.

"신년 파티에 너무 많은 예산을 쓰는 게 아니냐는 비난도 나왔죠."

"그럴 수 있죠."

나는 다시 고개를 끄덕였다. 그래놓고 정작 그 왕자는 늦게 왔다. 돈을 쓴다는 건 그만큼 관심을 쏟는다는 뜻이다. 하지만 왕자는 관심은 없는데 돈을 쓰고 있으니 좀 이상하긴 하다.

세상에선 그걸 사치라고 하지 않던가.

거기까지 생각한 나는 재빨리 입을 열었다.

"하지만 나이 드신 분들도 참석하셨으니까요. 좀 따듯한 게 좋을지도 몰라요."

나와 대화를 나눈 노부인들이 생각났다. 신년 파티라고 참석했는데 그분들이 감기가 걸리면 좀 그렇다.

그런데 내 말을 들은 제랄딘이 다시 재미있다는 표정을 지었다. 그녀는 내가 왜 그러냐는 표정을 짓자 어깨를 으쓱하며 말했다.

"어셔 남작한테서 그런 말을 들은 줄은 몰랐는데요."

"왜요?"

난 할머니들을 좋아한다. 다들 오래오래 살았으면 좋겠다. 하지만 제랄딘은 그런 쪽으로 말한 게 아닌 모양이다. 그녀는 나를 빤히 쳐다보며 말했다.

"크리스토퍼 왕자 말이에요. 싫어하잖아요?"

그런 말을 해도 되나? 나는 저도 모르게 응접실을 살폈다. 다행히 여긴 나와 제랄딘뿐이다. 차를 가져다 둔 하인도 한참 전에 나갔다.

아니, 싫다는 말 정도는 해도 되나?

내가 살던 곳은 왕이 사라진 지 꽤 오랜 시간이 지난 나라였다. 왕 대신 대통령이라는 존재가 있었지만 왕과는 좀 다른 존재였다. 사람들은 대통령에 대한 불만을 큰 어려움 없이 말했었다.

잠깐, 그것도 최근부터나 가능했던 일이구나.

나는 잠시 생각하다가 끙하고 신음을 내뱉었다. 어디나 나라의 가장 높은 사람에 대한 호불호를 말하는 건 부담스러운 일이다.

"싫어하지는 않아요."

"그래요?"

제랄딘은 믿을 수 없다는 표정이었다. 대체 왜 그러는지 모르겠네. 나는 이해가 안 돼서 아무 말도 하지 않았다. 그러자 그녀가 한숨을 내쉬더니 다시 입을 열었다.

"그날, 이상한 걸 느끼지 못했어요?"

어떤 걸 말하는지 모르겠다. 크리스토퍼 왕자가 늦게 온 거? 그건 그리 이상한지 모르겠는데. 걘 내가 윈하우저와 만날 때도 늦게 왔다.

레베카 공주가 모든 사태를 수습한 거? 그것도 이상하지 않다. 내가 아는 한 그녀는 항상 못난 자기 오빠의 뒷수습을 하고 있었다.

"모르겠는데요."

나는 진짜로 몰라서 그렇게 말했다. 하지만 제랄딘은 그렇게 생각하지 않는 모양이었다. 그녀는 거짓말하지 말라는 표정으로 입을 열었다.

"사람들의 분위기가 달랐잖아요. 다들 왕자에게 짜증이 났고 실망했죠. 아니라고 말하지 말아요."

"아니라고 말할 생각은 없는데요."

그건 사실이다. 사람들은 크리스토퍼 왕자의 행동에 짜증을 냈고 실망했다. 션과 함께 성을 나설 때 지나친 어떤 사람은 작게 혀를 차기도 했다.

그게 왜? 나는 여전히 모르겠다는 표정을 짓고 있었다. 그러자 제랄딘이 눈을 가늘게 뜨고 나를 쳐다보다가 물었다.

"왕자와 한 공간에 있었던 게 지난번이 처음이었나요?"

"아뇨. 붉은 산 때문에 같이 있었어요."

"그때 다른 사람들 반응은 어땠는데요?"

똑같았다. 별다른 차이가 없었는데? 나는 제프가 왕자의 행동에 믿을 수 없다는 표정을 짓던 것을 떠올렸다. 그리고 다음 순간, 내가 잊고 있던 것을 깨달았다.

왕자는 사랑받는다. 그게 그의 힘이다. 그와 만나는 모든 사람은 당연하게 왕자를 사랑하게 된다고 했다. 오직 두 사람. 제랄딘과 션을 제외하고.

그리고 거기에 내가 포함됐다. 나, 에버딘 어셔.

나 역시 왕자를 사랑하지 않았다. 오히려 싫어한다는 쪽에 가까울 것이다.

하지만 다른 사람들은 여전히 왕자를 사랑해야 한다. 그날, 신년 파티에서 왕자를 본 사람들의 반응은 내가 본 반응이 아니었어야 한다는 말이다.

"신년 파티와 같았군요."

제랄딘은 내 표정만으로 원하던 답을 얻었다는 표정으로 말했다. 신년 파티와 붉은 산 미팅에서 겹치는 건 나와 왕자밖에 없다.

아니, 아닌가? 그다지 받아들이고 싶지 않은 사실에 맞닥트리자 나는 필사적으로 다른 핑계를 찾기 시작했다.

레베카 공주도 있었다. 그리고 제프 윈하우저도.

"그래서요?"

그렇다고 바로 레베카 공주와 윈하우저 남작이 겹친다고 말할 수는 없다. 그랬다간 나도 내 능력을 의심한다는 말밖에 되지 않으니까.

내 질문에 제랄딘이 한숨을 내쉬었다. 그녀는 나를 향해 몸을 내밀더니 나직한 목소리로 말했다.

"난 전부터 이런 생각을 했거든요. 어쩌면 왕자보다 공주가 더 왕이 될 자질이 있는 게 아닌가 하고 말이에요."

그건 나도 생각했던 거다. 나는 별생각 없이 고개를 끄덕이려다가 멈췄다. 잠깐, 이거 반역 아냐?

왕정제가 아닌 곳에서 살던 기억이 더 오래되다 보니 제랄딘의 이야기가 그리 위험하게 들리지 않지만, 이 이야기는 위험한 게 맞다. 나는 인상을 쓰고 그녀를 쳐다보며 물었다.

"그거 반역인 거 알죠?"

"생각만으론 아무것도 아니에요."

제랄딘은 그렇게 말하며 몸을 소파에 기댔다. 얼굴엔 웃음이 가득했다. 그렇긴 하다. 하지만 내가 광적인 왕자의 추종자라면 방금 전 그 발언은 아주 위험했다.

물론 아닌 걸 나도 알고 그녀도 아니까 한 말이겠지만.

그녀는 못마땅하다는 표정을 짓고 있었다. 무슨 말을 하고 싶은 건지는 알겠다. 왕자가 아니라 공주가 왕이 되길 바란다는 거다.

그리고 나 역시 그렇게 생각한다. 그녀의 말대로 생각만으로는 아무것도 아니고.

"하지만 왕위 계승자는 크리스토퍼 왕자잖아요."

내가 입을 열자 제랄딘의 얼굴에 다시 미소가 돌아왔다. 그녀는 대화할 생각이 들었냐는 듯 나를 쳐다보더니 나직하게 말했다.

"정확히 말하면 첫 번째 왕위 계승자죠. 그가 사라지면, 왕위 계승은 레베카 공주에게 가고요."

"그게 가장 큰 문제 아닌가요?"

왕자가 사라져야 한다. 하지만 어떻게? 왕자를 죽이기라도 하려고? 좀 무능하고 포악한 게 죽을 이유가 되나?

거기까지 생각한 나는 곧 고개를 끄덕였다.

이런 사회에서 반드시 왕이 될 사람은 무능하고 포악하면 안 된다. 그건 죽을 이유가 된다.

내가 살던 곳에선 자신보다 더 능력 있는 동생에게 왕위를 물려주기 위해 미친 척한 형도 있다. 그리고 형들의 양보로 왕이 된 그 동생은 세상에서 가장 위대한 왕이 되었고.

"게다가."

나는 뭐라고 말해야 할지 모르겠다는 제랄딘에게 다시 입을 열었다. 형이 양보했다고 해서 모두가 훌륭한 왕이 되는 건 아니다.

"레베카 공주가 왕이 될 생각이 없다면요?"

그럼 말짱 꽝이다. 평양 감사도 저 싫으면 그만이라고 했지.

하지만 제랄딘은 그렇게 생각하지 않은 모양이다. 그녀는 장난꾸러기 같은 미소를 지었다. 그리고 다시 나를 향해 몸을 내밀며 도발하듯 말했다.

"세상 어느 공주가 왕이 되길 싫어하죠?"

끙. 부인할 수 없다. 나는 한숨을 내쉬며 목을 젖혀 소파 등받이에 머리를 기댔다. 아, 헬름 일이 좀 정리가 된다 싶었는데 이번엔 수도 일에 엮이게 생겼네.

머릿속이 복잡해졌다. 안 그래도 해결해야 할 일이 있다. 이건 션에게 물어봐야 하는 거지만.

머릿속에 션이 떠오르자 자연스럽게 질문이 흘러나왔다. 나는 제랄딘을 쳐다보며 물었다.

"이거, 션도 알아요?"

아차, 션이 아니라 웨스트 공작이라고 말했어야 했다. 하지만 제랄딘은 신경 쓰지 않는 표정이었다. 뭐, 나와 션의 관계는 그녀도 알고 있을 테니 별로 상관없나.

제랄딘은 어깨를 으쓱하며 말했다.

"사람들이 달라진 건 어셔 남작, 당신 때문이에요. 웨스트 공작은 상관없죠."

"어허."

나는 말도 안 된다는 표정으로 손가락을 들어 흔들었다. 제랄딘의 말에는 잘못된 정보다 둘이나 있다.

"그게 정말 저 때문인지는 모르는 거죠. 그 당시 공통적인 사람이 셋이나 있었으니까요."

내 대답에 제랄딘이 그게 누구냐는 표정을 지었다. 나는 흔들던 손가락을 펼친 뒤 엄지를 접으며 말했다.

"레베카 공주가 있고."

그리고 검지를 접으며 말을 이었다.

"윈하우저 남작도 있죠."

안다. 가능성이 적다는 걸. 하지만 혹시 모르는 거잖아. 내 설명에 말도 안 된다는 표정을 지은 제랄딘은 곧바로 물었다.

"아까 셋이라면서요?"

맞다. 나는 씩 웃으며 중지를 접었다.

"왕자도 있죠."

"말도……."

"왕자의 힘이 사라졌을 가능성도 있잖아요. 무슨 집안은 아예 후계자가 없다면서요?"

자신감 넘치게 말했지만 역시나 말도 안 되는 생각이었나 보다. 제랄딘은 나를 진지한 표정으로 쳐다보더니 고개를 저으며 말했다.

"얼마 전에 왕자를 만나고 왔는데 아니에요."

역시 그랬군. 나는 어깨에 힘을 빼고 다시 소파에 머리를 기댔다. 아, 젠장. 제랄딘과 션의 능력은 내게만 통하지 않는다. 그런데 왜 왕자의 능력은 나만 있으면 전체 무효가 되어 버리는 건데.

잠깐.

문득 떠오른 생각에 나는 다시 고개를 들었다. 혹시 션과 제랄딘의 능력도 내가 있으면 안 통하나?

이건 션과 대화를 좀 해 봐야겠다. 나는 인상을 쓴 채 찻잔을 노려보다가 제랄딘에게 말했다.

"션과 이야기를 좀 해 볼게요."

"웨스트 공작은……."

"상관있죠."

또 제랄딘이 션은 상관없다고 말하려 했다. 그게 무슨 소리람. 나는 그녀의 말을 싹둑 자른 뒤 말을 이었다.

"왕자와 당신과 션의 능력은 일종의 한 세트인 거잖아요. 그와 상관없을 리가 없죠."

만약 내 능력이 전체 무효라면 나까지 한 세트가 되는 거다. 음, 그건 별로 달갑지 않군.

제랄딘 역시 그리 달갑지 않다는 표정을 짓고 있었다. 그게 한 세트로 취급당해서인지, 션에게 이야기하는 게 싫어서인지는 모르겠다.

하지만 어쩔 수 없다. 만약 내가 제랄딘의 말에 동의해서 그녀와 함께 크리스토퍼 왕자를 끌어내고 레베카 공주를 왕으로 추대할 거라면 나는 반드시 션에게 이야기를 해야 한다.

그리고 그가 나와 션을 그을 기회를 줘야 한다.

"누가 왔다고?"

이튿날 점심, 회의를 하러 온 션은 제랄딘이 왔다 갔다는 말에 한 쪽 눈썹을 들어 올리며 물었다. 반응이 왜 이래? 나는 찻잔을 들어 올리며 다시 말했다.

"제랄딘 브룩 경. 브룩 백작가의 후계자."

그제야 션이 안다는 듯 손을 들어 올렸다. 나는 찻잔을 내려놓고 샌드위치를 집었다. 맞은편에 앉은 션은 샌드위치를 이미 반쯤 먹은 뒤였다. 그렇다고 해도 남은 샌드위치의 양이 하나도 손대지 않은 내 샌드위치보다 많다.

나는 샌드위치를 크게 베어 물고 션을 쳐다봤다.

"쓸데없는 소릴 한 건 아니겠지?"

누가? 내가 그게 무슨 소리냐는 표정을 짓자 그가 다시 말했다.

"제랄딘 말이야. 이상한 소릴 하지 않았어?"

이상한 소리라. 나는 샌드위치를 꼭꼭 씹으며 제랄딘의 이야기가 이상하다는 범주에 드는지 생각했다. 왕위 계승자인 왕자를 처리하고 공주를 왕으로 세우자는 게 과연 이상하다고 할 수 있는 이야긴가?

"음, 이상한 이야기는 아니었어."

굳이 따지면 과격한 이야기였다. 내 대답에 션이 고개를 끄덕였다. 그걸 보자 그는 대체 무슨 이야기를 생각했길래 대뜸 이상한 이야기였는지를 묻는지 궁금해졌다.

"무슨 이야길 했다고 생각했는데?"

나는 다시 자기 몫의 샌드위치를 먹기 시작하는 션에게 물었다. 그는 내 속도에 맞춰서 음식을 먹다가 멈추더니 별거 아니라는 듯 말했다.

"아냐, 아무것도."

흠. 나는 다시 음식을 먹는 션을 바라보다가 불쑥 물었다.

"공주를 왕으로 만들자는 건 이상한 이야기가 아니지?"

션의 움직임이 딱 멈췄다. 다행히 그는 차를 마시고 찻잔을 내려놓던 참이었다. 나는 일부러 모르겠다는 표정을 지어 보였다. 그러자 션의 미간에 주름이 생겼다.

"어떻게?"

그는 금세 침착을 되찾고 물었다. 적어도 말도 안 되는 소리라고 일축해 버리지는 않는군.

당연히 무시할 줄 알았는데. 나는 그가 반응했다는 점에 살짝 놀랐다. 하지만 곧, 제랄딘이 나보다 션을 먼저 찾아갔을 수도 있다는 생각이 들었다.

왜 아니겠는가. 그녀에게는 나보다 션이 더 익숙할 것이다. 그리고 나보다 왕자에 대한 다른 사람들의 반응에 예민한 사람을 찾을 수밖에 없다.

그게 션이었던 거고.

나는 차를 한 모금 마시고 찻잔을 내려놓은 뒤 나직하게 물었다.

"브룩 경과 이야기했구나?"

그러자 션의 얼굴이 일그러졌다. 그는 한 손으로 자신의 얼굴을 쓸더니 한숨을 내쉬었다. 그리고 별거 아니라는 듯 찻잔을 들어 올리며 말했다.

"무시해."

나도 그랬으면 좋겠다. 나는 아주 천천히 차를 마시는 션을 쳐다봤다. 그는 온몸으로 이 대화는 더 이상 하고 싶지 않다는 분위기를 내뿜고 있었다. 하지만 그는 전에도 이런 적이 있었고 나는 그럴 때마다 무시했다.

"브룩 경은 나 때문에 사람들이 달라졌다고 하던데. 어떻게 생각해?"

"어떻게고 뭐고 아무것도 증명되지 않은 이야기야."

"하지만 네 힘은 나한테 안 통하잖아. 브룩 경도 그렇고."

왕자의 힘도 내게 통하지 않는다. 내가 끝까지 이 이야기를 하려하자 션은 다시 한숨을 내쉬었다. 그리고 두 손을 식탁 테이블 위에 올려놓더니 나를 쳐다보며 말했다.

"다 먹고 이야기해."

아직 내 샌드위치는 한쪽이 더 남아 있다. 하지만 식욕이 싹 사라져서 먹고 싶지가 않았다. 내가 왕자의 힘을 막을 수 있기 때문에 왕위 쟁탈전이 일어날 수도 있다는 이야기를 하는데 식욕이 남아 있을 리가 없다.

션 역시 남은 음식에 더 이상 손을 대지 않았다. 하지만 그럼에도 그는 고집스럽게도 내게 남은 음식을 먹어야 이야기하겠다고 주장했다.

결국 우리는 내가 샌드위치를 들고 있는 것으로 적당히 타협했다.

"네가 왕자의 힘을 막는지는 아직 몰라. 증명할 수도 없는 일이고."

맞은편에서 내 옆으로 다가온 션은 작은 목소리로 그렇게 말했다. 내 집이긴 하지만 하인들을 의식해서 이러는 거다. 나는 내키지 않지만 제랄딘의 말을 인용해서 말했다.

"얼마 전에 브룩 경이 왕자와 만나고 왔는데 여전했대."

내가 없을 때와 똑같았다는 말이다. 내 설명에 션의 얼굴이 일그러졌다. 나직하게 그가 뭔가를 중얼거리는 소리가 들렸다.

지금 욕했나? 욕이었던 것 같다. 그런데 너무 이상한 소리라 욕인지조차 모르겠다.

"아마테가 뭐야?"

아마테의 뒤꽁무니를 어쩌고 했던 것 같다. 내 질문에 션은 인상을 쓰며 별거 아니라는 듯 말했다.

"괴물이야. 그래서. 그 자식은 어쩌자는 건데?"

그건 나도 잘 모르겠다. 나는 들고 있던 샌드위치를 슬그머니 접시에 내려놓으며 말했다.

"글쎄. 암살이라도 할까?"

션의 얼굴이 일그러졌다. 말도 안 된다는 표정에 나는 사안의 심각성도 잊고 웃음이 흘러나왔다. 그러게나 말이다. 난 백 미터를 뛰는 것도 힘들어서 헉헉댄다. 그런데 왕궁에 침입해서 왕자를 암살

한다고?

어쩌면 아네트가 나보다 나을지도 모른다.

"왕위 계승권을 박탈당한 사람들이 있었어?"

자연스럽게 그런 의문이 생겨났다. 있었겠지. 없었나?

왕자와 션과 제랄딘의 힘은 그 집안에서 한 대에 한 명씩 발현된다고 들었다. 제랄딘과 션은 운 좋게 외동이었지만 왕자와 공주를 보면 확실히 그렇겠지.

그렇다면 이 나라의 역대 왕은 모두 크리스토퍼와 같이 사람들에게 사랑받는 힘을 가지고 있었다는 말인가? 아니면, 만약 동생이 힘을 가지고 태어나면 어떻게 되는 거지?

"한 명."

그때 션이 불쑥 말했다. 한 명이라고? 내가 고개를 들자 션이 한숨처럼 말했다.

"몇 대 전에 딱 한 번 있었던 걸로 알아. 선왕의 왕위를 찬탈하려 했었지."

"잠깐, 선왕이라면 그 왕도 힘이 있었던 거 아냐?"

"그래. 첫째 왕자가 아버지를 죽이고 왕이 되려고 했다고 배웠어."

이해가 안 된다. 첫째 왕자였다면 어차피 그가 왕이 됐을 거다. 그런데 굳이 왜 아버지를 죽이려고 한 거지? 내가 이해하지 못하는 표정을 짓자 션이 다시 말했다.

"그의 선왕은 칠십까지 살았거든. 그 당시 평균 수명은 오십이었고."

"아."

무슨 소린지 알겠다. 이 정도 하면 아버지가 죽고 자기가 왕이 될 줄 알았는데 아니었던 거지. 아버지가 칠십이면 아들도 오십쯤 됐을 거다.

결국 자기가 죽을 때가 됐는데도 아버지가 여전히 왕위에 있으니 마음이 급해졌던 거고.

"어떻게 됐어?"

"뭐, 흔한 이야기지."

왕자는 탑에 갇혔고 열쇠는 왕이 직접 관리했다고 한다. 놀랍게도 왕이 왕자보다 더 오래 살았다고.

"그다음 왕은 누가 됐는데? 동생?"

그 힘은 어떻게 되는 거지? 그때도 형이 크리스토퍼 같은 힘을 가지고 있었던 건가? 그렇게 생각하는데 션이 다시 어깨를 으쓱하며 말했다.

"왕자가 오십이라고 했잖아. 이미 서른에 가까운 자식이 있었지."

그렇군. 그 자식이 왕이 됐다는 말이다.

"만약에 말이야."

나는 션의 이야기를 듣다가 조심스럽게 물었다. 이런 걸 션에게 물어봐도 될지 모르겠다. 하지만 물어볼 수 있는 사람이 션밖에 없다. 아니면 제랄딘인데 지금 여기 없잖아.

"우리가 아이를 낳았어."

션의 표정이 이상해졌다. 왜? 나는 그를 쳐다보다가 재빨리 경고

했다.

"이거 로맨틱한 이야기 아니야."

션이 알았다는 듯 고개를 끄덕였다. 나는 다시 말했다.

"네 부인이 네 아이를 낳았다고 치면."

"아니."

션은 재빨리 내 손을 잡았다. 그러더니 씩 웃으며 말했다.

"우리라고 해."

이건 가정이라 솔직히 우리고 아니고는 별 상관없다. 션의 자식이라는 게 중요하지. 하지만 그의 기분이 좋아 보였기 때문에 나는 그냥 계속해서 말했다.

"우리가 아이를 낳았어. 둘 이상을 낳았다고 치자고."

"하나면 충분해."

션은 그렇게 말하며 내 손등에 입을 맞췄다. 아니, 이거 전혀 로맨틱하거나 그런 이야기가 아니라니까? 나는 한숨을 내쉬며 말했다.

"그럼 어느 쪽 애가 네 힘을 물려받는지 알 수 있어?"

잠깐 션의 움직임이 멈칫했다. 하지만 그는 곧바로 내 손등에 다시 입을 맞추며 대답했다.

"글쎄."

션의 숨결이 손등에 닿아서 간지럽다. 하지만 나는 그가 내 손등에 입을 맞추는 게 좋아서 가만히 있었다. 내 손가락 하나하나에 입을 맞춘 션은 잠시 생각하더니 말했다.

"내가 아는 한은 전부 첫째였어."

그렇군. 그렇다면 아까 그 왕자의 자식 역시 같은 힘을 물려받았다는 말이다. 나는 그가 내 손을 잡은 채 질문에 대답이 됐냐는 표정을 짓는 것을 쳐다보고 있었다.

잘생겼다니까. 나는 그의 얼굴을 보다가 한숨을 내쉬었다.

만약 내가 션의 아이를 낳는다면 얼굴은 그를 닮았으면 좋겠다. 이런 잘생긴 얼굴은 유전자를 보존하고 유지해야 한다. 하지만 성격은 안 닮았으면 좋겠다. 이 남자는 자기 안에 확고한 선이 있고 그 선 밖의 사람에게는 좀 냉정하거든.

아니, 그건 좋은 건가?

"그럼 만약에 말이야."

나는 또 다른 의문을 해소하기 위해 다시 입을 열었다. 능력을 가지고 태어나는 게 무조건 첫째라면 모든 첫째는 후계자를 남겼어야 한다. 이 나라가 생기고부터 지금까지 쭉.

그게 쉬운 일은 아닐 것 같은데. 지금처럼 평화로울 때면 모르겠지만 전쟁이라도 터지면? 전염병이 돌았으면? 그렇게 생각하는데 션이 마치 내 생각을 읽은 것처럼 물었다.

"첫째가 후계 없이 죽을 경우 어떻게 되느냐를 묻고 싶은 거겠지?"

정확하다. 나는 말없이 고개를 끄덕였다. 크리스토퍼 왕자는 후계가 없다. 그가 죽는다면, 왕족에게만 이어지던 능력은 끊기는 걸까?

머릿속에 지금은 후계자가 없다던 집안이 떠올랐다. 어디였더라? 내가 그 집안을 머릿속에 떠올리는 것과 동시에 션이 말했다.

"글쎄."

션은 내 손을 놓고 등받이에 몸을 기댄 채 가슴 앞으로 팔짱을 끼고 있었다. 그는 잠시 생각하는가 싶더니 말했다.

"예전엔 다시 태어났던 모양이야. 계속 이어져 왔으니까."

"작위 계승에 문제도 없었고?"

내 질문에 션이 씩 웃었다. 원래 능력을 가진 첫째가 자식이 없이 죽으면 둘째가 작위를 이어받게 된다. 그렇다면 새로운 능력자는 어디서 태어나느냐가 문제가 된다.

둘째의 자식으로 태어나면 아무 문제가 없다. 하지만 친척 중 누군가의 자식으로 태어나면?

그때부터 집안싸움이 되는 거다. 힘을 가진 자가 가주가 되어야 한다는 쪽과 직계의 자식이 가주가 되어야 한다는 쪽이 싸우겠지. 딱히 션이나 제랄딘 같은 힘이 없어도 흔한 이야기다.

역사적으로 왕인 아버지가 사랑하는 막내에게 왕위를 물려주려다가 피비린내가 난 적이 몇 번 있었으니까.

"그래. 놀랍게도 우리는 모두 첫째의 첫째로만 태어났지."

"만약 첫째가 자식 없이 죽었는데 다음 가주가 된 둘째에게 이미 자식이 있다면?"

"그땐 그 자식의 자식이 힘을 가지고 태어나."

아무리 길어도 손자는 힘을 가지고 태어난다는 말이다. 나는 션을 가만히 쳐다보다가 마지막 힘을 가진 사람이 죽고 더 이상 능력자가 태어나지 않는다던 가문을 떠올렸다.

어디였더라? 르벨이었나?

"거긴 어때? 르벨 백작가는?"

마지막 힘을 가진 가주가 언제 죽었지? 내 질문에 션의 얼굴에 미소가 떠올랐다. 그는 만족한 표정으로 말했다.

"내가 태어나기 전에 사망했다고 들었어. 그 뒤에 백작이 된 동생은 자식이 없었고."

"지금도 없어?"

"최근에 손자가 태어났지."

하지만 아직도 말이 안 나왔다는 건 그 손자까지도 르벨가의 능력을 타고나지 않았다는 말일 거다. 나는 입을 딱 벌리고 션을 쳐다봤다.

그의 말이 맞았다. 션과 제랄딘, 그리고 왕자가 가진 힘은 쇠퇴하고 있다. 왕자가 지금 자식 없이 죽는다면, 왕족에게 이어져 내려오던 힘은 사라질 것이다.

"그럼 진짜로 약해지고 있는 거네."

나는 한숨을 내쉬며 말했다. 좋은 일이다. 좋은 일인가? 난 잘 모르겠다. 내가 힘을 가진 게 아니니까.

어떻게 생각하면 좀 아쉽기도 했다. 모든 사람에게 사랑을 받는다는 건 꽤 장점이다. 단순히 국내뿐만 아니라 국외에서도 통할 테니까.

왕자와 만나는 외국 사신들도 왕자가 원하는 쪽으로 움직여 줄 거다. 그건 이 나라에 큰 도움이 된다.

제랄딘 역시 마찬가지다. 그녀의 상처와 병을 치료하는 능력은 많은 도움이 되겠지. 타인의 행동을 조종하는 션의 능력도 그렇다.

하지만 각각이 가진 단점이 문제였다. 왕자는 남들의 사랑을 받지만 사랑할 줄은 모른다. 크리스토퍼 왕자는 단순히 멍청한 망나니니까 저 정도로 끝나지만 그가 머리가 좋고 욕심이 넘쳤다면 이 대륙은 지금쯤 전쟁 중일지도 모르는 일이다.

그렇게 생각하자 오싹하고 소름이 돋았다. 그러네. 크리스토퍼는 욕심이 많다. 그리고 남들에게 사랑을 받지.

하지만 멍청하기 때문에 더 큰 피해가 없을 뿐이다. 만약 크리스토퍼 다음으로 머리 좋고 욕심 많은 왕이 나온다면? 그 왕은 모든 사람에게 사랑을 받을 거다. 지금 크리스토퍼에게 그러듯이 사람들은 그가 하자는 건 다 따르겠지.

그게 설령 전쟁이라도.

"브룩 경은 레베카 공주가 왕이 되어야 한다고 생각해."

나는 턱을 괴며 작은 목소리로 말했다. 그리고 션의 얼굴을 쳐다보자 그는 무표정한 얼굴로 나를 쳐다보고 있었다.

제랄딘이 그에게 먼저 말한 모양이다. 내게 처음 듣는다면 저렇게 무표정한 얼굴이 아니라 깜짝 놀란 표정이겠지. 나는 남은 손으로 찻잔을 만지작거리며 물었다.

"브룩 경이 당신한테 먼저 말했나 봐?"

"아냐. 나한테 말하진 않았어. 그저, 그렇지 않을까 생각하고 있었을 뿐이야."

그렇군. 나는 남은 접시로 시선을 돌렸다. 여전히 입맛은 돌아오지 않았다. 다 먹고 이야기할걸. 션의 말이 맞았다. 다 먹고 이야기했어야 했다.

"어떻게 생각해?"

나는 두서없이 질문을 던졌다. 솔직히 말하면 나도 내가 뭘 묻고 싶은 건지 모르겠다. 제랄딘이 그런 걸 내게 물었다는 걸 어떻게 생각하냐는 질문인지, 레베카 공주를 왕으로 추대하자는 걸 어떻게 생각하냐는 질문인지.

션 역시 어떻게 대답해야 할지 곤란한 모양이었다. 그는 잠시 입을 다물더니 자리에서 일어나 내게 손을 내밀며 말했다.

"자리를 옮길까?"

곧바로 하인들이 들어와서 접시를 치우기 시작했다. 나는 션의 손을 잡고 이 층 서재로 올라갔다. 그리고 그가 내 대신 집사에게 차를 가져오라고 지시하는 동안 소파에 앉아 생각을 정리했다.

크리스토퍼 왕자는 자식이 없으니 그가 죽어도 계승 문제는 전혀 없다. 그리고 레베카 공주가 왕이 된다고 해도 새로운 능력자는 그녀의 자식일 것이다. 그러니 당장은 왕족의 사랑받는 능력 때문에 계승 문제가 생길 일은 없다.

"에버딘."

어느새 하인이 차를 두고 갔는지 내 앞에는 김이 모락모락 나는 찻잔이 놓여 있었다. 션은 내 옆에 앉아서 나를 쳐다보고 있었다.

"나는 반대야."

만약 레베카 공주의 자식이 사랑받는 능력을 가지고 태어난다면 어떻게 될지를 생각하고 있는데 션이 불쑥 말했다. 뭘 반대한다는 거지? 어리둥절해 하는 내게 그가 다시 말했다.

"브룩의 계획은 뻔해. 네 힘을 이용하겠다는 거지. 네가 있으면 왕자의 능력이 통하지 않으니까."

"알았어?"

내가 있으면 왕자의 능력이 통하지 않는다는 걸 션도 알고 있었단 말이야? 깜짝 놀라는 내게 그가 못마땅하다는 표정으로 입을 다물었다.

알았구나. 어쩌면 나보다 더 먼저.

문득, 신년 파티에서 그가 그만 가자고 했던 게 생각났다. 그냥 그런 자리가 싫어서인 줄 알았는데 제랄딘과 같은 것을 그도 느꼈던 모양이다.

"브룩 경은 신년 파티 때 알았다고 하더라고. 그 정도로 달랐어?"

난 그런 파티에 참석한 기억이 없으니 몰랐다. 하지만 제랄딘과 션이 알았다면 눈치챈 사람들이 있는 게 아닐까.

약간 걱정이 되기 시작했다. 그러자 션이 나를 위로하려는 것처럼 팔을 뻗어 내 어깨를 끌어안고 말했다.

"눈치 빠른 사람들을 알아차렸겠지."

"으으."

별로 위로가 아니잖아? 내가 기분 나쁘다는 신음을 내뱉자 션이 별거 아니라는 듯 피식 웃으며 말했다.

"하지만 그게 너 때문이라는 걸 알아차린 사람은 없을 거야."

"하지만 너랑 제랄딘은 알았잖아."

"그건 우리 둘의 힘이 네게 통하지 않는다는 걸 알기 때문이고."

션은 거기까지 말하고 잠시 입을 다물더니 찻잔을 들어 올리며 말했다.

"보통은 왕자의 능력이 약해졌다고 생각할걸?"

그랬으면 좋겠다. 내가 자신의 능력을 막는다고 생각한 왕자가 어떻게 나올지는 상상조차 하기 싫다. 그걸 생각하자 션이 왜 반대하는지도 알 것 같았다.

"사람들이 겁에 질릴까?"

이 나라의 평화는 근본적으로 왕자와 왕의 힘으로 지켜지고 있다. 나는 그렇게 생각하지 않지만 다른 사람들은 그렇게 생각한다는 말이다.

내 질문에 션 역시 끔찍하다는 듯 신음을 내뱉었다.

"그래."

머릿속이 복잡해졌다. 이게 나만의 일이라면 상관없다. 겁먹었다고 물러설 생각은 없으니까. 하지만 그게 한 나라의 일이 되면 생각할 게 많아진다.

나는 션의 몸에 몸을 기대고 잠시 생각하다가 물었다.

"레베카 공주를 왕으로 세울 가치가 있다고 생각해?"

잠시 션의 숨소리가 멎었다. 나는 그가 나를 쳐다보는 시선을 느꼈지만 아무 말도 하지 않았다. 곧이어 션이 다시 느리게 숨을 쉬며 말했다.

"아니."

"만약 나랑 상관없는 일이라면?"

이번에는 아까보다 좀 더 긴 침묵이 흘렀다. 그는 한참을 가만히 있다가 대단히 짜증 난다는 신음과 함께 대답했다.

"젠장. 그래."

이상한 기분이 들었다.

그게 무슨 기분인지 생각하려는 데 션이 다시 말했다.

"크리스토퍼 왕자에 비해 레베카 공주가 훨씬 낫지. 그녀가 왕이 된다면 노헤임은 더 좋은 나라가 될 거야."

나도 그렇게 생각한다. 나는 아무 말도 하지 않고 가만히 있었다.

나도 레베카 공주가 왕이 됐으면 좋겠다. 저 멍청한 크리스토퍼가 아니라. 그때 션이 불쑥 말했다.

"게다가 레베카 공주가 왕이 되는 게……."

왕이 되는 게? 나는 말하다 멈춘 션을 돌아봤다. 레베카 공주가 왕이 되는 게 다음은 뭔데?

하지만 그는 그대로 입을 다물고 아무 말도 하지 않았다. 뭔데? 나는 그를 빤히 쳐다보다가 션이 무슨 말을 하려고 했는지 알아차렸다.

레베카 공주가 왕이 되면 왕자의 요구는 무산이 된다. 션은 공주와 결혼하지 않아도 되고 아네트도 왕자와 결혼하지 않아도 된다.

젠장. 나는 소파 등받이에 머리를 기대고 한숨을 내쉬었다. 레베카 공주가 왕이 되어야 할 이유가 또 생겼다.

"어쩌면 공주가 왕이 되고 싶지 않을 수도 있지."

내가 한숨을 내쉬자 션이 나를 위로하듯 말했다. 그 말, 나도 제랄딘에게 했었다. 나는 어이가 없어서 피식 웃으며 소파에 몸을 기댄 채 션을 돌아봤다.

그리고 장난스럽게 물었다.

"네가 둘째고 위에 멍청한 형을 처리하고 왕이 될 기회가 온다면 거절할 거야?"

션의 미간에 주름이 생겼다. 나는 거절하지 않을 거다. 지금 헬름의 영주인 에버딘 어셔 남작이라면 거절하겠지만 공주로 태어나 공주로 자란 에버딘 어셔 공주라면 무조건 받아들일 거다.

당연하잖아. 내게 주어진 기회를 왜 내가 거절해야 해?

그건 레베카 공주도 마찬가지일 거다. 우리는 정해진 답 앞에서 또 다른 답이 없는지 고민하느라 잠시 시간을 보냈다. 하지만 이 경우에는 답이 하나밖에 없다.

크리스토퍼를 끌어내리려면 내가 반드시 필요하다. 레베카 공주를 왕으로 만드는 건 내가 없다면 불가능까지는 아니어도 꽤 힘든 일일 테니까.

"그러고 보니 어제 코넬이라는 사람이 왔거든?"

머릿속이 복잡해져서 나는 주제를 바꿨다. 어제 몰리 코넬이라는 사람이 찾아왔다. 그리고 놀라운 이야기를 하고 갔지.

"코넬?"

션은 처음 듣는 이름이라는 표정이었다. 이게 연기인지 진짜인지 모르겠네. 나는 그의 얼굴을 자세히 살피다가 말했다.

"네 용병대가 자길 협박했다던데."

"내 용병대?"

아, 이건 확실히 연기다. 나는 전혀 모르겠다는 표정의 션을 보고 그의 옆구리를 쿡 찔렀다. 하지만 션은 내가 찔러서 아프다는 시늉을 하면서 여전히 모르겠다는 표정을 지었다.

즉, 둘 다 연기라는 말이다.

나는 션의 연기에 킬킬대고 웃다가 표정을 관리했다. 그에게 로나와 몰리의 이야기를 할 때다.

“자기가 기빈의 의뢰로 우유 술을 배달했대. 그걸로 카렌이 범죄에 가담했다고 말했다던데.”

션은 그제야 알았다는 표정으로 자세를 바로 했다. 그는 나를 안고 있던 팔을 빼더니 내 쪽으로 몸을 돌리며 말했다.

“정확히 말하면 가짜 술이지.”

그래. 그 말도 했다. 하지만 션의 말은 끝나지 않았다.

“그리고 카렌이 이야기한 건 몰리 코넬이 아니라 로나 코넬이었고.”

성이 같네. 어쩌면 자매일지도 모르겠다는 생각이 들었다. 나는 고개를 끄덕이며 말했다.

“맞아. 찾아온 사람도 자기에게 동업자가 있다고 했거든.”

즉, 카렌에게 로나 코넬이 협박에 가까운 이야기를 들었다는 말에 몰리 코넬이 나를 찾아왔다는 거다.

이 이야기에는 상당히 의문스러운 부분이 몇 가지 있다. 첫 번째로 카렌이 대체 뭐라고 했길래 몰리는 내게 협박을 받았다고 했는지다. 두 번째는 가짜 우유 술을 배달한 게 대체 무슨 범죄인지고.

세 번째로는 몰리 코넬이 대체 날 어떻게 알고 찾아왔는지다.

“생각보다 똑똑한 녀석이군.”

션은 못마땅하다는 표정으로 소파 등받이에 팔을 괴며 말했다. 그리고 내게 천천히 설명하기 시작했다.

"어떤 녀석들이 헬름에서 만든 우유 술이라고 가짜 술을 팔고 있는 건 알지?"

안다. 친구들에 편지를 보내왔으니까. 크리스틴뿐만이 아니다. 아이린 아주머니도 편지를 보냈다. 심지어 레슬리도 수도에 사는 지인에게 연락을 받았다며 보고를 했다.

그거 때문에 좀 스트레스를 받는 중이다. 하지만 원래 뭔가가 유명해지거나 인기를 얻으면 위조품이 생기기 마련이다. 내가 어떻게 할 수 있는 게 아니다.

물론 그렇다고 내가 그걸로 스트레스를 받지 않는 건 아니지만.

"조사해 보니 수도와 수도 근방의 마을에 유통된 건 대부분 로버트 기빈이라는 놈이 풀었더군. 그래서……."

"잠깐."

어디서 들은 적이 있는 이름이다. 나는 로버트 기빈이라는 이름에 인상을 썼다. 어디서 들었더라? 익숙한데?

션은 내가 잠깐이라고 말한 것 때문에 그대로 입을 다물고 나를 기다리고 있었다. 아, 모르겠네. 나는 그의 팔에 손을 얹으며 말했다.

"계속 말해 줘."

"기빈을 조사해 보니 질 나쁜 놈들의 사업을 도와주는 사기꾼이더라고. 그래서……."

"잠깐!"

질 나쁜 놈들의 사업을 도와준다고? 거기서 나는 다시 잠깐을 외쳤다. 생각날 것 같은데 안 난다. 션을 쳐다보자 그는 한쪽 눈썹을 들어 올린 채 나를 쳐다보고 있었다.

"미안. 그런데 진짜로 어디서 들은 이름인데 어디서 들었나 생각이 안 나."

"주변에서 사업하다가 이 녀석 때문에 실패한 사람이 있는 거 아냐?"

션은 기빈의 사기 방식에 대해 설명했다. 처음 사업을 시작하는 부자들에게 접근해서 자신이 도와주겠다고 한 뒤 돈과 상품을 빼돌린다고 한다. 빼돌리는 방식은 유통 중에 망가졌다거나 상품이 상하는 바람에 돈을 돌려줘야 한다는 식이라고.

"어!"

알겠다. 나는 깜짝 놀라서 벌떡 일어났다. 그리고 생각났냐는 표정으로 나를 쳐다보는 션에게 말했다.

"기억났어! 나한테 헛소리하던 놈이야."

"헛소리?"

션의 한쪽 눈썹이 올라갔다. 아, 그런 거 있어. 나는 재빨리 손을 저었다. 술을 해외에 팔겠다는 깜찍한 헛소리를 한 놈이다. 하지만 이렇게 말하면 션은 헛소리까지는 아니라고 말할 것 같다.

"그놈이 팔고 있단 말이야? 막걸리 만드는 방법은 어떻게 알고?"

나는 션에게 기빈이 대체 무슨 헛소리를 했는지 설명하지 않기 위해 재빨리 물었다. 누가 알려 줬나? 하지만 이렇게 빨리?

"방법을 모르니까 문제지."

"모르는데 어떻게 만들어?"

나는 이해 안 돼서 자세를 바로 했다. 소파에 기대앉아 있던 션이 담담하게 말했다.

"별칭이 우유 술이잖아."

정확한 명칭은 헬름의 막걸리다. 하지만 우유 같은 색이라고 우유 술이라는 별명으로 부르고 있다. 나는 션의 설명에 고개를 끄덕였다. 그러다가 말도 안 되는 생각에 눈살을 찌푸렸다.

"설마."

"싸구려 술에 우유를 섞어서 팔았더군."

"으웩."

그걸 마신 사람들이 불쌍하다. 동시에 크리스틴과 아이린 아주머니가 어떻게 그렇게 시중에 팔리는 우유 술이 가짜라고 확신을 가지고 편지를 보냈는지도 알겠다.

나는 어이가 없어서 물었다.

"그걸 다들 사서 마셨다고?"

술에 우유를 섞은 걸? 믿을 수 없다는 내 질문에 션이 어깨를 으쓱하며 말했다.

"그러니 이렇게 빨리 반응이 왔지."

누가 봐도 이상하니까 가짜가 아니냐는 말이 빨리 돌았다는 뜻이다. 그러네. 나는 다시 소파 등받이에 머리를 기댔다가 그대로 션을 쳐다보며 물었다.

"그걸 기빈이 팔고 있다고?"

션은 아무 말도 하지 않았다. 뭔가가 더 있는 거군. 나는 그가 기빈을 잡는 게 아니라 기빈과 같이 일하는 코넬을 협박했다는 것을 떠올렸다.

아, 그래. 정확히 말하면 협박은 카렌이 했고 션은 코넬과 이야기해 본 적도 없겠지. 하지만 션이 카렌에게 지시를 내렸을 테고 그러니 카렌이 움직인 걸 거다.

"기빈 뒤에 누군가 있는 것 같아서."

차를 한 모금 마신 뒤에야 션이 입을 열었다. 그런가. 나는 과연 기빈 같은 조무래기 사기꾼이 가짜 술을 만들어서 수도뿐 아니라 수도 주변의 영지에도 유통할 수 있을지 생각했다.

한 영지에서 만든 뭔가를 영지 밖으로 내가려면 영주의 허락이 필요하다. 수도는 왕의 것이고 왕을 대신해서 일하는 성의 직원이 허가를 해 준다.

게다가 그걸 팔려는 영지에서도 허가를 해 줘야 한다. 이렇게 빠른 시기에 가짜 술을 만들어서 수도뿐 아니라 수도 밖까지 유통했다는 건 기빈이 성에서 일하는 직원과 수도 주변의 영지를 다스리는 영주와 연이 있다는 말이다.

"허."

이렇게 생각하니 확실히 이상하긴 하다. 나는 션의 손에 들린 작은 찻잔을 쳐다보고 내가 들고 있는 찻잔으로 시선을 돌렸다.

같은 찻잔인데 션이 쥐고 있으면 작아 보인다.

"몰래 판 거 아냐? 원래 위조품이라는 게 그렇잖아."

"그렇다면 판매한 영지의 영주가 조용한 게 이상하지."

그것도 그러네. 몰래 팔았다면 해당 영주가 가만히 있었을 리가 없다. 잠깐. 나는 영주가 가만히 있다는 말에 인상을 쓰며 물었다.

"그럼 가짜 술이 팔린 영지의 영주들도 그게 가짜라는 걸 알았다는 말이네?"

탈이 났을 경우, 손해 배상 청구를 하기 위해 위해서라도 내게 항의했을 텐데, 안 그랬다는 건 그들도 암묵적으로 동의했다는 말이다. 으으, 갑자기 머리가 아프다.

션은 아무 말도 하지 않았다. 그렇군. 그는 그게 이상했던 거다. 그래서 조사를 했던 거고.

"으."

나는 신음을 내뱉으며 머리를 감쌌다. 로버트 기번 뒤에 누군가 있다는 게 확실해졌다. 그리고 그 누군가는 나보다 훨씬 힘이 센 사람이겠지.

"걱정 마."

그때 션이 말했다. 나는 지끈거리는 머리를 꾹꾹 누르며 그를 쳐다봤다. 그러자 션이 서늘한 표정으로 말했다.

"누구든 찾으면 편히 눈감을 수 없게 할 테니."

46

“상기 세 영지에서 폭설로 인한 피해로 지원을 요청했습니다.”

책상 앞에 앉아 있던 레베카는 만델 후작의 보고를 들으며 보고서를 읽고 있었다. 수도는 눈이 그렇게 많이 오지 않았지만 아래 지역은 얼마 전에 폭설이 내렸다. 폭설이 내리면 가장 큰 문제는 길이 막힌다는 점이다.

레베카는 첨부된 세 장의 지원 요청서를 읽어보고 만델 후작을 향해 물었다.

“추가로 지원할 곳은 없는가?”

그러자 크리스토퍼 왕자보다 열 살쯤 많은 만델 후작이 곤란한 표정으로 입을 열었다.

“왕자 전하께서 요청하지 않는 곳에는 지원해 줄 필요가 없다고 하셔서…….”

확인하지 않았다는 뜻이다. 레베카는 속으로 한숨을 내쉬었다. 폭설 때문에 길이 막혔다는 건 요청도 늦어질 수 있다는 말이다. 하지만 크리스토퍼는 지원 요청조차도 짜증을 내며 허가했다.

만델 후작은 그런 걸 왜 자신에게 가져오냐고 화를 내던 왕자를 떠올리고 인상을 썼다. 이상한 일이다. 왕자의 그런 태도가 불편하다는 생각이 들었다.

최근 왕자에 대한 생소한 감정이 그의 마음속에 자라기 시작했다. 늘 완벽하고 존경스러운 사람이라고 생각했던 크리스토퍼 왕자가 순간순간 한심하고 짜증스럽다는 생각이 들었다.

그건 대단히 이상한 감각이었다. 만델 후작은 갑자기 불길한 바람이 불어와서 그의 머릿속에 껴 있던 안개를 몰아낸 것 같은 감각을 느끼고 있었다.

문제는 그 안개가 걷히고 나서 보이는 광경이 그리 보기 좋은 광경이 아니라는 점이다.

“일단은 세 영지에 사람을 보내게. 그리고 가는 길에 길이 막힌 영지가 없는지 확인하라고 하고.”

레베카의 명령에 만델 후작은 말없이 고개를 끄덕였다. 왕자가 지원 요청이 없었던 영지는 지원하지 말라고 명령을 내린 이상 그게 최선이다.

“저, 그런데…….”

레베카의 지시가 끝났음에도 만델 후작은 나가지 않고 머뭇거리며 서 있었다. 무슨 일이지? 레베카는 물론 한쪽 뒤에 서 있던 캐서린의 시선도 후작을 향했다.

"지난 신년 파티 때 말입니다."

후작이 조심스럽게 입을 열었다. 그러자 세 사람이 있는 방 안에 살얼음 같은 긴장이 서리기 시작했다.

신년 파티 때 이상한 일이 있었다. 왕자는 평소보다 훨씬 더 짜증을 냈고 사람들은 그런 왕자의 태도에 당황했던 것이다. 레베카 공주는 왕자가 평소보다 더 짜증을 낸 이유가 사람들의 반응 때문일 거라고 생각하고 있었다.

그동안 그녀를 비롯한 사람들은 크리스토퍼가 무슨 행동을 해도 그걸 이상하게 여기거나 못마땅하게 생각하지 않았다.

하지만 그날, 신년 파티 때 그게 깨져 버렸다. 사람들은 표정 관리를 하지 못했고 몇몇 사람들은 저도 모르게 혀를 차거나 신음을 내뱉기도 했다.

그리고 그 일이 있고 나서 사교계에 아주 조용히 이야기가 돌기 시작했다. 크리스토퍼 왕자의 힘이 약화됐다는 이야기였다.

"아니, 아닙니다."

차마 크리스토퍼 왕자의 힘이 약해졌냐고 물을 수 없었던 만델 후작은 고개를 저으며 방을 나가 버렸다. 하지만 캐서린과 레베카는 아니다. 그가 나가자마자 캐서린이 레베카에게 다가가 말했다.

"소문이 도는 모양입니다."

"놀라운 일도 아니지."

이 나라가 왕과 왕자의 힘으로 유지된다는 것을 모르는 사람이 없다. 그 왕자의 힘이 약해졌을지도 모른다는 이야기는 사람들이 걱정하기에 충분했다.

물론 사람들은 브룩 백작가와 웨스트 공작가에서 더 이상 능력을 사용하지 않는 것에 이미 익숙해져 있긴 했다. 그렇기 때문에 웨스트 공작가의 능력에 대한 이야기는 사라지고 공포심만 남아 전해지고 있다.

하지만 왕자의 힘은 많은 사람들에게 영향을 끼치고 있었고 그 힘이 약해진 것을 너무 많은 사람들이 알아 버렸다.

레베카는 잠시 생각하다가 캐서린에게 물었다.

"사람들이 두려워하고 있나?"

"그렇진 않습니다, 전하."

걱정하긴 하지만 두려워하지는 않는다. 좀 더 정확하게 설명하면 어리둥절해 하는 것에 가까울 것이다.

게다가 왕자의 힘이 신년 파티 이후에 다시 돌아왔기 때문에 사람들의 소문은 사실보다는 음모론에 가까웠다.

"브룩 백작가와 웨스트 공작가는 어떠한가?"

"두 가문 다 별다른 반응이 없습니다. 둘 다 힘이 약해졌다고 알려져 있기도 하고요."

"하긴, 결국 이번 대에도 르벨 백작가에서 진짜 후계자가 태어나지 않았지."

이대로 조용히 사라질지도 모르겠다. 레베카는 그렇게 생각했다. 네 가문의 힘은 다른 나라에는 없는 노헤임만의 특성이었다. 그 힘이 사라진다고 해서 노헤임이 갑자기 무너지거나 다른 나라보다 못하게 되는 게 아니다.

오히려 왕자의 힘에 너무 의지했던 국력을 다시 제대로 세울 기회가 될지도 모른다.

거기까지 생각한 레베카 공주는 오라버니의 멍청한 행동에 인상을 찌푸렸다. 그게 가능할까. 방금 전 만델 후작에게도 말도 안 되는 지시를 내렸는데?

"만델 후작이 말한 세 영지 말인데."

다시 생각이 폭설로 도로가 막힌 영지로 돌아오자 레베카 공주는 자리에서 일어나 걸어 둔 지도 앞으로 다가가며 말했다.

오라버니의 부족한 부분을 보필하는 것. 그게 그녀의 의무였다. 어쩌면 이러기 위해 그녀의 결혼이 무산된 건지도 모른다.

죽은 약혼자에게는 미안하지만 레베카 공주는 그렇게 생각하고 있었다. 크리스토퍼 왕자의 힘이 약해지는데 그녀조차 국내에 없다면 나라를 지탱할 사람이 없다.

그녀는 지도 앞에 서서 눈이 많이 오는 지역을 훑으며 허바드 백작에게 물었다.

"수도에 남아 있는 우리 사람이 몇 명이지?"

"다섯 명입니다."

성 밖에서 레베카 공주가 부리는 사람을 말하는 거다. 총 열 명이지만 네 명은 다른 일을 맡아 수도를 떠나 있다. 레베카는 다섯 명이라는 말에 지역별로 보내라고 말하려다 멈칫했다.

"먼로가 지금 어디 있지? 남쪽 지방에 있지 않았나?"

레베카의 질문에 캐서린은 재빨리 먼로가 맡은 임무를 떠올렸다. 남쪽 지방에 있는 멀웨이에서 집안싸움이 벌어지고 있다는 말을 듣고 확인하라고 보냈던 게 지난달이다.

"네. 아직 멀웨이에 있겠네요."

멀웨이라면 지원 요청을 한 세 영지보다도 아래쪽이다. 레베카는 자리에서 일어나 인상을 쓰며 벽에 걸어 둔 지도를 확인했다.

"마지막으로 연락이 온 게 언제였지? 지지난 주였나?"

그랬다. 캐서린은 날짜를 확인한 뒤 대답했다.

"한 달째입니다."

아슬아슬하다. 이런 식으로 임무를 받아 떠난 자들은 한 달에 한 번 보고 겸 연락을 하도록 되어 있다. 슬슬 편지가 도착했어야 한다. 하지만 폭설로 길이 막혔을 수도 있고 위험했다면 지급한 비상 마법을 이용했겠지.

그렇게 생각하면서도 레베카는 먼로가 걱정됐다. 그녀는 캐서린을 쳐다보며 말했다.

"한 명은 먼로를 확인하라고 하게."

"알겠습니다."

같은 시각, 에버딘은 코넬 자매와 마주 앉아 있었다. 로나 코넬과 몰리 코넬. 에버딘은 굉장히 닮지 않은 자매라고 생각하며 입을 열었다.

"왜 날 찾아왔던 거지?"

로나를 협박한 건 카렌이다. 그렇다면 몰리는 카렌을 찾아가거나 하다못해 션을 찾아갔어야 한다. 하지만 그녀는 그러지 않고 에버딘을 찾아왔다.

에버딘은 그게 궁금했다. 대체 왜 그녀를 찾아온 건지.

당연히 이 자리에 오기 전까지 몰리가 어셔 남작을 만나 이야기를 나눴다는 것을 몰랐던 로나는 당황하는 표정을 지었고 두 사람의 시선은 몰리로 향했다.

"소문을 들었거든요. 웨스트 공작님이 어셔 남작님과……."

이걸 뭐라고 하지? 몰리의 말이 잠시 멈췄다. 그녀가 들은 건 웨스트 공작이 어셔 남작에게 홀딱 반해 있다는 거였다. 하지만 귀족 앞에서 그런 말을 하면 안 될 것 같다. 몰리는 잠시 머뭇거리다가 다시 말했다.

"매우 가까운 사이라는 걸요. 그리고 우유 술은 헬름에서 나온 거죠."

헬름은 어셔 남작의 영지다. 그렇다면 자연스럽게 웨스트 공작이 연인인 어셔 남작을 위해 용병을 시켜 로나를 협박했다는 결론을 도출해 낼 수 있다.

"그래서 남작님을 찾아왔어요, 웨스트 공작님보다는……."

다시 말을 멈춘 몰리는 이 자리에 웨스트 공작이 없다는 것을 다시 한 번 확인했다. 그리고 조심스럽게 말했다.

"저희 말을 들어 주실 것 같았거든요. 어쩌면 공작님이 무엇을 하는지 모르실 수도 있다는 생각이 들었고요."

몰리의 생각은 정확했다. 에버딘은 그녀가 거의 두 수를 내다봤다는 사실에 가볍게 감탄했다. 그녀의 말만 들으면 쉬워 보이지만 절대 쉬운 일이 아니다.

몰리는 에버딘을 찾아오기 위해 몇 가지 정보를 알고 조합할 수 있어야 했다. 그 두 가지를 동시에 할 수 있는 사람은 그리 많지 않다.

"그럼 웨스트 공작이 왜 당신들과 이야기를 하려 했는지도 알겠어?"

그것도 알 것 같다. 몰리는 에버딘의 질문에 고개를 끄덕였다. 그 사이 로나는 이야기가 어떻게 진행되는지 몰랐지만 아무 말 없이 가만히 앉아 있었다.

이런 일은 자주 있었다. 사실 로나의 운송업이 흑자를 보는 건 전부 몰리 덕분이다. 그녀는 의뢰 지역을 잘 기억해 놨다가 비슷한 지역끼리 묶어서 로나에게 알려 주곤 했다. 게다가 가는 길에 있는 지역에서 비싸게 팔릴 만한 물건을 몇 개 일러 줘서 로나가 그걸 팔아 부수입을 얻을 수 있도록 하기도 했다.

"기빈 때문이죠. 그 녀석이 남작님의 술을 위조해서 팔고 있는데 문제가 생긴 거죠?"

"그건 고든이 말한 거잖아."

에버딘은 몰리의 설명에 웃으며 말했다. 이미 카렌과 이야기를 했다. 그렇기 때문에 그녀는 카렌과 로나 사이에 오간 대화를 대략적으로 알고 있었다.

몰리는 에버딘의 지적에 잠시 입을 다물었다. 그녀도 웨스트 공작이 왜 기빈을 이용해 로나를 협박하려 했는지 곰곰이 생각했었다. 그리고 도출해 낸 건.

"기빈 뒤에 있는 누군가를 노리시는 거죠?"

웨스트 공작이 원하는 건 기빈도, 로나도 아니라는 거였다.

우유 술이 범죄라면 웨스트 공작은 그냥 로버트를 잡아가면 된다. 로버트를 잡기란 그리 어렵지 않다. 로나에게 물어봤어도 술술 대답해 줬을 것이다.

하지만 고든이라는 용병은 굳이 어렵게 로나를 찾아왔다. 몰리는 기빈과 일하는 놈들 중 그와 비슷한 작자가 더 많다는 것을 알고 있었다.

그런데 웨스트 공작과 고든은 굳이 로나를 찾아서 협박을 했고, 그건 바라는 게 기빈이 아니라는 뜻이다.

"맞아."

에버딘은 몰리의 추론에 감탄하면서 대답했다.

션은 기빈이 누구의 명령으로 그런 짓을 하고 있는지 알고 싶을 뿐이다. 알아낸다면 일단은 경고만 할 생각이라고 에버딘에게 말했다.

그 말을 믿는다면 말이지. 에버딘은 그렇게 생각하며 찻잔으로 시선을 떨어트렸다. 션은 선 밖의 사람에게는 냉정하다. 당장 로나를 협박한 것만 봐도 그렇다.

그녀는 잠시 생각하다가 말했다.

"기빈이 잔머리가 굴리긴 하지만 이런 짓을 할 정도로 능력이 있을 것 같진 않거든."

에버딘의 말에 몰리 역시 기빈의 뒤에 있는 자가 꽤 힘 있는 자라는 것을 깨달았다. 로버트가 허가 없이 팔았다면 바로잡으면 된다. 하지만 그러지 않는 건 역시 로버트가 허가를 받았다는 뜻이겠지.

그는 가끔 그랬다. 보통 때는 변변찮은 조무래기 사기꾼이었는데 가끔 이렇게 엄청난 짓을 저지르곤 했다. 그럴 때마다 로나는 기빈이 의외로 능력이 있는 게 아니냐고 말했지만 몰리의 생각은 달랐다.

"그건 그래요."

약간 과감한 몰리의 말에 로나는 깜짝 놀라서 그녀의 손을 잡았다. 하지만 에버딘은 웃고 있었다. 션도 비슷한 말을 했다.

물론 그는 좀 더 과격하게 말하긴 했지만.

"우린 기빈 뒤에 누가 있는지 알아보려고 해."

결국 자세를 고친 에버딘이 그렇게 말하자 로나는 속으로 안도의 한숨을 내쉬었다. 이 사람은 전에 만난 용병보다 훨씬 부드러운 느낌이다. 물론 그렇다 해도 귀족이니 마음을 놓아서는 안 되겠지만.

에버딘은 로나가 자신에 대해 긍정적인 판단을 내리는 동안 몰리를 향해 말했다.

"그래서 두 사람이 우리를 도와줬으면 좋겠어. 기빈이 무슨 배짱으로 이런 짓을 한 건지 궁금하거든."

"그건……."

어렵지 않다. 그렇게 말하려던 로나는 몰리가 자신의 손을 잡자 입을 다물었다. 두 사람의 신호였다.

"저희는 무슨 이득이 있는데요?"

몰리는 로나가 입을 다물자 에버딘에게 물었다. 세상에 쓸모없는 건 없다. 아주 작은 거라 해도 아무 대가 없이 줘서는 안 된다는 게 몰리의 지론이었다.

물론 에버딘도 몰리가 로나의 입을 다물게 하는 것을 봤다. 그녀는 몰리와 로나의 팀워크에 미소를 지었다.

보기 좋다. 하지만 그렇다고 그녀도 호락호락 당해 줄 수는 없었다. 에버딘은 자세를 바로 하며 말했다.

"나는 이번 일로 타격을 입었어. 알겠지만 기빈은 내 술이라고 가짜 술을 팔았고 나는 그게 가짜라고 사람들에게 말할 거야. 그 과정에서 기빈을 잡아들이겠지."

그렇다면 기빈은 빠져나갈 구멍을 찾으려 할 거다. 에버딘은 몰리와 로나의 얼굴을 둘러보았다. 그리고 여전히 무표정인 몰리에게 말했다.

"거기서 당신들은 손해를 보게 될 거야. 기빈은 자기 잘못을 두 사람에게 뒤집어씌우려 할 수도 있고."

그렇다면 로나와 몰리도 곤란해진다. 에버딘은 그 이야기로 자신을 돕는 게 두 사람에게도 이득이라는 것을 넌지시 알렸다.

그리고 로나가 몰리의 손을 다시 잡는 것을 보고 입을 열었다.

"하지만 두 사람이 도와준다면 기빈의 뒤에 있는 거물을 잡을 수 있을지도 몰라. 그 과정에서 몇 가지 이득을 챙길 수도 있겠지."

몇 가지 이득. 몰리의 머릿속에 어셔 남작과 웨스트 공작의 일을 도와주면 얻을 수 있는 이득이 퐁퐁퐁하고 떠올랐다. 어셔 남작과 웨스트 공작이 함께하는 사업이 몇 개 있다. 거기서 운송일을 얻을 수 있을지도 모른다.

어쩌면 다른 사업가를 만날 수 있을지도 모르고.

하지만 어디까지나 가정이다. 가정만으로 움직일 수는 없다. 몰리는 잠시 생각하다가 입을 열었다.

"좋아요. 대신 조건이 있어요."

"몰리."

귀족에게 조건이라니. 깜짝 놀란 로나가 몰리의 이름을 불렀지만 그녀는 꿋꿋했다. 에버딘은 계속 말하라고 고개를 끄덕였다가 몰리가 보지 못할 수도 있다는 사실을 깨닫고 입을 열었다.

"들어 보고 결정하지."

"저희를 헬름과 수도 간의 공식 운송업자로 지정해 주세요."

헬름에서 수도로 가는 모든 배달은 로나와 몰리가 하게 해 달라는 말이다. 문제는 이미 헬름에는 공식 운송업자가 있다는 거고.

"미안하지만……."

에버딘은 이미 운송업자가 있다고 말하려 운을 뗐다. 하지만 몰리가 재빨리 입을 열었다.

"이미 운송업자가 있다고 하시는 거죠? 하지만 그분은 곧 그만두실 거라고 들었거든요."

그랬나? 몰리의 말에 에버딘은 눈을 동그랗게 떴다. 확실히 헬름의 운송업자는 나이가 좀 있다. 그녀의 하녀인 그레이스의 아버지니까.

결혼해서 헬름으로 이사 온 딸을 위해 그는 일부러 헬름과 수도 간의 배달을 맡았다. 그리고 사위가 죽고 헬름의 경제 상황이 좋지 않을 때도 딸을 보기 위해 일주일에 한 번씩은 수도와 헬름을 오갔다.

아직 에버딘에게 그만두겠다고 말하지는 않았지만 그는 슬슬 은퇴해야겠다고 생각하고 있었다. 그 자리를 많은 사람이 노리고 있다. 헬름은 꽤 매력적인 영지기 때문이다. 수도와 가깝기 때문에 수도로 들어가거나 빠져나가는 사람들은 헬름을 지나게 된다.

에버딘은 몰리의 요청에 잠시 생각하다가 말했다.

"기빈 뒤에 있는 사람을 잡으면 그렇게 하지."

그녀 역시 조건을 걸겠다는 말이다. 몰리는 알겠다는 듯 고개를 끄덕였다. 좀 아쉽지만 상대도 호락호락하지 않으니 어쩔 수 없다.

"그럼……."

잠시 말을 멈춘 몰리는 곧바로 자신이 무엇을 해야 하는지 확인했다.

"기빈과 함께 일하는 사람들을 확인하면 될까요?"

그 모습에 에버딘은 잠시 멈칫했다가 입을 열었다. 그녀는 몰리가 마음에 들었다. 정보를 이용하는 방법도 그렇고 치고 빠질 때를 안다는 점도 좋았다.

이런 사람을 곁에 두고 싶다. 마음 같아서는 공식 운송업자가 아니라 그녀의 직원으로 고용하고 싶었다. 하지만 몰리와 로나가 어떤 사람인지 모르는 상황에서 선뜻 헬름에서 일할 생각은 없냐고 물을 수는 없다.

"그건 웨스트 공작과 함께 이야기하지."

에버딘은 그렇게 말하며 자리에서 일어났다. 그러자 로나가 저도 모르게 어깨를 움츠렸다. 웨스트 공작이 무서워서 그러는 거다.

그 모습을 본 에버딘은 한 가지 궁금증이 생겼다. 과연 션의 능력이 몰리에게도 통할까?

"글쎄."

로나와 몰리가 떠난 뒤 션은 에버딘의 질문을 듣고 미간을 찡그리며 말했다.

생각해 본 적도 없다. 그가 힘을 사용할 때 상대방을 잡고 눈을 들여다보는 건 눈을 봐야 해서가 아니다. 그건 그냥 버릇 같은 거였다.

"네 힘은 눈을 보고 하는 거잖아? 상대방이 네 눈을 보지 못해도 통한다거나 하는 기록은 없어?"

그런 기록은 없다. 션은 인상을 쓴 채 허공을 쳐다보며 생각에 잠겼다. 이미 그의 이 능력은 그녀의 어머니 대에서는 거의 사용하지 않았다. 전쟁과 암살이 난무하던 백 년쯤 전이라면 몰라도 평화로운 지금 시대에는 쓸 일이 없을 수밖에 없다.

게다가 션은 웨스트 공작이다. 그가 누군가를 처리하기 위해 직접 나서야 할 일은 거의 없다.

"설령 지금 코넬에게 통하지 않는다 해도 예전에는 통했을 거야. 안 통했다면 뭐로든 전해지고 있을 테니까."

웨스트 공작의 저주에서 피하는 방법이라며 사람들 사이에서 알음알음 전해지고 있을 거라는 말이다. 션의 지적에 에버딘 역시 인상을 썼다.

사실 그녀는 다른 생각을 하고 있었다. 션의 능력이 보지 못하는 몰리에게 통하지 않는다면 크리스토퍼 왕자는 어떨까.

"만약 그게 현재에 와서 약해진 결과라면 왕자의 능력은 어떨까?"

"왕자의 능력?"

에버딘의 질문에 션의 시선이 그녀를 향했다. 에버딘은 단둘이 있을 때는 늘 그렇듯이 소파 한쪽에 앉아 션의 무릎 위에 자신의 다리를 올려놓고 있었다.

"네 능력이 약해져서 몰리 같은 사람에게 통하지 않게 됐다면 왕자도 비슷할 거 아냐? 제랄딘의 능력도 예전엔 죽은 사람도 살렸었다며."

그랬다. 브룩가의 능력은 원래 죽은 사람도 살리는 능력이었다. 션은 믿을 수 없다는 표정으로 에버딘을 쳐다보고 있었다.

그와 제랄딘의 능력이 약해진 것만 생각했지 크리스토퍼 왕자의 능력이 약해질 거라고는 생각한 적도 없었다. 말이 약해진다니, 사랑받는 능력이 약해질 거리가 어디 있단 말인가.

"글쎄."

결국 션은 쉰 목소리로 입을 열었다. 모르겠다. 왕자의 능력도 약해졌을까? 모든 사람에게 사랑받는 능력이 약해질 수 있는 걸까?

"누군가 왕자를 죽이고 싶을 정도로 증오하게 된다면 어떨까?"

에버딘은 큰 고민 없이 가볍게 물었다. 제랄딘은 죽은 사람은 살릴 수 없다. 션은 자신의 눈을 보지 못하는 사람은 조종할 수 없다.

그렇다면 사랑받는 능력은 자신을 극도로 증오하는 사람을 만나면 약화되지 않을까?

가벼운 질문이었지만 션에게는 가볍지 않았다. 그는 에버딘의 질문에 놀랐다가 곧 침착해졌다. 어려운 일이다. 왕자를 만난 사람은 왕자를 만나자마자 그를 사랑하게 되어 버린다. 에버딘의 말 대로라면 왕자의 힘에서 벗어나려면 왕자를 만나기 전에 그를 먼저 증오하고 있어야 한다.

"그게 가능할까."

션은 소파 등받이에 몸을 기대며 말했다. 왕자를 만나기 전에 그를 증오하려면 왕자에 대해 듣는 것만으로 그를 증오하게 되어야 한다. 그런 건 쉬운 일이 아니다.

"하지만 왕자의 힘은 단발성인 거잖아? 왕자의 곁을 벗어나면 사라지는 거지?"

"그렇지."

"그럼 왕자의 곁을 벗어나서 그를 증오하게 된 사람도 있지 않을까?"

그게 가능할까? 션의 표정이 진지해졌다. 그는 그대로 에버딘을 쳐다봤다.

그녀는 소파에 비스듬히 앉아 편지를 들고 있었다. 헬름에서 레슬리가 보낸 보고를 확인하고 있는 거다.

그 모습에 션은 에버딘이 별 생각 없이 한 말이라는 것을 깨달았다. 하지만 그럼에도 지금까지 그는 생각하지 못했던 부분을 짚은 말이었다.

션의 머릿속에 신년 파티 때 술렁이던 사람들이 떠올랐다. 그때까지 왕자에 대해 생각하지 못했던 사람들이 그날을 기점으로 다시 생각하게 됐을 수도 있다. 철옹성 같던 왕자의 능력은 에버딘의 존재로 작은 틈이 만들어졌다.

그리고 션이 아는 한 작은 틈은 지금 당장은 별문제 없어 보여도 언젠가는 위험해지기 마련이다. 그 틈을 막지 않는다면 말이다.

션은 과연 왕자가 틈이 생겼다는 것을 알아차릴지, 그리고 그 틈을 막을 수 있을지 궁금했다. 왕자의 능력이 약화되고 에버딘이라는 변수가 생긴 거다. 왕자가 과연 그 두 가지를 깨닫기는 할까.

왕자에게는 다행히, 그리고 션에게는 불행히도 왕자는 자신의 능력이 약화되는 것을 걱정하고 있긴 했다. 물론 약해졌다는 것은 몰랐지만 말이다.

당연히 그는 에버딘의 존재도 몰랐고 더 나아가 최근 사교계에 심상치 않은 바람이 불고 있다는 것도 눈치채지 못하고 있었다.

그가 영민하고 좋은 왕자였다면 어쩌면 누군가 사교계에 도는 소문을 알려 줬을지도 모른다. 사람들이 왕자님에 대한 평가를 다시 내리는 것에 대해 말이다.

"웨스트 공작은 어디 있지?"

점심시간이 훌쩍 지나고 나서야 잠에서 깬 크리스토퍼는 침대에서 식사를 마치고 식사를 가져온 시종에게 물었다. 요리사가 왕자를 위해 부드럽게 구운 빵과 하나라도 입맛에 맞는 게 있을까 싶어 내온 잼과 버터 중에서 크리스토퍼가 먹은 건 바삭하게 구운 베이컨 두 조각뿐이었다.

"지금은 수도에 있습니다."

시종은 크리스토퍼가 식사를 마치자 음식을 재빨리 치우며 말했다. 며칠 전부터 수도에 와 있다고 알고 있다. 시종의 대답에 그대로 다시 침대에 누운 크리스토퍼는 옆으로 뒹굴며 지시했다.

"오라고 해. 여동생도 같이."

이름이 뭐였더라? 웨스트 공작의 동생들은 하나같이 미인이라고 들었다. 크리스토퍼는 마르시아를 떠올리며 과연 그 여자가 마르시아보다 예쁠지 궁금해했다.

예쁘겠지. 마르시아도 예쁘장하긴 하지만 나이를 먹었다. 이쯤이면 슬슬 적당한 집안에 시집보내 버리고 더 젊고 예쁜 애로 바꿔야 할 때다.

게다가 홀트 자작가에 비하면 웨스트 공작가가 훨씬 낫다. 홀트 자작가는 한미한 집안이지. 영지라고는 남쪽에 있는 작은 땅이 전부. 홀트 자작이 딸 덕분에 크리스토퍼의 사업을 대신하면서 약간의 재산을 불리긴 했지만 그게 다다.

마르시아를 왕자비로 삼으면 평생 홀트 자작가를 크리스토퍼가 도와줘야 한다. 그가 왜 그런 쓸데없는 짓을 해야 한단 말인가. 세상에 널린 게 여잔데 굳이 마르시아를 왕비로 만들어 주고 홀트 자작가를 부강하게 만들어 주라고?

"마르시아를 보낼 집안도 알아보고."

크리스토퍼는 시종에게 그렇게 지시하고 침대에서 일어났다. 한겨울임에도 왕자의 침실은 후끈하다 싶을 정도로 더웠다. 그는 시종이 가져온 찻잔을 들어 입술에 댔다가 찻잔을 그대로 시종에게 집어 던지면서 말했다.

"미지근하잖아."

퍽! 하는 소리와 함께 찻잔이 시종의 몸에 맞고 떨어졌다. 후끈한 방에 뒀으니 미지근해지는 건 당연한 일이지만 시종은 미리 바꿔 오지 못한 자신의 잘못이라고 생각하며 찻잔을 치웠다.

그사이 재빨리 다른 시종이 차가운 차를 가지고 달려왔다. 크리스토퍼는 당연하다는 듯 찻잔을 받아 들어 차가운 차를 홀짝 마시고 그대로 찻잔을 내밀었다.

더 따르라는 건지 가져가라는 건지 모르겠다. 시종은 반반의 확률로 차가운 차를 찻잔에 따랐다. 다행히 맞았던 모양이다. 그는 왕자가 다시 찻잔을 입으로 가져가는 것을 보고 안도의 한숨을 내쉬었다.

"오늘 회의는 어떻게 할까요?"

난로 앞에 서서 차가운 차를 마시는 왕자에게 시종이 물었다. 당연하지만 국왕의 건강이 좋지 않은 지금, 대리청정을 해야 할 사람은 크리스토퍼 왕자다.

하지만 크리스토퍼는 짜증 난다는 듯 말했다.

"매일 묻는 이유가 뭐야? 내가 하고 싶으면 알아서 하겠지. 레베카는 뒀다 뭐에 쓰게? 나 대신 봉사하라고 태어난 애 아냐?"

당연히 아니다. 하지만 크리스토퍼는 그렇게 생각하고 있었다. 원래 둘째란 첫째가 잘못될 때를 대비해서 낳는 존재들 아니던가. 그런 레베카에게 국정을 살피는 명예로운 일을 할 수 있게 허락했으니 자신은 아주 관대하고 좋은 지배자이자 오빠라고 생각하고 있었다.

마르시아 역시 마찬가지였다. 그녀의 아버지는 딸이 왕자의 애인인 덕분에 많은 사업을 벌일 수 있었다. 그 대신 왕자의 더러운 일을 대신 처리하긴 했지만 세상에 대가 없는 일이 어디 있단 말인가.

그 정도로 이득을 봤으면 슬슬 필요 없어진 딸과 가문을 끌고 크리스토퍼에게 피해가 되지 않도록 알아서 물러나 줘야 하는 법이다. 크리스토퍼는 더 젊고 예쁜 아네트를 신부로 맞아 웨스트가의 부와 용병도 왕궁에 종속시킬 계획을 세우고 있었다.

난 정말 머리가 좋다니까. 그는 그렇게 생각하며 히죽 웃었다. 그 덕분에 오늘도 노헤임은 더 부강해졌다. 이만큼 일했으면 오늘은 좀 쉬어도 되겠지.

"극단 불러와. 술도."

오늘도 크리스토퍼 왕자의 여흥이 시작됐다. 그를 기쁘게 하기 위해 성에 소속된 공연자의 수는 이미 두 자릿수를 넘어가고 있었다. 그만큼 성의 재정에 타격이 가지만 그건 크리스토퍼가 신경 쓸 일이 아니었다.

그리고 이튿날, 션에게 성에서 자신을 불렀다는 소식을 들은 아네트는 복잡한 기분으로 앉아 있었다. 크리스토퍼 왕자가 자신을 왕자비로 생각하고 있다는 건 얼마 전에 알았다.

왕자비가 된다는 건 결국은 왕비가 된다는 말이다. 이제 열여섯 살인 아네트에게는 약간은 허황된 말처럼 들렸다.

물론 왕비라는 자리가 탐나지 않는 건 아니다. 나라의 가장 높은 자리 중 하나다. 어느 누가 원하지 않을까.

단 하나 걸리는 건 크리스토퍼 왕자의 나이겠지. 아네트는 왕자가 션과 비슷한 나이라는 것을 떠올리고 눈썹을 좁혔다.

"아저씨잖아."

십 대 소녀에게 이십 대 후반이란 아저씨인 법이다. 아네트는 크리스토퍼 왕자가 어떻게 생겼는지 잠시 떠올렸다가 그를 본 적이 한 번도 없다는 것을 깨달았다.

아직 사교계에 데뷔하지 않은 아네트는 크리스토퍼 왕자와 마주친 적이 한 번도 없다. 하지만 주변에서 이야기는 들었다.

어떤 사람은 잘생기고 호쾌한 쾌남이라고 했고 어떤 사람은 매력적으로 생긴 감성적인 사람이라고 했다. 이렇게 평가가 완전히 반대되는 이유는 왕자의 힘 때문에 사람들이 그를 자기가 좋을 대로 보기 때문이다.

덕분에 아네트는 크리스토퍼 왕자가 어떤 사람인지 전혀 감을 잡을 수가 없었다.

"진짜겠지?"

아네트는 한숨을 내쉬며 중얼거렸다. 그녀가 진짜 왕자비가 되는 거냐고 션에게 소문의 진위 여부를 확인했을 때 그는 아무 말도 안 했다.

브레이디 부인 역시 마찬가지였다. 그녀는 결정된 건 아무것도 없으니 몸가짐을 바르게 하고 공부나 하라고 했을 뿐이다.

하지만 결정된 게 없다는 건 그런 말이 나오는 것 자체는 사실이라는 말이다. 아네트의 머릿속에 복잡해졌다.

왕자가 아저씨라는 것과 별개로 왕자비가 되는 건 좋은 일이다. 어차피 귀족의 결혼에서 또래를 만나는 건 취향이 맞는 사람을 만나는 것만큼이나 부질없는 일이니까.

귀족 자녀로 태어난 사람들은 누구나 한 가문을 이끌 수 있도록 교육을 받았다. 그건 아네트 역시 마찬가지다. 하지만 그게 나라가 되니 과연 자신이 할 수 있을지 걱정이 되게 시작했다.

"어휴."

하루 종일 집 안에 틀어박혀서 생각만 했더니 답답하다. 아네트는 벌떡 일어나서 창가로 다가갔다. 그리고 창문을 벌컥 열어 어셔 저택의 뒷마당을 내려다보았다.

수도의 다른 저택과 마찬가지로 어셔 저택 역시 다른 저택과 약간 거리를 두고 지어 둔 덕분에 약간의 정원을 확보하고 있었다.

좀 걸으면 답답한 게 가실 것 같다. 아네트는 그대로 소파에 걸어 둔 숄을 집어 들고 방 밖으로 나갔다.

원래 아네트는 집에 있는 시간보다 집 밖에 있는 시간이 더 많았다. 대부분의 활발한 귀족 자제들이 그렇듯, 그녀는 공부를 하지 않는 시간이면 쇼핑을 하거나 낮 공연을 보러 가곤 했다.

그러던 그녀가 수도에 와서도 집 안에만 틀어박혀 있었다는 건 소문에 얼마나 겁을 먹었는지 알 수 있는 부분이었다.

하지만 수도에 올라온 지도 며칠이 지났고 그녀를 찾아오거나 편지를 보내는 사람도 없자 아네트의 마음이 조금 안정이 되기 시작했다.

정원을 나가는 정도는 괜찮을지도 모른다. 그렇게 생각하며 일층으로 내려간 아네트 앞에 집사가 나타났다.

"뭔가 필요하신 거라고 있으십니까?"

"없어요. 그냥 산책이나 하려고요."

"정원은 좀 추울 텐데요."

밖은 꽤 춥다. 집 안도 난로를 지펴 놓긴 했지만 몇몇 방은 숄을 걸치고 들어가야 할 정도로 추웠다.

"잠깐만 걷고 올 거예요."

아네트는 그렇게 말하고 집 밖으로 걸음을 옮겼다. 그녀는 멀리 가거나 오래 있을 생각이 아니었다. 그냥 집 밖에 나가서 조금만 걸으면 기분이 나아질 것 같았다.

사실, 더 멀리 가는 건 아직 무서웠다. 그녀는 아는 사람을 만나면 어떤 얼굴을 해야 할지도 몰랐고 그런 그녀를 브레이디 부인이 위로해 주는 것도 싫었다.

딱 이 정도가 좋다. 아네트는 깊게 숨을 내쉬고 오들오들 떨며 정원을 빠르게 걷기 시작했다.

추울 텐데. 맥은 정원으로 나가는 아네트를 보다가 몸을 돌렸다. 정 걷고 싶다면 뭐라도 더 걸치는 게 좋을 것이다. 그녀는 하녀를 불러 정원에 나간 웨스트 양에게 숄을 하나 더 전해 주라고 말한 뒤, 아네트가 돌아왔을 때 빠르게 내줄 수 있도록 핫 초콜릿을 준비하러 주방으로 향했다.

"아네트."

정원을 빠르게 걷던 아네트는 누군가 자신을 부르는 소리에 걸음을 멈췄다. 낯익은 남자의 목소리다. 하지만 어셔 저택에서 그녀의 이름을 부를 남자는 션뿐인데 그는 지금 여기에 없다.

잘못 들었나? 아네트는 그렇게 생각하고 다시 걷기 시작했다. 오늘 아침에도 어셔 저택을 찾았던 션은 아네트에게 곧 성으로 갈 일이 있다고 말하고는 곧장 가 버렸다. 아직 사교계에 데뷔도 하지 않은 그녀를 부를 일이라면 왕자비가 될지도 모른다는 소문 때문이겠지.

다시 아네트의 심장이 빠르게 뛰기 시작했다. 왕자비가 된다. 그녀가 왕자비가 되면 그녀를 둘러싼 모든 나쁜 소문들이 사라질지 것이다.

어느 누가 감히 왕자비에 대한 나쁜 소문을 퍼트린단 말인가. 어쩌면 그런 소문을 퍼트린 자를 잡아서 전부 감옥에 가둬 버릴 수 있을지도 모른다.

그런 생각을 하자 아네트의 기분이 좋아졌다. 그때, 누군가 뒤에서 그녀의 어깨를 휙 낚아챘다.

"아네트!"

"엄마야!"

갑작스러운 일에 아네트는 깜짝 놀라서 작게 비명을 질렀다. 그러자 상대가 재빨리 그녀의 입을 틀어막았다. 그리고 빠르게 말했다.

"나야. 마틴."

마틴이 아네트의 앞에 서 있었다. 한동안 본 적 없던 작은오빠의 모습에 아네트의 눈이 동그래졌다.

자연스럽게 그녀의 머릿속에 마지막에 만났을 때 그가 그녀에게 했던 언행이 떠올랐다. 아네트를 때리려 했다. 그리고 그녀를 모욕하고 비웃었다.

그런 사람이 지금 갑자기 어셔 저택의 정원에 나타났으니 아네트의 몸이 굳을 수밖에 없었다. 마틴은 그녀가 자신을 보고 얼어붙은 것을 깨닫지 못하고 다시 빠르게 말했다.

"너, 이 집 여자랑 친하지?"

이 집 여자? 아네트는 가까스로 마틴이 말하는 게 에버딘이라는 것을 알아차렸다. 하지만 그녀가 입을 열기도 전에 마틴이 계속해서 이야기했다.

"밤에 뒷문 좀 열어 놔."

"뭐? 왜?"

뒷문을 열라니, 이해가 안 된다. 어리둥절해 하는 아네트에게 마틴이 혀를 차며 말했다.

"몰라도 돼. 문이나 열어 놔. 너무 늦게 열지 마라. 기다리기 귀찮으니까."

예전에도 마틴은 아네트에게 비슷한 일을 시킨 적이 있다. 그가 잘못을 저질러서 션이 외출 금지를 벌로 내렸을 때였다.

마틴은 몰래 나가면서 아네트에게 뒷문을 열어 두라고 명령했었다. 그때도 아네트는 집사와 션 몰래 뒷문을 열어 두느라 고생을 좀 했었다.

하지만 여기는 웨스트 저택도 아니고 맥은 톰슨처럼 아네트의 행동을 눈감아 줄 이유도 없다.

"어떻게 그래? 여긴 우리 집도 아닌데."

아네트의 반박에 마틴의 눈초리가 올라갔다. 어쭈? 쪼끄마한 게 이젠 토도 달아? 그는 아네트를 잡고 있던 손을 탁 놓으며 말했다.

"쫑알쫑알 시끄럽게 굴지 말고 하라는 거나 해."

그는 늘 그랬다. 아네트에게 귀찮은 일이나 위험한 일을 시키고 그녀가 못한다고 하면 쫑알쫑알 시끄럽게 군다고 무시하곤 했다.

하지만 진짜로 쫑알쫑알 시끄럽게 구는 건 아네트가 아니라 마틴이다. 아네트는 인상을 쓰며 작은 오라버니를 쳐다봤다.

"오라버니야말로 말도 안 되는 소리 좀 하지 마. 남의 집 문을 왜 밤늦게 열라는 거야?"

"아, 진짜 머리 안 돌아가네. 그래야 내가 들어가지, 이 멍청아."

들어가고 싶으면 낮에 들어가면 된다. 아네트는 여전히 마틴의 말이 이해가 되지 않아서 인상을 쓰고 있었다. 그러자 마틴이 짜증난다는 듯 한숨을 내쉬며 말했다.

"어른들 일이니까 넌 문이나 열어."

"어른들 일에 내 도움을 받는 건 안 이상하고?"

다시 마틴의 눈초리가 올라갔다. 건방지게? 그는 어이가 없어서 픽 웃으며 말했다.

"너 여기서 지낸다고 배짱이 좀 생겼나 본데. 이 집 여자가 널 평생 돌봐 줄 거 같아?"

여긴 어디까지나 어셔 남작의 집이다. 웨스트가의 사람인 아네트가 평생 여기서 살 수 있을 리가 없다. 게다가 지금처럼 집 밖에서 마틴은 언제든지 아네트에게 접근할 수 있다.

마틴의 지적에 아네트의 어깨가 움츠러들었다. 하지만 그녀는 곧 자신이 왕자를 만나러 성으로 가기로 되어 있다는 것을 떠올렸다.

왕비가 되면 마틴은 그녀의 근처에 오지 못하게 할 수 있다. 아네트의 머릿속에 크리스토퍼 왕자와 결혼하는 것도 나쁘지 않다는 생각이 들었다.

"왜 들어가려고 하는 건데? 들어가고 싶으면 지금 내가 들어가게 해 줄 수 있어."

약간 관대한 아네트의 말이 마틴의 심기를 건드렸다. 해 줄 수 있다고? 네가 뭔데? 그는 베푸는 듯한 아네트의 말에 기분이 상해서 그녀의 어깨를 꽉 잡으며 말했다.

"닥치고 시키는 대로 하기나 해."

아네트의 얼굴이 일그러졌다. 그녀는 마틴의 손을 떼어 내려 하며 말했다.

"아파. 이거 좀 놔."

"연다고 맹세해."

그가 어찌나 세게 아네트의 어깨를 잡았는지 그녀의 몸에서 힘이 빠져나갔다. 아네트는 무릎을 꿇다시피 하며 말했다.

"아파, 아프다고."

"맹세해."

대체 이렇게까지 어서 저택에 들어가려고 하는 이유가 뭘까. 고통 가운데서도 아네트는 화가 나서 견딜 수가 없었다. 그녀가 지금 들여보내 주겠다고까지 하는데도 이러는 이유를 모르겠다.

"왜 밤에 들어가려고 하는 건데? 지금 내가 들여보내 준다니까?"

"이 멍청아! 지금 들어가면 뭐 해? 밤에 들어가야지."

그게 대체 무슨 소린지 모르겠다. 다시 아네트의 어깨를 잡은 마틴의 힘이 강해졌다. 아네트가 신음을 내뱉는 것과 동시에 마틴의 뒤로 누군가 조용히 다가왔다.

"아, 알았어. 알았다고!"

결국 견디다 못한 아네트가 알겠다고 말했지만 그래도 마틴은 힘을 풀지 않았다. 건방진 것. 감히 그의 말에 토를 달아? 마틴은 멍청한 동생에게 교육을 하기 위해 아네트의 어깨를 잡은 손에 더 힘을 줬다.

그리고 그녀가 완전히 무릎을 꿇도록 밑으로 밀며 물었다.

"그리고 하나 더. 이 집 주인 방은 어디야?"

"뭐?"

그걸 왜 묻냐는 아네트의 눈에 마틴 뒤로 다가온 사람이 보였다. 그와 동시에 마틴의 뒤로 다가온 사람이 뭔가를 마틴의 얼굴에 뒤집어씌우며 소리쳤다.

"알아서 뭐 하게!"

"어?"

갑자기 뭔가가 마틴의 얼굴을 가리더니 그대로 그의 머리를 뒤로 휙 잡아당겼다. 에버딘이었다. 에버딘은 가져온 숄을 마틴의 머리에 뒤집어씌운 뒤 그대로 잡아당겨서 그를 넘어트렸다.

그리고 마틴이 허우적거리는 동안 그의 몸을 있는 힘껏 걷어차고 아네트에게 소리쳤다.

"아네트! 이리 와!"

아무리 마틴이 얼굴에 숄을 뒤집어쓰고 허우적대고 있어도 에버딘보다 키가 몇십 센티는 크다. 에버딘은 놀라서 멍하니 있는 아네트의 손을 잡았다. 그리고 그녀를 잡아당겨 저택 쪽으로 달려가기 시작했다.

"남작님?"

집사는 갑자기 들어와서 문을 쾅하고 닫는 에버딘의 모습에 놀라 그녀를 불렀다. 무슨 일인 걸까? 몇 분 전에 그가 밖에 나간 아네트에게 숄을 가져다준다고 하자 그녀가 대신 가져다주겠다며 나갔다.

맥은 놀라서 에버딘에게 다가가 물었다.

"누가 다친 겁니까?"

정작 에버딘은 숨이 차서 대답을 하지 못하고 있었다. 그녀는 쪼그리고 앉아서 숨을 헐떡이다가 재빨리 아네트를 쳐다봤다.

그녀가 끌고 온 덕에 아네트는 에버딘의 곁에서 같이 숨을 헐떡이고 있었다. 집사가 대신 대답해 주길 바라는 것처럼 아네트를 쳐다봤지만 그녀는 뭐라고 말해야 할지 몰라 에버딘을 쳐다봤다.

"밖, 밖에, 이상, 이상한 놈이 있어서……."

힘들어 죽겠다. 에버딘은 자신의 운동 부족을 실감하며 다시 숨을 헐떡였다. 하지만 그것만으로 충분했다. 맥은 이상한 놈이 있다는 말만으로 남자 하인을 데리고 밖으로 나갔다.

그 사이 에버딘은 아네트의 상태를 확인했다. 마틴이 잡은 아네트의 어깨가 걱정이 됐기 때문이다.

아니나 다를까, 아네트의 어깨는 퍼렇게 멍이 들어 있었다.

"세상에, 완전 미친놈이야."

에버딘은 아네트의 어깨에 난 멍을 보자마자 욕을 내뱉었다. 한참이나 어린 동생에게 이렇게 폭력적으로 구는 오빠라니.

하지만 정작 아네트는 자기 때문에 션과 마탄이 싸울까 봐 겁에 질려 있었다. 어깨의 멍 정도는 괜찮다. 그녀는 화를 내는 에버딘에게 조심스럽게 말했다.

"오, 오라버니한텐 말하지 마."

"누구? 션?"

에버딘의 미간에 주름이 생겼다. 당연히 말해야 한다. 다른 사람도 아니고 작은오빠가 막냇동생을 멍이 들도록 괴롭힌 거 아닌가.

션은 두 사람의 오빠일 뿐만 아니라 웨스트가의 가주다. 다른 사람은 몰라도 그는 알아야 했다.

하지만 아네트는 그렇게 생각하지 않았다. 그녀는 재빨리 어깨의 멍을 감추기 위해 옷을 잡아당기며 다시 말했다.

"이번 일은 비밀로 해 줘, 응?"

그럴 수 없다. 에버딘은 아네트의 애원에 오히려 이번 일을 꼭 션에게 말해야겠다는 생각이 들었다.

아네트는 익숙해 보였다. 마틴이 자신에게 폭력을 휘두르는 것에. 마틴과 아네트가 몇 살 차이었지? 거기까지 생각이 닿자 에버딘은 다시 화가 치밀어 오르기 시작했다.

"전에도 이랬어?"

날카로운 질문이 에버딘의 입에서 흘러나왔다. 이게 처음이 아니라면 더더욱 말을 해야 한다. 그녀는 자신의 질문에 당황하는 아네트를 보고 전에도 이런 일이 있었다는 것을 깨달았다.

"잠깐, 잠깐, 에버딘."

아네트는 화가 나서 몸을 돌리는 에버딘을 붙잡으며 애원했다. 에버딘이 얼마나 화가 나 보이는지 당장이라도 션을 쫓아가서 따질 것처럼 보였다.

하지만 그러면 안 된다. 션이 알면 마틴을 크게 혼낼 거고 어쩌면 웨스트가는 엉망이 되어 버릴지도 모른다.

그게 아네트는 무서웠다. 그녀 때문에 가족이 싸우고 뿔뿔이 흩어지는 게.

"말하지 마. 조금만 있으면 괜찮아지니까……."

"괜찮아진다니, 어떻게?"

아네트의 애원에 에버딘은 어리둥절해서 물었다. 여기서 어떻게 괜찮아질 수 있다는 거야? 션이 마틴을 어딘가 멀리 쫓아내기라도 하는 건가?

그랬으면 좋겠다. 에버딘의 머릿속에 약간의 긍정이 피어올랐다. 션이 이미 알고 있고 그래서 마틴을 어딘가 멀리 쫓아낼 거라면 그녀가 끼어들 필요가 없을 것이다.

하지만 아네트의 입에서 나온 말은 전혀 달랐다.

"왕자님이 나랑 결혼하려고 한대. 내가 왕자비가 되면 마틴도 날 더 이상 괴롭히지 못할 거야."

"그건……."

사실이다. 크리스토퍼 왕자는 자신의 부인으로 아네트를 요구했다. 하지만 아네트가 왕자비가 되면 모든 게 다 끝나는 건가?

"그건 그냥 마틴에게서 왕자에게로 도망치는 것뿐이잖아."

에버딘은 조심스럽게 말했다.

확실히 아네트가 왕자비가 되면 마틴은 더 이상 아네트에게 손을 대지 못할 거다. 하지만 왕자는 도피처가 되지 못한다. 그런 인간이 아니다.

"그렇다고 오라버니 둘을 나 때문에 싸우게 할 순 없잖아."

"너 때문에 싸우는 게 아니지."

에버딘은 저도 모르게 그렇게 말하고 아네트의 옆에 앉았다. 그녀가 왜 이렇게 션에게 비밀로 하려고 하는지는 알겠다. 하지만 이건 아네트의 말처럼 그녀 때문이 아니다.

"마틴 때문에 싸우는 거지. 마틴은 너보다 나이가 많잖아. 널 돌봐 주지는 않더라도 적어도 괴롭히지는 말아야지."

아네트도 그런 생각을 했었다. 하지만 마틴은 션에게 혼이 날 때마다 자기가 잘못해서가 아니라 누군가 그의 잘못을 션에게 일렀기 때문에 집안이 시끄러워진 거라고 투덜거리곤 했다.

게다가 마틴이 늘 저렇게 그녀에게 못되게 구는 것만은 아니다. 그는 기분이 좋을 때면 아네트를 데리고 나가기도 했다. 그게 대부분 도박장이나 경마장이라는 문제가 있지만.

"괜찮아. 내가 왕자비가 되면 이런 것도 다 끝이야. 그리고 어차피 마틴은 따로 나가 살고 있잖아."

왕자비만 되면 모든 게 해결된다. 아네트의 그런 태도에 에버딘은 답답한 기분이 들었다. 해결되지 않는다. 왕자가 아주 좋은 사람이어도 마틴과 아네트의 일을 해결해 주지는 않는다. 그런데 심지어 그녀는 왕자가 어떤 사람인지 알기 때문에 아네트의 생각이 걱정이 됐다.

"그럼 이렇게 하자."

에버딘은 한숨을 내쉬고 입을 열었다. 왕자가 도피처가 되지 않는다는 것을 아네트가 알아야 한다. 그녀는 잠시 망설이다가 마음을 굳히고 말했다.

"왕자를 만나러 갈 때 나도 같이 가."

왜 같이 가자고 하는지 모르겠지만 아네트는 고개를 끄덕였다. 에버딘이 함께 있으면 좀 안심이 될 것 같았다.

이상한 일이다. 어느 모로 보나 함께 있기엔 션이 훨씬 안전할 것이다. 그가 더 힘도 세고 돈도 많고 더 가까운 사람이니까.

하지만 그런 션보다 에버딘과 함께 있는 게 더 안전하게 느껴지는 게 이상했다. 아네트는 밖을 살펴보고 오겠다며 일어나는 에버딘을 잡으려다가 멈췄다.

마틴의 말이 머릿속에 떠올랐다. 그녀가 언제까지 자신을 보호해 줄 거라 생각하지 말라고 했다. 하지만 아네트는 처음부터 에버딘이 자신을 평생 돌봐 줄 거라고는 생각한 적이 없었다.

에버딘은 어디까지나 남이다.

션이나 마틴과는 다르다. 그녀에게 기댈 수는 없다. 아네트는 그렇게 생각하고 약해지려는 마음을 다잡았다.

그날 저녁, 어서 저택으로 돌아온 션은 저택 안에 카렌이 있는 것을 보고 한쪽 눈썹을 들어 올렸다. 마틴이 도망친 뒤 혹시 몰라서 에버딘이 연락하자 고맙게도 자청해서 와 주었다.

"무슨 일이지?"

대신 저녁을 얻어먹기로 했다. 카렌은 션이 가져온 것을 옮기는 하인들을 힐끔 쳐다보고 입을 열었다.

"침입자가 있었답니다."

"침입자?"

션의 미간에 주름이 생겼다. 감히 여기에 침입하려고 한 멍청이가 있다고? 그가 그게 무슨 소리냐는 표정을 짓자 카렌이 허리에 손을 얹으며 말했다.

"정원을 산책하던 웨스트 양에게 접근했다더군요."

"아네트는?"

"무사합니다. 별일 없다고는 하는데요."

그게 좀 불확실하다. 아네트는 아무 일도 없었다고 단호하게 말했고 의사는커녕 카렌도 자신의 몸을 보지 못하게 했다.

결국 그녀의 상태를 살핀 건 에버딘뿐이었다. 그런데 에버딘도 아네트를 습격한 자가 어떤 놈인지 두루뭉술하게 설명한 것이다.

카렌과 이야기를 마친 션은 곧바로 에버딘을 찾았다. 그는 집사의 뒤를 따라 이 층의 서재로 올라갔다.

그리고 집사가 그가 왔다고 에버딘에게 알리자마자 입을 열었다.

"다쳤어?"

뭐가? 책상 앞에 앉아서 계산을 하던 에버딘은 션의 질문에 고개를 들었다가 자리에서 일어났다. 다쳤냐는 게 무슨 소린지 모르겠다. 이해하지 못하는 그녀를 위해 션이 다시 말했다.

"침입자가 있었다며. 어떻게 된 거지?"

뒷말은 에버딘이 아니라 집사를 향한 질문이었다. 에버딘은 뭐라고 대답해야 할지 몰라 자신의 눈치를 살피는 맥에게 재빨리 나가 보라고 지시했다.

그리고 션에게 다가가며 말했다.

“다친 사람 없어. 정원까지만 들어왔던 거고.”

“하지만 카렌을 불렀잖아.”

“난 존 정도면 충분하다고 말했어. 카렌이 자청한 거야.”

마틴이 침입하지 못하도록 막는 데는 존 정도면 충분하다. 하지만 장소가 어서 저택이라는 말에 카렌이 자청한 거였다.

하지만 에버딘의 설명에도 션의 심각한 표정은 풀릴 줄 몰랐다. 그는 다가온 에버딘의 팔을 잡으며 말했다.

“용병을 고용할 정도로 위협을 느꼈다는 말이잖아.”

맞는 말이다. 션의 지적에 에버딘은 한숨을 내쉬었다. 엄밀히 말하면 그녀가 아니라 아네트가 위협을 느꼈다.

하지만 벌건 대낮에 남의 집 정원에 침입해 자기 동생에게 폭행을 가하고 달아난 남자가 다음번에는 하녀들에게 비슷한 짓을 하지 않을 거라는 보장이 없다. 에버딘은 잠시 망설이다가 션을 소파로 안내했다.

그리고 그의 맞은편에 앉으며 진지하게 말했다.

“지금부터 내가 하는 말은 아네트에게 아는 척하지 마.”

아네트에게? 션의 한쪽 눈썹이 올라갔지만 그는 아무 말도 하지 않았다. 그리고 그의 침묵은 마틴이 찾아와서 아네트를 협박했다는 이야기가 끝날 때까지 이어졌다.

“아네트는 자기가 왕자와 결혼하면 이 모든 일이 끝날 거라고 생각해.”

“그건…….”

“알아. 말도 안 되는 거. 너랑 나는 알지. 근데 걔한테는 말이 된

단 말이야. 자기 때문에 오빠 둘이 싸우지 않고 넘어갈 수 있으니까."

"그건 아네트 때문이 아냐."

"안다고. 나는. 근데 아네트는 그렇지 않다고 생각한다니까?"

그게 가장 큰 문제다. 아네트에게는 오빠 둘이 가장 중요하다. 그녀 때문에 마틴과 션이 크게 다퉈서 두 사람 사이가 어색해지는 게, 그리고 결국은 그녀도 겉돌게 되는 게 무서운 거다.

"그렇다고 해서 아네트를 왕자와 결혼시킬 순 없어."

잠시 침묵 끝에 션이 말했다. 그는 아네트가 생각하는 나이 차 때문이 아니라 크리스토퍼 왕자의 인격 때문에 반대하고 있었다.

크리스토퍼 왕자와 결혼해서 행복할 리가 없다. 그건 아네트뿐만 아니라 모든 여자들에게 해당될 거다. 하지만 션은 모든 여자를 책임질 수도, 책임질 생각도 없다. 그는 그저 자신의 동생만 지키고 싶을 뿐이었다.

"그래서 내가 같이 가려고 해."

에버딘은 션의 심각한 표정을 보고 말했다. 그리고 그가 다시 한쪽 눈썹을 들어 올리자 재빨리 덧붙였다.

"아네트가 왕자를 만나면 어떻게 되겠어? 당연히 왕자를 사랑하게 되겠지. 오히려 더 빨리 왕자비가 되겠다고 요청할지도 몰라."

에버딘의 설명에 션의 표정이 점점 가라앉았다. 그 말이 맞다. 아네트에게는 왕자의 힘이 통할 것이다. 하지만 에버딘이 곁에 있다면 신년 파티 때와 같은 일이 벌어지겠지.

하지만 그건 에버딘에게 위험할 수 있다. 션은 그렇게 말하려 했다. 하지만 그가 입을 열자마자 에버딘이 다시 말했다.

"내가 같이 가면 아네트가 왕자를 사랑하게 되진 않을 거 아냐. 걔는 왕자와 결혼하는 걸 다시 생각할 테고, 우린 이런저런 핑계로 시간을 끌 수 있잖아."

왕자와 결혼하기 싫을 테니 아네트도 그 핑계에 협조해 줄 거다. 예를 들면 아프다고 할 수도 있겠지.

하지만 션의 생각은 달랐다. 그는 인상을 쓰며 말했다.

"아예 안 만나는 게 더 나아."

그는 왕자와 아네트가 만나는 것 자체를 막고 싶었다. 성으로 가는 길에 적당한 사고가 나면 되겠지. 아네트는 왕자를 만나고 싶었지만 사고로 인해 갈 수가 없는 거다. 그리고 사고의 충격으로 일주일 정도 침대에서 일어나지 못한다고 말하면 된다.

왕자와 만나게 해 줄 생각이 없었음에도 아네트에게 왕자가 부른다는 말을 전한 것은, 그녀는 자신이 왕자와 만날 거라고 믿고 있어야 하기 때문이다.

거짓말은 아는 사람이 적어야 효과가 있는 법이다. 션의 설명에 에버딘은 입을 딱 벌렸다.

"좋은 생각이긴 한데, 그러다 아네트가 다치면?"

"왕자와 만나서 결혼하고 싶어 하는 것보단 나아."

아네트가 아예 왕자와 만나지 못하게 하겠다는 션의 단호한 행동에 에버딘은 말을 잃었다. 그의 말이 맞다. 에버딘과 함께 가는 것보단 차라리 만나지 못하게 하는 게 더 안전하다.

문제는 그러다가 아네트와 션이 다칠 수도 있다는 거지만.

에버딘은 잠시 션을 쳐다보다가 한숨을 내쉬었다. 아네트가 왜 그렇게 마틴을 감싸고 자기가 왕자랑 결혼하면 된다고 하는지 조금은 알 것 같았다. 그녀는 몸을 내밀며 말했다.

"그게 정말 아네트를 위한 일이라고 생각해?"

"왕자와의 결혼을 막는 게?"

션은 믿을 수 없다는 표정으로 물었다. 당연한 거 아닌가? 아네트도 왕자의 힘이 통하지 않는다면 결혼을 거부할 것이다. 그러니 애초에 그가 만나지 못하도록 차단해 버린다는 거다.

전혀 이해하지 못하는 션을 보고 에버딘은 그가 여전하다는 것을 알았다. 예전의 션은 자기 나름대로 에버딘을 보호하려 했다. 그녀가 아무것도 못 보고, 못 듣고, 행동하지 못하게 했었다.

하지만 에버딘은 그게 싫었다. 그녀는 뭐든 직접 보고 듣고 경험하고 싶었다. 션이 그녀를 대신해서 결정하는 게 아니라 그녀가 직접 겪어 보고 결정하길 원했다.

"션, 아네트는 인형이 아냐."

불쑥 튀어나온 에버딘의 말에 션의 눈이 가늘어졌다. 당연히 아네트는 인형이 아니다. 그는 그게 대체 무슨 소리냐는 표정을 지었고 에버딘은 한숨을 내쉬며 말했다.

"그 애도 감정이 있고 판단할 수 있어. 스스로 생각하고 판단할 기회를 줘야지."

"그러다 다치면?"

"그건 걔가 감당할 일이지."

말도 안 된다. 션은 인상을 썼다. 그는 아네트를 아꼈다. 그녀가 다치거나 상처받기를 바라지 않았다.

하지만 에버딘의 생각은 달랐다. 사람은 넘어져야 일어나는 법을 배우는 법이다. 굳이 밀어서 넘어트릴 필요는 없지만 넘어지는 게 무서워서 평생 기어 다니게 해서는 안 된다.

"평생 아네트의 모든 감정을 통제할 거야? 걔가 결혼하고 싶다고 하면? 남편이랑 싸울 수도 있으니까 결혼 못 하게 막을 거야?"

에버딘의 계속된 지적에 션의 얼굴이 일그러졌다. 그건 당연히 아니다. 하지만 아네트는 겨우 열여섯 살이고 아직 결혼을 말하긴 이르다.

동시에 그는 에버딘이 뭘 말하는지도 알았다.

"다음에."

션은 한숨을 내쉬며 지친 목소리로 말했다. 다음에는 아네트에게 기회를 줄게. 하지만 지금은 안 돼. 그런 의미가 포함된 말에 에버딘 역시 한숨을 내쉬었다.

그녀는 션이 얼마나 아네트를 아끼는지 알았다. 어쩌면 모르는 사람들은 아네트의 삶을 아주 행복한 삶이라고 생각할지도 모른다.

부유한 웨스트 공작가의 아름다운 막내.

하지만 가까이에서 지켜본 아네트의 삶은 겉에서 보는 것만큼 좋다고 말하기는 어려워 보였다. 그녀는 다른 두 오빠들에 비해 너무 어렸고 션은 그녀에게 아무것도 말해 주지 않았다.

집안의 대소사에서, 심지어 자신의 미래를 결정할지도 모르는 일에서조차 아네트는 배제되어 있었다.

"내가 아네트라면 분명 나중에 아주 화를 낼 거야."

에버딘은 션에게 경고하고 자리에서 일어났다. 하지만 션은 덤덤했다. 그는 다리를 꼬며 말했다.

"상관없어."

"앞으로 널 못 믿을걸?"

"아네트가 위험해지는 것보단 그게 더 나아."

문득 에버딘은 예전에 션이 그녀에게 했던 말을 떠올렸다. 그녀의 머리카락 하나 상하는 것보다 그의 팔 하나를 자르는 게 더 낫다고 했던가.

답답한 사람이다. 에버딘은 션을 향해 못마땅하다는 표정으로 인상을 썼다. 그리고 서재를 빠져나가며 말했다.

"아 참, 아무튼 나도 같이 갈 거야. 아네트한테 이미 약속해 놨어."

"뭐?"

서재 안에서 놀란 션의 목소리가 들려왔지만 에버딘은 무시했다. 션만큼이나 에버딘도 이건 양보할 수가 없는 일이다.

47

“사고라고?”

침대에 누워 게슴츠레한 눈으로 공연을 보던 크리스토퍼는 러스 백작의 보고에 인상을 쓰며 물었다. 침대에 누워 있지만 여긴 그의 침실이 아니다.

한겨울임에도 초록빛이 가득했던 온실은 크리스토퍼 왕자가 그곳에서 공연을 보고 싶다는 말 한마디에 대부분의 식물을 치워 버렸다. 그 식물을 기르느라 고생한 정원사의 노력 따위는 치운 식물의 일부가 희귀식물이라는 것보다 더 크리스토퍼에게는 상관없는 일이었다.

“오는 길에 마차 사고가 났답니다. 그래서 웨스트 양이 다쳤다고 합니다.”

"진짜야?"

러스 백작의 보고에 크리스토퍼는 제일 먼저 그게 사실인지 확인했다. 다른 사람이라면 모르지만 웨스트 공작이다. 그는 웨스트 공작이 레베카 공주와의 결혼을 거부한 것에 약간의 앙심을 품고 있었다.

귀찮은 레베카를 치워 버리고 동시에 웨스트 공작을 조종할 수 있는 기회였는데 무산이 되어 버렸다. 물론 웨스트 공작의 여동생을 부인으로 달라고 한 그의 천재적인 방법으로 실패할 뻔한 계획을 살려내긴 했다.

난 정말 머리가 좋다니까. 크리스토퍼는 웨스트 공작이 아니면 웨스트 양을 부인으로 달라고 한 자신의 요구를 흡족하게 생각하며 자리에서 일어났다. 그러자 러스 백작이 부랴부랴 설명했다.

"사고가 난 건 맞습니다. 사고가 나는 장면을 직접 본 사람들이 있습니다."

"그래? 그래도 못 오겠다고 말하러 왔다는 건 올 만하다는 거 아닌가?"

그런 건 사람을 시키면 된다. 하지만 크리스토퍼는 자신이 아무도 생각하지 못한 부분을 짚었다고 속으로 흡족해하고 있었다.

러스 백작 역시 왕자님은 참 예리하다고 생각하며 말했다.

"웨스트 공작이 도착하지 못한 것을 사과하러 온 건 어셔 남작이었습니다."

에버딘은 그냥 웨스트 공작이 마차 사고가 나서 오지 못한다고 알렸을 뿐이다. 하지만 러스 백작은 어셔 남작이 사과했다고 전하는 게 크리스토퍼의 기분을 더 낫게 만들 거라고 생각했다.

그의 생각대로 크리스토퍼는 어셔 남작이 사과한 것보다 그가 대신 왔다는 사실에 집중했다.

"어셔 남작과 웨스트 공작이 친한가 보지?"

웨스트 공작은 친구가 별로 없다고 들었는데. 그렇게 생각하는 크리스토퍼 앞에서 러스 백작은 잠시 고민에 빠졌다.

사교계의 소문은 웨스트 공작이 어셔 남작에게 홀딱 반해 있다고 퍼져 있다. 하지만 그렇게 전했다간 크리스토퍼 왕자의 기분이 상할 것 같다.

그는 결국 완곡하게 말했다.

"네. 상당히 가깝다고 하더군요."

그런 무뚝뚝한 남자와 친하다니, 어셔 남작은 멍청하거나 사람이 좋거나 둘 중 하나인 모양이다. 자연스럽게 어셔 남작을 남자라고 생각한 크리스토퍼는 다시 침대에 벌렁 누웠다.

그가 그리 기분이 상한 것 같지 않자 러스 백작은 다른 보고 내용을 입에 올렸다.

"그리고 멀웨이에서 지원 요청이 왔습니다."

"뭐? 지원이라면 지난번에 끝났잖아?"

그래서 적당히 처리하라고 레베카에게 지시했다. 크리스토퍼의 말에 러스 백작은 재빨리 설명했다.

"지원 요청한 지역으로 떠났던 지원군이 발견했다고 합니다."

"아니, 걔들은 왜 쓸데없는 짓을 하고 그런대?"

벌렁 누웠던 크리스토퍼는 다시 일어나며 버럭 소리쳤다. 귀찮은 짓을 하고 있다. 그는 침대에서 나와 러스 백작에게 다가가서 소리쳤다.

"발견한 자식 누구야? 아니, 거기로 지원군은 왜 보낸 거야?"

당연히 지원 요청이 있었고 크리스토퍼가 허락을 했으니 보낸 거다. 하지만 러스 백작은 허둥지둥 왕자의 기분을 풀어 주기 위해 말했다.

"레, 레베카 공주님께서……."

"하여간 그 녀석은 제대로 하는 일이 하나도 없어! 그런 짓을 하면 나라 꼴이 어떻게 되겠냔 말이야!"

어떻게 되긴, 잘 돌아가는 거다. 하지만 크리스토퍼의 생각은 달랐다. 그가 지원을 끝낸 지금 새로운 지원 요청이 들어오면 그의 지원이 부족했다는 말이 된다.

그건 자연스럽게 크리스토퍼의 행정 능력이 부족했다는 말이 될 수 있는 것이다.

그러기 위해 더 이상 아무 지원도 받지 말라고 명령했던 건데 레베카 공주가 받아 버렸으니 귀찮게 됐다.

크리스토퍼는 화가 나서 러스 백작 앞에서 성큼성큼 걸어 다니며 소리쳤다.

"멀웨이라고 했지? 거기서 온 녀석, 가둬 버려!"

지원 요청 자체를 아예 없었던 일로 하겠다는 말에 러스 백작의 입이 딱 벌어졌다. 하지만 그것도 잠시였다. 러스 백작의 어이없음보다 크리스토퍼 왕자의 힘이 좀 더 강했다.

순식간에 러스 백작의 머릿속에 뿌옇게 흐려졌다. 그는 고개를 끄덕이고 말했다.

"알겠습니다, 전하."

멀웨이에서 지원을 요청한 사람을 가둔다는 소문은 빠르게 레베카 공주에게 전해졌다. 얼어붙은 마을에서 빠져나와 구조대와 함께 간신히 수도로 돌아온 부하를 감옥에 가뒀다는 소식에 레베카 공주는 의자에서 벌떡 일어났다.

"먼로를?"

"아마 지금쯤 감옥에 들어갔을 겁니다."

"대체 왜?"

레베카의 질문에 시종은 아무 말도 하지 못했다. 그녀도 모른다. 왜 갑자기 왕자가 먼로를 감옥에 가두라고 했는지.

공주는 잘 모르겠다는 표정을 짓는 시종을 보고 한숨을 내쉬었다. 아마 대부분 왕자가 왜 그런 짓을 했는지 모를 것이다. 그녀는 크리스토퍼와 만나 봐야겠다고 생각하며 물었다.

"그럼 지원은? 멀웨이로 지원은 언제 하기로 했는지도 들었나?"

레베카의 질문에 시종의 표정이 어두워졌다. 들었다. 그녀는 고개를 숙이며 말했다.

"지원은 없습니다, 전하."

설마. 레베카는 눈앞이 깜깜해지는 것을 느끼고 눈을 꾹 감았다가 떴다. 설마 지원을 무시하려고 멀웨이에서 온 사람을 가두려는 건 아니겠지?

그건 말도 안 된다. 하지만 레베카는 그동안 보고 겪은 오라버니라면 그런 발상도 가능하다는 것을 알았다. 차라리 거절하면 몰라도 지원을 모른 척해서는 안 된다.

이런 사안은 최대한 빨리 모든 결정을 내려서 알려 줘야 한다. 그래야 멀웨이도 성의 지원을 포기하고 어떻게 해야 할지 판단할 것 아닌가.

"편지를 보내야겠네. 사람 하나 불러 주게."

레베카는 그렇게 말하고 자신의 책상으로 돌아가서 편지지를 꺼내 재빨리 몇 자 적어 넣었다. 그리고 편지를 봉해 시종에게 건네며 말했다.

"이건 허바드 백작에게 전하게. 그리고 오라버니께 내가 만나고 싶어 한다고도 전하고."

"그게……."

레베카의 지시에 시종이 망설이기 시작했다. 무슨 일이지? 레베카가 왜 그러냐는 표정을 짓자 그녀가 조심스럽게 말했다.

"전하께서 많이 화를 내셨다고 합니다. 지금은 좀 기다리시는 게……."

화난 왕자와 만나는 것을 피하라는 말이다. 시종의 말에 레베카는 고개를 저었다. 그럴 수 없다. 지금 왕자는 기분이 상해서 판단을 잘못하고 있는 거다.

멀웨이에서 빠져나온 먼로는 먼 길을 지원 요청하기 위해 달려오느라 많이 약해져 있다. 그를 감옥에 가둔다면 그냥 죽으라는 것이나 다름이 없다.

멀웨이 역시 마찬가지다.

레베카는 제대로 된 부하라면 크리스토퍼 왕자가 제대로 된 판단을 하도록 가르쳐 줘야 한다고 생각했다. 지금까지는 그녀가 어떻게 수습해 왔지만 이건 그녀가 수습할 수 있는 게 아니다.

"나는 좀 혼나는 거지만 먼로나 멀웨이 사람들은 목숨이 걸린 일이야."

레베카는 그렇게 말하고 다시 한 번 크리스토퍼에게 자신이 만나고 싶어 한다는 말을 전하라고 지시했다. 어쩔 수 없다. 시종은 내키지 않는다는 표정으로 고개를 끄덕이고 몸을 돌렸다.

그녀는 크리스토퍼 왕자를 좋아했지만 그만큼이나 레베카 공주도 좋아했다. 이 좋은 공주에게 왕자가 화를 내지 않았으면 좋겠다.

시종은 그렇게 기도했다.

* * *

"남작님."

이튿날, 에버딘은 꽤 바빴다. 평소에는 하루에 두세 통 정도 오던 편지가 그날 오전에만 열세 통이나 날아 들어왔다. 게다가 손님도 있었다.

덕분에 에버딘은 편지 확인도 미루고 손님을 맞이하고 있었다. 그런 그녀에게 집사가 다가와서 작게 속삭였다.

"손님이 오셨습니다."

또? 오늘 왜 이래?

에버딘의 눈이 동그래졌다. 그녀는 눈앞의 허바드 백작을 향해 아무것도 아니라는 듯 미소를 짓고 집사에게 속삭였다.

"누군데?"

"제랄딘 브룩 경입니다."

브룩 경은 또 무슨 일이란 말인가. 에버딘은 이상한 기분이 들어 맞은편의 캐서린을 쳐다봤다. 그녀가 모르는 어디선가 엄청난 일이 벌어졌다는 생각이 들었다.

"잠깐 기다리라고 전해 줘."

잠깐이 아니라 꽤 오래 기다리게 해도 제랄딘은 할 말이 없다. 연락도 없이 찾아왔으니까.

하지만 연락도 없이 찾아온 건 캐서린도 마찬가지였다. 물론 그녀는 도착하기 전에 먼저 사람을 보내 그녀가 방문할 거라고 전하긴 했다.

그래 봤자 어제까지 연락이 없었다는 건 사실이지만.

"뭔가 일이 벌어지고 있는 모양이네요."

에버딘은 집사가 나가자마자 캐서린을 바라보며 말했다. 그녀가 갑자기 찾아온 것도 그렇고 편지만 열세 통이 온 것도 그렇다.

에버딘의 말에 캐서린은 멈칫하더니 저도 모르게 피식 웃었다. 어쩐지 안도감이 들었다. 에버딘이 모른다는 게.

상황이 좀 더 위험했다면 에버딘도 알고 있었겠지. 그녀는 웨스트 공작을 떠올리며 그렇게 생각했다. 그리고 날씨나 안부 인사는 제쳐두고 본론으로 바로 들어갔다.

"아직 모르고 있나 보네요."

"뭘요?"

웨스트 공작이 어서 남작에게는 말하지 않은 거다. 캐서린은 그 사실을 다시 한 번 확인하고 한숨을 내쉬었다. 그리고 솔직하게 말했다.

"왕자 전하께서 어젯밤에 레베카 공주님을 감금했어요."

농담하는 건가? 에버딘의 얼굴이 일그러졌다. 그녀는 다시 한 번 캐서린의 얼굴을 확인하고 방금 전에 집사가 누가의 방문을 알렸는지 떠올렸다.

그리고 오전에 도착한 열세 통의 편지도.

"농담이 아니군요."

그래서 이렇게 난리가 난 거다. 왕자가 공주를 감금했으니까. 하지만 어째서? 에버딘의 머릿속이 복잡해졌다. 왕자가 공주를 감금할 만한 이유가 없다.

설마 그녀와 제랄딘이 왕자를 끌어내리고 공주를 왕으로 추대하자는 이야기를 해서?

그럴 리 없다. 아직 그 이야기는 논의 중에 있다. 션이 너무 위험하다고 반대하고 있기 때문이다. 에버딘은 천천히 고개를 끄덕이는 캐서린에게 한숨을 내쉬고 물었다.

"무슨 일인데요?"

왕자를 찾아간 레베카 공주는 멀웨이에서 온 사람을 풀어 주고 지원을 해야 한다고 요청했다. 하지만 돌아온 것은 크리스토퍼 왕자의 분노였다.

그는 그녀가 일을 제대로 하지 못해 상황이 복잡해졌다고 화를 냈고 그의 지원이 미흡했다는 소문이 나지 않도록 이 일을 묻어 버려야 한다고 말했다.

그리고 일을 잘못한 벌로 그녀의 궁에서 나오지 말라고 명령했다.

"세상에."

캐서린의 설명을 들은 에버딘은 어이가 없어서 입을 딱 벌렸다. 진짜 그랬다고? 왕자가?

그녀는 크리스토퍼 왕자가 정말 제대로 된 판단을 할 수 있는지 의심하기 시작했다. 그는 지금 상식적으로 말도 안 되는 짓을 하고 있다.

"그래서 탄원서를 쓰려고 해요. 사람들이 공주님을 풀어 달라고 탄원하면 왕자님도 마음을 돌리실 테고요."

탄원서라면 얼마든지 쓸 수 있다. 에버딘은 자신도 쓰겠다고 말하려 입을 열었다. 하지만 캐서린이 부탁하러 온 건 그것뿐만이 아니었다.

그녀는 조심스럽게 말했다.

"그리고 가능하면 에버딘, 당신도 나와 같이 사람들에게 탄원서를 요청해 줬으면 좋겠어요."

내가? 놀란 에버딘의 표정에 캐서린이 재빨리 덧붙였다.

"알아요. 부담스러운 일이라는 거. 어느 누구도 왕자 전하의 기분을 상하게 하고 싶어 하지 않겠죠."

"어, 아뇨."

에버딘은 캐서린의 말에 당황해서 고개를 저었다. 그녀는 왕자의 기분이 상할까 봐 하기 싫은 게 아니다. 에버딘이 당황한 건 다른 이유였다.

그녀는 캐서린을 향해 몸을 내밀며 말했다.

"전 아는 사람이 그리 많지 않아요."

최대한 많은 사람이 탄원서를 쓰는 게 좋은데 에버딘은 아는 사람이 많지 않으니 하는 말이다. 캐서린은 에버딘이 걱정하는 게 그런 부분이라는 것을 알고 안도의 한숨을 내쉬었다.

어셔 남작이 레베카 공주와 좋은 관계라는 것은 알고 있지만 크리스토퍼 왕자에게 보낼 탄원서를 모으는 건 다른 문제다. 크리스토퍼 왕자의 미움을 살까 봐 거절할지도 모른다고 생각했었다.

"괜찮아요. 전 탄원서를 많이 보내지 않을 생각이거든요."

캐서린의 말에 에버딘이 어리둥절한 표정을 지었다. 탄원서를 많이 보내야 하는 거 아닌가?

하지만 그건 그녀가 크리스토퍼 왕자에 대해 잘 모르기 때문에 하는 생각이다. 캐서린은 오랜 기간을 레베카 공주의 곁에 있었고 왕자가 공주를 나름대로 견제하는 것도 지켜봤다.

레베카 공주를 풀어 달라는 탄원서는 왕자에게 갈 것이다. 즉, 탄원서는 왕자에게 공주를 생각하는 사람이 몇 명인지 정확하게 보여줄 수 있는 지표가 된다.

"왕자님이 그걸 보고 기분이 상하실 수도 있으니까요."

왕자가 그걸 보고 공주를 질투하면 안 된다는 완곡한 표현에 에버딘의 입이 딱 벌어졌다. 그건 생각도 안 했다. 그녀는 멍하니 캐서린을 보다가 물었다.

"그럼 얼마나 보내려고요?"

"영향력 있는 사람의 탄원서 몇 장이면 돼요."

수는 적당하되 왕자가 보고 움직일 수밖에 없는 사람들이면 된다. 캐서린의 설명에 에버딘의 미간에 주름이 생겼다. 그런 탄원서를 정말 그녀가 써도 되는 건가?

"어, 혹시 웨스트 공작의 탄원서를 원하시는 거라면……."

"오, 아니에요. 물론 공작의 탄원서는 좀 생각해 봐야겠지만요. 저는 남작이 썼으면 좋겠어요."

웨스트 공작은 최근에 레베카 공주와의 혼담을 거부했다. 그러니 그가 레베카 공주를 풀어 달라는 탄원서를 보낼 경우 그게 어떤 효과를 보일지는 좀 더 생각해 봐야 한다.

캐서린은 자신을 영향력 있는 사람으로 생각한 적이 없다는 표정의 에버딘을 보고 웃음을 터트렸다.

객관적으로 어셔 남작은 확실히 영향력이 있다. 수도에서 가까운 영지의 영주일 뿐만 아니라 그녀가 하는 사업은 수도에서 상당히 성공했다.

최근엔 수도를 넘어서 노헤임 전체로 팔리기 시작했으니 더더욱 그렇다.

"게다가 영향력 있는 사람들을 많이 알고 있죠."

어셔 남작도 대단하지만 그녀가 알고 지내는 사람들 역시 무시할 수 없다. 아니, 오히려 그녀보다 더 대단할 것이다. 웨스트 공작은 물론이고 브룩 백작 부인과도 사업을 하고 있지 않은가.

그러네. 캐서린이 설명에 저도 모르게 입을 딱 벌린 에버딘은 브룩 백작 부인이라는 말에 곧바로 브룩 경을 떠올렸다. 지금쯤 그녀는 다른 응접실에서 에버딘이 오기를 기다리고 있을 것이다.

"브룩 백작 부인은 모르겠지만 브룩 경이라면 지금 당장 만날 수도 있어요."

에버딘은 그렇게 말하며 자리에서 일어났다. 레베카 공주를 위해 뭔가를 하자는 이야기를 나누고 있으니 제랄딘이 함께 해도 괜찮을 것 같다.

그녀는 캐서린에게 잠시 기다려 달라고 말한 뒤 나가서 제랄딘을 데리고 들어왔다.

"허바드 백작님."

"브룩 경."

여기서 만날 줄은 몰랐다. 캐서린과 제랄딘 둘 다 놀란 표정으로 서로에게 인사를 건넸다. 에버딘은 제랄딘을 위해 차를 한 잔 더 가져오라고 지시한 뒤 그녀에게 속삭였다.

"레베카 공주님 때문에 온 거죠?"

맞다. 제랄딘은 캐서린을 쳐다보고 고개를 끄덕였다. 어제저녁에 레베카 공주가 그녀의 궁에 감금됐다는 소식을 들었다.

이유는 믿을 수 없을 만큼 하찮았다. 크리스토퍼 왕자의 지시를 어기고 폭설로 피해를 입은 영지를 도와줬다는 게 그 이유였다.

이건 선을 넘었다. 유일하게 제정신인 왕족을 배척한다면 이 나라는 가망이 없다. 그렇게 생각한 제랄딘은 에버딘에게 생각할 시간을 주기로 했다는 것을 알면서도 그녀를 찾아왔다.

"여기 허바드 백작님이 왕자 전하께 레베카 공주님을 풀어 달라는 탄원서를 쓰자고 하시네요."

에버딘의 설명에 제랄딘의 눈이 반짝였다. 그녀도 허바드 백작이 레베카 공주의 오른팔이라는 것은 안다. 그녀가 허바드 백작에게 먼저 찾아가지 않은 건 에버딘이 먼저 합세해야 하기 때문이었다.

"허바드 백작님은 아직 모르는 거죠?"

제랄딘은 에버딘에게 작은 목소리로 물었다. 에버딘이 왕자의 제랄딘, 선의 능력을 막아 낼 수 있다는 건 아직 세 사람만의 비밀이다.

그녀는 제랄딘에게 고개를 끄덕이고 캐서린을 쳐다봤다. 그리고 조심스럽게 말했다.

"브룩 경과 저는 그것보다 좀 더 급진적인 이야기를 한 적이 있거든요."

급진적인 이야기? 캐서린의 머릿속에 한 가지 가설이 떠올랐다. 그럴 수밖에 없다. 크리스토퍼 왕자가 레베카 공주를 가둔 건 어제 저녁이고 어셔 남작은 레베카 공주가 감금됐다는 것도 모르고 있었으니까.

그녀 역시 바라던 일이지만 불가능하기 때문에 생각하지 않았던 일이다. 캐서린은 굳은 표정으로 에버딘과 제랄딘의 얼굴을 쳐다봤다.

"저는……."

제랄딘은 에버딘과 캐서린이 자신을 쳐다보자 반사적으로 입을 열었다가 망설이기 시작했다. 진짜 허바드 백작에게 이야기해도 되나?

물론 허바드 백작이 레베카 공주의 오른팔이기는 하다. 하지만 공주를 왕으로 만들자는 이야기를 하는 건 약간 다른 문제다.

제랄딘은 잠시 머뭇거리다가 목소리를 낮춰 말했다.

"그런 생각 안 해 봤습니까? 왕자 전하보다 더 왕위에 맞을 사람이 있을지도 모른다는 생각이요."

안 해 봤냐고? 당연히 했다. 캐서린은 저도 모르게 입을 열었다가 재빨리 다물었다.

크리스토퍼 왕자는 왕이 되어선 안 된다. 캐서린은 그런 생각을 무수히 많이 했다. 그가 아닌 다른 누가 와도 크리스토퍼 왕자보다는 나을 거라고.

물론 진짜로 그럴 리가 없다. 크리스토퍼 왕자는 무능력함과 이기적이라는 단점에도 불구하고 선왕의 자식이라는 장점과 왕의 장자에게 이어져 내려오는 능력을 가지고 있다는 장점이 있다.

다른 누가 왕이 되려면 우선 크리스토퍼 왕자를 끌어내야 하는데 그게 가능하지가 않다.

"불가능하죠."

캐서린은 쉰 목소리로 그렇게 말했다. 그리고 제랄딘에게 다 알고 있지 않냐는 표정을 지어 보였다.

그 표정에 제랄딘의 시선이 에버딘을 향했다. 크리스토퍼 왕자를 끌어낼 수 있다는 희망을 품은 건 오로지 에버딘 때문이다. 그녀는 잠시 에버딘을 쳐다보다가 캐서린에게 다시 말했다.

"불가능한 것만은 아니죠. 신년 파티 때 왕자의 힘이 약해졌다는 증거가 나왔으니까요."

그건 알고 있다. 캐서린은 입을 다물고 자세를 바로 했다. 그 건에 대해서는 레베카 공주와 대화를 나눴지만 결론이 나지 않았었다.

왕자의 힘이 약해진 건 그때 딱 몇 시간 정도였기 때문이다.

그 후로 왕자의 힘이 약해진 적은 캐서린과 레베카가 아는 한 없었다. 캐서린은 신중하게 대답했다.

"딱 한 번이잖습니까. 그 후로 한 번도 이런 일은 일어나지 않았고요."

딱 한 번 있었던 현상에 매달려 왕자를 끌어내리려는 위험한 행동을 할 수는 없다.

하지만 제랄딘과 에버딘의 생각은 달랐다. 두 사람의 시선이 다시 부딪쳤다.

"제가 모르는 뭔가를 알고 계시는군요."

캐서린은 제랄딘과 에버딘의 시선이 부딪치는 것을 보고 그렇게 말했다. 아무래도 브룩 경과 어셔 남작은 크리스토퍼 왕자의 힘을 막는 방법을 알고 있는 모양이다.

그랬으면 좋겠다. 캐서린의 마음속에 희망이 피어올랐다. 그녀도 바라왔다. 어느 날 기적이 일어나서 왕자의 힘이 사라지는 것을.

그러면 왕자를 끌어내고 레베카 공주를 왕으로 추대할 수 있다.

하지만 너무나 꿈 같은 일이었다.

"저 때문이에요."

잠시 제랄딘의 눈치를 살피던 에버딘이 불쑥 말했다. 조심스러운 일이지만 어쩔 수 없다. 크리스토퍼 왕자를 몰아내려면 그의 힘을 막을 방법이 필요하다.

그녀의 존재가 드러나지 않을 수가 없는 것이다.

에버딘은 그게 무슨 소리냐는 표정을 짓는 캐서린에게 다시 말했다.

"제가 있으면 왕자의 힘이 약해져요. 아마도요."

"아마도라고요?"

놀란 캐서린에게 에버딘은 자신에게 제랄딘과 션의 능력이 통하지 않는다는 것을 설명했다. 캐서린은 물론 션과 제랄딘에게 어떤 능력이 있다는 것을 알고 있었다.

그건 딱히 유명한 건 아니지만 오래된 가문의 가주라면 누구나 알고 있는 일종의 정보 같은 거였다. 입에서 입으로 전해 내려오기 때문이다.

하지만 션과 제랄딘이 자신의 힘을 쓰는 것을 본 사람은 아주 적었다. 혼란스러웠던 옛날이면 몰라도 평화로운 지금은 굳이 두 사람이 힘을 쓸 일이 없기 때문이다.

그럼에도 캐서린과 대부분의 귀족들이 알고 있는 이유는 왕자 때문이다. 왕자의 근처에만 가면 그와 사랑에 빠진 것처럼 멍해지는 현상을 겪으면서 제랄딘과 션의 능력을 무시할 수 있을 리가 없다.

"허. 웨스트 공작이 남작을 조종하려 했단 말이군요?"

캐서린은 신기한 마음에 저도 모르게 그렇게 물었다. 션 웨스트 공작은 그웬돌린을 두고 그녀와 싸울 때도 한 번도 그녀를 조종한 적이 없다. 그때는 힘이 있다는 게 다 옛말인 거 아닐까 싶었는데 그녀에게 사용하지 않았을 뿐인 모양이다.

"제가 좀 열 받아서 쏴붙였거든요."

에버딘은 당시 션이 그녀를 진정시키려 했던 것을 떠올리며 씩 웃었다. 뭐였는지는 잘 기억이 안 난다. 아마 마틴 때문이었던 것 같다.

캐서린은 감탄스러운 눈으로 그녀를 쳐다보고 있었다. 처음 만났을 때부터 어셔 남작은 웨스트 공작이 감당하기 어려운 상대였던 모양이다.

어셔 남작에게 웨스트 공작이 쩔쩔매는 것을 상상하니 어쩐지 웃음이 나왔다. 캐서린은 킬킬대고 웃다가 중요한 이야기 중이라는 것을 떠올리고 표정을 가다듬었다.

"그러니까 웨스트 공작과 브룩 경의 힘이 어셔 남작에게는 안 통한다는 거죠? 그리고 왕자님도요?"

"네."

신기하다. 왕자의 능력이 전혀 통하지 않는다는 건 남들과는 다른 왕자의 날것의 모습을 그대로 볼 수 있다는 말이다.

사람에게는 첫인상이라는 게 있다. 그게 그 사람의 이미지를 좌지우지한다. 그런 면에서 왕자는 굉장한 이득이었다.

자신과 사랑에 빠지게 만드는 그의 능력은 그의 곁에 있을 때만 힘을 발휘하지만 한번 그를 사랑하게 된 사람들은 그의 곁에서 멀어진다고 해서 왕자를 미워하거나 싫어하게 되지는 않기 때문이다.

캐서린은 왕자의 능력이 전혀 통하지 않았을 때의 왕자가 어떤 사람인지 궁금했다.

"어떤가요? 크리스토퍼 왕자님은요."

솔직하게 말해도 되나? 에버딘은 캐서린의 질문에 잠시 망설이다가 작은 목소리로 말했다.

"무능한 멍청이요."

먼저 웃음을 터트린 건 제랄딘이었다. 정확하다. 그녀 역시 크리스토퍼 왕자를 그렇게 여기고 있었다. 그 모습을 본 캐서린이 제랄딘에게 물었다.

"브룩 경도 그렇게 느껴요?"

"정확해요."

그렇구나. 캐서린의 머릿속이 한결 가벼워졌다. 그녀는 배를 잡고 웃는 제랄딘과 이런 말을 해도 될지 모르겠다는 표정을 짓는 에버딘을 번갈아 쳐다봤다.

그리고 가장 중요한 질문을 던졌다.

"그런데…… 정말 어서 남작 때문에 다른 사람들도 왕자님의 힘이 통하지 않는다는 건 확실한가요?"

캐서린의 말에 에버딘과 제랄딘의 시선이 부딪쳤다. 그건 확실하다. 확실한가?

사실 에버딘은 약간 미심쩍어하고 있었다. 정말 그녀 때문인 걸까. 물론 그녀 외엔 변수가 없다는 것을 안다. 하지만 다른 이유가 있을 수도 있지 않을까.

그런 생각은 이 상황까지 와서도 자신이 중심에 서고 싶지 않다는 마음 때문에 하는 생각이기도 했다. 에버딘이 아니라 다른 변수가 있다면 그 변수를 이용하면 될 테니까.

하지만 제랄딘은 확신하고 있었다. 그녀는 살면서 크리스토퍼 왕자의 힘이 통하지 않는 걸 딱 한 번 봤다. 그게 에버딘이 참석한 신년 파티였고.

"어서 남작이 성에서 열린 파티에 참석한 게 그때가 처음이 아니었을 텐데요?"

그전에도 어서 남작은 성에서 열린 파티에 참석했다. 그때는 어서 남작이 아니라 어서 경이었겠지만.

캐서린의 지적에 제랄딘은 입을 다물었다. 그녀 역시 그 이유를 모르겠다. 하지만 에버딘은 짚이는 게 하나 있었다.

그녀는 죽었다가 살아났다. 그때 신이 그녀에게 뭔가를 한 게 아닐까. 에버딘이 그렇게 생각하고 있을 때 캐서린이 다시 입을 열었다.

"실험을 해 보죠."

실험? 제랄딘과 에버딘의 눈이 동그래졌다. 캐서린은 오른손으로 자신의 옷에 장식된 브로치를 뽑았다. 그리고 두 사람의 눈앞에서 자신의 왼손을 찔렀다.

"캐서린!"

"허바드 백작!"

깜짝 놀란 에버딘과 제랄딘의 외침에도 캐서린은 꿈쩍도 하지 않았다. 그녀는 피가 한 방울 맺힌 왼손을 들어 보이며 말했다.

"브룩 경은 상처를 치료할 수 있다고 들었는데요."

에버딘이 있는 지금 이 자리에서 치료할 수 있는지 보겠다는 거다. 그녀의 말에 제랄딘의 얼굴이 굳었다.

그건 생각 안 해 봤다. 그녀도 에버딘이 곁에 있으면 힘이 발휘되지 않는 걸까. 그녀는 장갑을 벗으며 말했다.

"제힘도 어서 남작이 곁에 있으면 통하지 않는지는 확인 안 해 봤어요."

"그럼 지금이 실험해 볼 기회네요."

어서 해 보라는 캐서린의 재촉에 제랄딘은 장갑을 벗었다. 자주색과 붉은색, 보라색으로 얼룩진 그녀의 손과 팔이 캐서린과 에버딘의 시야에 드러났다.

제랄딘은 저도 모르게 손을 꽉 쥐었다가 폈다. 이렇게 밝은 곳에서 장갑을 벗은 건 처음이다. 그녀는 자신의 손을 남들에게 보이는 게 그리 즐겁지 않았다.

"제랄딘."

그때, 에버딘이 그녀의 기운을 북돋으려는 것처럼 손을 뻗어 제랄딘의 왼손에 자신의 손을 겹쳤다. 보기에는 심하게 멍이 들어 보인다.

에버딘은 제랄딘이 아프지 않았으면 좋겠다고 생각했다.

자신을 위로해 주려는 에버딘의 행동에 제랄딘은 빙그레 미소를 짓고 에버딘이 손을 대지 않은 오른손으로 캐서린의 왼손을 쥐었다.

"뭔가 주문이라도 외워야 해요?"

아무 일도 일어나지 않았다. 캐서린이 그렇게 묻자 제랄딘은 굳은 표정으로 피가 맺힌 그녀의 손을 바라보며 고개를 저었다.

"아뇨. 원래대로라면 손을 대는 순간 치료가 돼요."

그게 문제다. 그래서 항상 장갑을 착용하고 있는 거다. 제랄딘의 말에 긴장한 채 캐서린의 손을 쳐다보던 에버딘도 놀란 표정을 지었다.

내가 제랄딘의 힘도 막는 건가? 그녀가 그렇게 생각하며 제랄딘의 손에 겹친 자신의 손을 떼어 냈을 때였다.

"아야!"

제랄딘이 인상을 쓰며 캐서린을 손을 놓고 물러났다. 응? 놀란 캐서린이 자신의 왼손을 가볍게 쓸었다. 피를 닦아 내자 그녀의 찔린 상처는 온데간데없이 사라져 있었다.

대신 제랄딘이 오른손으로 자신의 왼손을 누르고 있었다. 에버딘은 놀라서 물었다.

"괜찮아요?"

괜찮다. 제랄딘은 왼손을 펼쳐 보였다. 캐서린이 스스로 찌른 곳과 똑같은 부위의 제랄딘의 왼손이 붉어져 있는 게 보였다.

"다친 건 아니에요. 그냥……."

뭐라고 해야 하지? 고통을 가져온다고 해야 할까. 그게 제랄딘의 대가였다.

"되네요?"

제랄딘의 왼손을 물끄러미 쳐다보던 캐서린이 불쑥 물었다. 어셔 남작이 곁에 있는데도 제랄딘의 힘은 그대로 발휘가 됐다.

하지만 제랄딘의 생각은 달랐다. 그녀는 인상을 쓴 채 캐서린의 손을 쳐다보다가 물었다.

"한 번만 더 해 줄 수 있어요?"

"뭘요?"

"손가락을 찌르는 거요."

어렵지 않다. 좀 아프긴 하지만. 캐서린은 아직 실험이 끝나지 않았냐는 표정을 지었고 제랄딘은 단호하게 말했다.

"한 번만요."

뭔가 새로 발견한 게 있는 걸까. 캐서린은 아직 닳지 않은 옷핀으로 다시 자신의 왼손을 찔렀다. 이번에도 피가 한 방울 솟아 나왔고 제랄딘은 먼저 에버딘의 손을 잡았다.

"설마."

그제야 에버딘은 제랄딘이 무엇을 하는지 알아차렸다. 세 사람은 침묵 속에서 제랄딘이 캐서린의 손을 잡는 것을 지켜봤다.

아무 일도 일어나지 않았다. 제랄딘이 몇 번이나 캐서린의 손을 잡았다가 놓았지만 캐서린의 손에 난 상처는 그대로였다.

"좋아요."

몇 번은 손을 댔다가 떼기를 반복한 뒤, 제랄딘은 심호흡을 하고 잡고 있던 에버딘의 손을 놓았다. 그리고 다시 캐서린의 상처 난 손에 자신의 손을 뻗었다.

이번에는 신음도 없었다. 제랄딘은 그저 눈살을 찌푸렸을 뿐이다. 그리고 그녀가 손을 놓았을 때 캐서린은 자신의 상처가 사라져 있는 것을 발견했다.

"허."

캐서린이 작게 신음을 내뱉고 나서도 응접실은 정적이 흘렀다. 지금 제랄딘이 보여 준 모습이 말하는 건 명확했다. 그녀와 웨스트 공작도 어서 남작이 닿아 있으면 힘을 쓸 수 없다는 것.

"만약, 내가 왕자를 만진다면 왕자의 힘이 사라질까요?"

에버딘은 불길하다는 표정으로 입을 열었다. 크리스토퍼 왕자는 그녀가 주변에 있는 것만으로 힘이 막혔다. 그렇다면 에버딘이 크리스토퍼 왕자를 만지면 어떻게 될까. 그의 힘이 완전히 소멸할까?

"글쎄요."

그건 아닐 것 같다. 제랄딘은 캐서린의 상처를 치료할 때 따끔했던 자신의 손을 문지르며 입을 열었다.

에버딘이 손을 대면 왕자의 힘이 소멸된다는 건, 굉장히 바라마지않는 일이지만 세상일이라는 게 그렇게 쉬울 리가 없다. 제랄딘은 아마도 에버딘이 왕자의 몸에 손을 대도 그의 힘은 그대로 남아 있을 거라고 생각했다.

"어서 남작이 나와 왕자의 힘을 막는 방법이 다른 건 우리의 힘이 작용하는 게 달라서일지도 몰라요."

여기서 우리란 왕자와 제랄딘을 말한다. 그 멍청한 놈과 우리로 묶이다니. 제랄딘은 인상을 쓰며 말을 이었다.

"저와 웨스트 공작은 한 번에 한 명에게만 작용하지만 왕자는 아니잖아요?"

왕자는 그의 주변에 있는 모든 사람에게 통한다. 그렇다면 에버딘의 힘도 거기에 맞춰서 발휘되는 게 아닐까.

그럴듯한 이야기다. 에버딘과 캐서린은 제랄딘의 가설에 고개를 끄덕였다.

"그럼 이제 가장 큰 문제는 어떻게 왕자를 끌어내리냐는 거군요."

이어진 캐서린의 말에 다시 응접실에 침묵이 찾아왔다. 어떻게 끌어내리냐고? 에버딘이 제일 먼저 생각한 건 전쟁이었다. 하지만 그건 피해가 너무 크다.

게다가 수도에서 전투가 벌어진다면 헬름까지 피해를 입을 공산이 크다.

"전쟁은 안 돼요."

에버딘의 말에 캐서린과 제랄딘이 멈칫했다. 두 사람은 곧 서로를 쳐다보고 작게 웃음을 터트렸다.

당연하다. 전투는 두 사람이 가장 피하고 싶은 거다. 그들은 사람들을 위해 크리스토퍼를 끌어내고 레베카를 왕으로 추대하고 싶은 거다. 전투가 벌어져서 사람들이 다쳐서야 본말전도 꼴이다.

"최대한 피를 안 보는 쪽으로 갈 거예요."

웃음을 멈춘 제랄딘은 그렇게 말하며 에버딘을 안도시켰다. 그녀가 생각한 건 크리스토퍼의 범죄를 알려 그의 자격을 박탈하는 거였다.

"범죄도 있어요?"

에버딘은 제랄딘의 설명에 놀라서 물었다. 진짜 가지가지 했다. 범죄도 저질렀단 말이야? 어이없어하는 그녀의 앞에서 캐서린과 제랄딘이 시선을 교환했다.

크리스토퍼는 꽤 많은 범죄를 저질렀다. 간단하게는 마음에 든다고 사람들의 물건을 빼앗았고 좀 더 복잡하게 가면 자기 이득을 위해 다른 사람의 사업을 방해해 망하게 한 적도 있다.

"피해자는요? 아무도 왕자를 비난하거나 하지 않은 거예요?"

피해자는 있었다. 하지만 피해자의 분노는 왕자를 향하지 않았다. 캐서린은 분노하는 에버딘을 보고 저도 모르게 안도의 한숨을 내쉬었다.

사교계에서 왕자의 잘못된 행동에 진심으로 분노하는 사람은 많지 않다. 설령 있다 해도 왕자를 만나고 나면 뭔가 오해가 있었다거나 그럴 만한 사정이 있었다는 쪽으로 생각이 바뀌고 만다.

캐서린은 신년 파티에서 왕자를 봤음에도 에버딘이 그에게 진심으로 화를 낸다는 사실에 그녀에게 왕자의 능력이 통하지 않는다는 것을 재확인했다.

"왕자는 언제나 대신 더러운 짓을 할 사람이 있거든요."

"희생양이 있는 거예요?"

그렇긴 한데, 또 꼭 그런 것만은 아니다. 다시 한 번 캐서린과 제랄딘의 시선이 부딪쳤다. 두 사람은 잠시 서로를 쳐다보다가 누가 먼저랄 것도 없이 말했다.

"사람들이 먼저 나서요."

"왕자를 보호하려 하죠."

그게 왕자의 힘이다. 에버딘은 왜 그동안 저런 멍청한 왕자가 별일 없이 왕자 자리에 있었는지 진심으로 이해했다. 그리고 왕자를 암살하기 어렵다던 션의 말도.

"누군가 왕자를 암살하려 하면 주변에 있는 사람이 목숨을 바쳐서 그를 구하겠군요."

"그게 진짜 무서운 점이죠."

션의 능력조차도 자신의 목숨을 위험하게 하는 일은 시킬 수 없다. 아주 옛날의 웨스트 공작은 가능했다고 한다. 하지만 힘이 약해진 지금의 웨스트 공작에게는 불가능한 일이다.

그런 불가능한 일은 왕자는 할 수 있는 것이다.

“제가 반드시 필요하군요.”

에버딘은 약간 체념한 표정으로 그렇게 말했다. 왕자를 끌어내려면 반드시 그녀가 필요하다. 오히려 전투를 피하려면 더더욱 그럴 것이다.

어서 남작이 납득하자 제랄딘은 조심스럽게 자신의 계획을 이야기하기 시작했다. 우선은 크리스토퍼 왕자를 대신해서 더러운 일을 하는 자를 찾아야 한다. 왕자에게 불리한 증거를 남겨두지 않았을 테니 그자가 증인으로 반드시 필요했다.

“누군지 알 것 같아요.”

캐서린은 제랄딘의 설명에 천천히 입을 열었다. 가장 유력한 사람을 안다. 그녀의 말에 에버딘과 제랄딘의 시선이 캐서린을 향했다. 캐서린은 찻잔을 들어 다 식은 차로 목을 축이고 말했다.

“홀트 자작일 거예요.”

홀트 자작이라는 말에 에버딘이 그게 누구냐는 표정을 지었다. 하지만 제랄딘은 곧바로 고개를 끄덕였다.

누군지 안다는 그녀의 태도에 에버딘의 호기심이 강해졌다. 그녀는 제랄딘을 향해 몸을 기울이며 물었다.

“누군데요?”

“그리 유명한 자는 아닙니다.”

"그자보다 그자의 딸이 더 유명하죠."

딸이 더 유명하다고? 전혀 모르겠다는 에버딘의 표정에 제랄딘과 캐서린은 그녀가 아무것도 모른다는 것을 깨달았다. 캐서린이 못마땅하다는 표정으로 한숨을 내쉬자 제랄딘이 차를 한 모금 마시고 말했다.

"마르시아 홀트의 아버지입니다. 마르시아 홀트는, 그러니까……."

이런 말을 하기 조심스럽다. 머뭇거리는 제랄딘을 대신해서 캐서린이 내뱉듯 말했다.

"왕자의 애인이죠."

왕자의 애인이라고? 에버딘의 눈이 동그래졌다. 그녀의 머릿속에 제일 먼저 아네트가 떠올랐다.

왕자가 아네트를 왕자비로 삼겠다고 하지 않았었나? 믿을 수 없다는 그녀의 표정에 제랄딘이 다 안다는 표정을 지었다.

"애인이면, 어, 잠깐. 그런데 아네트랑 결혼하려고 한 거예요? 그걸 그 홀트라는 사람도 알아요?"

에버딘의 질문에 캐서린과 제랄딘, 둘 다 뭐라고 말해야 할지 모르겠다는 표정을 지었다. 역사적으로 왕이 정부를 두는 것은 그리 드문 일이 아니다. 하지만 그 정부는 결혼한 사람이 보통이고 미혼에게는 손대지 않는 게 최소한의 예의다.

그걸 왕도 아닌 왕자인 크리스토퍼가 깨트린 거다. 그럼에도 그가 비난을 받지 않는 건 여러 가지 이유가 있지만 그중 하나가 그의 힘 때문이다.

"지금쯤 알고 있겠죠."

왕자가 아네트를 원한다는 건 사교계에 소문이 났다. 처음엔 루머라 생각했을지 몰라도 지금쯤은 그게 루머가 아니라는 것을 알게 됐을 것이다.

에버딘은 말도 안 되는 소리에 어이가 없어서 물었다.

"그런데 홀트가에서 가만히 있어요? 다른 사람들은요?"

그동안 사람들이 잠자코 있었던 이유는 간단했다. 왕자가 마르시아와 결혼할 거라 생각했기 때문이다. 덕분에 마르시아는 꽤 고생을 해야 했다. 그녀는 왕자비가 되기엔 집안이 보잘것없었고 높은 사람의 눈에 들어 신분 상승된 모든 사람들이 겪는 괴롭힘을 겪었다.

그럼에도 마르시아는 의연하게 버텼다. 자신의 방패가 되어 주지 않는 왕자의 곁에서 조용히, 그러나 당당하게 행동했다. 그 모습에 점점 사람들 사이에서 인정을 받기 시작한 지 일이 년쯤 됐다.

"덕분에 말이 나온 거죠."

제랄딘은 그렇게 말하며 소파 등받이에 몸을 기댔다. 그전까지 왕자가 마르시아를 왕자비로 삼을 줄 알았던 사람들은 왕자가 아네트를 만나려 하자 술렁이기 시작했다.

덕분에 왕자의 평판에 작은 금이 가기 시작했다. 그동안 귀족들은 왕자가 사랑하는 여자를 집안과 상관없이 왕자비 삼으려 할 거라는 판단하에 심지가 곧고 사랑을 할 줄 아는 사람이라고 여겼다.

사랑만 받는 왕자는 사랑할 줄 모른다. 그게 왕족에게 전해져 내려오는 힘의 대가다. 크리스토퍼 왕자는 마르시아 홀트라는 홀트 자작자의 여식을 애인으로 둠으로써 그 사랑할 줄 모른다는 게 사실이 아닐 거라는 희망을 줬었다.

그 희망이 그가 아네트를 요구하면서 깨졌다. 물론 왕자의 가장 가까운 곳에서 일하는 사람들은 나라를 위해 어쩔 수 없는 판단이라고 합리화를 하고 있긴 하지만.

"홀트 자작은요?"

에버딘은 홀트 자작의 반응이 궁금해서 물었다. 자기 딸을 비공식적인 애인으로 삼아 놓고 정작 결혼은 다른 여자와 하겠다니 어느 부모가 화가 나지 않겠는가.

하지만 제랄딘과 캐서린은 홀트 자작에게 그리 큰 기대를 하지 않고 있었다.

자기 딸이 결혼 전에 왕자의 애인으로 사는 것을 모른 척하는 남자다. 아니, 오히려 그걸 기회 삼아 사업을 벌이고 있다고 들었다.

그런 자가 제대로 된 아버지일 리가 없다.

"홀트 경을 정식으로 약혼자로 삼아 달라는 요청도 한 적이 없는 자예요."

캐서린의 설명에 에버딘의 얼굴이 일그러졌다. 그럼 홀트 경은 어떻게 되는 거야? 그냥 이대로 밀려나는 건가? 억울하겠다는 생각이 들었다.

"적당한 집안과 결혼시킨다고 들었어요."

이어진 제랄딘의 말에 에버딘의 얼굴이 분노로 달아올랐다. 장난해? 그녀는 믿을 수가 없어서 자리에서 벌떡 일어났다.

에버딘이 화가 나서 어쩔 줄 몰라 하는 것을 본 캐서린과 제랄딘은 다시 서로를 쳐다봤다. 마르시아 홀트의 일에 이 정도로 화를 내는 사람은 처음 봤다.

보다 못한 제랄딘이 끼어들었다.

“하지만 홀트 경도 왕자의 애인으로 살면서 이득을 봤으니까…….”

“진심으로 하는 말이에요?”

에버딘은 제랄딘에게 고개를 휙 돌리며 공격적으로 물었다. 진짜 그렇게 생각하는 건가? 그녀의 지적에 제랄딘이 놀라서 입을 다물었다.

그렇지 않나? 캐서린과 제랄딘은 확실히 마르시아가 안됐다고 생각했지만 그녀도 왕자의 애인으로 살면서 얻은 이득이 있으니 그렇게 손해는 아니라고 생각하고 있었다.

하지만 에버딘의 생각은 달랐다. 그녀는 제랄딘에게 계속해서 물었다.

“만약 왕자가 브룩 경, 당신을 애인으로 삼았다면 어땠을까요? 그럼에도 당신 아버지의 사업이 번창했으니 됐나요? 그걸로 충분하다고 생각해요?”

에버딘의 지적에 제랄딘의 얼굴이 일그러졌다. 그녀의 아버지가 그녀에게 왕자의 애인이 되라고 하면 제정신이냐고 한바탕 쏘아붙였을 것이다. 약혼자도 아니고 애인이다. 공적인 자리에 나설 수도 없고 사람들로부터 존경을 받는 것도 아니다.

제랄딘은 자신이 그것보다 더 존경받을 수 있다는 것을 알았다. 그리고 에버딘이 어떤 이유로 마르시아 홀트의 대접에 화를 내는지도 완전히 이해했다.

"젠장."

마르시아는 왕자의 애인으로 얻은 것보다 잃은 게 더 많았다. 게다가 에버딘은 정말 그녀가 왕자를 사랑했을지도 의심스러웠다.

왕자는 주변에 있는 사람이 자신을 사랑하도록 만든다. 그렇다면 마르시아의 감정이 온전히 그녀의 것일까. 그의 힘이 없다면 마르시아는 자기 의지가 아니라 왕자의 권력에 눌려 억지로 애인 노릇한 것과 무엇이 다를까.

"그래도 어쨌든 이 상황에서 홀트 경은 도움이 안 될 거예요."

설령 왕자의 힘이 사라진다 해도 마르시아는 왕자를 끌어내는데 도움을 주지 않을 것이다. 대부분의 사람은 자신이 틀렸다는 것을 알아도 인정하기 어려워한다.

자신이 중요하게 여겼던 걸 한순간에 버리기란 어려운 법이다.

"그럼 홀트 자작은요?"

진정한 에버딘이 다시 자리에 앉으며 물었다. 하지만 캐서린과 제랄딘은 홀트 자작이야말로 도움이 안 될 거라 생각했다.

그는 크리스토퍼 왕자를 위해 그의 더러운 짓을 대신해 준 사람이다. 게다가 왕자의 능력 때문에 왕자에게 불리한 증거는 애초에 가지고 있을 리가 없다.

무엇보다 왕자를 고발한다는 건 자신의 범죄 행위를 자백한다는 거나 다름이 없는데 나설 리가 없다.

에버딘은 캐서린과 제랄딘의 설명에 저도 모르게 신음을 내뱉었다. 어렵다. 기존의 권력을 무너트린다는 건 그녀의 생각보다 훨씬 어려웠다.

"일단은 탄원서부터 시작하죠."

잠시 분위기가 가라앉자 캐서린은 그렇게 말했다. 왕자를 끌어내리는 건 시간이 오래 걸리는 일이다. 적어도 에버딘이 그의 힘을 무효 시키는 한 불가능한 건 아니라는 생각에 캐서린의 마음이 조금 가벼워졌다.

"아네트는 어때요?"

제랄딘은 분위기를 환기하기 위해 아네트의 상태를 물었다. 그녀가 성으로 가던 길에 사고가 났다는 이야기가 제랄딘의 귀에 벌써 들어갔다.

캐서린은 그게 무슨 소리냐고 물었고 제랄딘이 간단하게 크리스토퍼 왕자가 아네트를 불렀던 일을 설명했다.

"몰랐어요. 웨스트 양은 괜찮아요?"

왕자가 공주를 가둔 것과 같은 날에 벌어진 일이라 소문이 묻혔다. 에버딘은 별일 아니라는 표정으로 고개를 끄덕이며 말했다.

"시간을 벌기 위해 션이 꾸민 일이에요."

이 상황에서 아네트가 왕자와의 혼담이 오가는 건 너무 위험하다. 솔직히 말하면 에버딘도 사고를 위장해서 아네트와 왕자의 만남을 막는 션의 방법이 틀렸다고 생각하지는 않았다.

그녀는 그저, 그걸 아네트도 알았어야 한다고 생각했을 뿐이다.

에버딘의 설명에 제랄딘과 캐서린은 고개를 끄덕였다. 잘했다. 두 사람도 비슷하게 행동했을 것이다. 설령 지금 같은 상황이 아니더라도 크리스토퍼 왕자와 자매가 결혼하는 걸 볼 생각은 없다.

새삼 제랄딘은 방금 전에 에버딘이 마르시아를 위해 화를 낸 것을 떠올렸다. 그러네. 방금 그녀는 그녀에게 자매가 있다면 왕자와 결혼하는 것을 반드시 막을 거라고 생각했다.

그렇다면 마르시아 홀트 역시 마찬가지다.

캐서린 역시 비슷한 생각을 하고 있었다. 그녀도 만약 크리스토퍼 왕자가 그웬돌린을 왕자비로 달라고 한다면 제일 먼저 아이를 국외로 빼돌릴 생각을 했을 것이다. 그게 안 된다면 제랄딘처럼 크리스토퍼 왕자를 어떻게든 끌어내려 했겠지.

두 사람의 마음속에 마르시아를 향한 죄책감이 약간 생겨났다.

그렇다고 두 사람이 마르시아에게 잘해 준다거나 동정심을 갖지는 않을 것이다. 그녀 역시 그걸 원하지 않을 테고.

세 사람은 사교계에 떠도는 소문을 이야기하다가 자리에서 일어났다. 캐서린은 먼저 돌아가지만 제랄딘은 아네트의 문병을 가기로 했다. 에버딘은 캐서린을 배웅하고 제랄딘은 이 층 아네트의 침실까지 안내한 뒤 일 층으로 내려왔다.

"브룩 경?"

그녀가 일 층으로 내려오자마자 션이 기다렸다는 듯 모습을 드러내며 물었다. 대외적으로는 그도 마차 사고로 자택에서 몸조리 중인 것으로 알려져 있다.

물론 실제로는 아네트와 함께 어셔 저택에 머물고 있다. 문병 오겠다는 사람이 있지만 멀쩡하다는 것을 감추기 위해 전부 거절하고 있다.

"응. 아네트 얼굴을 보고 간다네."

다른 사람도 아니고 제랄딘이라면 오히려 환영이다. 션은 에버딘의 말에 고개를 끄덕였다. 너무 문병을 거절하는 것도 의심을 살 수 있다.

제랄딘처럼 적당히 친분이 있는 상대의 문병은 받아들이는 게 좋겠지. 게다가 그녀가 아네트의 상태가 꽤 좋지 않다고 소문을 내주면 더 좋다.

"대화가 길던데."

션은 에버딘의 허리에 팔을 두르며 물었다. 아침 식사를 마치자마자 찾아온 제랄딘과 캐서린은 점심 식사 시간이 다 되어서야 일어났다.

에버딘은 그와 함께 식당으로 향하며 말했다.

"왕자가 레베카 공주님을 감금했대."

알고 있냐는 표정에 션은 천천히 고개를 끄덕였다. 나가지 않았지만 그도 알고 있다. 제랄딘의 방문으로 편지를 읽어 볼 시간이 없었던 에버딘과 달리 션은 편지를 읽었기 때문이다.

물론 새벽에 보고를 받기도 했다.

"그래서 허바드 백작이 탄원서를 쓰자네."

허바드 백작이라는 말에 미간을 찡그렸던 션은 곧 고개를 끄덕였다. 나쁘지 않다. 문제는.

"너무 많은 사람이 공주를 위해 탄원을 하면 왕자의 기분이 또 안 좋아질 텐데."

크리스토퍼가 레베카를 질투해서 오히려 안 좋은 쪽으로 갈 수도 있다. 션의 경고에 에버딘은 어깨를 으쓱하며 말했다.

"그래서 몇몇 영향력 있는 사람만 쓰자고 하더라고."

지금으로서는 최선의 선택이다. 션은 고개를 끄덕이며 집사에게 시선을 던졌다.

점심 식사 준비가 끝났는지 확인하는 거다. 그는 집사가 고개를 끄덕이자 그녀를 데리고 식당으로 들어가 에버딘이 앉을 의자를 빼주었다.

에버딘은 자신이 의자에 앉자 션이 의자를 넣어주는 것을 기다렸다가 그가 가까워지자 재빨리 속삭였다.

"그리고 허바드 백작도 합세하기로 했어."

에버딘이 앉은 의자를 넣던 션의 움직임이 멈칫했다. 하지만 그는 곧 에버딘의 의자를 잘 넣어주고 자세를 바로 했다.

그리고 가까운 의자에 앉으며 물었다.

"뭘?"

아차, 가장 중요한 걸 이야기 안 했구나. 에버딘은 자신의 실수를 깨닫고 작은 목소리로 다시 말했다.

"브룩 경과 같이 이야기했거든. 그……."

크리스토퍼 왕자를 끌어내리는 거에 대해서라고 말하려는 순간 하인이 음식을 가지고 들어왔다. 에버딘은 입을 다물고 하인들이 그녀와 션의 앞에 접시를 내려놓는 것을 지켜봤다.

그리고 나가는 하인에게 불쑥 물었다.

"웨스트 양과 브룩 경은 점심 식사를 어떻게 하기로 했지?"

"방에서 같이 드신다고 하셔서 올려드렸습니다."

잘했다. 에버딘은 고개를 끄덕이고 션을 쳐다봤다. 션 역시 바라던 바다. 아네트 없이 에버딘과 단둘이 식사를 할 수 있으니까.

"그래서, 허바드 백작이 뭘 하기로 했는데?"

하인들을 전부 내보내자 식당 안에는 완전히 션과 에버딘 단둘이 남았다. 션은 에버딘을 향해 몸을 기울이며 물었다.

훅 하고 그에게서 잉크 냄새가 풍겨 왔다. 그리고 에버딘이 늘 맡던 서늘하면서 묵직한 바람 같은 냄새도 뒤이어 따라왔다.

하루 종일 서재에서 일을 한 모양이다. 어쩌면 편지를 썼을 수도 있겠다. 에버딘은 션의 굵고 긴 손가락을 힐끔거리며 생각했다.

그는 그녀가 자신의 손가락을 힐끔거리는 건 전혀 모르고 별생각 없이 빵에 버터를 바르고 있었다. 그러다가 에버딘을 쳐다보며 물었다.

"줘?"

버터 바른 빵을 탐낸다고 생각한 거다. 에버딘은 뭐라고 할까 하다가 그냥 빵을 받아 들었다. 바삭하고 그녀가 빵을 베어 무는 소리가 들리자 션은 다시 빵을 집어 버터를 바르기 시작했다.

"왕자 말이야. 말이 나오고 있대. 홀트 경을 버리고 아네트를 왕자비로 삼는 걸로 말이야."

그래? 션은 무표정하게 버터 바른 빵을 먹기 시작했다. 겉을 바삭하게 구운 빵은 고소한 버터를 듬뿍 바른 덕에 풍부한 맛이 났다.

그건 당연하다. 사람들이 크리스토퍼 왕자를 좋아한 이유 중 하나가 사랑하는 사람의 집안이 한미한 것을 신경 쓰지 않는다는 거였으니까.

물론 정확히 말하면 먼저 왕자를 좋아하고 나서 좋아할 이유를 합리화하기 위해 세운 이유가 그거였지만.

"알고 있었어? 왕자한테 애인이 있는 거."

션의 반응이 달라지지 않자 에버딘은 인상을 쓰며 물었다. 하지만 그녀도 자신의 질문이 바보 같다는 것을 알았다.

당연히 알았겠지, 그가 누군데. 션 웨스트 공작이다. 제랄딘과 캐서린이 알고 있던 것을 그가 몰랐을 리 없다.

"그래."

션은 빵 한 쪽을 순식간에 먹어 치운 뒤 덤덤하게 말했다. 그 반응에 에버딘은 이해할 수가 없어서 물었다.

"그럼 우린 아네트를 속일 필요도 없었잖아? 그 애한테 왕자에게 애인이 있다는 걸 알려 줬으면 되는 거 아냐?"

마치 왕자에게 애인이 있는 걸 안다면 아네트가 왕자비가 되는 것을 포기했을 거라고 믿는 듯한 말투였다. 션은 믿을 수 없다는 표정으로 에버딘의 접시를 가져오며 물었다.

"설마 아네트가 알았다면 왕자비 자리를 거부할 거라고 생각하는 건 아니지?"

"거부했을 수도 있지."

"차기 왕비 자리를?"

"왕자가 개차반이면 거부할 수도 있지."

에버딘의 주장에 션은 피식 웃었다. 왕자비 자리를 거부하려면 왕자가 개차반인 것보다는 더 강한 게 필요하다. 그는 에버딘의 접시에 담긴 고기를 먹기 좋게 잘라 그녀의 앞에 돌려놓으며 말했다.

"왕자에게 애인이 있다는 걸 알면 아네트의 투지가 불타오를 수도 있지."

"그럴까?"

아네트가? 에버딘의 미간에 주름이 생겼다. 그런 애는 아닌 것 같은데.

하지만 션은 아네트의 성격을 말하는 게 아니었다. 그는 자신의 고기를 자르며 가볍게 말했다.

"자기에 대한 헛소문을 퍼트린 게 누군지 알 테니까. 오히려 반발할 수도 있잖아."

"아네트에 대한 헛소문을 퍼트린 게 마르시아 홀트란 말이야?"

"정확히 말하면 홀트 자작 부인의 친구."

홀트 자작 부인을 위해서 한 걸 테니 어쨌든 홀트 자작가에서 퍼트린 거나 다름이 없다. 에버딘은 홀트 자작 부인의 친구가 아네트에 대한 헛소문을 퍼트렸다는 말에 인상을 찡그렸다.

"그렇겠네."

어찌 보면 당연한 일이다. 왕자의 생각이 어떻든 홀트 자작가에서는 마르시아 홀트가 왕자와 결혼하길 바랄 테니까. 거기에 갑자기 거론된 아네트의 존재는 눈엣가시겠지.

아네트가 사생아라는 소문을 퍼트린 것도 이해가 됐다. 그녀와 왕자비 자리를 두고 싸우려면 아네트가 왕자비가 되지 못할 소문을 내야 할 테니까.

범죄에 연루됐다거나 성질이 못됐다는 걸로는 왕자비가 되는 걸 막을 수 있다. 하지만 그녀가 사생아라는 소문이 돌면 아네트가 귀족이 아닐 수도 있다는 걸로 연결될 것이다.

에버딘은 션의 재촉대로 고기를 한 점 먹은 뒤 입을 열었다.

"브룩 경 말로는 홀트 자작이 자기 딸이 왕자의 애인인 걸 이용해서 사업을 한다던데."

자연스럽게 대화는 홀트 자작과 왕자의 관계로 이어졌다. 그럴 것이다. 션은 음식을 먹으며 고개를 끄덕였다. 에버딘은 물을 마시고 말을 이었다.

"브룩 경과 허바드 백작은 왕자가 저지른 범죄를 찾아내서 끌어내자고 이야기했거든. 홀트 자작이 왕자를 대신해서 범죄를 저질렀을 거라던데."

"맞아."

션은 마치 날씨 이야기를 하듯 동의했다. 그리고 에버딘을 향해 몸을 돌리며 덧붙였다.

"하지만 홀트 자작이 왕자에게 불리할 증거를 가지고 있을 거란 생각은 하지 마."

"그건 두 사람도 이야기하더라."

그렇겠지. 션은 에버딘이 천천히 고기를 먹는 것을 지켜봤다. 그는 그녀가 뭔가를 하는 걸 보는 게 좋았다. 편지를 읽거나 쓰는 걸 보는 것도 좋았고 음식을 먹는 걸 보는 것도 좋았다.

그냥 기분이 좋아졌다. 편안하고 안전하다는 느낌이 들었다. 그건 에버딘이 수도의 빵집에서 일을 하는 걸 봤을 때부터 생긴 변화였다.

"하지만 정말 없을까? 홀트 자작도 사람인데 왕자가 자길 배신할 수도 있다고 생각할 거 아냐?"

설마 왕자가 배신하면 그냥 배신당하는 건 아니겠지? 의심으로 에버딘의 눈이 가늘어졌다.

그럴지도 모른다. 션은 말없이 음식을 먹으며 생각했다. 그는 왕족에게 내려오는 힘이 얼마나 약해졌는지 모른다. 사실, 그 힘에 대해 제대로 아는 사람은 거의 없다.

그가 바라는 건 홀트 자작이 왕자에게서 자신을 지키기 위한 수단으로 증거를 가지고 있는 거지만, 모든 일이 그렇게 그가 바라는 대로 흘러가지는 않는다.

"모르지. 하지만 우리는 최악의 상황을 가정하고 준비를 해 놔야 하니까."

그건 그렇다. 별생각 없이 션의 말에 동의하려던 에버딘의 눈이 반짝였다. 그녀는 그를 향해 몸을 기울이며 물었다.

"우리?"

며칠 전까지만 해도 션은 분명 왕자를 끌어내리는 일에 반대했었다. 하지만 지금 자신을 우리라고 말했다. 그건 왕자를 끌어내는 일에 자신도 포함했다는 뜻이다.

에버딘의 반응에 션은 쓰게 웃었다. 솔직히 말하면 그는 에버딘이 아니었다면 제일 먼저 제랄딘과 손을 잡았을 것이다.

그가 왕자를 끌어내야 할 이유는 너무 많았다. 왕자는 무능했고 그런 주제에 못됐다. 꼭 왕이 착해야 할 이유는 없지만 사악한 왕은 왕이 되어선 안 된다.

게다가 아네트도 있다. 마틴이라면 그의 알 바가 아니지만 아네트는 아니다. 그는 왕자과 아네트를 결혼시킬 생각이 추호도 없었던 것이다.

그 모든 이유에도 션의 행동이 소극적이었던 이유는 오로지 에버딘 때문이었다. 왕자를 끌어내기 위해서는 에버딘이 전방에 나서야 한다. 그는 그런 위험을 무릅쓰고 싶지가 않았다.

"네가 원하잖아."

에버딘이 원하지 않았다면 션은 그녀를 데리고 어딘가로 도망쳤을지도 모른다. 그리고 그 어딘가는 높은 확률로 웨스트햄튼이 됐겠지.

하지만 에버딘은 적극적으로 왕자를 끌어내고 싶어 하고 레베카 공주를 왕으로 세우고 싶어 한다. 그렇다면 션은 그녀가 원하는 일을 이뤄 주고 싶었다.

"맞아."

에버딘은 션의 말에 빙그레 웃고 그의 입술에 입을 맞췄다. 그리고 자신의 음식을 먹기 시작했다.

아까보다 입맛이 살아났다. 션이 그녀의 의견에 동의하고 지지해 준다는 것만으로 에버딘은 기분이 훨씬 좋아졌다.

그 모습에 션은 속으로 한숨을 내쉬었다. 이럴 줄 알았다면 좀 더 빨리 말할 걸 그랬다. 문득 그의 머릿속에 자신이 평생 에버딘을 이기지 못할 거 같다는 생각이 들었다.

하지만 그것도 나쁘지 않다. 션은 씩 웃었다.

그때 에버딘이 불쑥 입을 열었다.

"기빈."

"음?"

기빈이 뭐야? 션은 그게 무슨 소리냐는 표정을 지었고 에버딘은 생각났다는 표정으로 물었다.

"기빈이 홀트 자작이랑 연관이 있다며."

그랬다. 션 역시 기빈이 홀트 자작과 어울린다던 보고를 떠올렸다. 그리고 기빈 뒤에 있을 힘 있는 귀족의 존재도.

"그게 홀트 자작을 말하는 거 아냐?"

"그는 그 정도 힘은 없어."

에버딘의 지적에 션은 고개를 저었다. 아무리 마르시아 홀트가 왕자의 애인이라고 해도 홀트 자작은 그 정도 힘을 발휘할 수 없다.

수도 밖으로 가짜 술을 내가는 것까지는 가능할 것이다. 하지만 다른 영지에 가짜 술이 들어가는 것까지는 홀트 자작의 힘으론 어렵다.

물론 한두 영지 정도야 기빈이 적당히 돈을 쥐여 주고 들여보낼 수 있겠지. 하지만 대여섯 군데의 영지에 가짜 술을 들여보내고 문제가 생겼는데도 아무도 문제 제기를 안 한다는 건 홀트보다 더 강한 자의 힘이 가해졌다는 말이다.

그렇다면 남은 건 하나밖에 없네. 에버딘은 씩 웃으며 말했다.

"그럼 왕자인 거네."

아마 그럴 것이다. 션은 에버딘의 말에 아무 대꾸도 하지 않았다. 그도 왕자가 뒤에 있을 거라고 어렴풋이 예상하고 있었다.

하지만 그걸 입 밖에 내지 않은 건 에버딘을 위해서라도 가짜 술의 배후에 왕자가 있는 건 그리 좋은 일이 아니기 때문이다.

왕자를 끌어내기로 한 지금도 그게 좋은 일인지 모르겠다. 션은 컵을 들어 올리며 속으로 한숨을 내쉬었다. 이런 일은 마지막까지 발을 뺄 수 있는 구멍을 하나 만들어 놓는 게 좋다. 그는 에버딘이 안전하길 바랐으니까.

48

레베카 공주는 이를 갈며 서류를 살피고 있었다. 크리스토퍼가 그녀를 감금한 첫날은 죄책감이 들었다. 그녀가 오라버니의 기분을 상하게 했으니 감금당해도 쌌다.

하지만 이튿날이 되자 죄책감이 옅어지기 시작했다. 크리스토퍼에게서 멀어지자 그의 힘이 약해진 것이다. 그녀는 그가 허락하기 전까지 그녀의 궁에서 나가지 말라는 왕자의 명령을 떠올리며 인상을 썼다.

사실, 왕족의 궁이란 작은 마을과 같아서 감금된다고 해서 생활에 불편함은 없다. 정원도 세 개나 있고 음악실이나 게임실 같은 놀이 시설도 있다. 그러니 크리스토퍼 왕자가 레베카를 감금한 건 정말 그녀의 움직임에 제한을 줬다기보다는 벌을 줬다는 상징성이 더

켰다.

하지만 아직 왕이 아닌 오라버니가 그녀에게 벌을 줬다는 건 생각해 보면 공주 입장에서는 수치스러운 일이 아닐 수 있다. 물론 크리스토퍼 왕자는 왕이 될 사람이고 힘을 가지고 있으니 왕이 아닌 그가 공주에게 벌을 내린 것을 지적하는 사람은 없지만.

"전하."

레베카가 두툼한 서류를 확인하고 마지막에 도장을 찍자 시종이 들고 있던 또 다른 서류를 건넸다. 어이가 없는 것은 레베카를 감금해 놓고도 그녀가 하던 일은 계속 시켰다는 점이다.

레베카는 줄기는커녕 오히려 늘어난 업무에 어이가 없어서 속으로 이를 갈았다. 크리스토퍼는 아무 생각 없이 지시한 거겠지만 이 모양새는 크리스토퍼의 뒤에서 그의 일이나 대신하라는 거나 다름이 없다.

레베카는 태어나서 처음으로 이 모든 것이 지긋지긋해지기 시작했다. 이 일은 왕이 해야 하는 일이다. 각 지방에서 올라온 요청을 확인하고 귀족들의 분쟁을 조정하고 예산이 제대로 책정됐는지, 제대로 사용되고 있는지 살피는 이 모든 일들은 왕이 해야 하고 왕이 될 사람이 해야 할 일이다.

하지만 그걸 레베카가 하고 있다. 처음 크리스토퍼가 그녀에게 일을 시켰을 때는 큰일을 대신한다는 사실에 뿌듯했지만 감금되고 나서는 생각이 달라졌다.

크리스토퍼는 그녀에게 자신의 일을 전부 시켜 놓고도 말뿐인 치하조차도 하지 않았다.

왕이 되는 건 그녀가 아니라 크리스토퍼잖아. 레베카는 속으로 그렇게 소리 지르고 있었다.

"허바드 백작이 도착했습니다."

다행히 크리스토퍼는 레베카에게 사람들이 방문하는 것까지는 막지 않았다. 누군가 그날그날 레베카에게 방문한 사람들의 명단을 왕자에게 보고할 테지만 레베카는 그가 그걸 제대로 듣지도 않을 거라고 생각했다.

"잠시 기다리라 하게."

레베카는 그렇게 말하고 남은 서류에 도장을 찍었다. 캐서린은 감금된 레베카에게 찾아오는 몇 안 되는 사람 중 하나였다. 왕자가 그녀를 감금하자 그의 기분을 거스를까 봐 걱정된 사람들은 레베카를 찾아오지 않았기 때문이다.

"됐나?"

마지막 서류까지 확인한 레베카의 질문에 시종은 품에 안은 서류 뭉치를 확인하고 고개를 끄덕였다. 오늘 오전까지 올라온 서류는 이걸로 끝이다. 물론 오후에 올라온 건 시종들이 확인 후 내일 오전에 가져올 것이다.

"기다리게 해서 미안하군."

레베카는 캐서린이 기다리고 있던 응접실로 들어가며 사과를 건넸다. 그리 오래 기다리지는 않았다. 하지만 캐서린은 레베카의 지친 표정을 보고 그녀가 오늘 꽤나 힘들었다는 것을 깨달았다.

"힘든 하루를 보내신 모양이군요."

캐서린의 위로에 레베카는 힘없이 웃었다. 그랬다. 왕자의 업무를 대리하는 것만을 말하는 게 아니었다. 감금된 뒤로 끊임없이 감옥에 갇힌 먼로가 어떻게 됐는지 알아내려 했지만 아무 성과가 없었기 때문이다.

어느 감옥에 갇혔는지는커녕 몸 상태가 어떤지조차 알 수가 없었다. 어쩌면 죽었을지도 모른다는 생각에 레베카의 기분은 한없이 아래로 가라앉았다.

"먼로는 어떻게 됐는지 아는가?"

레베카의 마지막 희망은 캐서린이었다. 다행히 캐서린은 그녀가 원하던 정보를 약간 가지고 있었다.

"지하 감옥에 갇혀 있습니다. 한 달 안에 노역장으로 끌고 갈 거라고 하더군요."

"노역장? 그가 무슨 잘못을 지었다고?"

크리스토퍼의 기분을 상하게 한 잘못이다. 정확하게 말하면 이미 끝난 지원을 요청해서 나라를 혼란스럽게 하려는 죄목이라고 할 수 있겠지.

캐서린의 대답에 레베카는 어이가 없어서 벌떡 일어났다. 그리고 크리스토퍼라면 능히 할 수 있는 짓이라는 생각에 다시 자리에 앉았다.

기운이 쏙 빠졌다. 오늘 하루, 레베카는 자신이 얼마나 무능력한지 절감하고 있었다. 그녀에게 서류를 가져오는 시종이나 법안과 허가를 위해 찾아온 귀족들 중 어느 누구도 먼로에 대해 이야기하려 하지 않았다.

그러면서 그녀가 크리스토퍼 왕자의 일을 대신해 주고 있으니 그가 곧 기분을 풀어 그녀의 감금을 풀어 줄 거라는 위로 같지도 않은 위로를 하고 떠나 버렸다.

물론 그중에 왕자가 좀 과했다고 말하는 사람도 있기는 했다. 하지만 그들 중에 왕자에게 가서 공주에게 한 처우가 과했다고 하는 사람은 아무도 없을 것이다.

진짜 오라버니의 힘이 약해지긴 한 걸까. 레베카는 먼로를 풀어 달라고 요청하러 갔을 때의 느낌을 떠올리며 인상을 썼다. 왕자가 가까워질수록 그녀는 먼로를 풀어 달라는 요청을 하는 것에 죄책감이 들기 시작했다.

그리고 크리스토퍼와 얼굴을 마주하자마자 자신이 잘못 생각했다는 생각이 들었다. 그럼에도 불구하고 그녀는 먼로를 풀어 주고 지원 요청을 한 영지에 지원을 보내 줘야 한다고 두 번이나 요청했다.

그 두 번만으로도 당장 크리스토퍼에게 사과하고 싶은 충동이 치밀어 올랐지만.

"최대한 이동을 취소해 달라고 요청하겠습니다."

캐서린은 레베카를 위로하기 위해 그렇게 말했다. 그게 그녀가 할 수 있는 최선이다. 이미 왕자는 먼로에게 벌을 주고 영지에서 요청한 지원을 거절하라고 명령했다.

거절하라고 한 지원을 보내라고 할 수는 없지만 먼로의 이동을 막을 수는 있을 것이다. 아니면 노역장보다 좀 더 나은 곳으로 보낼 수 있겠지.

캐서린의 위로에 레베카는 한숨을 내쉬었다. 그녀는 찻잔을 감싸 쥐고 말했다.

"내가 전하께 먼로를 풀어 달라고 요청하지 않았다면 먼로는 감옥에 갇히는 거로 끝났을 걸세."

왕자 근처에 있는 사람일수록 레베카처럼 왕자가 못되게 군 걸 자기 잘못으로 돌리는 경향이 컸다. 이런 경향은 왕자와 멀어질수록, 만나지 않을수록 줄어든다.

다행히 캐서린은 신년 파티 이후로 왕자를 만난 적이 없었기 때문에 왕자에 대해서는 레베카보다 정상이었다. 그녀는 공주의 자책에 손을 내밀어 레베카 공주의 손 위에 얹었다.

그리고 그렇지 않다고 눈빛으로 레베카 공주를 위로했다. 성안에서 왕자의 욕을 하는 건 위험하다. 크리스토퍼 왕자가 레베카 공주를 의심해서 첩자를 보낼 정도로 머리를 쓰지는 않지만 시종 중 누군가가 넘쳐나는 충성심으로 고발할 수도 있으니까.

대신 캐서린은 레베카 공주의 손에 얹었던 손을 가져오다가 자신의 잔과 주전자를 툭 쳐 버렸다. 덕분에 덜그럭하고 잔과 주전자가 엎어졌다.

"이런!"

"괜찮으십니까?"

뜨거운 차가 흐르자 깜짝 놀란 레베카와 캐서린이 자리에서 벌떡 일어났다. 곁에 있던 시종이 재빨리 달려와서 레베카의 상태를 확인했다.

"나는 괜찮네. 허바드 백작, 괜찮나?"

"죄송합니다, 전하."

캐서린은 레베카의 상태를 살피는 척 그녀의 곁으로 다가갔다. 그리고 하인들에게 어서 치우고 수건을 가져오라고 지시했다.

이런 실수를 하는 사람이 아닌데. 레베카는 캐서린과 단둘이 남자 그렇게 생각했다. 그녀가 너무 피곤해 보여서 걱정하느라 그런 걸까.

"전하."

그때, 캐서린이 작은 목소리로 레베카를 불렀다. 단둘이 남기 위해 일부러 잔과 주전자를 엎질렀다. 그녀는 레베카의 손을 잡고 진지한 표정으로 빠르게 말했다.

"왕자님의 힘이 약해진 이유를 알았습니다."

레베카의 눈이 커졌다. 알았다고? 어떻게? 당연하게도 네 가문의 힘은 어떻게 막을 수 있는지 연구한 적이 없었다. 이 나라는 네 가문이 지탱하고 있다고 해도 과언이 아니다. 넷 중 어느 하나의 힘을 연구하려고 해도 자칫 잘못하면 왕족에 대한 반역으로 보일 수 있다.

때문에 마법사와 학자들이 탐을 내면서도 제대로 된 요청을 한 적이 없었다.

그걸 브룩가나 웨스트가가 아닌 허바드 백작이 알았다니 레베카 공주로서는 놀랄 수밖에 없었다. 캐서린은 사람들이 오기 전에 재빨리 설명했다.

"어서 남작입니다. 지난번 신년 파티 때도 그녀가 같이 있었기 때문인 듯합니다."

레베카의 머릿속에 신년 파티에서 에버딘과 인사를 나눴던 게 생각났다. 그녀가 있어서 크리스토퍼의 힘이 무력화됐다고? 그건 말도 안 된다.

그동안 어셔 남작이 왕자와 한 공간에 있었던 게 그때가 처음이 아니지 않은가. 레베카는 믿을 수가 없어서 캐서린의 손을 잡으며 물었다.

"하지만 어셔 남작이 성에서 열린 파티에 참석한 게 그때가 처음이 아닐 텐데?"

캐서린과 제랄딘도 그걸 이상하게 여겼었다. 두 사람과 에버딘이 나름대로 가설로 세운 이유도 있다. 어셔 남작은 죽었다가 살아났다. 그래서 그런 능력이 생긴 게 아닐까.

"정확한 이유는 모릅니다. 하지만 그녀가 브룩 경의 힘을 막더군요."

제랄딘 브룩의 힘이 뭔지 레베카도 안다. 그녀는 한때 제랄딘의 능력을 부러워했었다. 그녀에게 사람을 구할 수 있는 힘이 있다면 많은 사람을 구했을 거다.

"확실한가?"

레베카가 다시 확인한 순간, 시종들이 수건을 가지고 들어왔다. 캐서린은 입을 다문 채 고개를 끄덕였다. 그리고 능숙하게 사교계의 소문을 이야기하기 시작했다.

어셔 남작이 신년 파티 때 일어난 사건의 주인공이었다. 레베카는 캐서린이 떠난 뒤 피곤하다는 이유로 식사도 거부하고 침실로 들어갔다.

그리고 캐서린이 가져온 이야기가 무엇을 의미하는지, 그녀가 자신에게 그것을 알렸다는 게 어떤 의미인지 생각했다.

어셔 남작이 크리스토퍼의 힘을 막을 수 있다. 신년 파티 때의 현상이 다시 벌어지는 것이다. 그리고 그걸 그녀에게 말한다는 건 그녀가 원한다면 크리스토퍼를 끌어내고 레베카가 왕이 되는 것을 돕겠다는 거겠지.

왕이 된다. 왕의 자식으로 태어나서 어느 누가 그걸 생각해 보지 않았겠는가. 그녀는 첫째가 왕위를 잇는다는 것을 몰랐을 때 자신이 왕이 되는 것을 상상한 적이 있었다. 그 상상 속에서 크리스토퍼는 그녀의 배려로 좋아하는 음식만 먹으며 행복하게 사는 거였다.

"불가능하지."

레베카는 두 손에 얼굴을 묻으며 신음을 내뱉었다. 어셔 남작이 있었기 때문에 크리스토퍼의 힘이 무력화됐다는 건, 어셔 남작이 없어지면 그의 힘이 그대로 발휘된다는 말이다.

마치 지금처럼.

만약 레베카가 왕이 되려면 크리스토퍼를 죽여야 한다. 아니면 평생 아무도 만나지 못하도록 가둬두거나.

그건 차라리 죽이는 게 나을 정도로 가혹한 짓이다. 레베카는 눈을 감은 채 자신이 오라버니를 죽일 수 있을지 생각했다.

그 정도로 왕위를 원하느냐 하면 그건 아니다. 하지만 이대로 크리스토퍼가 왕이 되어도 된다고 생각하는 것 역시 아니었다.

끔찍하게 긴 밤이 이어졌다.

*　　*　　*

"로나, 로나, 로나 코넬."

로버트는 기분이 좋았다. 그는 노래를 부르듯 로나의 이름을 부르며 그녀의 맞은편에 앉았다. 우유 술이 잘 팔리고 있기 때문이다. 우유 술을 팔 지역이 점점 늘어나고 있었다. 그 말은, 로버트에게 들어오는 돈도 늘어난다는 뜻이다.

"들어 봐. 너한테 맡길 지역이 또 있어. 여기가 아주 대목이라니까?"

로나도 상당한 돈을 벌 수 있을 것이다. 로버트는 그 핑계로 비용을 약간 깎을 생각에 손바닥을 비볐다.

하지만 로나는 로나 나름대로 벼르고 있었다. 그녀는 몰리와 맞춘 대로 화난 표정으로 말했다.

"너, 나한테 거짓말한 거 있지?"

"뭐?"

갑자기 적대적으로 대하는 로나의 행동에 로버트의 행동이 멈칫했다. 거짓말한 거? 아직 없다. 없나? 그는 생각하지 않고 재빨리 웃으며 말했다.

"아, 무슨 소리야? 내가 뭘 거짓말을 했다고 그래?"

"우유 술 말이야. 나한테 거짓말했잖아."

우유 술? 기빈은 진짜로 모르겠다는 표정을 지었다. 정말 모르겠다.

그 모습에 로나는 한숨을 내쉬었다. 이 자식은 내뱉는 건 전부 거짓말이라 자기가 어떤 거짓말을 했는지도 모르는 모양이다.

"우유 술이 위조품이라는 거 말 안 했잖아."

"아, 그거?"

그제야 로버트의 얼굴이 웃음이 떠올랐다. 몰랐단 말이야? 당연히 아는 줄 알았는데. 그는 로나와 그녀의 옆에 앉은 몰리를 번갈아 쳐다봤다.

로나와 달리 몰리는 무표정한 얼굴이었다. 얘는 좀 어렵단 말이야. 로버트는 몰리를 보고 멈칫했지만 곧 별거 아니라는 듯 말했다.

"뭐 어때. 피해 보는 사람도 없잖아."

피해 보는 사람이 없다니. 로나는 울컥해서 소리쳤다.

"너 때문에 내가 얼마나 골치 아팠는지 알아?"

"뭐? 왜 내 탓이야? 내가 뭘 어쨌다고?"

로버트는 로나가 갑자기 화를 내자 주변을 살피며 재빨리 말했다. 그렇지 않아도 도착한 지 몇 분이 지났는데도 주문을 하지 않는 바람에 직원의 관심이 세 사람이 앉은 테이블에 집중돼 있었다.

로버트는 손을 들어 직원을 부르며 말했다.

"일단 뭐 좀 먹자. 내가 살 테니까 마음대로 시키라고."

"당연히 네가 사야지! 너 때문에 우리가 얼마나 위험했다고!"

대체 무슨 소릴 하는 건지 모르겠다. 로버트가 그게 무슨 소리냐고 물어보려 했지만 그보다 먼저 직원이 다가왔다.

세 사람은 적당히 먹을 음식을 주문한 뒤 다시 이야기를 시작했다.

"위험하다니, 무슨 소리야?"

"우유 술 말이야. 왜 위조품이라고 말 안 했어?"

또 그 소리네. 로버트의 미간에 주름이 생겼다. 그는 진심으로 위조품이 무슨 문제인지 이해를 할 수가 없었다.

"그게 무슨 상관이야?"

"상관이 있지! 진짜 우유 술을 만든 사람이 우리한테 화를 내고 있으니까!"

그제야 로버트는 로나가 무엇 때문에 이렇게 난리인지 알아차렸다. 그는 피식 웃고는 로나를 향해 몸을 내밀며 말했다.

"아, 걱정 마. 그래 봤자 남작이잖아."

"그래 봤자 남작이라니?"

"어셔 남작 말이야. 우유 술을 만든 사람."

진짜 우유 술을 만든 사람이 어셔 남작이라는 걸 로버트가 알고 있을 줄은 몰랐다. 로나가 놀란 표정을 짓자 로버트는 잘난 척하며 다시 말했다.

"그래 봤자 남작이잖아. 내 동업자는 무려 자작이라고."

그러니 로버트의 동업자가 이긴다. 하지만 작위라는 건 그렇게 작위 명으로 높고 낮음이 결정되는 게 아니다.

몰리는 어이가 없어서 끼어들었다.

"그래서, 네 동업자가 어셔 남작을 막아 주겠대?"

그러자 놀랍게도 로버트의 행동이 멈췄다. 과연 그가 어셔 남작을 막아 줄까? 로버트는 망설이다가 로나에게 물었다.

"많이 화내?"

"당연하지, 이 멍청아!"

로나가 화를 내는 것과 동시에 세 사람의 음식이 나왔다. 로나는 몰리가 음식을 먹기 좋도록 그녀의 손에 샌드위치를 쥐여 주고 다시 말했다.

"엄청 화내고 있어. 우리 때문에 피해 입은 걸 보상하라는데 어쩔 거야?"

어쩌다니. 로버트는 자기 몫으로 시킨 빵을 먹으며 말했다.

"한동안 피해 다녀."

다들 그렇게 했다. 우유 술이 그의 위조 사업의 첫 번째 아이템이 아니라는 말이다. 게다가 상대는 남작이라며? 며칠 피해 다니면 그도 포기할 거다.

하지만 로버트가 모르는 게 하나 있었다. 몰리는 손을 더듬어 자신의 컵을 찾으며 물었다.

"서쪽 하늘 용병단도?"

"뭐?"

"서쪽 하늘 용병단 말이야. 그들은 피하기 어렵잖아."

단순히 귀족 한 명이나 용병 하나면 몰라도 용병단 전체를 피하기란 쉽지 않다. 몰리의 질문에 로버트는 여기서 서쪽 하늘 용병단이 무슨 상관이냐고 물어보려 했다.

하지만 그보다 먼저 몰리가 말했다.

"아, 혹시나 해서 말하는데 어셔 남작과 웨스트 공작은 동업하고 있어. 웨스트 공작과 서쪽 하늘 용병대의 관계는 말하지 않아도 알고 있지?"

알고 있다. 로버트는 웨스트 공작이라는 말에 얼굴을 일그러트렸다. 그쪽은 생각도 안 해 봤다. 그가 그동안 손댄 위조품은 음식이나 장식품 같은 거였기 때문이다.

"웨스트 공작이 너네한테 화를 낸다고?"

"아직은 아니지만, 어셔 남작이 웨스트 공작까지 나서면 곤란해질 거라고 하던걸."

이번에는 로나가 말했다. 그녀의 잘 모르겠지만 그러더라라는 식의 말투가 로버트를 불안하게 만들었다. 그러자 몰리가 그녀의 말을 받아 말했다.

"네 동업자인 무슨 자작님이 어셔 남작과 웨스트 공작까지 막을 수 있어?"

남작은 가능할 거다. 로버트는 잘 모르지만 그럴 거라고 생각했다. 하지만 공작은?

그의 머릿속에 동업자가 지나가면서 웨스트 공작에 대해 말했던 게 떠올랐다. 그의 동업자는 웨스트 공작을 싫어했다. 한 방 먹이고 싶어하기까지 했지.

예전부터 그랬던 건 아니었다. 그전에는 웨스트 공작은 어지간하면 건드리지 말자는 식으로 넘어갔고 동업자가 공작을 싫어하게 된 건 최근의 일이다.

"안 되나 보네."

로버트가 말이 없자 몰리가 불쑥 말했다. 그녀는 컵을 조심스럽게 테이블에 내려놓으며 로나에게 말했다.

"우린 손 떼자."

"잠깐, 손 떼겠다니?"

손을 뗀다는 말에는 여러 가지 의미가 있다. 단순히 생각하면 로버트의 사업에 엮이는 걸 그만두겠다는 말이겠지만 그에게는 그렇게 들리지 않았다.

"미안하지만, 기빈. 우리도 살아야지."

그다지 미안하지 않다는 표정과 말투로 로나가 사과했다. 로버트는 당황해서 물었다.

"무슨, 무슨 소리야? 뭘 살아?"

"아까 말했잖아. 어셔 남작이 화를 냈다고."

"서쪽 하늘 용병대도 우릴 찾아다니고 있지."

로나와 몰리의 몰이가 시작됐다. 두 사람은 로버트가 끼어들 시간을 주지 않고 주거니 받거니 이야기했다.

"우유 술을 누가 만들어 파는 거냐고 물어보더라고."

"아, 물론 우린 의리 지켰다? 너와는 달리."

"의리는 무슨 개뿔."

"맞아. 뭐 하러 지켰나 몰라. 이놈도 별 볼 일 없는데."

두 사람의 대화에 정신을 차리지 못하던 로버트는 그도 별 볼 일 없다는 말에 불쑥 끼어들었다.

"잠깐, 잠깐!"

다른 건 몰라도 별 볼 일 없다는 말은 못 참겠다. 로버트는 결국 참지 못하고 입을 열었다.

"내 동업자한테 뒷배가 있어."

"뭐시기 자작?"

"쉿."

로버트는 몸을 낮추고 주변을 돌아보았다. 과도하게 누가 들을까 봐 걱정하는 모습에 로나의 눈살이 찌푸려졌다. 하지만 그 모습을 모르는 몰리는 덤덤하게 물었다.

"동업자가 누군데?"

"쉿."

몰리의 목소리가 너무 컸다. 로버트가 느끼기엔 그랬다는 말이다. 로나는 속으로 가지가지 한다고 생각했지만 그가 몰리와 그녀의 계획에 넘어온 게 보여서 아무 말도 하지 않았다.

"홀트 자작이라고 알아?"

알 리가 없다. 로나는 아무 말도 하지 않았고 몰리는 잠시 생각하다가 말했다.

"알아."

유명한 사람은 아니다. 그러니까 웨스트 공작이나 어서 남작처럼 사람들의 관심이 집중될 만한 사건을 벌인 적은 없다는 말이다.

홀트 자작은 그보다 좀 더 자잘한 이야기 속에 나왔다. 동료 하나가 일이 늘어났다며 자기 일의 일부를 가져가라고 찾아온 적이 있는데 일이 늘어난 이유가 홀트 자작이라는 귀족이 사업을 확장했기 때문이라거나 새벽에 마차 한 대가 수도 밖으로 나가는 걸 봤는데 그게 홀트 자작가에서 나왔다거나 하는 이야기였다.

"엄청난 사람이야. 무려 자작이라고."

로버트의 허풍에 몰리는 속으로 콧방귀를 뀌었다. 아까 공작을 막아 줄 수 있냐고 물었을 때는 한마디도 못 하지 않았던가.

"게다가 그 사람 딸이, 아니, 그러니까 자작 영애가 말이야……."

"홀트 경을 말하는 거겠지?"

몰리의 지적에 로버트가 멈칫했다. 어? 그런가? 그는 잠시 생각하다가 다시 말했다.

"어어, 그래. 그, 홀트 경. 그 여자가 왕자의 약혼녀거든?"

"현재 왕자 전하께는 공식적인 약혼녀가 없을 텐데?"

이런 게 싫다. 로버트는 저도 모르게 몰리를 쳐다봤다. 그녀는 사사건건 그의 말에 토를 달았다. 그런 점이 그가 몰리를 어려워하게 만들었다.

덕분에 로버트의 말문이 막혔다. 그는 도와달라는 듯 로나를 쳐다봤지만 로나 역시 아무 말 없이 그를 쳐다볼 뿐이었다.

"어, 뭐, 그렇지. 그런데 워낙 왕자가 홀트 자작 딸을 좋아해서 홀트 자작 딸이랑 결혼할걸?"

확실히 그런 이야기가 있기는 하다. 왕자가 어느 한미한 집안의 여자를 마음에 들어 한다고.

몰리는 거기까지 생각하고 천천히 말했다.

"설마 홀트 자작이라는 사람이 왕자와 사돈 간이 될 거라 웨스트 공작을 막을 수 있다는 말은 아니겠지?"

"바로 그거야!"

바보인가?

몰리의 얼굴이 저도 모르게 일그러졌다. 하지만 그녀는 가까스로 표정을 관리하고 한숨을 내쉬었다. 그녀가 로버트를 마음에 안 들어 하는 이유다.

그는 가끔, 아니, 꽤 자주 이렇게 멍청한 소리를 지껄이기 때문이다. 몰리는 로버트의 어깨 위에 올라가 있는 것이 장식품이 아니길 바라며 말했다.

"이쪽의 웨스트 공작은 공주와 결혼할 거라는 말이 있는데?"

잠시 세 사람 사이에 침묵이 흘렀다. 홀트 자작이 왕자와 사돈을 맺는다면 웨스트 공작도 마찬가지다. 하지만 로버트도 할 말이 있었다. 그는 진정하기 위해 심호흡을 하고 몸을 내밀어 작은 목소리로 말했다.

"여기서만 하는 말인데, 그거 웨스트 공작이 거절했어."

"그래?"

소문은 자자했는데 어쩐지 아직도 결혼 소식이 없다 싶었다. 몰리는 무표정했고 로나는 놀랍다는 표정을 지었다. 그러자 잘난 척할 수 있는 기회라고 생각한 로버트가 계속해서 말을 이었다.

"그거 때문에 왕자의 기분이 꽤 상했다더군."

"누가 그래?"

"당연히 내 동업자지! 말했잖아."

아, 그래. 몰라는 로버트의 말에 귀찮다는 듯 대꾸했다.

"홀트 경이 왕자와 결혼할 수도 있단 말이지?"

"할 수도 있는 게 아니라, 확실해. 홀트 자작이 왕자를 꽉 잡고 있다니까?"

이건 좀 허풍이다. 하지만 로버트는 진실 여부를 몰리와 로나가 확인할 수 있는 것도 아니고 뭐 어떠냐 싶었다. 그는 두 사람이 자신의 허풍을 의심하기 전에 재빨리 근거랍시고 수다를 떨기 시작했다.

“홀트 자작이 지금까지 위조품을 만들어서 수도 밖으로 팔 수 있었던 이유가 뭐겠어? 다 뒤에 왕자가 있어서지.”

“왕자가 묵인해 줬단 말이야?”

묵인해 준 것만이 아니다. 로버트는 씩 웃었다. 하지만 몰리는 로버트의 표정을 볼 수 없었기 때문에 여전히 그의 대답을 기다리고 있었고 하는 수 없이 로버트는 작은 목소리로 설명을 시작했다.

이튿날, 몰리와 로나는 어셔 저택의 응접실에 앉아 있었다. 만나고 싶다는 연락에 에버딘이 언제든지 와도 좋다고 했기 때문이다.

두 사람은 기다렸다는 듯 응접실로 들어오는 어셔 남작을 보고 언제든지 와도 좋다고 했던 말이 빈말이 아니었다는 것을 깨달았다.

“식사했나?”

에버딘은 응접실 안으로 들어가며 두 사람에게 인사를 건넸다. 로나와 몰리가 점심 식사 시간이 지나자마자 방문했기 때문이다.

하지만 정작 로나와 몰리는 그걸 왜 묻는지 몰라 어리둥절해 하면서 대답했다.

“네. 좀 전에 먹고 왔어요.”

에버딘은 두 사람이 어리둥절해 하는 것을 모르고 고개를 끄덕이며 자리에 앉았다. 식사했다고 하면 디저트를 안 내주려고 그러나? 몰리의 머릿속에 꽤 그럴듯한 추론이 떠올랐지만 곧이어 하인이 다과를 가지고 들어왔다.

그냥 그게 끝이었다. 뭐야, 밥 먹었는지는 왜 물어본 거야? 로나 역시 어리둥절해 했지만 에버딘은 본론으로 들어갔다.

"알아낸 게 있다고?"

있다. 로나와 몰리는 결국 밥 먹었냐는 질문은 아무 의미 없었다는 사실에 당황해서 허둥지둥 입을 열었다.

"기빈에게 일을 주는 사람이 누군지 알아냈어요."

정확히 말하면 기빈에게 우유 술을 팔라고 지시한 사람이다. 술을 만들려면 상당한 돈이 필요하다. 기빈에게 그런 돈이 있을 리 없으니 로나가 살살 꾀어서 알아냈다.

"귀족이야?"

에버딘의 질문에 로나와 몰리는 고개를 끄덕였다. 물론 기빈은 그가 자신에게 일을 시킨다고 말하지는 않았다. 그는 약간 폭넓게 말하면 동업이라고 말했다.

동업은 개뿔. 몰리는 기빈의 말에 어이가 없다는 듯 웃었지만 어쨌든 기빈의 뒤에 있는 귀족과 그 귀족에 대한 이야기를 알아내긴 했다.

"호……."

로나가 홀트 자작이라고 말하려 한순간 몰리가 재빨리 로나의 손을 잡았다. 그녀는 로나의 말을 막은 뒤 에버딘에게 물었다.

"자리는 어떻게 됐나요?"

수도와 헬름 간의 운송업자 자리를 말하는 거다. 에버딘은 대답하기 전에 그녀가 약속한 게 어떻게 됐는지 알고 싶다는 몰리의 태도에 눈썹을 들어 올렸다.

그게 약속이었다. 로나와 몰리가 기빈의 뒤에 있는 자에 대해 알아 오면 운송업자 자리를 주기로 했다. 확실히 에버딘과 두 사람은 계약을 한 것도 아니니 그녀가 모른 척하면 두 사람은 고생만 한 게 된다.

확실하게 하고 싶은 거다. 에버딘은 몰리를 가만히 쳐다보다가 불쑥 말했다.

"홀트 자작이야?"

그 순간, 로나와 몰리의 움직임이 멈췄다. 어떻게 알았지? 로나의 머릿속에 의문이 떠올랐지만 그녀는 표정을 관리하는 데 성공했다.

다행히 몰리도 굳은 표정을 재빨리 감췄다. 하지만 에버딘은 두 사람이 멈칫한 것을 보고 계속해서 말을 이었다.

"최근에 정보를 얻었거든. 걱정 마. 당신들을 고용할 테니까."

"고, 고용한다고요?"

로나의 질문에 에버딘의 시선이 그녀를 향했다. 에버딘은 여전히 말이 없는 몰리를 힐끔 쳐다보고 말했다.

"그게 조건이었잖아. 내가 우연히 기빈과 동업하는 자가 누군지 알게 됐지만 그렇다고 당신들이 못 알아낸 건 아니니까."

에버딘은 로나와 몰리가 기빈과 동업하는 자가 누군지 알아 오는 조건으로 고용하겠다고 했다. 가장 먼저 알아 오는 조건이 아니라.

그녀의 말에 로나는 입을 딱 벌렸고 몰리는 저도 모르게 몸을 앞으로 내밀었다.

"진짜로요?"

두 사람의 정보가 쓸모없게 됐는데도 고용하겠다는 건가? 로나와 몰리가 믿을 수 없어 하자 에버딘은 찻잔을 들어 올리며 말했다.

"그러기로 했잖아. 약속은 지켜야지."

약속은 지켜야 하지 않냐는 에버딘의 말이 몰리의 마음에 파고들었다. 그녀의 말대로 약속은 지켜야 한다. 몰라와 로나가 일을 하면서 반드시 지키는 것도 약속한 날짜에 약속한 장소에 가져다 놓는다는 거다.

하지만 두 사람에게 의뢰를 하면서 약속을 지키지 않은 사람도 많았다. 약속한 돈을 주지 않으려 하거나 약속한 날짜에 오지 않는 게 가장 흔했다.

"맞아요. 홀트 자작이에요."

탁 하고 에버딘이 차를 마시고 찻잔을 내려놓는 소리가 들리자 몰리는 대뜸 말했다. 어서 남작은 다 안다고 했는데? 로나가 왜 그러는지 모르겠다는 표정으로 몰리를 쳐다봤지만 그녀는 계속해서 이야기했다.

"홀트 자작이 기빈에게 우유 술을 만들어서 파는 걸 시켰대요. 덕분에 어마어마한 돈이 홀트 자작에게 흘러가고 있다고 투덜거렸죠."

"고작 우유 술 하나로?"

아무리 그래도 어마어마한 돈이라고 말하기는 어렵다. 에버딘은 그게 영지를 다스리는 그녀의 기준으로 엄청난 돈이 아닐 뿐이지 기빈 같은 자들에게는 엄청난 돈인가 하고 잠시 생각했다.

그러자 몰리가 입을 열었다.

"홀트 자작이 기빈과 함께 위조품을 만들어 판 게 우유 술만이 아닌 거죠."

그건 생각 안 해 봤다. 에버딘의 미간에 주름이 생겼다. 확실히 우유 술 외에도 그녀가 판 상품들의 비슷한 제품들이 나오긴 했다. 에버딘이 그걸 막지 않은 건 그녀도 그녀가 살았던 곳에서 이미 나온 제품을 따라 만들었기 때문이다.

하지만 몰리가 말한 위조품은 에버딘의 제품만이 아니었다. 기빈이 홀트 자작과 판 위조품의 종류는 우유 술 같은 식품부터 장신구까지 다양했다. 물론 피해자도 많을 것이다.

그리고 그 피해자 중에 에버딘보다 더 힘이 있는 사람도 있을 테고.

과연 그동안 피해자들이 아무도 항의를 안 했을까.

문득 에버딘은 얼마 전에 친구들과 홀트 자작에 대해 이야기했던 것을 떠올렸다. 캐서린과 제랄딘을 친구라고 부를 수 있다면 말이지만.

두 사람은 홀트 자작이 왕자를 대신해서 더러운 일을 하고 있다고 했다. 그게 사업일 수도 있겠지.

"홀트 자작의 뒤에 누가 있다고도 하던가?"

에버딘의 질문에 몰리는 잠시 어서 남작이 이 질문의 답을 정말 모르는지 생각했다. 그녀는 거래를 하면서 최대한 공정한 거래를 하려 애써 왔다. 공정한 거래란 그녀나 상대나 둘 다 불리한 부분이 최대한 적어야 하는 법이다.

그러니 어서 남작이 두 사람을 고용하는 대신 도움이 될 만한 걸 주고 싶었다.

"홀트 자작의 딸이 왕자와 약혼할 수도 있다는 걸 알고 계실 것 같은데요."

몰리의 대답에 에버딘은 고개를 끄덕였다. 물론 그녀가 아는 건 그것보다 좀 더 자세한 이야기다. 어쩌면 이 코넬 자매의 정보가 그녀에게는 전혀 필요가 없을지도 모르겠다.

"그래."

에버딘은 몰리가 그녀가 고개를 끄덕인 것을 못 봤다는 사실을 깨닫고 재빨리 대답했다. 그러자 몰리가 다시 말했다.

"그렇다면 웨스트 공작님이 레베카 공주님을 거절했다는 것도 알고 계시겠군요."

웨스트 공작이 어서 남작과 친밀한 사이라는 건 알고 있다. 그러니 당연히 알겠지. 몰리의 확인에 에버딘은 다시 고개를 끄덕이며 말했다.

"그래. 자네들이 가져온 정보는 더 이상 필요 없을 것 같군. 그만 돌아가도 좋아."

"잠깐, 잠깐만요."

이대로 아무 대가 없이 자리만 받을 수는 없다. 몰리는 재빨리 에버딘을 불렀다. 그리고 그녀가 다시 앉는 소리를 들은 뒤에야 입을 열었다.

"그럼 홀트 자작이 왕자 전하에게 불만을 가지고 있다는 건요?"

뭐라고? 에버딘은 예상하지 못한 정보에 인상을 찌푸렸다. 그리고 로나를 한 번 쳐다본 뒤 몰리에게 물었다.

"그것도 기빈이 말하던가?"

비슷하다. 몰리는 이번 정보는 에버딘이 모른다는 사실에 안도의 한숨을 내쉬었다. 그리고 천천히 기빈과의 대화에서 얻은 정보를 설명하기 시작했다.

"홀트 자작은 자신의 딸이 왕자비가 될 거라고 생각하는 모양이에요. 하지만 최근에 무슨 일인지 기분이 많이 안 좋다고 하더군요."

기빈이 그렇게 말했다. 최근 홀트 자작의 기분이 그리 좋지 않다고. 그가 홀트 자작의 뒤에 있는 높으신 분에 대해 물어보면 필요 이상으로 예민하게 반응하고 히스테리를 부렸다고 했다.

"그래?"

홀트 자작의 기분이 많이 안 좋은 줄은 몰랐던 에버딘은 그저 그렇게 맞장구를 쳤다. 몰리는 이어서 기빈에게 들은 것을 이야기했다.

"그리고 최근에 홀트 자작이 사업을 무리하게 확장하려는 모양이더군요."

물론 기빈은 무리한 확장이라고 말하지는 않았다. 그저 너무 바빠서 정신을 못 차린다고 했지.

하지만 그 이야기로 몰리는 홀트 자작이 사업을 무리하게 확장하려 한다는 것을 알았다. 우유 술이 문제가 된 것도 바로 그런 이유 때문이었다.

"원래 웨스트 공작님은 레베카 공주님과 혼담이 오갔다고 알고 있는데요."

몰리는 입술이 마른 것도 모르고 계속해서 이야기했다. 기빈에게 그걸로 협박하긴 했지만 그녀는 그 혼담이 무효가 됐을 거라고 생각하고 있었다.

그렇지 않다면 웨스트 공작이 어서 남작과 매우 친밀한 관계라는 소문이 날 리가 없다.

"하지만 웨스트 공작님은 남작님과 가까운 관계시죠."

맞다. 에버딘은 말없이 몰리의 이야기를 듣고 있었다. 몰리는 에버딘이 아무 말도 하지 않자 심호흡을 하고 물었다.

"그렇다면 왕자 전하는 웨스트 공작님의 여동생을 왕자비로 삼으시려 하겠네요?"

응접실에 짧은 침묵이 흘렀다. 에버딘은 잠시 몰리를 보다가 물었다.

"질문인가?"

질문이냐고? 몰리는 잠시 망설였다. 확인이다. 하지만 자신의 생각이 맞냐고 확인하는 거니 질문이기도 하겠지.

그녀는 천천히 입을 열어 자신이 왜 그렇게 생각했는지 설명했다.

"최근 홀트 자작이 무리하게 사업을 확장하고 있다는 말은, 그가 돈이 필요하다는 뜻일 겁니다. 그리고 그의 딸이 왕자와 친밀한 관계라고 했으니 갑자기 돈이 필요할 경우는 두 가지뿐이죠."

왕자가 홀트 자작의 딸, 마르시아 홀트와 결혼을 결정했거나 그녀와 헤어지기로 한 거다. 결혼을 결정했다면 왕자비가 되는 만큼 결혼 준비에 엄청난 돈이 필요하겠지. 반대로 왕자가 홀트 경과 헤어지려고 한다면 홀트 자작은 끈 떨어진 연 신세가 되는 거니 더 늦기 전에 재산을 모아두려는 거다.

"그리고 전 왕자님이 어떤 여성과의 결혼을 고려한다는 소문은 못 들었거든요."

그렇다면 홀트 자작이 돈이 필요한 이유는 후자일 가능성이 크다. 거기서 몰리는 레베카 공주와 웨스트 공작의 소문을 떠올렸다. 물론 웨스트 공작이 어서 남작과 친밀한 사이라는 소문도 덤으로.

왕자가 탐낸 집안이다. 공작이 사랑하는 여자가 생겨 공주와 결혼할 수 없다고 했다면 공작의 여동생이 왕자의 부인으로 가는 수도 있다.

"맞나요?"

몰리의 질문에 에버딘은 가볍게 감탄했다. 맞다. 지금 몰리는 귀족이 아님에도 일이 어떻게 진행될지 한 번에 파악하고 있었다.

"맞아."

에버딘의 대답에 몰리의 얼굴에 안도와 뿌듯한 감정이 뒤섞인 표정이 떠올랐다. 그녀의 생각이 맞았다. 대부분 그녀의 생각이 맞긴 하지만 그걸 당사자에게 확인받는 건 또 다른 즐거움이 있었다.

"그렇다면 홀트 자작은 왕자에게 불만을 가지고 있겠네요."

이어진 몰리의 말에 에버딘은 그래서 뭘 어쩌라는 거냐고 생각했다. 설령 홀트 자작이 왕자에게 불만을 품었다 해도 달라지는 건 별로 없다.

그는 왕자에게 대적하지 않을 것이다. 왜냐면 왕자를 사랑할 테니까.

하지만 몰리는 그 사실을 몰랐고, 홀트 자작이 왕자에게 불만을 품었으니 당연히 왕자에게 대항해서 꾸미는 꿍꿍이가 있을 거라고 생각했다.

그렇다면 이건 어서 남작에게 도움이 되는 정보일 것이다. 그녀가 이걸 가지고 왕자에게 가서 자신의 입지를 다지는 데 사용할 수 있을 테니까.

"그건, 모르는 일이지."

에버딘은 천천히 입을 열었다. 정말로 그건 모르는 일이다. 홀트 자작이 과연 왕자에게 불만을 가지고 있을까? 그녀는 찻잔을 들어 올리며 말했다.

"홀트 자작이 왕자 전하에게 피해를 입힐 리는 없거든."

왜 그렇게 생각하는 거지? 몰리는 에버딘의 말이 이해가 안 돼서 고개를 갸웃했다. 그녀 역시 이 나라의 왕족은 축복을 받았고 나라의 안전이 왕족 덕분에 유지된다는 건 알고 있다.

하지만 그게 왕족이 영리하고 국제 정세를 잘 알고 있으며 나라를 잘 다스려서라고 생각했지 말 그대로 사랑받는 힘 때문이라는 것을 아는 사람은 거의 없었다.

귀족이 아니라면 살면서 왕과 왕자를 만날 수 있는 사람은 거의 없기 때문이다.

"피해를 입히려는 게 아니라 최대한 이득을 보려는 거면 어떨까요?"

몰리의 질문에 에버딘의 미간에 주름이 생겼다. 왕자에게 피해를 주려는 게 아니라 이득을 보려는 거라고? 그게 가능할까? 가능한지는 잘 모르겠다. 그녀는 자신의 능력이 왕자의 능력을 얼마나 막는지도 잘 몰랐다.

"이득을 본다고?"

에버딘의 질문에 몰리는 기빈에게 들은 것을 이야기했다. 기빈의 말로는 무슨 일인지 몰라도 왕자에게 기분이 상한 홀트 자작은 무리하게 일을 벌이고 있다고 했다.

"그러면서 이 정도는 해도 괜찮을 거라고 했다더군요."

홀트 자작의 뒤에 있는 사람이 그걸 허락했냐고 묻는 기빈에게 홀트 자작이 그렇게 말했다고 한다. 왕자는 이 정도 가지고는 피해는커녕 신경도 쓰지 않을 거라고.

기빈은 그러니 점점 더 홀트 자작의 사업이 확대될 거라고 말했다. 물론 몰리는 그 이야기에 정말 그럴지는 알 수 없다고 생각했지만.

"홀트 자작이 뭘 하는지 좀 더 알아볼까요?"

기빈에게 들은 이야기를 마친 몰리가 조심스럽게 물었다. 기빈을 살살 꾀면 전부 다는 못 해도 일부는 알 수 있을 거다. 홀트 자작이 사업을 확장한다고 했으니 그녀와 로나가 끼기 더 쉬울 테고.

에버딘은 몰리의 제안에 승낙하기 전에 먼저 물었다.

"그 대신 바라는 건?"

잠시 응접실 안에 침묵이 흘렀다. 로나는 돈을 달라고 말하고 싶었지만 몰리가 무슨 생각인지 몰라 입을 다물고 있었다. 자연스럽게 에버딘도 몰리의 대답을 기다렸다.

"저와 로나는 한 번도 아무 이유 없이 뭔가를 받은 적이 없어요."

처음 수도에 올라와서 먹을 게 없을 때조차도 두 사람은 거저로 이웃의 도움을 받지 않았다. 먹을 것을 받았다면 로나가 뭔가를 고쳐 주거나 몰리가 재미있는 이야기라도 해 주고 왔다.

다행히 몰리는 많은 이야기를 들었고 그 이야기를 재미있게 재구성하는데 재능을 가지고 있었다.

"운송업자 자리도 마찬가지에요. 우리가 가져온 정보가 쓸모없는 정보였으니 그 대신 홀트 자작이 뭘 하려는 건지 알아볼게요."

공짜로 일해 주겠다는 거나 다름이 없다. 물론 에버딘이 몰리와 로나에게 운송업자 자리를 약속하긴 했지만 말이다.

에버딘은 그것만으로는 부족하다고 말하려 입을 열었다. 하지만 그보다 먼저 몰리가 덧붙였다.

"대신, 봉급을 좀 넉넉하게 주세요."

그럴 줄 알았다. 로나는 미소를 지었고 에버딘은 잠시 입을 다물었다. 그녀는 점점 몰리가 마음에 들고 있었다. 에버딘보다 더 적은 정보를 가지고 그녀가 귀족 친구들에게 들은 이야기를 추측해 내는 것도 대단하게 느껴졌고 과하지 않은 대가를 요구하는 것도 마음에 들었다.

몰리가 또 무슨 일을 할 수 있을까. 에버딘은 그녀를 물끄러미 쳐다보다가 불쑥 말했다.

"이렇게 하면 어때? 로나 코넬 씨는 운송업자로 고용하고 몰리 코넬 씨는 내 일을 도와주는 거야."

"남작님의 일이요?"

무슨 일? 로나와 몰리는 동시에 물었다. 귀족의 일을 돕는 거면 좋은 건가? 그렇게 생각하는 로나와 달리 몰리는 표정이 약간 어두워졌다.

설마 불법적인 일을 시키려는 건 아니겠지. 명확하게 어떤 일이라고 말하지 않는 게 몰리는 좀 불안했다.

"혹시 불법적인 일이라면……."

"아니, 아냐."

불법적인 일을 시킬 생각은 추호도 없다. 에버딘은 고개를 저어 적극적으로 아니라는 것을 알린 뒤 입을 열었다.

"아직 무슨 일이라고 할지는 잘 모르겠는데. 몰리 코넬 씨, 기억력이 좋고 들은 정보를 취합하는 걸 아주 잘하는 거 같거든."

"맞아요. 몰리는 그런 걸 아주 잘해요."

로나도 예전부터 그걸 대단하다고 느꼈었다. 그걸 이제 겨우 두 번 본 어서 남작이 바로 집어내다니. 로나의 얼굴에 뿌듯한 표정이 떠올랐다.

역시 몰리는 대단해. 그녀는 그렇게 생각하며 몰리를 쳐다봤다. 하지만 정작 몰리는 긴장하고 있었다.

"비서 일 비슷한 걸 해 주면 어떨까 싶어. 내가 사람들을 만날 때 같이 있다가 들은 정보를 정리해 주는 거지."

비슷한 일을 그레이스가 하고 있긴 하지만 레슬리는 그녀를 집사 겸 하녀장으로 교육시키고 싶어 했다. 원래 큰 집에는 집사과 하녀장이 둘 다 있는 법이다. 하지만 어서 저택은 아직 그리 사람이 많지 않아서 레슬리가 겸임을 하고 있다.

"하지만 저는 글을 읽고 쓸 줄 모르는데요."

걱정스러운 마음에 몰리가 말했다. 그녀는 그냥 기억력이 좋은 것뿐이다. 귀족의 비서라니, 그런 대단한 일을 할 정도는 아니다.

에버딘은 몰리를 만나고 처음으로 그녀의 자신감 없는 모습을 보고 눈을 깜빡였다. 그녀가 눈이 잘 안 보인다는 건 처음부터 알았다. 그러니 글을 읽고 쓰는 건 기대하지도 않았다.

그럼에도 몰리는 그게 걱정이 됐던 모양이다. 에버딘은 잠시 생각하다가 말했다.

"몰리, 글은 내가 쓰고 읽을 줄 알아. 나는 나와 함께 정보를 정리하고 취합해서 더 좋은 생각을 떠올려 줄 사람이 필요한 거야."

그게 몰리였으면 좋겠다. 에버딘의 바람이 담긴 말에 몰리의 얼굴이 더더욱 어두워졌다. 그녀가 할 수 있을까? 들어 보니 어셔 남작이 원하는 건 비서일 뿐 아니라 책사에 가까운 것 같다.

"좀, 생각해 봐도 될까요?"

"몰리."

옆에서 로나가 생각할 게 뭐 있냐고 말했지만 몰리는 자신이 없었다. 그 모습에 에버딘이 한숨을 내쉬며 말했다.

"강요하는 건 아냐. 그냥 나는 코넬 씨 같은 사람이 필요해서 그래. 그러니 생각해 보고 알려 줘."

알았다. 몰리는 고개를 끄덕였다. 그리고 로나와 함께 자리에서 일어났다.

"바로 받아들이지, 왜 생각해 본다고 했어?"

어셔 저택을 나와 집으로 돌아가는 길에, 로나는 몰리에게 답답하다는 듯 물었다. 귀족의 비서로 일하는 거다. 아주 좋은 기회일 것이다.

하지만 몰리의 생각은 좀 달랐다. 그녀는 삯마차에서 내린 후에야 입을 열었다.

"어셔 남작이 뭘 기대하는지 모르잖아."

"뭘 기대하다니? 아까 말했잖아. 자기랑 같이 움직이면서 정보를 듣고 취합해 달라잖아."

"로나, 사람들이 내게 스스럼없이 은밀한 이야기를 하는 건 내가 잘 못 보기 때문이야."

물론 그런 것만은 아니다. 하지만 몰리가 느끼기엔 그랬다. 특히나 로버트 같은 작자들은 더 그랬다. 그는 몰리가 그가 말한 위험한 이야기를 누설할 만한 친구가 있다는 것조차 생각하지 못하곤 했다.

하지만 어셔 남작의 비서가 되는 건 좀 다르다. 사람들은 어셔 남작의 곁에 있으면 누구나 그녀를 조금 경계하게 될 거다. 그러니 몰리는 어셔 남작의 기대에 못 미치게 될 수도 있다.

"그게 무서워."

몰리는 누군가의 기대를 받았는데 그 기대에 부응하지 못할까 봐 무서웠다.

무슨 말인지 알겠다. 로나는 오랜만에 그녀가 몰리를 위로해 줄 수 있다는 생각이 들었다. 두 사람은 함께 수도에 올라와서 운송일을 시작한 이후로 자신 없는 소리를 하는 건 늘 로나였고 몰리는 늘 그런 로나를 위로해 주곤 했다.

"뭐 어때."

집으로 들어서면서 로나는 최대한 가볍게 말했다. 몰리를 위로하려는 생각도 있었지만 실제로 그녀는 진짜 뭐 어떠냐고 생각하고 있었다.

"네가 어셔 남작의 기대에 부응하지 못한다고 그동안 네가 한 대단한 일들이 사라지는 건 아니잖아. 그냥 어셔 남작의 집이 네 능력을 발휘하기 어려운 환경인 것뿐이지."

그럴까. 몰리의 기분이 아주 조금 나아졌다. 로나는 몰리의 표정이 조금 나아진 것을 보고 계속해서 말했다.

"해 보고 영 아니면 나랑 다시 여기로 오면 돼. 실패해도 우리가 손해 보는 건 없잖아."

심지어 남작의 비서니 봉급도 꽤 쏠쏠할 거다. 그렇게 생각하자 몰리의 기분이 훨씬 좋아졌다.

그녀는 로나의 이런 점이 좋았다. 늘 긍정적인 거. 그건 항상 최악을 가정하는 몰리에게 가장 중요하고 도움이 되는 부분이었다.

* * *

"어셔 남작. 만나서 반갑군."

며칠 뒤, 에버딘은 캐서린에게 레베카 공주가 만나고 싶어 한다는 말을 듣고 성에 방문 요청을 넣었다. 방문 목적은 레베카 공주가 헬름의 특산품을 주문해 준 것에 대한 감사를 표시하기 위해서다.

크리스토퍼에게는 그렇게 전달되었다.

"저야말로 영광입니다."

공주가 왜 만나자고 했는지 알 것 같은 에버딘은 최대한 말을 골라 대답했다. 캐서린은 공주에게 왕자를 끌어내고 왕이 되는 것을 어떻게 생각하는지 물었고 긍정적으로 대답했다고 했다.

그리고 그 과정에서 에버딘의 능력을 설명했다고 했으니 그녀를 만나 보고 싶은 거겠지.

"술이 아주 맛있더군."

"마음에 드셨다니 다행입니다."

"내가 운이 아주 좋았어. 생산량이 그리 많지 않다 들었는데 맛볼 수 있었으니 말일세."

그건 확실히 그렇다. 에버딘은 쏟아지는 주문을 떠올리며 말없이 웃었다. 레베카 공주는 그녀가 아무 말도 하지 않자 잠시 기다렸다가 조심스럽게 물었다.

"어떻게 만드는지 아주 궁금한데."

그건 비밀이다. 에버딘은 그렇게 말하려다가 레베카 공주가 단순히 호기심에 그런 걸 물어볼 사람이 아니라는 것을 떠올렸다.

그동안 접한 레베카 공주는 사려 깊은 사람이다. 그런데 호기심만으로 헬름의 특산품을 만드는 법을 물어본다고? 에버딘은 잠시 레베카의 얼굴을 쳐다보다가 마찬가지로 조심스럽게 말했다.

"그건 좀……."

"내가 많은 걸 바라는 것도 아니잖나."

역시 이상했다. 에버딘은 레베카가 다시 한 번 재촉하자 그녀가 뭘 원하는지 알아차렸다. 에버딘의 시선이 응접실 안에 대기하고 있는 시종들을 향했다.

레베카가 원한 것도 그거였다. 그녀는 재빨리 말했다.

"원한다면 이들을 다 내보내도록 하지."

"안 됩니다, 전하."

"어허. 어셔 남작은 믿을 수 있는 사람일세."

시종들의 반대에도 레베카의 의견은 굳건했다. 그녀는 방 안의 모든 사람을 물리고 에버딘을 쳐다봤다. 그리고 빙그레 웃으며 말했다.

"민감한 걸 알려 달라고 억지를 써서 미안하네. 저들을 내보내야 해서."

"괜찮습니다, 전하. 그러실 것 같았습니다."

오늘 이 자리에서 나눌 대화는 절대로 밖으로 나가서는 안 된다. 그리고 크리스토퍼가 레베카와 에버딘이 단둘이 무슨 이야기를 나눴는지 궁금해하면 안 된다.

이렇게 해도 의심할 사람은 의심하겠지. 레베카는 그렇게 생각하며 한숨을 내쉬었다. 그녀는 크리스토퍼만 의심하지 않으면 됐다. 그러나…… 어쩌면 진짜 어셔 남작에게 술 만드는 법을 물어봐야 할지도 모르겠다는 생각이 들어서 레베카의 기분이 가라앉았다.

"자네에 대해 놀라운 이야기를 들었는데."

왕자의 힘을 막을 수 있다는 이야기. 에버딘 역시 레베카가 그걸 궁금해할 거라는 걸 예상했다. 하지만 그녀는 맞다고 대답하지 않고 질문을 던졌다.

“전에 제게 전하께서 붉은 산의 물을 주실 때 말입니다.”

그때 그 자리에 딱 네 명이 있었다. 크리스토퍼와 레베카, 제프 윈하우저와 에버딘 어서. 에버딘은 레베카가 그때를 떠올리기를 기다렸다가 말을 이었다.

“어떠셨습니까?”

기묘한 경험이었다. 레베카는 그때의 감각을 뭐라고 말해야 할지 몰라 입을 벌렸다. 머릿속에 낀 안개가 걷힌 느낌이었다. 놀라운 건 그동안 머릿속에 안개가 껴 있었다는 걸 그제야 알아챘다는 점이다.

덕분에 레베카는 크리스토퍼의 곁에 가면 답답한 기분을 느끼고 있었다. 그동안 더러운 줄 몰랐던 거울이 더럽다는 것을 알게 되자 답답함을 느끼게 되는 것과 같을 것이다.

“저는 제가 그런 힘이 있다는 것을 몰랐습니다. 먼저 알아차린 건 제 주변 사람들이고요.”

제릴딘과 션이 제일 먼저 눈치챘다. 에버딘은 그 점을 정확하게 짚고 넘어가길 바랐다.

“자네도 자네의 힘이 어떻게 작용하는지 잘 모른다는 말이군.”

“네. 제가 왕자 전하와 얼마나 떨어져서도 막을 수 있는지 모릅니다. 얼마나 지속되는지도 모르고요.”

얼마나 지속되는지는 안다. 레베카는 고개를 끄덕이며 말했다.

"자네가 멀어지면 바로 사라지는 것 같더군."

"그 거리가 어느 정도인지는 아직 모르죠."

그건 그렇다. 레베카는 한숨을 내쉬었다. 오라버니를 끌어내리고 왕이 된다는 결정은 그렇게 후련하거나 통쾌한 결정이 아니다. 크리스토퍼를 끌어내릴 수 있을지도 확실하지 않고 그 일이 성공해서 왕이 된다 해도 귀족들이 그녀를 왕으로 인정할지도 알 수 없다.

재수 없으면 크리스토퍼를 끌어내고 레베카가 왕이 되려 한 순간, 다른 누군가가 자신이 왕이 되어도 되지 않겠냐며 나설 수도 있다.

그러지 않기 위해 레베카는 최소한 힘이 강한 몇몇 집안에게 약속을 받아야 했다. 그게 허바드 백작가와 브룩 백작가였다. 여기에 웨스트 공작가도 반드시 포함되어야 한다. 그래야 만델 후작가를 비롯한 다른 가문의 반발을 막을 수 있다.

"자네와 웨스트 공작은 나와 허바드 백작의 계획에 동참할 각오가 되어 있고?"

레베카의 질문에 에버딘은 잠시 입을 다물었다. 그렇다. 그녀는 레베카 공주가 왕이 되길 바랐다. 하지만 션은 잘 모르겠다.

그녀의 침묵이 레베카 공주를 초조하게 만들었다. 에버딘은 초조해진 레베카가 대답을 재촉하기 전에 한숨을 내쉬며 말했다.

"전 전하께서 왕이 되셨으면 좋겠어요. 왕자님보다 더 좋은 왕이 되실 거라고 생각하거든요."

에버딘의 칭찬에 레베카의 굳은 얼굴이 풀어졌다. 물론 크리스토퍼보다 레베카가 낫다는 건 에버딘뿐 아니라 많은 사람이 은연중에 그렇게 생각하고 있을 것이다.

"하지만 제가 얼마나 어떻게 왕자님의 힘을 막는지 정확히 알아낸 게 없죠. 알아내려면 시간이 필요할 거고요."

그걸 알아내려면 좀 더 시간이 필요할 것이다. 에버딘에게 그런 위험한 힘이 있다는 것을 최대한 감추면서 알아내려면 더더욱 그렇겠지.

레베카 역시 그렇게 생각하고 있었다. 그녀는 고개를 끄덕이며 말했다.

"만약 우리가 크리스토퍼를 끌어내려면 장기전으로 가겠지."

어쩌면 크리스토퍼가 왕이 된 후에 그를 끌어내려야 할지도 모른다. 최대한 그 전에 끌어내리고 싶지만 모든 준비를 마치려면 그게 언제가 될지는 모른다.

"전하께선 어떠신가요?"

에버딘의 질문에 레베카는 고개를 끄덕였다. 그녀는 각오했다. 각오하지 않을 수가 없다. 생각해야 할 게 너무 많으니까.

레베카의 대답에 에버딘 역시 고개를 끄덕였다. 그렇다면 이제 남은 건 레베카와 에버딘이 만나도 남들이 이상하지 않게 여길 이유가 필요하다.

"전에 붉은 산에서 나오는 뜨거운 물로 자네의 영지민들이 목욕할 수 있게 하고 싶다고 했던가?"

"네, 전하. 저와 친구들의 휴양소가 될 수도 있겠죠."

"그 친구들에 나도 끼워 주게. 개발 비용을 지원해 주지."

레베카의 제안에 에버딘은 농담이라고 생각하고 미소를 지었다. 개발 비용을 지원해 주겠다는 말이 농담이라고 생각한 게 아니다. 친구들에 끼워 달라는 걸 농담이라고 생각했다.

레베카 공주라면 누구나 만나고 싶어 하고 친해지고 싶어 한다. 그런 사람이 에버딘의 친구가 되고 싶어 한다는 게 그녀가 듣기엔 그냥 에버딘의 기분을 좋게 하려는 농담처럼 느껴졌다.

하지만 레베카는 진심이었다. 그녀에게 친구라고 할 만한 사람은 캐서린뿐이다. 공주라는 높은 자리와 크리스토퍼의 존재로 레베카는 늘 고독했다. 션과의 결혼을 거부한 데는 그런 이유도 있었다.

"알겠습니다."

에버딘이 대답하자 레베카는 재빨리 시종을 불렀다. 너무 오래 둘만 있는 것도 의심스럽다. 두 사람은 시종들 앞에서 자연스럽게 헬름이나 사교계의 소문에 대해 이야기를 나누고 헤어졌다.

에버딘은 그대로 집으로 돌아가서 레베카 공주가 왕이 될 마음이 있음을 션에게 알렸다. 그녀는 레베카 공주를 왕으로 만들기로 했다. 그러니 션에게도 알려야 한다.

"흠."

테이블을 사이에 두고 에버딘의 맞은편에 앉은 션은 못마땅하다는 표정으로 다리를 꼬았다. 덕분에 그의 긴 다리 끝이 테이블에 닿았지만 그는 신경 쓰지 않았다.

"아네트를 영지로 보내야겠군."

"알려 주고?"

"모르는 게 나아."

여전히 션과 에버딘은 아네트에게 이 상황을 알리느냐 마느냐로 다투고 있었다. 에버딘은 아네트가 알아야 한다고 생각했다. 어쨌든 그녀는 자신에게 왕자비 자리가 왔다는 것을 안다.

그게 무산된다면 간단하게나마 설명해야 한다.

하지만 션의 생각은 달랐다. 그런 걸 알려 주기엔 아네트는 아직 너무 어렸다. 그런 중압감을 감당할 수 있을 리가 없다는 게 그의 생각이었다.

"나중에 자기만 모든 상황에서 배제돼 있다는 걸 알면 화낼 거라니까?"

"마음 편하게 살다가 화내는 게 중압감에 불안해하는 것보다 나아."

그에 션이 주변 사람들을 보살피는 방식이긴 하다. 에버딘은 짜증이 나서 한숨을 내쉬었다. 이 멍청이가. 그의 정강이를 걷어차고 싶지만 안타깝게도 사이에 테이블이 있어서 그건 어려웠다.

이튿날, 웨스트햄튼으로 가 있으라는 션의 지시에 아네트는 어이가 없어서 입을 딱 벌렸다.

"뭐? 왜?"

"마틴이 집에 안 들어오고 있다더군."

션이 아네트를 웨스트햄튼으로 보낼 변명으로 선택한 건 마틴이었다. 그는 션이 지내라고 준비해 준 집에 며칠째 들어오지 않고 있었다.

물론 션은 마틴이 지금 어디 있는지 알고 있다. 어셔 저택의 정원까지 들어와서 아네트를 협박한 마틴은 그대로 도망쳐서 수도 외곽에 숨어 있다. 션은 용병들에게 마틴의 거처만 확인하고 손대지 말라고 지시했다.

그가 손대지 않아도 마틴은 분명 어디선가 고꾸라질 것이다. 굳이 그가 손댈 필요가 없다.

하지만 아네트를 웨스트햄튼으로 보낼 핑계로는 적당하다. 션은 살짝 겁에 질린 아네트의 얼굴을 보고 재빨리 덧붙였다.

"혹시 모르니 웨스트햄튼에 가 있는 게 좋겠어. 잡으면 연락하지."

"웨스트햄튼은 여기서 몇 주나 걸리잖아. 거기 갔다가 언제 오라고?"

"올해 사교 시즌까지 거기 있어."

그럼 여름까지 웨스트햄튼에 혼자 있으라는 말이다. 그건 싫다. 아네트의 얼굴이 일그러졌다.

"나 혼자?"

혼자 웨스트햄튼에 있으라고? 가는 것도 싫지만 혼자 있는 것도 싫다. 아네트의 질문에 션이 한숨을 내쉬었다. 브레이디 부인도 함께 가라고 했지만 아네트가 말하는 건 그런 게 아닐 거다.

그는 엄한 표정으로 말했다.

"전하께는 잘 말씀드릴 테니 여름까지 있어."

엄격해진 션의 태도에 아네트는 입술을 깨물었다. 마틴 때문에 수도 밖으로 나가 있으라는 것도 이해가 안 된다. 늘 곁에 카렌이나 베르트가 함께 있으면 안 되는 건가?

정 그게 안 된다면 근처인 헬름에 있어도 되잖아.

하지만 지금 션의 표정은 그녀의 그런 제안이 씨알도 안 먹힐 표정이었다. 아네트는 고개를 끄덕이고 돌아섰다. 물론 순순히 션의 말대로 웨스트햄튼으로 갈 생각은 없었다.

49-1

며칠 뒤, 로버트는 어셔 저택에서 나오는 몰리와 로나를 발견했다. 두 사람은 어셔 남작에게 그녀의 밑에서 일을 하겠다고 대답했고 출퇴근이 힘들 테니 어셔 저택에서 머무는 것도 고려해 보라는 제안을 받고 흥분된 상태였다.

"뭐야?"

그는 홀트 자작에게 보고를 하고 집으로 돌아가고 있었다. 올 때는 삯마차를 불러서 왔지만 갈 때는 홀트 자작이 마차를 내주지 않은 탓에 걸어가는 로버트와 달리 몰리와 로나는 에버딘이 내준 마차에 올라타고 있었다.

익숙한 저택이다. 로버트는 몰리와 로나가 나온 저택을 보고 인상을 썼다.

"그 여자 집이잖아?"

사업 시작한다는 말을 듣고 찾아갔던 귀족이다. 그를 사기꾼 취급한 까탈스러운 여자기도 했다.

"잠깐."

문득 로버트의 머릿속에 어서 남작의 사업이 뭐였는지 생각났다. 우유 술이었다. 그가 최근에 홀트 자작과 함께 확장시킨 사업.

문득 그의 머릿속에 홀트 자작의 우유 술 사업으로 진짜 우유 술을 만들어 파는 사람이 기분 나빠하고 있다던 이야기가 떠올랐다. 그 이야기를 한 게 다름 아닌 몰리와 로나였다.

"저것들이."

로버트는 자연스럽게 두 사람이 자신을 배신했다는 것을 깨달았다. 저런 나쁜 것들은 그냥 두어선 안 된다. 그는 그가 방금 나온 홀트 자작의 집으로 다시 돌아갔다.

"일찍 끝났군."

같은 시각, 션은 로나와 몰리를 위해 마차를 내주라고 말하고 돌아서는 에버딘에게 다가가며 말했다. 생각보다 빨리 끝났다. 그의 말에 에버딘이 어깨를 으쓱하며 말했다.

"식사하고 가라고 했는데 일이 있대."

한마디로 거절당했다는 뜻이다. 션은 에버딘의 옆에 나란히 서서 그녀의 어깨를 감싸 안았다. 그리고 안됐다는 듯 말했다.

"나라면 일보다 너와의 식사가 먼저일 텐데."

듣기 좋은 위로에 에버딘은 웃음을 터트렸다. 그녀는 션의 허리를 끌어안으며 식당으로 향했다. 혹시 몰라서 몰리와 로나의 몫까지 만들어 두라고 했는데 남게 됐다.

에버딘은 의자에 앉으며 시종에게 말했다.

"웨스트 양에게 식사하라고 전해 줘."

그러자 션이 시종보다 먼저 대답했다.

"아네트는 나갈 거야."

"웨스트햄튼으로 가는 건 다음 주잖아?"

"가기 전에 살 게 있으면 하라고 했어."

"쇼핑? 아네트가 나가겠대?"

남들 눈에 띌까 봐 어서 저택 안에서만 지냈던 애다. 과연 쇼핑을 하려 할까?

에버딘의 걱정에 션은 심드렁하게 고개를 끄덕였다. 사실, 쇼핑하라는 건 혼자 웨스트햄튼으로 가야 하는 아네트를 달래기 위해 한 말이었다. 하지만 의외로 아네트는 쇼핑이라는 말에 반색했다.

"왕자비가 된다는 소문이 났잖아."

그래서 용기를 얻었다는 말이다. 에버딘은 입을 딱 벌리고 션을 쳐다보다가 피식피식 웃기 시작했다. 곧 하인들이 두 사람의 음식을 가져왔다.

"왕자에게 홀트 경의 결혼 전까지는 결혼을 미루자고 말할 생각이야."

식사가 시작되고 에버딘이 하인을 전부 내보내고 나자 션이 말했다. 최대한 아네트와의 결혼을 미루기 위해서다. 에버딘은 빵을 뜯으며 물었다.

"홀트 경이 결혼할 사람이 있대?"

왕자의 애인이었는데 결혼할 사람이 있었을까? 에버딘의 질문에 션은 어깨를 으쓱했다. 없었다. 있었다면 사람들이 알았겠지.

"곧 구하겠지."

그럴 수밖에 없다. 아무리 왕자라 해도 결혼하지 않은 미혼을 애인 삼아 놓고 결혼은 다른 여자와 한다면 말이 나온다. 지금처럼.

왕자가 선택할 수 있는 가장 좋은 선택은 마르시아와 결혼하는 거다. 하지만 그는 아네트와 결혼하기로 결심했고, 그다음 선택지는 마르시아에게 좋은 남자를 소개해 주는 것이다.

왕자의 애인이었던 여자와 결혼하겠다고 나설 수 있는 남자가 몇이나 되겠는가. 특히나 션처럼 작위를 가진 남자라면 더더욱 나서지 않을 거다.

그렇다면 왕자는 어느 귀족의 둘째와 마르시아를 결혼시킨 뒤 남자에게 적당한 작위를 주겠지.

"으으."

션의 설명에 에버딘은 인상을 썼다. 거기에 과연 마르시아 홀트의 의견이 포함돼 있을까?

"그런 표정 지을 필요 없어. 홀트 자작과 홀트 경은 왕자 편일 테니까."

"왕자가 자기들을 내치려고 하는데도?"

"아직 내치진 않았잖아."

왕자가 홀트 자작가를 완전히 내치기 전까지는 홀트가는 왕자의 편이라는 말이다. 에버딘은 어두운 표정으로 한숨을 내쉬었다.

그녀도 자신의 감정이 배부른 감정이라는 걸 안다. 그래도 홀트 자작은 몰라도 홀트 경은 미워지지가 않았다.

아마 그건 에버딘이 마르시아에게 직접적으로 피해를 받을 만한 일을 당한 게 없기 때문일 것이다.

“그럼 만약 왕자가 홀트 경에게 다른 남자와 결혼하라고 명하면, 그녀가 그를 미워할까?”

“보통은 그렇지만.”

에버딘의 질문에 션은 모르겠다는 표정을 지었다. 보통은 그렇겠지만 상대가 왕자라면 아닐 것이다. 그리고 얼마 전까지만 해도 그는 자신 있게 홀트 경이 왕자를 미워할 리 없다고 대답했을 것이다.

하지만 에버딘과 션은 그들의 능력의 한계에 대해 이야기를 나눴다. 그렇다면 왕자의 힘에도 한계가 있지 않을까. 만약, 왕자를 사랑하게 만드는 힘 이상으로 그를 미워하게 된다면 어떻게 될까.

“지금까지 왕자를 증오한 사람은 없었을까?”

“음.”

그렇다. 아마 그럴 것이다. 션은 잠시 생각하다가 말했다.

“한 번 알아볼게.”

“그걸 어떻게 알아봐?”

“그가 홀트 자작을 내친다면 새로운 측근이 필요하겠지.”

홀트 자작 대신 션이 왕자의 곁에 있어 보겠다는 말이다. 에버딘은 잠시 그를 쳐다보다가 어쩐지 션과 측근이라는 단어가 어울리지 않아서 웃음을 터트렸다.

그는 누군가의 측근이 되는 것보다 측근을 두는 게 더 어울린다.

"남작님, 고든 씨가 공작님께 드릴 이야기가 있답니다."

그때, 집사가 노크를 하더니 문밖에서 고개만 내밀어 말했다. 에버딘은 카렌이 션에게 할 말이 있다는 말에 무슨 소린가 하고 션을 쳐다봤다.

마틴이 아네트를 어서 저택의 정원에서 공격한 뒤, 션은 용병을 에버딘의 집에 상주시키고 있었다. 오늘은 카렌과 바네사였고, 바네사가 쇼핑하러 나가는 아네트와 동행하기로 했었다.

"르쉬드가 아네트와 함께 가고 싶지 않다고 하는 건 아니겠지."

션은 인상을 쓰며 냅킨으로 입가를 닦았다. 가끔 아네트나 마틴의 쇼핑에 따라가는 걸 힘들어하는 녀석이 있다. 특히 마틴은 얼마나 많은 의상실을 돌아다니는지 어지간한 용병도 돌아오면 그대로 쓰러져 버릴 정도다.

"들어가도 됩니까?"

에버딘이 고개를 끄덕이자 곧바로 집사의 뒤에서 카렌이 고개를 내밀어 물었다. 그녀는 션이 고개를 끄덕이는 것을 보고 식당 안으로 들어왔다.

"식사는?"

곧바로 에버딘이 물었다. 아네트는 나가서 먹는다고 했다. 그럼 카렌도 나가서 같이 먹으려나? 에버딘의 질문에 카렌은 잠시 멈칫했다가 고개를 끄덕이며 말했다.

"간단하게 먹었습니다."

물론 아네트와 션은 사람을 데리고 다닐 때 식사를 할 시간을 준다. 특히 아네트는 혼자 먹기 싫다는 이유로 같은 테이블에 앉아서 먹으라고 할 정도다.

하지만 그렇다 해도 카렌은 아네트를 보호해야 하는 입장이니 혹시 몰라서 간단하게 배를 채웠다.

"뭔가."

션의 질문에 카렌의 표정이 진지해졌다.

"방금 기빈이 지나가더군요."

"기빈이?"

이 동네에? 션뿐만 아니라 에버딘도 흥미를 보였다. 카렌은 고개를 끄덕이며 말을 이었다.

"코넬 자매가 마차에 타고 있었고요. 아마 봤을 겁니다."

별거 아니지만 알리는 게 좋을 것 같았다. 카렌의 보고에 션이 바로 물었다.

"코넬 자매에게 뭔가 행동을 취했나?"

"아니요. 그냥, 오던 길을 되돌아갔습니다. 혹시 몰라서 르쉬드에게 따라가 보라고 했습니다."

어딜 다녀오던 길인지, 그리고 몰리와 로나를 보고 어딜 간 건지 알아보라고 했다는 말이다. 카렌의 보고에 션은 고개를 끄덕였다.

그날 저녁, 집으로 돌아가는 로나의 뒤에 누군가 따라붙었다. 일이 있어서 오늘은 좀 늦게 돌아가게 됐다.

몰리가 많이 기다리겠는데. 로나는 부디 그녀가 먼저 자기를 바라며 문 앞에 도착해서 열쇠를 꺼냈다. 그때, 누군가 로나의 뒤에서 그녀를 끌어안으며 말했다.

"조용히 하고 문 열어."

어찌나 깜짝 놀랐던지 로나는 저도 모르게 비명을 지를 뻔했다. 하지만 가까스로 비명을 지르기 전에 그녀는 익숙한 목소리라는 것을 깨달았다.

"로버트! 이거 안 놔?"

로나의 경고에도 기빈은 여전히 그녀를 끌어안고 있었다. 이 자식이? 로나는 슬쩍 아래를 쳐다보고 로버트의 발 위치를 확인했다.

그리고 있는 힘껏 그의 발을 밟았다.

"아악!"

아직 안 끝났다. 로버트가 그녀의 몸에서 손을 떼고 물러나자 로나는 재빨리 몸을 돌려 그를 마주 봤다. 그리고 열쇠를 무기처럼 손에 쥔 채 소리쳤다.

"무슨 짓이야!"

진짜 가지가지 한다. 로나는 화가 나서 그를 쳐다보다가 문득 기빈이 이런 짓을 몰리에게도 한 게 아닌지 덜컥 겁을 먹었다.

그녀는 그대로 로버트의 머리카락을 움켜잡으며 말했다.

"몰리는 어쨌어?"

몰리에게도 이런 짓을 했으면 정말 가만 안 둘 거다. 로나의 열쇠가 로버트의 목에 닿았다.

"이 계집애가……."

한참을 끙끙거리던 로버트는 품에서 작은 칼을 꺼내 로나에게 들이댔다. 그도 로나보다 몰리가 더 손쉬운 사냥감이라는 것을 안다.

하지만 그럼에도 몰리가 아니라 로나를 공격한 건 그가 양심이 있어서가 아니라 몰리가 혼자서 집 밖으로 나오지도, 로버트 같은 작자를 집 안에 들이지도 않는 사람이기 때문이었다.

"뭐, 무슨 짓이야?"

로버트의 칼에 놀란 로나가 뒤로 물러나며 물었다. 그러자 그녀가 겁을 먹은 모습에 자신감을 되찾은 로버트가 씩 웃으며 말했다.

"배신자 주제에. 그년한테 어디까지 말했어?"

"그년?"

"에버딘 어셔 말이야! 우릴 배신했잖아!"

그랬으니 오늘 아침에 어셔 저택에서 나온 걸 거다. 로버트는 여차하면 로나를 죽여 버릴 생각이었다.

홀트 자작이 그래도 된다고 말했다.

진짜 미친 거 아냐? 로나는 로버트가 들고 있는 칼을 보고 인상을 썼다. 그녀가 배신했다고 생각하는 건 이해가 되지만 그렇다고 그녀에게 칼을 들이대는 건 이해가 안 된다.

"너 미쳤어?"

로나의 질문에 로버트가 칼을 고쳐 잡으며 말했다.

"오늘 아침에 어셔 남작 집에서 나왔잖아."

"그래서?"

그래서라니? 로버트는 인상을 쓰며 로나를 쳐다봤다. 이 계집앤 뻔뻔한 건가 멍청한 건가? 그는 집 안에서 인기척이 있는지 확인하고 다시 말했다.

"우릴 어셔 남작한테 넘긴 거잖아."

"누가 그래, 이 멍청아."

"뭐?"

누가 그러다니? 로버트의 얼굴에 이해가 안 된다는 표정이 떠올랐다. 로나는 짜증이 난다는 표정으로 말을 이었다.

"다 너 때문이잖아, 이 바보 같은 자식아."

"뭐?"

아까부터 계속 그에게 바보니 멍청이라니 기분 나쁜 소리만 한다. 다시 로버트의 얼굴이 일그러졌다. 로나는 그가 칼을 고쳐 쥐는 것을 보고 한숨을 내쉬며 말했다.

"너, 전에 어셔 남작을 찾아가서 우유 술을 네가 팔겠다고 했다며?"

그랬나? 그랬다. 로버트의 머릿속에 건방진 에버딘의 얼굴이 떠올랐다. 창백한 피부를 가진 그 여자는 그를 모자란 사람 보듯 쳐다봤었다.

그런데 그게 어때서? 어리둥절해 하는 로버트에게 로나가 다시 말했다.

"거기서 내 이름을 댔다며, 이 멍청아!"

"내, 내가?"

"그래, 이 바보야! 그럼 어셔 남작이 날 어떻게 찾았겠냐고!"

꽤 그럴듯한 이야기였다. 로버트는 그제야 자신이 해외 수출이니 하는 헛소리를 늘어놓으며 코넬의 이름을 댔다는 것을 떠올렸다.

그게 의문이었다. 그가 가짜 우유 술을 팔면서 이용한 운송업자는 로나 외에도 몇 명 더 있다. 그런데 어셔 남작은 콕 집어서 로나와 몰리를 협박했다고 했다.

왜 하필 두 사람을 선택한 거지? 로버트는 그걸 의문이라고 생각했고, 평소에 몰리가 자신을 그리 좋아하지 않다는 다는 사실을 떠올렸다. 게다가 오늘 아침에 몰리와 로나가 어셔 저택에서 나오기까지 했으니 그들이 자신을 팔아넘겼다고 생각한 것이다.

하지만 이 모든 게 로버트가 어셔 남작에게 로나의 이름을 대서라고 하면 말이 된다. 로나의 설명에 로버트는 바보처럼 입을 헤 벌렸다.

"나랑 몰리가 너 때문에 얼마나 고생했는지 알아? 너랑 아는 사이 아니냐고 캐묻는 걸 잘 모른다고 둘러대느라 혼났어!"

화난 로나의 고함에 결국 집 안에서도 인기척이 났다. 안쪽에서 몰리가 조심스럽게 물었다.

"로나? 너야?"

"나오지 마, 몰리."

나오지 말라는 말에 몰리는 잠시 망설이다가 물었다.

"괜찮아?"

"이 멍청이가 우리가 어셔 남작한테 자길 팔아넘겼다고 따지고 있어."

"기빈?"

멍청이라는 말에 몰리가 바로 기빈이냐고 알아맞혔다. 그러더니 문을 열고 고개를 내밀었다.

"그 멍청이 왔어?"

멍청이라니. 로버트가 울컥했지만 그보다 몰리가 더 빨랐다. 그녀는 짜증 난다는 듯 말했다.

"너 때문에 우리가 얼마나 피곤한지 알아? 오늘 아침에도 어셔 남작이 불러서 캐묻는 바람에 거짓말하느라 혼났어."

방금 전 로나의 말과 똑같다. 로버트는 몰리의 말에 다시 멍청한 표정을 지었다. 그러자 로나가 한숨을 내쉬며 말했다.

"고마운 줄 알아. 수틀리면 진짜 확 불어 버릴 거야."

"어어, 아냐. 아냐."

"아, 진짜, 기빈. 너 때문에 짜증 나."

몰리까지 거칠게 나오자 로버트는 금세 기가 죽었다. 그는 자신을 배신하지 않았다는 말에 조심스럽게 물었다.

"진짜지? 진짜 날 배신한 거 아니지?"

"배신했으면 네가 지금 여기 있겠어?"

벌써 어셔 남작이나 웨스트 공작의 수하가 그를 잡아갔을 거다. 몰리의 말에 로버트는 그럴듯하다고 생각했다. 어셔 남작이면 몰라도 웨스트 공작은 그를 잡아갈 능력이 충분하다.

"기껏 감싸 줬더니 배신했냐고 헛소리나 하고, 칼이나 꺼내고."

"칼도 꺼냈어?"

로나의 말에 몰리가 비명처럼 말했다. 이크. 로버트는 재빨리 꺼낸 칼을 다시 집어넣었다. 하지만 몰리는 그 기회를 놓치지 않았다.

"이 배신자 자식이! 그래서 내가 이 멍청이랑 일하지 말자고 했잖아!"

이번에는 몰리가 화를 내기 시작했다. 어쩔 줄 몰라 하던 로버트는 저도 모르게 몰리를 진정시키기 위해 말했다.

"아, 아냐, 난 배신 안 했어."

"칼도 들고 왔다며! 우린 널 보호해 줬는데! 이 배신자!"

그는 배신자가 아니다. 로버트는 허둥지둥 말했다.

"아니, 이건 홀트 자작이, 그러니까 내 동업자가……."

"네 동업자한테도 우리가 배신했다고 말했어? 이 멍청이가!"

그랬다. 그제야 로버트는 일이 커졌다는 것을 깨달았다. 그는 재빨리 덧붙였다.

"내일 바로 가서 설명할게."

"뭐라고 할 건데? 우리가 배신한 줄 알았는데 알고 보니 아니었다고?"

그럼 홀트 자작이 그렇구나, 라고 말하며 그냥 넘어갈까? 몰리는 어이가 없어서 따졌다. 멍청한 줄은 알았지만 이 정도로 멍청한 줄은 몰랐다.

로버트는 로나와 몰리를 향해 손을 저으며 말했다.

"걱정 마. 내가 설명할 테니까."

"지금 이 상황에도 걱정 말라는 말이 나와?"

로나의 타박에 로버트의 입이 닫혔다. 그는 잠시 두 사람을 쳐다보다가 버럭 짜증을 내며 말했다.

"아, 나보고 어쩌라고?"

누가 누구한테 화를 내? 몰리가 어이가 없어서 한마디 하려는 순간, 로나가 입을 열었다.

"우릴 소개해 줘."

"뭐? 뭘?"

"홀트 자작 말이야. 소개해 줘. 우리가 설명할 테니까."

"너희가?"

로버트의 얼굴에 다시 믿을 수 없다는 표정이 떠올랐다. 왜 홀트 자작을 만나려는 거지? 그는 로나를 말려 보라는 표정으로 몰리를 쳐다봤지만 그녀에게는 안 보인다.

"가서 내 욕하려는 거 아냐?"

불쑥 내뱉은 로버트의 질문에 로나의 입술이 뒤틀렸다. 가지가지 한다. 그녀는 한심하다는 듯 말했다.

"우리야말로 네가 우릴 배신할지 어떻게 알아?"

몰리와 로나가 어서 저택에서 나오는 걸 보자마자 쪼르르 쫓아가서 일러바쳤다. 그가 두 사람의 배신을 의심했다면 두 사람도 그의 배신을 의심할 수 있다.

놀랍게도 로버트는 거기서 자신은 절대 두 사람을 배신하지 않는다고 말하지 못했다. 솔직히 말하면 그는 자신이 홀트 자작에게 사실대로 말하고 혼나느니 두 사람이 홀트 자작과 이야기하는 게 더 나을지도 모른다는 생각을 하고 있었다.

하지만 그래도 몰리를 홀트 자작에게 소개해 주는 건 거부감이 든다. 그녀는 홀트 자작에게 자신의 욕을 할 것 같았다.

"새, 생각해 볼게."

결국 그는 그렇게 말하고 그대로 돌아서서 달아나기 시작했다. 로버트가 달려가는 소리에 몰리가 인상을 쓰며 물었다.

"뭐야, 설마 도망가는 거야?"

“그러네.”

그녀의 뒤에서 카렌이 모습을 나타냈다. 이어서 어두운 골목 한쪽에서 존이 머리를 긁으며 말했다.

“둘 다 연기를 해도 되겠는데요.”

짜증 나고 화난 연기를 어찌나 잘하는지 지켜보던 존도 깜빡 넘어갔다. 존의 칭찬에 로나는 뿌듯한 표정을 지었다.

“저 멍청이가 또 올 수도 있으니까 들어가죠.”

몰리의 말에 로나와 존까지 집으로 들어갔다. 카렌은 커튼을 친 뒤 물었다.

“진짜 홀트 자작과 만나려고요?”

몰리와 에버딘이 세운 계획에는 그것까진 없었다. 에버딘은 로버트가 몰리나 로나를 공격할까 봐 걱정했고 두 사람을 보호하라고 카렌과 존을 보냈다.

그리고 적극적으로 로버트에게서 로나와 몰리를 보호하라고 했지만 거기에 몰리가 반대하고 나섰다. 그녀는 카렌과 존이 나서면 두 사람이 로버트를 배신한 것을 그가 알고 도망칠 거라고 말했고 마지막 순간까지 나서지 말아 달라고 부탁했다.

그러지 않았다면 존은 로버트가 칼을 꺼낸 순간 나섰을 것이다.

결국 에버딘과 몰리가 합의한 건 로버트가 몰리와 로나를 의심하지 않게 하자는 것뿐이다. 홀트 자작을 소개해 달라고 한 건 어디까지나 로나의 즉흥적인 판단이었다.

“만날 수 있으면요.”

로나는 몰리의 눈치를 살피며 손을 닦고 컵을 꺼냈다. 화났나?

몰리에게 혼이 날지도 모르겠다는 생각이 들었다. 하지만 몰리는 무슨 생각을 하는지 모를 표정으로 자신의 자리로 돌아가 가만히 앉아 있었다.

"만나서 뭐 하게요?"

"로버트가 가장 끝이라면 그 사람은 중간인 거잖아요. 홀트 자작과 이야기를 하는 게 더 많이 알아낼 수 있지 않을까요?"

카렌의 질문에 로나가 컵을 존에게 내밀며 말했다. 그녀는 존이 컵을 받아 들자 주전자를 들어 그의 컵에 따듯한 차를 따랐고 자신의 컵에도 따라 홀짝이기 시작했다.

여전히 몰리는 아무 말도 없었다. 카렌은 몰리를 쳐다보고 이런 위험한 일에 과연 그녀가 엮어도 될지 생각했다.

"위험한 일은 안 하는 게 좋을 것 같은데요."

카렌과 존이야 용병이지만 몰리와 로나는 일반인이다. 게다가 두 사람이 홀트 자작을 만나러 가는 자리에 용병이 함께할 수도 없는 일 아닌가.

카렌의 훈계와 로나의 기가 죽은 모습이 몰리의 심기를 건드렸다. 로나가 섣부르게 행동하긴 했지만 그녀에게 훈계를 할 수 있는 건 몰리뿐이다.

"어느 게 위험한지는 모르는 거죠."

불쑥 끼어든 몰리의 말에 그녀의 눈치를 살피던 로나의 표정이 밝아졌고 카렌과 존은 어리둥절한 표정을 지었다.

몰리는 누군가 끼어들기 전에 재빨리 말을 이었다.

"확실히 가장 좋은 건 우리와 상관없이 이 일이 지나가길 빌면서 가만히 있는 것뿐이긴 해요."

모든 일이 그렇다. 존이나 카렌처럼 용병이거나 에버딘 같은 귀족이 아닌 몰리와 로나 같은 서민들은 모든 사건에서 나와는 상관없는 일이라고 생각하고 지나가 버리길 기도하는 게 가장 현명한 행동일 것이다.

하지만 이미 몰리는 에버딘을 돕기로 했고 로버트가 홀트 자작에게 두 사람에 대해 이야기를 했다는 것을 안다.

"이 상황에서 가만히 앉아서 나와 상관없길 빌기만 한다면, 그게 오히려 멍청한 짓이죠."

이왕 이렇게 된 거라면 적극적으로 어느 한 편에 서는 게 나을 수도 있다. 선택하는 편이 이길 가능성이 높고 당장 그들을 보호해 주는 사람이 되는 건 당연한 거겠지.

몰리까지 그렇게 생각한다면 더 이상 할 말은 없다. 카렌은 고개를 끄덕였고 로나는 뿌듯한 표정을 지었다. 하지만 몰리는 카렌과 존이 없을 때 로나에게 한마디 해야겠다고 생각하고 있었다.

* * *

"웨스트 공작입니다."

크리스토퍼는 오랜만에 집무실에 앉아 있었다. 어찌나 오랜만인지 이 방이 어색하게 느껴질 정도였다. 여기 원래 이렇게 햇빛이 강했나? 그가 인상을 쓰며 창문을 쳐다보자 시종이 재빨리 커튼을 쳐서 빛을 가렸다.

그 사이 안으로 들어온 션은 왕자의 앞에 다가와 있었다. 알현실에서 볼걸. 고개를 들어 션을 쳐다본 크리스토퍼는 가볍게 후회했다.

알현실은 의자가 몇 계단 위에 놓여 있어서 상대방에 서 있어도 내려다볼 수 있다. 하지만 집무실은 그냥 책상을 사이에 두고 왕자는 의자에 앉아 있고 션은 서 있는 거라 그를 올려다봐야 했다.

"앉지."

결국 왕자는 상대방을 위해서가 아니라 자신의 목이 아파서 션에게 의자를 권했다. 그리고 못마땅하다는 듯 그를 쳐다봤다.

그것만으로 다른 사람이라면 안절부절못했을 테지만 상대는 제랄딘도 아니고 다른 사람이 불편해하는 데 익숙한 션이다. 그는 신경 쓰지 않고 의자에 앉아 왕자를 쳐다봤다.

어쩐지 짜증이 난단 말이야. 크리스토퍼는 늘 여유로운 션의 모습이 마음에 들지 않았다. 다른 사람들의 그의 눈치를 살피고 그의 기분을 맞추려 하는데 션은 신경 쓰지 않으니 당연했다.

그래서 그동안 크리스토퍼는 의식적으로 웨스트 공작가와 브룩 백작가의 일은 레베카에게 일임하고 있었다. 오늘도 아네트와 마르시아 홀트에 대한 이야기라고 하지 않았다면 레베카에게 적당히 처리하라고 지시했을 것이다.

"마르시아에 대해 할 말이 있다며?"

설마 마르시아 홀트는 달라는 건 아니겠지. 아무리 자기 멋대로인 크리스토퍼도 그건 좀 아니라고 생각했다. 션의 여동생이 왕자비가 되는데 왕자의 전 애인이 션의 부인이 되는 건 좀 그렇다.

그러고 보니 웨스트 공작이 어떤 여자를 마음에 들어 한다고 했는데. 새벽까지 술을 마신 탓에 지금 크리스토퍼의 머릿속은 여전히 뿌옇기만 했다. 그는 예전에 그런 이야기를 들은 기억이 있다는 것까지만 떠올리고 그게 누군지는 떠올리지 못했다.

"홀트 경의 배우자를 찾으라 지시하셨다고 들었습니다."

션의 목소리가 낮게 흘러나왔다. 꽤 듣기 좋은 목소리다. 하지만 숙취로 시달리는 크리스토퍼의 작은 머리는 듣기 좋다는 생각을 할 여력이 없었다.

그는 진짜로 션이 마르시아 홀트와 결혼하겠다고 하는 건가 하는 말도 안 되는 생각을 했다. 방금 전까지만 해도 그건 좀 그렇지 않냐고 생각했던 것 같지만 상관없다. 누군가 가져가겠다면 얼른 줘 버리는 것도 괜찮을 것 같다.

"왜? 관심 있나?"

말도 안 되는 왕자의 말에 션의 미간이 잠깐 움직였다가 원래대로 돌아왔다. 아무리 지금은 션의 골칫거리라고 해도 마르시아는 왕자의 애인이었고 차기 홀트 자작이 될 사람이다.

그런 사람을 저렇게 말하는 건 옳지 않다.

하지만 션은 왕자의 무례한 행동을 무시하고 말했다.

"그렇지 않아도 아네트의 몸 상태도 좋지 않아서……."

"잠깐, 잠깐. 아네트가 왜? 몸 상태라니? 뭐 병 걸렸어?"

전염병 같은 거면 곤란하다. 바로 몸을 사리는 크리스토퍼의 모습에 션은 속으로 웃음을 참았다. 그의 이런 점이 션이 왕자를 무시하게 만들곤 했다.

하지만 이런 일로 왕자를 무시하는 건 아마도 션뿐일 거다.

어쩌면 에버딘도 그럴지 모르지. 그는 반사적으로 에버딘을 떠올리고 씩 웃었다. 그리고 곧바로 표정을 지운 뒤 크리스토퍼에게 말했다.

"전에 성에 오다가 사고를 당했잖습니까."

기억 안 난다. 그랬나? 크리스토퍼는 션의 지적에 잠시 어리둥절한 표정을 지었다. 그러고 보니 전에 아네트를 보려고 불러오라고 했었는데 무슨 이유로 안 왔었다.

"아, 아. 그때."

크리스토퍼는 억지로 기억나는 척했다. 그리고 자신이 기억하지 못한다는 것을 숨기기 위해 마음에도 없이 물었다.

"자네 동생은 어때? 괜찮나?"

하지만 이미 그가 기억하지 못한다는 걸 다 들켰다. 션은 일단 쿵짝을 맞춰주기 위해 무표정하게 말했다.

"그리 좋지 않습니다. 아무래도 마차 사고니까요."

마차 사고인 건 사실이지만 아네트는 멀쩡하다. 션의 표정 하나 바뀌지 않은 거짓말에 크리스토퍼는 인상을 쓰며 말했다.

"그리 좋지 않다니? 어디 한군데 부러졌어? 얼굴은? 얼굴 망가진 거 아냐?"

얼굴이 망가졌으면 곤란하다. 못생긴 여자랑 살고 싶진 않단 말이다. 크리스토퍼의 멍청한 생각이 바로 드러나는 질문에도 션은 눈썹 하나 까딱하지 않았다.

그는 여전히 무표정하게 말했다.

"얼굴은 괜찮을 겁니다. 멍이 좀 들긴 했지만요."

멍이 들었다니. 아네트의 얼굴에 퍼런 멍이 들었을 것을 생각한 크리스토퍼의 얼굴이 일그러졌다. 그런 여자를 곁에 두고 싶진 않다. 그는 못마땅하다는 듯 가슴 앞으로 팔짱을 끼며 말했다.

"어느 한군데 상한 곳 없이 고쳐 놓게. 흠집 있는 걸 곁에 두고 싶진 않으니."

그 순간, 션은 크리스토퍼의 능력이 참 대단하다고 생각했다. 왕자의 주변에 있는 사람들은 그의 이런 멍청한 말을 듣고도 그를 향한 호의가 사라지지 않는다는 거다. 그건 정말 대단한 능력이었다.

왕자의 얼굴을 한 대 갈기고 싶은 욕망을 눌러 참느라 션은 잠시 주먹을 쥐었다가 풀었다. 그리고 아까와 똑같이 평온하게 대답했다.

"그럴 겁니다. 그래서 한동안은 영지에 돌아가 있으라고 했습니다."

"영지? 웨스트햄튼은 꽤 멀잖아?"

"치료 시간도 필요하고 홀트 경이 결혼할 시간도 필요할 테니 그 정도면 적당할 거라 봅니다."

무슨 소릴 하는지 모르겠다. 크리스토퍼는 멍하니 션을 쳐다보다가 바보 같은 목소리로 물었다.

"홀트 경이 결혼할 시간? 그게 왜 필요해?"

당연히 필요하다. 션은 대놓고 진심이냐는 표정을 지었고 그것만으로 크리스토퍼는 움찔했다. 그가 션을 싫어하는 이유 중 하나였다.

션이 왕자를 무시하는 것처럼 느껴졌기 때문이다. 아주 가끔은 자신이 션보다 멍청한 것처럼 느껴지는 것도 싫었다.

"홀트 경이 미혼인 채로 아네트와 결혼하신다는 겁니까?"

그럼 사교계의 관심은 전부 마르시아 홀트에게 집중될 것이다. 그리고 대체 어떤 불쌍한 놈이 그녀와 결혼하게 될지 궁금해하겠지.

그건 마르시아에 대한 예의가 아니다. 왕자의 오랜 애인이었던 사람에 대한 예의는 더더욱 아니고 홀트 자작이 될 홀트 경에 대한 예의도 아니었다.

션의 지적에 크리스토퍼의 얼굴이 붉어졌다. 당연히 그는 션이 지적할 때까지 마르시아에 대해서는 전혀 생각하지 않고 있었다.

딱히 지금도 마르시아에 대해 죄책감이 들어서 얼굴이 붉어진 건 아니었다. 션의 지적 때문에 당황스럽고 화가 났기 때문이다.

"그건 내가 알아서 해!"

벌컥 화를 내는 왕자의 모습에 션은 자신이 제대로 지적했다는 것을 깨달았다. 진짜 홀트 자작에 대해 아무 생각이 없었던 거군.

그는 속으로 한숨을 내쉰 뒤 왕자를 설득하기 위해 나직하게 말했다.

"그럴 거라 믿습니다. 이번 결혼으로 사교계에서 시끄러워지는 건 저도 원하지 않으니까요."

그건 크리스토퍼도 그렇다. 그는 잠시 생각하다가 고개를 끄덕이며 말했다. 표정은 마치 관대한 제왕과 같았다.

"그래. 마르시아도 고생했으니 좋은 혼처를 찾아 줘야지."

웃기지도 않는 말이다. 션은 어이가 없어서 헛웃음이 나올 뻔했다. 하지만 크리스토퍼는 자신이 좋은 사람이라고 생각하고 있었다.

헤어진다고 전 애인의 혼처까지 찾아 주는 사람이 어디 있단 말인가? 그것만으로 크리스토퍼는 스스로가 대단히 좋은 사람이라는 생각이 들었다.

물론, 왕자라는 작자가 미혼의 여성과 교제를 하고 헤어진다는 것 자체가 말이 안 되는 일이지만 그는 늘 그렇듯 자신에게 불리한 건 생각하지 않았다.

"그럼 아네트도 홀트 경의 결혼이 마무리되기 전까지 영지에 있는 것으로 알겠습니다."

그게 낫겠다. 크리스토퍼는 션의 말에 고개를 끄덕였다. 그전에 홀트 자작도 처리해야겠다는 생각이 들었다.

그동안 홀트 자작과 마르시아는 그의 곁에서 많은 것을 받아 갔다. 왕자의 곁에 있는다는 건 다른 많은 귀족들도 누릴 수 있는 영광이어야 한다.

홀트 자작과 마르시아 단둘만이 그걸 독점하는 건 공평하지 못하다.

크리스토퍼는 홀트 자작이 그를 대신해서 일을 하고 있었다는 것은 까맣게 잊고 그렇게 생각했다. 게다가 홀트 자작이 그의 껄끄러운 일을 했다는 것까지 생각하면 그를 빨리 떼어 내야겠다는 생각이 들었다.

같은 시각, 로나와 몰리는 홀트 저택에 있었다. 로버트가 홀트 자작이 만나기로 했다며 두 사람을 데려왔다.

"뭐가 많은가 보네."

몰리는 로나의 손을 잡고 그녀를 따라가며 중얼거렸다. 잘 보이진 않지만 복도에 흐릿하게 뭔가가 잔뜩 있는 것 같았다.

그러자 로나가 그녀에게 속삭였다.

"장식이 엄청 많아."

조각상이나 그림, 태피스트리 같은 게 복도에 가득 걸려 있었다. 복도가 약간 휑하다 싶을 정도로 깔끔했던 어셔 저택과는 완전 반대였다.

"어떤 장식?"

몰리의 질문에 로나는 소곤소곤 설명했다. 번쩍이는 조각상도 있고 커다란 항아리 같은 것도 있었다. 창문이 없는 벽에는 그림과 태피스트리가 빽빽하게 걸려 있는 게 로나도 정신이 없을 정도였다.

청소하기 힘들겠는걸. 로나는 그렇게 생각하며 로버트의 뒤를 따라 하인이 안내하는 응접실로 들어섰다. 세 사람만 남자 로버트가 재빨리 말했다.

"예의 바르게 굴어."

그건 이쪽이 할 말이다. 로나가 뭐라고 한마디 하려는 순간, 세 사람이 안내받은 문으로 중년의 남성이 들어왔다. 훌쭉하게 마른 남자였다.

"자작님, 좋은 오후입니다."

재빨리 로버트가 간드러지는 목소리로 남자에게 다가가 인사를 건넸다. 덕분에 몰리와 로나는 상대가 홀트 자작이라는 것을 알아차렸다.

"친구를 데려왔군."

"네, 이쪽은 제가 말한 로나 코넬, 몰리 코넬입니다."

이야기는 들었다. 클린트 홀트는 로버트의 소개를 무시하고 자신의 자리에 가서 앉았다. 그리고 앉으라는 말 없이 세 사람을 둘러보았다.

그냥 평범한 여자 둘이었다. 잠깐, 저 여자는 앞이 안 보이나?

클린트는 곧바로 몰리가 장님이라는 것을 알아차리고 씩 웃었다. 바보 같은 기빈. 그는 로버트를 돌아보며 말했다.

"앉아."

처음부터 그걸 말했어야지. 영리한 계집이라길래 약간 걱정했는데 그냥 장님이었다. 그는 앞이 안 보이는 사람이 마치 앞에 있는 사람이 보이는 것처럼 행동하는 것을 본 적이 있다.

그건 그냥 엄청난 연습이었다. 아마 기빈도 그런 거에 속은 거겠지. 순식간에 클린트는 기빈이 과장되게 말했을 거라고 판단했다.

"내게 할 말이 있다고 하던데."

홀트 자작의 말에 먼저 로나가 입을 열었다. 그녀는 로버트를 한 번 본 뒤 조심스럽게 말했다.

"기빈이 저희에 대해 오해를 하고 자작님께 말씀드렸다고 들어서요."

"걱정 말게. 오해는 무슨."

다른 사람이라면 모를까 장님이라면 걱정할 것도 없다. 클린트는 그렇게 생각했다.

49-2

하지만 그의 생각을 모르는 로나와 몰리는 안심된 표정을 지었다. 계속해서 로나가 말했다.

"그렇다면 다행입니다."

"기빈이 좀 과장되게 말하는 경향이 있지."

이게 다 로버트 때문이라는 클린트의 말에 당황한 로버트가 고개를 들었지만 그는 아무 말도 하지 않았다. 클린트는 로버트를 한번 쳐다본 뒤 계속해서 말했다.

"게다가 기빈이 다 설명했다네. 어서 남작의 일을 한 적이 있다며?"

우리가? 홀트 자작의 말에 로나는 놀라서 로버트를 쳐다봤고 그는 눈알을 굴리고 있었다. 자신의 실수를 감추기 위해 거짓말을 한 거다.

이 자식이. 로나의 얼굴이 일그러졌다. 그때 몰리가 입을 열었다.

"할 뻔한 겁니다. 기빈과 똑같이요."

"똑같이?"

몰리와 로나의 예상대로 홀트 자작은 처음 듣는다는 듯 반응했다. 그러자 로버트가 당황해서 말했다.

"하하, 두 사람은 운송 일을 하니까요. 귀족들의 짐을 나를 수도 있죠."

너무나 어설픈 변명에 홀트 자작이 인상을 쓰며 그를 돌아봤다.

응접실에 잠시 침묵이 흘렀다. 그가 다시 몰리를 쳐다봤지만 몰리는 그대로 입을 다물었다. 괜히 로버트 앞에서 그의 잘못을 까발릴 필요는 없다.

몰리가 자신의 잘못을 홀트 자작에게 말할 생각이 없다는 것을 깨달은 로버트는 안도한 표정을 지었다. 그녀는 정말 그를 배신할 생각이 없는 거다. 그렇게 생각한 로버트는 몰리와 로나를 좀 도와줘야겠다고 생각했다.

"최근 자작님께서 사업을 확대하고 계시잖습니까?"

로버트가 입을 열자 다시 클린트의 시선이 그에게 돌아갔다. 로버트는 몰리와 로나에게 고마워하라는 눈빛을 보낸 뒤 말을 이었다.

"이 두 사람도 함께할 기회를 주면 어떨까요?"

"이 자, 아니, 여자들을?"

쓸모가 있을까? 클린트는 로버트의 제안에 인상을 쓰며 몰리를 쳐다봤다. 별 도움도 안 될 것 같은데.

하지만 클린트가 떨떠름하게 반응하자 로버트는 더 적극적으로 설득했다. 여기서 몰리와 로나에게 홀트 자작의 사업에 참여할 수 있는 기회를 줘야 한다. 그래야 그가 앞으로도 두 사람 앞에서 고개를 들고 다닐 수 있다.

"한번 맡겨 보시죠. 꽤 쓸만합니다. 그동안 제가 몇몇 지역의 운송을 맡기기도 했고요."

그건 알고 있다. 클린트는 다시 몰리와 로나를 쳐다봤다.

확실히 사업을 확대하면서 사람이 부족해지긴 했다. 하지만 그렇다고 아무 손이나 필요한 건 아니다. 그는 자신을 배신하지 못할 사람이 필요했다.

얼마 전 왕자가 마르시아에게 괜찮은 신랑감을 찾아 주라고 했다. 충격적이긴 했지만 그건 괜찮았다. 역사적으로 결혼은 더 도움이 될 만한 사람과 하고, 결혼 전부터 만나던 애인은 정부로 둔 왕은 많았으니까.

게다가 마르시아는 홀트 자작이 될 사람이다. 왕자비가 된다면 작위는 다른 누군가에게 줘야 한다. 그 다른 누군가는 클린트의 조카가 될 것이고, 그는 조카에게 홀트 자작가와 지금 사는 집을 주고 싶은 마음이 추호도 없었다.

그렇다면 마르시아는 적당한 남자와 결혼해 홀트 자작이 되고 계속해서 왕자의 애인으로 남으면 어떨까. 홀트 자작의 아버지보다는 왕자의 애인의 아버지인 쪽이 더 많은 힘을 가질 수 있다.

괜찮은 계획이다. 그렇기 때문에 클린트는 왕자가 마르시아의 혼처를 찾으라고 명령했을 때도 놀라거나 실망하지 않았다.

하지만 그가 하던 일을 정리하라고 했을 때는 실망했다.

"하긴, 일이 많긴 하지."

클린트는 생각에서 벗어나 미소를 지으며 말했다.

왕자는 그의 사업을 도와주는 대신 꽤 많은 돈을 요구했다. 확실히 왕자의 도움이 없었다면 홀트 자작의 사업은 아예 시작할 수 없거나 중간에 사람들의 비난을 받아 침몰했을 것이다.

그렇다고 해도 그 사업으로 클린트가 벌어들인 돈은 그리 많지 않았다. 대부분을 왕자에게 상납했기 때문이다.

얼마 전까지만 해도 넘쳤던 왕자에 대한 감사함과 존경심이 그가 수익을 낼 참이 되자 그만 접으라는 왕자의 명령에 사그라졌다.

아니, 사그라드는 걸 넘어서서 왕자에 대한 원망이 삐쭉 솟았다.

처음 왕자를 원망스럽다고 생각했을 때는 클린트도 자신의 감정에 깜짝 놀랐을 정도였다. 왕자는 언제나 존경스럽고 감사한 사람이다. 그런 사람을 원망하다니, 자신이 뭔가 잘못된 게 아닌가 하는 의심까지 들었다.

하지만 사람의 감정이란 곱씹을수록 눈덩이처럼 불어나기 마련이다. 사업을 정리하라는 지시 이후로 왕자가 그를 더 이상 부르지 않았다. 클린트의 원망은 점점 커져서 이왕 이렇게 된 거 크게 한탕해 먹자는 데까지 도달해 있었다.

어차피 왕자는 그도 그의 딸도 버리려 하고 있다. 그렇다면 그가 왕자를 위해 돈도 많이 못 벌고 일만 하다가 사업을 정리해 줄 이유가 뭐란 말인가.

"좋아, 자네들에게 일을 맡기도록 하지."

클린트는 씩 웃으며 말했다. 벌려 둔 일은 아주 많았다. 그러니 이 두 사람을 부려 먹는 것도 괜찮을 것 같았다. 게다가 한 명은 앞이 안 보이니 더 잘됐다. 여차하면 앞이 안 보이는 쪽을 인질로 삼아서 다른 한 명에게 입 다물라고 협박하면 된다.

홀트 자작의 머릿속에 그럴듯한 계획이 착착 세워졌다. 그는 가장 작은 일을 몰리와 로나에게 맡기기로 하고 두 사람에게 무슨 일을 하면 되는지 설명하기 시작했다.

* * *

"마르시아 홀트 경이 왔습니다."

"벌써?"

생각보다 빠르다. 정원을 걷던 레베카는 홀트 경의 방문에 재빨리 안으로 들어갔다. 마르시아 홀트가 방문 허락을 요청한 게 어제. 대체 무슨 이야기를 자신에게 하려는 건지 레베카는 매우 궁금했다.

"전하."

응접실에 레베카가 모습을 드러내자 앉아 있던 마르시아가 자리에서 일어나며 인사를 건넸다. 안 좋은 일이 있었던 건 아닌 것 같다. 마르시아의 안색을 살피고 그렇게 생각한 레베카는 자신의 생각이 어이없어서 속으로 피식 웃었다.

크리스토퍼가 마르시아의 혼처를 알아보라고 지시했다는 말을 들었다. 아네트 웨스트 양과 결혼하려 한다는 것도 이미 소문이 났다.

지금 이 상황에서 홀트 경에게 더 안 좋은 일이 있을까.

그럼에도 마르시아는 내색하지 않고 있었다. 그녀는 앉으라는 말에 천천히 자리에 앉더니 레베카가 먼저 입을 열기를 기다렸다.

"오랜만이군. 어찌 지냈는가."

"걱정해 주신 덕에 잘 지냈습니다. 전하께 더 빨리 찾아뵙지 못해 죄송합니다."

"됐네."

듣기 좋은 사과에 레베카는 고개를 저었다. 왕자가 그녀에게 화가 나서 연금 명령을 내렸다는 소문이 이미 퍼졌을 것이다. 그러니 그녀를 방문하던 사람들의 발걸음이 뚝 그쳤겠지.

레베카는 그런 일로 다른 사람들이나 마르시아를 원망할 생각은 전혀 없었다. 크리스토퍼의 힘이 없다 해도 그는 왕자다. 그를 거스르고 싶은 사람은 없을 것이다.

"혹, 심심하실까 싶어 책을 몇 권 가져왔습니다."

마르시아가 그렇게 말하자마자 약간 떨어진 곳에 서 있던 시종이 책이 담긴 바구니를 레베카의 앞에 보여 주었다. 레베카도 원하면 책 정도는 얼마든지 구할 수 있다. 그녀에게는 허바드 백작도 있고 브룩 경도 있으니까.

하지만 자신에게 잘 보이려 노력하는 모습에 레베카는 고개를 끄덕이며 감사를 표했다. 마르시아는 전에도 가끔 이런 식으로 그녀에게 선물을 보낸 적이 있다.

왕자의 애인으로서 공주에게 예의를 지키는 거다.

"그리고 필요한 게 있다면 언제든지 제게 알려 주세요. 바로 구해서 가져오겠습니다."

사람을 시키는 게 아니라 자신이 직접 오겠다는 말에 레베카의 얼굴에 미소가 떠올랐다. 그녀는 오라버니의 애인이 자신에게 뭔가 부탁할 것이 있다는 것을 확신했다.

"신경 써 줘서 고맙네. 나도 자네에게 필요한 게 있다면 도울 수 있도록 힘써 보지."

그 말을 원했다. 마르시아는 레베카의 친절한 답에 잠시 입술을 깨물었다. 그녀의 귀에도 왕자가 그녀를 버리고 아네트 웨스트 양과 결혼할 거라는 소식이 들려왔다. 그동안 그럴 리 없다는 부정의 단계를 거쳐 왔지만 이제는 인정할 수밖에 없었다.

"제 아버지인 홀트 자작이 왕자 전하께서 요새 도통 부르지 않는다고 하시더군요."

그건 몰랐다. 레베카는 놀란 것을 티 내지 않으려 애쓰며 덤덤하게 말했다.

"바쁘신 모양이지."

그렇다 해도 이상한 일이다. 홀트 자작은 크리스토퍼를 대신해서 몇 가지 일을 하고 있다. 그게 그리 올바른 일이 아닐 거라는 건 레베카도 짐작하고 있었다.

한 나라의 가장 높은 곳에 선 사람이 언제나 옳고 바른 일만 할 수는 없다. 영지를 염탐해야 할 수도 있고 귀족들의 약점을 찾아야 할 수도 있다.

레베카에게도 그런 일을 하는 사람이 있었다. 그중 하나가 지금 감옥에 갇혀 있는 먼로다.

"전하께 면담을 청해도 허락하시지 않는다고 하더군요. 제 방문 역시 거절하셨고요."

크리스토퍼가 멀리하기 시작한 건 홀트 자작뿐만 아니라 마르시아 역시 마찬가지였다. 한 번에 둘 다 밀어낸다는 건 마르시아뿐 아니라 홀트 자작가 자체를 아예 버리겠다는 뜻이다.

레베카는 마르시아의 말에 저도 모르게 인상을 썼다. 홀트 자작은 크리스토퍼의 곁에서 가장 오래 그의 일을 도운 사람이다.

그런 가문을 이렇게 버린다고? 마르시아와 헤어지고 그녀에게 다른 배우자를 소개해 주는 것까지는 억지로라도 핑계를 대자면 댈 수 있다.

마르시아는 홀트 경이고 차기 홀트 자작이니 그녀의 가문을 배려해서 헤어진다고 할 수 있다. 억지긴 하지만 납득하는 사람이 있을 것이다.

하지만 그러려면 적어도 홀트 자작도 곁에 둬야 한다. 레베카가 당황하자 마르시아가 조심스럽게 말했다.

"저와 제 아버지가 왕자 전하의 기분을 상하게 할 만한 일을 했는지 여쭙고자 찾아왔습니다."

홀트 자작가가 크리스토퍼의 기분을 상하게 한 건 아닐 것이다. 웨스트가와 혼담을 맺기로 했으니 홀트 자작가를 버리는 거겠지.

그걸 레베카도 알고 마르시아도 알았다. 차이점이라면 마르시아는 그럴 리 없다고 실낱같은 희망을 품고 레베카를 찾아온 것뿐이다.

레베카는 모르는 척 말했다.

"홀트 경, 나 역시 전하의 기분을 상하게 하여 성을 나갈 수 없다네. 내가 어찌 알겠는가."

"하지만 아직 전하께서는 왕자 전하의 일을 돕고 계시죠?"

우습게도 그렇다. 크리스토퍼는 레베카를 그녀의 성에 감금시켜 놓고 자신의 일은 계속 시키고 있었다. 그러니 레베카가 마음만 먹는다면 크리스토퍼와 만나거나 이야기를 할 수 있다는 말이다.

레베카는 마르시아가 원하는 게 뭔지 알고 한숨을 내쉬었다. 왜 홀트 자작과 홀트 경을 멀리하는지 왕자에게 물어봐 달라는 거겠지. 아니면 왕자와 만나게 해 달라는 거거나.

그리 내키지 않는다. 레베카는 지금 크리스토퍼를 끌어내려 하고 있다. 그렇다면 크리스토퍼가 마르시아를 멀리하고 홀트 자작가를 끊어내는 게 홀트 자작가에게 오히려 더 좋은 일일 것이다.

물론 레베카에게도 크리스토퍼의 수족 같은 집안이 하나 멀어지는 거니 더 좋을 테고.

"전하의 부하 중 하나가 감옥에 갇혀 있다 들었습니다."

레베카가 망설이는 것을 안 마르시아가 다시 입을 열었다. 그녀는 왕자의 기분을 상하게 할까 봐 공주가 망설인다고 생각했다.

그렇다면 그에 상응하는 대가를 내놓아야 한다. 레베카 공주가 왕자의 기분을 상하게 하더라도 꼭 얻고 싶은 것.

"그자를 위해 발언하시다 왕자 전하의 기분을 상하게 했다는 것도요."

레베카는 여전히 아무 말도 하지 않았다. 조바심이 든 마르시아는 저도 모르게 레베카를 향해 기울어지려는 자신의 몸을 바로 했다.

왕자는 그녀와 그녀의 아버지를 버리려 하고 있다. 그럴 수는 없었다. 그의 마음을 돌려야 한다.

"전하의 부하는 제가 책임지고 빼내 드릴게요."

어떻게? 물어보려던 레베카는 입을 다물었다. 아마 제대로 된 방식은 아니겠지. 그녀가 아무 말도 하지 않자 마르시아가 계속해서 말했다.

"걱정 마세요. 전하의 부하는 무사히 전하 곁으로 데려오겠습니다. 전하께서 신경 쓰실 일도 없을 거고요."

자신의 골치 아픈 일을 대신해 주겠다는 게 혹하지 않을 사람은 없다. 레베카는 바로 거절하지 못하고 아무 말 못 한 채 마르시아를 쳐다보고 있었다.

"대신 왕자 전하와 만날 수 있게 해 주세요."

만난다고 뭐가 달라질까. 레베카는 복잡한 표정으로 마르시아를 쳐다봤다. 크리스토퍼는 이미 아네트와 결혼하기로 결심했고 웨스트 공작을 불렀다고 들었다.

아마 만나서 결혼 절차나 지참금에 대해 이야기를 나눴겠지.

그렇다고 지금 여기서 마르시아에게 다 끝났으니 그만하라고 말할 수도 없었다. 그만큼 그녀가 절박해 보였기 때문이다.

레베카는 안타까운 표정으로 마르시아를 쳐다보다가 한숨을 내쉬었다. 그리고 조용히 물었다.

"자네는 내 오라버니는 많이 사랑하는가 보군."

당연한 거 아닌가? 마르시아는 어리둥절한 표정을 지었다. 그녀는 크리스토퍼를 사랑했다. 그에게는 그녀가 있어야 한다.

왕자는 지금 나라를 위해 어려운 선택을 한 것뿐이다. 마르시아는 크리스토퍼가 얼마나 마음이 여리고 예민한지, 불안정한 예술가와 같은 성정을 가지고 있는지를 잘 알았다.

그녀가 안정시켜 줘야 한다. 그런 복잡하고 다면적인 사람은, 웨스트 양 같은 어린 계집애는 감당할 수 없다.

"아니, 자네에게 어떤 의도가 있다고 생각하는 건 아닐세."

레베카는 마르시아가 왜 그런 말을 하느냐는 표정을 짓는 것을 보고 재빨리 덧붙였다. 진심이다. 그녀는 정말 마르시아가 크리스토퍼를 만나려 하는 게 어떤 나쁜 목적이 있어서라고 생각하지는 않았다.

그게 가능하지도 않고.

그저 신기했을 뿐이다. 왕자는 사랑을 할 줄 모른다. 그건 그와 남매로 살아온 레베카가 누구보다 잘 알았다.

마르시아가 가장 오래된 연인이긴 했지만 레베카는 크리스토퍼의 연애사를 잘 알았다. 마르시아 전에도 어린 하녀나 귀족 영애를 만나는 것을 봤다.

그건, 되새겨 보면 크리스토퍼가 그들을 가지고 노는 거였지만 레베카가 몰랐듯이 당시의 그들도 몰랐을 거다. 어쩌면 지금도 모르겠지.

"만난다고 뭐가 달라지지는 않을 걸세."

레베카는 자신이 마르시아를 가엾게 여긴다는 것을 감추며 말했다. 마르시아가 안다면 자존심 상할 거다. 동시에 상황을 이렇게 만든 크리스토퍼에게 화가 났다.

그녀가 마르시아를 좋아하고 싫어 하고와 상관없이 오랜 파트너를 이런 식으로 치우듯 떼어 내는 건 옳지 않다. 무례한 짓이고 멍청한 짓이다.

"달라질지 아닐지는 만나 봐야 알 수 있죠."

마르시아의 대답에 레베카는 고개를 끄덕였다. 그녀는 달라질 게 없다고 생각하지만 마르시아는 그렇게 생각하지 않았다.

뭐든 해 봐야 한다. 그녀는 이대로 연인을 잃을 생각은 없었다.

"생각해 보겠네."

레베카의 대답에 마르시아의 얼굴이 밝아졌다. 그녀는 다시 한 번 확인을 위해 물었다.

"절 도와주신다는 말씀이시죠?"

"그래. 어떻게 해야 오라버니께서 자네를 만나겠다 하실지 생각해 보지."

그거면 됐다. 마르시아는 고개를 끄덕이고 자리에서 일어났다. 레베카는 그녀와 크리스토퍼를 만나게 하는 게 과연 괜찮을지 다시 한 번 고민했다.

크리스토퍼의 마음은 이미 마르시아를 떠난 지 오래일 거다. 그에게 마음이라는 게 있다면 말이다.

차라리 크리스토퍼를 만나 확실하게 그의 입에서 거절당하고 마음 정리하는 게 그녀를 위해 더 나은지도 모르겠다. 레베카는 한숨을 내쉬고 다시 한 번 크리스토퍼를 향해 속으로 이를 갈았다.

그리고 곧바로 웃음을 터트렸다. 어느새 크리스토퍼를 미워하는 게 익숙해지고 있었다. 그를 미워한다는 것만으로 생기던 죄책감이 옅어졌다.

레베카는 생각보다 그게 꽤 후련하다는 것을 깨달았다.

*　　*　　*

며칠 뒤, 에버딘은 아이린의 식당에서 몰리와 로나를 만나고 있었다. 아이린의 식당이 사람도 많고 개인실도 몇 개 있어서 사람들의 눈을 피해 몰래 만나기에 적합했기 때문이다.

문제는 대체 왜 사람들의 눈을 피해 몰래 만나야 하는지지만.

"여긴 안전한 곳인가요?"

로나의 질문에 에버딘은 아이린이 믿을 수 있는 사람이며 이 식당의 단골이 서쪽 하늘 용병대라는 것을 설명했다. 누군가 세 사람을 찾으면 무슨 일인지 알아볼 시간을 벌 수 있다.

"식당 주인도 믿을 수 있는 사람이고."

에버딘이 그렇게 덧붙이자 몰리와 로나는 고개를 끄덕였다. 그리고 왜 여기서 만나기로 했는지 설명했다.

"홀트 자작의 밑에서 일을 하기로 했어요."

들었다. 카렌이 몰리와 로나가 로버트를 속여 돌려보낸 이튿날 보고했다. 에버딘 역시 위험하다고 생각했지만 카렌이 좀 지켜보자고 설득했었다.

"그래서 저택에 들어가는 건 조금 미뤄야 할 것 같아요. 자작이 우릴 지켜보지 않을 거라는 보장도 없고요."

자작의 밑에서 일을 시작한 뒤, 가끔 몰리와 로나의 집 근처에 못 보던 사람이 보이곤 했다. 물론 몰리가 알아차린 건 아니다. 로나가 발견했고 몰리는 그 뒤부터 행동을 조심했다.

그래서 오늘 이 만남도 홀트 자작과 만나고 나서 며칠 뒤에나 성사된 거다. 물론 카렌과 존은 그 사실을 알았지만 에버딘에게는 말하지 않았다.

"위험한 일이라면……."

그만둬야 한다. 에버딘이 그렇게 말하려 하자 몰리가 고개를 저었다. 생각보다 그리 위험한 일은 아니었다. 홀트 자작이 몰리와 로나를 고용한 건 공방과 그의 사이에 누군가를 끼워 넣기 위해서였다.

결국 두 사람이 하는 일은 홀트 자작의 지시대로 공방을 운영하는 일에 가까웠다. 공방에서 만든 제품을 주문한 곳에 보내거나 때로는 새로운 판매처를 뚫기 위해 영업을 해야 한다고 했다.

"아직 영업을 하진 않았지만요."

로나는 그렇게 말하고 몰리를 쳐다봤다. 대부분의 일은 직원을 관리하고 구매자들과 만나는 거였다. 그곳에서 이상한 이야기를 들었다.

"예전에 거기서 술도 만들어 팔았던 모양이에요."

"술이라면 지금도 팔고 있잖아?"

에버딘의 질문에 몰리는 고개를 저었다. 우유 술을 말하는 게 아니다. 그녀도 처음엔 그런 줄 알았다.

"딸기 술이라고 아세요?"

모른다. 에버딘은 몰리처럼 고개를 저었다가 그녀가 보지 못한다는 것을 뒤늦게 떠올리고 대답했다.

"아니."

그녀는 술을 그리 좋아하지 않기 때문에 술에 대해서는 잘 몰랐다. 기껏해야 와인이나 맥주, 막걸리가 그녀가 아는 술의 전부 다. 와인과 맥주도 세부적으로 들어가면 종류가 다양하다는 것도 잘 몰랐다.

하지만 카렌은 알고 있다. 그녀는 세 사람이 앉아 있는 방의 문 옆에 서 있다가 불쑥 끼어들었다.

"이삼 년 전에 유행했던 겁니다. 어디였지? 어느 영지의 특산물이었는데요."

딸기향이 나는, 붉은 술이었던 걸로 기억한다. 카렌의 입맛에는 술이라기보다는 음료수 같아서 그리 좋아하지 않았다. 하지만 존과 바네사가 좋아했다. 물론 바네사는 술을 마시면 안 되는 나이였지만, 그런 거에 신경 쓰는 용병은 그리 많지 않다.

"홀트 자작의 영지에서 난 거였어?"

"딸기 술은 로위의 특산품이에요."

몰리의 대답에 카렌의 입이 닫혔다. 로위라고? 그녀는 곤란하다는 표정을 지었고 카렌의 표정을 본 에버딘은 로위가 어딘지 재빨리 머릿속을 더듬었다.

억지로 집어넣은 지식이 엉킨 실타래처럼 섞여 있어서 자신이 없었다. 에버딘은 망설이며 물었다.

"허바드 백작의 영지였나?"

"맞습니다."

홀트 자작과는 아무 상관이 없다. 자신의 대답이 맞다는 것을 알자 에버딘은 신음을 내뱉었다. 그러자 카렌이 조심스럽게 말했다.

"그때 허바드 백작님이 꽤 손해를 보셨던 걸로 압니다."

수도에서 인기를 얻어서 팔려고 했는데 위조품이 범람하는 바람에 손해를 봤다. 그걸로 캐서린은 이를 갈았지만 결국 위조꾼들이 누군지는 찾지 못했다.

"또 있어요."

딸기 술뿐만이 아니다. 대부분의 가짜 술을 이쪽에서 만들고 있었다. 맥주나 와인도 그렇게 만든다는 말에 에버딘이 인상을 썼다.

"그러다가 문제가 생길 것 같으면 정리하는 모양이에요."

왕자랑 상관없는 거 아냐? 몰리의 말에 에버딘은 그렇게 생각했다. 왕자가 했다고 하기엔 너무 수준이 낮다. 게다가 가짜 술 몇 병 팔아서 돈을 얼마나 벌겠는가.

물론 몰리와 로나가 담당하는 공방에서 만드는 술은 몇 병 수준이 아니지만.

"피해자가 꽤 있겠는데요."

카렌은 에버딘의 곁으로 다가와서 속삭였다. 지금 몰리와 로나가 말한 것만 해도 피해자는 셋이다. 그리고 전부 귀족이었다.

"술 외에는 없어?"

위조품이 술밖에 없냐는 질문에 로나는 다시 몰리를 쳐다봤다.

그녀는 그녀가 담당한 공방밖에 모른다. 하지만 몰리가 어제 로버트와 이야기를 나눴었다. 그 이야기 뒤에 어서 남작과 만나야겠다고 말했고.

"기름과 버터도요."

로버트가 담당한 공방에서 제작하는 제품이다. 에버딘은 어이가 없어서 한숨을 내쉬었다. 그쪽도 그럼 피해자가 있을 거다.

게다가 그걸로 끝이 아니었다. 몰리는 잠시 입을 다물고 이 이야기를 해도 될지 고민했다. 로버트가 아무 생각 없이 떠들어대다가 화들짝 놀라며 입을 다물었기 때문이다.

몰리는 조심스럽게 입을 열었다.

"이건 확실한 건 아닌데요."

확실하지 않다는 말에 카렌과 에버딘의 시선이 다시 몰리를 향했다. 그녀는 조심스럽게 말했다.

"금속에 손대는 공방도 있는 모양이에요."

"금속이면 무기?"

션 때문에 에버딘은 금속이라고 하면 제일 먼저 무기가 생각난다. 하지만 금속을 이용한 제품은 여러 가지가 있다. 식기구나 주방용품도 있고 농기구일 수도 있다.

"액세서리일 수도 있겠죠."

카렌이 끼어들었다. 금속이라고 하면 쇠를 제일 먼저 떠올리기 쉽지만 금이나 은도 금속이다. 반지나 목걸이 같은 건 무기만큼이나 상당한 돈이 된다.

게다가 액세서리라면 위조품이 흔한 품목 중 하나다.

"허."

에버딘의 입에서 신음이 흘러나왔다. 금속까지 손을 대고 있다면 피해 범위는 훨씬 커진다. 이렇게까지 광범위하게 위조품을 만들어 내는 데 그동안 문제가 없었다니…… 홀트 자작의 뒤에 대단한 사람이 있을 수밖에 없다.

50

“이놈의 나라는 내가 안 나서면 돌아가는 일이 없어!”

크리스토퍼의 말에 레베카는 움찔했다. 방금 홀트 경과 만나서 확실하게 설명해 줘야 하지 않겠냐고 설득한 참이었다. 당연하게도 크리스토퍼는 화를 냈고 레베카는 그를 화나게 만든 것에 죄책감이 들었다.

들었나?

생각해 보니 놀랍게도 아니었다. 약간의 감정 동요였을 뿐. 레베카는 지금 자신이 크리스토퍼에게 미안하지 않다는 것을 깨달았다.

물론 크리스토퍼가 화를 내자 약간 겁이 나긴 했다. 그는 자신을 화나게 했다는 이유만으로 그녀를 가둬 버린 사람이다. 그럴 힘을 가지고 있다.

하지만 그렇다고 해서 전처럼 크리스토퍼에게 죄책감이 들고 자신이 잘못했다는 생각은 들지 않았다. 오히려 레베카는 크리스토퍼에게 네가 저지른 짓이라고 따지고 싶은 마음을 참고 있었다.

"너도! 그 계집애를 뭐 하러 만나!"

이제 크리스토퍼는 마르시아와 만난 레베카를 원망하고 있었다. 원래라면 크리스토퍼가 해야 할 일이다. 귀족의 면담을 이유도 없이 거절하는 건 왕족의 올바른 태도가 아니다.

하지만 크리스토퍼는 이유 없이 거절하고 있었고 그게 홀트 자작가를 불안하게 만들었다. 애초에 그가 마르시아와 홀트 자작을 만나서 설명을 했어야 할 일이다. 설령 그가 다른 집안과 혼사를 맺기로 했으니 너네가 필요 없어졌다 말을 해서 원망을 듣는다 해도 그는 홀트 자작가와 직접 이야기를 했어야 했다.

그게 최소한의 예의다.

하지만 크리스토퍼는 홀트 자작과 마르시아에게 그런 말을 하고 싶지도 않았다. 그는 남에게 아쉬운 소리를 하거나 불편한 말을 해야 하는 상황 자체를 피하려 했다.

살면서 한 번도 상대와 진심으로 부딪쳐 본 적이 없으니 당연하다. 늘 그의 주변에 있는 사람들이 왕자를 대신해서 그런 감정을 소모할 일들을 대신해 줬었다. 그러니 이번에도 크리스토퍼는 귀찮고 성가신 일은 다른 사람이 해야 한다고 생각하고 있었다.

"그럼 저도 무시할까요?"

크리스토퍼에게 전혀 미안하지 않다는 것을 깨달은 덕분에 레베카의 머리가 냉정해졌다. 그녀가 그렇게 묻자 크리스토퍼의 말문이 막혔다.

레베카도 무시하면 안 된다. 누군가는 그가 홀트 자작가를 버리는 것이 왕자의 잘못이 아니라고 말을 해 줘야 할 것 아닌가.

"무시하다니. 레베카, 넌 왕족으로 마음가짐이 잘못돼 있어. 홀트가도 노헤임의 백성이잖느냐."

갑자기 생각을 바꿨는지 크리스토퍼가 레베카에게 훈계를 시작했다. 익숙한 일이기에 레베카는 아무 말도 하지 않았다.

늘 남에게 일을 미루면서 정작 크리스토퍼는 그의 주변에 있는 사람이 원래 그가 했어야 할 일을 다른 사람에게 미루려 하면 훈계를 하곤 했다.

한참을 왕족으로서의 마음가짐과 행동거지에 대해 훈계한 크리스토퍼는 결국은 자신이 나서야 한다는 것을 깨달았다. 멍청한 녀석들! 쓸모 있는 놈이 하나도 없다. 그는 레베카에게서 고개를 돌리며 말했다.

"됐다, 됐어! 이놈의 나라는 일을 제대로 하는 녀석이 하나도 없으니 이런 일까지 내 손이 가게 하는군!"

그까짓 거 만나면 되지. 만나서 홀트 자작과 마르시아에게 더 이상 자신을 귀찮게 만들지 말라고 한마디 해야겠다.

거머리 같은 것들. 크리스토퍼는 치를 떨며 자리에서 일어났다.

조용하게 만나서 적당히 물러나라고 할까? 하지만 그랬다가 또 레베카처럼 마음 약한 녀석을 통해서 연락을 해 오면 곤란하다.

그는 주변을 서성이다가 좋은 생각을 떠올렸다. 아예 증인을 만들어 두면 된다. 사람들을 모아 놓고 아무 말도 못 하게 해 버리자.

"연회를 열어야겠어."

느닷없는 크리스토퍼의 말에 레베카의 눈살이 찌푸려졌다. 방금 전까지 홀트 자작가에 대해 열변을 토해 놓고 갑자기 무슨 연회란 말인가?

크리스토퍼는 이해하지 못하는 레베카를 위해 친절하게 설명했다.

"연회를 열어서 웨스트가와 결혼하기로 했다고 하면 마르시아도 입 다물겠지. 안 그래?"

맙소사. 레베카의 머리가 지끈거리기 시작했다. 어디서부터 지적해야 할지 모르겠다. 그건 예의 문제가 아니다. 자기 애인을 데려다 놓고 사람들 앞에서 다른 사람과 결혼하겠다고 발표하겠다니.

크리스토퍼의 힘이 없었다면 그 자리에서 마르시아가 그를 찌른다 해도 레베카는 놀라지 않을 것 같았다.

"그렇게 소란스럽게 할 필요는 없잖아요."

레베카는 크리스토퍼를 위해서가 아니라 그 자리에서 창피를 당할 마르시아를 위해 말했다. 하지만 크리스토퍼는 이미 자신의 생각에 뿌듯해하고 있었다. 그는 열정적으로 말했다.

"그런 끈질긴 놈들에게는 확실하게 아니라는 걸 알려줘야지."

레베카의 머릿속이 더더욱 차가워졌다. 그래도 그녀는 마르시아를 위해 다시 한 번 물었다.

"연회 자리에서 뭐라고 하려고요?"

"뭐라고 하긴."

웨스트 양과 결혼한다고 발표하면 된다. 그러면 마르시아도 알아듣고 떨어져 나가겠지. 홀트 자작도 마찬가지일 거다. 그렇게 말하려던 크리스토퍼는 레베카를 쳐다봤다.

아까부터 신경에 거슬린다 싶더니 그의 부족한 동생이 하나하나 걸고넘어지고 있었다.

지금은 침대에 누워 일어나지도 못하는 왕도 크리스토퍼의 언행에 하나하나 말을 얹지 않았다. 그야 물론 아버지가 그보다 더 못난 왕이었으니 그건 당연하다.

크리스토퍼는 자기 멋대로에 오만하고 못되게 굴던 자신의 아버지를 떠올렸다. 크리스토퍼의 능력이 왕에게 통하지 않는 만큼 왕의 능력도 그에게 통하지 않았다.

덕분에 부자의 사이는 그리 좋지 않았다. 특히나 크리스토퍼는 침대에 누워 오늘내일하는 노인네가 언제 죽을지만 손꼽아 기다릴 정도다.

"레베카, 아까부터 건방지게 구는구나."

크리스토퍼의 말에 레베카는 고개를 숙였다. 그러자 크리스토퍼가 그녀의 앞에 서서 말을 이었다.

"오냐오냐했더니 주제 파악도 못 하고 기어오르는구나. 자꾸 그렇게 귀찮게 하지 마라. 더 이상은 아무리 나라고 해도 널 봐줄 순 없어."

"죄, 죄송……."

반사적으로 레베카의 입에서 잘못했다는 말이 흘러나왔다. 다시 그녀의 머릿속에 왕자를 향한 죄책감이 차올랐다.

크리스토퍼의 얼굴에 만족스러운 미소가 떠올랐다. 별것도 아닌 게 까불고 있어. 그는 몸을 돌리며 말했다.

"연회는 네가 알아서 진행해. 홀트 자작과 마르시아를 초대하는 거 잊지 말고."

사교 시즌이 지나서 다들 자기 영지로 돌아갔지만 아직 안 돌아간 사람들만 초대하면 된다. 어차피 연회를 여는 건 마르시아와 홀트 자작을 떨쳐내기 위한 것뿐이다.

"뭐해? 안 나가고?"

다시 의자에 앉은 크리스토퍼가 여전히 고개를 숙이고 있는 레베카에게 말했다. 필요 없어지면 알아서 빨리빨리 없어지란 말이다.

그는 응접실 밖으로 나가는 레베카를 보고 혀를 쯧쯧 찼다. 여기나 저기나 모자란 놈들 뿐이다.

"맙소사."

복도로 나간 레베카는 한숨을 내쉬었다. 정신이 돌아왔다. 그 말은, 크리스토퍼를 향한 죄책감이 옅어졌다는 뜻이다.

완전히 사라진 건 아니지만 옅어졌다는 것만으로 레베카는 방금 무슨 일이 일어난 건지 깨달았다. 처음엔 통하지 않았던 크리스토퍼의 힘이 마지막에 다시 영향을 끼쳤다.

왕자의 힘이 약해진 걸까? 나오기 전에 왕자의 힘이 발휘되긴 했지만 초반에는 거의 영향을 끼치지 못했다. 어셔 남작이 없었는데도 말이다.

"전하."

복도에 한동안 가만히 서 있는 레베카에게 시종이 괜찮냐는 듯 말을 걸었다. 레베카는 멍하니 생각하다가 그녀를 보고 미소를 지었다.

좋은 일이다. 어서 남작이 없는데도 크리스토퍼의 힘이 왔다 갔다 한다는 걸 알았다. 그녀는 고개를 끄덕이며 말했다.

"오라버니께서 원하시니 연회 준비를 해야겠다."

그럴듯한 핑계가 필요할 것이다. 레베카는 어떻게 하면 마르시아와 홀트 자작이 덜 수치스러울지 고민하기 시작했다.

얼마 뒤, 수도에 남은 귀족들에게 성의 연회에 초대하는 초대장이 날아들었다. 홀트 자작과 마르시아는 자신들에게도 전달된 초대장을 좋게 받아들여야 할지 망설였다.

"전하께서 우리에게 잠깐 기분 상한 일이 있으셨던 거겠지."

홀트 자작은 그렇게 말하며 미소를 지었다. 두 사람을 멀리한 건 웨스트 공작과의 결혼 이야기 때문이었던 모양이다. 이번 연회에 가면 분명 전처럼 왕자 전하가 그에게 걱정 말라고 이야기할 거다.

그럴까? 마르시아의 머릿속도 차츰 긍정적으로 채워지기 시작했다. 오늘 오전에 아네트 웨스트가 수도를 떠났다는 소식을 들었다.

"어쩌면 전하께서 웨스트가와의 결혼을 중단하신 걸 수도 있고요."

웨스트 공작가와의 결혼은 루머일 뿐이라고 알리기 위해 연회를 연 걸 수도 있다. 전하께서 그렇게 쉽게 날 버릴 리가 없지. 마르시아는 그렇게 생각하고 미소를 지었다.

하지만 클린트는 아니었다. 그는 마르시아에게 다가가 딸의 어깨에 손을 얹으며 말했다.

"마르시아, 전에도 말했잖느냐. 전하와 결혼하는 것보다 지금 이 상태로 있는 게 가문을 위해 더 나아."

전에도 클린트는 그녀에게 그렇게 말했었다. 왕자비가 되면 홀트 가는 그녀의 사촌에게 넘어간다. 마르시아 역시 그건 아깝다고 생각했다.

하지만 그녀는 왕자님을 사랑한다. 그를 생각하면 머릿속에 왕자만으로 가득 차서 아무것도 생각할 수가 없게 되곤 했다.

"저 보고 전하의 정부로 남으라는 말씀이세요?"

날카로운 딸의 반문에 클린트는 한숨을 내쉬었다. 왜 그렇게 나쁘게만 생각하는지 모르겠다. 어차피 그녀가 홀트 자작이 되면 정부 한둘쯤은 둘 거 아닌가.

그는 딸의 어깨에서 손을 떼며 말했다.

"너도 결혼할 거 아니냐. 네가 전하의 정부일 뿐 아니라 전하가 네 정부가 되는 거지."

"아버지!"

마르시아는 아버지의 말을 믿을 수가 없어서 소리쳤다. 어디서 감히 전하께 그런 불충한 말을 한단 말인가. 그녀는 인상을 쓰며 말했다.

"전하는 남의 정부 따위가 되실 분이 아니에요."

"그야, 그렇지. 하지만 네가 결혼하고도 전하와 만나려면 결국 전하도 네 정부가 되는 거 아니냐."

그렇게 된다. 마르시아는 아버지의 지적에 움찔 몸을 떨었다. 그건 생각도 안 해 봤다. 그녀의 전하가, 고귀한 분이 정부 따위로 불리다니.

마르시아는 자신이 정부가 되는 것보다 왕자가 정부가 되는 게 더 거부감이 들었다.

"그렇다면 저는 결혼을 안 하겠어요."

마르시아의 선언에 클린트의 눈이 커졌다.

"뭘 어쩌겠다고?"

"전하를 감히 정부 따위로 부르게 되는 결혼은 안 하는 게 나아요."

"평생 혼자 살겠단 말이냐?"

"운이 좋다면 전하의 아이를 낳을 수 있겠죠. 허바드 백작도 그렇게 살잖아요."

허바드 백작의 자식이 웨스트 공작의 자식이라는 소문이 있다. 물론 일부 사람들만 떠들어 대는 말이다. 대다수의 사람들은 웨스트 경의 자식이라고 생각하지만 어떤 사람들은 웨스트 경의 자식이라면 허바드 백작이 결혼하지 않을 이유가 없다고 음모론을 내세우고 있다.

마르시아는 그것도 괜찮겠다고 생각했다. 크리스토퍼와 결혼할 수 없다면 그의 아이라도 가지고 싶다.

"하지만 그런 생각까지 할 필요는 없어요."

마르시아는 그렇게 말하며 미소 지었다. 이 연회는 웨스트 공작가와의 결혼이 헛소문이라는 것을 알리기 위한 연회일 것이다. 그러니 그녀는 여전히 왕자비가 될 가능성이 있다.

*　　*　　*

왕자가 수도에 남은 귀족들을 모아 연회를 연다는 소식이 사교계에 알려졌다. 폭설로 피해를 입은 사람들을 위로한다는 명목이었지만 에버딘과 션은 말도 안 된다고 생각했다.

아직 피해 복구가 한 곳도 끝나지 않았다. 게다가 정작 피해를 입은 영지의 영주들은 자기 영지에 있다. 그런데 수도에 남은 귀족들을 위로한다니.

"뭔가 잘못된 것 같지 않아?"

에버딘은 션의 손을 잡고 마차에서 내리며 물었다. 방금 전까지 두 사람은 마차 안에서 초대받은 연회에 대해 이야기를 나누고 있었다. 션은 그녀를 안아서 내려주고 싶은 마음을 달래며 말했다.

"왕자가 연회를 열고 싶은 것뿐이니까. 핑계는 나중에 갖다 붙인 것뿐이지."

"위로 말고 다른 핑계는 없었던 걸까?"

"글쎄. 왕자의 밑에 있는 사람들이 떠올린 최선의 핑계였나 보지."

밑의 사람이 일했다는 말에 에버딘은 입을 다물었다. 그건 그렇겠네. 왕자가 그런 이유로 연회를 연 거라고 생각했는데 연회를 열겠다는 왕자의 지시에 아랫사람들이 억지로 붙인 이유인지도 모르겠다.

그런 거라면 더 이상 이야기하는 게 미안해진다. 션의 말대로 그들은 최선을 다한 걸 테니까.

에버딘은 션과 함께 의상실로 들어가며 물었다.

"아네트는 얼마나 갔대?"

잘 모르겠다. 션은 마지막으로 연락이 왔던 게 헬름이었다는 것을 떠올렸다. 가장 실력 있는 용병들은 수도에 남아야 했기 때문에 아네트를 보호하는 용병은 하위의 녀석들에게 지시했다.

"글쎄."

그래도 션은 그리 걱정하지 않았다. 하위 녀석들이라고 해도 서쪽 하늘 용병단의 하위 실력이다. 어지간한 산적쯤은 대여섯 명이 물리칠 수 있다.

"걱정 안 돼?"

에버딘의 질문에 션의 시선이 그녀를 향했다. 안 된다. 그는 무표정하게 말했다.

"안전에 대해서라면 전혀."

그는 함께 자란 용병들을 믿었다. 아네트가 쓸데없는 짓만 안 한다면 그녀는 안전하게 웨스트햄튼에 도착할 것이다.

쓸데없는 짓이라. 션의 미간에 주름이 잡혔다. 그때, 두 사람을 맞이하기 위해 나온 직원이 인사를 건넸다.

"어서 오세요, 어셔 남작님."

오늘 어셔 남작이 온다고 연락을 받았다. 그녀가 에버딘의 코트를 받아 드는 사이 에버딘이 물었다.

"크리스틴은?"

"먼저 온 손님이 있어서요."

에버딘은 말없이 고개를 끄덕였다. 성에서 여는 연회에 초대받은 귀족들은 저마다 옷을 새로 맞추기 위해 자신의 단골 의상실을 찾았다.

그중에서도 크리스틴은 꽤 인기 있는 의상 디자이너이니 에버딘보다 먼저 온 손님도 분명 있을 것이다.

"차 드릴게요."

직원은 그렇게 말하며 에버딘과 션을 한쪽 방으로 안내했다. 기다리던 바다. 딱히 옷을 새로 만들 생각이 없었던 션은 직원을 따라 방으로 들어갔다.

그가 오늘 여기에 온건 어디까지나 에버딘 때문이었다. 지금 여기서 에버딘의 드레스를 맞춘 뒤, 션은 그녀와 함께 수도에서 유명한 식당에 갈 예정이었다.

"난 잠깐 돌아보고 올게."

귀찮다는 표정으로 자리에 앉아 찻잔을 들어 올리는 션과 달리 에버딘은 가게 안을 돌며 진열된 옷을 구경하기 시작했다. 이 옷도 예쁘고 저 옷도 예쁘다.

새로운 것은 언제나 마음을 설레게 하기 마련이다. 에버딘이 크리스틴의 새로운 디자인을 구경하는 동안 크리스틴은 먼저 온 손님을 상대하고 있었다.

"가슴은 좀 더 파고."

또 이런다. 크리스틴은 그녀의 옆에서 딸이 입은 디자인을 자꾸 간섭하는 남자에게 속으로 욕을 내뱉었다. 자신을 홀트 자작이라고 소개한 남자는 딸의 드레스를 만들기 위해 오늘 아침, 제일 먼저 찾아왔다.

그리고 몇 시간째 드레스 한 벌을 붙잡고 그렇게 고치라느니, 저렇게 고치라느니 요청을 하고 있는 것이다.

물론 요청까지는 괜찮다. 크리스틴은 이 남자보다 훨씬 더 까다로운 남자의 옷을 만든 적이 있다. 그녀를 더 기분 나쁘게 하는 건 잦은 요청이 아니라 이 남자의 태도였다.

"아버지, 그건 너무……."

가슴을 파라는 말에 마르시아가 조용히 거부했다. 왕자와 교제를 시작한 뒤, 마르시아는 늘 점잖은 옷을 입었다. 그게 왕자의 체면을 더럽히지도 않고 사교계의 구설에도 오르지 않기 때문이다.

하지만 클린트의 생각은 달랐다. 그는 고개를 저으며 단호하게 말했다.

"무슨 소리야? 네가 가진 모든 매력을 보여야 할 것 아니냐. 가슴을 더 파게."

뒷말은 크리스틴에게 하는 말이다. 크리스틴과 마르시아의 시선이 부딪쳤다. 크리스틴은 싫은 게 분명한 마르시아의 표정을 보고 대신 입을 열었다.

"가슴이 비면 허전해 보일 거예요."

그건 그렇다. 홀트 자작은 못마땅한 표정으로 크리스틴과 마르시아를 번갈아 쳐다보다가 좋은 생각을 떠올렸다. 그는 뿌듯한 표정으로 말했다.

"괜찮은 목걸이가 있으니 걱정 말게."

아주 큼지막한 보석이 박힌 목걸이다. 그걸 보면 전하께서도 그의 집안을 다시 보시겠지. 당당한 클린트의 말에 크리스틴은 당황해서 마르시아를 쳐다봤다.

드레스를 만들 때 착용할 보석이 특징적이라면 드레스도 거기에 맞추는 게 좋다. 하지만 마르시아도 몰랐으니 크리스틴에게 말하지 않았었다.

"무슨 목걸이요?"

마르시아의 질문에 홀트는 에헴 하고 헛기침을 했다. 크리스토퍼가 그를 내치려 하자마자 빼돌린 보석이 있다. 그걸로 목걸이를 만들면 된다.

어쩌면 전하도 그걸 보고 그를 버리려 한 것을 후회할지도 모르지. 클린트의 머릿속에 그럴듯한 생각이 떠올랐다. 크리스틴은 조심스럽게 물었다.

"어떤 목걸이인지 알려 주시겠어요?"

"그걸 알아서 뭐 하게? 시키는 대로 애 가슴이나 파 놔."

클린트의 대답이 날카롭게 나왔다. 덕분에 크리스틴이 움찔했다. 그러자 마르시아가 나섰다.

"목걸이 색과 디자인을 알아야 드레스 장식을 결정하죠."

상황에 따라 아예 가슴 쪽의 장식을 다 빼버려야 하는 경우도 있다. 마르시아의 지적에 움찔한 클린트가 크리스틴에게 말했다.

"그, 글쎄. 적당히 화려한 목걸이라고 생각하게."

적당히 화려한 목걸이라니. 크리스틴의 얼굴이 일그러질뻔했다가 원래대로 돌아왔다. 그녀는 매우 프로다운 모습으로 다시 물었다.

"그럼 색은요?"

"다이아몬드야!"

"하얀색이라는 말씀이시죠?"

하얀색이면 드레스 색은 이대로 가도 될 것 같다. 크리스틴의 질문에 고개를 끄덕인 클린트는 자신을 쳐다보는 딸의 시선을 깨달았다.

"다이아몬드라니, 어디서……."

"커흠, 답답해서 난 좀 나가 있으마."

대체 다이아몬드가 어디서 났단 말인가. 마르시아는 허둥지둥 빠져나가는 아버지를 보며 속으로 혀를 찼다. 그리고 크리스틴에게 재빨리 말했다.

"너무 파진 말아. 천박해 보이니까."

그의 딸은 너무 융통성이 없어서 문제다. 클린트는 마르시아가 디자이너와 있는 방에서 나와 잠시 어디로 갈지 서성였다.

그는 왕자 전하를 위해 그토록 열심히 일했다. 그러니 조금 정도는 대가를 받아도 된다.

하지만 마르시아가 반대했었다. 전하께서 어련히 알아서 나눠주시지 않겠냐고 했었지. 그때는 클린트도 마르시아의 말에 동의했었다. 전하께서 알아서 챙겨 주실 거라고.

하지만 왕자가 그와 마르시아를 버리려 했을 때 아닐 수도 있다는 생각이 들었다. 왕자는 클린트와 마르시아에게 아무 언질도 없이 홀트가를 떼어 내려 했다. 그 경험 덕분에 클린트는 마르시아가 왕자의 마음을 되찾는 것과 별개로 자신의 몫은 챙겨야겠다고 생각하고 있었다.

왕자의 지시대로 사업을 접지 않은 건 역시 잘한 선택이었다. 오히려 사업을 확장했지. 뿌듯한 미소를 지으며 가게 안을 구경하던 클린트의 귀에 직원의 목소리가 들려왔다.

"어셔 남작님, 오래 기다리게 해서 죄송해요."

어셔 남작? 익숙한 이름에 클린트의 고개가 자동으로 돌아갔다. 만나 본 적은 없지만 이름은 자주 들었다. 수도에서 꽤 유명한 사람이 아니던가.

어셔 남작은 긍정적인 소문도 부정적인 소문도 많은 사람이었다. 게다가 클린트는 최근 어셔 남작에 대한 이야기를 많이 들었다.

감히 마르시아의 자리를 빼앗으려 한 아네트 웨스트의 오라버니, 션 웨스트가 어셔 남작과 친밀한 관계라고 했지. 게다가 최근에 확장한 사업을 맡긴 두 여자가 어셔 남작과도 연관이 있다.

그건 오해였다고 들었지만 신경 쓰인다. 클린트는 직원에게 괜찮다고 말하는 에버딘을 살피다가 직원이 떠나자 슬그머니 그녀에게 다가갔다.

"어셔 남작?"

모르는 남자가 다가오자 에버딘의 태도가 경계 태세를 취했다. 그녀는 여차하면 검으로 찔러 버리고 도망칠 생각으로 품속의 검을 더듬어 찾았다. 전에 션이 선물해 준 검이다. 찌른다고 상대가 크게 다치는 건 아니고 마비로 몸이 굳는다고 했다.

"클린트 홀트일세."

자신을 소개하는 남자의 모습에 에버딘의 미간에 주름이 생겼다. 클린트 홀트가 누구더라? 여전히 떠올리지 못하는 그녀를 위해 클린트가 다시 말했다.

"홀트 자작이지. 내 딸이 마르시아인데."

사람들은 클린트 홀트는 잘 몰라도 마르시아 홀트는 알았다. 그건 에버딘도 다르지 않아서 마르시아라는 이름을 듣자마자 그녀의 얼굴에 놀란 표정이 떠올랐다.

"에버딘 어셔입니다."

마르시아라는 이름에 바로 아는 척을 하는 에버딘의 모습에 클린트는 기분이 나빠졌다. 꼭 지금 에버딘의 행동 때문만은 아니다.

사람들이 다들 마르시아의 이름을 대자 자신을 알아보는 게 점점 짜증이 나고 있었다. 마르시아는 자작도 아니다. 왕자의 애인이라고는 하지만 그녀가 사교계에서 활발하게 활동을 하는 것도 아니고 사업을 하는 것도 아닌데 사람들은 클린트는 모르면서 마르시아는 알았다.

"자네의 아버지를 알고 지냈지."

클린트는 불만을 속으로 담아 두며 그렇게 말했다. 헥터 어셔와 전에 같이 게임을 했었다. 재미있는 사람이었지. 그자가 자기 딸을 죽이려 사고를 냈다가 그 사고에 휘말려 죽었다는 소문을 돌았을 때는 깜짝 놀랐다.

하지만 지금은 그 심정을 조금은 알 것도 같았다.

"그러시군요."

에버딘은 헥터와 알고 지냈다는 말에 무표정하게 고개를 끄덕였다. 헥터와 알고 지낸 자들은 대부분 그리 질이 좋지 않았다. 그런데 오늘 처음 만난 홀트 자작이 헥터와 알고 지냈다고 말하니 무슨 표정을 지을지 모르겠다.

"자네가 사업에 그리 소질이 있는지 몰랐어. 자네의 아버지가 알았다면 아주 좋아했을 텐데."

과연 그럴까. 에버딘은 그녀가 사업에 소질을 보였다면 헥터가 어떻게 나왔을지 잠시 생각했다. 아마 질투로 미쳐 날뛰지 않았을까.

"글쎄요."

그건 잘 모르겠다는 에버딘의 태도에 클린트는 잠시 당황했다. 그는 물리와 로나가 어셔 남작의 집에서 나왔다던 로버트의 보고를 떠올리고 다시 물었다.

"자네의 사업이 꽤 잘되고 있다던데."

잘되고 있다. 하지만 그걸 우유 술의 위조품을 만들어 파는 홀트 자작이 말하니 어쩐지 우스웠다. 에버딘은 그냥 그러냐는 표정을 지었고 클린트가 다시 물었다.

"사람도 많이 고용했을 테군. 자네 밑에서 일하는 사람 중에 코넬이라는 사람도 있지 않던가?"

코넬이라는 말에 에버딘이 멈칫했다. 몰리 코넬과 로나 코넬을 말하는 건가? 클린트가 두 사람을 고용했다고 해서 두 사람에 대한 의심을 거둔 줄 알았다.

하지만 아니었던 모양이다. 아닌가?

에버딘은 느닷없이 떠보는 질문에 이게 대체 무슨 의도인가 하고 잠시 고민했다. 의심하고 있다면 떠볼 필요가 없다. 그대로 해고

하면 되니까.

반대로 의심하지 않는데 떠볼 리는 없다. 그렇다면 홀트 자작은 로버트의 변명을 의심하고 있다는 뜻일까.

에버딘은 고개를 저으며 말했다.

"아뇨. 그런 사람은 없는데요."

"그래? 자네 집에서 나오는 걸 누군가 봤다고 들었는데."

"유명한 사람인가 보죠?"

에버딘의 질문에 홀트 자작이 움찔했다. 그가 기억할 정도라면 유명한 사람이어야 한다. 귀족도 아니고 사업가도 아닌 일반인에 대해 그 정도로 관심을 둔다면 이유가 있는 거니까.

클린트는 뭐라고 핑계를 대야 할지 잠시 고민하다가 말했다.

"안 좋은 사람들이라서. 경고해 주려고 말이야."

허. 클린트의 말도 안 되는 거짓말에 에버딘이 입을 딱 벌렸다. 그러자 그녀가 속았다고 생각한 그가 재빨리 덧붙였다.

"겉보기엔 괜찮아 보여도 그리 깨끗한 사람들이 아니더군. 사업하다 보면 그런 사기꾼들을 많이 만나게 되지."

그렇게 나오겠다 이거지. 에버딘은 맞장구를 치며 말했다.

"맞아요. 사기꾼들도 참 많죠. 전에는 로버트 기빈이라는 작자가 찾아와서 사기를 치려고 했지 뭐예요."

"그, 그래?"

기빈이라는 이름에 클린트가 당황했다. 기빈이 사기꾼이었나? 그는 클린트가 건들건들하고 믿을 수 없는 작자라고 생각하긴 했지만 자기 밑에 있으니 얼마든지 조종할 수 있다고 생각하고 있었다.

그런데 오늘 처음 만난 에버딘이 곧바로 사기꾼이라고 하니 당황할 수밖에 없다.

에버딘은 고개를 끄덕이며 말했다.

"제게 와서 우유 술에 대해 할 말이 있다고 하더라고요."

"그래?"

우유 술이라는 말에 클린트의 눈이 커졌다. 에버딘은 거기서 쐐기를 한 번 더 박았다.

"아, 그래요. 코넬이라는 이름이 어디서 들었나 했더니 기빈이 소개해 준 사람을 말하는 모양이네요. 여자 두 명을 말하시는 거 맞죠?"

"어, 어. 그래. 맞아."

"기빈이 소개해 준 사람들이라 사기꾼인지 확인하느라 두어 번 부른 적이 있어요."

"사, 사기꾼이던가?"

클린트는 완전히 에버딘의 연기에 넘어간 모양이었다. 에버딘은 당황하는 클린트를 보고 속으로 웃었다.

하지만 겉으로는 짐짓 진지하게 말했다.

"글쎄요. 코넬 자매는 아닌 줄 알았는데요. 전 전혀 몰랐지 뭐예요. 기빈이면 모를까."

"기빈이 자네에게 사기를 치려 했단 말이지?"

"저한테 친 건 아닌데 사기를 쳤다는 말이 있더라고요."

클린트의 머릿속에 몇 가지 가설이 떠올랐다. 로버트는 그의 밑에서 그의 일을 하느라 약간의 문제를 저질렀다. 그걸 수습해 준 게 클린트였다.

그동안은 그가 처리해 줬으니 상관없었다. 하지만 로버트가 문제가 있다는 걸 어서 남작까지 안다면 문제가 달라진다. 로버트가 사람들의 이야기에 오른다면 클린트도 귀찮아질 수 있다.

게다가 웨스트 공작은 그의 동생을 왕자비로 만들려 하고 있다. 그에게 가장 눈엣가시는 클린트의 딸인 마르시아일 것이다.

홀트 자작은 웨스트 공작이 자신의 동생을 왕자비로 만들기 위해 무슨 짓을 했을 거라고 철석같이 믿고 있었다. 그렇지 않고서야 아직 사교계 데뷔도 하지 않은 핏덩어리가 왕자비로 거론될 이유가 없지 않은가.

자신이 공주를 모시고 사는 것보다 돈만 축내는 동생을 왕자비로 넘겨 버리는 게 더 낫다고 판단한 거겠지.

클린트의 머리가 빠르게 돌았다. 그렇다면 기빈은 자신의 약점이 될 수 있다.

그가 그렇게 생각하고 있을 때 직원이 다가왔다.

"자작님."

마르시아는 다 끝났다. 이제 이틀 뒤에 다시 오면 된다는 안내에 클린트는 에버딘에게 인사도 하는 둥 마는 둥 하고 몸을 돌려 자리에서 벗어났다.

이미 어서 남작이 기빈에 대해 알고 있다면 그게 웨스트 공작의 귀에 들어갔을 수도 있다. 두 사람이 기빈이 클린트의 밑에서 일한다는 걸 알게 되면 그걸 꼬투리 잡아 왕자에게 자신의 험담을 할 것이다.

"로버트를 처리해야겠군."

그렇지 않아도 대체할 수 있는 사람을 찾았다. 클린트의 머릿속에 다시 로나가 떠올랐다. 로버트보다 훨씬 손안에 두기 편할 것이다. 그녀에게는 앞이 안 보이는 자매가 있으니까.

그런데 어느 쪽이 언니인 거지? 잠시 궁금해하던 클린트는 그게 그리 중요하지 않다고 생각하고 마차에 올라탔다. 우선 로버트를 처리해야겠다.

"에버딘."

그날 저녁, 식사를 마치고 잠시 산책을 하겠다며 나갔던 션이 안 좋은 표정으로 돌아와서 에버딘을 찾았다. 서재의 소파에 길게 앉아서 레슬리가 보낸 편지를 확인하던 그녀는 션의 표정을 보고 자리에서 일어났다.

"무슨 일 있어?"

대단한 일은 아니다. 션은 일단 그녀를 다시 앉힌 뒤 말했다.

"누군가 로버트를 노리고 있다더군."

"누군가?"

누군가라고 말했지만 뻔하다. 션은 어깨를 으쓱했고 에버딘은 인상을 썼다. 이미 그녀는 오늘 홀트 자작과 만났던 것을 션에게 말했다.

"생각보다 빨리 움직였어."

홀트 자작과의 대화를 들은 션은 곧바로 기빈에게 사람을 붙였다. 홀트 자작이 분명 그에게 해를 가할 거라 생각했기 때문이다.

물론 기빈을 위해서는 아니다.

"세상에."

기빈에게 사람을 붙이겠다는 말을 들었을 때도 에버딘은 그렇게까지 할 필요가 있냐는 입장이었다. 그녀가 말한 건 기빈이 사기꾼이라는 이야기를 듣고 몰리와 로나를 만나 봤다는 것뿐이다.

하지만 그것만으로 홀트 자작은 기빈을 그대로 두면 위험하다고 판단했다는 거다.

"어떻게 할까?"

션은 에버딘의 옆에 앉으며 물었다. 맥이 빠져 있던 에버딘은 무슨 소리냐는 표정을 지었다.

"기빈 말이야. 그냥 둘까?"

홀트 자작의 부하가 기빈을 처리하는 걸 지켜본 뒤 역으로 홀트 자작을 협박할 수 있다. 에버딘은 션의 설명에 그를 새삼스러운 눈으로 쳐다봤다.

이럴 때 보면 웨스트 공작을 왜 사람들이 두려워하는지 알 것 같다. 그는 기빈의 목숨이 자기 말 한마디에 걸린 것처럼 말하고 있었다.

게다가 그게 사실이기도 하다. 션이 용병들에게 그냥 두라는 한마디만 하면 기빈은 홀트 자작에게 죽을 테니까.

"내가 기빈을 안 좋아하긴 하지만, 그가 죽길 바랄 정도로 안 좋아하는 건 아냐."

세상 모든 게 다 그렇다. 에버딘은 누군가를 미워해도 그가 눈앞에서 살해당하길 바랄 정도로 미워하지는 않았다. 반대로 션은 미워하지 않아도 살해당하는 걸 굳이 구해 줄 필요는 없다고 생각하고 있었다.

오히려 기빈 같은 쓰레기들은 그의 손을 더럽히지 않고 처리할 수 있다면 더 좋은 거다. 심지어 죽이려는 자가 홀트 자작이라면 그걸로 협박거리를 만들 수 있으니 일석이조다.

"구해?"

션의 질문에 에버딘의 눈이 동그래졌다. 구하냐고? 그녀는 누군가를 죽음의 위험해서 구할 수 있다는 건 생각도 안 해 봤다.

하지만 그건 돈과 힘이 있으면 가능한 일이다. 용병을 시켜 기빈을 보호하라고 하면 되니까.

오히려 가난하고 힘이 없을 때보다 에버딘은 지금 더 착하게 살 수 있다. 도울 수 있는 범위가 더 늘어날 테니까.

문제는 기빈을 구하는 게 옳으냐는 거겠지. 당장은 그의 목숨을 구하는 게 그녀의 죄책감을 위해 좋을지 몰라도 기빈은 전에도 앞으로도 사기꾼이다. 그를 보호하지 않는 게 그가 만들어 내는 피해자를 줄이는 방법인지도 모른다.

"응."

그래도 에버딘은 기빈을 구하는 쪽을 선택했다. 그녀에게 두 번째 기회가 있었다면 기빈에게도 있어야 한다. 그 기회를 어떻게 이용하는지는 기빈에게 달린 거다.

"알았어."

션은 설득도 반대도 없이 담백하게 말하더니 에버딘의 어깨를 감싸 안았다. 지시를 내리러 나가 봐야 하는 거 아닌가? 어리둥절해 하는 그녀의 표정에 션이 별거 아니라는 듯 말했다.

"너라면 구하라고 할 것 같아서 이미 보호하라고 지시하고 왔어."

그가 아는 에버딘이라면 기빈 같은 놈들에게도 기회를 주고 싶어 할 거다. 그렇게 판단했다. 게다가 홀트 자작에게 죽을 뻔한 기빈을 구해 주면 그놈이 홀트 자작을 배신할 테니 그것도 괜찮다.

에버딘은 션의 담담한 고백에 어이가 없어서 피식 웃었다.

"그런데 진짜 생각보다 빠르네."

에버딘은 션의 가슴에 머리를 기대며 말했다. 아까 션도 그렇게 말했다. 생각보다 빠르다고. 에버딘은 홀트 자작이 정말 기빈을 죽이려 하겠냐고 생각했지만 션은 분명 그가 기빈을 죽이려 할 거라고 말했었다.

그게 바로 당일 저녁일 줄이야.

"연회가 열리니까 그 전에 처리해야겠다고 생각했겠지."

션의 말에 에버딘은 오늘 크리스틴의 가게에서 마르시아 홀트가 아버지와 함께 다녀갔다던 이야기를 떠올렸다.

"연회랑 무슨 상관인데?"

그렇지 않아도 두 사람은 초대장을 받자마자 왕자가 무슨 생각인지 이야기를 했었다. 물론 션은 왕자가 별생각 없었을 거라고 말했다.

왕자는 딱히 생각다운 생각을 하지 않는다. 그동안 그를 알아 온 사람이라면 누구나 그렇게 생각한 것이다. 물론 그의 곁에서 그의 힘에 영향을 받지 않는 사람은 제랄딘과 션뿐이라는 문제가 있다.

"그동안 왕자가 홀트가를 멀리했거든."

홀트 자작과 홀트 경의 면담 요청은 전부 거절했다. 뿐만 아니라 홀트 자작과 연관이 있는 사람의 면담 요청 역시 거절당했다 들었다. 아마 그건 왕자의 의지가 아니라 왕자의 심경을 헤아린 그의 시종이 벌인 짓이겠지만.

"네가 요청했다며?"

전에 션이 왕자에게 마르시아의 결혼 전까지 아네트와의 결혼을 미뤄 달라고 요청했었다. 하지만 왕자가 홀트가를 멀리한 게 그것 때문인지는 알 수 없다.

션은 어깨를 으쓱하며 말했다.

"그가 제대로 된 생각을 했다면 내가 요청하기 전에 먼저 홀트가를 멀리했겠지."

당연한 일이다. 그만큼 왕자가 안하무인이라는 뜻이기도 하다.

왕자가 아네트와 결혼할 거라는 소문이 돌고 자신을 멀리하자 조바심이 난 홀트 자작은 사업을 확장시키기 시작했다. 거기서 그가 노출되었다.

그런데 이번에는 연회에 왕자가 홀트가를 초대했으니 자신의 잘못을 가려야겠다는 생각을 한 걸 거다.

가장 좋은 건 로버트에게 모든 잘못을 뒤집어씌우는 거겠지. 션의 설명에 에버딘은 오늘 오전에 홀트 자작과 이야기를 나눈 것을 다시 떠올렸다.

왜 갑자기 그녀를 떠보나 했는데 어디까지 알고 있는지 알아내려고 그런 걸지도 모른다는 생각이 들었다.

* * *

"허바드 백작, 오랜만이군."

연회장은 초대받은 귀족들로 가득 차 있었다. 몸이 아프거나 집안에 일이 있는 게 아닌 한 초대받은 사람들은 전부 참석했기 때문이다. 그만큼 왕자가 연회에 초대하는 일이 그리 자주 있는 일이 아니기 때문이기도 했다.

"만델 후작님."

캐서린은 그녀의 자리 옆에 서 있는 만델 후작을 보고 인사를 건넸다. 만델 후작의 자리는 허바드 백작의 자리보다 왕족의 자리에 가깝다.

만델 후작은 자신의 자리를 힐끔 쳐다보고 캐서린에게 물었다.

"아이는 어떻게 하고 나왔나?"

어떻게 하긴? 유모가 보고 있겠지? 캐서린이 어이없다는 표정으로 쳐다보자 만델 후작이 헛기침을 하고 다시 말했다.

"아니, 내 말은. 남편도 없는데 어떻게 했는지 걱정돼서 말이야."

"그럼 부부 중 한쪽은 연회에 못 오겠네요?"

한쪽은 애를 봐야 하니까? 돈과 의무를 가진 귀족이?

캐서린의 지적에 이번에는 만델 후작의 표정이 일그러졌다. 그는 이래서 캐서린이 싫었다. 레베카 공주가 왜 이 여자를 곁에 두는지 모르겠다.

아니, 어쩌면 허바드 백작 때문에 레베카 공주가 결혼하기 싫다는 말도 안 되는 소리를 하는지도 모르지. 만델 후작은 공주가 션 웨스트 공작과의 결혼을 내키지 않아 했다는 말을 떠올리며 말했다.

"그렇게 예민하게 굴지 말게. 다 자네의 아이가 걱정돼서 하는 말이잖나."

걱정할 거면 돈으로 주던가. 애 키우는 데 하등 도움도 안 되는 놈들이 핑계는 좋다. 캐서린은 만델 후작을 비웃지 않기 위해 애를 쓰며 말했다.

"그러게요. 후작님의 자녀분도 얼른 후계자를 낳아야 할 텐데요. 저도 참 걱정이 되네요."

덕분에 다시 만델 후작의 얼굴이 일그러졌다. 어디서 조언이야, 조언이. 캐서린은 헛기침을 다시 하고 자신의 자리로 가 버리는 만델 후작을 보고 혀를 찼다.

산다는 건 문제의 연속이다. 자신에게 남과 같은 문제가 없다고 해서 다른 문제도 없을 거라는 보장은 없다. 나이가 어리면 모를까 그걸 아직도 모른다는 건 나이를 헛먹었다는 뜻이고 한마디로 한심한 거다.

"허바드 백작."

만델 후작을 보내고 자리에 앉으려는 캐서린에게 다시 누군가가 인사를 건넸다. 이번에는 그리 멀지 않은 곳에 자리가 준비된 홀트 자작이었다.

"오랜만에 뵙습니다."

캐서린은 홀트 자작에게 인사를 건넨 뒤 그의 옆에 같이 서 있는 마르시아에게도 인사를 건넸다. 자연스럽게 그녀의 눈에 마르시아가 걸고 있는 거대한 목걸이가 들어왔다.

“아주 멋진 목걸이로군요, 홀트 경.”

굉장히 화려해 보인다. 캐서린의 감탄에도 마르시아는 그리 기쁘지가 않았다. 아버지의 등쌀에 못 이겨 착용하긴 했지만 이건 그녀가 착용하기엔 집안의 경제 상황이나 위치에 맞지 않았다.

이런 목걸이는 왕비 전하가 걸고 있어도 과하다는 말이 나올 것이다. 하지만 홀트 자작은 그런 목걸이를 착용할 수 있는 홀트가의 부를 자랑하느라 여념이 없었다.

“꽤나 거금을 들인 걸세.”

제발 그만했으면 좋겠다. 마르시아는 아버지의 허세가 부끄러워서 고개를 들 수가 없었다. 그녀가 이런 화려한 목걸이를 거는 걸로 사람들이 왕자 전하를 욕하기라도 하면 어쩌란 말인가.

다행히 캐서린은 홀트 자작의 목걸이로 왕자를 욕하지는 않았다. 그녀는 홀트 자작과 홀트 경이 왕자의 마음을 되찾기 위해 필사적이라고 생각했을 뿐이다.

그게 안됐다는 생각이 들었다. 그녀는 이미 왕자가 홀트 자작가를 내치기로 결심했다는 걸 알았다. 오늘 연회의 목적을 레베카 공주가 귀띔해 줬기 때문이다.

“최근에 전하와 개별적으로 만난 적은 없죠?”

캐서린의 질문에 마르시아의 표정이 굳었다. 하지만 그녀는 곧 밝게 대답했다.

“최근 전하께서 바쁘셨으니까요.”

“맞아. 전하께 가까이 가려는 사람이 워낙 많아야지.”

아무도 홀트가에 귀띔해 주지 않았던 모양이다. 동시에 홀트가에 붙어 있던 사람들이 다들 멀어졌다는 말이기도 했다.

자기 능력이 아닌, 권력자에게 기생해 받은 권력이란 그런 것이다. 권력자의 총애가 떠나는 것과 동시에 잃게 된다.

캐서린은 마르시아에게 귀띔해 주고 싶었다. 왕자가 오늘 이 자리에서 웨스트 공작가와의 혼담이 성사되었음을 알리려 한다는 것을.

그때 홀트 자작의 표정이 변했다. 그는 웨스트 공작과 어서 남작이 들어오는 것을 보고 마르시아를 잡아당겼다.

"이만 우리 자리로 돌아가자."

덕분에 캐서린은 마르시아에게 경고할 기회를 놓쳐 버렸다. 캐서린은 홀트 자작이 뭘 보고 표정이 변했는지 확인하기 위해 고개를 돌렸다.

"혹시 무기가 될 만한 건 소지하지 않으셨겠죠."

연회장으로 들어서던 션과 에버딘에게 근위병이 물었다. 진심으로 무기를 가지고 있을 거라고 생각해서 물어본 건 아니었다. 규정상 해야 하는 질문이라 했을 뿐이다.

심지어 근위병은 무기가 있다면 에버딘이 아니라 션이 가지고 있을 거라 생각하고 있었다.

"어, 음……."

가지고 있다. 당황하는 에버딘을 본 션이 한쪽 눈썹을 들어 올렸다.

"깜빡했어."

최근에 션이 준 검을 가지고 다니는 걸 버릇 들였더니 여기도 가져와 버렸다. 마치 용병 같은 대답에 션은 피식 웃었고 근위병은 고개를 끄덕이며 말했다.

"걱정 마십시오. 그런 실수를 하시는 분들이 종종 있습니다."

검을 가져오는 사람이? 에버딘은 근위병의 위로에 놀라서 물었다.

"또 누가 가져왔나?"

"평범한 장식품이어도 특별히 지시가 내려오면 잠시 맡아 두기도 합니다."

"평범한 장식품을 왜 맡아 두라고 지시를 하는 거지?"

그건 그도 모른다. 근위병은 곤란한 표정으로 말했다.

"글쎄요. 가끔은 지팡이 같은 이해가 되는 것도 있지만 반지 같은 것도 있거든요."

반지는 왜? 에버딘의 것처럼 마법이라도 걸려 있는 건가? 어리둥절해하는 그녀에게 근위병이 턱을 쓸며 말했다.

"위험한 마법 같은 건 안 걸려 있을 것 같은데요. 홀트 경의 반지거든요."

마르시아의 반지를 왜 근위대가 맡아 둔다는 걸까. 궁금해하는 에버딘을 대신해서 션이 헛기침을 했다.

너무 오래 붙잡아 두고 있다. 그의 신호에 근위병이 재빨리 본분으로 돌아가 말했다.

"죄송합니다. 혹시 모르니 무기는 저희가 보관하겠습니다."

"이거 사용할 수 있는 사람이 별로 없을 텐데."

작아서? 근위병은 자신의 손에 쏙 들어오는 크기의 검을 보고 고개를 갸웃했다. 검이 좀 작다고 사용 못 할 사람은 없다. 그러자 에버딘이 그에게 검을 내밀며 말했다.

"특정 조건을 가진 사람만 쓸 수 있는 마법이 걸려 있거든. 남자들은 못 쓸 거야."

마법에 걸린 검이라고? 굉장히 드문 거다. 근위병은 감탄한 표정으로 검을 받아 들었다. 그리고 에버딘에게 물었다.

"뽑아 봐도 됩니까?"

된다. 에버딘이 고개를 끄덕이자 근위병은 검집에서 검을 뽑았다. 덕분에 검이 더 작아졌다. 그는 투명한 검날을 보고 피식 웃었다.

장난감 같다. 심지어 에버딘의 허락을 받아 검 날을 손에 대자 아무것도 느껴지지 않았다.

"이걸 남작님이 쓰시면 어떻게 됩니까?"

근위병의 얼굴에 호기심이 떠올라 있었다. 에버딘은 어깨를 으쓱하며 말했다.

"아마 기절할걸? 나도 안 써 봐서."

받아 두기만 했지 쓴 적은 한 번도 없다. 그게 션을 뿌듯하게 만들었다. 근위병은 왜 갑자기 웨스트 공작이 흐뭇해하는지 몰라 어리둥절해하며 말했다.

"아무튼 연회가 끝날 때까지 보관해 뒀다가 돌려드리겠습니다."

근위병은 사용할 수 없다는 걸 확인하긴 했지만 어셔 남작도 사용할 생각이 없는지는 알 수 없다. 게다가 연회 중에 무슨 일이 일어날지 알 수 없는 법이다.

연회장 안의 사람들이 왕자를 공격할 리는 없지만 서로를 공격하지 말라는 법은 없으니 무기는 전부 금지였다. 근위병의 말에 에버딘은 고개를 끄덕이고 션과 함께 몸을 돌렸다.

"홀트 경의 반지는 왜 맡아 둔다는 걸까?"

자기 자리로 돌아가며 에버딘이 물었다. 다행히 션은 그 대답을 알았다. 그는 어깨를 으쓱하며 말했다.

"사랑의 증표 같은 거겠지."

남들 앞에 마르시아가 내보이면 곤란할 만한 반지일 거다. 왕자의 생각 없는 성격상 마르시아에게 주고 자기도 아차 했을 가능성이 높다.

한심하다. 에버딘이 한숨을 내쉬는 것과 동시에 왕자가 나타났다. 하지만 왕자가 등장했음에도 연회장 안에는 아무 변화가 없었다.

뭐지? 왕자는 자신이 도착한 것을 아무도 눈치채지 못하자 당황해서 자기 자리에 앉지 못하고 서 있었다. 그러자 재빨리 시종이 소리쳤다.

"왕자 전하께서 오셨습니다."

사람들은 시종의 말을 듣고 나서야 왕자가 도착한 것을 알아차렸다. 처음 있는 일이다. 그동안은 늘 누군가가 왕자가 오는 것에 신경을 곤두세우고 기다리고 있다가 알렸었다.

"다들 인사할 곳이 많은가 보군."

크리스토퍼는 기분 나쁜 속내를 감추지 않고 말했다. 그가 도착했는데도 아무도 알아차리지 못하다니, 기분이 나쁠 수밖에 없다.

"아, 아닙니다, 전하."

"이렇게 한자리에 모여서 식사를 하는 게 근래 처음이다 보니……."

들떴던 거지 왕자를 무시한 게 아니라는 말에도 왕자의 기분은 나아지지 않았다. 크리스토퍼는 어쩔 줄 몰라 하는 귀족들을 쳐다보다가 그대로 연회실 밖으로 나가 버렸다.

"나가신 건가?"

"화가 나서?"

예전이었다면 왕자가 많이 섭섭한 모양이라고 생각했을 테지만 지금 이 자리에는 에버딘이 있었다. 다들 사람들을 초대해 놓고 마음에 안 든다고 다시 나가 버린 왕자의 태도에 지금 무슨 일이 일어난 건지 어리둥절해하기 시작했다.

"오라버니."

크리스토퍼와 함께 들어오던 레베카가 삐져서 연회실 밖으로 나와 버린 그를 설득하기 위해 다가왔다.

"들어가요."

저들은 왕자를 일부러 무시한 것도 아니다. 게다가 일반 백성들도 아니고 귀족들이다. 삐졌다고 초대한 사람이 나가 버리면 안 되는 거다.

하지만 왕자는 그동안 분에 넘치는 사랑을 받고 있었고 자신의 행동이 타당하다 생각했다. 그는 자신을 설득하려는 레베카에게 눈을 흘기며 소리쳤다.

"넌 저 건방진 것들이 날 무시하는데도 저 녀석들 편을 드는 거냐?"

안타깝게도 왕자의 고함은 연회실 안까지 들려왔다. 연회실의 귀족들이 당황해서 조용해진 탓도 있었다. 에버딘은 어이가 없어서 작은 목소리로 션에게 말했다.

"이게 무시까지 갈 일이야?"

왕자가 온 걸 알자마자 인사도 했고 사과도 했다. 에버딘의 눈에는 크리스토퍼가 별것도 아닌 일로 난리를 치는 걸로 보였다.

그리고 그녀의 주변에 서 있었던 덕분에 에버딘의 말을 들은 사람들 역시 그렇게 생각했다.

사람들은 어느 때보다 깨끗하고 상쾌한 머리로 왕자의 행동을 판단하고 있었다. 게다가 지난번 신년 파티 때 왕자의 능력 없이 왕자를 마주한 경험이 있는 사람들은 더했다.

그들은 이 자리에 오기 전까지 신년 파티 때 잠깐 봤던 왕자의 무례하고 파렴치한 행동이 자신의 착각이나 오해라고 생각하고 있었다.

하지만 연회실 바깥 복도에서 크리스토퍼가 레베카를 향해 짜증을 내는 소리가 계속해서 연회실 안쪽으로 들려오고 있었다.

"저것들이 사과할 때까지 안 들어가!"

바보 아냐? 에버딘은 제일 먼저 그렇게 생각했다. 그리고 그녀의 주변에 있는 사람들도.

점차 연회장은 왕자의 당황스러운 행동으로 사람들이 속삭이는 소리가 커지고 있었다. 사람들은 모든 게 처음이었다. 왕자가 오는 걸 눈치채지 못한 것도, 그걸 본 왕자가 삐져서 난리를 치는 걸 맨 정신으로 본 것도.

"전하가 원래 저런, 저런 분이었나?"

당혹스럽다는 사람들의 수군거림은 마르시아와 클린트에게도 들려왔다. 두 사람도 왕자가 철없이 구는 걸 보고 당황하고 있었다.

하지만 그 덕분에 왕자비가 되고 싶다는 마르시아의 결심은 더욱 단단해졌다. 그녀가 곁에 있을 때의 크리스토퍼는 저러지 않았다. 저건 그녀가 곁에 없기 때문이다.

전하께서 훌륭한 왕이 되시려면 곁에 내가 있어야 해. 마르시아는 그렇게 생각하며 굳은 표정으로 연회실 문을 쳐다보고 있었다.

"들어가요, 오라버니."

결국 레베카의 설득에 크리스토퍼가 입술을 삐쭉 내밀고 연회장 안으로 들어섰다. 그러자 이번에는 귀족들이 모두 왕자에게 집중했다.

그의 눈에 긴장한 채로 자신을 쳐다보는 마르시아와 홀트 자작이 들어왔다. 역시 왔군.

크리스토퍼는 뻔뻔하게도 초대를 받았다고 찾아온 마르시아와 홀트 자작을 보고 혀를 찼다. 다들 썩 꺼지라고 소리치고 싶은 마음을 참고 다시 연회장으로 들어온 건 모두 홀트 자작과 마르시아 때문이다.

왕족이란 이렇게 고된 것이다. 크리스토퍼는 자신의 어깨에 실린 짐이 참 무겁고 고되다고 생각했다. 저런 눈치 없는 족속들을 왕족답게 우아하게 떼어 내야 하다니.

게다가 다른 놈들이라고 딱히 더 낫지도 않다. 크리스토퍼는 그가 입을 열기를 기다리는 귀족들은 한심하다는 듯 쳐다봤다. 이놈이고 저놈이고 마음에 드는 놈이 하나도 없다.

"다들 빈손으로 왔군."

이윽고 크리스토퍼의 열린 입에서 나온 것은 힐난이었다. 초대받았다고 빈손으로 덜렁덜렁 오다니, 다들 그의 치세로 평화로운 나라에 살아서 그런지 눈치가 없는 모양이다.

연회장의 귀족들은 크리스토퍼의 말을 어떻게 받아들여야 할지 몰라서 서로의 눈치를 살피기 시작했다. 예전이었다면 다들 농담이라고 생각해 웃었을 것이다. 그러면서 뒤로는 크리스토퍼에게 선물을 바쳤겠지.

하지만 방금 전 크리스토퍼의 망나니 같은 행각을 본 사람들은 지금 왕자의 말을 농담이라고 생각할 수가 없었다.

"두 손에 포크와 나이프를 들고 왔죠."

어색한 분위기를 수습한 것은 레베카였다. 그녀는 크리스토퍼의 옆에 서서 농담처럼 말하고 재빨리 자신의 오라버니에게 속삭였다.

"들어온 선물은 오라버니의 침실에 옮겨 놓으라 했어요."

덕분에 사람들과 크리스토퍼 모두 얼굴에 미소가 떠올랐다. 선물은 미리 받아 놨단 말이지? 크리스토퍼는 레베카의 어깨를 툭툭 치며 말했다.

"가끔은 눈치가 있구나."

가끔이 아니라 늘 그렇다. 크리스토퍼는 왕실에 바친 선물은 무조건 자신에게 가져오지 않으면 짜증을 냈다. 그게 설령 병상에 누운 왕에게 바치는 몸에 좋은 약이라 해도 마찬가지였다.

물론 그 약이 왕에게 간 적은 한 번도 없다.

레베카는 억지로 미소를 지으며 크리스토퍼를 그의 자리로 안내했다. 그가 앉아야 다른 사람들도 앉을 수 있다.

크리스토퍼가 자리에 앉자 레베카는 그가 한마디 하는 것을 기다렸다. 의례적으로 이럴 때 가장 높은 사람이 잘 왔다거나 맛있게 먹으라거나 하는 인사말을 하기 마련이다.

하지만 크리스토퍼는 아무 생각이 없었다. 그는 자신의 테이블에 빈 접시와 잔만 있는 것을 보고 시종을 향해 소리쳤다.

"음식 가져와!"

왕자의 말을 기다리던 시종은 깜짝 놀라서 복도 저편에서 음식을 가지고 걸어오는 사람들에게 손짓했다. 레베카는 시종들이 음식을 가져오는 시간 동안 재빨리 입을 열었다.

"다들 와 줘서 고맙네. 좋은 시간이 되었으면 좋겠군."

레베카의 의례적인 인사에 사람들은 고개를 끄덕이며 미소를 지었다. 방금 전의 농담까지 더해져 분위기가 훨씬 더 부드러워졌다.

크리스토퍼는 그게 마음에 들지 않았다. 뭐 잘났다고 나서는 건지. 게다가 그에게는 레베카의 행동이 왕족이 되어서 귀족에게 아첨하는 것처럼 느껴졌다.

"레베카가 그리 말했다고 너무 좋은 시간을 보내진 말게."

너무 풀어지지는 말라는 뜻이다. 술도 있으니 어느 정도는 자중해야 하기도 하다. 하지만 사람들에게는 전혀 다르게 들렸다. 다시 연회장 안의 분위기가 가라앉자 크리스토퍼는 악단을 향해 손뼉을 치며 말했다.

"뭐해? 연주해."

악단은 이번에는 당황하지 않았다. 그들 역시 신년 파티에서 있었던 일 덕분에 왕자의 지시에 기다렸다는 듯 조용한 곡을 연주하기 시작했다.

동시에 시종들이 가져온 음식을 사람들 앞에 놓기 시작했다. 워낙 손님이 많아서 음식을 내려놓는 것도 시간이 걸린다.

크리스토퍼는 먼저 음식을 받은 덕분에 가장 먼저 음식을 먹기 시작했다. 그는 지루하다는 표정으로 음식을 먹다가 레베카를 쳐다봤다.

그녀는 식사에 손을 대지 않고 시종들이 음식을 제대로 나르고 있는지 확인하고 있었다. 그러면서 동시에 가까이 앉은 사람과 가벼운 대화도 나누고 있었다.

그게 크리스토퍼의 마음에 들지 않았다. 레베카는 어디까지나 그의 그림자다. 귀족의 둘째란 그런 거다. 첫째에게 무슨 일이 일어날 때를 대비한 예비물. 동시에 첫째의 뒷바라지를 해야 하는 존재.

그런 레베카가 감히 크리스토퍼보다 더 사람들의 관심을 받고 있었다. 그는 심술이 나서 크흠 하고 헛기침을 한 뒤 입을 열었다.

"그러고 보니 경들에게 알려 줄 좋은 소식이 있군."

왕자가 입을 열자 삼삼오오 모여 대화를 나누던 사람들이 모두 왕자에게 고개를 돌렸다. 그것만으로 크리스토퍼는 약간 마음이 풀렸다. 하지만 아직은 좀 부족했다.

그는 마르시아와 클린트를 한 번 쳐다본 뒤 션에게 고개를 돌리며 말했다.

그것만으로 레베카는 크리스토퍼가 무슨 말을 하려는지 알아차렸다. 너무 빠르다. 레베카는 저도 모르게 크리스토퍼를 향해 몸을 기울였다. 그리고 작은 목소리로 속삭였다.

"잠시만요, 오라버니."

"왜?"

감히 그가 말하려는데 방해를 하다니, 크리스토퍼의 짜증이 솟구쳤다. 하지만 레베카는 차마 마르시아가 연회장 안에서 창피를 당하게 둘 수가 없었다. 그녀는 마르시아에게 눈빛을 보내며 말했다.

"이 자리는 명목상으로는 폭설로 고생한 사람들을 위로하는 자리잖아요?"

그랬나? 기억도 안 난다. 그는 홀트가 사람들에게 자신이 그들을 버렸다는 것을 확실히 알리기 위해 연회를 연 것뿐이다.

"그래서?"

짜증스러운 크리스토퍼의 대꾸에 레베카는 그의 심기를 거스르지 않기 위해 재빨리 말했다.

"먼저 사람들을 위로하는 게 좋지 않을까요?"

그 말이 맞다. 하지만 크리스토퍼는 화가 났다. 레베카의 말이 맞기 때문이다. 그녀가 자신보다 먼저 맞는 말을 한다는 것 자체가 크리스토퍼는 짜증이 났다.

"내가 어련히 알아서 하겠지. 잘난 척하지 마라."

크리스토퍼는 짜증 난다는 듯 그렇게 말하고 다시 사람들을 향해 고개를 돌렸다. 그가 말한 좋은 소식이 뭔지 기다리느라 사람들의 시선은 전부 레베카와 크리스토퍼에게 집중되어 있었다.

"우선 폭설로 고생한 경들을 위로하고 싶군."

크리스토퍼가 레베카가 시킨 대로 이야기하는 사이, 레베카는 그녀의 뒤에 서 있는 시종을 불러 작은 목소리로 속삭였다.

"홀트 경에게 가서 마지막 기회라고 전하게. 잡지 않으려면 당장 떠나길 권하고."

레베카가 할 수 있는 건 여기까지다. 그녀는 어두운 표정으로 시종이 자신의 말을 마르시아에게 전하는 것을 지켜봤다.

전언을 들은 마르시아와 레베카의 눈이 부딪쳤다.

"여기서 폭설 피해를 입은 영주가 몇이나 될까?"

왕자의 위로사를 들으며 에버딘이 션에게 속삭였다. 심지어 크리스토퍼의 위로사는 엉망이었다. 원래도 말주변이 좋은 사람이 아니다. 모두가 떠받들어 주는 왕자가 말주변이 좋을 이유가 없으니 더 그랬다.

그러니 오늘 위로사는 횡설수설하고 아무리 집중하고 들어도 무슨 말인지 알 수가 없었다. 션은 사람들의 표정이 점차 굳는 것을 확인한 뒤 나지막하게 대답했다.

"글쎄. 한 손가락 안에 꼽겠지."

두 사람의 눈에 레베카 공주에게 뭔가를 지시받은 시종이 마르시아에게 다가가는 게 보였다.

"설마."

에버딘이 그렇게 말하는 것과 동시에 션의 입에서도 못마땅하다는 신음이 흘러나왔다. 레베카 공주는 마르시아에게 뭔가를 경고하는 게 분명했다. 아니면 지시를 내리거나.

시종에게 레베카 공주의 말을 전달받은 마르시아가 굳은 표정으로 자세를 바로 했다. 그녀 역시 오늘 이 자리가 자신에게 그리 좋은 자리가 아니라는 것을 확인했다.

설마 하는 마음이 없었던 건 아니다. 하지만 오늘 이 자리에서 크리스토퍼 왕자를 보자 이상하게 원망과 불만이 생겨나기 시작했다.

그동안 그녀가 수많은 사람들의 질투와 시기로 고생하는 것을 왕자가 봤으면서도 모른 척하던 장면이나 단 한 번도 선물은커녕 꽃 한 송이 준 적도 없다는 것까지 새록새록 떠올랐다.

"전하."

마르시아는 왕자에게 마지막으로 기회를 주기로 결심했다. 그리고 자신이 그런 생각을 했다는 사실에 놀랐다.

왕자에게 기회를 주다니. 늘 기회를 주는 건 그였다.

크리스토퍼는 마르시아가 자신을 부르는 소리를 들었다. 하지만 일부러 무시하고 있었다. 그녀가 무슨 말을 하려 하는지 알았기 때문이다.

마르시아와 대화하고 싶지 않았다. 그것도 이렇게 사람들이 많은 곳에서는.

하지만 언제까지나 무시할 수는 없다. 마르시아가 자리에서 일어나자 그 사실을 깨달은 사람들이 그녀를 쳐다봤기 때문이다. 사람들이 마르시아를 쳐다보는데 크리스토퍼가 무시할 수만은 없다.

"쓸모없는 것."

크리스토퍼는 괜히 레베카를 향해 이를 갈며 뇌까렸다. 그리고 할 수 없다는 듯 마르시아를 쳐다봤다.

"뭔가, 홀트 경."

그것만으로 마르시아는 자신이 잘못 생각했다는 것을 깨달았다. 그녀가 기회를 준다니, 어불성설이다. 크리스토퍼와 그녀의 관계는 단 한 번도 동등하거나 마르시아가 우위를 점한 적이 없었다.

그건 크리스토퍼가 마르시아와 그녀의 집안을 내치려 하는 지금 이 순간까지도 이어졌다.

"할 말 없으면 앉아."

크리스토퍼는 마르시아가 굳은 표정으로 서서 아무 말도 하지 못하자 재빨리 손을 저었다. 그러면서 동시에 자기 합리화를 시작했다.

그는 분명 마르시아가 그에게 말할 기회를 줬다. 앞으로 일어날 일은 말하지 않고 서 있기만 한 마르시아의 잘못이다.

크리스토퍼에게는 안타깝게도 뭐라고 말해야 할지 몰라 하는 마르시아와 달리 클린트가 자리에서 일어났다. 그는 두 팔을 양쪽으로 펼치며 말했다.

"이런 멋진 연회를 열어 주셔서 감사합니다, 전하."

이건 또 무슨 일이야? 사람들의 관심이 클린트에게 향했다. 홀트 자작은 자리에서 나와 왕자의 앞까지 다가갔다. 그러자 왕자가 손을 내밀며 말했다.

"그만. 거기서 이야기하게."

더 가까이 오는 것을 허락하지 않겠다는 태도에 클린트의 표정이 굳었다. 그는 주위를 한 번 쳐다보고 다시 왕자를 쳐다봤다. 그리고 조심스럽게 말했다.

"전하께 꼭 드려야 할 이야기가 있습니다. 기회를 주신다면 조용한 곳에서 따로 말씀드리고 싶습니다만."

이제 사람들의 관심은 왕자가 그걸 허락할 것이냐로 옮겨 갔다. 여기서 허락한다면 왕자와 홀트 자작의 친분은 아직 유지되고 있다고 판단할 수 있다.

그건 홀트 자작에게 반드시 잡아야 하는 기회기도 했다. 그리고 크리스토퍼 역시 홀트 자작의 면담 요청을 받아들이는 편이 나았다.

"홀트 자작."

레베카는 크리스토퍼가 허락할 것이라 말하기 위해 입을 열었다. 여기서 면담 요청을 받아들이는 편이 좋다. 설령 나중에 홀트가를 내친다 해도 어쨌든 홀트가의 위신을 세워 주는 거다.

귀족 사회란 남들 눈에 어떻게 보이느냐도 중요하다. 게다가 홀트가가 왕자의 오른팔이라는 것을 다 아는데 굳이 보란 듯이 창피를 줘서 좋을 것도 없었다.

"전하께서 사람을 시켜……."

"필요 없네."

레베카가 상황을 무마하려 한순간, 크리스토퍼가 불쑥 말했다. 나중에고 자시고 그는 홀트가와 면담을 할 생각이 없었다.

덕분에 클린트의 얼굴이 다시 굳었다. 그리고 사람들 사이에서 놀란 신음이 터져 나왔다.

왕족이 사람들 앞에서 어느 집안을 대놓고 거부했으니 엄청난 일이다. 레베카는 그 상황을 무마하기 위해 다시 끼어들었다.

"홀트 자작, 전하의 말씀은 사람을 시킬 필요가 없다는 말일세."

이 상황을 수습하려면 지금 바로 날짜와 장소를 정하면 된다. 하지만 크리스토퍼는 그럴 생각이 없었다. 그는 아까부터 건방지게 끼어드는 레베카를 향해 버럭 소리쳤다.

"아, 만나기 싫다는데 왜 난리야? 네가 왕이야? 왜 꼬박꼬박 끼어들고 이래?"

그러자 연회장 안이 싸늘하게 얼어붙었다. 레베카는 어떻게든 크리스토퍼를 설득하기 위해 속삭였다.

"사람들 앞에서 굳이 홀트가를 밀어낼 필요는 없어요."

"그건 네 생각이고! 난 저 집안이 지긋지긋해!"

다시 사람들 사이에서 누군가 놀란 신음을 내뱉다가 허둥지둥 입을 막았다. 갑자기 일어난 난리에 에버딘은 눈을 크게 뜨고 왕자와 홀트 자작을 쳐다보고 있었다.

홀트 자작은 새하얗게 굳은 표정으로 왕자를 쳐다보고 있었다. 그가 왕자를 위해 그동안 얼마나 고생했는데 지금 이 자리에서 이렇게 망신을 주다니!

그동안 왕자의 힘 때문에 좋게 포장되거나 자신이 너무 예민하게 받아들이는 거라고 생각했던 상황들이 그의 머릿속을 스쳐 지나갔다.

왕자의 더러운 일을 대신해 주는 데도 왕자는 고마움은 물론 그에게 제대로 된 대접조차 하지 않았다. 클린트의 얼굴이 분노로 새빨갛게 달아올랐다. 그는 거기에서 멈추라던 왕자의 명령을 무시하고 왕자의 앞으로 성큼성큼 다가갔다.

"뭐, 뭐 하는 거야? 멈추라니까?"

왕자의 고함에 대기하고 있던 근위병 몇 명이 달려왔다. 클린트는 그들에게 잡히기 전에 재빨리 왕자에게 속삭였다.

"우리 집안을 배신하면 후회할 겁니다."

안타깝게도 클린트의 협박은 왕자의 분노를 부채질했다. 후회라고? 네까짓 게 뭔데? 그는 홀트 자작을 삿대질하며 소리쳤다.

"건방진 것! 이 자의 목을 베라!"

"오라버니!"

깜짝 놀란 레베카가 크리스토퍼를 말렸다. 동시에 마르시아 역시 자리에서 일어났다. 그러자 크리스토퍼가 마르시아에게 손가락질을 하며 다시 소리쳤다.

"저년도! 다 끌고 가! 저 집안은 싸그리 죽여 버려!"

"오라버니, 진정해요."

홀트 자작은 창피를 당해 화가 났던 것뿐이다. 그런 걸로 한 가문을 멸족시킨다는 건 말도 안 되고 불가능하다.

하지만 크리스토퍼는 자신의 기분을 거스르는 자는 전부 내치고 살아왔다. 그는 자신을 말리는 레베카의 건방진 행동에 화가 나서 그녀를 밀어 버리며 소리쳤다.

"너도 꺼져!"

"악!"

어찌나 세게 밀었던지 레베카는 그대로 의자와 함께 바닥에 나뒹굴었다. 그 모습에 캐서린과 에버딘이 튀어 나갔다.

"전하!"

캐서린은 레베카의 몸을 부축하며 어디 다친 곳은 없는지 살폈다. 크리스토퍼는 그 모습을 보고 혀를 찬 뒤 다시 홀트 자작을 붙잡고 있는 근위병들에게 소리쳤다.

"당장 끌고 가! 지하 감옥에 가둬 버려!"

"전하!"

"왕자 전하!"

놀란 사람들이 저마다 크리스토퍼를 말리기 시작했다. 아무리 왕자가 자기 멋대로라고 해도 이건 선을 넘었다. 그 사이 마르시아는 멍한 표정으로 왕자를 쳐다보고 있었다.

그녀의 안에서 뭔가가 부서지는 게 느껴졌다. 조금 예민하고 섬세한 사람이라고 생각했던 왕자의 모습이 어느새 철없고 난폭한 길거리 깡패보다도 못하게 보였다.

"후회할 거요!"

그때, 홀트 자작이 소리쳤다. 그는 자신을 끌고 가려는 근위병들에게 몸부림을 치며 소리쳤다.

"자신을 습격한 자가 누군지 만델 후작이 매우 궁금할걸!"

이건 또 무슨 소리야? 에버딘은 레베카 공주를 부축해서 캐서린과 함께 사람들이 적은 쪽으로 물러났다. 악에 받친 홀트 자작의 고발은 그걸로 끝이 아니었다.

그는 자신을 붙잡은 근위병들이 만델 후작을 보느라 멈칫한 틈을 놓치지 않고 다시 소리쳤다.

"딸이 위험에 빠졌다는 걸 허바드 백작이 알면 어떻게 될까!"

에버딘의 시선이 캐서린을 향했다. 그녀는 새하얗게 질린 얼굴로 눈을 부릅뜨고 홀트 자작을 쳐다보고 있었다. 그리고 곧 그 시선은 왕자에게로 옮아갔다.

홀트 자작에게서 크리스토퍼 왕자에게로 시선을 옮긴 것은 캐서린뿐만이 아니었다. 연회장 안의 모든 사람들은 이게 무슨 소리냐고 수군거리며 동시에 왕자의 안색을 살피고 있었다.

그만큼 왕자의 안색은 좋지 않았다. 그는 하얗게 굳은 표정으로 만델 후작과 허바드 백작을 돌아보고 있었다.

"그리고 웨스트 공작도!"

이어진 홀트 자작의 입에서 자신의 이름이 거론되자 션의 한쪽 눈썹이 올라갔다. 그와 동시에 크리스토퍼가 소리쳤다.

"입 닥쳐! 저자의 입을 막아! 아니, 죽여 버려!"

덕분에 사람들은 홀트 자작이 무슨 소리를 하는지 쉽게 알아차릴 수가 있었다. 크리스토퍼는 미친 사람처럼 침을 튀기며 홀트 자작을 죽여야 한다고 소리치다가 주변이 싸늘한 것을 깨닫고 멈췄다.

"방금 그 말이 무슨 소린지 알고 싶군."

드디어 크리스토퍼가 입을 다물자 에버딘과 함께 서 있던 션이 말했다. 분명 홀트 자작은 그의 이름을 입에 올렸다.

션의 시선에 클린트는 득의양양하게 크리스토퍼를 쳐다봤다. 자길 버리면 다 불어 버릴 거라는 태도에 크리스토퍼는 어쩔 줄 몰라

하며 말했다.

"다 거짓말이야! 저 나쁜 놈이 나한테 뒤집어씌우는 거라고!"

"그건 홀트 자작의 말을 들어 봐야 알겠지."

선은 느긋하게 말하고 클린트를 쳐다봤다. 그러더니 생각났다는 듯 덧붙였다.

"그렇지 않습니까, 전하?"

크리스토퍼의 얼굴이 새빨갛게 달아올랐다. 웨스트 공작이 그를 무시하는 것 같은데 어디를 어떻게 무시하는 건지 모르겠다. 그가 다시 다 거짓말이라고 외치려는 데 허바드 백작이 소리쳤다.

"내 딸이 위험에 빠졌다니? 무슨 소리야!"

캐서린이 무섭게 소리치자 크리스토퍼는 당황해서 말했다.

"아, 아냐! 위험에 빠지다니! 그건 다 자넬 위해서……."

날 위해서? 캐서린의 눈초리가 험악해졌다. 그녀는 크리스토퍼의 목을 조르고 싶다는 표정으로 그에게 다가갔다. 그러자 왕자가 다시 소리쳤다.

"근위병! 뭐해! 저 여자를 잡지 않고!"

"그웬돌린에게 무슨 짓을 하려고 한 건지 어서 말해!"

아니, 이럴 때가 아니다. 캐서린은 왕자에게 소리치는 것을 멈추고 몸을 돌렸다. 어서 빨리 집에 가서 아이가 잘 있는지 확인해야겠다.

"멈춰! 저 여자를 잡아!"

크리스토퍼는 나가려는 캐서린을 향해 소리쳤다. 그 사이 만델 후작이 홀트 자작에게 외쳤다.

"날 습격했다니? 무슨 소린가!"

덕분에 크리스토퍼의 행동이 멈췄다. 그는 다시 홀트 자작의 눈치를 살피기 시작했다. 그 틈을 놓치지 않고 캐서린은 에버딘에게 레베카 공주를 부탁하고 떠나버렸다.

"홀트 자작!"

만델 후작의 고함에 왕자의 얼굴이 다시 새빨갛게 달아올랐다. 그는 홀트 자작에게 손가락질하며 말했다.

"거짓말이야! 다 거짓말이라고!"

"재작년에 산적에게 습격당한 적이 있지?"

하지만 홀트 자작은 입을 다물지 않았다. 어차피 왕자는 자신과 자신의 집안을 버리려 했다. 홀트 가를 멸문하겠다면 왕자도 그 자리에 있지 못하게 할 거다.

그는 만델 후작을 똑바로 쳐다보며 말했다.

"이상하지 않던가? 하필이면 그 일주일 전에 저 작자에게 수도의 위조꾼을 잡아야겠다고 말했었던 게?"

"거짓말이야!"

모든 사람이 이게 무슨 소린가 하고 인상을 쓰는 사이, 왕자는 고함을 치며 홀트 자작에게 달려갔다. 그리고 사람들이 말리기도 전에 홀트 자작의 목을 조르기 시작했다.

"아버지!"

"전하!"

순식간에 왕자를 말리려는 자와 홀트 자작을 구하려는 사람들이 몰려들었다. 하지만 왕자의 힘이 어찌나 센지 클린트의 얼굴은 이미 시뻘겋게 달아올라 있었다.

혼자 죽을 순 없다. 클린트는 산소 부족으로 멍해진 머리로 독하게 생각했다. 그는 손가락으로 왕자의 눈을 세게 누르기 시작했다. 그러자 왕자의 비명이 울려 퍼졌다.

"아아악!"

그제야 왕자의 몸이 홀트 자작의 몸에서 떨어져 나왔다. 사태를 수습하기 위해 입을 연 건 레베카였다. 그녀는 근위병들에게 왕자와 홀트 자작을 따로 떼어 놓으라고 지시한 뒤 크리스토퍼를 쳐다봤다.

"저, 저 자식이! 저 자식 죽여 버려!"

크리스토퍼는 여전히 눈을 감싼 채 뒹굴고 있었다. 그 모습을 연회장에 있는 사람들의 눈초리가 차갑게 변했다.

마르시아 역시 아버지를 돕기 위해 달려갔다가 왕자의 한심한 모습에 싸늘한 표정으로 그를 쳐다봤다. 이런 남자를 사랑했다니. 그를 위해 모든 것을 감내했다니.

"날 공격한 게 산적 짓이 아니라 왕자의 짓이었다고?"

만델 후작은 여전히 클린트를 닦달하고 있었다. 그는 분노를 참지 못하고 왕자에게 몸을 돌리며 소리쳤다.

"그것 때문에 내 손자가 다쳤는데!"

물놀이를 하러 가는 길이었다. 느닷없이 나타난 산적 때문에 그의 손자가 크게 다쳤다. 덕분에 수도의 위조꾼을 소탕하겠다던 만델 후작의 목표는 수도 근방에서 나오는 산적을 소탕하는 걸로 바뀌었다.

화가 난 귀족들이 왕자에게 모여들기 시작했다. 여전히 눈을 감싼 채 뒹굴고 있던 왕자는 사람들이 자신에게 모여드는 것도 몰랐다. 그것을 보며 목을 부여잡고 기침을 하던 클린트가 쉰 목소리로 소리쳤다.

"그, 그리고! 콜록, 가짜 다이아몬드, 콜록, 콜록, 다이아몬드도……."

"닥치지 못해?"

눈을 감싸고 있던 왕자가 버럭 소리를 치며 일어났다. 하지만 간신히 눈을 뜨자 그의 눈앞에 보이는 것은 다 죽어가는 홀트 자작이 아니라 무서운 표정으로 자신을 둘러싼 사람들이었다.

"이, 이 자식들! 내가 누구라고! 저리 안 가? 건방진 것들!"

가짜 다이아몬드라는 말에 사람들의 분노는 머리끝까지 솟아 있었다. 몇 년 전 가짜 다이아몬드 사건으로 많은 사람들이 손해를 보고 창피를 당했다. 그것도 크리스토퍼 왕자가 뒤에 있었다니.

"이걸로 왕자가 감옥에 갈 수도 있어?"

에버딘은 분통을 터트리는 사람들을 쳐다보며 션에게 속삭였다. 사람들이 죄다 몰려든 탓에 에버딘의 눈에는 왕자의 모습이 가려져서 보이지 않았다. 한쪽에서 레베카의 지시를 받은 근위병들이 사람들 사이로 들어가기 위해 애를 썼지만 꽤 시간이 걸릴 것이다.

왕족도 감옥을 가나? 에버딘의 질문에 그전까지 싸늘한 눈으로 왕자를 쳐다보던 션은 그녀를 내려다보며 씩 웃었다.

51

에버딘의 질문과 달리 왕자는 감옥에 가지 않았다. 왕족이나 귀족이 가는 감옥이 따로 있긴 하다. 보통은 정치범을 가두는 곳이고 사람들이 생각하는 감옥보다 훨씬 쾌적하다는 설명에 에버딘은 입을 딱 벌렸다.

"하지만 지금 왕자는 대리청정 중이니까요."

왕자를 감옥으로 보내려면 그에게 왕위 계승 자격을 박탈해야 한다. 박탈된 다음이면 모를까 박탈하는 절차가 진행 중인 지금은 자신의 방에 감금되어 있다.

"감옥에 간 다음도 문제겠네요."

에버딘은 캐서린의 설명에 한숨을 내쉬며 말했다. 그녀는 지금, 성에 머물고 있다. 왕자의 왕위 계승권을 박탈하는 절차가 진행 중이기는 하지만 에버딘이 멀어지면 왕자의 힘이 다시 영향을 미치기 때문이다.

에버딘이 자청하기도 했고 레베카와 캐서린이 권하기도 했다. 덕분에 그녀는 왕족의 방을 제외하고 가장 좋은 방에서 머물고 있었다.

"홀트 자작은 어떻게 됐어요?"

캐서린의 질문에 에버딘이 음 하고 못마땅하다는 표정을 지었다. 홀트 자작은 일단 자택 연금 중이다. 그 역시 작위를 박탈할 것인지 거론되고 있지만 설령 박탈한다 해도 우선 왕자의 왕위 계승권이 박탈되고 레베카가 왕위 계승자가 된 다음에 일어날 일이다.

하지만 그것과 별개로 홀트 자작은 매일 아침 성에서 보낸 마차를 타고 와서 크리스토퍼의 지시로 무슨 짓을 했는지 조사를 받고 있다. 그러니 지금도 성안에 있을 것이다.

"션이 홀트 자작의 자백을 확인하고 있어요. 어떤 게 왕자의 지시고 어떤 게 자의였는지요."

왕자가 만날 수 있는 사람은 션과 제랄딘뿐이다. 사람들은 연회실에서 일어난 일에 놀랐고 왕자의 힘이 약해진 모양이라고 수군거렸지만 그렇다고 왕자와 직접 만나려 하지는 않았다.

덕분에 션과 제랄딘이 바빠졌다.

"여기서 자고 가기도 해요?"

캐서린은 에버딘이 묵고 있는 손님용 방의 응접실을 둘러보며 물었다. 에버딘이 성에 머물렀으면 좋겠다고 권했을 때 그가 미간을 찡그렸던 것을 봤기 때문이다.

그녀의 생각대로 에버딘이 눈알을 굴리며 말했다.

"어, 뭐, 네."

사실 거의 매일 그렇다. 이유도 바빠서가 아니라 에버딘이 걱정돼서였고. 하지만 거기까지 말하면 분명 놀림감이 될 것 같아서 에버딘은 주제를 돌렸다.

"그웬돌린을 공격하려 했다는 거 말이에요."

딸 이름이 나오자 캐서린의 얼굴이 진지해졌다. 에버딘은 홀트 자작이 자백을 할 때 레베카를 수행하면서 들었던 것을 이야기했다.

"계획만 세웠던 거라고 해요."

그건 다행이다. 캐서린은 안도의 한숨을 내쉬었다. 홀트 자작이 자신의 딸을 공격하려 한다는 고발을 한 뒤 곧장 집으로 돌아간 그녀는 한동안 딸의 곁을 떠나지 못했다.

덕분에 에버딘이 레베카 공주의 수행이 되었다. 공주가 다음 왕위 계승자가 되면 새로운 사람을 뽑을 테지만 그전까지는 에버딘이 적임자였다. 수도에 남아 있고 레베카 공주와 친분이 있었으며 왕자와 상관이 없었기 때문이다.

"하지만 계획을 세웠다는 건 언젠가 실행했을 거라는 말이죠?"

캐서린의 지적에 에버딘은 잠시 입을 다물었다. 홀트 자작의 자백은 듣다 보면 악실이라는 말이 절로 흘러나왔다. 허바드 백작에 대한 이야기도 그랬다.

"왕자는 캐서린이 빈틈이 없다고 생각한 모양이에요."

왕자의 멍청하고 안하무인적인 행동에도 그의 자리가 견고했던 건 왕자의 힘 때문이다. 그러니 그가 가장 두려워한 건 자신의 힘이 약해지는 것이었다.

에버딘은 자신의 생각만큼 멍청한 건 아니라고 생각하며 말했다.

"그래서 사람들의 충성을 받을 다른 방법을 찾았더라고요."

이건 홀트 자작의 자백을 들은 뒤 션과 제랄딘, 레베카 공주와 앉아서 이야기를 한 끝에 내린 결론이었다. 왜냐하면 홀트 자작은 왕자가 약점을 잡으려 한 자들이 그저 건방지기 때문이라고 말했기 때문이다.

하지만 만델 후작은 왕자의 수행이고 고작 건방지기 때문에 약점을 잡으려 했다는 건 말이 안 된다. 왕자는 자신의 힘이 약해져도 세력 있는 귀족을 자기 편으로 묶어 두고 싶었던 거다.

션과 레베카를 결혼시키지 못하자 아네트를 왕자비로 삼으려 한 것도 그 계획 중 하나였다.

하지만 캐서린은 쓸 만한 게 없다. 그녀는 레베카 공주의 수행원이었으니 왕자는 캐서린이 아니라 그녀의 주변 인물을 포섭해야 한다.

문제는 캐서린에게 그가 포섭할 만한 배우자나 부모, 형제자매도 없었다는 점이다. 캐서린에게 있는 건 그녀의 후계자인 딸뿐이었다.

"원래는 당신을 죽이려 했던 모양이에요."

캐서린에게는 후계자가 있다. 그러니 캐서린을 죽이고 그녀의 딸을 왕자의 허수아비로 기르겠다는 계획이었다.

에버딘은 말도 안 된다고 신음했지만 션과 제랄딘은 불가능한 것만은 아니라고 말했다. 왕자의 힘이 있으니까.

물론 그 힘이 약해지거나 사라지지 않을 거라는 확신이 있을 때의 일이지만.

“그래서 두 번째로 생각한 게 아이를 죽이고 당신에게 다른 남자를 붙이려 한 거예요.”

캐서린의 후계자를 죽이면 캐서린은 새로운 후계자를 만들기 위해 남자를 만날 거라는 생각이었다. 거기서 왕자가 자기 사람을 캐서린과 결혼하도록 지시하면 된다.

“미친 자식.”

딸을 죽이려 했다는 말에 캐서린의 입에서 욕이 흘러나왔다. 그녀는 화가 나서 어쩔 줄 몰라 하다가 눈앞에 있는 게 왕자가 아니라 에버딘이라는 것을 깨닫고 숨을 골랐다.

냉정하게 생각하면 왕자의 계획은 꽤 그럴듯했다. 역사적으로 귀족의 결혼을 성사시키는 건 부모거나 왕이었으니까.

하지만 덕분에 캐서린은 왕자를 절대 세상 빛을 보게 해선 안 되겠다고 생각하고 있었다. 그녀는 고개를 절레절레 흔들었다.

“홀트 경은 어때요?”

이번에는 에버딘이 물었다. 그녀는 마르시아가 어떻게 지내고 있는지 걱정이 됐다. 홀트 저택은 매일 인산인해라고 들었다.

홀트 자작이 왕자의 지시를 받아 위조 사업을 벌였다는 소문 때문이다. 하루아침에 사업장이 멈추고 조사를 하고 있으니 실업자가 된 사람들은 물론이고 피해자들까지 홀트 저택으로 몰려가고 있다.

하지만 정작 홀트 자작은 매일 아침 일찍 성으로 불려 와서 조사를 받고 늦은 저녁에나 돌아간다는 점이다. 한두 번 확인을 위해 성에 불려간 것을 제외하면 그 저택에 남은 건 마르시아뿐이다.

"잘 버티고 있어요. 아직 아무도 만나지 않고 있지만요."

물론 캐서린도 주변 사람에게 들은 거다. 평소 그다지 친분이 있었던 게 아닌데 그런 사건이 있었다고 갑자기 방문 편지를 보내는 건 속 보이는 짓이다.

에버딘은 캐서린의 대답에 찻잔을 들어 올렸다. 부디 마르시아가 나쁜 생각을 하지 않았으면 좋겠다.

"어셔 남작의 검은? 찾았나?"

그날 저녁, 레베카 공주는 보고를 마친 근위대장에게 질문을 던졌다. 크리스토퍼가 야기한 문제로 성 안팎이 혼란스럽지 않도록 살피고 있다는 보고였다.

공주의 질문에 근위대장의 시선이 레베카의 뒤에 서 있던 에버딘을 향했다. 곤란한 듯한 표정에 그녀는 근위대장이 뭐라고 대답할지를 미리 눈치챘다.

"죄송합니다. 아직 못 찾았습니다."

연회장에서 소동이 일어난 뒤, 상황을 정리하고 확인하자 에버딘에게 받아 둔 검이 사라져 있었다. 그냥 검도 아니고 마법 검이다. 가치가 어마어마하다.

근위대장은 그렇게 말하고 에버딘에게 다시 말했다.

"최대한 빨리 찾아서 돌려드리겠습니다."

그랬으면 좋겠다. 에버딘은 말없이 고개를 끄덕였다. 평범한 검이라면 돌려주지 않아도 된다고 말했을지도 모른다.

하지만 그 검은 너무 비싸다. 게다가 션이 선물해 준 게 아니던가.

"그 검이 살상 능력은 없다고 했던가?"

제대로 보관하지 못해 다시 한 번 사과한 근위대장이 나가자 레베카가 물었다. 특정 조건이 있어야만 쓸 수 있다고 들었었다.

에버딘은 레베카가 권하는 대로 그녀의 맞은편에 있는 의자에 앉으며 말했다.

"네, 전하. 사용할 수 있는 사람은 여자뿐이에요. 게다가 사용해도 상대방이 기절하는 것뿐이고요."

"그건 다행이군."

보통 무기에 마법을 부여할 때는 살상력을 높이기 위해서다. 하지만 웨스트 공작은 오히려 살상력을 낮추고 조건을 걸어서 만들어 버렸다.

어셔 남작을 위해서.

레베카는 눈앞의 에버딘을 찬찬히 쳐다봤다. 웨스트 공작이 그런 검을 주문 제작했다는 말을 들었을 때는 농담하는 줄 알았다. 살상력이 없는 검이라니, 웨스트 공작과 가장 안 어울리는 무기다.

웨스트 공작에게 그런 무기를 주문하게 만들었다는 점이 어셔 남작이 그를 변화시켰다는 증거일 거다.

"이 일이 끝나면 자네에게 작위를 내리고 싶네."

레베카는 시종이 가져온 찻잔을 들어 올리며 조용히 말했다. 갑자기 생각한 게 아니다. 전부터 생각해 오던 일이다.

그녀가 고개를 들자 에버딘이 깜짝 놀란 표정을 하고 있는 게 보였다. 레베카는 예상하던 일이라 피식 웃었다.

"제가요? 저는 작위를 받을 만한 일을 하지 않았는데요?"

게다가 에버딘은 이미 어서 남작이다. 작위를 또 받을 수 있나? 어리둥절해 하는 그녀에게 레베카가 말했다.

"자네가 아니었으면 상황은 변하지 않았을 걸세. 우리는 계속해서 알 수 없는 공격과 피해를 입고도 그걸 바로잡지 못했을 테지."

그러니 에버딘의 공로가 아주 크다. 사람들이 크리스토퍼에 대한 콩깍지가 벗겨지는 건 에버딘의 존재가 없었다면 불가능한 일이었을 테니까.

그럴까. 에버딘은 공주의 말에 인상을 쓴 채 가만히 생각하고 있었다. 확실히 그녀의 힘이 아니었다면 왕자를 끌어내리기 어려웠을 것이다.

"하지만 이건 제 노력으로 얻은 게 아닌데요."

그런데도 받아도 되는 걸까. 망설이는 에버딘을 보고 레베카가 다시 웃었다. 그녀는 에버딘의 이런 점이 좋았다.

"그래 맞아. 자네의 그 능력도, 내 공주라는 지위도 내 노력으로 얻은 게 아니지. 언젠가는 세상이 노력만으로 모든 것을 얻게 되길 바라지만, 아직은 아니야."

그건 그렇다. 에버딘은 자신이 살던 곳에서도 자신의 노력이 아닌, 유전적으로 얻게 된 외모와 집안 같은 게 성공을 좌지우지한다는 것을 떠올렸다.

레베카는 아직은 아니라고 말했지만 어쩌면 그건 영원히 불가능한 일인지도 모른다.

"하지만 자네는 그 능력을 크리스토퍼를 상대하는 데 쓰기로 결심했지. 그 반대일 수도 있었는데 말이야. 아니면 아예 신경 쓰지 않고 도망칠 수도 있었고."

그게 중요한 거다. 레베카는 에버딘의 그런 점을 높이 사고 싶었다.

"게다가 난 자네가 웨스트 공작과 꼭 결혼했으면 좋겠거든."

"저랑 션이요?"

"혹시 모르지 않나. 자네와 웨스트 공작의 후손은 웨스트가의 힘이 사라질지도."

그랬으면 좋겠다. 왕자를 끌어내린 지금, 레베카에게 가장 위험한 건 웨스트 공작이 되었다.

다행인 건 웨스트 공작의 능력이 간단한 행동만 지시할 수 있다는 거다. 방을 나가라거나 자리에 앉으라거나 하는 것들. 누군가를 죽이라거나 눈앞에 있는 사람을 괴롭히라거나 하는 추상적인 지시는 할 수 없다.

"그리고 자네에게 더 높은 작위를 내리면 자넬 더 자주 볼 수 있을 테니까 말이야."

고위 귀족들만 모이는 자리도 있다. 그런 곳에 션 혼자 올 수 없는 이유를 만들어 주는 거기도 했다.

하지만 무엇보다 레베카가 에버딘에게 더 높은 작위를 주고 싶은 건 그러고 싶었기 때문이다. 그녀는 자신의 힘을 더 옳은 쪽으로 사용하려 노력했다. 레베카는 그런 점을 높이 샀다.

그런 사람이 높은 자리에 있어야 한다. 크리스토퍼를 곁에서 지켜본 레베카의 지론은 그랬다.

* * *

"제가 성에 들어와 볼 줄은 몰랐어요."

보고를 위해 에버딘을 찾아온 레슬리가 응접실을 둘러보며 말했다. 보고는 지금까지 대로 편지로 받아도 되지만 이번 기회에 성을 구경하라고 에버딘이 보고를 핑계로 불러들였다.

덕분에 이틀 전에 수도에 올라온 레슬리는 신기하다는 듯 응접실을 둘러보고 있었다.

방금 전에는 에버딘의 침실과 목욕실도 보여 줬다. 에버딘은 레슬리의 맞은편에 앉아 그녀와 똑같이 눈을 휘둥그레 뜨고 주변을 둘러보는 엘리스에게 차를 권했다.

"케이크도 먹어."

예전이라면 케이크를 먹느라 정신이 없었을 엘리스도 지금은 조금이라도 더 성안의 모습을 구경하려 했다.

엘리스는 에버딘이 다시 권하자 포크를 들어 케이크를 한입 맛보고 눈을 동그랗게 떴다.

"성은 케이크도 맛있네요?"

뭘 먼저 구경해야 할지 모를 정도로 화려한 장식과 고풍스러운 건축 양식만 가지고 있는 게 아니라 케이크와 차도 맛있다.

감탄하는 엘리스의 모습에 에버딘과 레슬리가 웃음을 터트렸다.

“온천 공사는 잘 진행되고 있습니다. 날이 더 풀리기 전에 계획했던 것까지 완성될 것 같아요.”

날이 좀 더 풀리면 농번기가 찾아올 테니 일이 없는 겨울철에 해야 한다. 에버딘은 농번기가 찾아오기 전까지 탈의실과 몇 개의 온천탕이 완성되기를 바라고 있었다.

다행히 공사 진행은 그녀가 기대한 것보다 빠르다. 레슬리는 약간 부족하긴 하지만 귀족들이 찾아오면 이용할 수 있는 개별적인 온천탕도 완성할 수 있을 거라고 설명하고 미소를 지었다.

“그리고 공주 전하와 관련된 일인데요.”

레슬리는 그렇게 말하고 엘리스의 눈치를 살폈다. 에버딘이 데려오라고 하긴 했지만 그녀의 앞에서 이야기하기엔 좀 조심스럽다.

엘리스는 레슬리가 신경 쓴다는 것을 깨닫고 자리에서 일어나며 말했다.

“나가서 복도 좀 구경할게요.”

눈치가 빠르다. 레슬리는 엘리스가 바깥으로 나가는 것까지 확인하고 에버딘에게 말했다.

“착한 애예요. 눈치도 빠르고.”

엘리스는 예전부터 그랬다. 아네트가 가정교사와 함께 수도를 떠난 뒤에도 그녀는 혼자서 가정교사에게 아네트와 함께 배운 공부를 복습하고 있다.

그 깐깐한 브레이디 부인이 아네트에게 엘리스를 닮았으면 좋겠다고 했으니 말 다 했다.

에버딘은 레슬리의 칭찬에 자기 일처럼 기분 좋아졌다. 곧이어 레슬리가 하려던 말을 입에 올렸다.

"소문에 공주 전하께서 다음 왕이 될지도 모른다고 하던데요, 사실인가요?"

사실이다. 왕자의 자격 박탈은 이미 논의되고 있으니까.

연회장의 사건을 모르는 귀족들은 왕자가 그런 망나니 같은 짓을 했을 리 없다는 반응이었지만 왕자의 지시로 홀트 자작이 귀족들을 공격하고 사업을 방해했다는 이야기에는 입을 다물었다.

아무리 왕자의 힘에 영향을 받아 그를 좋게 생각하고 있어도 왕자가 그런 짓을 할 수도 있다는 건 내심 예상하고 있었던 거다.

"홀트 자작이 그런 짓을 했다고요?"

에버딘의 설명에 레슬리가 놀라서 물었다. 홀트 자작은 그녀도 알고 있다. 헥터에게 몇 번 들은 적이 있다. 물론 헥터는 홀트 자작은 아주 대단한 사람이라고 말했다.

"전에 헥터가 홀트 자작의 눈에 들면 왕자님의 밑에서 자리 하나 얻을 수도 있다고 말한 적이 있거든요."

레슬리의 말에 에버딘은 콧방귀를 뀌었다. 홀트 자작이 퍽도 그렇게 해 주겠다. 그녀는 최근 기빈이 어떻게 됐는지 이야기했다.

"기빈이라고 홀트 자작 밑에서 일하던 사람이 있는데 얼마 전에 홀트 자작이 죽이려 했어요."

그걸 베르트가 구해 줬다. 솔직히 말하면 기빈은 정말 운이 좋았다. 그 전날까지 기빈을 보호한 건 존이었으니까.

홀트 자작이 자신을 죽이려 했다는 것을 안 기빈은 적극적으로 홀트 자작에 대해 고발하기 시작했고 그건 자동으로 홀트 자작의 자백을 교차 확인하는 자료가 되었다.

"세상에."

에버딘의 설명에 입을 딱 벌린 레슬리는 한숨을 내쉬고 성에 오기 전에 들은 소문을 이야기했다.

"그렇지 않아도 어제, 어떤 사람이 홀트 저택에서 위험한 짓을 한 모양이에요."

소문에는 홀트 자작 때문에 사업이 망한 사람이라고 한다. 그는 홀트 자작이 아니면 홀트 경을 만나고 싶다고 말했고 아무도 만날 수 없다는 말에 하인을 붙잡고 농성을 벌였다고 한다.

"세상에. 다친 사람은 없고요?"

깜짝 놀란 에버딘의 질문에 레슬리는 고개를 끄덕였다. 소문에는 그렇다. 다친 사람은 없었고 가해자도 기절했을 뿐이라고 들었다.

"다행이네요."

에버딘은 그렇게 말하며 한숨을 내쉬었다. 홀트 자작과 크리스토퍼 왕자 때문에 이게 웬 난리인지 모르겠다. 거기에 마르시아가 불쌍하게 엮여 있다.

물론 어떤 사람은 마르시아도 가해자라고 생각할 것이다. 그녀는 왕자의 애인이었고 왕자와 자신의 아버지가 남들에게 피해를 입히는 걸 모를 리 없다는 주장이다.

덕분에 홀트 자작가는 작위를 박탈당할지도 모른다는 소문이 돌고 있다. 에버딘은 그것도 꽤 가능성이 있다고 생각했다.

"남작님."

꽤 오랜 대화가 끝나자 복도를 오래 구경한 엘리스가 손에 뭔가를 들고 안으로 들어왔다. 그렇지 않아도 슬슬 엘리스를 찾으러 가려 하던 중이었다. 레슬리는 구경 잘했냐고 물어보려다 엘리스의 손에 들린 것을 보고 인상을 썼다.

"뭘 가지고 있는 거니?"

에버딘 역시 엘리스가 문을 열고 들어올 때부터 그녀를 쳐다보고 있었다. 엘리스가 들고 있는 건 멀리서 보기에도 검처럼 보였다.

"이걸 누가 남작님께 전해 주라고 했어요."

연회장에서 근위병들이 분실한 에버딘의 검이었다. 근위병이 찾아서 가져다준 건가? 에버딘은 엘리스에게 검을 받으며 물었다.

"근위병이 가져다줬니?"

"아닌 것 같은데요. 그 여자분은 드레스를 입고 있었거든요."

"드레스를 입었다고?"

당연히 근위병 중에도 여자가 있다. 하지만 드레스를 입은 근위병은 없다.

에버딘은 그게 무슨 소린가 하고 고개를 기울였다. 그러자 엘리스가 당황해서 물었다.

"받아 오면 안 되는 거였나요?"

"아니야, 잘했어. 내 거가 맞거든. 근데 이걸 누가 가지고 있었는지 이해가 안 돼서 그래."

그거라면 엘리스가 알고 있다. 그녀는 고개를 끄덕이며 말했다.

"그 여자분이 잠깐 빌렸다고 미안하다고 전해 달랬어요."

그럼 근위병들이 분실한 게 아니라 도난당한 거였던 모양이다. 에버딘은 엘리스에게 알겠다고 고개를 끄덕이고 검을 뽑았다.

겉보기엔 그냥 예쁜 장식용 검처럼 보인다. 비싸 보이니 훔쳤다가 근위병들이 찾으니 겁이 나서 돌려준 건지도 모르겠다.

"위험한 건가요?"

레슬리의 질문에 에버딘은 고개를 저었다. 어차피 살상력이 없는 검이다. 하지만 누군가를 기절시킨 다음 죽일 수는 있겠지.

레슬리와 엘리스가 떠나고 나서 그날 저녁, 일이 좀 일찍 끝난 덕에 션과 에버딘은 레베카 공주에게 저녁 식사 초대를 받았다.

성이라고 늘 화려하게 식사를 하거나 차를 마실 수 있는 건 아니다. 특히나 요즘 같은 때는 더더욱 그랬다. 왕자의 계승 자격을 박탈하는 절차와 왕자와 후작의 피해자를 추산하느라 다들 정신이 없었기 때문이다.

하지만 오늘은 좀 여유가 있다. 레베카는 약간 가벼운 기분으로 에버딘과 션을 돌아봤다. 두 사람은 정말 사이가 좋아 보였다. 웨스트 공작이 좀 과잉보호하고 어셔 남작이 그걸 짜증 내기는 하지만.

"누가 보면 어셔 남작이 도망가는 줄 알겠네."

자꾸만 에버딘에게 시선이 가는 션을 보고 레베카가 웃으며 놀렸다. 덕분에 에버딘이 팔꿈치로 션의 옆구리를 찔렀다. 하지만 그는 별거 아니라는 듯 말했다.

"오랜만에 봐서 그렇습니다."

입술에 침도 안 바르고 거짓말을 한다. 에버딘은 오늘 아침에도 보지 않았냐고 말하고 싶었지만 그랬다간 레베카가 더 놀릴 것 같아서 입을 다물었다.

곧이어 시종들이 제일 먼저 음료와 전채요리를 가지고 들어왔다. 레베카는 사람들이 음식을 내려놓고 나가는 것을 기다렸다가 말했다.

"두 사람의 결혼을 허락하기에 앞서 한 가지 조건이 있네."

레베카는 크리스토퍼와 다르다. 웨스트 공작과 브룩 경의 힘이 통한다는 말이다. 하지만 도움이 되는 제랄딘과 달리 션은 공격이 될 수 있었다.

결혼을 허락하는 대신 션과 그의 후손들은 일평생 그 능력을 사용하지 않을 것을 맹세해야 한다. 레베카가 그것을 설명하는 데 갑자기 바깥이 시끄러워졌다.

"무슨 일인가?"

레베카의 허락이 떨어지자마자 바깥쪽에서 시종이 뛰어 들어왔다. 그는 새파랗게 질린 얼굴로 션과 에버딘, 레베카의 얼굴을 번갈아 쳐다보더니 떨리는 목소리로 말했다.

"와, 왕자 전하께서……."

죽었다. 정확히 말하면 살해당했다. 왕자의 침실에서 죽은 채 발견됐다는 소식에 레베카와 에버딘은 물론 션까지 놀라서 자리에서 벌떡 일어났다.

성안은 그대로 발칵 뒤집어졌다. 애초에 왕자를 방문하는 게 허락된 사람은 두세 명 정도다. 게다가 왕자의 몸이나 방에 싸운 흔적이 전혀 없었다.

"우발적인 범행인가?"

왕자의 방에 달려간 션은 사건 현장을 보고 중얼거렸다. 싸운 흔적도 없고 크리스토퍼를 찔러 죽인 무기도 그가 평소 방에 장식해 둔 검이었다.

"오늘 전하를 방문한 사람은 누가 있지?"

곧이어 뛰어온 제랄딘이 확인했다. 에버딘은 근위병이 오늘 왕자를 방문한 사람은 홀트 경뿐이라고 말하는 것을 듣고 있었다.

"마르시아 홀트 경이?"

"불가능하지."

아무리 나태하게 살아왔다 해도 남자인 왕자가 자기보다 머리 하나 작은 마르시아의 단칼에 사망할 수는 없다. 게다가 왕자의 몸에는 싸운 흔적은 물론 묶인 흔적도 없다.

제랄딘과 션의 대화를 들은 에버딘은 오늘 낮에 엘리스가 누군가에게 받아 온 자신의 검을 떠올렸다. 드레스를 입은 여자가 가져다줬다고 했다.

"전하."

에버딘은 재빨리 레베카에게 다가갔다. 곁에 있던 션과 제랄딘이 무슨 일이냐는 듯 그녀를 쳐다봤다.

"낮에 제가 돌보는 아이가 어떤 여자가 줬다면서 잃어버린 제 검을 가져왔습니다."

그 여자가 마르시아일 것 같다. 에버딘이 그렇게 말하려는 순간 레베카가 굳은 표정으로 말했다.

"말하지 말게."

그 일은 묻는 게 좋다. 마르시아를 위해서가 아니다. 마르시아를 막지 못한 근위대는 물론 검의 주인인 에버딘과 그 검을 선물한 션, 마르시아에게 검을 받아 온 엘리스까지 위험해진다.

"홀트 경은 내가 알아서 하지."

레베카는 그렇게 말하고 크리스토퍼의 침실을 둘러보았다. 기분이 이상했다. 그녀에게 크리스토퍼는 애증이었다. 저런 자가 그녀보다 먼저 태어났다는 이유로 왕이 된다는 게 화가 나면서 동시에 자신의 오라버니라는 이유로 완전히 미워할 수 없었다.

그런데 그런 애증의 상대가 누군가에게 살해당했는데 화가 나거나 다행이라는 생각이 드는 게 아니라 허탈했다.

* * *

레베카 공주의 즉위식이 열린 것은 크리스토퍼가 자신의 잘못이 밝혀지자 스스로 죽음을 선택한 지 이 년째 되는 해였다. 병으로 침상에 누워 있던 왕이 사망했지만 노헤임은 평온했다.

이미 병으로 오래 침상에 누워 있던 왕이다. 왕자가 대리청정을 할 때에도 왕은 자리에서 일어나기는커녕 눈을 뜨는 날이 손을 꼽을 정도였다.

왕자의 사망 후 차기 왕위 계승자가 된 공주의 능력은 뛰어났다. 왕자를 대신할 수 있겠냐고 걱정하던 사람들조차도 공주의 능력을 의심하지는 않을 정도였다.

덕분에 공주의 왕위 계승은 별일 없이 물 흐르듯 진행되었다.

하나뿐인 공주의 왕위 계승이다. 당연히 별일 없이 진행됐을 테지만 레베카 공주의 계승식은 훨씬 더 많은 선물과 사람들로 가득했다. 그중에는 이 년 전 폭설로 죽을 뻔했던 영지의 영주들이 직접 가져온 선물들도 있었다.

"세느랄에서 온 사절단 봤어요?"

오랜만에 수도에 올라온 탓에 아침부터 만나고 싶다는 방문 편지가 밀려들었던 에버딘은 제일 먼저 허바드 백작의 방문을 받아들였다.

오자마자 하는 말이 그거다. 물론 계승식에서 이미 만나 인사를 나눴기 때문이기도 하다. 에버딘은 씩 웃으며 말했다.

"엄청난 선물을 가져오던데요. 원래 그래요?"

"처음이에요. 세느랄과 우리는 사이가 별로 안 좋잖아요?"

그것도 엄밀히 말하면 왕자 때문이다. 몇 년 전 세느랄이 혼란스러울 때, 왕자가 세느랄의 자존심을 건드리는 짓을 몇 번 했다.

검술 시합에서 일부러 선을 보내 이기고 오라고 한 것도 그런 행동 중 하나였다. 물론 레베카가 작년 검술 시합에서 제랄딘에게 세느랄의 귀족에게 져 주라고 지시해서 그들의 기를 살려 주었다.

"전하의 화해를 받아들인 거죠. 덕분에 브룩 백작 부인은 아주 기분이 좋으실 거예요."

나라와 나라 간의 관계가 원활하면 브룩 백작 부인 같은 사업자들도 이득을 본다.

수입과 수출이 원활해지기 때문이다. 특히나 세느랄과의 관계가 원활해지면서 세느랄이 노헤임의 수입품을 꽤 많이 받아들인 덕에 노헤임의 사업가들은 상당한 돈을 만질 수 있었다.

그건 에버딘 역시 마찬가지다. 그녀의 몇 가지 상품들이 세느랄에서도 날개 돋친 듯 팔리고 있기 때문이다. 다음번은 크럼 쪽에서 활로를 뚫어보자고 며칠 전에 션과 대화를 나눴었다.

“그웬돌린은 어때요?”

에버딘은 빙그레 웃으며 캐서린에게 물었다. 다행인지 불행인지 그웬돌린은 나이를 먹을수록 외모가 아네트를 닮아가고 있었다.

그야 이모와 조카 관계니까 닮았겠지. 캐서린은 한숨을 내쉬며 말했다.

“어찌나 고집이 센지 몰라요. 오늘 아침에도 꼭 파란색 리본을 하겠다고 떼를 써서 혼났어요.”

그 나이대의 아이들은 다 그렇다. 에버딘은 아네트를 닮은 아이가 파란색 리본을 하겠다고 떼를 쓰는 장면을 떠올리며 깔깔대고 웃었다.

귀엽겠다.

“아네트, 웨스트 경은 어때요?”

재작년에 사교계에 데뷔한 아네트는 왕자비가 될 뻔했다는 소문까지 있었던 덕분에 구혼이 쏟아졌다. 하지만 전부 거절하고 현재는 하고 싶은 일을 찾겠다며 이런저런 일을 하고 있다.

“작년엔 용병단과 함께 다녔다면서요?”

캐서린의 걱정스러운 말에 에버딘은 그런 일도 있었지 하고 떠올렸다. 작년에 아네트는 용병이 하는 일을 경험해 보고 싶다며 카렌과 함께 돌아다녔다.

물론 카렌이 아네트를 위해 상대적으로 안전하고 쉬운 일만 했기 때문에 가능한 일이기도 했다. 그리고 올해는 몇 년 전의 에버딘처럼 가게를 운영해 보고 싶다며 션의 건물에 가게를 냈다.

"지금은 다른 일을 해요. 모자 가게였던 것 같은데."

몇몇 사람들은 아네트의 그런 행동에 동생을 너무 자유롭게 키우는 거 아니냐고 혀를 찼지만 션은 신경 쓰지 않았다. 그는 아네트가 평생 그의 울타리 안에서 놀고먹는다 해도 상관없었다.

웨스트 공작에게는 그의 가족들이 하고 싶은 일을 하게 해 줄 재력이 있기 때문이다. 설령 정말 버릇이 나빠질까 봐 걱정한다 해도 지금 아네트가 쓰는 돈은 한때 마틴이 도박에 쏟아부었던 돈에 비하면 귀여운 수준이다.

"경영을요?"

놀랍다는 캐서린의 말에 에버딘은 웃으며 고개를 끄덕였다. 갑자기 가게를 내 보고 싶다고 하더니 고민 끝에 모자 가게를 시작했다.

나름대로 자신이 경험이 적다는 것을 깨달은 거겠지. 에버딘과 캐서린은 그렇게 말하고 찻잔을 들어 올렸다.

"난 그만 들어갈게."

아네트는 신제품을 집어 들며 직원들에게 말했다. 가장 안쪽에 그녀가 어렵게 모셔 온 장인과 장인이 가르치는 제자들이 손을 흔들었다.

가게를 해 보고 싶다고 하자 션은 흔쾌히 허락했지만 모든 것을 도와준 건 아니었다. 그는 자신이 가진 건물 중 가장 오래되고 수익이 낮은 건물의 가게를 내주었을 뿐이다.

그 외의 도움은 전혀 없었다. 심지어 월세까지 꼬박꼬박 받고 있다. 너무 지독한 거 아니냐고 투덜거리자 션은 표정 변화도 없이 싫으면 나가라고 말했다.

그래도 단기간에 이만큼 성장했다. 가게를 차리느라, 그리고 모자 장인을 스카웃하느라 상당한 돈을 썼지만 그 자금은 조금 더 하면 회수가 될 것 같다.

물론 거기에 아네트의 인건비는 포함되지 않았지만.

"마차 불러올까요?"

아네트를 따라 나온 엘리스가 물었다. 오는 길은 션이 데려다줬다. 마차를 보내 주겠다고 했지만 그녀가 거절했다.

"아냐, 이번엔 저쪽 길을 구경할까 해."

또? 아네트는 요 며칠 마차를 거절하고 걸어 다니고 있었다. 전부터 워낙 돌아다니는 걸 좋아했기 때문에 그것 자체는 이상한 게 아니다.

엘리스가 이상하게 생각하는 건 아네트의 뒤를 조용히 따라다니는 용병이 있다는 점이다.

엄청난 돈을 가지고 으슥한 산길을 걷는 게 아니라면 용병을 데리고 다니는 사람은 그리 많지 않다. 특히나 수도처럼 번화한 도시에서는 같이 돌아다니지, 아네트처럼 숨어서 따라오라는 지시를 하지는 않는다.

이유가 뭘까. 엘리스는 전에 물어봤을 때 아네트가 확실하지 않아서 아직 말해 줄 수 없다고 했던 것을 떠올리고 고개를 끄덕였다. 그리고 아네트와 함께 가게에서 멀어져 한적한 골목으로 접어들었다.

"무슨 가게라고 했죠?"

오늘 아침, 찾아온 손님이 이야기하고 간 가게였다. 한적한 거리에 장갑 가게가 있다고 했다. 아네트가 장갑 가게라고 말하려는 순간, 그녀의 뒤로 커다란 남자가 덤벼들었다.

"꺅!"

아네트의 비명과 동시에 엘리스는 반사적으로 그녀에게서 떨어졌다. 어떤 남자가 아네트의 몸을 뒤에서 끌어안고 있었다. 금발에, 얼굴은 어딘지 모르게 익숙한 남자였다.

부랑자 같은데? 엘리스가 그렇게 생각하는 것과 동시에 아네트가 움직였다. 그녀는 아래를 쳐다보더니 있는 힘껏 남자의 발등을 찍었다.

"악!"

남자가 비명을 지르며 아네트를 잡고 있던 힘이 약해졌다. 그녀가 남자에게서 벗어나는 사이에 이번에는 엘리스가 나섰다. 그녀는 가지고 있던 가방으로 남자의 턱을 힘껏 후려쳤다. 어찌나 세게 후려쳤던지 엘리스의 몸이 한 바퀴 돌 정도였다.

"죽어!"

세 번째는 아네트의 차례다. 그녀는 남자의 급소를 걷어차고 물러났다. 이번에는 비명도 지르지 못하고 남자가 쓰러지자 그의 뒤에서 카렌이 박수를 치며 다가왔다.

"잘했습니다, 아가씨들."

"그냥 지켜보고 있었어요?"

놀란 엘리스의 질문에 카렌은 허리에 손을 얹으며 말했다.

"훈련의 성과를 봐야지."

작년에 용병대를 따라다니며 아네트가 배운 건 호신술이었다. 엘리스도 아네트와 연습을 하느라 같이 배웠었다. 카렌은 숨을 헐떡이는 아네트에게 엄지를 세워 칭찬해 준 뒤 쓰러진 남자에게 다가갔다.

몇 주 전에 아네트가 찾아와서 아무도 몰래 자신을 따라다녀 달라고 부탁했었다. 이유를 묻자 아는 사람이 자신을 미행하는 것 같다고 말했다.

그 아는 사람이 누군지는 그때부터 지금까지 말해 준 적이 없다. 덕분에 카렌은 아네트를 공격하려다가 그녀에게 급소를 맞아 기절한 이 부랑자 같은 남자가 누군지 매우 궁금했다.

카렌의 시선이 잠시 아네트를 향했다. 아네트는 긴장한 표정으로 그녀와 남자를 지켜보고 있었다. 확인해 봐도 된다는 허락에 카렌이 남자의 얼굴을 들여다보았다.

"음?"

누구지? 익숙한데 누군지 모르겠다. 한때 금발이었을 법한 머리카락은 먼지로 엉겨 붙어서 더러웠고 꽤 괜찮은 얼굴이었을 얼굴은 멍과 상처로 엉망이었다.

"누구더라?"

카렌은 그렇게 중얼거리며 자세를 고쳐 남자를 다시 살폈다. 키가 꽤 크다. 입고 있는 옷은 남의 옷을 빌려 입은 것처럼 맞지 않았다. 그녀가 알아보지 못하자 다가온 아네트가 남자의 얼굴을 확인하고 침통하게 말했다.

"오라버니야."

"공작님이요?"

웨스트 공작은 검은 머리다. 게다가 오늘 아침에도 어셔 남작과 식사하는 것을 봤다. 이 남자는 절대 웨스트 공작이 아닌데?

놀라는 카렌과 엘리스에게 아네트가 다시 말했다.

"마틴 오라버니 말이야."

이 년 동안 집에 돌아오지 않았던 마틴 웨스트. 그가 세 여자 앞에 부랑자 같은 모습으로 기절해 있었다.

* * *

"어서 오게, 어셔 남작."

시종이 에버딘과 션의 방문을 알리자 책상 앞에 앉아 있던 레베카가 자리에서 일어나며 두 사람을 맞이했다. 국왕이 직접 자리에서 일어나 맞이해 준다는 것만으로 시종들은 그녀가 어셔 남작과 웨스트 공작을 얼마나 소중하게 여기는지 알 수 있었다.

"즉위를 축하드립니다, 전하."

에버딘의 인사에 레베카는 손을 저었다. 그 인사는 즉위식 전날부터 오늘까지 며칠 동안 질리도록 들었다. 에버딘에게 그런 말을 듣자고 부른 게 아니다.

"자네와의 약속을 지키려고 불렀네."

"약속이요?"

에버딘의 머릿속에 레베카 왕이 그녀에게 약속했던 것들이 떠올랐다. 헬름의 온천 사업을 시작할 때 그녀가 지원해 주겠다고 했었다. 그 뒤로는 헬름과 수도 간의 도로를 단장해 주겠다고 약속했는데 그것 역시 지켰다.

물론 에버딘도 레베카와의 약속을 지켰다. 온천에 왕족을 위한 구역을 만들었고 단시간 안에 헬름의 성장을 이뤄 냈다.

안 지킨 약속이 있었나? 어리둥절해 하는 에버딘에게 레베카가 그럴 줄 알았다는 듯 웃으며 말했다.

"작위 말일세. 자네에게 작위를 하나 더 주고 싶다고 말했었지."

그런 말을 했었나? 에버딘의 눈을 동그래졌다. 오히려 기억한 건 션이었다. 그는 고개를 끄덕이며 말했다.

"작위를 높여 주고 싶다고 말씀하셨습니다."

"맞아."

이 년 전에 그런 말을 했다. 레베카는 웃으며 다시 에버딘을 쳐다봤다. 그리고 책상 위에 손을 얹으며 말했다.

"마르시아 홀트 자작이 작위와 영지를 포기하고 수도원으로 들어가겠다고 했네. 원래대로라면 그의 사촌에게 넘어가야 할 테지만……."

할 테지만?

에버딘은 가만히 앉아서 레베카의 다음 말을 기다렸다. 그러자 왕이 안됐다는 표정으로 말을 이었다.

"얼마 전에 홀트 자작의 사촌도 그녀의 아버지가 저지른 범죄에 연루돼 있다는 게 발각됐거든."

선대 홀트 자작인 클린트 홀트가 감옥에 가고 마르시아 홀트가 자작이 된 건 그녀가 아버지의 범죄와 상관이 없었기 때문이다.

하지만 사촌은 달랐다. 그는 이 년 전 사교계를 떠들썩하게 만들었던 클린트 홀트의 범죄에 발을 들여놓고 있었다. 덕분에 사촌 역시 조사를 받고 있다. 조만간 클린트처럼 감옥에 들어가게 되겠지.

감옥이라 해도 귀족의 감옥은 일반 감옥과는 다르다. 담 밖으로 나오지 못할 뿐 상당한 수준의 생활을 영유할 수 있다. 담 밖에 부유한 가족이 있다면 말이다.

홀트 자작이 수도원으로 가기로 결정했으니 이제 클린트의 생활도 바닥으로 떨어지겠지. 그렇게 생각한 레베카는 잠시 멈칫했다.

그럴 가능성이 적다는 것을 알아도 자신이 죽은 크리스토퍼처럼 붉은 심장을 가지게 될까 봐 두려웠다. 남의 불행에 기뻐하고 사랑을 모르는 심장.

"그 영지를 자네에게 주려고 해."

"홀트 자작의 영지를요?"

"작위도 같이."

영지와 작위는 같이 가니 당연한 일이다. 에버딘은 뭐라고 말해야 할지 몰라 션을 쳐다봤다. 당혹스러운 그녀의 심정도 이해는 간다. 레베카는 고개를 끄덕이며 말했다.

"그리 쉬운 일은 아닐 거야. 홀트 자작은 전대부터 지금까지 영지를 제대로 관리하지 않았거든."

덕분에 홀트 자작의 영지는 엉망이었다. 어쩌면 에버딘이 처음 헬름에 갔을 때와 비슷할지도 모른다. 그런 영지를 단장하고 새로 다스릴 사람이 필요하다.

"하겠습니다."

에버딘의 대답에 레베카의 얼굴에 미소가 떠올랐다. 그녀는 고개를 끄덕인 뒤 션을 향해 말했다.

"그리고 자네가 요청한 결혼 허가서도 곧 발급해 주지."

에버딘과 션은 슬슬 결혼하자는 이야기를 하고 있었다. 헬름도 안정이 됐으니 지금이 기회다. 하지만 에버딘이 새로운 영지의 영주가 됐으니 과연 할 수 있을지 모르겠다.

레베카는 떨떠름한 표정을 짓는 션을 보고 웃음을 터트렸다. 그리고 션에게 어쩔 수 없지 않냐는 표정을 짓는 에버딘을 보고 미소를 지었다.

그녀는 어서 남작과 웨스트 공작을 보는 게 좋았다. 두 사람이 다정하게 있는 것을 보면 어딘지 모르게 마음 한쪽이 뿌듯하면서 동시에 간질간질해지곤 했다. 그리고 그건 그녀의 심장이 붉은 심장이 아니라는 증거일 것이다.

"필요한 건 언제든지 말하게."

전폭적인 지지를 약속하는 레베카를 뒤로하고 집무실을 나선 에버딘은 복도를 걸이며 약간 불만스러운 션을 쳐다봤다. 그리고 그의 팔에 얹은 손에 힘을 주며 말했다.

"결혼은 무리지만 약혼을 할 수 있지 않을까?"

"새 영지에 가기 전에?"

"가기 전에."

에버딘이 새 영지로 떠나면 다시 또 바빠질 거다. 헬름을 이만큼 끌어 올리는데도 이 년이 넘는 시간이 필요했으니까. 그러니 그 전에 약혼이라도 하면 좋을 것 같다.

그녀의 제안에 션의 기분이 누그러졌다. 그는 에버딘을 한 번 쳐다보고 그녀의 보폭에 맞춰 발을 내디디며 물었다.

"그다음엔?"

그다음엔? 에버딘은 션을 한번 쳐다보고 씩 웃었다. 그건 잘 모르겠다. 하지만 에버딘은 몰락해가는 거리와 영지를 되살린 경험이 두 번이나 있다. 세 번째는 요령이 생기지 않을까?

"영지 먼저. 그다음에 결혼이야."

괜찮은 순서 같다. 션은 에버딘을 위해 마차 문을 열어 주며 빙그레 웃었다.

〈완결〉

외전

웨스트햄튼 사람들이 직접 만난 어셔 자작은 그들의 생각보다 훨씬 약해 보였다. 어셔 자작, 정확히 말하면 크린빌의 자작이자 헬름의 남작인 에버딘 어셔는 붉은 머리에 창백한 피부를 가진 작고 왜소한 여성이었기 때문이다.

웨스트햄튼 사람들은 노헤임에서도 크고 튼튼한 걸로 유명했다. 여성의 키는 백칠십, 남성의 키는 백팔십오가 평균이다.

덕분에 웨스트햄튼 사람들은 대륙 어디를 가도 눈에 띄었다. 가장 대표적인 사람이 웨스트햄튼의 영주, 션 웨스트 공작일 것이다.

"너무 작지 않아?"

"비틀거리는데?"

어셔 자작이 남편 웨스트 공작의 부축을 받아 마차에서 내리는 것을 본 웨스트햄튼 사람들은 저마다 걱정스러운 말을 던졌다.

어서 자작은 웨스트 공작에 비하면 한참 작았다. 솔직히 말하면 모인 사람들은 웨스트햄튼의 사람이라면 누구나 어서 자작을 들어 올릴 수 있을 거라고 생각했다.

"괜찮아?"

잠깐 비틀거린 에버딘을 부축한 션이 물었다. 수도에서 웨스트햄튼까지는 너무 멀어서 마차로 오면 에버딘은 출발하자마자 쓰러질 게 뻔했다.

그래서 중간은 마법으로 이동했지만, 그것도 영지 밖까지만이라 거기부터 영지 안까지는 하루 정도 마차로 이동해야 했다.

꼬박 하루씩이나 걸리는 마차 여행으로 에버딘은 완전히 지쳐버렸다. 영지 안으로 들어오기 전까지는 션의 무릎을 베고 누워 있어야 했을 정도였다.

"응, 괜찮아."

여전히 어지럽지만, 에버딘은 애써 괜찮다고 말하며 자세를 바로 했다. 어지러운 것도 어지러운 거지만 엉덩이도 너무 아프다. 말을 타면 좀 덜 어지러울 거라는 말에 션과 말을 탄 게 문제였다.

이걸 아네트는 매년 왕복했단 말이지. 에버딘은 아네트가 한번 수도에 오면 돌아가고 싶어 하지 않아 한 것을 십분 이해했다. 너무 힘들다.

"저기 아가씨다!"

뒷 마차에서 아네트가 나오자 영지 사람들이 웅성거리기 시작했다. 화려한 금발을 가진 아네트 웨스트는 어딜 가도 눈에 띈다.

이어서 브레이디 부인과 그레이스가 뒤따라 내렸다. 원래대로라면 그레이스는 에버딘과 함께 마차를 타야 하지만 신혼부부를 위해 아네트가 자신의 마차에 타라고 권했다.

모두가 내리자 아네트는 자신의 자랑인 모자를 들어 보란 듯이 썼다. 어차피 곧 성으로 들어갈 거지만 신제품 자랑은 해야겠다는 의지가 보이는 행동이었다.

에버딘은 션과 함께 사람들을 향해 손을 흔들어 보이고 공작성으로 들어섰다. 건국 초기에 세운 건물이라 성의 겉모습은 오래되고 고풍스러운 양식이었지만 내부는 전혀 달랐다. 그녀는 처음 와 본 웨스트햄튼의 영지와 성에 놀라 션에게 속삭였다.

"여긴 뭐든 크네."

영지도 꽤 컸지만 성도 상당히 컸다. 건물뿐만이 아니다. 서쪽 하늘 용병대의 용병들 덕분에 익히 알고 있긴 했지만 웨스트햄튼 사람들은 보통 사람들보다 평균적으로 머리 하나는 컸다.

그 소리에 아네트가 콧방귀를 뀌며 말했다.

"덕분에 겨울은 얼마나 추운지 몰라."

물론 아네트는 딱히 자기 고향이 싫은 건 아니다. 하지만 추운 건 추운 거다. 성 자체가 워낙 오래돼서 외풍이 세기 때문이다. 어릴 때는 화장실에 가느니 방에 요강을 놔 달라고 부탁했을 정도였다.

그러자 기다리고 있던 집사가 재빨리 말했다.

"그래서 난로를 좀 더 지펴 놨습니다."

천장이 높은 홀은 좀 싸늘하지만 방에 들어가면 다를 거다. 평소에도 땔감을 아끼는 건 아니지만 이번에는 공작 부인이 온다고 해서 집사는 특별히 더 신경을 써서 성안을 훈훈하게 만들었다.

게다가 성안에서 공작 부인이 입고 다닐 두툼한 가운과 숄도 열 벌이나 만들어 놓았다. 안타깝게도 그중 반 정도는 에버딘에게는 좀 컸지만 그건 아직 집사는 물론 에버딘조차 모르는 일이다.

"베르트! 어떻게 지냈어?"

영주 가족이 집사의 안내를 받아 이 층으로 올라가자 남은 건 가족을 호위하고 온 서쪽 하늘 용병대의 용병들이었다.

서쪽 하늘 용병대는 웨스트햄튼 사람들이 대부분이다. 당연히 공작성에서 일하는 하인들과 친척 관계거나 적어도 아는 사이였다.

용병들은 하인들에게 둘러싸여 오랜만에 인사를 건네고 서로 궁금했던 질문을 하기 시작했다.

"공작 부인은 어떤 사람이야?"

"어셔 자작님?"

어셔 자작에 대한 소문은 웨스트햄튼에도 파다하다. 수도와 멀어서 소문이 좀 느리긴 하지만 그래도 영주가 결혼하고 싶어 한 여자다. 사람들은 편지나 상인들을 통해 어셔 자작에 대한 이야기를 들었고 좋은 소식과 나쁜 소식을 모두 골고루 들을 수 있었다.

그중에서도 가장 유명한 건 사업 수완이 뛰어났다는 이야기였다. 망해가던 자신의 영지를 되살렸을 뿐 아니라 레베카 공주가 왕이 되는 것을 도운 측근 중 하나라고도 들었다.

하지만 성격이 좀 괴팍하다는 소문도 들었다. 가정사가 복잡해서 아버지가 하나뿐인 후계자를 죽이려 했다는 소문도 들었다.

다행히 복잡한 가정사에 대해서라면 웨스트햄튼 사람들은 익숙했다. 그들의 영주인 웨스트 공작도 꽤 복잡한 가정사를 가지고 있지 않았던가.

그들이 가장 궁금했던 건, 어셔 자작의 성격이 못돼서 웨스트 공작을 비롯한 자신에게 구혼한 남자들을 쥐고 흔들었다는 소문 때문이었다.

"자작님에게 구혼한 남자들은 다 인생이 꼬였다던데?"

하인들은 뒤에 남은 용병들을 붙잡고 자신이 들은 소문이 사실인지 확인했다. 어떤 남자는 외국으로 쫓겨났다고 들었다. 또 어떤 남자는 자신보다 한참 나이 많은 여자에게 장가가서 그녀의 자식을 키우게 됐다고.

하인들의 질문에 카렌과 베르트는 서로를 쳐다봤다. 그리고 누가 먼저랄 것도 없이 말했다.

"그 사람들은 자기 무덤을 자기 손으로 판 거라……."

"양다리 걸치다가 들킨 놈 말하는 건가?"

결국 상대방이 문제였다는 말에 하인들의 눈썹이 올라갔다. 카렌은 가슴 앞으로 팔짱을 끼며 별거 아니라는 듯 말했다.

"게다가 인생이 꼬였다는 것도 딱히 그렇지도 않아. 작위를 물려받지 못하는 귀족들이 어떻게 되는지 알잖아?"

귀족의 결혼은 집안끼리의 사업에 가깝다. 상대방이 자기보다 나이가 많거나 자식이 있는 건 큰 문제가 아닌 것이다.

게다가 귀족 사회에서 작위가 없는 남자들은 그리 쓸모가 없다. 사업 수완이라도 있으면 모르겠지만 셋 다 그런 쪽도 아니었잖은가.

그러니 어서 자작에게 그렇게 매달린 거겠지.

카렌의 냉정하다 싶은 설명에 하인들은 고개를 끄덕였다. 베르트는 어깨를 으쓱하며 덧붙였다.

"성격이 불같은 건 사실이긴 해."

크린빌에서도 어서 자작의 성질이 불같은 건 이제 유명해졌다.

그쪽에서 횡령 사기 사건을 발견했기 때문이다. 어서 자작은 연루된 사람은 한 명도 빠짐없이 찾아서 벌을 내렸다. 그 덕분에 크린빌의 분위기는 약간 가라앉은 상태다.

하지만 되살아날 거다. 헬름이 그랬던 것처럼.

"그럼 영주님은 왜 저, 자작이랑 결혼한 거야? 사업상의 결혼인가?"

귀족들은 그런 결혼이 더 일반적이다. 사업을 공고히 하기 위해 서로의 집안과 혼사를 맺는 것이다.

하인의 질문에 베르트와 카렌은 물론 다른 용병들도 그게 무슨 소리냐는 표정을 지었다. 그러자 질문한 하인이 눈알을 굴리며 말했다.

"성격이 불같다며? 성격에 반한 것도 아닐 것 같아서 말이야."

그러니까 어서 자작이 영주님이 반할 정도로 미인이거나 성격이 좋은 것도 아닌 것 같다는 말이다. 카렌은 하인의 말에 화를 내야 할지 잠시 고민했다.

고민에 빠진 건 그녀뿐만이 아니었다. 다른 용병들은 웨스트 공작이 어서 자작에게 반한 게 아닌 것 같다는 말에 잠시 굳어 있었다.

반한 것 같지 않다고? 그건 정말 모르는 사람이나 할 수 있는 말이다. 다행히 제일 먼저 베르트가 웃음을 터트렸다. 그는 질문을 던진 하인의 어깨를 툭툭 치며 말했다.

"보면 알게 될 거야."

하루 아니, 한 시간만 션과 에버딘을 보면 알 것이다. 베르트를 따라 용병들이 웃음을 터트리며 성 밖으로 빠져나갔다. 다들 돌아가야 할 집이 있다.

덕분에 남은 하인들은 베르트의 말이 무슨 소린지 어리둥절해하는 수밖에 없었다. 보면 안다고? 그때 이 층에서 여자 하인이 겁에 질린 표정으로 내려왔다.

"왜 그래?"

몬스터가 쳐들어오는 걸 봐도 이 정도로 무서워하지는 않겠다. 존은 마릴린의 겁먹은 모습에 걱정스러운 표정으로 물었다. 그러자 그녀가 몸을 부르르 떨더니 못 볼 걸 봤다는 표정으로 말했다.

"부인의 목욕을 도우려고 서 있는데 영주님이 나가라고 하시지 뭐야."

"왜? 두 분, 싸워?"

설마 오자마자 싸우나? 사람들의 머릿속에 오래전 아네트와 마틴을 혼내던 션의 모습이 떠올랐다. 아네트에게는 좀 덜하지만 마틴을 혼낼 때의 션은 실로 어마무시했다.

설마 자기 부인에게도 그렇게 화를 내는 건 아니겠지? 아무리 그래도 신혼인데?

사람들의 머릿속에 불길한 생각이 가득 찼을 때 마릴린이 다시 입을 열었다.

"아니, 영주님이 직접 부인의 목욕을 돕겠다고 나가래서 나왔어."

"누가 뭘 어쩐다고?"

상상도 못 한 이유에 하인들의 몸이 굳었다. 누가 뭘 돕는다고? 믿을 수 없어 하는 사람들에게 마릴린이 답답하다는 듯 다시 말했다.

"영주님이 공작 부인, 아니, 자작님이라고 해야 해? 하여간, 그분 목욕을 직접 돕겠다고 나가래!"

덕분에 사람들 머릿속에 끔찍한 상상이 떠올랐다. 웨스트 공작이 누군가의 목욕 시중을 든다고? 그가 누군가에게 다정하게 대하는 것을 본 적이 없다. 가장 친절했을 때가 수고했다는 말을 건네는 거였다.

"영주님이? 직접?"

"아니, 뭐, 두 분은 신혼이니까, 가능은 하지. 이론상으로는……."

이론상으로는 가능하다. 남편이 부인의 목욕을 돕는 건 신혼이라고 생각하면 불가능한 일은 아니다.

하지만 그게 저 웨스트 공작이라고 생각하니 사람들의 생각이 멈춰 버리는 거다. 말도 안 된다는 생각과 동시에 좀 무섭다는 생각도 들었다.

"사람이 저렇게 바뀔 수도 있는 건가?"

"신혼이라 우리한테 사이좋다는 걸 보여 주려고 하는 거 아냐?"

하인들 사이에 온갖 억측과 추측이 난무했다. 하지만 어느 누구도 진짜 사이가 좋은 건지 확인해 보자는 말을 꺼내는 사람은 없었다.

"오늘 중으로 수선하라고 하지."

이튿날 아침, 션은 에버딘의 어깨에 숄을 덮어 주며 말했다. 집사가 준비한 에버딘의 가운은 소매가 전부 손끝을 덮고도 남아서 입을 수가 없었다.

에버딘은 소매를 둘둘 접어 올리면 된다고 했지만 션은 그런 걸 에버딘이 입게 하고 싶지 않았다. 그는 오늘 중으로 에버딘을 위해 준비한 모든 것들을 다 그녀의 크기에 맞게 수선하라고 지시한 뒤 에버딘의 손을 잡고 침실에서 나왔다.

덕분에 성안의 사람들은 꽤 진기한 광경을 보게 됐다. 선대 공작 때부터 웨스트 가문을 돌봐 온 집사조차도 처음 보는 모습이었다.

"허."

집사의 옆에서 차를 가져온 하인도 저도 모르게 신음을 내뱉었다. 웨스트 공작이 부인의 손을 잡고 식당에 들어온 것까지는 있을 법한 일이었다.

공작이 누군가의 손을 잡고 있다는 게 어색하게 느껴졌지만 두 사람이 결혼 후 처음 웨스트햄튼 사람들에게 모습을 드러내는 거니 사이가 좋다는 것을 보일 필요가 있었겠지.

거기서 공작이 부인의 의자를 당겨 주는 것도 예상했던 일이다. 하지만 션은 에버딘이 의자에 앉자 약간 떨어진 곳에 앉는 게 아니라 바로 옆에 앉았다. 그리고 부인의 손을 쥔 채 기분은 어떤지, 아직도 멀미가 나는지 묻기 시작했다.

"고든."

저렇게 누군가에게 다정한 영주는 처음이다. 집사는 어슬렁거리며 지나가던 카렌을 발견하고 그녀를 불렀다. 그리고 조심스럽게 물었다.

"혹시 공작 부인께서 몸이 아주 안 좋으신가?"

"안 좋냐고요?"

그게 무슨 소리냐는 카렌의 표정에 집사는 좀 더 질문을 구체적이고 직설적으로 바꿨다.

"그러니까 지병이 있다거나, 선천적으로 어디가 안 좋으시다거나."

"딱히 그렇진 않은 걸로 아는데요. 안색이 좀 창백하긴 하지만 픽픽 쓰러지는 분은 아니에요."

선이 워낙 쥐면 꺼질까 불면 날아갈까 걱정해서 그렇지 어셔 자작은 지병이 있거나 병약한 타입은 아니다. 물론 웨스트햄튼 사람들에 비하면 약한 편이긴 하지만 그건 전투적인 의미일 뿐이다.

오히려 어셔 자작은 침대에 누워 있는 시간보다 책상 앞에 앉아 있거나 영지 안을 돌아다니는 시간이 월등하게 많았다.

"그럼 혹시……."

건강상에 아무 문제가 없다는 카렌의 질문에 집사는 잠시 망설이다가 아까보다 훨씬 조심스럽게 물었다.

"공작 부인의 배 속에 아이가 있다거나……."

이런 거라면 오히려 환영이다. 웨스트가는 손이 귀한 편이다. 솔직히 말하면 집사 그레고리는 그동안 웨스트 공작이 결혼할 생각이 없다고 할까 봐 내심 안절부절하고 있었다.

그도 그럴 것이 귀족이라면 십 대 후반이면 집안 어른이 나서서 혼담을 주고받지만 웨스트가는 션이 십 대일 때 가주가 사망했기 때문이다. 그나마 남은 보호자라는 공작의 아버지는 인간 말종이었고.

그래도 현 가주의 아버지인데 그렇게 생각하면 안 되지. 그레고리는 그렇게 생각하며 고개를 흔들었지만 웨스트햄튼에서는 꽤 암묵적으로 퍼져 있는 이야기다.

션 웨스트 공작의 아버지는 불륜을 저질렀고 자신의 부인이자 가주가 사망하자 부끄러운 줄도 모르고 사생아를 웨스트가로 데리고 들어왔다.

그 사생아가 지금은 가문에서 쫓겨난 망나니 마틴 웨스트다.

그런 일을 어렸을 때 겪었으니 션 웨스트 공작이 기본적으로 인간을 싫어하는 게 아니냐는 게 집사를 비롯한 나이 든 사람들의 의견이다.

그래서인지 웨스트 공작은 공작이 된 후로도 자신의 혼사를 입에 올린 적이 없었다. 오히려 아버지가 데려온 망나니 동생 마틴의 혼사에만 신경을 썼었다.

그런 사람이 갑자기 결혼을 했다니 웨스트햄튼에서는 놀랄 수밖에 없다. 그러니 다들 후계자를 낳기 위한 계약 관계가 아니냐고 의심을 했던 것이고.

"어, 글쎄요."

자신이 답하기엔 너무 내밀한 이야기에 카렌은 곤란한 표정으로 대답했다. 어셔 자작이 임신했냐고? 그건 잘 모르겠다. 불가능하냐 하면 그건 절대 아니긴 하다. 오히려 가능성이 더 높지 않나?

거기까지 생각한 카렌이 고개를 절레절레 흔들었다.

베르트라면 모를까 그녀는 예의를 아는 지적인 사람이고 상사 부부의 임신 유무를 이렇게 깊이 생각하고 싶지는 않다.

"잘 모르겠네요."

"그럼 영주님의 저 모습이 특별한 게 아니란 말인가?"

이어진 집사의 질문에 카렌은 그가 왜 에버딘의 신변에 대해 묻는지를 깨달았다. 션과 에버딘 근처에 있었던 사람들이라면 꽤 익숙한 일이지만 웨스트햄튼에서만 지낸 집사 같은 사람들에게는 상당히 신기하게 보일 것이다.

"아아, 네. 늘 저러십니다."

"늘?"

"정확히 말하면 어셔 자작님께는 항상 저러시죠."

덕분에 용병대 사람들은 그리 놀랍지도 않은 모습이다. 그제야 집사의 옆에 서 있던 하인은 어제 영주님과 어셔 자작이 왜 결혼했냐는 질문에 용병들이 웃었던 이유를 깨달았다.

진짜로 사랑에 빠져서 결혼한 거다.

"좀 놀랍네요."

카렌이 떠나자 하인이 저도 모르게 말했다. 귀족들도 연애 결혼을 하는 경우가 있다는 말은 들었지만 그리 흔한 일은 아니다.

게다가 다른 사람도 아닌 그들의 영주님이 연애 결혼이라니, 믿을 수가 없다는 태도에 집사의 표정이 굳었다.

연애 결혼이면 그는 더 좋았다. 공작님이 결혼하지 않겠다고 할까 봐 마음 졸였는데 부인을 데려온 것으로 부족해서 심지어 연애 결혼이라니.

그는 이미 충분히 어셔 자작이 마음에 들었지만 방금 카렌의 이야기로 어셔 자작을 숭배할 준비가 되어 있었다. 자신의 주인님이 사랑에 빠지게 한 사람이라면 그게 마녀라 해도 상관없다.

"말조심하게."

집사는 하인을 꾸짖고 어서 주인 부부에게 차를 내가라고 재촉했다. 그리고 아침 식사가 어떻게 돼 가는지 확인하기 위해 주방으로 들어갔다.

"연애? 주인어른이?"

그레고리의 설명을 들은 요리사도 반색하면서도 믿을 수 없다는 반응을 보였다. 두 사람은 션이 십 대에 어머니를 잃고 아버지의 망나니짓을 감수하는 것을 지켜봤다.

어릴 때도 말수가 적었던 공작은 나이를 먹으면서 점점 더 말수가 적고 사람을 그리 좋아하지 않았다. 그런데 연애 결혼이라니.

"신경 좀 써 주게."

그레고리의 부탁에 마지의 눈초리가 올라갔다. 그녀는 항상 신경 쓴다. 사람은 뭐든 잘 먹어야 한다는 게 그녀의 지론일 만큼 마지는 성에 사는 사람들의 식사를 책임지고 있다는 자부심이 있었다.

"그게 아니라, 공작 부인이 약간 몸이 약한 게 아닌가 싶어서 그래."

마지의 표정에 그레고리가 재빨리 덧붙였다. 어제 도착할 때부터 지금까지 공작은 부인의 몸에서 손을 떼지 않고 있다. 그게 단순히 사이가 좋은 거라면 다행이지만 몸이 약해서 그런 거라면 걱정이다.

그렇지 않아도 마지도 비슷한 말을 들었다. 그녀는 아직 인사를 하지 못한 공작 부인에 대해 떠올리며 말했다.

"그러고 보니 애들이 부인이 너무 작아서 걱정이라고는 하던데."

그레고리는 좀 작다고 말하려다가 말을 줄였다. 어차피 아침 식사를 내갈 때 인사를 하면 그녀도 볼 것이다. 대신 그는 마지에게 공작 부인이 아픈 건 아니라고 말했다.

"이게 다 내 거야?"

오전 내내 그레이스와 함께 짐을 풀고 점심 식사를 위해 식당에 앉은 에버딘은 하인이 자신의 앞에 내려놓는 접시를 보고 놀라서 물었다. 아침에 내온 음식도 양이 꽤 많았는데 점심 식사는 더 많았다.

곧이어 식사를 위해 식당에 들어온 션이 에버딘의 뺨에 입을 맞추더니 그녀의 앞에 놓인 접시를 보고 한쪽 눈썹을 들어 올렸다.

"이게 어셔 자작의 음식인가?"

션까지 합세하자 하인은 안절부절못하기 시작했다. 공작 부인의 음식이 맞다. 아침 식사 때 공작 부인에게 인사한 요리사가 혀를 차며 더 먹어야겠다고 했기 때문이다.

마지의 기준으로 에버딘은 너무 작았다. 그가 요리사의 지시라고 말하려는 데 늦잠을 자고 일어난 아네트가 느릿느릿 식당으로 들어와서 말했다.

"남기면 되잖아? 뭐가 문제야?"

그렇긴 하다. 너무 많으면 남기면 된다. 음식이 귀한 집도 아니고 웨스트 공작가라면 음식을 남기는 게 그리 대단한 일이 아니다.

하지만 에버딘은 음식 버리면 벌 받는다는 말을 들으며 자랐다. 그녀는 자신이 다 먹지도 못할 음식을 가져와서 남겨 버리는 게 불편한 사람이다.

션은 그녀가 음식을 남기는 것을 좋아하지 않는다는 것을 알았다. 그는 에버딘의 앞에 있는 접시를 자기 앞으로 옮긴 뒤 하인에게 지시했다.

"어셔 자작의 음식은 아침만큼만 가져오게."

공작님이 음식을 조금만 가져오라고 했다는 하인의 말에 마지는 깜짝 놀라서 식당으로 달려 나왔다.

"어디 안 좋으신 건 아니죠?"

병은 부실한 음식에서 온다. 그게 마지의 모토였다. 그녀는 공작성에서 사는 사람의 음식을 책임지고 있다는 자신감이 대단했기 때문에 자신의 음식을 조금만 달라는 요구는 받아들이기 어려운 요구기도 했다.

"아니, 괜찮아."

에버딘은 그게 아니라고 말하려는 아네트를 막고 마지에게 말했다. 그냥 그녀가 먹기엔 음식의 양이 너무 많았던 것뿐이다. 하지만 마지는 이해할 수 없다는 듯 물었다.

"하지만 공작 부인, 부인은 너무 작아요. 좀 더 잘 먹고 자라야 한다고요."

에버딘의 성장기는 이미 끝났다. 여기서 더 먹는다고 키가 자랄 리 없지만 마지는 진심으로 그렇게 믿고 있었다. 그녀는 모든 남자는 베르트만 하게 크고 모든 여자는 카렌만 하게 커야 한다고 생각하기 때문이다.

마지는 웃음을 참는 아네트를 돌아보며 날카롭게 말했다.

"아가씨도 마찬가지예요! 더 자라야죠!"

아네트는 수도에서도 키가 훤칠한 편에 속한다. 에버딘은 아네트를 보고도 작다고 말하는 마지를 보고 션에게 목소리를 낮춰 물었다.

"네 요리사의 마음에 드는 키는 대체 어느 정도인 거야?"

"글쎄."

션도 모르겠다. 그는 마지가 자신의 키를 보며 가끔 흡족해한다는 것을 알았다. 하지만 이건 반 이상은 유전의 힘이다. 마지에게는 미안하지만 말이다.

에버딘은 여전히 자신과 아네트의 키가 마음에 들지 않는다는 마지를 다시 돌아보고 한숨을 내쉬었다. 가능하면 웨스트햄튼의 사람들과는 부딪치고 싶지 않지만 어쩔 수 없다.

"모자라면 더 달라고 할 테니 앞으론 아침에 먹은 만큼만 갖다 줘."

식당이 조용해졌다. 무슨 일인가 하고 고개를 내민 집사는 물론 음식을 나르던 하인들도 그대로 멈춰 서 새로 온 공작 부인과 요리사의 대치를 구경했다.

상식적이라면 공작 부인이 더 윗사람이지만 공작성의 사람들은 요리사 마지가 성에 사는 사람들의 식사에 얼마나 신경을 쓰는지 알고 있다. 그녀는 실연을 당해 저녁을 먹지 않겠다고 방에 들어간 하인을 끌고 와서 이럴 때일수록 더 잘 먹어야 한다며 과식을 시킨 전적이 있다.

"모자라면이라니, 처음부터 많이 드시면 되잖아요."

마지의 반격에 사람들의 시선이 에버딘을 향했다. 새로 온 공작 부인이 어떻게 받아칠 것인가.

안타깝게도 에버딘은 별생각 없었다. 그녀는 떨떠름하게 대답했다.

"하지만 남아서 버리게 되면 아깝잖아. 고생해서 만든 건데."

그 순간, 집사와 아네트를 비롯한 성안의 사람들은 반평생을 웨스트가에서 일한 마지가 새로 온 공작 부인에게 반하는 장면을 똑똑히 봤다.

* * *

"마지가 넘어갔다고?"

이튿날 아침, 공작 부부에게 인사를 하기 위해 공작성을 찾은 용병들은 공작성의 요리사가 공작 부인에게 홀딱 반했다는 이야기를 전해 듣고 깜짝 놀랐다.

"어떻게?"

"글쎄. 공작 부인의 식사가 너무 적네 많네 하고 다투다가 갑자기 마지 표정이 요렇게 되던걸?"

하인은 그렇게 말하며 자기 입꼬리를 잡아당겼다. 식사가 많고 적은 걸로 다투다가 마지가 갑자기 좋아했다는 뜻인 모양인데 대체 어쩌다 그렇게 된 건지 알 수가 없다.

어셔 자작을 모르는 용병들은 그들을 데려온 카렌과 베르트를 쳐다봤지만 두 사람도 잘 모르겠다는 표정이었다.

"사람들의 호감을 잘 사는 타입인가?"

견습 용병 루아나의 질문에 작년에 정식 용병이 된 바네사가 어깨를 으쓱해 보였다. 어셔 자작은 빈말로라도 사람의 호감을 쉽게 사는 타입이 아니다. 그녀는 호불호가 강하게 갈리는 타입이고 바네사도 어느 정도는 인정하긴 했지만 딱히 좋아하진 않았다.

아마도 웨스트햄튼의 용병들은 대부분 바네사와 비슷한 감정을 가질 것이다. 사업 수완이 좋고 고집이 센 건 인정할 만하지만 웨스트 공작과 결혼 할 때까지도 무기를 단 하나도 다루지 못한다는 건 솔직히 마음에 들지 않는다.

"직접 만나 보면 알겠지."

카렌은 그렇게 말하고 하인에게 자신들이 왔음을 알려 달라고 부탁했다.

오랜만에 느긋한 아침을 즐기던 에버딘은 카렌과 베르트가 용병들을 데리고 인사하러 왔다는 하인의 전언에 자리에서 일어났다.

지금 인사할 용병들은 그녀가 만난 적이 없는 용병들이다. 그전까지는 에버딘과 상관없는 사람들이었지만 지금은 다르다. 그녀가 웨스트햄튼의 영주와 결혼을 했기 때문이다.

오늘 오전은 우선 웨스트햄튼에 있는 용병들을 만나고 점심 식사 후에 마을로 내려가서 마을 사람들과 인사를 할 예정이었다. 그녀는 어제 이미 수선을 마친 가운을 션의 도움을 받아 걸치며 물었다.

“영지에 남아 있는 용병들이면 아직 견습생들인 건가?”

“견습도 있고. 임무가 끝나서 돌아와 있는 자들도 있고.”

다양하다는 말이다.

어떤 사람들일까. 에버딘은 살짝 긴장하며 방을 나섰다. 그녀가 만난 용병들은 대부분 나쁜 사람은 아니었다. 하지만 가치관 자체가 에버딘과 맞지 않는 사람도 있었다.

그중 가장 대표적인 사람이 바로 바네사다. 작년에 정식 용병이 된 그녀는 견습일 때부터 카렌이 데리고 다닐 정도로 탁월한 실력을 가지고 있지만 에버딘을 불편해하는 게 느껴졌다.

사실 에버딘은 그녀가 자신을 불편해하는 것을 신경 쓰지 않았다. 사람이 살다 보면 이유 없이 자신을 불편해하는 사람을 만나기 마련이다. 체질적으로 안 맞는 건 어쩔 수가 없다.

하지만 그런 사람이 여러 명이 되면 곤란하다. 에버딘은 부디 바네사 같은 사람이 없길 바라며 션과 함께 일 층으로 내려갔다.

“에버딘 어셔 자작님이십니다.”

집사의 소개에 용병들은 저도 모르게 멈칫했다. 이야기로만 들었던 것과 너무 달랐다. 그들이 수도에서 일하고 돌아온 선배들에게 듣거나 지나가는 상인들에게 듣기로 어셔 자작은 좀 불같고 성격이 센 사람이었다.

하지만 웨스트 공작의 곁에 있는 건 조용해 보이고 약간은 소심해 보이는 여자였다.

"만나서 반가워요."

곧이어 에버딘이 입을 열자 용병들은 정신을 차리고 인사를 건넸다. 그다음부터는 베르트와 카렌의 소개가 이어졌다. 정식 용병이라면 어떻게든 한 번쯤은 에버딘과 만난 적이 있기 때문에 이 자리에 나온 사람들은 대부분 견습 용병이었다.

에버딘은 베르트와 카렌의 소개를 듣고 한 명, 한 명을 쳐다보며 악수를 청했다. 그리고 괜찮다면 아침 식사를 하고 가라고 한 뒤 몸을 돌렸다.

"예상과 많이 다르네."

"그러게."

다시 우르르 식당으로 향하며 용병들은 방금 만난 어셔 자작에 대해 이야기를 하기 시작했다. 기대와 달랐던 건 둘째치고 웨스트 공작 부인이 아니라 어셔 자작이라고 소개했다.

"그런데 본인을 웨스트 공작 부인이 아니라 어셔 자작이라고 소개하는 거면 설마 결혼하기 싫었다거나 하는 건 아니겠죠?"

보통 결혼을 하면 여자들은 남편의 작위 뒤에 부인을 붙여 부른다. 하지만 집사는 어셔 자작이라고 소개했다. 그건 어셔 자작이 요청했거나 집사가 어셔 자작을 웨스트 공작 부인으로 인정하지 않았다는 뜻이다.

하지만 용병들은 그레고리가 웨스트가에 얼마나 충성하는지 알고 있었기 때문에 전자라고 판단한 것이다.

루아나의 질문에 카렌은 그렇지 않다고 대답하려 했다. 하지만 그보다 먼저 다른 용병이 입을 열었다.

"결혼도 꽤 미뤘다고 하던데."

웨스트 공작은 전부터 결혼하고 싶어 했지만 어셔 자작이 피했다는 소문이 있다. 그건 대체 어디서 들은 거지? 카렌과 베르트의 시선이 부딪쳤다.

사실이구나. 대장과 부대장이 말없이 시선을 교환하는 것을 본 용병들은 그들의 의혹이 사실이라는 것을 깨달았다. 그들의 영주님이 따라다녔다는 소문이 사실이었던 거다.

"결혼을 미룬 건 영지 때문이야."

카렌이 그렇게 말했지만 용병들은 믿지 않았다. 식사를 마치고 성을 나가면서도 그들은 대체 왜 어셔 자작이 자신들의 영주를 거부했는지 수군거렸다.

"우리 영주님이 그리 인기 있는 타입이 아니긴 하지."

"인기? 너 지금 인기라고 했어?"

"좀 무섭게 생겼잖아."

키가 클 뿐 아니라 전체적으로 인상도 어두운 편이다. 검은 머리카락에 붉은 눈을 가졌으니까. 게다가 웨스트햄튼은 용병과 무기로 유명한 변경의 영지다.

이미지가 좀 어두울 수밖에 없다.

"망나니 마틴보다는 낫지."

성에서 나왔겠다, 용병들은 영주의 동생을 거침없이 별명으로 입에 올렸다. 마틴 웨스트가 수도에서 인기가 많았다는 건 웨스트햄튼의 사람들 모두가 알고 있다.

하지만 인기가 많으면 뭐 하나. 지금 그는 반송장이 되어 어느 수도원에 들어가 있다고 들었다. 늘 술과 도박, 여자에 빠져 있던 사람의 말로라고 웨스트햄튼의 부모들은 아이들을 가르치는 데 타산지석으로 삼곤 한다.

"원래는 그 녀석과 약혼했다던데."

그때, 루아나가 불쑥 입을 열었다. 바네사에게 들었던 기억이 난다. 몇 년 전에 에버딘 어셔라는 여자가 마틴과 약혼했다는 것을.

"어? 잠깐, 망나니 마틴이 약혼도 했었어?"

마틴과 약혼 이야기가 오간 사람은 몇 명 있다. 그가 집에서 쫓겨나기 전까지만 해도 션은 어떻게든 마틴을 괜찮은 집에 장가를 보내려 했으니까.

하지만 전부 마틴이 걷어찼다고 들었다. 처음 듣는다는 말에 루아나가 어깨를 으쓱하며 말했다.

"몇 년 전에 마틴과 결혼하기 싫다고 어떤 여자가 자살 소동을 벌인 적 있잖아."

그런 일이 있었나? 지금은 수도에서는 잊히고도 남은 스캔들이지만 웨스트햄튼은 소문이 늦은 만큼 아직까지 기억하는 사람이 있었다.

기억하는 사람들은 놀라는 표정을 지었고 모르는 사람들은 그런 일이 있었냐는 표정을 지었다. 루아나는 진지한 표정으로 말을 이었다.

"게다가 결혼을 미뤘다는 거 보면 협박당한 거 아냐?"

"누가 누굴?"

"누구긴 누구야."

사람들의 머릿속에 션과 에버딘이 나란히 선 모습이 떠올랐다. 그들은 웨스트 공작을 존경한다. 그는 웨스트햄튼 사람들에게 한정으로 훌륭한 영주님이고 믿을 수 있는 사람이다.

동시에 그들은 웨스트 공작에 대한 무서운 소문이 돈다는 것과 그중 일부는 사실이라는 것도 알았다.

"으음."

말이 되는 것도 같고 안 되는 것도 같다. 사람들은 웨스트 공작이 자기보다 작고 약한 상대를 협박할 만한 사람이 아니라는 것을 알았다.

하지만 웨스트 공작이 누군가에게 홀딱 반해서 결혼하지 않을 거라고 생각하지 않았던가. 그들은 모두 웨스트 공작이 어느 적당한 집안의 작위 없는 조용한 여자와 결혼해서 후계자를 볼 거라 생각했다.

"그래서 자길 웨스트 공작 부인이 아니라 어셔 자작이라고 지칭하는 건가?"

용병들의 머릿속에 점점 더 그럴듯한 이야기가 펼쳐지기 시작했다. 웨스트 공작의 협박에 어쩔 수 없이 결혼을 한 가련한 어셔 자작.

심지어 방금 그들이 본 어셔 자작의 모습은 조용하고 소심해 보이는 인상이라 딱 맞아떨어졌다.

"공작 부인 봤어?"

그날 오후, 에버딘이 마을 사람들과 인사를 하기 위해 마을로 나가자 새로 온 공작 부인에 대한 이야기로 영지는 온통 시끄러웠다.

어떤 사람들은 몸이 약한 거 아니냐고 걱정했고 어떤 사람들은 소문이 과장됐던 모양이라고 안도했다. 또 어떤 사람들은 영주님이 정말로 자신의 부인을 사랑하는 모양이라고 기뻐하기도 했다.

그도 그럴 것이 마을을 돌아다니는 동안 션의 손이 에버딘의 몸에서 떨어지질 않았기 때문이다.

안타깝게도 그 모습은 어긋난 상상을 하는 용병들 눈에 도망치고 싶어 하는 부인과 그 부인을 감시하는 남편처럼 보였다.

"너네 바보 아냐?"

용병들이 공작 부인을 불쌍하게 여긴다는 것을 알게 된 바네사는 어이가 없어서 입을 딱 벌렸다. 어셔 자작이 협박당해서 결혼했다고? 그녀가 아는 자작이라면 자신을 협박한 사람에게 어떻게든 엿을 먹일 거다.

"아냐?"

루아나는 바네사의 반응에 당황해서 물었다. 겉보기엔 충분히 그렇게 보이는데.

"아니지, 이 바보들아! 공작님이 누굴 협박할 분이야?"

바네사의 고함에 견습 용병들이 서로를 쳐다봤다. 그리고 슬그머니 말하기 시작했다.

"작년에 크럼에서 온 상인들이 사기 치려고 했을 때 다시 이 근처에 얼씬거리면 기어 다니게 할 거라고 하셨는데."

"재작년에 사냥꾼들이 허가 없이 사냥했을 땐 사냥당해 보라고도 하셨고."

그것도 전부 협박이다. 바네사는 할 말을 잃고 견습들을 쳐다보다가 머리를 감싸 쥐었다. 생각해 보니 그렇다. 웨스트 공작은 남을 협박하는 걸 그리 어려워하지 않는다.

하지만 확실히 해야 할 게 있다. 그녀는 재빨리 고개를 들며 말했다.

"사냥꾼들은 협박한 게 아니라 진짜 사냥하셨잖아."

그건 협박이라고 치면 안 된다는 의도였지만 그것도 협박은 협박이다. 그녀는 다시 머리를 감싸고 뭐가 어디부터 잘못된 건지 고민하기 시작했다.

마을에 이상한 소문이 도는 건 금방이었다. 에버딘이 마을 사람들과 인사를 한 지 하루 만에 영주가 부인과 강제로 결혼한 게 아니냐는 소문이 영지 전체에 돌았다.

바네사는 사람들이 에버딘에게 친절하거나 안됐다는 표정으로 쳐다볼 때마다 가슴을 치고 싶은 것을 참아야 했다.

"그냥 둬."

바네사의 상담을 들은 카렌은 귀찮다는 듯 다리를 쭉 뻗으며 말했다. 그녀는 오랜만에 집에 돌아와서 느긋함을 즐기고 있었다.

사실 말이 집이지, 여기서 잔 날보다 밖에서 잔 날이 더 많다. 그럼에도 웨스트햄튼은 그녀에게 고향이고 집이었다.

"그래도 사람들이 공작님을 그런 파렴치한으로 보잖습니까."

바네사는 그게 마음에 들지 않았다. 확실히 웨스트 공작이 좀 거칠고 무서운 부분이 있긴 하지만 자기보다 약한 존재에게까지 그러는 사람은 아니다.

그런 바네사를 보며 카렌은 피식 웃었다. 살다 보면 별의별 소문이 나기 마련이다. 대응해야 하는 소문이 있고 대응할 필요가 없는 소문도 있다.

그녀가 보기에 션과 에버딘은 소문은 대응할 필요가 없는 소문이다. 웨스트햄튼 사람들은 어셔 자작을 안됐다고 생각하면서도 동시에 영주에 대한 믿음이 있었다. 공작은 좋은 사람이고 같이 살다 보면 어셔 자작도 그걸 알아줄 거라는 그런 믿음 말이다.

그러니 시간이 지나면 자신들이 어떤 착각을 하고 있었는지 알게 될 거다. 그때쯤이면 바보 같은 생각을 했다면 웃겠지.

하지만 바네사는 그게 싫었다. 어셔 자작은 피해자 따위가 아니다. 공작 역시 그런 파렴치한이 아니란 말이다. 그걸 최대한 빨리 사람들에게 알리고 싶었다. 그리고 그런 점이 카렌에게는 그녀가 혈기 넘치는 걸로 보였다.

귀여워라. 카렌은 빙그레 웃으며 다시 소파에 늘어졌다. 그녀가 자신을 도와줄 생각이 전혀 없음을 깨달은 바네사는 한숨을 내쉬며 카렌의 집을 나섰다. 자신이라도 어떻게든 해야 한다. 마을 사람들이 그런 말도 안 되는 착각을 하는 것을 일깨워줘야 할 필요가 있었다.

"르쉬드, 우리 성에 가는데 같이 갈래?"

마을 광장을 지나는데 우르르 몰려가던 견습 용병들이 바네사를 발견하고 말을 걸었다. 지금은 그럴 때가 아니다. 거절하려던 바네사는 성이라는 말에 인상을 쓰며 물었다.

"성은 왜?"

루아나는 어깨를 으쓱하며 말했다.

"영주님이 수도에서 가져온 무기를 보여 주신대."

늘 있는 일이다. 영지로 돌아오면 웨스트 공작은 밖에서 사 온 무기를 종종 공개하곤 했다. 대장장이들은 영감을 얻고 용병들은 사용법을 익힐 수 있도록 말이다.

잠시 고민하던 바네사는 루아나의 뒤를 따라 성으로 향했다. 적어도 그녀의 친구들이 어서 자작을 두고 안됐다는 표정을 지으면 정강이를 세게 걷어차 줄 수는 있겠지.

같은 시각, 에버딘은 하인들이 션의 지시를 따라 그가 가져온 것들을 후원에 풀어 놓는 것은 구경하고 있었다. 딱히 관심이 있어서 구경하는 건 아니다. 그냥 산책 시간이 겹쳤다.

에버딘은 헬름에서 그랬던 것처럼 웨스트햄튼에서도 후원을 어슬렁거리고 있었다. 그 모습을 본 하인들이 작은 목소리로 속삭이기 시작했다.

"추운데 너무 오래 산책하시는 거 아냐?"

"오늘 아침에도 산책하시던데."

"몸도 안 좋으신 분이……."

"공작 부인 몸이 안 좋아?"

동료의 질문에 짐은 저도 모르게 공작 부인을 쳐다봤다. 안 좋은 거 아닌가? 창백한 얼굴이 몸이 좀 약해 보인다.

하지만 두 사람 다, 공작 부인의 건강 상태에 대해서는 들은 바가 없다는 것을 깨달았다. 그들이 공작 부인이 몸이 약할 거라고 생각한 건 그녀의 핏기 없는 피부 때문이기도 했지만 늘 그녀의 뒤를 따라다니는 영주 때문이기도 했다.

"영주님은?"

어쩐 일로 공작 부인이 혼자 있자 짐이 물었다. 신혼 아니랄까 봐 집 안에서나 밖에서나 영주는 항상 부인 옆에 붙어 있었다. 하지만 지금은 어쩐 일로 공작 부인이 혼자 산책을 하고 있다.

"대장장이들이 왔대."

대장장이들과 회의 중이다. 션은 에버딘에게 함께 들어가자고 권했지만 그녀가 거절했다. 무기 쪽은 잘 모르고 관심도 없기 때문이다.

영지 간의 전투는 물론 나라 간의 전투도 줄어들면서 무기의 판매도 같이 줄어들었다. 션은 지금 화기의 개발 쪽으로 힘을 쏟을지, 아니면 새로운 무기를 개발해야 할지 회의 중에 있었다.

"그거, 영주님이 가져오신 거죠?"

그때, 용병들이 다가와서 하인들에게 물었다. 짐은 마지막 검을 평상 위에 올려놓다가 루아나의 질문에 고개를 끄덕였다.

"만져 봐도 되나요?"

이어진 루아나의 질문에 짐은 저도 모르게 에버딘을 쳐다봤다. 영주가 없을 때는 영주의 배우자가 대리가 된다. 어떤 일은 영주가 있을 때도 영주의 배우자가 허가를 내리기도 한다.

"살펴봐도 좋아. 그러려고 가져온 거니까."

이미 션에게 용병들과 대장장이들에게 가져온 것들을 살펴보게 할 거라는 이야기를 들은 에버딘은 흔쾌히 허락했다.

몇몇은 그녀도 함께 있는 자리에서 구매한 거라 눈에 익었다. 다른 대륙에서 넘어온 방어구, 무기 같은 거였다.

에버딘은 둥글게 휘어진 칼을 들고 신기해하는 용병들에게서 슬쩍 물러났다. 션과 몇 년간 교제했음에도 그녀는 여전히 무기에는 관심이 없었다.

카렌의 권유로 약간의 훈련을 받기는 했지만 그건 훈련이라기보다는 단련에 가까웠다. 위험한 순간에 닥쳤을 때 어떻게 해야 하는지 같은 거 말이다.

"이 검은 그리 다르지 않은데?"

루아나는 평소 쓰는 것과 비슷한 검을 집어 들며 누구에게랄 것도 없이 물었다. 보통 웨스트 공작은 평소에 쓰는 것과 약간 다른 무기들을 수집해 온다.

그게 용병들과 대장장이들에게 도움이 된다고 생각하기 때문이다. 하지만 지금 그녀가 집어 든 검은 평소에 쓰는 것과 비슷했다.

"아, 그건 이 검과 한 쌍이야."

물러나던 에버딘은 루아나가 못 알아보는 것을 보고 한쪽에 놓여 있던 짧은 단검을 집어 내밀며 말했다. 장검과 단검을 한 쌍이라는 말에 션이 구매한 거다.

"예전엔 그렇게 쓰는 사람도 있었다고 들었는데."

루아나가 한 손에 검을 하나씩 들어 보이자 구경하던 용병이 끼어들었다. 웨스트 공작이 신기한 무기와 방어구를 수집하기는 하지만 사실, 사람이 생각할 수 있는 대부분의 무기와 방어구는 다 나왔다고 할 수 있다.

그러니 웨스트 공작이 가져오는 것들은 신기하다기보다는 지금은 사용하지 않는 무기에 가까울 것이다.

"이건 뭡니까?"

완전히 처음 보는 무기를 본 루아나가 이번에는 아예 에버딘에게 물었다. 에버딘은 그녀가 가리킨 것을 보고 인상을 쓰며 대답했다.

"총이야."

예전에 그녀가 총에 대해 알아본 적이 있다. 그때 션이 구해 둔 거다. 당연하지만 안은 비어 있다.

"어떻게 쓰는 거죠?"

"이렇게 열면, 여기 공간이 보이지?"

여기에 화약을 채우고 끼운 뒤 다시 닫아서 조준을 하고 방아쇠를 당기는 거다. 파괴력은 엄청나지만 매번 화약을 채워야 하기 때문에 아직 그다지 상용화되어 있진 않다.

에버딘의 능숙한 설명에 용병들은 놀란 표정으로 그녀를 쳐다보고 있었다.

무기에 관심이 없는 줄 알았다. 하지만 꽤 잘 알고 있는 듯한 모습이 새로웠다. 루아나는 신기하다는 듯 물었다.

"무기에 관심이 많으신가 보군요?"

딱히 그런 건 아니다. 그냥 션과 함께 있다 보니 자연스럽게 익힌 것뿐이다. 하지만 그녀가 그렇게 말하기 전에 다른 용병이 물었다.

"훈련도 하십니까?"

훈련은 안 한다. 에버딘이 하는 건 하루 두 번의 산책이 다다. 하지만 이들은 그걸 훈련이라고 하지 않겠지.

고개를 젓는 에버딘에게 바네사가 불쑥 말했다.

"저희와 훈련을 해 보시면 어떨까요?"

어쩌면 그게 서로에게 도움이 될지도 모른다. 함께 훈련을 하면 어셔 자작도 웨스트햄튼에 적응하기 쉬울 테고 웨스트햄튼 사람들도 어셔 자작이 그렇게 약하기만 한 건 아니라는 것을 알게 될 거다.

그럴듯한 생각에 바네사의 기분이 좋아졌다. 물론 에버딘은 아니었다.

그녀는 자신이 왜 용병들과 훈련해야 하는지 몰라 눈을 동그랗게 뜨고 바네사를 쳐다보고 있었다. 그리고 고개를 기울이며 물었다.

"내가 왜 훈련을 해야 하지?"

"자작님께도 도움이 되지 않을까요? 위험한 순간에 자신의 몸을 지킬 수 있을 테니까요."

그럴듯한 말이다. 하지만 에버딘에게는 터무니없는 이야기로 들렸다.

그녀는 어이가 없어서 피식 웃고 용병들을 돌아봤다. 그리고 어깨를 으쓱하며 말했다.

"훈련이 내게 도움이 될 것 같진 않은데."

"자신의 몸을 지킬 수 있어야 하지 않을까요?"

바네사는 꽤 진지한 표정이었다. 그녀는 진심으로 그렇게 생각하고 있었다. 웨스트햄튼의 아이들은 어릴 때부터 체력을 기르는 것을 중요하게 여긴다. 어른들 대부분이 용병이거나 대장장이기 때문에 더더욱 그랬다.

하지만 에버딘에게는 바네사의 말에 상당히 큰 허점이 보였다.

"그렇긴 한데, 내가 스스로 내 몸을 지켜야 할 상황이 올 것 같진 않거든."

에버딘의 대답에 바네사의 미간에 주름이 생겼다. 그게 무슨 소리지? 언제나 어셔 자작의 주변에 사람이 있을 거라는 말인가?

물론 웨스트 공작은 항상 어셔 자작을 보호하라고 지시를 내려놓긴 한다. 하지만 사람은 어떤 상황에 처할지 모르는 거다.

그러니 바네사는 에버딘도 자신의 몸을 지킬 수 있도록 하는 게 좋겠다고 생각하는 거고.

에버딘은 바네사가 무슨 생각을 하는지 알았다. 그리고 다른 용병들이 같은 생각을 한다는 것도.

그녀는 한숨을 내쉬고 다시 말했다.

"내가 위험에 처할 정도라면 내 주변에 있는 난다 긴다 하는 사람들이 다 쓰러져 있다는 말이잖아? 그런 자들을 내가 이길 수 있겠어?"

에버딘을 보호하는 사람이 쓰러질 정도면 에버딘의 힘으로는 이길 수 없을 거라는 말이다. 맞는 말이다. 하지만 바네사는 그대로 인정하고 싶지 않았다. 그녀는 못마땅하다는 표정으로 물었다.

"그럼 어쩌시려고요? 이길 수 없으니 그냥 위험에 처하시게요?"

약간 타박처럼 들리는 바네사의 말에 용병은 물론 근처에 있던 하인들까지 숨을 멈췄다. 그녀가 자신을 마음에 들어 하지 않는다는 건 알고 있다. 에버딘은 건방진 바네사의 태도에 한마디 하려다가 한숨을 내쉬었다.

그리고 늘어놓은 검을 검집째 쥐고 바네사에게 말했다.

"어떻게 하는지 보여 줄게. 덤벼 봐."

"네?"

진심으로 하는 말인가? 바네사는 자신보다 적어도 머리 하나는 작은 에버딘을 떨떠름하게 쳐다봤다. 그녀는 용병단에서 실력으로 손꼽히는 용병이다.

그런 그녀를 검을 몇 번 들어 보지도 못한 공작 부인이 상대하겠다니 어이없을 수밖에 없다.

"저와 대련을 하겠다는 건가요?"

"대련인지 싸움인지, 해 보자고."

진심인가? 바네사는 믿을 수 없다는 표정으로 에버딘을 쳐다보다가 마찬가지로 검집째 검을 집어 들었다. 그리고 경고하듯 말했다.

"져 드리지 않을 겁니다."

애초에 바라지도 않았다. 에버딘이 콧방귀를 뀌는 것과 동시에 바네사가 검을 휘둘렀다.

엇 하고 모여 있던 사람들이 모두 놀라는 것과 동시에 에버딘이 아슬아슬하게 바네사의 검을 피했다. 검집째로 휘두르고 있으니 베일 위험은 없지만 맞으면 꽤 아플 거다.

조마조마하게 지켜보던 사람들은 에버딘이 바네사의 검을 피한 것을 보고 저도 모르게 안도의 한숨을 내쉬었다.

하지만 곧바로 바네사가 다시 검을 휘둘렀다. 이번에도 피할 수 있을까? 그렇게 생각하는데 놀랍게도 에버딘은 뒤로 펄쩍 뛰어서 바네사의 검을 피했다.

"안 져 준다며?"

에버딘은 자세를 바로 한 뒤 바네사에게 물었다. 져 주지 않을 거라고 해놓고 지금 바네사는 에버딘을 상당히 많이 봐주고 있었다. 그러니까 그녀의 공격을 두 번이나 피해 낸 거다.

에버딘의 지적에 바네사의 인상이 일그러졌다. 져 주지 않는다고 했지만 공작 부인을 상대로 진심으로 검을 휘두를 생각은 없었다.

하지만 자신이 봐주고 있는 걸 어셔 자작이 알고 있을 줄은 몰랐다. 그녀는 잠시 멈춰 서서 에버딘을 쳐다봤다.

종자도 검을 다룰 줄 안다는 말이 있다. 과거에 기사들이 무장을 하는 것을 돕는 종자들도 어깨너머로 무기 다루는 법을 배울 수 있었기 때문에 나온 말이다. 무기에 관심이 없어도 웨스트 공작과 결혼하고 서쪽 하늘 용병대와 일을 하면 실력을 보는 눈이 생기는 모양이다.

약간은 위협하는 것도 괜찮겠지. 바네사는 그렇게 생각하고 순식간에 검을 휘둘렀다. 실제로 위험 앞에 서게 되면 얼마나 무서운지 어셔 자작도 알게 될 거다.

하지만 다음 순간, 바네사는 어셔 자작이 눈을 질끈 감더니 그녀 쪽으로 팔을 내미는 것을 깨달았다.

"미……."

하마터면 미쳤냐는 말이 바네사의 입에서 튀어나올 뻔했다. 하지만 바네사는 가까스로 힘을 빼는 데 성공했다. 그래도 엄청난 소리와 함께 에버딘이 비명을 질렀다.

퍽!

"악!"

팔을 붙잡으며 뒤로 넘어지는 에버딘의 모습에 지켜보고 있던 하인들과 용병들은 깜짝 놀라서 달려왔다. 얼어붙었던 바네사는 하얗게 질린 얼굴로 에버딘에게 다가가며 소리쳤다.

"미쳤어요?"

마지막에 바네사가 힘을 빼지 않았다면 에버딘의 팔은 분명 부러졌을 거다. 물론 지금도 부러지지 않았다는 확신은 못 하겠다.

그녀는 제일 먼저 에버딘의 앞에 도착해 쪼그리고 앉았다. 분명 팔을 다쳤을 거다. 꽤 아팠는지 어서 자작은 팔을 끌어안은 채 끙끙대고 있었다.

"의사를 불러올 테니……."

얼른 상태를 봐야겠다. 뼈에 금이라도 갔으면 큰일이다. 바네사가 의사를 불러올 테니 잠시 기다리라고 말하려는 순간, 그녀의 목에 뭔가가 닿았다.

"어?"

바네사보다 에버딘에게 달려온 다른 용병들과 하인들이 더 놀랐다. 어느새 에버딘이 바네사의 목에 검을 겨누고 있었기 때문이다.

"이렇게 하고 도망칠 거야."

에버딘은 그렇게 말하고 자리에서 일어났다. 마치 바네사에게 맞아 넘어진 게 연기였다는 태도에 달려온 사람들 모두가 입을 딱 벌렸다.

"괘, 괜찮습니까?"

하인의 질문에 에버딘은 별거 아니라는 듯 어깨를 으쓱했다. 그러더니 바네사를 쳐다보며 말했다.

"마지막 순간에 힘을 뺐지?"

확실히 그렇긴 하다. 하지만 저렇게 아무렇지 않을 정도는 아니다. 바네사는 적어도 어서 자작의 팔에 멍이 생겼을 거라고 생각했다.

하지만 에버딘은 아무렇지 않다는 듯 검을 하인에게 넘기고 있었다. 그러자 하인들이 당황해서 말했다.

"의사 불러오겠습니다."

"아니, 영주님을……."

이건 영주님도 알아야 한다. 션을 불러오겠다는 말에 에버딘의 인상이 일그러졌다. 그녀는 손을 내밀어 하인들을 막으며 말했다.

"위험한 순간이 오면 내가 어떻게 할지 보여 준 것뿐이야. 별일도 아닌데 소란 피우지 마."

별일이 아니라니. 공작 부인이 용병에게 맞은 사건이다. 하지만 에버딘은 일을 그렇게 만들 생각이 없었다. 그녀가 먼저 시작한 일이고 일부러 맞았다.

에버딘은 바네사를 쳐다보며 덧붙였다.

"게다가 르쉬드가 마지막 순간에 힘을 빼서 소리에 비해 아프지도 않았어."

그랬다고? 사람들이 바네사를 쳐다보자 그녀는 당황해서 얼굴을 붉혔다. 그렇긴 했다. 하지만 소리에 비해 아프지 않다는 건 거짓말일 거다.

"난 옷 갈아입으러 갈 테니 가서 일들 봐."

에버딘은 그렇게 말하고 사람들에게 손을 저은 뒤 건물 안으로 들어갔다. 정말 아무렇지 않다는 태도에 하인들과 용병들은 잠시 망설였지만 웨스트햄튼 사람들은 넘어지거나 약간 멍든 정도는 별거 아니라고 치부하는 경향이 있다.

바네사 만이 에버딘의 뒤를 따라 건물 안으로 걸음을 옮겼다.

"바네사, 어디가?"

다른 용병들의 질문에 그녀는 걸음을 멈추지 않은 채 대답했다.

"대장한테 보고하러. 공작 부인과 대련했으니 보고는 해야지."

이런 건 미리 보고해 둬야 한다. 바네사가 자진신고 한다는 말에 용병들과 하인들은 다행이라고 생각하며 자신의 일로 돌아갔다.

하지만 건물 안으로 들어간 바네사는 베르트를 찾지 않았다. 물론 베르트에게 보고할 거긴 하지만 그보다 더 중요한 게 있다.

그녀는 걸음을 서둘러 방으로 들어가려던 공작 부인을 따라잡았다. 그리고 약간 거칠게 말했다.

"팔 좀 볼게요."

바네사가 따라오는 것을 몰랐던 에버딘은 갑자기 나타난 그녀를 보고 잠시 당황했다. 팔이 욱신욱신 아파서 방으로 돌아오는 데만 신경을 쓸 수밖에 없었다. 그녀는 애써 아무렇지 않은 척 말했다.

"괜찮다고 했을 텐데. 션에게도 그렇게 말할 테니 걱정 마."

바네사는 영주님에게 혼날까 봐 걱정한 건 아니었다. 아니, 걱정하긴 했다. 하지만 그래서 공작 부인을 따라온 건 아니다.

그녀는 뭐라고 말해야 할지 몰라 입을 다물었다가 한숨을 내쉬며 말했다.

"팔이 부러질 수도 있었어요."

"최악의 상황은 그렇지."

최악의 상황이라고? 바네사의 미간에 주름이 생겼다. 에버딘은 별거 아니라는 듯 말했다.

"그 정도까진 안 될 거라고 생각했어. 넌 실력만은 확실하니까."

칭찬하기엔 좀 이상한 순간이긴 하다. 바네사는 잠깐 어리둥절해 하다가 이해할 수가 없어서 물었다.

"제가 마지막에 힘을 풀 걸 알았다는 말씀이신가요?"

"그건 아닌데, 믿었지."

바네사라면 자신에게 크게 피해를 주지 않을 거라고는 걸 믿었다는 말이다. 그런 실력이 된다는 걸 믿었다.

에버딘이 션과 그리고 서쪽 하늘 용병대와 가까이 지내면서 한 가지 알게 된 건, 자기 실력에 자신이 있는 사람이라면 필요 이상으로 허풍이나 겸손을 떨지 않는다는 점이다. 그건 자기 실력에 자신이 있는 사람들만 가질 수 있는 태도였다. 그리고 바네사도 그런 사람들에 속했고.

"그럼, 그럼 왜 이런 짓을……."

자신의 실력을 믿는데 왜 일부러 싸움을 걸었는지 모르겠다는 바네사의 태도에 에버딘은 다시 어깨를 으쓱했다. 이건 바네사의 실력을 믿는 것과는 상관없다. 오히려 그 반대의 문제다.

"네가 믿지 않았잖아."

바네사뿐만이 아니다. 웨스트햄튼의 사람들은 에버딘을 금세라도 깨어질 유리처럼 대했다. 그녀는 그렇게 약하거나 보호받아야 할 대상이 아니라는 것을 보여 준 것뿐이다.

"무슨 일이야?"

그때, 에버딘의 등 뒤로 션이 나타났다. 그는 방금 공작 부인이 바네사와 대련을 했다는 이야기를 듣고 에버딘을 찾으러 온 참이었다.

바네사는 갑작스러운 영주의 등장에 당황해서 굳어 버렸다. 그녀가 공작 부인과 다퉜다는 것을 언젠가 공작이 알 거라고 생각했지만 그게 지금일 거라고 생각하지는 않았기 때문이다.

당황한 바네사와 달리 에버딘은 여유가 있었다. 그녀는 바네사에게 보여 주겠다고 했을 때부터 이미 이럴 때 어떻게 할지를 생각해두고 있었다.

"사람들한테 뭘 좀 보여 주느라 르쉬드와 연기를 했어."

"연기? 네가 르쉬드와 대련을 했다던데?"

연기라고? 션뿐만 아니라 바네사도 놀라서 에버딘을 쳐다봤다. 그러자 에버딘이 어깨를 으쓱하며 말했다.

"다들 내가 금세라도 쓰러질 환자처럼 보길래 대련을 좀 했지."

"사람들이 그걸 믿어?"

믿을 수 없다는 션의 태도에 바네사는 그도 웨스트햄튼 사람들이 어서 자작을 어떻게 보는지 알고 있다는 것을 깨달았다. 그렇다면 왜 가만히 있었던 거지? 어리둥절해 하는데 에버딘이 다시 말했다.

"응. 르쉬드가 날 많이 봐줬거든. 사람들은 내가 르쉬드와 대련하고도 무사한 줄 알아."

병약해 보이던 공작 부인이 용병대의 떠오르는 신예와 겨루고도 다친 곳 하나 없으니 새롭게 보긴 할 거다. 하지만 바네사는 죄책감에 저도 모르게 말했다.

"그, 그래도 결국 자작님의 팔에 멍이 들었을 겁니다."

"멍이라고?"

이제는 아예 영주의 표정이 무서워졌다. 괜히 말했나. 그녀가 후회하는 사이 션은 재빨리 에버딘의 소매를 걷어 그녀의 팔을 살폈다.

바네사의 말대로 에버딘의 팔에는 멍이 들어 있었다. 이 바보가. 에버딘은 바네사를 한번 노려보고 션에게 말했다.

"힘 조절 안 했으면 부러졌을걸?"

그건 맞는 말이다. 션은 못마땅한 표정으로 에버딘의 팔을 쳐다보다가 바네사에게 지시했다.

"가서 얼음물 가져와. 사람들 몰래."

"네?"

"어서 자작이 다친 걸 사람들이 몰라야 한다며."

영주조차 어서 자작의 거짓말에 합세하겠다는 말에 바네사는 잠시 멍하니 두 사람을 쳐다봤다. 하지만 곧 영주의 재촉에 사람들 몰래 얼음물을 가져오기 위해 방을 나섰다.

"거짓말이지?"

바네사가 나가고 단둘이 되자 션은 에버딘을 소파에 앉히며 물었다. 그녀의 팔에 난 멍은 벌써 꽤 부어올라 있었다. 내일쯤 되면 자주색으로 변할 거다.

"뭐가?"

에버딘은 션의 손에서 자신의 팔을 빼며 물었다. 모른 척하는 태도에 션이 한숨을 내쉬며 다시 말했다.

"내가 너 몰래 네 집사와 계획을 세우면 네 집사가 네게 비밀로 할까?"

바네사와 그런 계획을 세웠다면 그도 알았을 거라는 말이다. 에버딘은 등받이에 몸을 기대고 지친 목소리로 말했다.

"르쉬드 혼내지 마. 걔도 나한테 속았거든."

"속았다고?"

"자극해서 날 공격하게 했지."

안 봐준다더니 뭐 하는 거냐고 자극했을 때 욱하던 바네사의 표정이 떠오른다. 그럼에도 그녀는 마지막 순간에 힘을 뺐다. 전투는 잘 모르지만 에버딘은 그런 찰나의 순간 판단을 하고 행동하는 게 얼마나 어려운지 알았다. 그러니 그녀가 생각하고 카렌에게 들은 대로 바네사의 실력은 상당히 좋을 것이다.

"뭐해?"

다시 션이 자신의 팔을 조심스럽게 들어 올리자 에버딘이 어리둥절해서 물었다. 그는 심각한 표정으로 그녀의 팔을 조심스럽게 쓸며 말했다.

"금이 갔나 봐야지."

부러지진 않은 것 같다. 하지만 금이 갔을 수는 있다. 에버딘은 션이 그걸 어떻게 확인하는지 몰라 멍하니 그를 쳐다보다가 물었다.

"알겠어?"

"음. 금은 안 갔네. 네 말대로 멍만 들었어."

금이 갔다면 그가 팔을 잡았을 때 에버딘은 비명을 질렀을 것이다. 진짜로 바네사가 힘 조절을 한 모양이다. 하지만 방금 전 그녀의 태도와 에버딘과의 대화로 봤을 때 바네사가 힘 조절을 한 건 정말 운이 좋았다.

"르쉬드가 힘 조절을 못 했으면 어쩌려고 했어?"

다시 에버딘의 팔을 조심스럽게 내려놓은 뒤, 션은 약간 화가 나서 물었다. 자칫 잘못하면 정말 에버딘의 팔이 부러졌을 수도 있다.

에버딘은 어깨를 으쓱하려다 팔이 아파서 인상을 쓰며 멈췄다. 그리고 덤덤하게 말했다.

"부러졌겠지."

제정신이야? 션은 저도 모르게 그렇게 말하려다 멈췄다. 그가 아는 한 에버딘은 가끔 정신 나간 것 같은 짓을 하긴 한다. 하지만 그게 진짜로 정신 나간 짓이었던 적은 없었다.

뭔가 이유가 있었겠지. 그는 한숨을 내쉬며 물었다.

"팔이 부러질 각오를 하고 얻은 게 뭔데?"

며칠 뒤면 이 영지에서 축제가 열린다. 에버딘과 션의 결혼을 축하하는 축제였다. 두 사람은 결혼식을 세 번 치르기로 했다. 한 번은 귀족들과 왕족을 초대한 결혼식이고 남은 두 번은 각자의 영지에서 영지민들에게 열어 주는 축제다.

수도에서 결혼식을 치르고 헬름을 거쳐 웨스트햄튼으로 왔으니 여기서도 축제를 열 차례였다. 거기서 공작 부인의 팔에 붕대를 감고 있는 걸 사람들에게 보여 주는 건 그리 좋은 선택이 아닐 것이다.

그걸 에버딘이 모를 리 없으니 션은 그걸 감수하고서라도 얻으려 한 게 뭔지 묻는 거다.

"글쎄."

에버딘은 조심스럽게 소파 등받이에 몸을 기대며 말했다. 그녀도 정확하게 뭘 원하고 어떻게 될 거라는 기대로 바네사를 속인 건 아니었다. 물론 방금 전의 연기로 용병들과 하인들이 그녀를 깨질까 봐 걱정스럽게 다루는 일은 줄어들겠지.

하지만 바네사에게 정확하게 뭘 바라고 한 건 아니었다. 좀 직설적으로 말하면 그냥 바네사를 놀라게 해주고 싶었을 뿐이다.

"르쉬드를 당황하게 만들 수는 있지."

그때, 얼음물을 가지고 바네사가 방문 앞에 도착했다. 그녀는 자신을 당황하게 만들 수 있다는 에버딘의 말에 놀라 우뚝 멈췄다.

뭐라는 거야? 고작 자신을 당황하게 만들려고 위험을 불사했다는 게 믿을 수가 없었다. 그녀가 들어가도 될지 고민하는 동안 션이 물었다.

"그 녀석을 당황하게 만드는 방법은 여러 가지가 있을 텐데?"

션이나 카렌을 시켜서 바네사를 혼내는 방법도 있다. 하지만 에버딘은 그런 걸 하고 싶지 않았다. 누군가의 힘을 빌려 바네사에게 한 방 먹여 봤자 바네사는 인정하지 않을 거다.

에버딘은 잠시 생각하다가 말했다.

"나는 아마 이 영지의 어떤 사람도 싸움으로 이길 수 없을 거야. 그건 르쉬드가 제일 잘 알 거고."

그러니 그녀를 불편해하는 걸 거다. 에버딘의 말에 션은 그게 무슨 상관이냐고 말하려다 말았다.

모든 사람이 싸움을 잘할 수는 없다. 각자 더 잘하는 게 있기 마련이고 한 가지 능력으로 판단할 수는 없다.

하지만 르쉬드나 다른 어린 용병들은 용병 세계가 전부이니 에버딘이 불편한 거겠지.

"그걸 뭐라고 할 생각은 없어."

시간이 지나고 다양한 사람을 만나고 다양한 세계를 보면 어린 용병들도 알게 될 거다. 힘이 전부가 아니라는 것을.

하지만 그래도 여전히 그들에게 에버딘은 믿음직스럽지 못한 영주일 가능성이 높았다. 힘이 전부가 아니라는 것을 알게 돼도 한 번 불편해진 사람을 다시 보기란 쉽지 않다.

에버딘은 바네사에게 한 번쯤 자신을 다시 생각해 보는 기회를 주고 싶었다. 전투 앞에서 그녀가 속수무책인 사람이 아니라는 것만 알려 줄 수 있으면 그걸로 충분했다.

"그냥 무시하지 그랬어. 그 녀석한테 위험을 무릅쓰고 그런 걸 알려 줄 필요는 없었잖아."

션은 문 앞에서 어쩔 줄 몰라 하며 서 있는 바네사를 눈치챘지만 모른 척하며 물었다. 에버딘은 소파에 몸을 기댄 채 심드렁하게 말했다.

"그냥. 르쉬드는 내가 불편한 모양이지만 난 그녀가 마음에 들거든."

"그래?"

"자기 일에 자부심을 가지고 있잖아. 열심히 하기도 하고. 난 그런 사람이 좋아."

에버딘은 늘 그랬다. 자기 일에 자부심을 가지고 열심히 하는 사람이 좋았다. 그건 모든 사람이 그럴 것이다. 그러니 자기 마음에 안 든다고 그런 사람을 내치는 건 멍청한 짓이다.

"그렇군."

션은 고개를 끄덕이고 자리에서 일어나 방 밖으로 나갔다. 그리고 복도에 서 있는 바네사를 한번 쳐다본 뒤 그녀의 손에서 얼음물이 담긴 그릇을 받아서 돌아갔다.

자신이 복도에 서 있었다는 것을 알고 있었다는 웨스트 공작의 태도에 바네사는 그가 일부러 에버딘에게 왜 그랬는지를 물어봤다는 것을 깨달았다. 어셔 자작을 불편해하는 그녀의 태도를 영주가 알고 있을 정도로 티가 났다는 것이다.

그게 바네사의 기분을 이상하게 만들었다. 자존심이 상하면서 동시에 죄책감이 들었다. 그러면서 자기 일에 자부심을 가지고 열심히 하는 사람이 좋다던 어셔 자작의 말이 떠올라 뿌듯하기도 했다.

며칠 뒤, 웨스트햄튼에서는 큰 축제가 열렸다. 대로는 꽃과 리본으로 꾸며졌고 사람들은 길가에서 마차가 오기를 기다리고 있었다.

"저기 온다!"

오랜 기다림 끝에 공작성에서 화려하게 꾸민 마차가 나타났다. 에버딘은 지붕이 없는 마차에 앉아 사람들을 향해 손을 흔들며 말했다.

"결혼식을 세 번이나 할 줄이야."

수도에서 한번 했는데 헬름에서도 하고 웨스트햄튼에서도 한다. 뒤에 두 개는 물론 가짜 결혼식이다. 이미 두 사람은 수도에서 정식으로 부부가 되었으니까.

영지에는 결혼식 없이 결혼을 알리기만 하는 영주도 있다. 하지만 헬름 사람들은 오래 고생했기 때문에 겸사겸사 축제를 열어 주고 싶었다. 헬름에서 축제를 연다면 웨스트햄튼에서도 열어야 한다. 결국 결혼식을 각자의 영지에서 한 번씩 더 하는 건 에버딘의 생각이었다.

"지금이라도 멈출까?"

션의 질문에 에버딘은 사람들을 향해 흔들던 손을 내려 그의 옆구리를 쿡 찔렀다. 반대편 손은 전에 든 멍 때문에 아직도 아파서 힘을 세게 줄 수가 없었기 때문이다.

"이런 거 싫어?"

멈추자는 말에 에버딘이 눈을 동그랗게 뜨고 물었다. 헬름에서도 했으니 웨스트햄튼에서도 해야 한다고 생각했을 뿐이다. 아내트가 웨스트햄튼은 심심해서 했으면 좋겠다고 말하기도 했고.

션은 놀라는 에버딘을 보고 피식 웃었다. 약간 짜증 나면서 동시에 사랑스러웠다. 이런 것들이 싫으면서 좋았다.

"싫기도 하고 좋기도 해."

"무슨 소리야?"

이해하지 못하는 에버딘을 위해 션이 다시 입을 열었다.

"네가 나와 결혼했다는 걸 알리는 건 좋아. 가능한 대대적으로, 다른 나라까지 알리고 싶거든."

그렇게 말한 션은 에버딘의 손을 잡고 손등에 입을 맞췄다. 덕분에 구경하던 사람들 사이에서 환호성이 터져 나왔다.

정작 당하는 에버딘은 익숙했기 때문에 눈을 가늘게 뜨고 싫은 이유는 뭔지 기다리고 있었다.

"하지만 이런 데 할애하느라 너와의 시간을 빼앗기는 건 싫어."

이럴 시간이 둘이 서재에 박혀 있었으면 좋겠다. 늘 그렇듯이 에버딘은 소파에 길게 기대 그의 다리 위에 발을 걸치고 편지나 책을 읽는 거다. 션은 소파에 똑바로 앉아 서류를 살피고. 그러면서 중간중간 대화를 나누는 게 좋았다.

"아니면 산책을 해도 좋아."

단둘이서만 느긋하게 산책을 하는 것도 좋다. 천천히 걸으며 주변 식물이나 땅에 대해 이야기를 나누는 것도 좋았다.

이야기를 하던 도중 션은 자신이 무엇을 해도 좋다는 것을 깨달았다. 에버딘과 단둘이 있을 수 있다면 그게 어디라도 상관없었고 무엇을 하고 있어도 좋았다.

그가 원하는 건 에버딘을 다른 사람과 나누지 않고 독점하는 것뿐이었다.

"나도 그래."

션의 귀여운 말에 에버딘은 몸을 내밀어 그의 뺨에 입을 맞추며 말했다. 그녀도 션과 느긋하게 산책을 하는 시간이 하루 중에 가장 좋은 시간이다.

그걸 위해 매일 아침 일찍 일어나기까지 하고 있지 않은가. 그녀는 마차가 목적지에 도착해 느려지는 것을 깨닫고 션의 뺨에서 입술을 뗐다. 그리고 실수인 척 그의 입술에 자신의 입술을 스쳤다.

놀란 션이 한쪽 눈썹을 들어 올렸지만 이미 마차가 멈춘 뒤였다. 광장에는 두 사람의 도착과 동시에 축제를 시작하기 위해 악단과 사람들이 기다리고 있었다.

오늘 축제를 위해 새로 만든 드레스를 차려입은 아네트도 두 사람을 기다리고 있었다.

"자작님."

마차 문이 열리고 바네사가 에버딘을 향해 손을 내밀었다. 그녀가 먼저 부축해 주겠다고 나선 건 처음이라 에버딘은 잠시 놀랐다가 곧 미소를 지으며 그녀의 손을 잡았다.

두 사람이 마차에서 내리자 모여든 사람들이 박수를 치기 시작했다. 션은 춤을 추기 위해 에버딘의 손을 잡고 광장 한가운데로 향했다.

영주 부부가 춤을 춰야 다른 사람들이 춤을 출 수 있다. 그리고 그게 축제의 시작이다.

"일부러 그런 거지?"

에버딘의 허리를 잡으며 션이 나직하게 물었다. 그의 입술에 입술을 스친 것을 두고 묻는 거다. 에버딘은 그의 어깨에 손을 올리며 키득대고 웃었다.

그리고 음악에 맞춰 천천히 움직이며 작게 말했다.

"빨리 끝내고 돌아가자."

"돌아가면?"

"침실로 들어가는 거지."

에버딘의 장난스러운 말에 션의 표정이 변했다. 그는 에버딘을 너무 세게 끌어안지 않으려 애를 쓰며 춤을 추기 시작했다.

〈끝〉